U0472901

长篇小说卷（1985）《收获》编辑部 主编

男人的一半是女人

张贤亮 著

图书在版编目(CIP)数据

男人的一半是女人/张贤亮著.—北京：人民文学出版社，2017
（《收获》60周年纪念文存：珍藏版）
ISBN 978-7-02-013040-5

Ⅰ.①男… Ⅱ.①张… Ⅲ.①长篇小说-中国-当代
Ⅳ.①I247.5

中国版本图书馆CIP数据核字(2017)第157840号

总 策 划 **黄育海 程永新**
责任编辑 **甘 慧 张玉贞**
装帧设计 **汪佳诗**

出版发行 **人民文学出版社**
社 址 **北京市朝内大街166号**
邮政编码 **100705**
网 址 **http://www.rw-cn.com**

印 刷 **上海利丰雅高印刷有限公司**
经 销 **全国新华书店等**

开 本 **720毫米×1000毫米 1/16**
印 张 **28**
字 数 **389千字**
版 次 **2017年8月北京第1版**
印 次 **2017年8月第1次印刷**

书 号 **978-7-02-013040-5**
定 价 **99.00元**

编者的话

巴金和靳以先生创办的《收获》杂志诞生于一九五七年七月，那是一个“事情正在起变化”的特殊时刻，一份大型文学期刊的出现，俨然于现世纷扰之中带来心灵诉求。创刊号首次发表鲁迅的《中国小说的历史的变迁》，好像不只是缅怀与纪念一位文化巨匠，亦将眼前局蹐的语境廓然引入历史行进的大视野。那一期刊发了老舍、冰心、艾芜、柯灵、严文井、康濯等人的作品，仅是老舍的剧本《茶馆》就足以显示办刊人超卓的眼光。随后几年间，《收获》向读者奉献了那个年代最重要的长篇小说和其他作品，如《大波》（李劼人）、《上海的早晨》（周而复）、《创业史》（柳青）、《山乡巨变》（周立波）、《蔡文姬》（郭沫若），等等。而今，这份刊物已走过六十个年头，回视开辟者之筚路蓝缕，不由让人感慨系之。

《收获》的六十年历程并非一帆风顺，最初十年间她曾两度停刊。先是称之为“三年自然灾害”的困难时期，于一九六〇年五月停刊。一九六四年一月复刊后，又于一九六六年五月被迫停刊，其时“文革”初兴，整个国家开始陷入内乱。直至粉碎“四人帮”以后，才于一九七九年一月再度复刊。艰难困顿，玉汝于成，一份文学期刊的命运，亦折射着国家与民族之逆境周折与奋起。

浴火重生的《收获》经历了拨乱反正和改革开放的洗礼，由此进入令人瞩目的黄金时期。以后的三十八年间可谓佳作迭出，硕果累累，呈现老中青几代作家交相辉映的繁盛局面。可惜早已谢世的靳以先生未能亲睹后来的辉煌。复刊后依然长期担任主编的巴金先生，以其光辉人格、非凡的睿智与气度，为这份刊物注入了兼容并包和自由闳放的探索精神。巴老对年轻作者尤寄予厚望，他用质朴的语言告诉大家，“《收获》是向青年作家开放的，已经发表过一些青年作家的作品，还要发表青年作家的处女作。”因而，一代又一代富于才华的年轻作者将《收获》视为自己的家园，或是从这里起步，或将自己最好的作品发表在这份刊物，如今其中许多作品业已成为新时期文学经典。

作为国内创办时间最久的大型文学期刊，《收获》杂志六十年间引领文坛风流，本身已成为中国当代文学的一个缩影，亦时时将大众阅读和文学研究的目光聚焦于此。现在出版这套纪念文存，既是回望《收获》杂志的六十年，更是为了回应各方人士的热忱关注。

这套纪念文存选收《收获》杂志历年发表的优秀作品，遴选范围自一九五七年创刊号至二〇一七年第二期。全书共列二十九卷（册），分别按不同体裁编纂，其中长篇小说十一卷、中篇小说九卷、短篇小说四卷、散文四卷、人生访谈一卷。除长篇各卷之外，其余均以刊出时间分卷或编排目次。由于剧本仅编入老舍《茶馆》一部，姑与同时期周而复的长篇小说《上海的早晨》合为一卷。

为尊重历史，尊重作品作为文学史和文学行为之存在，保存作品的原初文本，亦是本书编纂工作的一项意愿。所以，收入本书的作品均按《收获》发表时的原貌出版，除个别文字错讹之外，一概不作增删改易（包括某些词语用字的非标准书写形式亦一仍其旧，例如“拚命”的“拚”字和“惟有”“惟恐”的“惟”字）。

特别需要说明的是，收入文存的篇目，仅占《收获》杂志历年刊载作品中很小的一部分。对于编纂工作来说，篇目遴选是一个不小的难题，由于作者众多（六十年来各个时期最具影响力的作家几乎都曾在这份刊物上亮相），而作品之高低优劣更是不易判定，取舍之间往往令人斟酌不定。编纂者只能定出一个粗略的原则：首先是考虑各个不同时期的代表性作品，其次尽可能顾及读者和研究者的阅读兴味，还有就是适当平衡不同年龄段的作家作品。

毫无疑问，《收获》六十年来刊出的作品绝大多数庶乎优秀之列，本丛书不可能以有限的篇幅涵纳所有的佳作，作为选本只能是尝鼎一脔，难免有遗珠之憾。另外，由于版权或其他一些原因，若干众所周知的名家名作未能编入这套文存，自是令人十分惋惜。

这套纪念文存收入一百八十余位作者不同体裁的作品，详情见于各卷目录。这里，出版方要衷心感谢这些作家、学者或是他们的版权持有人的慷慨授权。书中有少量短篇小说和散文作品暂未能联系到版权（毕竟六十年时间跨度实在不小，加之种种变故，给这方面的工作带来诸多不便），考虑到那些作品本身具有不可或缺的代表性，还是冒昧地收入书中。敬请作者或版权持有人见书后即与责任编辑联系，以便及时奉上样书与薄酬，并敬请见谅。

感谢关心和支持这套文存编纂与出版的各方人士。

最后要说一句：感谢读者。无论六十年的《收获》杂志，还是眼前这套文存，归根结底以读者为存在。

《收获》杂志编辑部

上海九久读书人文化实业有限公司

人民文学出版社

二〇一七年七月二十四日

目录

男人的一半是女人

我多少次想把这一段经历记录下来，但不是为这段经历感到愧悔，便是为觉察到自己要隐瞒这段经历中的某些事情而感到羞耻，终于搁笔。自己常常是自己的对立面。阳光穿窗而入，斜辉在东墙上涂满灿烂的金黄。停留在山水轴上的蛾子蓦地飞起来，无声地在屋里旋转。太阳即将走完自己的路，但她明日还会升起，依旧沿着那条亘古不变的途径周而复始；蛾子却也许等不到明天便会死亡，变成一撮尘埃。世上万千生物活过又死去，有的自觉，有的不自觉，但都追求着可笑的长生或永恒。而实际上，所有的生物都获得了永恒，哪怕它只在世上存在过一秒钟。那一秒钟里便有永恒。我并不想去追求虚无缥缈的永恒。永恒，已经存在于我的生命中了！

永恒是什么？那其实是感觉，是生命的波动。

稍纵即逝的、把握不住的感觉，无可名状的、不能用任何概念去表达的感觉，在时间的流程中终于会沉淀下来，凝成一个化不开的内核，深深地埋藏在人的心底。而人却无法去解释它，因为人不能认识自己。不能认识的东西，就有了永恒的意义；永恒，是寓在瞬息中的。我知道，我一刹那间的感觉之中，压缩了人类亘古以来的经验。

太阳即将沉落，黑夜即将来临。即将来临的还有那个梦。那个梦也许是那个内核的外形。

……芦苇在路边沙沙作响，路边的排水沟里潺潺地流淌着清水，一碧到底，如山泉，如小溪。两三寸长的小鲫鱼一群群地聚在沟边绿茸茸的水草底下，时不时露出它们黑色的小脊背，或如点点光斑那样闪现出它们银色的小肚皮。四处是黄色的阳光，空间既广袤，又沉寂。温顺的土路上印着深深的车辙，像两条凹下去的铁轨。我在路当中走着，脚步既滞重又轻盈。一会儿，脚下的浮土缓缓地腾空而起，宛如清晨的雾气，使一切都变得迷蒙而柔软。我仍然沿着车辙朝前走。我觉得我有奇异的视力，能透过浓密的黄尘看到我意识下面的东西。我似乎看到了一只猫：灰色的，夹着白色的条纹。它弓着背警惕地站在前面，前腿和后腿分别跨在车辙两边，目光炯炯地盯着我，好像随时都想逃跑。

那是“我们”丢失的猫，我知道。

忽然，猫不见了，像影子一般消失了。

梦是一个无声的世界……

但我又看见了排水沟里游着四只鸭子。从它们的脖项和撅起的尾巴上，我能断定其中有两只母鸭。它们和猫一样，也是灰色的，翅膀中杂着白色的羽毛。它们静悄悄地游着，沿排水沟溯流而上，似乎有意要把我引到感觉记忆的深处。

我不由自主地尾随在它们后面。但它们在一片芦苇茂密的水洼中，摆了摆屁股，兜了一个圈子，却顺着回流钻入了草丛。

我仍然在如雾似的黄尘中向前走。我吃力地拔着滞重的两腿，却又走得非常轻盈，如一只顶着风飞翔的鸟儿。

走过了水洼，鸭子又从芦苇丛里钻出来了。但那不是四只大鸭，而是四只小鸭。通体金色的绒毛，在黄色的尘雾中它们好似会渐渐地溶化，会渐渐地消失在空气之中。然而，它们确实在欢快地游着，一面游还一面歪着小脑袋傻乎乎地看着我。那向上弯曲的嘴角好像表现出一种嘲讽的笑容。

我忽然意识到，刚刚见到的四只大鸭就是“我们”原来丢失掉的鸭子。这四只小鸭正是它们雏期的模样。

时间在向回倒流。那么我会不会恢复到那个时期呢，即使是在梦中？

于是，我在时间中振臂向回游去，想去追寻那失去的影子……

可是，我的梦每次都到此中断，接下去便是一片混沌的迷离恍惚的感觉，是一种梦中之梦。但我又清醒地认识到，那一片混沌的、迷离恍惚的感觉才是真正的生命的波动。生命的意义、永恒，都寓于那迷离恍惚之间了。

太阳重又升了起来，蛾子却不知飞到哪里去了，不知是否还活着。这时，我想，我为什么不把那个梦用笔来补充、续接出来？真实地、坦率地、有条理地、清晰地记录下那失去的过去？没有什么可感到愧悔，没有什么可感到羞耻，怎么能用观念中的道德来判断和评价生命的感觉？至于理智么，亚里斯多德早就说过，“凡是感觉中未曾有过的东西，即不存在于理智中”。蛾子死去了，谁也不会为它生命如此短促负责，那么，谁又有权利指责它飞旋的弧度和途径？

阳光直射着我，光芒好似穿进了我的肺腑，又好像是我在金色的光中浮起，离开了这喧闹的尘世。我趁我获得了这种心境，一种坦然的出世的心境，赶紧一跃而起，奋笔疾书。我知道，如果再过一会儿，说不定我又会改变我这个主意。

第一部

第一章

也许我过去见到过她而没有留意，也许我从来没有见到过她。总之，这一次，她却给我留下了一个非常深刻的印象。

两个月前，我从大组被抽调出来，去管水稻田。在劳改队里，我是大组长，调到田管组，我仍然是田管组组长。调我出来的王队长，一个本地干部，农民出身的小老头，吸着自卷的“喇叭筒”对我说：“调你出来当组长，是领导对你的信任。熊！那十二个人可难管！人人都能干，人人都一身毛病。你婊子儿要能把那十二个家伙管好，出去就能当管千儿八百人的厂长了。”

当时，他蹲在高高的斗渠①坝上，我刚从灌满一农渠水的渠口中上来，光着脚站在他面前。他似乎还想说什么，然而终于没有说，只是一门心思地吸烟。布满皱褶的干瘦的小脸上，显出一副沉思的神情。我当然不知道他在想什么，但是知道这是任何一个劳改干部在单独对某一个劳改犯人布置特殊任务时，都必须显露出的神情。沉思的神情表示着严肃，而严肃又表示了他与你之间那不可逾越的界线。这种神情还表示了他的布置是慎重的，是经过反复掂量的，甚至是翻着你的档案材料由更高一层的集体讨论所决定的，同时，也说明了这个任务的重要。文化程度不高的、不善于言辞的干部，常常用沉默来引起你对他只言片语的重视。默默无言，倒会使你意识到：从此，由于这种“信任”，你肩上的担子就更重了。并且，又由于这不仅仅是对你的一般性改造，而是加倍的改造，所以往往能使你获得立功受奖以至提前释放的机会。因而，这又往往是你一生命运的关键。

他装模作样的沉默中藏有他所能表示的善意，我理解。

他蹲在渠坝上面吸烟，我站在渠坝下面交替地捯着脚，用脚底板搓着光光的脚背。水稻刚播下地的时候，蚊子还没有出世，但成群的“小咬”集结成团，一拥而上，会叮得人心烦意躁。这种比一粒砂尘还微小的飞虫，能钻到人的耳朵里、眼皮里、脖颈里、腋窝里、头发根里、裤裆里……简直是无孔不入。让它叮了一下，皮肤上即刻就会肿起一个比它大几百倍的包。我一面搓着脚，一面挥着臂，手舞足蹈地仰面看着他。

然而他还不说话。他穿着线袜，戴着帽子，手里又拿着烟，他有一整套防备“小咬”的设施，因此他并不着急走。大队已经走得很远了。高高的斗渠坝的尽头，就是那渠水拐弯的地方，几株粗大的柳树下面，

① 引黄灌区的灌溉系统一般分总干渠、干渠、支渠或斗渠、农渠，配在一起组成灌溉网络。支渠或斗渠是农场中最主要的灌溉渠道，书中说的大渠指干渠，斗渠指农场中最大的渠。

金色的夕阳映照着他们黑色的囚服。他们列着队，扛着锹，甩着手臂。看着他们远去的背影，颇觉得他们精神抖擞得可爱。在渠水拐弯的那里，正经过有姑娘媳妇的村庄。当然，对他们的亲切感，主要还是因为我就是他们中的一员。在这个世界上，我是属于劳改队的，而不是属于其他什么地方。况且，那边还隐隐约约传来如此熟悉的歌声，合着渠水潺潺的节拍在刚播下种的田野上荡漾：

…………

改造，改造，改那么个造呀！

晚上回来，一——大瓢呀！

嘿嘿！呀嗬嘿嘿！呀——嗬嘿！

尽管我被“小咬”叮着，也不由得展开一丝调皮的、会意的微笑。这是我们犯人自编的“劳改队队歌”的最后一句。“劳改队队歌”以诙谐的西北俚语叙述了劳改犯人一天的生活，用轻松滑稽的“宁夏道情”的调子谱成曲，主旋律表现出了铁丝网里的乐观。“改造，改造，改那么个造呀！”用本地口音唱出来，极像正在推广的普通话“倒灶，倒灶，倒那么个灶”。而“晚上回来一大瓢”，那是多么喷香诱人的一大瓢呀！葱花撒得很多，大米面条是稠稠的。“呱叽”“呱叽”“呱叽”……炊事员不停地奋力挥动着粗壮的手臂，俯在热气腾腾的大桶上，以机械式的迅捷和准确，用海碗那么大的短柄铁瓢，一大瓢一大瓢地把“米面调和”打到劳改犯人的饭盆里。这“米面调和”里还有炊事员的汗珠，因而那机械式的音响——“呱叽呱叽”和机械式的动作，都实实在在地洋溢着人情味。

我想赶快回到那行列中去，赶快回到号子里去，赶快去享受那“一大瓢”。那号子里的一片“唏溜唏溜”的吃饭声，是多么美妙啊！

但是，王队长不发话，我便不能走。这是劳改队里的规矩。我是熟知全套规矩的，因为我已经劳改了两次了。正因为我劳改了两次，是

“二进宫”，正因为我熟知全套规矩，所以我才能荣幸地一被押进劳改队即当上管四个组、六十四个犯人的大组长。今非昔比，这次劳改比上次劳改可风光多了。劳改队里奉守的是完全不同于外部世界的那一套观念和价值标准。这说来奇怪但又不奇怪。在外面，政治上有问题的人是被歧视的，不能重用的；道德败坏的人倒常常当作“人民内部矛盾”看待，认为是生活作风上犯了错误，是“小节”，被列为团结和教育的对象。在劳改队，政治犯却几乎都能得到劳改干部的信任，虽然这种信任只表现在极为狭窄的方面，但毕竟与他们对刑事犯的态度不同。并且，劳改队里却能够做到“人尽其才”，谁能干什么，就把谁安排在能发挥他专长的地方。劳改队本身就是个独立王国，农、工、商百业俱全，包容了所有不同的劳动部类。有一个在外面成天打扫厕所的医生，进了劳改队倒当上了内科主治大夫。啊，在这个混乱的年代里，劳改队是天堂！

尽管我这个劳改犯并不是毕恭毕敬地站在他面前，不停地手舞足蹈，不停地扭动身子，不停地抓耳搔腮，不停地摇头晃脑，但劳改队长并不怪罪，仍是沉思地吸着那支粗大而硕长的卷烟。我不走开，还有一层意思，就是以为他还会给我透出什么外面的信息。和我曾经认识的谢队长相似，这个干瘦的劳改干部其实是个心地善良、爱说爱笑的好人。从小和高原上的黄土打交道的人，心地很自然地和黄土一样地单纯；传统的手工农业劳动，使他们的头脑总保持着传统的观念，当猛地提出“阶级斗争要天天讲、月月讲”的时候，他们根本难以理解。譬如，当我们这些劳改犯人在田里一边干活，一边唱那“劳改队队歌”或是说些猥亵得露骨的笑话时，在这大唱“语录歌”的年代，他蹲在田埂上只是听着，并不呵斥我们，而且摘下帽子，拍着推得光光的脑袋，咧开嘴笑着叹息：“哎呀，你们这些婊子儿！唉，你们这些婊子儿！……”发出由衷的赞赏。他听到越南军民又打下了若干若干架美国飞机，也是用“这些婊子儿”来赞扬越南军民的。我们还注意到，他抚弄他的孙子——有一次，他竟把他三岁的孙子抱到劳改犯人干活的田里来，也用的是“婊子儿”！

所以，每当劳改犯人听到他用“婊子儿”来称呼自己，都会感到一种家庭式的温暖。

去年夏天，“文化大革命”刚开始的那个月份，我们劳改大队在水稻田里薅草。王队长随公安干警去城里集体参观了本省的“文化大革命成果展览会”回场，没有进家，就扣着他那像张烙饼似的单布帽，撒开大步，急急忙忙跑到田里来。他站在田埂上用眼睛搜寻着，看见了我，于是几步跨过两条沟渠，兴奋地朝我喊：

“哎呀！章永璘，你这婊子儿！你在五七年做的那个啥诗，用核桃大的字写着，挂在展览馆里哩！”他边说边用手比画：一个核桃是多大。他褐色的粗糙的拇指和食指箍成一个圆圈。那个圆圈刚劲有力，没有一点诗的高雅悠远的意境，却又形象地把诗变成了一种实在的物质力量。“哎呀，你这婊子儿！哎呀，你这婊子儿！字好大好大咧！你他妈真能写……”

这时，人们的理解是：文字的意义是和文字的大小成正比的，已经开始把任何一句“毛主席语录”在任何文章里都用大一号的黑体字印刷了。这样，他就认为我一九五七年写的那首诗一定是非常重要、非常有意义的，不然，为什么要用“核桃大”的字来写？尽管那是一份“罪证”，是供批判用的，可是在他心目中却获得了特殊的地位。听了他的大喊大叫，别的劳改犯人都对我侧目而视，目光里含着隐隐的惊诧和尊敬。我没有动声色，仍弯着腰低头薅草，而心里又不禁感到悲哀，又觉得自豪。整整九年过去了，可是外面的人还揪住我不放，还要把我的诗拿出来“示众”。但另一方面，这不也说明了我已经成了一个历史人物了么？历史人物实际上是群众造就的，不完全取决于他本人功过的大小，只要在任何“群众运动”中都忘不了他，他便会不由自主地取得一定的历史地位。而历史人物的命运却是由历史支配的，也不由他本人的意志为转移。我直起腰，把手中的杂草绾成捆，抛到田埂上。我看到远方的群山，沉默而庄严。我弯下腰，拨开稻苗寻找杂草，混浊的泥水表面上闪着粼粼的光斑，喋喋而多变。啊！这两幅画面便是历史：既稳定又不稳定；作为人，就既要以不变应万变，又要力求多变以适应历史！

当我再次直起腰，把另一捆杂草抛到田边，我突然觉得我高大了，似乎是一个悲剧式的英雄。我环顾周围弯着腰薅草的犯人们，就像耶稣在各各他①的十字架上看着他左右两边的两个强盗，还自认为“我是神的儿子”一样，涌起了一阵由精神上的优越感而产生的怜悯。

感谢他给我传来的信息！人在困境和屈辱中需要自以为是和自高自大来支持自己。

果然，历史的变化快速得令人吃惊。秋天，割完了稻子，劳改犯人开始把一捆捆割下的稻子背运到路边，再由大车拉到谷场上。被刈光的田野，在密密麻麻的黄色的稻茬下面，潮湿的褐色的原始土地裸露了出来。从高高的斗渠坝上望去，大地蒸发出冉冉的水气；由纵横的沟、渠、田埂切割成象棋盘格似的稻田里，来往奔忙着无数像蚂蚁一般的穿黑色囚衣的劳改犯人。我们把一捆捆沉甸甸的、用草要子捆绑好的稻子提到田边，在铺在田埂上目长绳上码好，然后用背绳结勒紧，坐下来，将两肩用力地挤进交叉成人字形的背绳里去，再使劲向前一拱腰，一摞稻子就紧贴着背背了起来。我这个大组长当然要起带头作用，通常，我都比别人背得多。在这里，没有别的，没有什么家庭成份、文化程度、历史清白不清白之分，“劳改”，是我们固定的职业，于是，只有劳动好，会劳动，才能取得特殊的待遇。我劳动好，会劳动，我便能管理别人，斥责别人，我便能获得“信任”，成为一个自由犯，我便能回号子以后不但有那“一大瓢”，而且“一大瓢”之外还会给我加“一大瓢”。劳动创造了人，因而人的原始本性天生地倾向于体力劳动；紧张的体力劳动会激发起已经被文明淹没了的、早已经变为人的潜在意识的本性，突然使人又倒退回若干万年，感受到一种自身正在发展，自身正在变化，自身的

① 各各他：又称骷髅地。耶稣殉难的地方。

品质正在丰富的心理上的快感。

回到若干万年以前去再现进步的过程，在这个过程中去享受满足与愉快吧！

从我和海喜喜比试体力劳动以后，从我被马缨花喂养成一个有正常体力的劳动者以后，五年过去了，我无数次地在劳动中享受过这种返祖的满足与愉快。

我只要一投入劳动，锹一拿到我的手，麻袋一沾上我的肩，稻捆一贴在我的背，我就会入迷，就会发疯，如同《红菱艳》中那位可爱的女主人公一穿上那双魔鞋便会不停地跳啊，跳啊，直跳到死一样。

我背起稻子来，常有一种贪婪的、总是试图测量自己究竟能承受多大压力的心理。没有什么再比背上的重量更能证明世界是由物质构成的这个哲学的根本命题了。一捆稻子有牛腰那么粗，一般劳改犯人只背两捆到三捆，但是我背五捆还不够，要背六捆；六捆还不够，要背七捆……经过王队长身边，王队长会发出他这样的赞叹："哎呀，你这婊子儿，比驴还能驮！"

嘿！驴算什么？！

我是我！

且把柔弱的自怜自爱收拾起来，

打点出另一副精神跟命运拚搏！

因为我背得多，便经常得到王队长的帮助。当我勒好稻捆，坐在地上，塞进肩膀，准备弯腰拱背的时候，王队长就主动跑来替我在后面往上掴。有这一臂之力和无这一臂之力大不一样。在弯腰拱背的一刹那，正如举重运动员在抓举沉重的杠铃时的那一刹那，只要两腿能站立起来，多重的东西压在背上都能迈步。

"别努着了，别努着了！"他说，"一努着，吐了血，那可是一辈子的事。"

有一天，我把两肩在背绳里塞妥，他又跑过来，但却不掴我，趴在我捆好的稻子上，叹了口气说：

“唉！你这婊子儿，还是待在劳改队好。”我听见他在我背后咂着嘴。“你当是咋着？前天我进城，一看，省委书记跟省主席都让人拉着去游街罗！戴着老高老高的纸帽子，手里还敲着破脸盆：‘我是走资派——，我是走资派——！’你当是咋着？上次我们参观的那个啥‘文化大革命成果展览会’，红卫兵说是走资派为了掩盖自己罪行要的花招，说是咱们省根本就没有搞过‘文化大革命’，现在要把省委书记跟省主席和地富反坏右一道，都重新过一遍箩。怪不得，在大街上，省委书记后面，排着一长串你们这号人，男男女女，数也数不清，都戴着纸糊的帽子；还有推了半拉头的；还有画了花脸的……唉，你这婊子儿，把你送到劳改队是你的造化！要不，现时你在外边，还不跟那些人一样，让人往死里整呀！”

稗子的毛穗穗擦着我的脸，痒痒的，他嘴里老烟叶的气味呛鼻，在想抽口烟而没工夫抽的时候，这股气味却也能过瘾。听到他告诉我的消息，我忽然感到通体舒泰：历史就照这样的速度变化下去，整个国家和个人命运转折的契机还会远吗？

于是，我更犯了傻劲，七捆还不够，我要背八捆！王队长吃了一惊：“你这婊子儿，不要命了是咋着？你还要待两年才出得去哩，活儿有的是你干的。”

“没关系，你来吧！”我返过身，解开背绳，又加上一捆。被压在底层的鬼魂，即使头上十七层地狱的重量没有减轻，但只要上面来回晃荡几下，也会觉得轻松。更何况我有这样好的“造化”：在当今世界，谁能想到“公安六条”上明文规定“不准冲击”的劳改队，恰恰是世外的桃源呢？

……然而，这一次，他却没有透露什么消息给我，他只是一个劲儿地默默抽烟。我很失望，也被“小咬”叮得难受。拖拉机牵引的二十四行播种机停在路边，被阳光烤灼了一天，散发出一股机油味。这种机油味和泥土的气味很不调和，仿佛古朴的土地从来就拒绝钢铁制造的现代化工具，并排斥它的一切味道，因而这股刺鼻的机油味特别难闻。我终于忍不住了，问他：

“王队长，还有事吗？”

“嗯，”他掉过头，好像才发觉我还站在他蹲着的渠坝下面。“没有了。”他说着，向前探出身子，把他还剩下半截的自卷烟递给我。“你回吧。”

“你回吧”，是叫我回劳改队的号子里去，而不是回到别的什么地方。这点我知道。我捏着他的自卷烟，掐掉他衔湿的尾巴。但我一掐，整支烟卷都散了。妈的，他卷烟的技术还不如我。不过现在无所谓了，我自己有纸烟。劳改队每月发几个零花钱，也有烟卖，和一九六〇年不可同日而语了。我掏出从医务所旁边的垃圾堆上拾来的一个铝制针盒，把他的烟叶仔细地倒进去，又从这个颇像银质烟盒的针盒里取出一支完整的香烟，点着了火：“回”！

他长长的沉默所透给我的信息，我以为比他跟我说了什么还要多。外面的混乱，历史的急剧变化，大概连他也说不明白了。他不说，证明乱得他没法儿说了；他不说，证明变化得他目瞪口呆了。这没什么，我可以想象。劳改犯人个个是黑格尔主义者：能从“无”生出“有”来。世界上根本没有空无一物的空间和时间，在那看起来是空白的地方，实际上充满着最活跃的希望。

他的这个安排，使我看见了她！

第二章

其实，从各组抽调来的十二个犯人并不像王队长说的那么难管。王队长说“难管”，是从劳改干部的角度上来看的，是把我还当作与那十二个人不同的人。自监狱制度发明以来，最英明的一项措施莫过于用犯人来管犯人。一种民主的平等的气氛，很快就会调动起被管的犯人的积极性和自觉性。尤其，我们这个田管组住在远离号子七八里的大面积稻田中间，土坯房盖在斗渠旁边一个地势较高的土丘上；公社的生产队与我们隔渠相望。这里没有岗楼，没有电网，没有扛枪的“班长”。我们又听见了鸡啼狗吠；我们渠这边沙枣花盛开之际，生产队的蜜蜂嘈嘈地成群飞来，似乎已经抹掉了横在人与人之间的森严壁垒。有家的犯人仿佛又回到了家，无家的犯人也获得了些许的自由感。更何况，抽调来的自由犯，全都是短刑期的或刑期即将结束的犯人，在这样的年代里，有这样一处美好的田园，又何必逃跑呢？

水稻生芽的时节，渠坝上满树的沙枣花开始凋谢。点点金黄色的小花落到水里，有的顺水流去，有的被垂在水面的柳枝留住。依附在柳枝上的沙枣花又吸引来无数的沙枣花和柳絮，在渠水上织成金色的和银色的花絮的涟漪。我们在稻田里劳动了一天回来，就蹲在这渠边吃晚饭，而在渠坝那边的柳树下，却坐着、站着一排排农民的娃娃，呆呆地盯着我们这些穿黑衣裳的人，仿佛这些人的一举一动都非常奇异。黑色的衣服和教士的长袍一样，笼罩着一种神秘的色彩：他们干了什么事？是什么命运驱使他们集中到这里来？……幼小的心灵从此潜入了对世界、对未来的恐惧。

如果大队在警卫的押送下，排着队从渠坝上走来，到稻田地里去干活，来看的农民就更多了。甚至还有从远地来庄子上串亲戚的老乡，也要把“看劳改犯”当作精彩的节目。

“哟！看那个……还戴着眼镜哩！”

“咦！那个，那个……模样还长得挺俊哩！”

“咋样？给你当个女婿……”

“你死去，我撕烂你的 × 嘴！”

说这样话的当然是女人。很快，她们自己一伙里就打闹开了。这是一个开放性的剧场，观众席上同样演着热闹的戏。久而久之，如果我们出工收工没有老乡，特别是穿花褂的姑娘媳妇站在渠那边看，我们反而会感到寂寞，年轻的小伙子在队列里走着也是无精打采的，即便今天干的活并不重。要是来看的人多，绝大多数劳改犯人都会抖擞起精神来，王队长没有下命令唱歌（唱歌也是在命令之下），也要唱。

在所有的“革命歌曲”里，我们最爱唱这两支歌：

日落西山红霞飞，
战士打靶把营归，把营归。

还有：

我们——共产党人，
好比种——子！

唱到“种子”这个词，年轻的劳改犯就会向站在渠那边的姑娘媳妇挤眉弄眼。王队长对犯人唱什么歌是不管的，只要唱得整齐，唱得响亮，他便会骂一句“婊子儿”，表示赞赏。直到后来警卫人员通过警卫部队的渠道向劳改当局提出了意见，劳改当局才下达规定：在这个非常的革命时期，劳改犯人只许唱“凡是反动的东西，你不打，他便不倒”了。可是，到了一九六七年，连公安局、检察院、法院也被“砸烂”，这些机关一律实行了军事管制，“高贵”的军代表却比“卑贱”的农民出身的劳改干部“聪明”——应该是“高贵者最愚蠢，卑贱者最聪明”，“语录”是这样教导的——直觉地感到所有的“语录歌”都具有方法论的性质，不论哪个阶级哪个派别全能利用，全会从中受到启发。比如，你所指的“反动的东西”，在他那里偏偏另有所指，你怎么办？对这群心怀叵测的人，你怎么知道他们心里指的是谁？于是，干脆命令劳改犯人一律不许唱“语录歌”。但除了“语录歌”之外这时又没有别的歌可唱，这样，在一次劳改队春节联欢会上由犯人自编自演的“宁夏道情”，便顺理成章地成了劳改队的流行歌曲。

…………

改造，改造，改那么个造呀！

晚上回来，一——大瓢呀！

嘿嘿！呀嗬嘿嘿！呀嗬嘿——！

在我们田管组，“一大瓢”是由我们派回去的值日犯人挑回来的。我们有两个大铅桶，不管是什么饭，值日犯人每顿都能挑回满满的两大桶来。在外面被批判得体无完肤的“多劳多得”，在劳改队里始终奉行不渝。这时，黄瓜成熟了，西红柿开始泛红。路过菜地，挑饭的值日还要捞来许多刚下架的新鲜蔬菜。经管菜地的也是自由犯，而所有的自由犯全属于一个阶层，都互通声气，互通有无。我们能比“班长”们和劳改干部及其家属更早地吃上西红柿和黄瓜。自由的相对性，在这里体现无遗：不管在什么地方，你只要比别人稍微自由一点，你就能得到较多的利益；而利益的多少，恰恰和当时当地不自由的程度成反比，在最不自由的地方你得到一点自由，所获得的利益却最大。

两大瓢——不是“一大瓢”——下了肚，又大嚼了一堆西红柿黄瓜，我们全被撑得不能动了。我们仰面躺在渠坝的坡上，头枕着自己的胳膊。大队收工回去了，周围陡然异常地静谧。归鸦在老柳树上拉屎，稀粪穿过枝叶掉在积满黄土的渠坝上，砸出“扑、扑”的声音。太阳落在群山之巅，灌满了水的大面积稻田，蓦地变得清凉起来。青蛙和癞蛤蟆先是试探性的、此起彼伏地叫那么两三声。声调悠长而懒散，仿佛它们是刚醒过来打的哈欠似的。接着，它们便鼓噪开了，整个田野猝然响成一片：“咯咯咕”！“咯咯咕”！欢快而又愤怒。它们要把世界从人的手中夺回来，并充满着必胜的信念。

同时，习习的晚风从一眼望不到头的稻田那边吹拂过来，并且送来无数跳跃的、闪烁不定的点点金光。我闭上眼睛，进入一种忘我的恬静。这种忘我的恬静是在等待中的最佳情绪状态，也是在漫长的等待中不自觉地锻炼出来的。在历史的转折到来之前，人根本无能为力，与其动辄得咎，不如潜心于思索。

但我思索些什么呢？我什么也没有思索。外面的世界已经完全逸出了马克思所探索出的规律，书本已经被抛到一边，据说这才是真正遵循了马克思所说的“批判的武器不如武器的批判”。因此，不但使王队长目瞪口呆，也使自以为比他高明的我惘然失措。王队长的沉默给我留下的那个空白，尽管填满了渺茫的、但又必不可少的希望，却也没有给我对社会的思考提供任何线索。斯宾诺莎是这样说的：“无知并不是论据。”

管他妈的！当个纯粹的劳改犯吧。王队长还把我看作与其他劳改犯不同，说来惭愧，实际上我从骨子里都成了一个劳改犯，因为我在社会上所从事的职业，就数当劳改犯当得时间最长。

在渠坝下躺够了，劳改犯们舒臂抻腿地活动起来。

“操！夜黑里来个女鬼就好了。”

“来的女鬼可别是披头散发的，最好是涂脂抹粉的。”

“熊！吊死鬼都伸着舌头，老长老长，通红通红，在你脸上舔一下，可够你呛！”

“一个女鬼不够分，最好来一帮，十三个，咱们一人搂一个。”

“咱们组长不要呀，咱们组长是个读书人。”

“读书人咋啦？读书人也长着一个……”

我仍闭着眼睛，但也不禁和大家一同“哧哧”地笑了。我感觉得到这时大伙儿的眼睛都在看着我。我受着一种独立于他们之外的尊敬，但我的内心却倾向于他们。自一九五八年“公社化”以后，法律之外又加上种种规章制度，空前的严厉渗透到农村生活的每条缝隙。每一个农民都像古希腊传说中叙拉古国王的宠信，头上悬着一柄达摩克利斯剑，不知什么时候它会突然掉下来，砍着自己的脑袋。归我率领的十二个田管组员，全是精于农活的强壮小伙子。听着他们平静地述说自己的案情，就像絮絮的微风穿过林间。

“苦啊，不偷咋办呢？肚子饿着哩……”

一个塌鼻子小伙子盗卖了生产队的化肥，判了五年，而谈起来却怀着一种幸运感。

“值！我给我老妈看病哩。判我五年，就不让我退赔了……”

“嘿嘿！我也运气。”另一个把生产队的牛喂得撑死的劳改犯这样说，“法院问我，你愿意劳改还是愿意赔钱？我捉摸着：劳改队还管饭吃，我就来了，来了一看，还真不赖！就是没娘儿们。唉，熬着点吧……”

有时，他们也问我：“章组长，你是为啥进来的？”

“我么？”我说，“我什么也不为。”

他们咧开嘴理解地笑了。“什么也不为”就进了劳改队似乎已经成了司空见惯的事情，就好像吃饱了会打嗝，着了凉会生病一样，但却没有一个人去探究底蕴：为什么“什么也不为”就把人送进劳改队？他们那种毫无抱怨的，任凭自己的生命和命运像流水上的浮叶，飘到哪儿是哪儿的态度，表现了我们这个民族灵魂深处的温顺、达观和乐天知命。我在他们中间，竟有时会怀疑起自己：为什么要思考？在宿命的面前，思考又有什么用？

啊，宿命！

我知道他们为什么会想到女鬼，想到吊死鬼。我们住的这幢远离劳改大队的土坯房——照日本战术教科书上的术语说，是“独立家屋”，是自五十年代初期建立劳改农场以来就耸立在这广袤的、平整的田野上的，年年月月，饱经风霜。据传说，五十年代中期，渠那边庄子上有一个黄花闺女，为了抗拒父母包办的婚姻，大白天就跑过斗渠到这屋子里来上了吊。这是个上吊的好地方，屋顶上没有顶棚，弯弯扭扭的木头椽子露在外面，随便哪根椽子上都可以搭上绳子。而且，有谁会到农闲时空无一人的这幢属于“严禁入内”的劳改农场的“独立家屋”中来，阻碍她自己结束自己的生命呢？刑期在十年以上的老劳改犯说起来，至今还津津有味：

“咦！俊着哩！还穿着红鞋，两条大辫子，唏溜个光！脸上白森森的，眼睛毛毛长刷刷的。咱们给她抬下来的时候，身子骨还软软的……”

有的老劳改犯说她尿湿了裤子，说她舌头伸得老长老长，据说吊死的人都是这副模样。可是大多数老劳改犯都认为这是对她的亵渎，坚持把她描绘成一个仙女。我们这些后来的劳改犯，不曾亲睹，对她当然不具有那种崇敬的情感，只是一个劲儿地想把她还原为活生生的肉体。“熬着点吧”，在受煎熬的时候，不由自主地会把她当作精神上的慰藉。

啊，贞洁的、勇敢的、不知姓名的姑娘，原谅我们吧！

有时，场部晚上放电影，王队长通知我们去看——看电影是“受教育”——留下一个人看管夜水就行了。每次我都让他们十二个人去，我独自坐在“独立家屋”里。当领导，即使是当个犯人头，也必须公允，能自我牺牲，这才会取得被领导者的尊重和服从。蛙声咯咯，渠水淙淙，稻苗上的清风如泣如诉，恰似时隐时显的和弦。窗外，漆黑的一片，玻璃上涂满污浊的泥痕。豆大的油灯伴着我夜读。当我只见我一个人的身影，模糊地印在泥皮斑驳的土墙上的时候，我就会想到“十三”。“十三”！这是个极不吉利的数字。这个数字会把她召唤出来。

果然，她从梁上飘落下来了。先是一团不成形的彩色的雾气，落到地面上，便立刻凝聚成了一个活生生的美丽的姑娘。和老劳改犯说的一样，两条大辫子油光水滑的，长长的睫毛，水灵灵的眼睛，皮肤即使在昏暗的油灯下也显出白中透红的光彩。她还穿着冬天的红棉袄，脚上果真穿的是红鞋。简陋的小土坯房因为她的到来而变得喜气洋洋了。

她轻轻地掸拂着衣衫，怯怯地向我靠近，并发出一声暖人心意的深深的叹息：

“唉，苦啊——”

“来吧，”我向她伸出手去，“你苦，我也苦，让我们两人在一块儿吧……”

“我说的就是你呀。”她将手搭在我的肩上，弱不禁风的、但又很温暖的身躯紧贴着我，眼睛看着摊在我面前的书。“你苦，我不苦。人死了，什么苦恼也没有了。每天晚上，我都看着你等人睡下了，又爬起来看书。何必呢？别把身体搞坏了。”

她的声调是幽怨的。我搂着她那娇小的腰肢。我被她不自以为苦却关怀着我的精神感动了。我含着辛酸说：

“你也苦呀。为什么年纪轻轻地就寻死呢？活着总比死了好吧？你要是活着多好！”

“活不下去呀。”她微微地晃动着身子，使我有一种进入梦幻般的感觉。“人要把我嫁给我不愿嫁的人，你说还能活吗？”她又低声地说，“当初，要是你在这儿就好了。我正是要出嫁的那天跑到这儿来上吊的。那天你要在这儿，我就不上吊了。”

我把她揽进我的怀里，让她坐在我的大腿上，抚摸着她光滑的发辫。“这都是社会的原因呀，”我说，“我们还没有达到真正的男女平等，还没有真正的婚姻自由。我看书，就是要探索怎样才能建设一个人与人之间真正平等的社会。”

她似乎不理会我的说教，扭动着身躯说：“那是哪辈子的事呀！想也不敢想。我们的区委书记也这么说，广播喇叭也这么喊，可是一点不管用！不过，死了也好。你要是当作我是活人，我就活过来了。”她又扬起脸，深情地说：“你是我的好人人！你别学广播喇叭说大话。我给你唱个歌吧。我好久没唱了。我一直憋着哩，我要唱给我喜欢的人听。”

于是，她轻声地唱起来。歌声仍然是幽怨的，但却娇嫩柔婉，在我眼前展开春天里一片无人注意，任人践踏的黄色的蒲公英：

清水水玻璃隔着窗子照，
满口口白牙对着哥哥笑。

双扇子门来单扇子开，

叫一声哥哥你进来。

眉对眉来眼对眼，

眼睫毛动弹把言传。

一对对母鸽朝南飞，

泼上奴命跟你睡。

…………

然而，劳改犯人们回来了！

还离着很远，就听见他们嘻嘻哈哈的吵闹声。姑娘倏然又化作一团彩色的雾气。歌声、肉体、温暖的气息，全消失了。我的组员们一进门，先把一捧捧黄瓜西红柿堆放在我的面前。

“贼不走空趟！”劳改犯人们说。“吃吧，吃吧。这根黄瓜是刺儿皮，可脆哩！”塌鼻子用比黄瓜还脏的手在黄瓜上捋了几下，算是擦干净了，递给我。你既然把他当作贼，他也就以贼自居了。并且，在农民们都做贼的时候，不做贼倒是反常，做贼当然不会觉得可耻。

接着，他们便在土炕上打开铺盖，劈劈扑扑地抻褥子，抖被子。一股汗臭味顿时弥漫了全屋。躺在被窝里，他们还要聊一会儿。

“咦，那个吴琼花八成儿跟洪常青搞上关系了哩！都在一个部队里，抬头不见低头见，没睡过觉，我才不信！”

“南方人都喜欢搞那玩意儿，那地方热……”

“我听说，南方人上厕所男女不分哩！”

“在日本国，男男女女还在一个澡堂子里洗澡哩！”

“日本国啥！那年我盲流到上海，也是个大热天，我亲眼瞧见一伙男的女的，全在一个大池子里扑腾！”

“没穿衣服？”

“穿衣服啥！穿着衣服能在水里扑腾？都他妈的光着身子！”

“啧，啧……”

而我，却搂着我的姑娘入睡了。我把被窝留出一个空当，这里睡着她柔软的、却是虚空的身子。

有一次，劳改队不知从哪里弄来了一部《列宁在十月》。劳改犯人看了，对华西里和他老婆吻别那场戏大感兴趣。

“咦！了不得！电影影子里还吃老虎哩！”

“嘿，抱着脸就那个啃！”

“你跟你婆姨也啃过。嘻嘻！啃过没有？你说，你说！‘坦白从宽，抗拒从严’！”

侦讯的术语，劳改犯人可是记得牢牢的，随时挂在嘴边。

“啃啥哩，脸怪脏的！我一骗腿儿上马，一蹦子就到河西了……”

接吻“怪脏的”，而身体其他部位的接触却不“脏”！爱情其实是文化的一种表现。在缺乏文化的地方，在缺乏文化的人身上，全然没有爱情的一切温文尔雅，没有那一套温文尔雅的繁文缛节，只有那最原始的，也是最基本的情欲。

进得门来就吹灯，
抱着我的小亲亲。
嗯咦哟——嗯咦哟——

豆大的灯光熄灭了，姑娘上过吊的屋子里黑暗如漆。劳改犯们都入睡了，打鼾的打鼾，锉牙的锉牙，呻吟的呻吟；那个把牛喂死的劳改犯哼哼唧唧地这样唱了几句，最后吧咂几下嘴，也甜甜地进入了梦乡。而在这幢土坯房里，所有的梦中都有女人，如静电的火花，在这些男人的脑海中荧荧地闪烁。

啊，魔障啊，魔障！

我不能说那是淫荡的、下流的。在我体内，在我刚过三十岁的强壮的肉体里，也蠢蠢欲动着这个魔障。佛教经典《大智度论》中这样写道："问曰：何以名魔？答曰：夺慧命、坏道法功德善本。"也就是说，她能把人的智慧、道德、教养、善良的天性全部毁掉，荡然无存。可是，去他妈的吧！既然早已把我当成"阶级敌人"，一次劳改，两次劳改，"反右"过去了十年还拿我写的诗"示众"，死死地揪住我不放；佛教尚讲"六道轮回，生死相继"，而我却总没有再次投胎的机会，又要那些智慧、道德、教养何益？

我们劳改犯人睡觉时全身脱得精光，一是为了省衣裳（除了那一张黑皮，衬衣衬裤可是要自己花钱买，或是由家里寄来），二是为了不生虱子。我在被窝里用粗糙的手掌抚摸着我肌肉饱满结实的胸脯，很是惴惴不安，就像抚摸着随时会咆哮起来的野兽。爱情，早已在我心中熄灭；我的爱情和我曾经爱过的人一起消失得无影无踪。而正因为我爱她，我便不能让她与我共担险恶的命运，对她弃之不顾倒是还给她自由；正是因为我爱她，我便不能多想她。想她反而是虚伪，这等于把感情的债务强加在她身上。并且，如果心灵被思念、被爱情所软化，便不能以一种硬汉子的刚劲来对付严峻的现实。我见得太多了：被严峻的现实摧毁磨垮的人，大半是多愁善感、恋于儿女私情的人。

纯洁的如白色百合花似的爱情，战战怯怯的初恋，玫瑰色的晚霞映红的小脸，还有那轻盈的、飘浮的、把握不住的幽香，等等法国式罗曼蒂克的幻想，以及柏拉图式的爱情理想主义，全部被黑衣、排队、出工、报数、点名、苦战、大干磨损殆尽，所剩下来的，只是动物的生理性要求。可怕的不是周围没有可爱的女人，而是自身的感情中压根儿没有爱情这根弦，于是，对异性的爱只专注于异性的肉体；爱情还原为本能。感情和皮肤一同变得粗糙起来，目光中已没有一丝温柔，变得像鹰眼似的阴沉。我抚摸得到我的胸腔和我的腹腔里有一种尖锐不安的东西撞击着我。我听得见它阴险的咻咻的鼻息，感觉得到一股如火焰般灼热的暗流，在我周身的脉络中肆无忌惮地乱窜。那不是我，或是我的另一面。可是它很可能猛地冲出来将我撕得粉碎，然后舔舔它的血唇，扑向它所能看见的第一个异性。

我睡着了。我梦中出现了女人。但女人即使在我潜意识中也是不可把握的、模糊不清的。这年我三十一岁了，从我发育成熟直到现在，我从来没有和女人的肉体有过实实在在的接触。我羡慕跟我睡在一间土坯房里的农民们，这个地区有早婚的习惯。在他们的梦中，他们还能重温和异性接触的全过程。这种囹圄之梦，摆脱了脚镣手铐，能达到极乐的境地。而在我，梦中的女人要么是非常抽象的：一条不成形的、如蚯蚓般蠕动着的软体，一片毕加索晚期风格的色彩，一团流动不定的白云或轻烟。可是我要拼命地告诉我、说服我：这就是女人！

有时，女人又和能使我愉悦的其他东西融为一体：她是一支窈窕的、富有曲线美的香烟，一个酦得恰到好处的、具有弹性的白暄暄的馒头，一本哗哗作响的、纸张白得像皮肤一般的书籍，一把用得很顺手的、木柄有一种肉质感的铁锹……我就和所有这样的东西一齐坠入深渊，在无边的黑暗中享受到生理上的快感。

第三章

水稻的田间管理，最辛苦的是从下种灌水到稻苗在水面挺立起来的四十天中。这四十天叫作“保苗期”。“保苗期”过后，十三个人全都轻松了。我们每个人管的二百多亩稻田的苗完全出齐，三千多亩水田一片碧绿。但是劳改队并不把我们中的一些人抽调回去。熟悉手工农业劳动的王队长知道，后期田管人员的清闲，正是对前期四十天中没日没夜的辛劳的补偿。何况，这时外面正源源不断地往劳改队里送人，简直使劳改队应接不暇。“文化大革命”创造了破世界纪录的犯罪率，劳改当局天天要为成批送来的罪犯的食宿问题发愁，又何必急于把我们田管人员调回号子里去呢？

回去挑饭的塌鼻子说，他在菜地碰见一个刚押来的犯人，告诉他，

“外面墙上贴的法院判决布告，把街面都遮严了！”

我的天！幸亏早进来了，不然这时候也得被抓进来。早进来能早出去！我们十三个人都非常高兴，以为这是命运对我们的恩典。

“保苗期”以后，整个黄土高原陡然涂上了一层嫩绿的色彩。到处都是绿的：绿的山、绿的水、绿的田野，连空中也好像畅流着某种馨香醉人的野生汁液。鹳鸟不顾“严禁入内”的木牌、不顾带刺的铁丝网翩翩飞来，在绿色的水面上展开它们银灰色的翅膀。长脚鹭鸶在水田里漫步，那副沉思默想的模样，倒很像我们的王队长。野鸭在排水沟边丛生的芦苇中筑起了自己的巢，辛苦地经营着它们的小家庭。灿灿的阳光映照着水禽翻飞的花翎，寥阔的田野上回荡着它们欢快的鸣叫。野风在稻苗上翻滚，稻苗静静地吮吸着土地的营养。大自然充实得什么都不需要了，而人却渴望着爱情。

王队长经常到稻田区来，独自一人背着手，在田埂上转来转去，检查我们的工作。他松松垮垮地披着一件军绿色制服，一颠一颠地，忽扇忽扇地，和一个安着弹簧的玩具一般。苗出齐了以后，我们不怕他检查，也不跟在他屁股后面。我们照常干我们的活，抓我们的鱼，捉我们的野鸭，或是躺在柳荫下补那件永远补不好的囚衣。直到有一次他满田看完了，走到我跟前吩咐我：“告诉那些婊子儿，都拾掇一下，进水口、排水口打结实，田埂细的地方加一加。大队这一两天要来薅草了。”我们这才忙碌起来。

第三天早晨，我们吃完值日员回去挑来的饭，洗刷着饭盆，一个出去倒水的田管组员兴奋地跑进土坯房里来，喊了一声：

“大队来了！”

每个人似乎都很激动，连我在内。大队里并没有我的亲人，没有我的朋友，但那群穿黑色囚衣的团体仿佛对我有一股强烈的吸引力。调到田管组之前，我每日每夜都生活在那里，刻板的规章制度养成了这群人有共同的习惯，共同的生活规律，以及只有我们之间才能懂得的俚语。

我也莫名其妙地放下碗筷，和大家一起跑出门外。

久违了，大队！

清晨的雾气还没有完全消散。太阳刚出来，橙黄色的阳光只能照到柳树和白杨树最高的枝梢；黑夜还残留在地面。从我们站的土丘上向斗渠坝北边望去，一片像幽灵似的灰色的人影很快地向我们这边移动过来。随后，他们渐渐地走近了。灰色转为黑色，他们的面孔也清晰起来。一张张严肃的、轻佻的、克己的、放荡的、开朗的、阴沉的、善良的、邪恶的、英俊的、丑陋的面孔，随着杂沓的脚步声，从渠坝上闪过。使人们惊奇的是什么法术居然能把各式各样绝对不同的人都搜罗到这里来，同时把所有的面孔都打上一个印记——“劳改纹”。不能说他们的脸色不好，因为在农忙的时候伙食不错。但是每张脸都带着苦行僧的萧索和老讼师的多疑。尤其是鼻翼两边的法令纹和嘴角的皱折连在一起，构成相术上说的一个大忌，所谓“螣蛇纹入口”。这条痛苦的、在普通公民脸上找不到的“劳改纹”，不仅揭示了他现在的境遇，还注定了他一辈子也摆脱不了阴暗的心理。

田管组员们肃穆地站在土丘上，没有嘲笑，没有优越感，个个神色黯然地瞧着走过去的队伍。不是在队伍里，而是在队伍外，我们才感到压抑，感到自己命运的凄惨。这是怎么搞的？我们不是个个争先恐后地跑出屋来看“大队”的么？是的。但是我们却体会不到庄子上的老乡来看劳改犯的心情。他们在旁边看到的是另外一个世界，我们在旁边看到的却是我们自己。而这个黑色的团体还有这样一个功能，就是它一旦吞噬了你，你就会完全融于其中，失去你自己。

要想看清自己的面目必须和镜子拉开一定距离。

“操！接着。”

土丘上有人向渠坝上扔去一支点燃的烟卷。警卫人员向我们瞥了一眼，并没有干涉。渠坝上走着的一个劳改犯急忙捡起来，对着嘴贪婪地呼呼吸了两口，又像接力棒似的传给其他人。虽然都发给我们零花钱，但大队的人买东西没有自由犯方便。

随后，田管人员又纷纷把昨天没吃完的西红柿黄瓜扔到渠上。扔的人和接的人都兴高采烈的，像美国橄榄球队的队员。逐渐消散的晨雾中荡漾着一片富有感染力的笑声。有人以为劳改犯人一天到晚垂头丧气。不！那样子怎么能熬过漫长的刑期？总得找点什么事来乐一下。队伍有点乱起来。而警卫人员只是喊："快点！快跟上！"对笑着的人，他们怎么能用枪托去捣？或许，他们也怀疑这些人是真正有罪的吧。

多么像一个部队的战友啊，我想。但这支部队的敌人是谁？不知道！没有一个人能回答得出，尽管这些人早被判定为"阶级敌人"。

队伍过完了。渠坝上的轻尘缓缓落下来。走在队伍最前面的小组已经到了田边，在王队长的催促下准备脱鞋下田。田管组员扔完了黄瓜西红柿，似乎尚未尽兴，脸上还挂着顽皮的笑容。本来应该哭的，然而却是笑，这究竟是人性的弱点还是人性的坚强？忽然，一个田管组员又指着北边，回头高兴地喊道：

"还有！"

把牛喂得撑死的犯人伸长脖子看了看，狡黠地笑着说：

"是女队！"

是的，是女队。

但是，在远处，你根本看不出她们是女人。把牛喂得撑死的犯人大概是凭嗅觉闻出来的吧。她们的囚衣也是黑色的，头发一律剪得很短。一九六六年以前，我刚被押进劳改队的时候，在谷场上劳动，远远地我还能分得清男女，因为那时候还允许女犯扎辫子。一九六六年以后，外面的"破四旧"风也突然刮进了劳改队，一夜之间，不管老少，女犯的辫子全部刮得精光。菜地有个女自由犯，是个六十多岁的跳大神的神婆，也被绞去了只剩几根白发的发髻。判她七年她没有怨言，还感谢政府给她的恩典："出去我要给毛主席老人家烧香哩！"但绞她发髻的时候却号啕大哭，声嘶力竭地喊："造孽啊！造孽啊！革命革到我的焦毛毛子上来罗！"还用跳大神时哼的调子唱着一种稀奇古怪的歌，谁也听不懂她唱的是什么。一个月后她死了。是我这个大组长带着四个男犯去给她入殓的。那天，我们跟在面孔阴沉的王队长后面跨进女犯的号子，在一群索索发抖的女犯面前抬起了这个神婆，那四个男犯没有抬稳，门板一摇晃，盖在她脸上的一张报纸忽扇忽扇地飘落在泥地上。我看见她干瘪的失神的眼睛朝着天怒目而视。我用食指和中指去摩挲她的眼睑，但想不到这个已经变成一根枯朽的木柴棍的神婆子，眼皮居然还保持着弹性。我把她眼睑摩挲下来，它又像蜗牛的软体一样慢慢地收缩进去："你干啥？为啥叫我闭着眼睛？我就要睁得大大的！"在死人旁边，严酷的死亡，人人都猜不透的永恒的谜，抑制了我的好奇，我没有敢斜眼去看女犯和女犯的号子，虽说这是一个极其难得的参观的机会。只是在神婆子又睁开眼睛时听见一群女人的惊叫和女人的抽泣，还有几下叮叮咣咣的金属磕碰声，不知是哪个女犯吓得打翻了饭盆。

我们就这样把一个半睁着眼的老太婆放进了白杨木钉的"脆儿皮"里。"脆儿皮"，这是劳改犯人的俚语，要比文人所创造的"薄板棺材"形象得多了。不过，这个神婆子还算幸运，六〇年死去的犯人连"脆儿皮"也没有，只有一张芦苇编的炕席。那时，我就差点被炕席卷了出去。

女犯和男犯是绝对隔离的。隔离得我们这些男犯几乎忘了旁边还有女犯的存在。然而，毕竟农场是一个农场，劳动是一种劳动，道路是一条道路，她们确确实实就在我们身边。有的年轻的刑事犯，凭着公狗般的鼻子，能嗅出来女犯今天在哪里干活，经过了哪条道路，甚至今天她们女队发生了什么事。掉在土路上的一根橡皮筋，这是女犯们用来当作银镯子戴在手腕上的，是被剥夺了一切人间享受的女犯的装饰品，于是成了劳改队女性的标记。这根橡皮筋就能引起男犯的遐想，编造出一个故事。还有，小号的劳改鞋，几乎像儿童般的瘦小的足迹，那压在泥土上的浅浅的小脚印，以及扔在草丛里的馒头渣和土豆皮（女犯们一般都比男犯饭量小），都会像花园里幽雅的林间小径，成为一条通往两性结合的道路。当然，这种结合只能是在精神上的，就和暗夜中的梦一样，除非双方都是自由犯，那永远也不会变成现实。

晚点名以后回到号子，大伙儿还没有入睡的时候，老劳改犯煨在火炉旁会给新来的人说许多黑色囚衣下的风流韵事。老劳改犯人是劳改队里的荷马，农场的历史就是靠他们的嘴流传下来的。据他们说，女人在劳改队里比男人难熬，她们脆弱的神经忍受不了孤独，她们总要寻求爱抚、支持和保护。有的女犯隔着铁窗向警卫人员调情："班长，你的小老鼠要咂水水子么？"只要有机会——而机会总是要人去寻找的，它不会从天上掉下来。直径 5 毫米的铁丝也拦不住她们的冲动，她们中有的人会猛地扑进男自由犯的怀抱。

现在，她们过来了。

晨雾已经完全消散。橙黄色的阳光下移到渠坝上，尘土上杂乱的足迹仿佛是无数奇异的花纹。这真是一条荒唐而充满苦难的道路。有雾的天气是不会有风的，柳枝低垂着一动不动；渠边的芦苇和水草傲然地戳向天空，似乎对这些女犯不屑一顾。女犯们踏着轻捷的步子走过我们的小丘，以挑战的姿态接受我们的检阅。是的，她们的脚步还算是轻捷的，还可看出有的女犯故意忸怩作态，因为下大田的女犯全是年轻人。

但是，如果不看她们的步态，如果她们也像芦苇和水草那样傲然不动，谁能够相信她们是女人？《复活》里描绘踏上去西伯利亚的弗拉基米尔大道的玛丝洛娃，仿佛穿的还是裙子；我记不清那是白色的还是灰色的，总之是裙子，头上还扎着头巾。而这里的女犯们穿的却是和男犯式样完全相同的黑色囚服。宽大的、像布袋一样的上衣和裤子，一股脑儿地掩盖了她们女性的特征。她们成了男不男、女不女的动物，于是比男犯还要丑陋。她们是什么？！她们是女人吗？"女人"只不过是习惯加在她们身上的一个概念。她们没有腰、没有胸脯、没有臀部；一张张黑红的、臃肿的面孔上虽然没有"劳改纹"，但表现出一种雌兽般的粗野。很多女犯边走边嗑还没有成熟的葵花籽，用死鱼似的白眼斜睨我们，似乎还很洋洋自得，又仿佛这就是她们卖弄风情的一种方式。葵花籽皮沾在嘴的四周，像吐出的一圈白沫。我的胃突然痉挛起来，泛上一股酸水。我掉过脸去。我不能再看。她们会败坏我对女性的向往，对女人的兴趣，甚至败坏我对生活的希望。如果想到我曾经爱过的女人、我曾经欣赏过的女性的艺术形象被抓到这里来也会成为这副模样，那么这个世界还有什么可值得留恋?

我背对着渠坝咳嗽起来。

我的天！我的母亲！……

我忽然想到，那第一个用树叶或兽皮遮住自己下部的人猿，一定是只母猿……

第四章

大片的水稻田，在没有一丝云彩遮掩的烈日下蒸腾着燠热的暑气。今天是个好天。肥大的、中间有一条白茎的稗子的叶片，挺拔的、油光水滑的三棱草的叶片，尖利的、边缘像刀锋一般的芦苇的叶片，千千万万、无数的叶片，一齐欢欣地伸向湛蓝湛蓝的天空。从这里到山脚下，大地葱茏苍翠，强烈的绿光很快就会使人的眼睛疲倦。

而那纤细的、蒙着一层绒毛的稻苗的叶片却藏在稗草、三棱草、芦苇草的底下，你就用疲倦的眼睛去辨别吧。我们管的这三千多亩稻田在很早以前是一片沼泽，滋生着杂草和蚊蚋，原是大雁和野鸭的世界。从五十年代初开始，年复一年，劳改犯们把这片沼泽填平了。但是这种低洼盐碱地只能种水稻，而且水永远排不出去。斩草没有除根，荒滩虽然变成了熟地，各种各样水生植物，却因为给田地所施的肥料长得更旺、更茂密了。靠人的手一根一根地拔，别想拔干净！

但是，只能用人的手来拔。

这没什么，劳改队有的是人手。

拔呀，拔呀！在一窝窝乱草里把稻苗解放出来。有的地方，草拔光了以后，光剩下一片泥浆，一棵稻苗也看不见。

“要把三棱子的核核子抠出来！”

“要把芦苇子的根拽出来！”

王队长戴着大草帽，来回地在田埂上喊。

怎么能把芦苇的根拽出来？它在地底下盘结交错，好像整个沼泽地的芦苇都是从一条巨蟒似的根上生出来的。怎么能把三棱草的块根抠出来？这种块根药名叫香附子，深深地埋在黑滋泥里面。况且，每个劳改犯的薅草定额是五分地，在这样茂盛的草丛里，你撅着屁股拔一分地试试看！

劳改犯们悄悄地把没有拔出根的草揉成一团，踏在泥水下面。扔到田埂上，队长看见可是要骂的。但如果不把芦苇的根拽出来，只从半截上拔断，芦苇中空的根一灌进水，就会一面冒泡一面发出沉闷的哧哧声，像是告发那个劳改犯一般。

“我当是谁没拔出芦苇根哩，原来是我放了个屁。”没拔出芦苇根的犯人狡黠地笑着。

“好响的屁！可是没有臭味，倒有股子生草气，别是驴放的屁吧！”旁边的犯人拿他打趣。于是，一块田里就嘻嘻地发出笑声。

是的，是得找点什么事来乐一下，不然这日子怎么过？有人捏着细嗓子唱起来：

二哥哥到农场去劳改，
撇下我三妹子守空房，
三妹子三妹子你莫心慌，
劳改农场有口粮呃——
嗯哎哟！呀得儿哟——

正午，阳光更加强烈，浓重的绿色沉重地压在地面上。野鸭、青蛙、癞蛤蟆都懒得叫唤，空气仿佛也凝结成了胶质状态。偶尔，一股热风从山口扑向这里，裹着山那边沙漠上的焦灼之气，芦苇叶沙沙地响起金属般的摩擦声，混浊的泥水热得烫脚。劳改犯们没精神说话了，只顾埋着头薅草。要为那一天五分地的定额而奋斗。渠坝上不是竖着横幅标语吗：“改恶从善，前途光明”。我扛着铁锹，在我管的田区走来走去。从前面看，稻田里是一团团被太阳炙烤得干枯焦黄的头发，这里那里闪烁着污浊的汗珠，蒸发出一股比腐殖质还浓烈的气味。从后面看，水面上撅着一个个屁股。屁股上补满补丁，补丁上沾满黄色的烂泥。

上面，是湛蓝湛蓝的天；下面，是墨绿墨绿的地。透明、深邃、美丽。可是，中间有一片被挤扁了的黑色的人群。

蓦地，水田里爆发出一片欢呼声。原来是拉“口粮”的车辆在高高的斗渠坝上出现了。

四套牲口拉着几笸箩饭走在前面，一头毛驴拉着一大箱水跟在后面，在柳荫下踽踽而行。妈的！瞧它们那不紧不忙的德行！你们吃饱了是咋的?！是啥菜?好像闻着了白菜熬萝卜的香气。但愿中午领的馍馍大一点：“祖宗有灵！”吃这份口粮可不容易！不过总算顿顿都有饭吃。

王队长吹响了哨子。犯人们如同暴动了似的，纷纷向停在斗渠上的饭车跑去。

赶快跑！前头领的馍馍大，后来领的馍都在笸箩下面，不是掉了渣就是压扁的！

吃饭，对犯人来说，极像教徒的祈祷，那必定要全心全意地投入进去的。谁要是在吃饭的时候打扰了犯人，他就会像叼着兔子的狼一样，龇出牙，胸腔里发出愤怒的呼呼声，用布满血丝的眼睛斜睨着谁。王队长知道，所以不论有多紧张的活，他都不催犯人快点往肚子里塞。他常说：“雷都不打吃饭人。”如果上午完成定额的情况好，他还会让犯人中午多休息一会儿。

今天刚开始薅草，一冬一春蹲在号子里和在旱田干活的犯人，头一天见了水格外地兴奋，所以上午薅草的进度挺快。王队长高兴了，吃完了饭他还让犯人在渠坝上躺着。尽管头上毫无遮掩，一个个被太阳烤得像油腻腻的麻花似的，但躺着总比干活舒坦。王队长一个人坐在一棵小树下，用芨芨草棍剔着牙，满意地乜斜着脚下的犯人，宛如牧人看着他喂饱了的羊群。

我们田管人员要趁犯人吃午饭的时候检查田埂和田口。犯人不珍惜自己的劳动，更不珍惜别人的劳动。稍不注意，有的犯人还故意把进水口、排水口扒开，或是把田埂踩烂。田管人员辛辛苦苦灌满的稻田不是水一下子排得精光，便是被新涌进来的渠水涨破田埂。你收拾去吧！你有的是时间！

大队里的犯人以为田里长这么多草全是田管人员的罪过。

完不成定额的犯人便把气撒在田管人员头上。拔过草的田里草和稻苗全乱糟糟的，就像被一群牛践踏过的一样……

我管的二百多亩稻田分成四档田，整整齐齐排列在两条笔直的农渠两边。一条农渠灌一百多亩地。农渠成九十度角地联结在斗渠上；一条宽阔的斗渠联结着几十条这样的农渠。稻田一边靠着农渠，另一边是深深的排水沟。由于地势低洼，排水沟里常年积存着清水，冬天则冻结成冰块，所以沟里的水其冷彻骨。排水沟两岸耸立着高大的芦苇。那是古老的沼泽地的遗孽。春天，这片稻田上最早生出来的就是芦苇，和箭一样地尖，和箭一样地直。它们靠着永不枯竭的排水沟提供营养，发疯似地往上长。等稻种播下地，稻田灌上水，它们已经长得比人还高了。现在，芦苇茂密得透不进风去，如同一堵绿色的高墙。

我听见这堵绿色高墙的那边有女人的嬉笑声和吵闹声。是女犯们在我旁边那档田里薅草。她们不和男犯一起在斗渠上吃饭。她们的午饭由她们的“值日”抬到农渠上来单另吃。

管我旁边那档田的是一个五十多岁的男犯，在我们田管组就数他年纪大。王队长真会安排！况且他八年的刑期到年底就满了，他是不会闹出什么花样来的。

有个女犯粗喉咙大嗓子地唱起来：“临行喝妈一碗酒，浑身是胆雄赳赳……”声音嘶哑而干涩，像一团灰蒙蒙的浓雾翻过了绿色的屏障，不安地滚动着。但转瞬之间歌声又戛然而止。在我前方，在静悄悄的芦苇丛中，却清晰地传来泼剌泼剌的划水声，像野鸭子在水面上欢快地扇动翅膀。

是野鸭子！那种花翎扁嘴的水禽，常常是我们田管人员的美餐。劳改队的“口粮”虽然可以吃饱，但还是难得有肉吃。逮野鸭和抓鱼，成了我们田管人员的副业。在外面，盘中的野鸭都是用猎枪射下的或用网扣住的，而人一进了劳改队却会发挥出空前的聪明才智，我们光凭两只手就能抓住活生生的野鸭。这些傻家伙们把窝筑在高大茂密的芦苇丛里，进进出出当然不能像直升飞机那样直起直落，它们必须在排水沟边的稻田中辟出一条小径，先落在稻田里，然后顺着这条小径游到排水沟，再爬上岸，蹒跚地回家。出窝时也是这样。我们经常看见野鸭子在排水沟边探头探脑地向天上张望，俨然是一位出门的绅士在观察天气。我们只要事前看出哪块田里的草和稻苗被分开了一路缝隙，随着这条蜿蜒延伸的缝隙查到排水沟边，野鸭的足迹就清晰可辨了。黑夜，我们拿上劳改队发给的手电筒，沿着白天探明的踪迹，肯定能找到用麦草和干柴枝筑成的窝巢。一个窝里至少有两只大野鸭，还有蛋或鸭雏。野鸭在电筒的照射下，会使劲地伸长脖子，歪着脑袋，用一只眼睛呆呆地盯着光源，一动不动。傻乎乎的，如墨玉般亮晶晶的眼睛，闪耀着人类早已失去了的天真无邪和坦然不备。那是什么光？是太阳出来了吗？而趁它愣神的当儿，我们用手一提它的长脖子，就轻轻松松地抓到了。有的夜晚，我们能抓到十几只。

于是，我悄悄地向泼剌泼剌响着的地方走去。

我赤着脚，用铁锹小心翼翼地拨开芦苇，一直蹚到芦苇丛的深处。幸好，正午起了一阵风，芦苇丛像森林一般发出哗哗的喧嚣声；修长的苇叶在我四周，在我头顶摇曳，把投在清粼水面的阳光搅成一片碎影。凉水已经没过了我的脚踝。再往前去，水就深可没顶了。排水沟的坡度是非常陡的。

现在，泼剌泼剌的水声更清亮了。泼剌泼剌之后，是淅淅沥沥的细流声，宛如水滴和野草之间在悄悄地细语。这不像是野鸭弄出的声音。

那么，是什么呢?

我好奇地拨开芦苇秆，向排水沟对面偷睉。我猛地一惊：我看到了一个人!

一个女人!

一个赤裸裸的女人!

第五章

她在洗澡。

她也不敢到排水沟中间去，用脚踩着岸边的一团水草，挥动着滚圆的胳臂，用窝成勺子状的手掌撩起水洒在自己的脖子上、肩膀上、胸脯上、腰上、小腹上……她整个身躯丰满圆润，每一个部位都显示出有韧性、有力度的柔软。阳光从两堵绿色的高墙中间直射下来，她的肌肤像绷紧的绸缎似地给人一种舒适的滑爽感和半透明的丝质感。尤其是她不停地抖动着的两肩和不停地颤动着的乳房，更闪耀着晶莹而温暖的光泽。而在高耸的乳房下面，是两弯迷人的阴影。

她的皮肤并不太白，而是一种偏白的乳黄色，因此却更显得具有张合力和毫无矫饰的自然美。为了撩水，她上身有力地一起一伏，宛如一只嬉戏着的海豚，凌空勾出一个个舒展优美的动作。水浇在她身上任何一个部位时，她就用手掌使劲地在那个部位揉搓，于是，她全身的活力都洋溢了出来。同时，在被凉水突然一激之下，又在面庞上荡漾出孩子般的欢欣。

她的脸也很好看。在她扬起脖子，抬起头的当儿，那绿色的芦苇上立刻现出了一张讨人喜欢的面孔。眼睛、鼻子、嘴都不大，但配合得异常精巧，有一种女性特有的灵气。她的一头湿漉漉的短发妩媚地抿在脑后，使一张女性十足的脸平添了几分男子的英武气概。她那眉毛更增加了整个面部的风韵，细细的、长长的，平直地覆在她的眼睑上，但在她被凉水一激的时候，眉毛两端又高高地挑起和急剧地下垂。生动得无可名状。

看起来她忘记了一切。忘记了这里是劳改队，忘记了有人可能跑来斥责她，忘记了她的过去和现在，忘记了她旁边晾着一套黑衣裳，这套衣裳像黑色的烙铁一样烙出了她的身份。她全神贯注地在享受洗澡的快乐，她在一心一意地洗涤着自己，好像要把五腑六肺、把灵魂都翻出来洗净似的。

她忘记了自己，我也忘记了自己。开始，我的眼睛总不自觉地朝她那个最隐秘的部位看。但一会儿，那整幅画面上仿佛升华出了一种什么东西打动了我。这里有一种超脱了令人厌恶的生活、甚至超脱了整个尘世的神话般的气氛。世界因为她而光彩起来；我的劳改生活因为看见了这幅生动的画面而有了一种戏剧性的幸运，一种辛酸的幽默感。我非常想去和她作友好的谈话，想笑谑她一番，但我又怕打扰了她，使她吓得逃跑，从而使梦境般的奇遇、幻觉般的画面全部被破坏掉。

我只是呆呆地看着。

她洗完澡，用一块破毛巾把身体仔仔细细地擦干。风不停地刮着，天空开始出现急剧飘飞的一丝丝白云。她好像才觉得有点凉，返身捡起撂在黑色囚衣上的内裤。在她又转过身来的时候，一抬头，突然发现了我。

她没有惊呼，也没有吓得四处躲藏，而是眯起眼睛迟迟疑疑地望着我。眼神里有几分愤怒、几分挑战、几分游移，她要决定：究竟该干什么？

我也没有跑，也没有和她打招呼，然而我全身的神经都紧绷了……

终于，她露出洁白的牙齿朝我莞尔一笑。随即，又抿上嘴，侧耳听了一下：只有呼呼的风声，芦苇和芦苇说着情话。于是，她并不急于穿衣服，却撂下手中的内裤，像是畏凉一样，两臂交叉地将两手搭在两肩上，正面向着我。

在风中的阳光泛着淡淡的黄色。黄色的阳光照着她青春的前额。

她没有任何一点引诱的动作，更没有一句挑逗的话语，她的脸上也没有一丝笑容。她是在用眼睛，用她身上每一处微微哆嗦的肌肤，用她毫不准备防御的姿态呼唤着我。

这时，我眼前出现了一片红雾；我觉得口干舌燥；有一股力在我身体里剧烈地翻腾，促使我不是向前扑去，便是要往回跑。但是，身体外面似乎也有股力量钳制着我，使我既不能扑上去也不能往回跑。我不断地咽唾沫；恐惧、希冀、畏怯、侈望、突然来临的灾祸感和突然来临的幸运感使我不自禁地颤抖，牙齿不住地打战，头也有点晕眩起来。这是一块肉？还是一个陷阱？是实实在在的？还是一个幻觉？如果我扑上前去，那么是理所当然？还是一次堕落？……一只黑色的狐狸，竖起颈毛，垂着舌头，流着口涎，在苇苇荡中半蹲着后腿，盯着可疑的猎物……

芦苇、芦苇荡、天空，颜色都突然转晴了。我们两人就这样僵持着。

一阵强烈得使我晕眩的冲动过去，习惯性的克制逐渐占了上风。这时，我在她的眼睛里，在她微微哆嗦的肌肤上，蓦然看到了一种可怕的痛苦，看到了笼罩在我们头上的凄惨的命运。她的饥渴也是我的饥渴；她是我的一面镜子。我心中涌起了一阵温柔的怜悯，想占有她的情欲渗进了企图保护她的男性的激情。她那毫不准备防御的姿势，使我的心似乎收缩了起来；生理上的要求不知怎么消失了，替代它的是精神上的忧伤。而恰恰在此刻，从高高的斗渠坝上传来了尖利的哨音。它像鞭子似地在我身上抽了一下，我觉得我还呻吟了一声，便拔腿返身跑掉了。

我踉跄地跑出芦苇荡，才发觉我的脸、手、小腿上被锐利的芦苇叶划开了无数道血口，脚底板也被芦苇根扎破了。

下午，我魂不守舍地扛着锹在田埂上乱转，低着脑袋，仿佛在四处寻找丢失在哪里的什么东西。

管我旁边那档田的老犯人过来向我讨火柴，说："章组长，你脸色不对哩。是不是病了？"我摸摸自己的额头，手掌和脸都冰凉。我怏怏地说："是的，是不舒服。"我借此向王队长去请假，要回土坯房休息。王队长看了看我的脸，“嗯”了一声，算是准许了。我拖着疲倦的腿回到住地，一下子扑倒在炕上。

就在这孤零零的土屋里，就在这张散发着霉味和汗臭味的炕上，我展开过各式各样有关女人和爱情的幻想。所以，我非常地懊悔，我失去了一个极为难得的机会；可是，我又很感自豪，觉得自己经受住了一次严峻的考验。但究竟是什么？我也说不清。啊，魔障啊，魔障！是什么阻止了我扑上前去？既然那种精神上和肉体上的饥渴同时折磨着我和她，既然我们身上都烙着苦难的印记，为什么我们不能在苦难中偷得片刻的欢愉？

我开始蔑视我过去所受到的全部教育。文明，不过是约束人的绳索，使一切归于人，发自人本性的要求都变得那么复杂，那么可望而不可及。如果我像那些普通的农民劳改犯就好了。但我又庆幸自己过去受了教育，是文明使我区别于动物，使我能克制自己，在关键时刻表现出了人，也只有人才能表现出的高尚行为；我有自由意志，我可以选择，因而我要对自己的行为负责。然而，倘若我迎了上去，世界也并不会因此更坏些；我转身逃了开去，世界也没有因此变得更好。我，一个劳改犯，一只黑蚂蚁，还谈得上什么用行为合乎道德规范这点来自宽自慰？何况，如果我认为自己是道德的，就必定认为她是不道德的，而我又有什么权利在心里指责她？那不正是曾在自己的幻想中出现过的场景吗？我为自己的行为负责，那么谁又曾对我负过责任？社会的责任似乎就全在于折磨和迫害我。可是，既然说，今天一只蝴蝶在北京振动一下翅膀，下个月纽约的天气就可能受到影响，那么，刚刚我要是与她媾合了，我就将不成其为我，我今后的命运就可能大大改观——据说，人一生的命运就是一连串一环套一环的因果关系。不过，我又怎能知道改观以后的命运必然更糟？说不定我还能从此割断束缚我的精神绳索，还原成一个人，一个原始的人，在这个野蛮荒唐的年代，用野蛮人的方式去荒唐地生活……

各种观念在我的头脑中搅成一团，扰得我头痛欲裂。最后，搅成一团的观念全部消失，疲乏使我的头脑、我的眼前，成了一片空白。没有了什么道德的、政治的、伦理的观念，没有了什么“犯人守则”，没有了什么“劳改条例”；我也不存在了。只有她那美丽的、诱人的、丰腴滚圆的身体，她那两臂交叉地将两手搭在两肩的形象，耸立在一片空白当中。

世界上只剩下了她！

第六章

我一夜没睡。

半夜，窗外响起滴滴嗒嗒的雨点。一会儿，雨点越来越骤密。田野上、屋顶上，发出哗哗的巨响，土坯房的屋檐像瀑布一样，把宁静的黑夜震动起来。黑暗飞扬得到处都是，仿佛有一个极其威严的神物鼓起黑色的翅膀将君临到这世界上来。我静悄悄地感到了恐惧，习惯性的灾祸感使我以为又会受到什么惩罚。于是，我抛开了在心中混乱的念头，不去想……她。雨下到清晨，又骤然而止。来得匆忙，去得突兀。一只孤零零的公鸡在渠那边凄凄然地啼叫，檐前的水滴寂寞地敲打着水洼。

在不安的情欲熄灭了以后，我开始在道德上的自满自足中，在精神上去寻求在肉体上没有获得的东西。女人，她的帷幕是在我面前一层一层地揭示的。现在揭到了最后一层。倘若把这最后的帷幕揭开，女人也就不神秘了。而没有神秘色彩的事物却是平淡乏味的事物。于是，可以这样说，这时，我对女人的感知可说是恰到好处。朦胧的状态可以使我展开想象，还可以就此编出富有浪漫气息的故事……

我发觉，我其实只不过是个耽于幻想、善于编故事的人，尽管我能够应付现实对我的种种磨难，却缺少主动的进取精神。

我还发觉，文明的功能主要不在于指导自己的行为而在于解释自己的行为。我没有做那件事，我能够很合理地把自己的形象想象得很高大。

可是我如果做了那件事，我也同样能够合理地解释它，不但会原谅自己，简直还会认为那是强者的行为。

天亮了，灰色的晨光从污浊的玻璃渗透进来。劳改犯人还睡得正浓。我深深地叹息了一声：有思考能力的人靠思考生活，没有思考能力的人靠本能生活。但本能使人坚强，思考却使人软弱。

其实，在这个世界上，思考与不思考全是一样的！我想翻身坐起来，而这时却睡着了。

第二天，大队照常出工。一夜的暴雨，在黄土高原的沙质土壤上竟没有留下多少痕迹，除了坝坡上有一道道被雨水冲刷出的自然径流之外。当然，稻田、苇荡和沼泽成了汪洋，在绿得发黑的水生植物随风摇曳的时候，透过晃动的枝叶，可以看见到处都是白花花的水沫。这种水沫只有急风骤雨才掀得起来。空气异常潮湿，风里似乎还带有一丝丝雨丝。褐色的柳树干、沙枣树干的颜色更深沉了，而白杨树干却像银子铸成的一般通体发光。田埂上、土路上蹲着许多癞蛤蟆，草丛里躲着许多青蛙，像洪水过后的灾民，茫然失措。但是土路上毫无泥泞，田埂上也坚实可行。劳改大队仍然沿着这条土路来了。

天一大亮，我们田管人员就爬起来，扛着锹下地去检查自己所管的田。大雨有没有把排水口、进水口冲开？田埂有没有被冲垮？而我却昏头昏脑地在我管的田区转悠，不知道应该干什么。嘴里又苦又涩，肚子也不觉得饿了。看到我昨天从那里进去，又从那里出来的地方，芦苇被分向两边，好像是高墙中的一个豁口。这个豁口在我心中引起一阵欣喜、一阵忧伤、一阵混乱不堪的情绪。

当我糊弄地检查完了以后回土坯房吃早饭，在半道上正碰见下田薅草的大队人马。

“夜里下雨白天晴，气得劳改犯人肚子疼！”

一个尖鼻子犯人经过我身边，用押韵的顺口溜发牢骚。是的，要是白天接着下就好了，这样犯人可以在号子里蒙头睡上一天。

可是白天虽然还阴沉沉的，却并没有雨。劳改队里尽管经常出现意外，而从来没有过侥幸。当一个劳改犯，最好是对生活不要抱任何幻想；我幻想了，所以我就有了苦恼。

这里没有爱情，只有生理上的情欲……

男队走过去了。后面，远远的地方跟着来了女队。我现在才知道我在等谁；我突然又体验到了多年来未曾体验过的激动。

空气灰蒙蒙的，渠边青草上的水珠也呆滞无光。但是，这一切都因为能够见着她而具有了光彩。

走在前面的女犯都好奇地盯着我，直到从我旁边走过去才把头扭开。她走在最后。她的后面是扛枪的"班长"。她手里拿着一把镰刀。这是用来割草的。在草太密的田边上，干脆就用镰刀来割，反正那里也不会有稻苗。

我凝视着她的眼睛。她眼睛里跳跃着一种嘲讽的笑意，但也含有仿佛跟我已经很熟悉了的、很亲切的目光。我们互相用眼色打着招呼："你早！""你好！""你早晨吃饱了吗？""还凑合！"……

她有着一张容光焕发的脸，在那张脸上丝毫找不出来一点羞愧，于是我反而脸红了。她虽然也穿着和别人完全相同的黑色囚衣，没有领子，没有贴兜，跟一条直筒筒的面粉口袋一样；肥大的衣袖随着女人细小的胳臂来回唿扇。但在我的眼里她似乎还是赤裸裸的，还和昨天一样美丽。

然而，在她走到我旁边，要和我擦身而过的那一刹那，她却突然举起手中的镰刀，在我脸前晃了一下，同时用只有我能听清的语声，迸出这样狠狠的一句话：

"我恨不得宰了你！"

我还没有反应过来，她头也不回地走掉了。跟在她后面的"班长"嘴里不知咕哝了一句什么，也从我身边走了过去。

一支枪筒发出蓝幽幽的光。

我等了半天，等的是这样一句话。我们用目光交流的那些无声的话语，全是我自己的想象！

吃完早饭，我在渠坝上呆呆地坐着。风撕裂了铅灰色的云，在远方，在天边，出现了橙黄色的阳光。老乡的庄子开始活动了起来，响起了懒洋洋的赶牲口的吆喝声。一匹瘦骨嶙峋的枣红马跑出了圈，在黄萝卜田中又陡然站住，昂起头，用鼻子在风中嗅着什么。渠水浸到我的小腿。水流响着细微的潺潺声，含有一种忧郁而爱恋的调子。我忽然委屈地流出了眼泪。我觉得我受了伤害，她也受了伤害，但又说不出究竟是什么地方受了伤害。

此后，在劳改队我再也没有见到过她。三千多亩水稻田，一千多人薅两天也就薅完了。第三天，大队转移到场部北边的稻田区去了。等稻子成熟，我们田管组都抽调回大队时，女队已经搬迁到别的站去，我们连在路边见面的机会也没有了。我只打听到她的名字。

她的名字叫黄香久。

第二部

第一章

我们再次相遇，已是八年之后了。

也是一个刮风的天气。但不是那种湿润的风，而是砾石上干燥的热风；砾石上只能长耐旱的针茅草、芨芨草、沙葱和酸枣刺。这里不是劳改队的水稻田，而是农场的羊圈，在春天的空气中，散发出一股发酵的羊粪味和熏人的羊膻味。时间流逝了，场景变换了，但我们的身份似乎并没有怎么变。

我用四齿耙搂着撒在羊粪上的干草。干草四处飞扬，草秸在阳光下翻滚，像铺天盖地而来的蝗虫。远方，山腰上弥漫着明晃晃的岚气，使重叠的群山失去了层次，失去了立体感，宛如镶在玻璃框中的一幅风景画。山脚下，有一条发光的小路蜿蜒而下，直达到这个羊圈，又从这个羊圈延伸到居民点。在那里，和一条通向场部的土路会合。

她就是从这条小路来到羊圈的。

前天，我把羊从山上赶回来，羊圈已经颓败得一塌糊涂，没有羊蹲的羊圈，和没有人住的房子一样，会很快地坍塌掉的。所有的柱子都歪歪斜斜，哪个旮旯里全结着蜘蛛网，喂羊的槽也不知让谁偷跑了。槽是木板做的，拖回家去可以打一个柜子。在农场，除了野地里的石头没人偷，凡是生活中能利用一下的东西，一撂下转眼就不见。到快入冬的时候，连建筑用的青石片也有人偷——家家的咸菜缸上盖的都是青石片。

槽不见了，羊棚上的椽子也丢了好些根，怪不得羊棚塌下来了一个角。我要我们生产队的书记派人来帮我收拾。“这个圈连羊都不敢蹲，砸死了羊可别说是我搞破坏！”羊比人重要。如果说人住的房子坏了，对不起，你想也别想生产队会派人来给你修。可是羊，那就不同了，尽管现在正是农忙季节，书记还是答应派一个女的来。

“是刚来咱们连队的。原来在白银滩农场。她不愿在那儿待，我就把她要来了。”书记说着，露齿一笑。“她过去也劳改过，是跟你在一个劳改农场哩。”

“哦？叫什么名字？”我心中一动。

“叫黄香久。”

果然！

和我同期劳改的女犯人有一百多名，我劳改过的那个农场，前前后后总关过上千人次女犯，但我还是一下子想到了她。我再一次坚信自己有一种神秘的预感，过去，现在，无不应验。可是，好的预感从来没有应验过。也许是我命运中根本就不可能有丝毫的幸运。

但愿这次能出现奇迹。

我看着她从生产队的居民点慢慢地爬上坡来才转过身去。她扛着两根细木棍和一把铁锹。风使劲地掀动她蛋青色的头巾，把一身军绿色的衣裳——这是最时髦的颜色——紧紧地裹住她的身躯。她低着头，迎着风走到羊圈，哗啦一声撂下她肩上的东西，靠在栏杆上喊道：

“喂，我是在这儿干活吗？”

我耳边又响起“我恨不得宰了你！”那是一个遥远的声音，可是现在一下子变得这样贴近。是的，就是这种语气：任性而又有撒娇的意味。我微微一笑，迎上前去。

“你没走错。可是你带来的椽子太细了，”我踢了踢她脚下的木棍，“这样的火柴棍能支得起棚子？”

“管它呢！扛细的轻松点。”她撇撇嘴。接着，眯起眼睛看着我的脸。我紧张地等待着。几秒钟后她吸了一口气：

“啊，是你？”

“是我。”我很高兴她还能认出我来。

“你咋也在这里？前些天你在哪儿干活？怎么没见你？”她一边从栏杆上爬进羊圈，一边问我。我手插在她腋下帮她翻过栏杆。在无边的干燥的空气中，只有她腋下有一点温暖的湿润。

“我怎么来的？像我们这种‘打了号的羊’，除了这样的农场还能分配到哪儿去？”我抑制着突然迸发的喜悦和兴奋，但禁不住变得饶舌起来。“劳改队不是实行‘从哪儿来回哪儿去’的原则吗，我是从这个农场送去劳改的，所以一释放就回来了。一冬天我都在山上放羊，前天刚回来。你是怎么来的？”

“哟，你还会放羊，真不简单！”她在羊圈里站定，抻了抻衣服，把沾在衣裳上的干草秸一根根地拈掉。这种仔仔细细的爱整洁的动作是十足女性的动作，我的眼睛里一定放出了奇异的光彩。但是，我却用无所谓的语气说：

“嘿嘿！我什么不会干？从五七年到现在，十八年过去了，要是上大学，都毕业五次了。农活里，我就是不会开拖拉机。他们不让我开，要让我开我也学会了。”

她再次上上下下地打量我，嘻嘻地笑着说：“真是巧！想不到咱们又在这儿碰见了。”

“巧什么？我一点也不觉得奇怪，”我说，“像我们这号人，迟早会又凑到一块儿的。世界非常非常大，可是对咱们来说，又非常非常小。这些年，我磕头碰脑地总遇见过去一起劳改过的。比如说吧，这次在山上放羊的五个羊倌，是从各连队调上去的，可除了那个啥也不会干的班长是复员军人，四个人全是从我们原先的那个农场出来的，有一个还跟我蹲过一个号子。你说怪不怪？来吧，把锹拿着，咱们开始干活吧。”

岁月好像在她身上并没有留下多少痕迹，也许是过去我并没有把她看得很清楚。她现在总有三十多岁了吧，和我记忆中的她比较，她似乎胖了一点，脸色比过去好得多，黄白但有光泽。过去，她不可避免地和大家一样，脸上有一股晦气，眼角和鼻梁间虽然出现了一些细小的皱纹，但却比我印象中的脸更为生动，表情更为丰富。因而，在我看起来，她仿佛比过去更年轻了。

“从那时候算起，有八年了吧。”她替我扶着羊棚的柱子。“这八年，你都在这个农场？”

“可不是。”我用铁锹埋着土，我们要把塌下的棚子支起来。“不过这八年可真不容易过。先是群专了一年，以后又蹲了两年监狱。头一次是刚释放，就被‘文化大革命’裹了进去；后一次在七〇年‘一打三反’里头。你呢？这八年你是怎么过来的？”

“‘八年啦，别提它啦！’”她笑着，学了一句革命样板戏《智取威虎山》里的唱词。随后，两脚掬着把我埋下的土踩瓷实，眼睛看着地面说：“这八年，结了两次婚，离了两次婚，就这些。幸亏没生娃娃。”

我不停地干着活，一点也不惊奇。我看见、听见的出乎意料的事情太多了，到后来，竟没有一件事能出乎我的意料。她不那样生活还能怎样生活？幸福是一种奇迹，不幸才是常规。她对我的坎坷也没有感到惊奇。这样，我们倒是真正地相互理解了。她不说那些安慰的话语也好，这些年，我最怕那种老太婆式的絮絮叨叨的同情。

“你别笑话，”她接着说，“你蹲了两次监狱，我结了两次婚，其实结婚跟蹲监狱一样，有的时候比蹲监狱还要难受。前一次，我没告诉他我劳改过，成天提心吊胆的，怕他知道了。可他还是知道了，跟我打了离婚。后一次，在白银滩农场，我一开始就跟他说清楚了，可他老把这事拿捏我，我受不了，跟他打了离婚。前一次是人不要我，后一次是我不要人，一比一，平了！唉，人一辈子就是这么回事。我以后再不结婚了！”

“你打定主意再不结婚容易办到，我打定主意再不蹲监狱可不容易。”我笑着打趣她。“结不结婚由你，蹲不蹲监狱可不由我。这么说来，你还是比我强。”

我们一见面就像老朋友似的嘻嘻哈哈，无拘无束。友谊的关系有各种各样的格局，有的格局是一见面就自然地很亲切，有的是必须在一段时间内逐渐啮合好齿轮，如果啮合不到一起便不能运转。我们都无视对方的痛苦，因为我们各自的遭遇就够自己心烦的了。但我们都能真正地同情对方，因为我们都亲自经历过那种痛苦，虽然在形式上不同——有蹲监狱和结婚二者的区别，但感觉的实质和程度是一样的。

干草秸飞扬了一会，飘落在地上，羊圈里满地闪闪发光。风吹着吊杆吱吱嘎嘎地响，水桶乒乒乓乓地磕碰着井沿。我从井里提了几桶水，和了一摊泥，跟她慢慢地修补围墙。其实，书记不派人来我也能把羊圈收拾好。但多年当农工的经验告诉我，给你派一个任务之前你先得喊叫，派一个人来你自己就省一份力。在劳动中入迷，和在接受劳动任务时的狡猾，二者并不矛盾：劳动，是自己的生活，而任务却是属于别人的。只有雇佣工人才能分得清它们之间的差别。现在，我们两人干着一个人的活，干得很轻松，很默契。这突然使我想到：小农经济给人最大的享受，就在于夫妻俩一块儿干活！中国古典文学对农村的全部审美内容，只不过在这样一个基点上——“男耕女织”！

我们谈着各自认识的熟人。所谓熟人，绝不是失去的那一个、已经成为梦幻般的世界中的熟人，而是曾经一块儿劳改过的人。因为我们两人的生活只在这一点上有过交叉。他们中，有的又一次折腾进去了，有的丈夫跟她离了婚，有的妻子跟他离了婚，有的自杀了，有的被杀了……谈来谈去，我们发觉我们俩的遭遇还是比较好的；命运特别宠爱我们两个人。我们虽然感叹着、惋惜着，但我们还是更高兴了。

"那么，你为什么不待在白银滩农场，要调到这个农场来？"我问她，"是不是白银滩农场活苦？"

"所有的农场都一个样。活嘛，看人怎么去干了。"她说着，有意地把额前的一绺头发从廉价的尼龙纱巾中扯下来，并翻起眼睛看了看那绺头发。这里没有镜子，要有镜子她就会走到它跟前去的。而在这一瞬间，她的脸上的确有一种照镜子时的很蠢、很俏皮的表情。但她的头发真的是很亮、很黑的。"既然离了婚，再待在一个农场有啥意思？还是离得远远的好。你们的书记跟我们那书记是战友，常去我们那儿。是你们的书记把我要来的。"

停了一会，她又说："你们这个书记不是个好东西！"

"你怎么知道，在我看来，他还算比较好的。"

"哼哼！"她鼻孔里冷冷一笑。"男人嘛，我见得多了，一看他眼睛就知道。"

我想了想，这位书记的眼睛好像和别人并没有什么不同。也许是我一直没有注意他的眼睛？但我立刻想到自己的眼睛。是不是她也从我的眼睛里看到了什么？我想起八年前所看到的情景，一切还都很清晰生动，犹如昨天发生的事情。不过我不能知道那时我的眼睛是什么样的。在一个自信很会观察男人的女人面前，我得小心一点。我赶忙把眼睛移向别处，拿起她扛来的木棍思忖着，好像想把它派个什么用场。

这时，书记也爬上坡来，到了羊圈。幸好我们刚中断了谈话，她满不在乎地站着，我在装模作样地干活。

"嗬，你们干了不少嘛！"书记的情绪今天出奇的好。其实我们并没有干多少。书记从我旁边走过，瞥了我一眼。我也瞥了他一眼。我没有发现他的眼睛有什么异常。他笑眯眯的，眼角放射出几条饱经风霜的鱼尾纹。这是个很机灵的人。在旁边没有人的时候，他对我的态度很好。这个队原来号称"鬼门关"，是全农场管得最严的一个队，"文化大革命"后期又改作武装连，负责看管农建师设在这里的监狱。"九·一三"林彪事件以后，是由他来解散这所监狱的。但是，和社会上一样，所谓解放，只不过像一撮盐溶化在一缸水里，最后，盐消失了，而整缸水都含有稀释了的监狱的苦咸味。我听人说，他常告诫那些爱用拳头棍棒敲人的群众："你们别把狗逼到墙根上啰！"虽然他还是把我们这种人比作狗，但在号召"痛打落水狗"的年代，这样的话已经够有人情味了。自他来了之后，"鬼门关"的制度的确宽了许多，农工们假日出门，甚至不打招呼也可以；"鬼门关"不怎么像"鬼门关"了。

他把笑眯眯的眼睛转向她，走到她跟前，接过她手中的铁锹，掂了掂，说：

"刚领的？口还没有开哩。"

说完，就将锹口搭在垫木槽的粗石上，手腕使劲地压住锹把，哗哗地磨起来。他披着褪色的绿军服，两只袖子像拨浪鼓捶般摇来摆去，但姿势很有力，矮墩墩的身躯半蹲着，更显得结实粗壮。磨了好半天，他站起来，用拇指试了试锹锋，交给她：

"看，这就好使了。你铲几下，利不利？"

她照他说的在羊粪上铲了几下，满意地笑了。

"嗯，真的，好使多了！"

书记很快就改变了她原来对他的印象。这个书记真有办法！我就没有想到替她磨锹，光会磨嘴皮子。

我背对着他们，用铅丝把一根根栏杆拧紧。现在是书记代替了我，和她埋柱子。风一阵阵传来他们的说话声。

"曹书记，来这儿以前你在哪儿啦？"

“哦，那我在大草原上，锡林郭勒大草原，你知道吗？我在那儿当骑兵。”

“嗬，那真是个好地方。”

“你去过？”

“没去过。我在电影上看的。那草原真漂亮……”

“是呀，草原是块宝地，尤其到了夏天。可是一出几百里不见人烟，更别说女人了。当兵的全是小伙子，有时候，真孤单呀……”

他也感到过孤单？

“那你为啥不把老婆带上？”

“那时候我还没娶老婆哩。再说，我还不够资格，我才是个排长。在部队，营长才许带家属。”

“你们那口子挺漂亮的，是不是在学校教书的那一个？”

“唉，啥漂亮不漂亮！俗话说：‘当了三年兵，见了母猪都是双眼皮的’，何况我当了八年兵？！我一复员回到老家就结婚了，管她漂亮不漂亮！”

曹书记的语气有几分懊丧。放在现在，他就不会娶这样的女人吧？他女人突出的特点是嘴大，满口黄牙，两腮红得发紫，并且皮肤粗糙，据说这是因为他们家乡的水土不好。黄香久夸她漂亮，是在恭维她。是的，不恭维她恭维谁呢？她是连队书记的老婆，虽然小学还没有毕业，写自己的名字也缺笔少划，却能在农场学校教小学。

她跟书记也能找得出话说。曹书记平常就没有什么架子，这时更说了些心里话。他说这里没有他们老家好，风沙大，交通不方便，可是来这里能当国营企业的干部，比在老家当公社干部好；二则他老婆和妯娌又闹不到一块儿去，所以就来了。要是有机会转到家乡的国营单位去，他还是要回去的。她对书记不愿在这儿长久待下去表示惋惜，说咱们农工就仗着一个好领导。“火车跑得快，就靠车头带。”又叹息说：“当干部就是好，能满世里调，农场不愿待了到工厂，工厂不愿待了到政府。咱们当农工的调来调去还是在农场。”曹书记叫她也活动着调回老家去，说是只要她家乡有个接受单位，这里他一批就放走了。我眼角瞥见他还抖了抖手腕，做出了一个签字的手势。她说："谢谢你啦。可我不愿意回去，在外边犯了事儿，回老家丢人败姓的。"曹书记说："你那又不算什么大不了的事，纯粹是人民内部矛盾！那是在'文化大革命'以前，要放在'文化大革命'里面，哪能给你判三年劳改？你没看大字报上揭发的，好些高干都搞这事哩！"我还不知道她犯的什么案子，书记是抓政治的，有权翻每个人的档案，当然知道。听曹书记的口气，她肯定犯的是所谓"男女关系"。只有这种罪过，不分高干、基干、平民百姓都能够犯。如果说是"走资本主义道路"，她还没有这个资格。

他们两个聊着天，我心不在焉地干着活。不知怎么，我的情绪陡然低落下来。看看太阳，有点偏西了。明晃晃的山岚聚合成飘动的灰雾，缭绕在光秃秃的山间。风也减弱了，在去冬的枯草和今春的绿叶上疲倦地徜徉着。眺望南方，黄色的地平线上有一小片白色的尘埃。"哑巴"快把羊赶回来了。放羊的把式出工比大队晚，收工比大队早。他们回来，还得饮羊，还得给乏羊喂料，活多得是。

我不客气地一把把栏栅门拉开。门像一把散了骨撑的扇子，摇晃个不停。那意思是说：你们走吧，羊快回圈了！

曹书记掉过头来看看我，又抬起腕子看看表，说："今天就干到这儿吧。"他把锹还给黄香久，向我走来。

"给，抽支烟吧。《参考消息》上说，抽一支烟要少活五分钟，我就不信。一个人咋能知道自己活多长？那五分钟又从啥时候扣起？"

我说："抽就抽。反正多活五分钟少活五分钟，对我来说无所谓。"

我把烟先点着，然后把火凑到他面前。他在我手上对着烟，喷了一口，意味深长地说：

"对谁来说都无所谓。这会儿，谁还怕死？"

是的，中国人连死都不怕；特别是现在，活着并无趣。不过跟他说话要适可而止，我问：

"我这趟回来，是住在羊圈呢？还是回大队去住？"

"随你，"他爽快地说，"放不放羊也随你。你在山上苦了一冬天，想歇歇的话，就回大队。想放羊自在，就还是放羊。还有，你刚回来，给你三天假，咋样？"

"行。那我就回队上干活去。"

在农场，大队上最好混日子，按时出工，按时收工，按时休假，不管干得怎么样，工资一分钱也不少。这里不是劳改队，单独工作并不体现自由，反而会被牢牢地钉在岗位上，没有人愿意放弃假日来替换你。尤其是我们这种人，还要冒风险。比如，羊只的成活率高，成绩不会归于你，倘若死亡率高了，倒会找到你的头上。

书记搓搓手，掸掸裤腿，走了。沿着他上来的那条小路向居民点走去。她抱着锹过来。

"书记开恩，放了我三天假，"我说，"奇怪，书记今天好像对人特别好，我看跟你聊得也挺热闹。"

"哼！"她哼了一声，"现在跟过去不一样了。这些人可鬼着哩！"

"怎么不一样了？"我敏感起来。我在山上一个冬天，看不到一张报纸，听不到一句广播，难道这期间世界上有了什么变化？

"我也说不清楚，反正我觉着不一样了。"她望了望地平线上逐渐变大的白色的尘埃，说："你要是没事，到咱们房子来聊聊。我那儿挺清静，就两个人，那一个是个老婆子……"

第二章

"哑巴"把羊赶回来了。入圈、点数、饮水、分栏。冷清的羊圈一下子热闹非凡。但是没有人，只是羊在这儿闹——羊挤羊，羊顶羊，小羊找母羊，只有老乏羊用悲观主义者的眼光瞅着同类，冷漠地一声不响。好了！一共二百七十五只，没有少，当然也不会多起来。

羊赶回圈，就没有"哑巴"的事了。不是没有他的事，而是他除了放羊，便不干别的事，连羊只的数目也不数，他光起个牧羊犬的作用。这时，他一动不动地蹲在墙根下，垂着脑袋，瞅着他脚下那双用汽车轮胎做的爬山鞋。我一边掏羊，一边喊他：

“喂，你回去吧！”

“回去吧？”

“我叫你吃饭去哩！”

“吃饭去！”

真没办法！他所有的话都和回音似的，你说什么，他说什么。我干脆不理他，一个人忙活起来。

一会儿，“哑巴”的老婆来了。这是个内蒙古的大脚女人，一张焦黄的扁脸；在这都穿绿军装的时候，独有她还穿着老式的大襟衣裳。还没走到羊圈，在那条小路上就扯开嗓子骂起来：

“我说你咋不死哩？啊！我说你咋不死哩？啊！你这没命的灰熊！每天都要老娘来领你，不领你，你连家门在哪里都摸不着！你要死了，老娘也轻省了……”

我说：“你别骂了，大嫂。他活着，每月还能给你挣三十三块钱哩。别看他摸不着家门，放羊还是比条狗强……”

“我稀罕那三十三块钱哩！”大脚女人吧嗒吧嗒地走进羊圈，“这灰熊不是没命么?！谁叫他把那一万多块钱交上去？交了就交了呗，自己又想不开，落了这身病。唉！老章，我总思谋不开，这人是怎么回事。啊？你说说，这人是怎么回事？你这么大学问，你能把人思谋得透么……”

她把重音放在“人”字上。这表明她“思谋”的不是她丈夫。她是在“思谋”人的本质、人的本性、人的意义。在只注意人的阶级属性的今天，这个生活于荒漠上的大脚女人，居然比写大块文章的批判家想得还要深刻。

不幸的女哲学家用她丈夫赶羊的鞭子抽了她丈夫几下。“哑巴”清醒了，默默地跟在她后面，顺着那条小路回家了。

羊咩咩地叫着。居民点的房顶上有的冒出了青烟。很多人家烧的是蓬蒿，那烟就像魔鬼施的魔法，呼的一下子猛往上冒。

“哑巴”其实不是哑巴。前些年，在大兴背诵“老三篇”的时候，他虽然不认识几个字，用这儿老乡的话说，却也能背得“淌淌流水”。他出身贫农，往上查五代找不出一点瑕疵。从部队复员来到这个农场，因为没有文化，不能像曹学义那样当连队领导，只捞到了一个班长，而且是谁也不愿意当的放羊班长。他一向乐呵呵的，脾气很随和，扛了八年枪也没有改变他庄户人的习性。但在武斗的时候，他却会唾沫横飞地跳到台上来大打出手。他痛恨那些“牛鬼蛇神”完全是出于一片对革命的虔诚：领导上说是坏人肯定是坏人！前一方面的表现，他获得了群众的好感；后一方面的表现，他赢得了领导的宠爱，所以年年都把他评为学习“毛著”的积极分子。

三年前的秋天，全场的羊照例要赶到山坡草场去放牧，他带着各连队集合来的四个牧工去了。石头砌的羊圈坐落在通向内蒙古的隘口路边，就是我不久前从那里回来的地方。那里满山坡是砾石，洪水冲出的自然泄洪沟中也全是青灰色的石头。但是草长得很旺。据说羊吃了从石头缝里长出的草会特别壮实，因为草的顽强坚韧的灵魂会转移到羊的身上。这就是我们每年都必须把羊赶到石头山上去一次的原因。有一天，这位还没有变成“哑巴”的班长，赶着二百多只羊在荒山坡放牧，走着走着，忽然在砾石上发现一个鼓囊囊的军绿色帆布包。打开一看，竟是一大叠一大叠人民币。在这么一块和月球上同样荒凉的地方，这包钱只能是从天上掉下来。他在山坡上蹲了一下午，哆哆嗦嗦地也没把钱数清楚。反正是很多很多！回到羊圈，把钱藏好，从此就病了，不停地自言自语，或是嘴唇不出声地颤动，好似在心里计算一连串天文数字。羊，当然是放不成了，但他是班长，别人只好替他放。不久，县公安局来了人，四处查访，终于查到这个羊圈。原来，钱是蒙古人丢的。他们赶了一群马到黄河沿岸去卖，总共卖了一万多块钱。大草原上没有邮局，他们把一包现款绑在马鞍后面就往家走。可是这伙蒙古人个个喝得醉醺醺的，经过隘口时，帆布包掉了也不知道。县公安局根据他们回去的路线，一段一段地调查，最后推定在这个周围几十里不见人烟的羊圈住着的人最可疑。

这座孤零零的羊圈从来没有来过这么多人。穿制服的警察把一个个牧工叫到吉普车旁边审问。“哑巴”是班长，响当当的贫农，又害着奇怪的病，谁也没有怀疑到他。可是他一见到带枪的人就大惊失色，浑身筛糠似地哆嗦，还没有问到他，他就主动说了。几个警察从羊粪堆里挖出了蒙古人的帆布包，点过数，一分钱也不少。

“哑巴”一夜之间出了名。除了学习“毛著”积极分子的头衔外，又成了全省农垦系统的标兵，劳动模范，优秀共产党员。当宣传干部替他整理材料时，他嘻嘻地笑着说：“钱太多了！要是只有几百块钱，我就留着自己花。”他没有了钱，病也没有了，说出了实话。宣传干事当然不能照他说的写，反而用报纸上现成的言词给他编了一套天花乱坠的讲用稿。这样，“哑巴”就上了北京，出席了全国农垦系统召开的一次先进人物代表大会，还见到了中央的大首长。

从北京回来，他逢人便说，过去他傻着哩，不知有了钱咋花，去了北京，才知道钱能买东西；王府井百货大楼里，要啥有啥。有了钱才能过好日子。话传到团场领导耳朵里，把他叫去训了一顿，说是他如果再到处乱说，就要把他当成“阶级敌人”。从场部灰溜溜地回来，第二天，他就变成这副模样。

开始，人们给他起的外号是“傻子”，但这时“傻子”正是一个带荣誉性质的褒扬词，譬如说，场部那个每天清晨起来打扫厕所的，比谁都机伶的水利技术员，好不容易才脱掉“知识分子”的皮，取得“傻子”的光荣称号，入了党。于是大家都觉得管他也叫“傻子”不妥当，后来根据他病情的特点改称他为“哑巴”了。

他顽固地沉默着，谁知道他心里是怎样想的？而人们一见着他，心里也一下子罩上了浓黑的阴影。别人的悲剧是政治运动造成的，他的悲剧却完全与政治运动无关。使人们觉察到，在政治口号的表层下，在过着最普通生活的最平凡的人的心中，有一种不能被政治征服的、想过好日子的、可怕的利己欲望。这种欲望像鬼似地藏在每一颗心的死角，不管什么政治运动都冲击不到它。相反，它还会叫人冷不防地钻出来，把政治给人的影响化为乌有。人们从他身上反省到自己，觉得自己的心里除了“不断革命”的斗争性之外，仿佛也有个什么说不出的名堂，只不过是“哑巴”把它公开化了。这种沉重的鬼胎，像坚冰下面的涓涓细流，一点一点地啃啮着上面的冻层。

大脚的女哲学家“思谋”的大概就是这个吧？

“哑巴”惯常地垂着头，跟在拿着鞭子的大脚女人后面，隐没在居民点的淡青色的暮霭中了。魔鬼施放的烟雾笼罩了整个村庄。羊安静下来，悲观主义的老乏羊卧在旮旯里，深深地叹着气，长长的胡须耷拉着，一副悲天悯人的神情。我干完了应该干的活，在曹书记刚刚磨铁锹的大粗石上坐下，点着一支烟。一股莫名的悲哀和烦恼照例地涌上心头。这种情绪来得和时钟一样准。日落、黄昏、归羊、飘零的晚霞、沉淀下来的风、沉静下来的荒原、被流动的空气刻蚀的沙丘、孤傲挺拔的芨芨草和枝桠虬结的荆棘，都渐渐地模糊了、淡化了，于是从心底里渐渐地现显出孤独与寂寞。每日每夜，伴随我的不是羊，便是“哑巴”这样的人；广阔的空间，除季节变化就无变化的自然空间，找不到一点点实例来印证我从书中得出的思想。这里仿佛不是人类社会，但又似乎是从飞速旋转的人类社会上甩出来的一个小小的泥团。它和人类社会失去了联系却又带着人类社会的原质。这种停滞状态常常激励我要行动，也常常使我灰心丧气，而更多的倒是使我害怕：岁月和智力，就这样无声无息地被风化掉了；我终将变成一个无用的人，不知不觉地归于“哑巴”一类人当中去。

你能说“哑巴”的脑袋里什么都不想吗？然而“哑巴”终归是“哑巴”。世界是铁铸成的，没有感情，没有知觉，不会和你作无声的交流。你要影响它，推动它，至少要大喊大叫，哪怕仅仅是一声在压抑下的呼喊。

然而，今天，在我眺望着黄色的落日慢慢地降到黛青色的山巅时，在寂寞和孤独的感觉中间，似乎另有一丝思绪，像羽毛一样撩拨得我心发痒。我终于又见到你了！这莫非是天意？这么多年来，过去结识过的女人都逐渐地淡忘了。韩月屏、马缨花，知道那是不可能再次得到的便不去多想。在我，在她，都成了永久的回忆。而在我，有时回忆起来还会怀疑：那是真的吗？我曾经有过那样美妙的时刻吗？于是，心肠由于缺乏爱情的滋润而变得硬起来。但是，她那强有力的一划，却在坚石上刻下了很难磨灭的痕迹。至今还很生动、清晰的画面，那线条优美的赤裸裸的肉体，多少次激起我男性的情欲和激情，使我知道我虽然是个披着黑色的、蓝色的，或者如现在这样是披着绿色外壳的“劳动力”，但毕竟是个男人，在扼杀个性的一般性中至少还保持有性别的特征。她那强有力的一划，那无声而又大胆的呼唤，对此我虽然没有如她那样勇敢地作出反应，却像是我被她奸污了似的，从此失去了我的童贞，尽管我现在三十九岁了还是童男子。

过去的一次次温柔的拥抱，多情的接吻，全被她沉甸甸的、周身都能颤动的肉体撞得粉碎；彤红的霞光扰散了桃红色的晨雾。从那时以后，我知道，只要我一想到女人，我马上就会想到她，而不是别人。我的童贞是在她身上丧失的呀！我不相信她只会在我的面前一闪，再也见不到她的踪影。我完全没有根据地盼望，她还会在我的生活中出现。而现在，她果然又出现在我面前！凡是出现过两次的事物，肯定具有某种意义。那就是命运！

我也知道，已经不习惯温情脉脉的我，早已被野性的情欲所俘获；生活方式的改变会改变爱情的方式，爱情的意向，爱情的审美观念。我也和“哑巴”一样了，总是处在不间断的矛盾之中，一面是理性的思索，忠于一个信仰，被文明约束和管制；一面是非理性的本能，渴求和一个活生生的、实实在在的肉体结合，不管她是谁，只要是我亲眼看到并刺激起我情欲的异性。

飘零的晚霞破碎了……

抽完一支烟，居民点房顶上的广播喇叭响了。这个灰色的铁玩意儿，张着黑洞洞的大口，是我们农工和世界唯一的联系。但它每天重复的都是同一个调子，更证明世界是完全停滞的。流动的只有时间，于是它只起了个报时的作用：该去食堂打饭了。我站起身，卷起铺盖往肩上一扛，关上羊栏，也不等值夜班的人，一溜烟地跑下坡去。

管他娘的！吃完饭去找她！

第三章

蹲在食堂门口吃完饭，我一只胳膊夹着饭盆，另一个肩膀扛着铺盖，回到我原来住的集体宿舍，砰地把铺盖摔在床板上。

“咦！那两个人呢？”看着空出了两张床板，我问盘腿坐在床上的周瑞成。

周瑞成有着一张尖尖的嘴，但面目还是很清秀的。他从他正拉着的二胡上抬起头来：

“都结婚了，光棍汉就剩下你一个了。”

他露出一副讨好的、又是降贵纡尊的笑容。这种笑只有嘴尖的人能做出来。我回敬了他一句：

“总比你强吧：我是没有老婆，你却是有老婆回不去！”

他不作声了，低下头仍拉他的《浏阳河》。他拉二胡拉得相当好，琴声幽幽地带着很深的情感。但是他只拉《浏阳河》，从不拉别的曲子。

他是监狱里的“剩余物资”，原来是农建师的供应科科长。那年，为了填满监狱，从农建师师部和下面的各团场凑集来许多牛鬼蛇神。我们曾在一起关押过。后来，监狱撤消了，所有的牛鬼蛇神都回了自己的单位，有的还官复原职，唯有他没有被释放，以不明不白的身份和我们几个光棍农工住在这个连队的单身宿舍，已经有好几年了。

琴声在四面土墙上回旋荡漾。我铺好床仰面躺下，看着周瑞成尖尖的嘴和尖尖的胡须。天渐渐地暗了，苍老的周瑞成越缩越小，最后成了一个黑影。只有浏阳河水涓涓的清流，极力想从窗户、从门缝泄出这间四壁萧条的小屋，潺潺地淌到外面去。房子是寂寞的，空气是寂寞的，连音乐也感到寂寞。我突然领悟到他的琴声。《浏阳河》只是配上了词才成为歌颂伟大领袖的歌曲，而那谱子，纯粹是湖南的民歌调。那不太宽的音域和跳动较小的音程，平稳地表现出了忧郁和哀思的抒情性。

我从床上坐起来，带着歉意问他：

“是想家了不是？”

在昏暗中，只见他两只眼睛呆呆地盯着前面那张我不能看见的乐谱或是别的什么人、什么东西。过了一会儿，他才小心翼翼地放下琴，长长地叹息了一声，但却这样回答：

“哪里是想家哟，是干活干乏了！”

他只敢在“革命歌曲”中偷偷地寄上一点自己的感情，像走私犯一样，用光明正大的运载工具捎上自己的私货，托运到他想要去的地方。如果他能向人吐露肺腑之言，我们倒能谈谈天。他是国民党哪个军事学院的毕业生，旧学底子很厚的。但他从来不说心里话，平时也不说笑。有一次，我把我们的集体宿舍称作“光棍委员会”，他听了竟非常害怕，在僻静的角落里郑重其事地对我说：“哎呀！老章，你怎么能说什么‘委员会’呢？领导上最注意有什么组织了，给人听见是不得了的呀！”而他并不像患有被虐性的精神病，他经常脸朝着墙用一笔端正娟秀的漂亮字体写申诉书。

“怎么样？还没有答复？”寂寞的音乐使我同情起他来，我又问。“我在山上待了一冬天，我还以为你早就回家了哩。结果你写了那么多，还是不管用。”

“不是不管用，”他认真地说，“是上面没有见到。准是让什么人在中间卡了。要知道，我是立过功的呀。”

“你立过功？”我好奇地问，“立过什么功？难道你起义以后还在解放军里打过仗？”

"唉！你不知道。"他颓然躺下了，仿佛在追忆往事。"'文化大革命'一开始，那时候我们在师部集中学习，我们原来起义部队里好些人的历史材料，都是我提供的……"

我一听就明白了：被他"提供"过"历史材料"的原国民党起义人员，这时不知道是谁平了反，又在农垦系统中恢复了职务，于是"在中间卡了"他的申诉书。

正是他立的功害了他！

而他自己却当局者迷。

"好吧，那你就好好地写，多多地写。总有一天上面能见到的。你总有一天会回家的。"我安慰他说。

哼哼！你等着吧！

我赶快从床上爬起来，走到外面。我碰见过很多爱告密的人，"营业部主任"只是其中之一，这儿又是一个！但他现在好像已经放弃了告密，专门拚命地写申诉了。先是诬陷别人，后是为自己辩护，这也是人的一种命运！

暗夜中弥漫着一股臭烘烘的粪池味。

是不是天气要变？

但也有一股沁人心肺的沙枣花的清香。

毕竟春深了！

她们的房间里点着一个超过规定的大灯泡。我一进门就眯缝起眼睛。

"嗬，你们在干什么？在下棋？"

她抬起头，吃吃地笑着。

"谁在下棋？这不，马老婆子叫我替她写申诉书哩。"

她们俩面对面地低着头俯在一只旧木箱上。木箱上摊着一张白纸。这时，我才看清楚她手里捏着一支笔。

马老婆子说："老章，你回来了，我看还是请你写。你文化深。"

"对不起，我从来不替人写申诉，"我说，"要是你申请登记结婚，我就替你写。保证上面批准。”

马老婆子骂道：“死鬼！我结婚？我跟谁结婚？怕发昏去吧！”

我嘻嘻地笑道：“跟周瑞成吧。他老婆跟人跑了恐怕他还不知道哩。你们两个正好是一对，他也在写申诉书。”

马老婆子也笑起来：“你呀，从来就没个正经。我的小兄弟，你这辈子就是这张嘴害了你！”

“你才说错了！”我随随便便地在马老婆子的床上坐下来。这张床正在她的对面。“我这人从来就是正正经经的。只是现在人把正经话当成了玩笑，倒把荒唐事当成正经。再说，我前后五次的罪状上都不是我说了什么，而是我写了什么什么。你看，我这样的人你还请我来替你写申诉书？只怕越写越糟，再把你关进去！”

马老婆子八岁就给山东的一家小地主当童养媳，当了八年老家才解放。丈夫比她大十岁，战乱中不知跑到什么地方去了。她老家的贫农团长看上了她，但这个十六岁的小媳妇却糊糊涂涂地拒绝了幸福。这位团长恼羞成怒，一直等到五八年“大跃进”才找到机会，给她戴了顶“地主分子”的帽子。她含悲忍泪逃到偏远省分的这个农场当农工。而紧跟在她后面的那张“通缉令”终于在六三年“社教”运动时找到了她，于是农场把她当成“逃亡地主”判了三年刑。虽然她早就刑满释放，但至今仍然是“地主分子”。她写申诉书，是要求摘掉她头上的这顶不合适的帽子。可是她曾亲口告诉过我，那位贫农团长现在已经当了她老家的公社书记。地主的甄别是必须通过当地政府的，这不等于把申诉书往字纸篓里送么？

人活着必须有希望。我不忍心灭绝她的希望，只好跟她开玩笑。

“老章，你也申诉申诉吧。看你，都快四十岁了。你要是平反了，还能到学校教书去哩。”马老婆子望着我，诚恳地说。

人都以为自己喜欢吃的东西就是世界上最好吃的东西，希望别人也来尝一尝。

我从口袋里掏着烟，眼睛看着马老婆子的脸。这是一张什么样的脸啊！她只比我大四岁，却好像她活过的每一天都在这张脸上划下了一道皱纹。怪不得连七十岁的老汉也叫她“老婆子”。

你回家去吧！我想，回到你的老家去！你这张脸就是最好的申诉书！让那位过去的贫农团团长，现在的公社书记瞧瞧：“你还认得出你追求过的漂亮小媳妇么？！”如果你还有一点心肝，他肯定会给你平反的！

但这种人恐怕连一毫克的良心也没有！

然而，她还在希望着。不但自己抱有希望，还要把希望与别人分享。隐藏在纵横交错的皱纹下的善良，使她的脸上还经常会放出一点十六岁的光彩。

“我跟你不一样，”我点着烟说，“我先是右派，后来又成了反革命，我都不知道应该申诉哪一件事好了。你把你的地主帽子摘掉了，就万事大吉！你写吧，总有一天会给你搞清楚的！”

我这是真心祝愿她。

“唉，”马老婆子笑着叹了口气，“能搞清楚就好。戴着帽子的日子真难过！”又转向她问道：“咱们写到哪儿啦？一九六三年……”

“等会儿写吧，”她放下笔，向墙上一靠，“有人来了，还不聊一会儿。”

“是呀，是呀，”马老婆子慌忙道歉，“你看，我为了自己的事都晕了头了。你们坐着，我去找点墨水去。”

马老婆子有意避开了。

是个有眼色的老婆子。

但她却不识贫农团长的抬举。

结果……

沙枣花的香味更浓郁了，像雷雨之前那样，从窗户中、从门缝里飘逸进来。在那间小屋，里面的一切都想出去，在这间小屋，外面的一切都想进来。

我问：“你怎么不自己也写个申诉？”

“嘿，无聊！”她落寞地笑笑，“感情上的事，谁能说得清楚？不是我错，就是他错。既然我已经劳改过了，还提它干啥！再说，就是给我平反了，那三年时间能给我找补得回来么？”

我无话可说了。她比我还看得透。

她穿着一件白衬衫。衬衫领口的纽扣敞开着，露出一个三角形的前胸。皮肤仍然是黄白的，不用抚摸就感到它温暖而光滑……我微笑了。

“你应该写申诉，”她说，“你就从右派问题上捣腾起。后面的事，其实都是从第一件事上闹起的。你平反了，没准真跟马老婆子说的那样，还能去教书哩……”

“算了吧，”我摆摆手，“就是因为要从根子上捣腾起，所以现在我才不捣腾。”

“那要等到啥时候呢？”

我把眼睛从那三角形的胸脯上移开，想了想应该怎样回答她。

“你不知道？”她坐起来，“邓小平都平反了哩。”

“哦？”这倒是个让我惊奇而兴奋的消息，怪不得现在写申诉书成风。“是真的吗？”

“当然，人家都出来工作了。”

她白天想告诉我的大概就是这个！

这本来应该是从报纸上、广播里宣传得人人皆知的事情；报纸广播的背后，肯定还有一份份从一位数直到三位数的“红头文件”。但在荒僻的居民点，在一个由风景无意识地抛来的杂物凑合起来的小村庄，在住在这个小村庄的我眼里，从传播媒介中传来的国家大事，都像一连串象形文字，一连串符号，那是它，而又不是它。需要从那些曲里拐弯的笔划中找到通向它的途径。可是，那曲里拐弯的笔划构成了一座真正的米诺斯迷宫，局外人注定是不可理解的。最高层的、庞大的国家机器，把它的力经过无数传动杆传递到下面，到此地，好像要经过月球把太阳的光反射到地球上来的相同里程，我们的神经末梢只能感觉到一点点轻微的颤动。在这里，大自粮食定额的增减，小到今天书记主动“请”我抽一支香烟，你就在这里面去捕获微妙的信息吧。理解是不可能的，完全得凭感觉，于是一切都神秘化了：陨石、地震、母鸡司晨、怪胎、毛孩以及各种稀奇古怪的自然现象，和越南停战、西哈努克访华、姚文元的大块文章、国宴上姓名的排列以及在曲径小道旁开出的新闻之花，对社会的影响仿佛都具有同等重要的意义。这是“天人合一”学说盛行的时代；我们又返回中世纪。我努力从哲学、政治经济学中理解规律，书上的东西全是明明白白的，我大致知道社会要往什么方向去。这种理解不但是支持我生存的梁柱，并且化为灵魂中直觉的触须。但一接触实际，一切都紊乱了：那些传来的信息全非线性排列，而是带有极大的随意性。它们逸出了常规，并且干扰了直觉，就和飞机施放的金属雨干扰着雷达波一样。

但是，这个信息非同一般。直觉告诉我外面是真正要起变化。一股火焰穿过烟囱；一股热流贯穿我周身的血脉。同一条船上翻下来的，不管是先翻下来的或是后翻下来的，现在终于有一个人爬上了那条大船，并担任了船长，他当然首先要指挥营救。至于那条船在茫茫的大海上以后会向哪儿开，得等到把所有的落水者捞上来再说。

她的眼睛带着询问的神情望着我。一对女人的眼睛，不是羊的眼睛，但却像羊的眼睛一样温顺、怀疑、警惕、游移。而这时我能向她说什么？一种朦胧的感觉不能算是理解，即使理解了也难以进入那座迷宫。我并不想把那条大船击沉：既然我已经落水了，大家都下来吧！这条船应该有我的一份！我只想回到大船上去，晾干我的衣衫，舔净我的伤痕，在阳光下舒展四肢，并在心灵深处怀着一个隐秘的愿望：参与制定船的航向。十九年来的经验已经说明了：可以由一个人掌舵，但不能由着一个人把船爱向哪儿开就向哪儿开。但我能把这些话说给她听吗？

电灯泡雪亮。我已经不习惯这种光明了。羊圈里几个月来点的都是上一个世纪的煤油灯。我喜欢那种黑暗中的温暖。在黑暗中想象着呢喃的细语，轻柔地抚摸我寂寞的神经……而现在我面前竟坐着一个活生生的女人，而且是她！她在劝我，用那款款的动听的声音。但这个声音又言不及义，仿佛有弦外之音。我忽然悟到了她目光中询问的意义：这间房里只有我们两个人，一个没有女人的男人和一个没有男人的女人，难道除了“申诉”“平反”，就没有别的话说吗？

她的目光中不仅有询问和游移，那闪闪烁烁的光波里还有期待、盼望和默许。仿佛她已支好了一种架势，只等待我猛地一击。但她又决不会进行抵抗，她准备好了在我的一击之下全面瓦解。我坐在这边床上，她坐在那边床上，中间是一条褐色的泥地，不足两公尺。这真正是一条棋盘上的楚河汉界，你把它当成森严壁垒就是森严壁垒，你不把它当回事它便会化为乌有，弹指一挥就能抹去。时间在默默地流淌。她脸上出现了一丝笑意，诡谲而神秘。那大胆而又无声的呼唤在岑寂中频频作响；虽然她穿着衣服，但薄薄的衬衫下有鲜明的轮廓。一个赤裸裸的肉体又在我眼前呈现了出来。政治的激情和情欲的冲动很相似，都是体内的内分泌。它刺激起人投身进去：勇敢、坚定、进取、占有、在献身中获得满足与愉快。今天是个好日子。好事怎么都挤到今天一块儿来了？这是值得庆祝的！我好像已经半解放了！我脸上也泛起了诡谲而神秘的微笑。我想她能理解；我想她能知道我在想什么，既然她能识别男人不同的眼睛。那黄色的内分泌不断地增加；我醉醺醺的。我体会到一种惶惶不宁的幸福，一种极为快乐的紧张。我又觉得口干舌燥，像在芦苇荡中一样……

但正在我想说点什么或做点什么的时候，马老婆子却推门进来了。

“唉！四处找不到墨水。”马老婆子向我和她的脸上搜索似地各瞥了一眼。“真命苦，写个申诉书都这么困难。”

“你到办公室找去，”她怂恿她，“会计那儿有。”

“嗬！那可了不得！”马老婆子佯装惊吓地说，“那曹书记又要问了：你写啥？你又没亲没故，写信？肯定是写告状信！”

我们都轻松地笑起来。马老婆子布满皱纹的脸上又露出十六岁的天真。

“还是你们好，”马老婆子说，“要不在乎它，也就不愁了。”她又在木箱前坐下来，操起一件缝了一半的衣裳，头埋在衣裳上，单刀直入地说："真的，我不是说笑，你们俩正好是一对！"

她没有说什么，只是抿着嘴笑。

马老婆子是好心，可是太急切了。

我说："你大概是指我不写申诉，她也不写申诉吧。那么，你写申诉，周瑞成也写申诉，你们不也正好是一对吗？"

"你又没正经了！"马老婆子把针在头皮上一刮，"我说的是真格的！你们俩都劳改过，谁也别嫌弃谁；年龄也相当；你有文化，人家文化也不低，上过初中哩！黄香久一搬进来，我就想到了，就等你回来呀。"

"去、去、去！"她笑道，"我再也不结婚了。这辈子结婚结够了！"

"咦！"马老婆子教训她，"咋能不结婚呢？女人天生下来就是跟男人配对儿的。"又说："我是没人要我，有人要我也结婚！"马老婆子的决心倒挺大。

"怎么没人要？"我说，"原先那个贫农团长就要，可是你不跟。"

"那不行！"马老婆子正色地说，"他有妻有子的。他要是没家，我也跟他了。他人还挺不错哩，长得人高马大的，能踢能打，是块当官的材料。他给我戴上帽子，本想压压我的娇气，没有别的。"

看来她还恋着他。可是他却把她逼得离乡背井，劳改三年。

"那你当初为什么要逃出来呢？"我不满地问。

"那其实也不是他闹得我受不了，是老家吃不饱。逃出来的又不是我一个人，咱们是成帮成伙地逃的……可就是我倒霉！"

"可是你要想想，那张通缉令还是你那位团长发的呀！"我想说，你别这样痴情了！

"唉！他只是想把我抓回去，放在他的跟前。谁想碰在运动上……"

没有办法！这真如黄香久说的：感情上的事，谁能说得清楚？我看看黄香久，她只是瞅着马老婆子笑。这种笑意味深长，是同情她？是卑视她？是讥讪她？抑或是鼓励她再提我们两人的事？……

从她们房里出来，满天星斗，黑暗中，从北京上山下乡来到这儿的女知识青年何丽芳，用哥萨克民歌《送你一朵玫瑰花》的调子轻轻地唱道：

我的价钱并不高，
尼龙袜子两麻包，
要是你觉得过意不去，
再加一块罗马表……

“哥儿们，”她走到我身边悄悄地说，“到我那儿去坐一会儿咋样？你这一冬天在山上捞足了，‘大团结’总存下七八张吧？”

“这么晚了干什么去？”我说，“明天去吧。”

“晚了才好办事呀。我们那一口子回北京探亲了。”

“你也不怕黑子回来撸你！”

“哼哼！他在外面也是这样，靠两根手指头挣钱，”她的眼睛在墨似的暗夜中像猫眼一样闪光，“这会儿，谁管谁呀？！”

“回去睡吧，”我劝她，“黑子跟我是朋友，我怎么干得出来？……”

涓涓的细流在一点一点地啃啮上面的冻层……

我仰天叹了口气：我怎么能把人“思谋”得透？

第四章

罗宗祺两脚悬空地骑在大梁上。所谓大梁，不过是根胳膊粗的木头。他在盖他家的小厨房。

“整了你十几年，你还这样天真。我劝你不要抱多大希望。”他把钉子对好了部位，挥动起钉锤。“这不，我也平了反，我也主持了工作——

当然要比他官小得多，可也是一方之主。但我这就告诉你，我能不能扭转乾坤。”

砰、砰、砰！他好像很气忿，又似乎要叫我清醒。我走了一上午，从我们团场到他的团场足足有四十里路。阳光明净极了，使我想起大海。我要到他这里来求教那些象形文字。他能把我领进迷宫。但他刚把我领到第一道走廊，阳光就昏暗了。

我不停地喝着茶，茶很酽，我好久没有喝过这样的茶了。它会把带血的肉食化得精光。一杯茶就能把我从食肉动物变成人。文明真是奇妙！垂着竹帘的房子里还响着砰砰的声响。那是朱蜀君在为我剁饺子馅。有肉有面就行，为什么非要用面包着肉才好吃？这一切我都不太习惯了。还有这小院：蜀葵虽然没有开花，但已经长得很高。一小方平整的土地上，栽着西红柿、辣椒、茄子的绿苗。黄土用篼搂得茸茸的，仿佛一条地毯。两只灰蝴蝶在漫无目的地翩飞。靠墙还有一棵小杏树。

这就是正常人的生活！我有一种回到家来的感觉，尽管这一切对我来说都非常陌生。我躺在帆布椅上，昏昏欲睡了，但又酝酿着要讲话的冲动。

罗宗祺继续说：

“我是这里的团场长，可是给我配的搭档是个什么样的人呢？……我说一件事情你就知道。这个老太婆原先是秦渠农场的党委书记，‘文化大革命’当然一篼子全搂了进去。她女儿往牛棚里给她写信：妈，他们不让我加入红卫兵，咱们断绝关系吧，哪怕是暂时假装一下也行。可她是怎么回信的呢？她承认自己是彻头彻尾的‘三反分子’，要女儿真正地——注意，不是假装的——跟她断绝关系，在思想上彻底划清界限，不要‘温情主义’，要她坚决革命到底。结果，一个十七岁的丫头成了一个凶得叫人害怕的打手，据说打断了两个老地主的骨头。你想想，一个连妈都不认的人还认得谁？只有这样中了邪的妈才会教育出这样中了邪的女儿！

“好。就是这样一个老太婆，现在当了我的党委书记。我说，让农工们自己种点菜吧，这儿荒地多得是，业余开点荒，调剂调剂生活也好。菜刚长出苗，她就派拖拉机去全犁掉了。我说，在中国九百六十万平方公里土地上长的一个茄子、一根黄瓜、一个西红柿都是社会主义的财富，为什么不让他们种？她说，社会主义财富只能是在国营企业里生产的，个人生产的一律是资本主义。她还背了一大套语录，我当然说不过她。从此，我们两个见了面都不说话，她走东，我走西。老章，你想想，一个团场长，一个党委书记，是这样的关系，工作能搞好么？连在二者之间取个平均数都不行，双方的力量都抵消掉了，最终等于零。

“从这点，我就推想小平。那老太婆至少还不是过去整过我的人，而小平偏偏跟整他的人在中南海里划一条船。你想想，把一群惊魂未定的人跟一群饿狼放在一条船上，会有什么结果，而且，周总理还病着。哼哼！……据我看，这只能是悲剧的继续！”

他停下手中的锤子，居高临下地瞅着我。那眼睛使我想起悲观主义的老乏羊。我也悲哀地微笑了。

“唉！”我伸了个懒腰，“‘大梦谁先觉，平生我自知’……喂，老罗，我总觉得这场悲剧太长了，演了十几年。不知道观众是什么感觉，我这个演员是演乏了。”

“在中国，没有观众，都是演员！”他断然地说，“一部分演整人的人，另一部分演挨整的人，到了一定时候，又互相对换一下。你不过是演挨整的人演乏了而已。怎么样？你也想演演整人的人么？……”

罗宗祺高高的个子，瘦削的身材，瘦削的长脸，如果他那对炯炯的眼睛再深一点，挺直的鼻梁再高一点，活脱是一个英国的福尔摩斯。一九七〇年，我们一起蹲过两年监狱，共盖我的一床棉被，共用我的一个饭盆，因为曹学义以前的那位连队书记，连朱蜀君送来的一根筷子也要没收。在一个被窝里冻得索索发抖的时候，我曾向他说，林彪肯定不得好死！他问我有什么根据。我说什么根据也没有，只觉得他像我认识的一个被枪毙的劳改犯。这个劳改犯外号叫“四百瓦灯泡”，也是个秃头，两个人脸上的法令纹和下巴都很相似。开心地笑了一阵，便不感到那么冷了。他每天请罪有一个特别的姿势，不是低着头，而是歪着脑袋，仿佛在沉思。从他那一长串请罪词中听出来，一九四二年在延安他就挨过整，一九五七年包庇过“右派”，一九五九年自己也成了“右倾机会主义分子”，一九六六年终于被划拉到“刘邓资产阶级司令部”。但他却不知道这个“司令部”设在哪里，指挥过什么战役，于是惹恼了“好！好！好！好！”的“革命委员会”。监狱里的人都知道，如果他没有背这么多历史包袱，早已是厅部级干部了。

“我看透了，”他骗拢腿，从房顶上爬下来，一边爬一边说，“现在最好是给自己盖个小厨房啊，打件家俱啊……哎，老章，我自己用汽车轮胎绷的沙发还是挺好的，跟弹簧一样，你进屋来试试。”

虽然他五十多岁了，但手脚还很灵便。“我没有发胖吧？”他站在地上洋洋得意，“人还是应该蹲蹲监狱，一来对身体有好处；二来蹲了监狱你才知道，同志常常不是坐在一个办公室里的人，而是在一起坐过牢的人。”

我们掀开帘子进屋，在他亲手做的沙发上坐下。我说：“老罗，我觉得，我们的悲剧不光是因为人和人的相互牵制，实际上是我们的制度有了毛病。”

“是呀。可是你要改革制度首先要调整人和人的关系，”他倒着茶说，“要我和老太婆这样的人一起工作，别说改革不合理的制度，连盖个公共厕所的决议也通不过。”

“还有理论，”我突然发作了一种幽默感，“我觉得我们现在实行的根本就不是马克思主义，而是杜林主义……布哈林主义，还有秃林主义！”我笑着说：“国民党实行所谓的‘三民主义’，我们在实行‘三林主义’！”

“这话怎讲？”他张嘴问我。

“这还不明白？杜林主义，就是唯意志论、唯暴力论；布哈林主义，你听布哈林是怎么说的吧，他说，无产阶级要机械地消灭自己的敌人布尔乔亚是容易的。但是，布尔乔亚将凭借几倍于无产阶级的文化力量反回头来将无产阶级吃掉。因此，掌握了政权的无产阶级要巩固自己的政权，必须经过文化革命。老罗，原来发明‘文化革命’的不是咱们伟大的领袖，布哈林早就在国际共产主义运动中登记了专利权。至于秃林主义，那最简单不过了，就是搞个人崇拜。”

“你呀，”他笑道，“怪不得你老挨整，把你打成反革命一点也不冤！”

这时，朱蜀君端着热气腾腾的饺子进来。“一个反革命，一个老右倾，该上桌吃饭了！”她眯缝着眼睛笑着说，“老章，你有一年多没上咱们家来了，一定要多吃点。”

她挺着高高的胸脯，卷起衣袖，露出胖胖的胳膊。她的女儿替她掀着门帘。简陋的砖房里顿时有了一种宴会的气氛。我忽然兴奋起来。很久没有和人进行这种聪明的谈话了，虽然我天天和羊这样说。

“还有理论，现在搞得极其混乱！”我坐在简陋的砖房里，拿着发黑的竹筷子，吃着肉馅饺子，却像坐在会议桌上主持一个会议。“我们现在的任务，倒是真正地回到真正的马克思主义那里去。比如，那个老太婆向你背《毛主席语录》的时候，你满可以用列宁的话反击她。列宁说，试图用完全禁止、堵塞一切私人的非国营的交换的发展，即商业的发展，即资本主义的发展，那就是愚蠢，那就是自杀。列宁连私人资本主义的商业都不禁止，何况让农工业余种点菜了。”

“唉，那都是列宁在过去说的话了……”罗宗祺咕哝着。

“是呀，”我微笑着说，“我们现在不正是在领袖的过去的话里打转吗？你用这位领袖过去的这句话来对付我，我用那位领袖过去的那句话来对付你。这就是马克思说的：死人抓住活人；我们现在理论发展的表现就是理论的不发展。我们如果要在这窒息的情况下谋求发展，就是善于挑选有利于发展的语录。我们的聪明才智不能用于创造，只能用于选择。这就是我们理论的悲剧；它的最后一幕就是把我们全体领进死胡同。”

罗宗祺一面嚼着饺子，一面用心地听着。他又像请罪时那样歪着脑袋，说：“那么，照你看现在应该怎么办呢？”

“现在吗？现在什么都谈不到了！只能先照列宁的话做：在一个经济

遭到破坏的国家里，第一个任务就是拯救劳动者。”我想着和我在一个连队的农工们——“哑巴”、马老婆子、黑子、何丽芳……“要叫他们能过上人的生活。然后我们才能改革我们的制度，而改革制度的最主要的基点，在《资本论》第二卷第十八页上……”

“哼哼……”罗宗祺用鼻孔笑道，“你背得真熟！喂，老章，你想过没有？”他严肃地说，“你应该把你学的这些心得写下来，写成论文的形式，现在没有用，将来一定有用的……”

“我怎么写？”我苦笑了一下，“你还记得那个周瑞成吗？我现在跟他住一间房。原来那家伙过去是爱打小报告的，而只要我有一行字落到他们手上，我就不能到你这儿来吃饺子了，弄得不好，他们还要请我吃三毛六分钱一颗的花生米。”

“老章，”朱蜀君一直站在我们旁边督促我们吃，这时插嘴说，“你也应该结婚了吧。有个家，就方便多了……”

“对了！”罗宗祺把筷子朝桌上一拍，“你最好有个家，自己有一间房子，你写东西有谁知道？现在正是比较松的时候，他们会批准的……”

“为了写论文而结婚？”我笑了笑。他的女儿也在旁边偷偷地笑。

“就是不为干什么，你也得结婚呀！”朱蜀君说，“经济上有什么困难，我们帮帮你。”

“经济上倒没有什么困难，困难的是——没有那一个人！”

其实，我心里想着，那一个人已经有了！

云层先是低低地掠过地平线，然后在不知不觉之间就将群山笼罩住了。暗绿色的麦田上空，穿梭翻飞着无数黑色的燕子，焦躁慌乱地鸣叫着。空气中已含有潮湿的土腥味。齐刷刷的小麦杌陧不安，悉悉索索地在等待雨的降临。

来的途中天清气朗，回去的途中乌云沉沉。但在这阴沉的天气中，颤动着兴奋，颤动着希望，忧郁的主旋律下有一个明朗的对比复调。

我在田野上大步地走着。一会儿，大滴的雨点就砸了下来。土路上腾起白烟；白烟沿着土路滚滚而来，仿佛后面有什么怪物在驱赶。林带地和庄稼地猝然响成一片。冰凉的雨点打在我的脸上，即刻就向下流淌。这时我感觉到我的面孔灼热。是的，我在暴雨中找到了一个洞穴。罗宗祺的话好似使这个洞穴更明亮了。结婚，这个词真不可想象！这件事真不可想象！我从前想象过无数遍，但从来没有想过我能够以这种不自由的身份结婚，和与我身份相同的女人结婚。想象总是美丽的。那是在蔚蓝色的天空下，我的新娘披着白纱……而这个新娘却是她！这太出乎我意外了。那么，我曾想过我的妻子应该是什么样的吗？没有！除了那一件白纱礼服以外，我从来没有想过她有一个固定不变的模样。她总是随着我审美层次的变化而变化，因而自由的想象使我变成了一个真正的"好色之徒"。而在白纱礼服变成了黑色的囚服以后，在号子里做的梦中，妻子就仅仅是女人而已；反过来说，任何女人都能够做为妻子了。因为失去了自由，正常人的一般正常生活既然对我来说都是不可能的，又何必花心思去构想一般的幸福生活？没有希望也就不会有失望，最大的希望却又隐藏在没有其他的一切希望之中。这样，失去的反而会在感觉中以为是得到的；一次较轻的刑罚还可以认为是极大的侥幸，倒能使自己在接踵而来的刑罚前面乐不可支；把颠沛坎坷当作是生活的丰富多彩，把饥饿冻馁看成是天将降大任之前的磨炼，做一个把魔鬼当成风车（而不是把风车当成魔鬼）的现代唐·吉诃德，才可以使自己活下去。

但是，真的结了婚——就是跟她结了婚！有了家——就是目前我和周瑞成、或是她和马老婆子住的那间房！有了妻子——就是她！那么我就会牢牢地被绑在一个什么东西上；琐琐碎碎的现实生活，都会像从天上下来的这大滴的、冰凉的雨点，结结实实地砸在我的头上，使我变得现实起来，失去了在想象中自我安慰、自我陶醉的资格。我也如同这大滴的冰凉的雨点，从云端一下子结结实实地栽进土地里，很快就被干燥的土地所吸收，最后变为一撮烂泥。

然而，那赤裸裸的、柔软而又生气勃勃的肉体，始终吸引着我，使我激动，使我兴奋。我的面孔灼热，我的浑身滚烫。冰凉的雨点打在上面，立刻像落在烙铁上一样蒸发出一股白烟。

况且，家，也就是洞穴，这是人在史前时期就必须要有的栖身之地；家，就是窝巢，据说有巢氏正因为发明了这个安身立命之所才被拥戴为皇帝。而在我，家，就意味着我在九百六十万平方公里土地上有了几平方公尺的天地。罗宗祺说得对！要在乱糟糟的九百六十万平方公里中划出几平方公尺的清净土地给自己。于是我就独立了！我是拥有几平方公尺的独立王国的主人！且让我在这个独立王国中，潜心地思索其他九百六十万平方公里的前景。

悲剧总有结束的时候……

过排水沟的时候，鞋吸在泥里了，怎么拔也拔不出来。去他妈的！干脆扔了它！也许她还会给我做双新的哩！……我这样想着。高一脚低一脚地回到集体宿舍。

“咦！你怎么不在林带地里躲一躲？”周瑞成从他面前的一张纸上抬起头。他又在写申诉。你写吧，你写吧，哼哼！真是悲剧的继续……“你看你，浑身都淋透了。”

他又露出那种讨好的而又是降贵纡尊的笑容。今天我看见这种笑容好像格外讨厌。跟这种人住在一起格外觉得不舒服。

“妈的！这点雨算什么！放羊的时候，遇见过比这还大的雨哩！”

“咦！”一会儿，他瞅着窗外，笑容变成了幸灾乐祸的讥讪，“你看，太阳出来了！”

果真，窗户对面，前排房屋的后墙上，出现一片淡淡的黄色的阳光。原来我遇见的不过是一场过路雨。

“妈的！天也跟我作对！”我蜷在被窝里咕哝，“喂，老周，咱们这个日子，什么时候才算完啦？！”

他的一张苍老的瘦脸立刻涌满疑惧，他以为我又会说出什么“反革命言论”。这会给他带来麻烦：是汇报？还是不汇报？汇报了我抵赖怎么办？……

“我看，只有娶个老婆，这个日子才算到头了。”为了不使他心慌，我把心里正在想的话说出来。

我望着屋顶上熏黑的椽子：这间房子怎么收拾呢？……

第五章

“你放马去咋样？”曹学义笑眯眯地问我。

他见我答应了，掏出烟来给我一支。“放马也很轻省，就二十来匹牲口。上午打出去，下午打回来，不用跑远的地方。夜班由别人喂，你不用管。”好像他特别照顾我，让我去干最舒服的活似的。其实我知道，队里除了我再没有人会放马。现在，人们只是迫不得已地拿一把锹在大田混日子，别的劳动技能都无心去学。

“那么，谁跟我一块儿放呢？”我点着烟问。

“你看谁行？”

“我看‘哑巴’行。”

他笑道：“你怎么偏偏看上了他呢？把他抽下来，谁放羊？”

“那你叫别人来给我搭手，不也得从大队上抽一个人么？”在时兴大喊大叫的年代，哑巴是最好的伙伴？

他想了想：“好吧，队上再研究研究。”

此刻，我们蹲在麦田旁边的地坎上，看着从田口汩汩淌进来的水流，围着小麦的根部漫延。前几天下的一场雨把我淋得浑身湿透，却没有把麦田灌足，我们还要浇第二遍水。今年春小麦长得很好，田边有的麦子已经开始怀苞了。农作物有所谓的“边缘优势”，长在田边地头的能享受到充足的阳光、空气和水分。可是人最好挤在人堆里面。

但我总是挤不进去，一直迎着运动的风头。

结了婚试试看？钻进洞穴里，和大家一样生儿育女，是不是能混进人堆去？在监狱时，审讯人员就指着我鼻子说：“章永璘，你不是个简单人物！你三十多岁了还不结婚，你等什么？人还在，心不死！你是等变了天以后再娶老婆！……”不结婚也会引起他们怀疑；而怀疑就是罪状！

广播喇叭又响了。金属的声音在湿润的空气中传得很远。它在播送午间新闻：“……通过学习马克思主义、列宁主义、毛泽东思想和进行阶级教育，在先进集体、先进人物的带动下，开滦煤矿广大职工的精神面貌发生了深刻变化。他们破除雇佣观点，增加了主人翁的责任感，共产主义精神大大发扬，新人新事不断涌现；他们打碎了解放前反动统治阶级加在工人身上的精神枷锁‘天命论’，进一步解放思想，有力地推动了生产和技术革新的发展……”

我支起耳朵听了半天，只知道了开滦煤矿的工人也信“天命论”，除此之外它什么也没有说！

这样的“新闻”我蹲在田埂上也能写十几条。

曹学义不知怎么也叹了口气，对广播骂了一句“他妈的”，站起来，折了根柳树枝，像京剧中策马扬鞭那样，一路挥舞着走了。

马老婆子这时才从我身后的林带地里钻了出来。她一手扛着锹，一只胳膊夹着捆干柴。单身的女农工都不在食堂吃。她们有本事自己做饭，并且在做饭中获得女性的乐趣。

“老章，还不回去？广播都响了。”她从广播里听到的信息就是收工。

“这块田还没有浇满哩，我还要等一会儿，”我笑着问她，“怎么样？”而我看到她那张脸又放出了十六岁的光彩，已经猜到了一大半。

“她叫你自己去说哩！”她又在我旁边蹲下来，“没问题！”她信心十足。“你别听她说不结婚、不结婚，可心眼里巴不得有人来找她。女人都是这样……”

“你怎么跟她说的？”我向她靠近点，“她又是怎么跟你说的？你跟她说了是我叫你去说的吗？”

“当然，我当然说是你叫我去说的罗！她光是说：你让他自己来。”

“你看有把握吗？别弄得我下不了台。”

“我不是说了吗？没问题！”

黄河的水一流进麦田就变成了白色的泡沫，并且不停地欢快地咕咕叫。我觉得我的虚荣心得到了满足。对于未来我倒没有多想，难得的是我迈出的第一步就没有受到挫折。这在过去十几年中似乎还没有过。

“那么我什么时候去说？”

“还‘什么时候’！难道你还要挑个黄道吉日不成吗？”马老婆子指点我，“你今天晚上就去。你一进去，我就出来。”

“我怎么开口呢？”

“那还不好开口？看你这个聪明人！我已经给你开了头了嘛！行就行，不行就拉倒。再说，保险成！”

“你怎么知道保险成？”

“哎呀！你看你！非要打破砂锅纹（问）到底！我们俩在一个屋子住了两个来月，我还有啥不知道的！像她这样结过两次婚的人，她还要个啥样的？想嫁当官的，当官的不要她，别看她长得不赖！想嫁工人，户口进不了城。她嫁了你，只怕她美的……”

我稍稍有点不快。我现在希望人家说她好，希望说我要得到她非常困难……

晚上，我到她们房子里去了。我推门的时候忽然感到，这并不需要勇气，并不怎么神秘，完全不像浪漫主义小说上写的那样有一种玫瑰色的气氛。

房间真的跟洞穴一样，不过点着一盏很亮的灯泡。房间的格局和我跟周瑞成住的那间完全相同，只是干净一点，整齐一点。农场所有的房间都有畜笼式的同一性。十年来“大批判”的发展剥去了人的一切发展，顶峰也就是出发点，于是我们最终还原为生理学意义上的男人与女人，返回到猿刚变成人的那一瞬间。抢亲、拉郎配、父母之命、礼聘、私订终身，直到自由恋爱，那都是以后的事。既然我们刚刚才变成人，还带有灵长目动物的原始性，那么我们相互闻闻身上的气味就行！

果然，马老婆子笑嘻嘻地嘟哝了两句，就拿着她手上的针线活出去了。我一点也没听清楚她说的是什么。

“你来啦，坐嘛。”黄香久放下手里的书，拍拍她的床铺。好像她已经知道我要来，床上新换了一条洗得很干净的条格布。

“看的什么书？”

我以为我有话可说了。我拿起书看了看，原来是半本《实用电工手册》，连我也不懂。

“啥书！马老婆子剪鞋样的，”她笑了笑，“我还看啥书，识的几个字都快忘光了。”

“可以继续学嘛。”我心不在焉地说。我撂下书，想就势坐在她拍的地方，但那本书恰好撂在我最适当坐的地方，我只得又坐在马老婆子床上。

她又拿起《实用电工手册》哗哗地翻，低着头拣着看里面的图画，仿佛很专心致志。书里没有一张画片，只有几幅线路图。

我掏出烟点着，默默地吸了几口。我的精神恍惚游移，因为一切离我原来想象的都太远。求婚，完全不应该是这样的场景。花前月下，海誓山盟，卿卿我我，分花拂柳，含笑不语，口舌生香，陈仓暗渡，桃源迷津……这不是谈判，而是两份情感的化合，立即就会在化学反应中产生出一种崭新的结晶。可是，这里的爱情呢？有爱情吗？去他妈的吧，爱情被需求代替了！

一瞬间，我怀疑我选择错了；我完全不应该迈出这一步。我突然产生某种厌恶和烦躁的情绪，心里有一种什么东西在反对我自己。我开始仔细地看着她。这次却是用一种冷静的购买者的眼光。她不能算是很美，但她的脸，她的黑得发亮的头发，的确具有女性的魅力。和马老婆子迥然不同，她的脸上根本找不出一点她生活的经历。只有成天抱着非现实的幻想的人和成天什么都不想的人才能保持青春。那么她是哪一种人呢？她脸上有一种很纯净的天真。这种天真使她的面部泛出一层非现实的、超凡脱俗的光辉。然而，再细细地看，这层超凡脱俗的光辉下面，似乎又掩盖着成天什么都不想的愚蠢。于是，这张脸成了一张十分耐看的脸。叫人捉摸不透：她究竟是愚蠢呢还是天真？

但是，她端端正正靠在墙壁上的上身，那副像猫似慵懒的、好像经常处于等待人去抚摸她的神情，千真万确就是我在八年中的想象。一个幻影而又不是幻影。微微耸起的乳房和微微隆起的小腹，仅在视觉上就使人感到具有弹性。她身上没有一点模糊的地方，无性别的地方，仿佛她呼出的气息都带有十足的女性，因而对男人有十足的诱惑力。这个发现，使我内心里陡地感到一种潜在的危险，却并不知道会有哪种危险。可是，又正是这种危险感刺激起我非要向前一跃，非要试探试探……

“马老婆子跟你说过了吗？”我终于开口了。

“嗯。”她终于抬起头来，用微笑的眼睛看着我。“说过了。”

“怎么样？”我问这话的语气就像是邀请她去散步。

“你为啥叫她来说呢？这事最好咱们自己谈。”她说这话的语气就像是讨论我向她借钱。

“我们自己谈也好。因为……因为，”我有点招架不住了，口齿不清地说，“因为我过去，过去没谈过这种事，所以才请她……”

“你过去真没有谈过？”

“真的！”我向她坚决地保证。实际上，所谓的“过去”我只从一九五七年算起。一九五七年以前连我自己也不以为是自己生活的一部分了。

“咋会呢？”她虽然还微笑着，但却抱有怀疑。

“你想想，从五七年开始，我就不断地在运动里当‘运动员’。”说到这方面，我流利起来，如数家珍似地向她报了我的履历。“你看看，我还有工夫谈对象，闹恋爱吗？”

“唉！”她摇摇头，“真难为你！”但随即她又笑了：“那么，还要我来教你？”

我涎着脸笑道：“你教教我也好。”我觉得跟她在一起生活会很轻松。

“老实说，”她忽然变得很正经，“到咱们这个年纪，又经过这么多事，啥‘恋爱’，都谈不到了。主要是要成个家，像大家伙儿一样过日子。”

“这点正和我想到一起去了。”我说。可是我心里觉得我们想的并不完全相同。

“这样，咱们谁也别说谁……过去的事，都别再提了！”她蓦地用冷冷的目光盯着我。我理解她是在用一种强硬的态度维护她的弱点。我低下头吸了一口烟。我想，我在感情上也不多么贞洁。难道我没有爱过别的女人？并且是真正地爱？

我点点头：“当然！既然是、既然是……”

这“夫妻”两个字，我怎么也说不出口。既不习惯，又别扭，而且中间隔着两公尺的距离，纯粹像是在谈买卖。我突然感到我们两人都很可笑，很奇怪，很狼狈。

她似乎也感觉到了。她站起来，从床下拿出一个绿色的铁皮暖瓶，又拿起一个玻璃杯，问我：“要茶叶吗？”我说我不要，并感激地看了她一眼。这时我才发现她脸上充溢着温情和柔顺。水倒进杯子里，发出细语似的声音。水是没有形状的，它倒进杯子里就成了杯子的形状了。一句我很喜欢的诗蓦然闪过我的记忆。

她把水放在我面前的木箱上，人并没有离开，而是和杯子一起伏在木箱上。我们立即缩短了距离。这时我应该做些什么？我伸手就能抚摸到她。但是，她却问了这样的话，又使我的念头退缩了回去。

“那么，你现在手里有多少钱呢？”她撩开搭下来的额发问我。

“我现在，有七八十块钱，”我说，“不过，我还可以向人借……”我想到了罗宗祺。

“不要借，”她撇撇嘴，“借了还要还，一月一月倒不清……你咋就存这么点钱？单身了这么多年。”

我又觉得身上冰凉。我端起杯子喝了口热水。

“怎么能存得下钱？你又不是不知道：一月二十七块钱工资，要吃饭，要穿衣，要抽烟，七扣八扣……要不，我把烟戒了吧。”我知道我没有这个决心，在劳改队那么困难的情况下我也没有戒掉。但这场戏的发展规定了我要说这句台词。

“不用戒，”她说，“以后在别的上面省一点就行了。我还存下钱来着……”

她低着头用食指划着箱盖上的木纹，好像在等我问她。但我没有问。于是，她抬起头朝我诡秘地一笑，说：“要比你多得多！”

我也朝她一笑。我想，多也多不到哪里去！劳改劳教释放人员，一律是农工一级工资——二百七十角！还能有什么富裕？

“那好嘛，以后你当家就是了！”我说。

“那当然！”她好像得胜似地笑起来。

这一切使我感到非常奇异。原来是一个幻影，我让她做什么就做什么，我叫她说什么就说什么。现在，这个幻影从脑海中浮上来，跳出来，完全脱离了我，成了站在我面前的一个独立的实体以后，她所做的、所说的，竟然和她在我脑海中时没有一点相似之处。我原来以为我非常熟悉她，而现在却觉得她很陌生。

可是她却比在我脑海中时生动，有立体感和肉质感。她温暖的、带有一点葱味的鼻息微微吹拂着我的脸；她丰满的胸脯随着鼻息一起一伏。她的肩膀是滚圆的、结实的，两条美妙的曲线连结着她的两臂……这样，她又和那个幻影叠合在一起了。

看来没有什么可再讨论的了，我们在沉默中互相期待。她的手指在木箱上不安地划动；我坐在马老婆子床上也惴惴不安。但仿佛那一套非常现实的讨论已经败坏了房子里的空气，压抑着我们的情感，使我们难以突破那一刹间就能突破的界线。

等了片刻，她又抬起头问：“你看上面会批准你么？你现在这样的身份。”

“我想会的，”我苦着脸笑了笑，“你不是说现在的情况比过去好了一点么？”

她也笑了。但笑得没有劲头，没有内容，没有方向。笑得很惆怅，很迷惘。

“唉！咱们哪儿跌倒就在哪儿爬吧。”她感慨地这样说。

我忽然很受感动。原来，我们结合的根在这里！她这时才真正发射出潜在于她身上的吸引力。我想握住她放在木箱上的手，轻轻地把她拉进我的怀里，可是黑子突然在院子里大声骂了起来：

"老子超了假，我看哪个'丫亭'的敢扣老子的工资！啥时候了，还搞'管卡压'呀?！叫那些'丫亭'的上北京去瞜瞜……"

接着，又传来曹学义的声音：

"咋啦？黑子，你疯啦？谁说要扣你工资?！"他又压低嗓门说，"进屋去，进屋去！你超的天数，我已经跟会计说过了，按给队上买东西的出差来处理……"

这就是我的恋爱和求婚么？睡在被窝里，我翻来覆去难以入眠，总觉得它来得太快，中间似乎缺少某些环节，因而即使得到了手的东西，也有一种分量不足的感觉。即将体验新的生活的兴奋，又使我的心不住地别别跳动。凉飕飕的月光从窗户外泻进来，没有睡着也进入了梦境。而梦境一旦变为现实，现实却又仿佛成为非现实的梦境了。国家与个人的现在与前途，都成了把握不住的东西，神秘莫测的东西，于是，只能把一切归之于"劫数"和命运了。上午听到的广播在耳边又响了起来："他们打碎了解放前反动统治阶级加在工人身上的精神枷锁'天命论'"等等。他们是怎样打碎的呢？见鬼！我和她的结合，好像正是"天命"！"劫数"和命运，是宇宙的魔术师，总是在人完全不能意料的情况下，变出个什么玩意儿来。它制造出想象，制造出希望，然后又使一切落空；它制造出失望，制造出虚妄，然后又把理想和希望给予人们。我一一地回忆了过去的爱情。与之相爱最浓烈的偏偏没有能与之结婚，而与我结婚的却也是一个希望，一个幻想中的肉体；理想的没有能与之结合，而与我结合的又是我的理想——这话究竟应该怎么说？有人说爱情是给予，但我能给她什么呢？什么也没有！这里没有爱情，只有欲求；婚姻原来不是爱情的结果，而是机缘的结果。唉！还是一位诗人说得对："夫人，你我都不知道爱情是什么？……"

“老周，老周！”我突然大声吼起来。我想随便叫一个人来谈谈。

周瑞成马上惊醒了：“什么？什么？出了什么事？”

“啊，没有什么。”我的情绪又陡地低落下来。“有火柴吗？……我抽支烟。”

“睡吧，睡吧！”他不满地翻了一个身，“你又不是不知道我不吸烟，哪来的火柴？！”

第三部

第一章

我总是克制不住地要向墙上那张报纸瞥去一眼。报纸上有一幅照片：“美国侵略军在美莱地方制造大屠杀”。照片很小，模糊不清，但大致可以看出来地上躺着一堆横七竖八的尸体。

新房里糊着这么一张报纸，这张照片又糊在正面，使我很不舒服，但我却没有把它掉换下来。

还有这一床花被子，被面绣的是两台带着犁铧的拖拉机。多么沉重！难道我和她要在这巨大的机械下入眠？

墙是黑子帮我糊的。他当时兴冲冲地从队部办公室抱来一摞报纸，往地上一撂，卷起袖子说：

“哥儿们，瞧我的！这土墙没法儿刷白灰，糊上报纸一个样！你没看人家美国，还用报纸盖大楼咧！”

他从报纸中抽出一叠，摔在我正在抹泥的炕面上，又说：“喏，我知道你要看《参考消息》，特意给你偷了些。可看那玩意儿有啥用？现在外国人也跟咱们学。这不，又是哪个共（马列）在夸咱们的‘五七道路’。真他妈吃饱了撑的！叫他们下放到农村试试看！……”

我在看报纸，他在糊墙。于是墙上就出现了这堆横七竖八的尸体。

被面是我们连队劳改、劳教、群专、坐牢过的人集体送的。不属于这个行列的，只有那位大脚的女哲学家。每家出五毛钱，在不足一百户的小村庄，居然凑了二十多元。多么大的一个数字和多么小的一个数字！

"这是我去挑的，"马老婆子跑了三十里路回来说，"别的颜色都不好，就这种好，彤红彤红的，给你们冲冲喜，明年抱个大胖小子！"

于是拖拉机牵引着犁铧就开到了我们炕上。

整个像场梦！

而且这场梦还在继续做，还要做下去。

世界给每一个人规定的路都非常窄。只要在这条路上迈出第一步，就必须沿着这条路走下去。人只有在走第一步之前可以选择，一经选择了之后人便成了木偶——不是自己在走，而是两旁的高墙把人向前推挤。

那天，我去拜访黑子。一进门，黑子就喊：

"好哇！听丽芳说你要跟黄香久结婚？你们两个真配绝了——一对新夫妇，两件旧家伙！……"

何丽芳说："你别胡闹了。人家老章可不是旧家伙，还没有开苞哩！"说完，在黑子身后向我挤挤眼。

"你懂啥！"黑子在他老婆的屁股上拍了一巴掌，"男的不叫'开苞'，那叫'童男子'。行呀，老章，你他妈样样都是真格的，连那玩意儿都是原装货！说吧，你需要啥，包在我身上！"

我开门见山地向他说了我的打算。

"没说的！"他拍拍胸脯，"我去找曹学义。他要不批，我让他尝尝全场北京青年这帮哥儿们的厉害！这些'丫亭'还不知道，北京连老战犯都释放了哩！"他又用手捂着嘴说："妈的！我这趟回来没给他少送，光二锅头就是两瓶……"

"还有一铁盒奶油糖，喂他的丑老婆！"何丽芳在一旁补充道。

"是呀！快，丽芳，找张纸来，这就写……行，这张就行，这他妈的还是我在西单商场买的信笺哩！……喏，给你笔，你划一划，看有水么？就这样写：反革命分子章永璘和劳改释放犯黄香久，自愿结成反革命集团……”

我们一起大笑起来。

我开始写我从未写过的严肃的申请，却是在戏谑的气氛中，怀着一种戏谑的心情。我接过纸——原来这不是什么信笺，而是西单商场的顾客意见簿——翻在空白的一面，拿起笔，沉吟了一下：

“喂，黑子，”我说，“我看应该先写一条语录。”

“写啥语录！”黑子拍着桌子说，“你写上‘要对资产阶级专政’，只怕你这一辈子也要打光棍！人家会说，你他妈老老实实改造就完了呗，还结个啥婚？你们这些‘臭老九’哇，尽会拿别人的鞭子抽自己！”

“也别这样说。咱们也会各取所需，为我所用嘛，”我说，“有了，你别捣乱。”

于是我提笔写道：

毛主席语录

调动一切积极因素，团结一切可以团结的人，并且尽可能地将消极因素转变为积极因素，为建设社会主义社会这个伟大的事业服务。

申请书

今有三队农工章永璘，男，三十九岁（婚姻状况：未婚）与农工黄香久，女，三十一岁（婚姻状况：离婚）申请登记结婚。双方皆出于自愿。保证婚后继续改造，接受监督，在支部的领导和贫下中农的再教育下，为建设社会主义社会添砖加瓦。望队党支部研究批准为荷！

敬礼！

章永璘

黄香久

1975 年 4 月

“嘿！”黑子拿起西单商场的顾客意见簿，像欣赏书法家写的条幅似的，“真他妈没得说！还‘为荷’哩。语录背得滚瓜烂熟，你他妈能当党支部书记了！就凭这笔字，他‘丫亭’的也得批！等着，我这就找他去。”

“还有房子呢？”何丽芳拽住他，“房子的事也得跟曹学义说清楚。”

黑子思忖了一下。“这房子嘛，我看你们也别挤兑马老婆子，也别挤兑周瑞成，都他妈够可怜的……”

“我看让他们俩也搬到一块儿去算了！”何丽芳笑着打岔。

“去去去！一边儿晾着去！”黑子说，“我看咱们另外想办法……哎！咱们问他要那两间原来放工具的库房。”

黑子走了以后，何丽芳朝我抿嘴笑道：“我说，老章，她要生不出娃娃，你可别嫌弃她。”

“你怎么知道她不会生孩子？”

“嘿！女人的事情我还有啥不知道的！”她用手指在我脸前捻了一个响榧子，“这里面的学问比你那书本上的学问还大。”

“不会生孩子正好。我要的就是不会生孩子的。”我冷冷地说。

“啊？”何丽芳诧异地看着我。

现在，用黑子的话说，是一切“都齐了！”

我忽然有了个家！

而且是两间房，比一般农工家庭的住房还多出半间。虽然是两间破烂的库房，但毕竟有一里一外。也不知黑子怎么跟曹学义磨的。

她表现了令我惊奇的布置居室的本领。哪儿钉个装筷子的竹篓，哪儿按一个放肥皂的搁板，哪儿砌个土台子；箱子怎样摆就成了床头柜；案板和炉台接在一起，就既延长了案板，又扩大了炉台；锅碗瓢盆勺子碗应该放在什么地方，怎样放，才既安全卫生，又不多占空间；脸盆脚盆用的时候放在哪里，不用的时候放在哪里，她事先都给我指定好了，而我发现的确这样放才算是整齐；要在墙的什么地方钉钉子，挂毛巾的绳子怎样拴，挂衣服的绳子怎样拴；衣帽钩上下，她挑了两张雪白的雪莲纸糊上，这样，衣服挂在衣帽钩上，既不会直接贴着土墙，上面又有遮盖；这两张白纸的功能就不下于一个大壁橱了。她还叫我把两间房中间的门卸下来，借了把锯子，偷偷地把一扇完整的门板拦腰锯成两半。一半支在窗下，上面铺了块格子布，摆上她的雪花膏瓶子和我唯一可以炫耀的财产——一大摞精装的马克思恩格斯著作（只有这些书籍才能公开摆在外面）。于是，我居然在漫长的十八年以后重新有了一张书桌。九百六十万平方公里土地上，我终于真正地占有了一平方米！那几个雪花膏瓶子，并没有使书桌显得脂粉气、俗气，反而增添了书桌的雅致，因为这时候化妆品的商标也是非常严肃的。另一半门板，她是这样利用的：她砍了四根同样粗细的木棍，木棍的一头削尖，牢牢地打进外屋的泥地里，向上的四端，都在同一个水平线上，然后按上那半块门板，再铺上一方条格布，竟然成了一张非常漂亮的餐桌。房子里只要有一张餐桌，立刻就显露出一派家庭气氛。这在全农场都是独一无二的！她还指挥我，炕和炉子要分别砌在两间房里，里屋砌炕，炉子砌在外屋，而二者又相通。这种砌法我还没听说过，虽然我是个内行。但我照她说的砌了后，才发现根本没有技术上的困难，只不过因为中间隔了一堵墙，需要增加烟道的长度而已。如此简单，为什么一般人却想不到？

“这样砌，”她说，“我们就把外面专作厨房和饭厅，里屋是睡觉的和你看书的地方。捅炉子的灰进不到里屋来。我们要保持一间房子老是干干净净的。”

果然，我们的卧室和书房一直是纤尘不染。

中间的门被卸掉了，那也没有关系。她挂了一条白净的床单当门帘，倒比那块涂满标语的门板好看得多。

何丽芳把她摆了两年的塑料花连花瓶一起送给了我们。这一束花在黑子房里始终是愁眉不展、不死不活的，从来没人注意到它们。而经她用肥皂水一洗，立刻舒展开了，绚丽多彩，灿烂夺目。它们摆在我们的餐桌当中，何丽芳看了都几乎认不出来是他们家的东西。

“啊哟——喂！你他妈手真巧！”何丽芳瞪大眼睛道，“啥蔫巴玩意儿到你手上都活了！”

“巧手媳妇能腌好酸菜，”马老婆子说，“今年冬天，我没菜吃可要来找你们哟！”

周瑞成嚼着糖，静静地坐在小板凳上。大伙儿叫他拉一段二胡，他连忙摆手说：“不合适，不合适……”

“那有啥不合适的？”大伙儿很奇怪。

这只有我明白。

曹学义书记在热闹的时候也光临了。

“哟！黄香久，你真不简单！”他瞅着她咧开嘴笑，“这两间烂房子给你一收拾，很像那么回事嘛！”

黑子从漂亮的餐桌上拿起一支烟。

“书记，这支烟你可要抽呀。你瞧，在你英明的领导下，人人都愿意扎根边疆，以场为家了嘛！”

“今天你咋这么文明起来了？”曹学义笑道，“这支烟我当然要抽，黄香久的喜事嘛。她还是我要来的哩……”

黄香久虽然劳改过，但没有“帽子”；我既劳改过又有“帽子”，是双重身份。书记在这种场合下是分得很清楚的，所以他只向她表示祝贺。

而她站在白布门帘旁边只是笑。

笑得很美。

现在，一切忙乱和热闹都过去了。

我坐在炕上吸烟。她还在外屋收拾剩下来的瓜子和糖。不时传来细微的叮叮当当的声响。这声音非常遥远。一个遥远的梦境，又像梦境那样遥远。这就是“妻子”的声音。是的，这声音只能是属于妻子的，不会从别人的手中发出来。女人，不单单是指一种和男人不同性别的人，并且有她的声音、她的灵气、她的磁场、她的呼吸、她的味道……她能把这一切都留在她触摸过的地方，触摸过的东西上面。即使她不在场，这个地方，这些东西，都附着她的魔力，将你紧紧地包围住。她无处不在、无所不在、无微不至。这里所有的一切，除了墙上那张讨厌的照片，都是她所创造的生活。生活就是这一点一滴，这炕、这被子、这门板做的书桌、这衣帽钩上的雪莲纸、这雪花膏瓶子等等构成的。她所创造的生活紧紧地包围着我，我一下子失去了自己，并开始用她来代替我。她加入了我的生活，就象锯那块门板一样，拦腰把我的过去砍掉了。过去，不知留在了什么地方。

第二章

她拉灭了外屋的灯，撩开白布门帘走进来。

“困了吗？”她笑着问我。她好像已经跟我生活了好几年似的。

“不困，”我说，“你困了吗？我铺床吧。”

“不用你铺，哪有大男人铺床的。”她爬上炕，熟练地摊开被子。“你洗去吧，外面水给你打好了。”

于是我知道了：一，我从今以后可以不用铺床叠被；二，她说的“洗”，肯定是一个必须经过的程序。

洗完以后，我进来，她已经睡在炕上了。真快！

我不知道这时我应该干什么。炕上只有一床被子，却放着两个枕头。多么奇怪，一瞬间就跑来一个女人；她不是男人，她是个女人！而这个女人要睡在我旁边。没有任何人能够干涉，没有任何人像我一样感觉到奇怪……不过，还应该有某些程序吧，我想。我点着了一支烟。

“你还抽烟？”但她的语气中没有责备的意思。

“还不想睡，”我向她抱歉地笑笑，“我很兴奋。”

她大概也笑了，但在被窝里没有作声。

“香久，你为什么要跟我结婚呢？”我在炕沿上坐下，问她。

她眼睛看着顶棚，沉默了片刻，反问我：“那么，你为什么要跟我结婚呢？”

“你还记得几年前吗？在芦苇荡里……”

她笑了起来，被子里一抖一抖地。“哦，你还记得呀？”

“当然，我当然记得！我一直想着……”

“我早就忘了！”她打断我的话，决然地这样说。

她忘了！我的心一沉。但我想她是不会忘的。

“不，你不会忘的。不然，你怎么一见面就认出了我？”

“睡吧，睡吧。”她温和地表示了不耐烦。“说这些干啥？既然在一块儿了，就想着以后怎么过日子。”

“怎么过日子呢？”我讪讪地问，一边慢慢地脱衣服。我应该有很多话说，我可以说出很多话，很多很动听的话，但我现在只能顺着她的思路去说。

“怎么过日子？”她仰面朝上，睡得笔直，“咱们两个在一起，工资虽然不高，可是没有拖累，准比他们过得好！那些老娘儿们，有嘴没毛的，会干个啥？哼！我一个也看不上！”

她的语气陡然变得很激愤，含着对“老娘儿们”的蔑视。好像她以后生活的全部目的就是和那些“老娘儿们”展开一场“过日子”的比赛，并在比赛中压倒她们。

女人啊女人！我要逐渐地熟悉你。我脱了外衣、长裤，靠墙坐在她旁边。我要把烟抽完。我想拖长一点这样的时间。这个时间是值得玩味的。这个意境是值得玩味的。她躺在这里！就在我的脚下。一簇闪亮的乌发柔软地摊在柔软的白枕巾上。两只晶莹的眼睛盯着一片狭小的空间。那空间可能有许多美妙的图画，乌黑的眼珠里饱含着向往、希望与发展，还有盘算、期待、临战前的紧张。薄薄的被子没有能盖住她窈窕的身躯。拖拉机牵引的金属犁铧正和她富有曲线美的胸脯和小腹形成鲜明的对比。她能承受这样沉重的东西，因为她具有无限的弹力。幻影变成了现实，失去了它无法把握的美丽的色彩，但现实要比幻影更为动人。

“来吧。”她说。

我撩开被子，原来她这时和我在芦苇荡中见到的完全一样……

“也许是我太兴奋了。”我说。

然而，我说这句话不过是掩盖我的羞愧、我的内疚，和我的懊丧。

这是一片滚烫的沼泽，我在这一片沼泽地里滚爬；这是一座岩浆沸腾的火山，既壮观又使我恐惧；这是一只美丽的鹦鹉螺，它突然从空壁中伸出肉乎乎粘搭搭的触手，有力地缠住我拖向海底；这是一块附着在白珊瑚上的色彩绚丽的海绵，它拚命要吸干我身上所有的水分，以至于我几乎虚脱；这是沙漠上的海市蜃楼；这是海市蜃楼中的绿洲；这是童话中巨人的花园；这是一个最古老的童话，而最古老的童话又是最新鲜的，最为可望而不可及的……人类最早的搏斗不是人与人之间、人与兽之间的搏斗，而是男性与女性之间的搏斗。这种搏斗永无休止；这种搏斗不但要凭气力、凭勇气，并且要凭情感、凭灵魂中的力量、凭天生的艺术直觉……在对立的搏斗中才能达到均衡，达到和平，达到统一，达到完美无缺，而又保持各自的特性，各自的独立……

但我在这场搏斗中却失败了！我失去了自己的特性，失去了自己的独立。

我满身是汗，像刚从浴盆中出来，而脚底板却冰凉。喘息了一会儿，我略微欠起身子，喃喃地说：

“我想喝水。”

她一翻身，掀开被子坐起来。

“你不行，事儿还多得很！”

她虽然这样说，但还是下炕给我倒了一杯水，水冲击着杯子，发出一种金属的撞击声。

“给！”她把水递到我面前。我在黑暗中摸到杯子，同时握住她的手。

“对不起。”我说。我想拉着她坐在我身边。

她甩开我的手，又爬上炕钻进被窝。

“这有啥对得起对不起的。下一次再试试。”

我看不见她脸上的表情，但声音是冷静的。

我们平静地过了几天。

我极力想从这几天中的一点一滴体会到幸福。首先是有人给我做饭了，吃了将近二十年的食堂终于与我告别。放牧回来，把马赶进马棚，回到那两间破旧的库房，漂亮的餐桌上一定会有饭在等着我，并且每顿饭都会使我赞叹不已。菜蔬粮食完全和食堂吃的相同，但经过她的手却被赋予了奇妙的味道和颜色。她说：“要像你这样吃，咱们的定量可不够了！”但我还是把这句话当作对我的鼓励。

其次，在库房前面，我用锹和石夯平整出了一块平地。平地在三面长草的荒滩中熠熠地反射出日光、霞光和月光，像一块珍贵的田黄石。吃完晚饭，我可以坐在这一方平地上遐想。

结婚的当天，有一个卖雏鸭的安徽人骑着自行车来到我们村庄。她买了四只，把黄茸茸的小生命捧在手上。“要都是母鸭就好了。”她说。那天她是高兴的。大脚的女哲学家说：“你们住的是库房，耗子肯定少不了。”于是送给我们一只断了奶的小猫。灰色的毛中夹着白色的条纹，虎虎的很有生气。这样，我们的小家庭才建立便有了一群成员。雏鸭叽叽地叫，小猫咪咪地叫，在我平整出的这一方庭院中吃喝嬉戏。其实，我和它们一样，也是刚开始熟悉这个新的生活环境。

但是，她的郁郁寡欢，她的不自然的笑容，和她藏在温顺与体贴下的怜悯，却破坏了我的幸福感。我有一种莫名的自卑，感觉到了我们之间有一种很微妙的不平等。这就是幸福吗？幸福难道仅仅是提高了吃和住的质量吗？我无心读书。我连在孤独中的安宁心境也失去了。那黄昏的落日，那飘零的晚霞，那在暮色中被晚风吹拂着卷毛的瘦嶙嶙的乏羊，那大路上久久不落的尘土，那被车辕和缰绳磨破皮的疲惫的牲口，谱成的仍然是一曲悠长缓慢的《如歌的行板》，在我心中唤起的不但仍然是沉郁而伤感的情调，而且新渗入了一种惶惶不安的心绪。

她每天在我身旁晃来晃去。她是高傲的。她是放进斗兽场中的一只矫健的雌兽。她等待着我去征服她。但是，我头一晚上就感觉到了，觉察到了，明白无误地知道了，我已经失去了这种能力！

也许与气氛有关？也许有什么心理障碍？我趁她不在家的时候用另一张报纸悄悄地糊住了那些横七竖八的尸体；我借口说盖新被子热，让她另换了一床薄被子。搬去了尸体和拖拉机，还有什么呢？我头脑昏昏沉沉地等待着下一次……

几天后的夜晚，她的手给我导航，我的手宛如一叶扁舟，在黑黝黝的惊涛骇浪中游遍她全部的领海。波谷起伏。温暖的海洋。从海底深处传来阵阵颤动，好像地球在我脚下要飘然离去。但我有战战兢兢的发现：有雨雾蒙蒙的高山，有空气湿润的新大陆，有飞流直下的瀑布，有彩蝶在我意识中飞舞。这里没有一点用语言构成的概念。这里是最混沌的洪荒状态。两团没有固定形状的原生质。两条波动着周身微细纤毛的草履虫。一切都是发自太阳神经丛。从太阳神经丛向周身发射出电波……

哦！我的头怎么隐隐作痛！

她轻轻地推开我。

“你是不是有病？”她叹息了一声，问我。

“我不知道……”我揉着我剧烈跳动的太阳穴，嗫嚅地说，“过去……我不知道……”

“你过去真的没有过？”

“没有，”我深深地叹了口气，“真的没有。”

她蠕动了几下，抖开被子，像蒸气浴室一样滚烫的被窝里凉爽了一些。我感觉舒服多了。

“你是不是因为过去有病干不成，过去才没有……”

“不是，”我像嫌疑犯似地为自己辩护，“不是。是因为，因为没有条件，没有机会……”

"那么，"她犹豫了一下，"这话我都不愿意提，那么，八年前那一次呢？"

"八年前？……"我无法解释。我集中不了思想。即使集中了思想我也无法解释，因为连我自己也不完全理解。

我翻身坐起来，伸手去拿箱盖上的烟。

"也给我一支。"她忽然说。

黑暗中亮起了一团火花，十分耀眼。接着便熄灭了。但有两点火星在默默地闪光。

抽了半支烟，我慢慢地说："我想，我大概是因为长期压抑的缘故。"

"压抑？啥叫压抑？"她大口大口地吸着烟，又大口大口地吐出来。

"压抑，就是'憋'的意思。"

她发出哏哏的嘲笑："你的词儿真多！"

"是的，"我照着我的思路追寻下去，"在劳改队，你也知道，晚上大伙儿没事尽说些什么。可我憋着不去想这样的事，想别的；在单身宿舍，也是这样，大伙儿说下流话的时候，我捂着耳朵看书，想问题……憋来憋去，时间长了，这种能力就失去了。"我又没有把握地加了一句："也许，以后会慢慢好起来吧。"

"那么，你想问题干啥？你看书干啥？想啊看啊顶啥用？"

"人有脑袋总是要想的：难道我们就这样生活下去？难道我们国家就这样搞下去？……"

"算了吧！你没本事，尽会耍嘴皮子。"她把很长一截烟向墙角扔去。黑暗中划出一道火红的直线。"人家也有想的，也有念书的，也没像你这样！我听人说，念了大半辈子经的、没碰过女人的老和尚，一上来都能干。人又说：三十如狼，四十如虎。你正当年，我这么逗弄你都不行，你肯定天生下来就有毛病。"

"在这方面，当然你比我有经验。"我突然对她产生了敌意。没有战胜她，她和我自身都成了我的敌人。"八年前，你在劳改队里还想跟人干哩！"

"你为啥还提过去？你这个废人！半个人！"我的话触犯了她，她更加恼怒了，“八年前……哼哼！那天你要是扑上来，我马上把你交给王队长，让你加刑！那时候，我正想立功哩！你还当我是想你，是爱你！你撒泡尿照照你自己吧！”

影子和肉体整个地分离了！

第三章

我的坐骑——“101号”大青马陡然陷在泥淖里。它先踩空了前蹄，跟着头就栽了下去。后蹄本能地想使劲把前蹄拔出来，蹬了两下，却也陷进去了。

我用鞭子抽，用脚镫狠狠地磕它的屁股。它昂起头，竖起尖尖的耳朵。我在它背上都能看见它向上翻着大眼珠。但它四只蹄子奋力捣腾了一阵，反而越陷越深。

不能再打了。我急忙一翻身滚到旁边的草地上。这是大渠决口时冲出的一个坑。大渠堵好以后，从堵塞处渗出的水流，夹带着泥沙，渐渐在这坑里淤积起来，日久天长，淤积层上长出芦苇和蒲草，表面上看来和草滩一样，但只要有人或牲口踏在上面，即刻就会落进这个自然生成的陷阱。平时我是很注意的，从来没有被它捕获住。可是这些日子我一直心不在焉，恍兮惚兮，终于中了圈套。

这正是我们把马往回赶的时候。西沉的太阳最后放射出它更加强烈的余辉，青草和绿树都反映着炫目的金光。远方那片静静的湖沼，粼粼地闪烁着银色的水波。青蛙和癞蛤蟆首先感到清凉的气息，拼命地在四处鼓噪。其他牲口在“哑巴”的管束下，不情愿地在荒滩上停下来，侧着脑袋向我们张望：你们是怎么回事？还不快回到棚舍里去，蚊子马上就要来了！

“喂！”我向“哑巴”喊道，“你先赶回去，我把它弄上来。别等我，我看它还有一会儿才能撑得起来哩。”

我想告诉他回去跟香久说，可能我会回去得很晚。但是他不会说话。

他不会说话，却能听懂话。他挥动起鞭子，嗒嗒地把牲口赶走了。

周围蓦地沉静下来。大青马无力地打了两个响鼻，眨巴着两只大眼睛忧郁地看了看我，然后将下颚搁在蒲草地上，不动了。蚊子天生地能追逐人畜的味道，这时一齐拥了上来，嗡嗡地在我们头顶上盘旋。

我点着一支烟，在大渠坡上坐下。一群归鸟从山那边飞快地掠过草滩。草滩远处，跳跃着一只银灰色的野兔。草、树、野兔、大青马以及我的影子，都在草滩上拖得很长很长。所有的东西都疲倦了，连同影子。草滩上涂上了一种凝重和缓慢的暗色调。香烟的青烟并不四散开去，而是直直地上升，越来越淡，最后不知所终。坝坡下还在向外渗水，一小粒一小粒芥末般的细砂，在薄纱似的水流中，慢慢向坑里汇集。我应该把大青马的鞍子卸下，叫它好好地歇歇，才能缓过气力。

于是，我把烟叼在嘴上，用牧工刀割断了肚带，将鞍子从它背上拔了出来。一股浓烈的熟悉的马汗味，立刻灌进了我的鼻孔。我放下鞍子，人骑在鞍子上，守护着我的大青马。

我们休息了很长时间。我抽了五支烟，将粘在它鬃毛上、尾巴上的牛蒡一一拣掉，用手指梳刷完它露在草地上的硬毛，天空终于暗淡下来。

一股清凉的空气，犹如灰色的幽灵，在坝上护渠的一株株柳树梢上漫卷，到了这个曾经决口的地段，却折转直下，长袖挥出一个旋涡，戏弄着我和大青马。

大青马扬了扬头，又低下，好像很有礼貌地跟幽灵打了声招呼。我想，这时候，你该歇好了吧。我站起来，拔了些蒲草垫在脚底下。“喂，伙计，咱们加把劲吧，”我说，“我提住你的尾巴，助你一臂之力，就像上次你掉进翻浆地里一样。来！”

它的粗尾巴在我手上有一种木质感。很难相信这是从肉体上长出来的。一、二、三！我使劲向上一提，同时用钉了铁掌的爬山鞋踢它的屁股。它也的确跟我配合得很默契，迸发出全部筋肉的力量，猛地向上一跃。地底上，连续发出泥浆的啪啪声，好似埋在下面的鬼魂突然受到惊扰。我和大青马一上一下，一紧一松地试了十几次，周围的青草被践踏得七倒八歪，泥浆化成了糊状的流汁，地下水已经汪出了地表，但最后我们仍然失败了，大青马索性放弃了努力。看来它最明白自己的处境。

它照旧把长长的脑袋搁在蒲草上，喷着粗粗的鼻息。我抹去头上的汗，蹲在它旁边用衬衫扇起一点凉风。怎么办呢？伙计，咱们要在这儿过夜吗？

荒滩、田野、村庄、树林、绵延的山峦，已经全部隐没在浑然一体的黑暗之中。我翘首远望，竟看不见一点灯光。一片神秘的夜气，悄悄地在地面飘荡……

这时，我身旁突然响起了一个陌生而又熟悉的声音。

"哦，你别假惺惺的。人真是会装模作样，"大青马忽地抬起头，一只眼睛直瞪瞪地盯着我说，"其实你也不愿意回去。你结婚刚一个多月，不是和你老婆已经分开睡了么？你现在害怕，你害怕夜晚，就像我害怕驾辕一样！"

"咦！你怎么会说话的？"我惊骇得一屁股坐在潮渍渍的草地上。

"嚯嚯！"它老腔老调地讪笑我，"看你吓得这副模样！你别忘了，那个广播喇叭正对着我们的棚舍，并且，我来到这世界上，就经常吃大字报。大字报虽然有股墨汁味，但毕竟是草纤维做的，比饲养员给我们不负责任地塞来的长草好吃多了。我发现，我出生在一个语言空前发达的时代。你们人类现在别的方面都退化了，唯独擅长玩弄语言。所谓近朱者赤，近墨者黑，在长期的熏陶下，我自然也会说话了！"

"啊，"我迷惑地说，"这毕竟……毕竟是太奇怪了！"

"这是你们人类的弱点，"它说，"你们应该向我们学习沉默和冷眼旁观。这才是处世泰然的表现。"

"那么，"我问，"为什么你今天却张开嘴说话了呢？"

"我知道你不愿意回你那个家，"它喷了一个响鼻，"至于我呢，今天恰巧也不愿意回去。在某一个时候，我也和你一样，觉得有离群独处的必要。我们可以沉静下来思考一些问题。哲学是无所不包的；马道和人道有共同的规律。”

“唉！”我不得不承认，“我在内心里确实不想回去。我要一个人在这荒野，把一切理出一个头绪。”

“也许我会对你有帮助？”它用学者的腔调谦虚地说，“我虽然不像你活了三十九年，但在马类里也算是老马了。所谓‘老马识途’，指的就是我。我们或许能够互相启发。”

“既然你已经知道得这样清楚，”我说，“在这方面，你能告诉我些什么呢？”

“啧！啧！”它咂咂嘴，“我很同情你，你我有相同的遭遇。我想你是知道的，我被人类残酷地骟掉了。我现在只是一匹骟马。”

“是的，”我说，“但我不是被骟的。我具有那个器官，却没有那种功能。这又是怎么回事？”

“在我没有被骟之前，只要有一声母马的嘶鸣，一丝母马的气味，都会使我神魂颠倒。哪怕它千山万水，哪怕它铜墙铁壁，都不能将我阻挡。我的器官从来没有发生过故障，它总是准确无误地给我带来销魂蚀魄的幸福。但我自被骟掉以后，我失去了性的冲动，于是我对一切都无动于衷了。‘哀莫大于心死’，此之谓也。人类啊，你们的残忍和阴毒就在这里：你们从心理上根绝了我的欲望。我亲爱的牧人，你要检查检查你的心理状态，作一番严格的自我鉴定。”

“不，”我说，“我觉得我还是保留着这种欲望的。当她第一次、第二次，甚至后几次与我求床第之欢的时候。我只是最近这一段时期才感到厌烦。而这种厌烦是由于我的无能所产生的恐惧。”

“吭、吭、吭！”大青马发出一串声音奇特的冷笑，“你太注重这方面了，难道你不觉得自己庸俗和低级吗？我指的是你全面的心理状态。这方面的无能，必然会影响到其他方面的心理活动。你是有知识的；你应该明白人和世界都是一个统一体；要用统一的眼光去分析各个系统。

这个系统出了毛病，难道别的系统就没有受到影响？你不是还有你的信仰、你的理想和你的雄心吗？”

“我想，大概不会受到什么影响的吧！”我迟迟疑疑地说，“譬如司马迁，他被处了宫刑以后，还能创作出那部伟大的《史记》……”

“吭吭……！”大青马更响亮地笑起来，接着又沉重地喷了一个响鼻，“唉！牧人啊，亏得你还是读过书的！这里，你犯了一个形式逻辑上的错误。司马迁，我是知道的。在你们‘评法反儒’的运动中，我几乎天天听到广播喇叭里介绍他的情况。所谓‘宫刑’，是外部施加于他的肉体上的残害手段。这只会激起他更大的愤懑，在心理上积聚起更大的冲击力，所以他完成了那部叫《史记》的书籍。我甚至认为，如果他不受‘宫刑’还写不出《史记》哩！世界上少了一个生殖器，却多了一部辉煌的巨著。这也是广播喇叭里常喊的‘坏事变好事’吧。而你，现在壮得跟我的兄弟一样；他们虽然把你拉去陪过杀场，但枪子儿并没有伤你一根毫毛。你全身完好无损，你是在心理上受到了损伤。外部刺激刻下的病灶在你的腑肺里，在你的头脑里，在你的神经里。你能跟司马迁比吗？”

“是的，确实是这样，”我垂下了头，“我请你接着替我分析下去。”

“所以，你和我在某些方面倒很相近，”大青马向我投来的亲切目光，在黑夜中闪闪发亮，“一方面，由于我被骟了，我灭绝了情欲，抛开了一切杂念，因而我才有别于其他牲口，修行到了能口吐人言的程度。正像你，谁也不能不说你在劳改犯当中，在卖苦力气的农工当中，背马恩列斯毛的语录是背得比较熟悉的。而另一方面，因为你又并不是被骟掉了什么——请原谅我用词不当——如司马迁那样，却是和我一样在心理上也受了损伤，所以你在行动上也只能与我相同：终生无所作为，终生任人驱使、任人鞭打、任人骑坐。嚯嚯！我们倒是配得很好的一对：阉人骑骟马！——请原谅，我常常控制不住自己的幽默感。哦，对了！这方面我们也有相似之处：冷嘲热讽，经常来点无伤大雅的小幽默、发空论、说大话，等等。唉！我甚至怀疑你们整个的知识界都被阉掉了，至少是被发达的语言败坏了。如果你们当中有百分之十的人是真正的须眉男子，你们的国家也不会搞成这般模样。不知道你感觉如何，我每天听那个大喇叭就听腻了。难道即使在你们所擅长的语言方面，也再翻不出新的花样？”

“叫你这样一分析，我这一生岂不是完了吗？”我痛苦地问它。

“什么叫‘完了’？”它昂起头，严肃地对我说，“你来到过这个世界，你工作过，你看过，你吃过，你听到过各种各样的奇闻，比如：一个国家元首怎样一下子成了囚犯，一个小流氓怎样一下子成了有几千万党员的大党的副主席，然后，你死了。任何人的一生本质上都是这个过程。你还是比较幸运的，因为你生活在一个空前滑稽的时代。难道你还要求其他什么吗？啊，你是不是指生殖后代这点？”

“不，在这点上我并不抱希望。正如你刚刚说的，如果国家总是演这样的滑稽戏，我的后代不可避免地会重复我凄惨的命运。他不出世倒好，”我抱住头说，“我指的是人活着要为这个世界增添一些什么，为人类贡献一些什么……”

“嗬！大话、大话！老毛病又犯了，”大青马打断我的话说，“像我们，每天这样拉辕、运这运那，不是也在出力，即你说的‘贡献’吗？你们人类总要把一些平凡琐事涂上一层绚丽的色彩。掏一回厕所也要说成是学了毛主席著作的结果……”

“哦，你没有懂我的意思。我指的是创造性的劳动，不是像你这样被人驱使。”

“你还要创造什么？”大青马诘问我，“人和马，和其他一切生物最根本的创造是自身的繁殖。你连这点都做不到，还想有什么创造？诚然，你们人类当中是有许多伟大的人物抱着献身精神，终生不娶，终身不育。可是他们并不是丧失了娶和育的能力，他们才能有所创造、有所发明。而你是根本丧失了这种能力呀！你本身的心理状态就不平衡，系统之间是不协调的、紊乱的，所以我劝你千万别作那样的臆想。你即使创造出来什么，也会是畸形的，甚至对人类有害。我亲爱的牧人，你别是像我的一个兄弟吧？它没有被人骟净，能力丧失了，欲望却还存在，最后被它自身的欲望折磨得发了疯。它是被你们吃掉的，那张皮还扔在棚舍的顶上。千万！千万！赶快熄灭你创造的欲望，做个安分守己的人，像我似的做个安分守己的马。”

“照你这样说，她说得对啰？我只是个废人，是半个人！”我发觉腮上冰凉。那上面有流下的眼泪。

“唉，——是的！”大青马从肺腑深处发出一声长长的叹息，“你要承认既成事实。这就是命运。命运的力量只有人遭到不幸的时候才显示出来。你的信仰、你的理想、你的雄心，全是徒然，是折磨你的魔障。你知道得最清楚了：人们为什么要骟我们？就是要剥夺我们的创造力，以便于你们驱使。如果不骟我们，我们有自己的自由意志，我们经常表现得比你们还聪明，你们还怎么能够驾驭我们？连司马迁自己也说过，‘刑余之人不可言勇’。唉！你还侈谈什么创造？”

我无言以对。我感到屈辱。我的肚子里翻腾着一腔苦水。

“嗯！”大青马突然惊觉地扬起脑袋，鼻孔朝天深深地吸了几口气，“我闻到了一股肉欲的气味。这气味不是从你身上散发出来的却又萦绕着你。怪事！啊，我的牧人啊，你可要警惕……好了，咱们走吧！我不希望你遇到什么不幸，因为你还是比较关心我们的。”

说完，它猛地一抬前蹄，上身居然拔了出来。旋即，它敏捷地将前蹄踏在泥坑的边沿上，踩着了实地。接着屁股一撅，前蹄再向前一跪，竟很顺利地爬了出来。全部过程不到十秒钟。

我惊讶地站在它旁边。

“走吧，”它立在坝坡下的平地上，回头招呼我，“天黑了，你是看不见路的。你跟着我走。我有比人还敏锐的直觉。唉！实际上，你们人类是动物界退化得最厉害的一种动物。退化的主要标志之一，就是你们认为你们最聪明……”

它迈开蹄子，自己嗒嗒嗒地走了。我背着鞍子，拿着马鞭，跟在它的后面。

茫茫的黑夜，没有边际……

回到村庄，人们都睡下了，只有我的那两间破烂的库房，我的家，还亮着灯光。她还在等着我。有家还是比没有家好啊！

走到马厩门口，大青马回过头来。“嘘！”它掀起嘴唇，从齿缝中龇出一口气，示意我不要说话，“亲爱的牧人，从此以后我要保持沉默，还和过去一样呆头呆脑。并且请你千万不要向我的同伴泄漏我有这种本领。如果它们知道我有这个本事，我特别聪明，它们就会联合起来把我咬死、踢死。同时，我也奉劝你，你以后在人们中间也别表现得太突出。把你的知识和思想隐蔽起来吧，这样你才能保全你的性命。”

第四章

她果然还没有睡，坐在外屋的餐桌旁边嗑葵花籽。餐桌上铺着一张报纸，报纸上摊葵花籽皮。灰猫卧在一张凳子上。

“你咋这么晚才回来？”

她用拇指和中指拈着小小的葵花籽，高高地翘起小手指头，以一种很雅致的舞台手式将葵花籽送到两颗白白的门牙中间，漫不经心地问了我一句。

“大青马陷到泥坑里面了。”我说。随手把马鞭挂在她指定的那颗钉子上。

“饭在锅里。”她纹丝不动地告诉我。

我洗完脸，把饭端到桌子上，赶开灰猫。餐桌上放的一个当烟灰缸用的罐头盒中，有几个烟头。

“谁来过？”我问。

她顺着我的目光看了看罐头盒，停了一会儿，说：“曹书记。”

“他来干什么？”

“那有啥稀奇的？看得起咱们呗！”

“书记看得起咱们，这事就够怪的。”我吃着饭说。

她白了我一眼，照常嗑葵花籽。沉默了片刻，她说：“你这个人真怪！好像天生下来要人看不起才舒服。人家看得起咱们，来串个门，你倒觉得不自在了。咱们又不缺鼻子不缺眼，为啥在人跟前不能跟人一样地活？”

这话很有道理。我无话可说，只好默默地吃饭。

吃完饭，我把碗筷收拾到案板上，这时才感到非常疲倦。我以为她会像往常一样说：“你放下，我来洗。”但她没有这样说，于是我就动手洗碗，她也没有拦我。

她又在餐桌旁恹恹地嗑了一会葵花籽，后来伸了个长长的懒腰，把罐头盒里的烟灰也倒进报纸，揉成一团，扔到簸箕里。随着拿起小刷子，把台布仔细地扫干净。在任何时候，即使她情绪不好的时候，她也总保持着爱清洁整齐的习惯。

“你把你这一身脱了放在外面，别带进里屋来，看你滚得像个泥猴似的！”她对我吩咐完，看也没看我一眼，掀起门帘进去了。我照她说的脱下涂满泥浆的衣服，扔在洗衣盆里。略一踌躇，干脆倒上了水，自己洗起来。

我进到里屋的时候，她还没有睡着。眼睛呆呆地看着用报纸糊的顶棚，仿佛读着上面的某一篇文章。

“你还没睡？”我随口问了她一句。

她没有理我，反而一翻身脸朝着墙壁。我在炕的另一头铺上被子。现在，我盖我原来的被子，她盖她原来的被子，我俩结婚时新缝的那床绣着拖拉机的被子放在我们两人中间，成了分界线的标志。红彤彤的，正是一种警告的颜色。

我躺下后，拿过一本书，但看了半天也没看懂一个字。她也没有像往常那样催我关灯睡觉，连一声呼吸也听不见。屋子里笼罩着一种要等待我出去打破的令人窒息的沉默。

“香久，”我放下书，下定决心说，“如果你觉得不合适的话，我们可以离婚嘛。”

“发疯了！”她即刻接上话用很清醒的语气说，可见她一直在等着我开口说话，“我离了两次婚，现在刚结婚又离婚。让人家听见不笑掉大牙才怪！我今后还活人不活人？”说着，她竟发出哽咽的语声。“算了吧！算我倒霉，算我命苦！我也看透了，我一辈子不得过好生活！”

“那怎么会呢？你还年轻嘛！”一阵怜悯之情揪起我的心，“不用你去提，我去提好了……”

“你去提，你去提！”她在被窝里扑腾着，“你凭啥去提？我有啥不好？你有啥理由提出跟我离婚？”

“哎，你别误会！”我慌忙解释，“不是你不好，而是我不好。婚姻法上本来就规定有这样一条：不能过夫妻生活的人不许结婚。我们只是婚后才知道罢了……”

“去去去！”她的肩膀一耸一耸地，“用这个理由，更让人笑话了。叫人以为我黄香久就图这个……”

“这有什么？这是光明正大的理由嘛！……”

“滚一边去吧！被窝里的事是光明正大的吗？只有你这个书呆子才说得出来！”

光明正大、合理合法的事在此时此地却不能光明正大、合理合法地解决。我思忖了一会：的确如此！但什么是两全其美的办法呢？我，是无计可施了……

“哼哼！”她又发出我惯常听的冷笑，“我已经想好了：咱们结婚，就等于两个单干户办了一个合作社。咱们这哪叫个‘家’？还是单身宿舍！我就当作我还跟马老婆子睡在一个屋里，你就当作还跟周瑞成住在一起算了！生活上，咱们互相帮助，挑水、和煤、打粮、劈柴，这些重活，你多干点；做饭，洗衣裳，收拾屋子我来干。嗯嗯……”她突然控制不住地哭出了声。“还能咋办呢？就这么办吧！……我盼呀盼呀，盼有个好男人……我啥都能干，能侍候他……咱们平平安安地过半辈子，不管他们政策咋样变，他们总还得让咱们老百姓活下去吧？没有老百姓，还成啥国家?！咱们关起房门过小日子，不惹事，不生非，别让他们再找咱们的岔子。可是，可是……倒盼来个你这么没用的废物！你是啥男人？马老婆子还说你脾气好，人厚道，哼哼！我才知道了，你根本就没有男人性！我听人说，太监就像你这么蔫不唧唧的……你要是个真正的男人，哪怕你成天打我、踢我哩！……”

大朵大朵的泪花，不由自主地涌出了我眼眶。思维完全混乱了。一个巨大的忧伤的将我猛地击倒在炕上。灯虽然还亮着，但我眼前一片漆黑，还飞舞着无数金星。

“上帝、上帝！”尽管我不相信冥冥之中有鬼神存在，但还是禁不住呼唤起他来，“你为什么要这样作践我？你把我打翻在地已经够了，为什么还要踏上一只脚?！”

她见我默不作声，坐起来用红红的泪眼看了看。也许她看见了我的眼泪，但她什么也没有说，一抬手拉灭了电灯。

我应该挪过去安慰她，抚摸她，款款地将她搂进怀里，用语言、用动作使她高兴起来。但我没有这个能力，没有能力承担我应尽的义务。以前我曾试过两次，在她不快乐的时候。但每次到最后她总是极力推开我，挣扎着坐起来。她的眼睛发饧，面孔潮红，大口大口地喘着气。“你反倒搞得我难受！”她说，于是，我明白了，我不能再碰她。我应该躲在一边，躲在旮旯里，最好变成老鼠。在这个所谓的家，在这两间破旧的库房里，她慢慢膨胀起来，最终塞满了全部空间，已经没有我一点容身之地。原来我住在单身宿舍的时候，所占的空间虽然很小，但我的心理空间却辽阔无边；现在，我所占的房屋空间大了，而心理空间却紧缩成一团。我的心被她塞得满满的；我懂得了人们常说的一句话，“心里堵得慌”是什么意思。

至此我才领教了，有比社会压力还要可怕的压力，就是家庭压力。一一地回忆在历次运动中受折磨而自杀的人，发现触发他们采取这一行为的最关键的契机，却是妻子或孩子给他们的刺激。这一刺激才使他们下定最后决心。而那些挺受住折磨的人，多半是有一个稳固而温暖的后方。即使在牛棚里连一根筷子也得不到，但他还是能感应到心灵的思念。

我又一次地想到自杀。既然已经成了“废人”，成了“半个人”，只能和大青马一样地被人驱使，最后在马厩里了此残生，苟且地活着还有什么意义？这些日子，我故去的母亲经常出现在我的梦中，她还和照片上一样慈祥、美丽，嘴角挂着永恒的微笑。她在一片迷蒙的雾中，若隐若现。而在我急速向她爬过去时，又不见了踪影。醒来，我一直猜测这个梦要猜测到天明：这是在召唤我？还是在鼓励我活下去？天明以后，库房里渐渐亮起来。一间几乎像颓垣断壁的破房子，竟被香久收拾得窗明几净。我最厌恶蜘蛛网，那会使我联想到监狱，而在这最容易结蜘蛛网的库房里却纤尘不染。门板做的书桌；洁白的桌布；窗台上，一个透明的试瓶中插着一束紫色的马莲和路边摘来的牵牛花。被一砖一砖拍出来的泥地平整如镜；黄土墙上的报纸却也像一种花纹别致的糊墙纸。她的雪花膏瓶子，她的圆镜子，我的一摞书籍，仿佛都具有勃勃的生气，随时会动作起来，欣然为主人服务。她灵巧的手，奏出了一连串家庭幻想曲的美妙音符。再看看她，仰面睡得正熟，从额头一直到下巴，也是与她同样灵巧的手勾画出的美妙的轮廓。这一切，绝不是在推拒我，相反，而是极力要把我吸引到这里面去，吸引到正常的生活中去。可是，我和这一切当中，却隔着一堵冰冷的、无法击碎的、用玻璃砖砌成的墙壁！

我的生理机能直至我的神经末梢，都使我再不能享受正常人的生活，并且失去了正常人的创造力。

“是生存，还是毁灭？”我不断重复哈姆雷特的这句话。

第五章

“喂，老章，今儿个弄匹马我骑骑咋样？”

我和“哑巴”把牲口赶出马厩，在村庄前面，碰见了黑子。他背着燧发猎枪，在路口等着我们。他要到山下去打猎。今天生产队休息，我和“哑巴”当然还要放牧。虽然我可以让别人替换我，把我一天的加班工资拨到别人名下，但我情愿出去，我不愿意待在家里。

我看了看连队办公室门口，那儿站着几个闲人。

“走远点，”我说，“我在前面树林里等你。”

我骑上大青马，挥动鞭子，把马群赶到一片休耕地上。休耕地长满稗草、猪耳菜和野蒿，还没有长高，就被牲口的蹄子践踏得残败了。破碎的根和破碎的叶子，萎黄地躺倒在干裂的土地上。这儿，放猪的、放羊的，和我们放马的早都光顾过了。现在，要让牲口吃饱，就得跑很远的地方。

我把大青马牵到休耕地旁的林带里，拴在一个树桩上。

黑子跑了过来，从口袋里掏出烟点上，同时给了我一支。

“哪匹好？给我一匹听话的。”

“你就骑我骑的这匹大青马吧，”我说，“下午你可早点回来，别让人发现。鞍子后面有一个小袋子，那是我给它开的小灶。也别老骑它，休息的时候给它喂点料。”

“知道！”黑子打量着大青马，“嗯，是匹好马！跟他妈电影上看的一样。”

“多好的马在我们这儿也给糟蹋了，”我说，“同样，多好的人在这儿也会给埋没的。”

“喂，”黑子想起了什么事，又踅转身来，“我跟你说一件事。这可是咱们是哥儿们，我才跟你说。丽芳还叫我别告诉你，可我想咱们哥儿们不能栽这个跟斗……昨儿晚上，曹学义在我家喝酒。你知道，这‘丫亭’老到我家来蹭酒喝。喝到半夜，‘丫亭’的醉了。他说啥：这个连队的女人就数你老婆黄香久漂亮，说她腰又细又软，脸蛋儿也嫩，还说你老婆对他也有意思，跟他话里有话。他宁肯不当这个芝麻官，也要跟你老婆睡一觉。这‘丫亭’是老跟我说心里话的。他也把现在这世道看透了；他是真不愿在这儿当官，能混一天是一天，所以他才对整人的那一套不怎么积极。可是在女人身上，这‘丫亭’是说得出来干得出来的主儿！……老实告诉你，老章，你老婆也不是正经货。苍蝇不抱没缝的鸡蛋。丽芳跟她在一个生产组。丽芳说，平时干活的时候，曹学义老围着她们班转，他俩眉来眼去的，看起来是有那个意思……唉，你既然已经找了她了，咱也不说啥了。女人嘛，你看紧点就行了。要撂蹶子，你就打，用他妈马鞭抽她！”

我并不感到气愤，甚至也没有表现出惊愕。已经被人和牲口践踏倒的稗草，连迎风摇动的气力也没有了。我用手掌抚平了皱起的额头，说：“随她去吧，黑子。我谢谢你的关照！可她现在能天天给我做饭洗衣服，我已经觉得很不错了。人嘛……”

“咦！你‘丫亭’的咋这么窝囊！”黑子扬起浓黑的眉毛，“亏你还是进过两次劳改队、蹲过三次牛棚的硬汉子哩！你他妈的有啥短处捏在她手上？她他妈的也是劳改过的呀！还是个二婚头……”

“走吧，”我把马鞭交给他，推了他一把，“下午记着早点回来。”

大青马在树桩旁边点着头，似乎很赞许我的话。

黑子在我背后骂骂咧咧地走了。我穿过林带地，走到麦田边上坐了下来。

麦子已经全部黄熟了。收割的季节已经来临。沉甸甸的麦穗在微风中整齐地摇来晃去，像一群歌咏着的女人，在淡淡的云影下面，缅怀她们的青春年华：那雪白的幼芽，那嫩绿的小苗，那茁壮的绿得发黑的麦秆，那饱含着芬芳汁液的穗苞，那刚秀穗时的绰约风姿……而这一切都过去了，永远永远的过去了。现在，她们的麦粒坚硬、燥黄，没有一点水分；她们的麦秆焦脆、透明，已经禁不起风吹雨打；她们被风撕裂的叶子皱皱巴巴的，像被烟火熏过的一样。她们成熟了，是的，是成熟了，但也失去了最美好的时光，永远、永远地失去了。

空气燥热。白杨树在我头顶上啪啪地击打着枝叶。一只土百灵陡地从麦田中直直地向上冲去，蓝天中有一个越来越小的灰点。云在缓慢地飘移，下面一层是银白的，上面一层是雪白的。它们不知道要飘向哪里？哪里才是它们的终点？多快啊！我结婚已经两个多月了。这块麦田正是我那天从罗宗祺家回来经过的地方。而这一切景象都改变了，包括我自己。

田埂上种着高大的蓖麻。她把她手掌似的叶片搭在我肩上，在微风中把自然的所有音响向我倾诉，热情而又忧郁。你好，我的蓖麻！你好，我的白杨树！你好，我的永远流浪的白云。你好，我的金黄色的小麦。我从你那里得到生命，而这个生命却没有价值。我的生命浪费了你。我的生命也浪费了我自己，浪费了我自己的一切努力……

我猛地站起来，一时间觉得天旋地转，肺腑中的压力突然向外冲出：

“我的神，我的神，为什么离弃我？”

……“这个人呼唤以利亚呢。”我听见以色列人在我耳边说……

第六章

拖拉机开到场部小学校门口，陡然熄了火，拖斗还向前猛撞了一下，才停下来。

“操他妈！”小李子跳下驾驶座，使劲踢了一脚轮胎，“这种破玩意儿现在还使，在人家外国，早他妈报废了！”

太阳已经完全落下去了，天空出现一个又圆又大的月亮。没有云，没有晚霞，也没有星星。我忽然发觉周围的景物比黄昏时分还要鲜明。学校的大门两旁涂着红漆语录：“学校一切工作都是为了转变学生的思想。”还有一条：“工人宣传队要在学校中长期留下去，参加学校中全部斗、批、改任务，并且永远领导学校。”月光下，毛主席的话在熠熠闪光。

原来学生在学校不是学知识，而是转变思想。是把天真无邪“转变”成虚伪奸诈？还是把资产阶级思想“转变”成无产阶级思想？七岁的儿童就具有资产阶级思想，而这所学校的任务就是要使他们转变立场！我突然感到冷飕飕地刮来一阵凉风。

很晚了，凉风是从月亮上刮来的……

车头前面，小李子在吭哧吭哧地拉皮绳，想使拖拉机重新发动起来。月亮上，有一小块一小块斑点。那是月球上的大陆？还是月球上的海？……我好像是从月球上下来的，对地球上的一切都感到迷惘，感到惊讶；我越来越弄不明白地球上的事了，却觉得我渐渐地在向月亮靠近，靠拢，月亮在我眼前越来越清晰，越来越大。

“他妈的！拉不着了，”小李子走过来，扒在拖斗的车帮上，伸进脑袋问我，“咋办？啊，老章。”

我仰卧在拖斗里，身下垫着一叠麻袋，很软，很舒服。“拉不着，你再拉拉。”我盯着月亮说。

“他妈的！你尽说风凉话。不信，你来拉拉试试看！”

“我就会卖苦力，不会开拖拉机。要会，我早替你开跑了。”

小李子在车帮旁边踟蹰，不断啧啧地说：“咋办？”

下午收工，曹书记叫我加一个夜班，跟小李子的拖拉机到火车站去拉磷肥。“今晚上你辛苦一趟，明天后天你休息两天，”曹书记说，“明天白天场部开大会，全体职工都得去参加。又是号召学习无产阶级专政理论，批什么宋江……”派一个职工来加夜班，明天他当然不能去参加大会。而地富反坏右分子是无权参加大会的，派我加夜班最合适，既不耽误放牧——“哑巴”一个人也能放，又不妨碍明天大会的热烈气氛：“全体到会，一致高呼”等等。在我这方面，加一个夜班补休两个白天，当然干。白天，她下地干活，我一个人在家里，正好！

“喂，”小李子在拖拉机四周转了一圈，又回到拖斗旁边，嬉皮笑脸地说，“干脆，咱们到小学校里找个地方睡觉去吧。”

“睡觉？你想得出来的！任务怎么办？”

“任务，任务！去他妈的！”小李子在月亮地里蹦跳了一番，“这拖拉机老掉牙了。压根儿就不应该派我来。我是没有办法了，谁有能耐谁来开吧！”

我爬起来，跨出车帮，跳到地上。

“你总得给上面有个交待吧。车坏了，我们一拍屁股睡觉去，万一让谁把车上的零件偷跑了呢？再说，出了事人家不会追查你，倒会以为是我把拖拉机破坏的。”

小李子隔着帽子搔搔头发，又连声说“咋办”。他虽然是场部政治处副主任的宝贝儿子，有硬邦邦的后台，但他并不对我实行“专政”，还替我着想。

“那么，你去睡觉，我在这儿看着它。”

“那也不好，”我说，“这拖拉机到天亮也动弹不了，曹书记还以为我们在干活哩。我看这样吧，你就睡在拖斗里，我回去报告。一则我们尽到了责任，二则我可以牵两匹马来，把车头拉着火。你看怎么样？”

“哎呀！这可难为了你。这儿回队上，少说也有三十里路哩！”

“没关系，我放羊走惯了；今天月亮也好。我最晚十二点钟到家，然后骑着马来就更快了。你睡吧，天不亮我准赶回来拖你。”

月亮已经升到头顶上。月光下的旷野竟完全和月球上一模一样，一直到黑黝黝的地平线都阒无人迹，满目荒凉。仿佛你走到那地平线，再往前跨出一步，便会掉进浩渺的太空。这时，我又回到了我熟悉的环境，在失重状态中飘浮，身体轻盈，脚步敏捷。我最喜欢在夜晚，在月光下独自散步。原来，人从这一个世界到另一个世界并不难，只不过是地球从这一面转到了另一面。

大约十一点多钟，我回到了我们的生产队。我的小村庄在月色中静谧地入睡了。一排排土黄色的房舍，宛如一个个劳累了一天的庄稼汉，整整齐齐地躺在土黄色的田野中间。在林带地里，我就看见第一排房舍有两盏雪亮的灯光。一盏是生产队的办公室，另一盏是原来生产队的库房，那就是我的家。这么晚了，她还没有睡，一股柔情，一股怜悯，油然在我心间荡漾。

是先去办公室向曹学义报告？还是先回家去看看她，叫她早点睡觉？我离开大路，走上由人的脚踩出的小道，在稀疏的杨树林中穿行。去年落下的干枯枝叶在我脚下沙沙作响。夜间清冷的风穿过树梢，雀巢里发出雏鸟轻声的惊叫。杨树林的外围，植着一株株沙枣树。这是西北特有的树种，粗棘的褐色的树皮，弯曲的多刺的树干，银灰色的并不鲜艳的树叶，然而它开的米粒大的小黄花却馥郁异常。这种树在干旱多碱的土地上也能生长。它并不需要大自然给它多少雨露，却毫不吝惜自己的芳香。

这时节，沙枣花早已凋谢，枝头挂着累累的小青果。到了秋天，它就会满树金黄。我走过一株株沙枣树。在快走到尽头时，办公室的灯倏然灭了，就像小村庄突然闭起了一只眼睛。从办公室里走出一个人，明亮的月光中，我一眼就认出了是曹学义。他并不向后排房子他家的方向走，而是向小库房，也就是我的家走去。正在我诧异的当儿，他已经一推门跨进了我的家。门里的灯光急遽地泄出来，一条长长的光柱射向田野。但一刹那间，门又闭住了。

我继续向前走了几步，我的家也倏地熄灭了灯光。

小村庄在我的面前紧闭住了两只眼睛！

整个小村庄都睡着了。我被摒斥在小村庄的外面。只有我是清醒的。

“这件事终于发生了！”

我的腿一软，一屁股坐在沙枣树的树根上。我听见粗棘的树皮嘶啦嘶啦地刮扯着我的帆布工作服，但我的背部却毫无知觉。

回顾过去所受过的凌辱，与所有不幸的人的所有不幸的遭遇比较，唯独这种屈辱我还没有受过。没有受过这种屈辱倒使我觉得惊异，感到意外，不相信命运会如此厚待我。似乎我天生下来就注定了必需经过一切痛苦，要穿过水与火与剑与蛇筑成的全部炼狱。近几天，我开始有隐隐约约的预感，经受这种屈辱的日子恐怕即将来临。我早已像被逼到墙角下的瘦狗，弓着腰，夹着尾巴，血红的眼睛无望地瞅着高高举起的棍棒，无能为力地等待着它落在我的身上。唯一祈望的，只不过是它别把我的骨头打碎，让我还能爬，还能吃，还能养伤，还可以痊愈。

此时此刻，这一棒终于落下。

我又一次验证了自己的直觉。

我瘫倒在沙枣树下，我的手死命地揉搓着粗糠的树皮，几乎使手掌开裂，仿佛是我要借此恢复我的知觉，以便检查我受伤的程度。

“喂，你咋躺在这里？”忽然，一个幽灵从空中飘来，踢了我一脚，“去拿起砍柴斧！你们家门背后不是放着一把吗？你身上又有钥匙，一下子把门开开闯进去。大丈夫立身天地之间，岂能受这般欺侮？！”

我抬起头。这位幽灵穿着宋代官服，微黑的面皮，矮胖的身材，眼如丹凤，眉似卧蚕。他捋着髭须说：

“我们兄弟决不会像你这般无能，连武二郎那位号称‘三寸丁’的大哥，也要和奸夫淫妇拚个死活，何况你七尺之躯，膀大腰圆，一表人材。你容忍了这种事，再有何面目见九泉下的父母！”

这倒是可以试一试！结婚那天，墙上居然有横七竖八的尸体，这是不是一个预兆？但是……

“宋大哥，”我叫道，“可是，时代不同了。你杀了阎婆惜，可以逍遥法外，而我呢？现在没有一个水泊梁山……”

“照我看，你们现在也和宣和年间相差无几，”宋江说，“主上昏庸，虎狼当道，忠良受害，此时不揭竿而起更待何时？水泊梁山也是好汉们创建的……”

“大哥，时移事易，”我说，“现在的领导集团，要比你们古时复杂多了。领导集团内部，就有着许多爱国忧民的人物，他们正在艰难地工作，想把国家推向正路。下面老百姓的轻举妄动，实际上于事无补。”

“短见，短见！”宋江呵呵笑道，“上下结合，朝野结合，内外结合，才能开辟你所谓的‘正路’。如没有下面的、在野的、外部的力量，你所说的忧国忧民之士在朝中也孤掌难鸣，最终还是让虎狼收拾干净，打入天牢。你赶快拉起一支队伍，支援在朝的忠良，以清君侧，正朝纲！”

“大哥，你所说的‘队伍’，正是我们现在叫‘反革命组织’的东西。现在以无产阶级名义建立的专政机关，可不像你们那时的‘捕快’！在这种组织还没有形成的时候，他们就会闻风而动；他们围捕的行动甚至比你组织的行动还要快！这十多年来，他们是宁肯错捕一千，绝不放过一个的。一九六八年我从劳改队出来，迷迷糊糊地以为真有个‘刘邓司令部’而泼出命去寻找他们，可是不但毫无所获，反而被戴上帽子，投进了监狱。你当是那么容易吗？譬如，你已经弃世几百年了，他们还要把你拉来批斗。幸亏你白天不会出现，不然也要当场将你逮捕！”

“唉！真所谓‘彼一时也，此一时也’！”宋江仰天长叹，“如此说来，你一个蝼蚁也无法匡救社稷。那么，干脆宰了这一对狗男女，然后再自尽，也给世上的为非作歹之徒一个惩戒。”

“这虽然不失为一个匡正世风的办法，”我说，“可是，宋大哥有所不知，我和她名义上是夫妇而实际不是夫妇，我没有必要为他们舍掉自己的性命，尽管我并不贪恋尘世的生活……？”

这时，呼呼地刮来一阵夜风，杨树和沙枣树的枝叶通统摇来晃去。它们投在地上的迷蒙的影子被搅起来，成了一团弥漫的黑雾。空中，又响起了另一个幽灵悲切的声音。

“这都是因为月亮走错了轨道，比平常更接近地球，所以人们都发起疯来了。”幽灵的面孔黧黑，穿着古威尼斯军人的战袍。原来他是摩尔人奥赛罗。他两眼发呆，旁若无人地在黑雾中飘过。“我的勇气也离我而去了，每一个孱弱的懦夫都可以夺下我的剑来。可是奸恶既然战胜了正直，哪里还会有荣誉存在呢？让一切都归于毁灭吧！”

他在地狱里被折磨成了疯人。折磨他的还有自己的良心和悔恨。他凄厉的声音似乎在告诫每一个想杀妻而又自杀的人。

黑雾渐渐散去，两个幽灵都不见了踪影。

俄顷，月色清朗，天空明净。我的躯体乘坐在我的目光上，穿过黛蓝色的太空到四处遨游。我在这一棵沙枣树下，仿佛就能直接与宇宙中任何一个天体对话。并且，我一伸手，一抬足，都无不是在这浩瀚的宇宙中间。我已经投身于宇宙里去了。

“啊！”我向冥冥的太空中呼喊，“孟子说，天将降大任于斯人也，必先劳其筋骨，饿其体肤，苦其心志，行拂乱其所为。我经过了劳、饿、苦、乱，到什么时候才算是终结？如果这种种经历没有一个目的，我还不如就此结束自己的生命！这也可算是一个终结吧……”

“井里的鱼不可以和它谈大海的事，这是因为受了地域的局限；夏天的虫子不可以和它谈冰冻的事，这是因为受了时间的制约；乡下的书生不可以和他谈大道理，这是因为他受了礼教的束缚，”太空中有一个洪亮的声音回答我，“现在，你从河边出来，看见了大海，知道了你自己的丑陋，这才可以和你谈一些大道理了。”

“哦，请先生教我。我谨受命。”我知道说话的人是庄子，虽然我看不见他的形体。

“孟轲这句话，不通之处就在于他认为造化皆有个预定的目的，”空中的声音说，“我曾经听过有大成就的人说：‘自己夸耀的反而没有功绩，功成不退的人就要堕败，名声彰显的倒要受到损伤’。谁能够舍去功名而还给众人，大道流行而不显耀自居，德行广被而不求声名，所以才可以无求于人，人也无求于我。你的劳、饿、苦、乱，正是参与了天地之变化。圣人不求目的，不求名声，你为什么喜爱它而孜孜以求呢？”

“先生的道道极深，”我说，“但于我还是不太切近。我并不把声名显赫作为苦、饿、劳、乱的目的。我知道显赫的声名会带来新的苦恼。我只是想有所作为。”

“呵！呵！”庄子笑道，“你要知道，有所不为才能有所为；而无为，即无不为。徒役的人已不计生死，故登高而不恐惧，受了威胁不回报而超然于人我的区分。超然于人我的区分，这便达到天人合一的境地了。所以此人能做到崇敬他而不沾沾自喜，侮慢他而不愤怒。只有合于自然和气的状态才能这样。怒气虽然发，并不是有心地发怒，那么怒气是出于无心而发了；在无为的情况下有所作为，那么这作为即是无为了。要宁静就要平气，要全神贯注就要顺心，有所为要得道，就要寄托于不得已，应事出于不得已而顺应天地的造化，便是圣人之道了。”

我全身悚然，冷汗淋漓。“谢先生教诲，”我说，“我大概懂得了先生做人的道理。我一定不自喜、不愤怒、望能有所为即应有所不为，所谓‘小不忍则乱大谋’者也。然而先生还能教我一些具体的道理吗？”

庄子在宇宙中说：“神龟能托梦给元君，却不能躲避余且的鱼网；机智能占七十二卦而无不应验，却不能逃避刳肠的祸患。这样看来，则机智也有穷困的时候，神灵也有不及的地方。纵使有最高的机智，也需要众人共同来谋划。鱼不知畏网而畏鹈鹕；人能弃除小知则大知自明，去掉自以为善则美自显。婴儿生来没有大师教便会说话，这是和会说话的人在一起的缘故。我是研究天道的，疏于人事。你要知道人事的具体道理，还需要向谙于这方面的大师请教。”

庄子的声音在太空中消失。皓月当空，枝影婆娑，万物又皆归于清静。这时，马克思从圆月中踱了出来。

“孩子，我听到了你心里的呼唤，”他将手指插在背心口袋里说，“但恐怕在这方面我不能对你有所帮助。你知道，燕妮是我最亲爱的女人，我是燕妮最亲爱的男人，我当然不会有处理这类问题的经验。至于我亲爱的朋友恩格斯呢，他一生没有结过婚……”

“大师，我不是向您求教这件事，”我说，“在这问题上我已想通了。我要心平气和地来对待它，不损害自己的道德。我想向您求教的是，我们的国家，我们的社会，即所谓人事方面的前途究竟如何？因为……”

“嘿嘿……”马克思爽朗地笑起来。“我的孩子，”他说，“你说你想通了，其实并没有想通。东方人生哲学的根本是修身养性，求得自己道德的完整，将个人复归于自然，即与天地精神相往来，达到‘天人合一’。照我看，你应该先从她那方面来考虑；用平等的、尊重的态度去对待别人。西方的观念是自由平等，东方的观念是道德名誉，我不愿在这里分析哪种观念优劣，它们属于不同的历史时期，并且，随着历史的螺旋形发展，你们东方的哲学将会在世界发扬光大。我这里只想指出，你和她是夫妇，但你又不能尽丈夫的义务，你有什么权利去阻挡她得到暂时的快乐？你以为你饶恕了她，是你道德上的宽怀大度，但实际上你却连饶恕她的权利都没有。这种‘自以为美’，也是不合于你们东方观念的‘圣人之道’的。”

“是的，是的……”我恍然大悟，豁然开朗，“大师，请您继续说下去。”

“好的。”马克思掀起燕尾服后襟，在我面前的一个树墩上坐下。“首先，我要求你，也要用平等的态度来对待我，让我们两个不同时代的人像朋友似地说话。我之所以称你为‘孩子’，是因为毕竟我比你的年龄大得多。这里没有什么大师、导师。我从来没有自封过，但我又不能堵住后人的嘴，这正是我在天堂里苦恼的一件事。‘伟人之所以是伟人，正是因为自己是跪着的缘故’。我记得我早把这句话向你们转告过。遗憾的是，后人们很少听我的话……”

“咦！”我诧异地说，“固然，有许多人歪曲了您的学说，或是假借您的旗号自行其事，但还是有更多的人遵循您的教导的呀！为什么您还说后人很少听从您的话呢？这点我不太明白。”

“孩子，”马克思说，“这也是我在天堂里担忧的：你所说的前一种人，他们为了他们的利益，或是在权力斗争中，或是在镇压群众中，寻章摘句地援引我的话作理论的武器。于是，在一般不谙熟理论的群众心目中，我的面目会是很可怕的，因为他们使我看起来仿佛是处处与群众的利益对立。啊，想想我就心惊！可是，这些人往往又能取得胜利，哪怕是暂时的胜利。其原因呢？却恰恰是他们能‘自行其事’！你所说的后一种人，天真地照我的话亦步亦趋，却常常碰壁，其原因恰恰又是他们没有‘自行其事’……”

“您……”我说，“我有点糊涂了。难道您的话不是真理？为什么不照您的话做而自行其事的人能成功，哪怕是暂时的成功？而照您的话亦步亦趋的人反而会碰壁？”

“你别着急，听我说下去，”马克思把他阔厚的手掌放在我的膝盖上，

“我一生研究的最重要成果，不过是我的好友恩格斯在我墓前的讲话中归纳的两条：一个是发现了历史唯物主义的基本原理；一个是发现了现代资本主义生产方式和它所产生的资产阶级社会的特殊的运动规律。至于辩证唯物主义的世界观和方法论，那是贯穿在我的全部研究过程中的。如果说是真理的话，真理就仅仅在这里！可是你刚刚说的那两种人，不管是出于恶意还是善意，却都是只在我的研究过程中寻找现成的结论，而不是从我的全部研究中提炼出方法论。我非常赞赏你们东方哲学中的‘得意忘言’的说法。如果‘得’了我的‘意’，便会‘忘’了我的‘言’。而我和恩格斯都回到天堂以后，许多人却是‘得’了我的‘言’，忘了我的‘意’。这就是你们东方哲学所说的：‘小知不及大知’了，那还有什么真理可言呢？”

“我有点明白了，”我说，“可是，您为什么又说‘自行其事’倒能成功呢？那么，您的学说的指导意义又在哪里呢？”

“你还不太明白，”马克思的大胡子中露出微笑，“我说了，如果我的发现对后人有用的话，就在于以上所说的历史唯物主义与辩证唯物主义。后人要想取得革命事业的胜利，我想应该是运用这种方法论来‘自行其事’……”

“我们后人还是要继承您的事业的……”我急忙安慰伟大的亡灵。

“嘿嘿……”马克思又发出洋溢着睿智的笑声，“我的孩子，请你别低估了我的智力。我还不至于傻到以为后人干的事是在继承我的事业。我的事业已经在一八八三年完成了。每一代人只是在干历史规定每一代人所能干的事。全人类的解放是全人类每一代人不断奋斗的事业。任何一个国家，任何一个民族，任何一个党都不能包办，别说一个人了。只有患了老年性痴呆症的人才敢接受别人称自己是世界革命的领袖，和要求他的后人去完成他的所谓事业。你记住，孩子，黑格尔说的这句话很对：‘各个民族及其政府并没有从历史中学到什么：对这点说，每个时期都是太特殊了。’这也就是说，每个时代都具有如此独特的环境，每个时代都是如此特殊的状态，以至于必须而且也只有从那种状态出发，以它为根据，才能判断那个时代，处理那个时代的事务。所以，那些打着我的旗号却能‘自行其事’的人常常会取得成功，道理就在这里。可是，倘若我还活在你们中间，我还有发言权，我就会要求他：阁下，你用你自己的语言来说话好吗？你不自觉地‘得’了我的‘意’，却自觉地牢牢抓住我的‘言’，往往把我的‘言’搞得似是而非，又何必呢？其实，如果你不以为我狂妄的话，我可以说，凡是成功的革命事业，都是自觉或不自觉地运用了历史唯物主义和辩证唯物主义的结果。假如仅仅抓住我的只言片语，等于叫我死亡第二次。唉，孩子，死不是一件愉快的事情。尤其是眼看着人家把你的精神处死，而自己又无能为力的时候。”

“是的，我也有过类似的体会，尽管我们根本不能相比，”我说，“那么，您对我们社会的前景有什么可以指教我的吗？因为这个问题不仅仅关系到我如何对待生活，还关系到我的生与死。”

“经济！”马克思立刻接上问题回答，“要从经济上来看问题。唯物主义的历史观我已经大体上表述过了。那就是，社会的物质生产力发展到一定阶段，便同它一直在其中活动的现存生产关系发生矛盾。于是这些关系便由生产力的发展形式变成生产力的桎梏。那时社会革命的时代就到来了。随着经济基础的变更，全部庞大的上层建筑也或慢或快地发生变革。我再告诉你，这种历史观还有另外一面：当生产力衰退的时候，萎缩的时候，已经不能维持社会的生存的时候，社会革命的时代也同样会到来，以便挽救濒于死亡的生产力。而看起来，这种社会革命是先从上层建筑开始的。由上层建筑的变革来改革生产关系。现在，你们的生产力已经被阉割了，连再生产的能力也没有了，它一直在靠嘴对嘴的人工呼吸来勉强维持。可笑的是：你们这个时代，不是脑，不是手，而是嘴这种器官特别发达的时代。你想想，这样的时代能持续多久呢？……”

马克思的话刚说到这里，我家的门倏地开了。曹学义从黑洞洞的门里钻出来，披着他的旧军装。同时钻出来的，还有我家的那只灰猫。曹学义在它身上绊了一下，急匆匆地向他家的方向走去。而灰猫“哇”地大叫一声，一下子蹿到了房顶上。

这个冲撞了伟大的亡灵的人居然是个共产党员。

真是不可思议!

第四部

第一章

“你在这里干啥?”

“我在看月亮。你看，月亮圆了，又缺了。”

“真是个傻瓜!唉!嫁了你这么个人真没办法!”

除了睡觉，我尽量不到里面那一间屋去。自我发现了那件事以后，房子里似乎处处留有曹学义的痕迹，曹学义的味道，曹学义的影子。他们是在哪里……是在炕的这一头?还是在炕的那一头?他们总不会在我睡的这一头来搞吧?我极力想从空气中捕捉到他们当时的一举一动:曹学义是这样进来的;她是那样迎上去的;于是他们这样拥抱在一起，那样撕缠着进到里屋;是谁抬手拉灭的电灯?是他，还是她?然后他们是怎样一起滚到炕上的?她的动作我是熟悉的，包括她的呻吟，那么是不是她在曹学义的怀里也把这些过程演了一遍?……我知道我很无聊，但我控制不住自己总要反反复复地如此去想象。甚至会在半夜中突然惊醒，皱起鼻子:是不是有一股什么东西混合在一起的特殊气味?

所以，放牧回来，吃了晚饭，我多半是坐在我平整出的这一块庭院中乘凉。

还写什么论文?!这个阎婆惜比周瑞成还要危险!而且，我不过是“半个人”，是“废人”，我已大大降低了对这种工作的兴趣。

只能苟且偷生地观望和等待吧。

酷暑来临，麦子已经收上了场。热烘烘的风刮过正被翻耕着的麦茬地，带来浓郁的泥土气息。那边，“东方红”拖拉机在辚辚地吼叫，金属的声音居然像动物在嘶鸣，有一种颤动的灵气。即使是钢铁，也和大自然融合在一起了。无遮拦的庭院前面，是那一片杨树林和沙枣树。它们是忠实的见证人，永远挺立在自然法庭的证人席上，决不退缩，决不回避，有时在晚风中竦竦地向我表示它们的不满。

我看着悒郁的上弦月在傍晚高高地挂在天空的南方，并在半夜里落下。

我看着忧伤的蛾眉月在日没之前出现在天空的西方。她追随着夕阳，几乎和他同时隐没在山峦的那边。

“你看你，这些日子又黑又瘦，”她一件一件地收着晾在绳子上的衣裳，用既像是关心，又像是埋怨的口气说，“让人看了，还以为我咋欺负你了哩！是少了你吃的？还是少了你喝的？”

是的，我在人眼里，只剩下吃和喝两件事情了！

“人要瘦，有什么办法？”我无力地说，“至于黑嘛，你也知道，太阳这么毒……”

“你就不知道在树荫底下待着？一个放牲口的，还那么负责！把你稀罕得不行！”

星星开始闪烁出微弱的亮光。而在西方的山顶上，一抹橘红色的霞光还没有完全熄灭，宁静地照耀着渐渐昏黑的坡地。

“你也搬个小板凳来坐一会儿嘛，”我说，“你看，夜里这么好……”

“我还忙着哩！哪像你有心思一晚上数天上的星星！”她抱着一大抱衣裳，掀起门帘啪搭一声进去了。竹门帘是我趁放牧的方便，骑着马到三十里外的供销社买的。她细心地将四周用白布一针针地缝上一圈包边。“这样，就能用好几年。”她说。

她还想着“好几年”的事！

我进到里屋去的时候，她还在纳鞋底。

“给谁做的？”我搭讪地问。

“还有谁？这屋里就两个人，你说还有谁？”

她抬起手，把针锥在头皮上刮了一下。动作利索，手势优美，宛如京剧的花旦一甩水袖。

鞋底很大，那当然是我的。

我脱了衣裳躺在炕上。夏天的土炕，到夜晚会自然散发出如月光一般的清凉。光脊背贴在薄薄的褥子上，就像浮在平静的水面。我是一片落叶，任微风把我吹到任何地方。我曾想过：女人，我要逐渐地熟悉你！可是三个月过去了，仅仅是一个她就比刚开始接触时更难以捉摸，难以预料。大脚的女哲学家说得对：你能把人“思谋”得透么？

尤其是女人！

那天早晨，小李子开着拖拉机回来，我站在空空的拖斗里。拖斗后面，还拴着两匹马。拖拉机在前面不慌不忙地用马走的速度滚动着，马无精打采地一步一点头，仿佛瞌睡没有睡够。大队正巧出工，全体农工在路口上看我们这支奇怪的行列。小李子先声夺人，还没有走近人群就大喊大叫起来：

“妈的！这车能开么?！还没有到站就熄了火，把我们搁在荒滩上，幸亏老章半夜回来牵了牲口才拉着。要不，两个人早都让狼吃了！×他妈！不给咱俩记四个工，老子跟他没完……谁有本事谁来开吧，老子要回场部睡觉去了！”

小李子跳下拖拉机，骑上自行车一溜烟回他当官的爸爸那里“睡觉”去了。在人群里，我看见她疑疑惑惑地盯着我的脸。

“是你咋晚上回来牵的牲口？”她露出了尴尬的笑容。

“是我。”我沉着脸解下拴在拖车上的缰绳。

“那……你咋不回家？”她跟在我的身后。

“哼哼！”我冷笑了一声。自我们结婚，我还没有这样冷笑过。“好像家里不止你一个！”

我很平静地回答了一句，跨上光背马，就向马厩跑去了。

自此以后，她就开始用这种既像是关心，又像是埋怨的口气跟我说话。你怎么理解都可以。但这毕竟比单纯的埋怨听起来要舒服一点。在此之前，她可是一直用埋怨和讥讽的语气跟我说话的。

并且，她洗衣裳也洗得勤了，有时我甚至觉得没有这样的必要。"我过单身生活过惯了，"我说，"衣裳脏一点没有关系。你看人家，比我还脏！"

"你惯了我可不惯！"她强迫我把厚厚的帆布工作服脱下来，"你身上一股马汗气，走到人跟前都呛鼻子！尽看人家，人家去死，你也去死？！"

也许是这样！

同时，不论我吃多少，她再也不说"咱们的定量不够了"这类威胁的话。

现在，她又给我做鞋，一针针地纳着鞋底。她说忙，指的就是这件活。

然而，我倒于心不忍了。何必拖着她呢？

"香久，"我在炕上躺了一会儿，眼睛看着顶棚说，"你怕刚结婚就离婚，名誉上不好听，那么我们安安静静地过上一年吧。到明年，你去提我去提都可以。我们好合好散。理由嘛，就说我们感情不合。要不，就说一个南方人，一个北方人，生活习惯怎么也搞不到一块儿。你看怎么样？"

她不回答我。屋里只有嘶啦嘶啦纳鞋底的声音。

一只大甲虫砰地撞在玻璃上，想来扑灯火，却仰面朝天地落在窗台底下，嗡嗡地直叫。

广播喇叭里吹响了熄灯号——十点了。这是"全国学习解放军"以后的新气象。即使在这个荒僻的小村庄，作息制度也一律由军号来指挥。军号是录在唱片上的：起床号、出工号、收工号、熄灯号……场部管广播的小姑娘搞不清楚，经常在出工时播收工号，收工时播起床号。

可是今天播得很对：是熄灯号。

她动作麻利地将一大截麻绳绕在鞋底上。转身拿起扫帚沙沙地把褥子扫干净，还没有躺下，就啪地把灯拉灭了。

时间在黑暗中流逝，生命也就随着消融。窗台下面的大甲虫还在嗡嗡地叫，始终没有翻过身来。也许它永远翻不过身来了，但它仍要不懈地翻。一会儿，甲虫的嗡嗡声和我耳鼓膜里面的血液流动声合在一起了。分不清哪是甲虫的声音，哪是我血液流动的声音。于是我觉得我似乎就是那只甲虫。我的背麻木了；我感到疲倦；我的四肢很沉重……而在我蒙蒙眬眬快入睡的时候，她却忽然说起话来：

“你可以上医院去看看嘛。我听说，这病是能治的。”

我终于弄清楚了这声音是她说的话。我使劲地把我的精神找回来，把神经调整了一下。为了表示心平气和，我又无可奈何地笑了一声。

“现在医院哪有看这种病的？只有人工流产、结扎……”

“到大医院去。”她的声音好像离我很远。“要不，找走江湖的郎中。”

“笑话！”我像是自言自语地说，“到大医院要证明，别说场部不给我开这样的证明，就是开了，医院一看我这样的身份，又是看这种病，连号都不会让我挂。江湖郎中？现在哪儿有江湖郎中？早让人家当‘资本主义尾巴’割掉了！”

我清醒了以后，我蓦地发现我内心里早已滋生了不能跟她再继续生活的念头。我断然地拒绝了使我可能痊愈的一切机会；我要把这道沟挖得更深一些，使我和她之间的地壳开裂。

又沉默了很长时间。是的，黑暗中说话最真切，我想。一切都是在黑暗中产生的；黑暗中的一切都是真的。黑暗真是一个奇妙的境界：在黑暗中什么都可以做，什么都可以说。不是假话害怕阳光，而是真话害怕阳光。多么“特殊的状态”！

“扯淡！”她说，“我可没觉着跟你感情合不来。啥南方人，北方人？！你都劳改那么多次了，还有啥南方人的习性？你是面条吃不来，还是饼子吃不来？只怕给你一把糠你还觉得赛蜜糖哩！我有啥北方人的习性？只要好，我啥都可以随着人……”

“可是我就是好不了了！”我赶快表示自己的绝望。

“那你就别怪我！”她说。我懂得她这话的意思。

“我并没有怪你。我只希望在这一年里我们安安静静地过生活。”我相信她会懂得“安安静静”指的是什么。“如果你觉得不合适的话，还可以提前嘛，甚至明天去提也可以。”

“算了，算了！”她烦躁起来，“我说不过你。你们读书人肚子里道道就是多！”

“你也是读书人呀，”我说，“上过初中，你应该是懂得道理的，知道利害关系的。并且，你不是也挺注意名誉的吗？”

“你别讽刺我好不好?！”她发火了，但火气并不是十分足，“要提你去提！我是不去。反正结婚报告也是你写的！”

这个女人是真正的淫妇！我憋着一肚子怒气这样想，她把我的忍让当成孱弱，利用我作为掩护来胡搞，现在死缠着我不放，并且还要一直缠下去……

第二章

暴雨下了一天一夜。这场暴雨不像往常那样先稀稀落落地掉下几点来敲打一番，给人以警报，而是直截了当地从天上猝然倾泻下来，搞得人们措手不及。

幸亏麦子都收上了场，不然全要泡在田里。黄土、青草、树木全湿透了，变色了，膨胀了；有吸水能力的沙质土壤也成了一汪泥汤。泥汤向四周的低处漫流，把原来坑坑洼洼的土地几乎填平了。荒野上的砂砾，经过一阵阵暴雨的淘洗，白色的云母片和透明的石英全裸露在地面上，因而露在水面上的陆地显得异常洁净。水分已经饱和的树枝再也承受不了不断泼来的大雨，全缩头垂肩地耷拉下来；茂盛的青草密密层层地趴在地上，和地面的泥汤混在一起，叶梢顺从地向着低洼的方向，犹如河流中的水藻。从窗户里向外望去，常见的景物变得非常陌生，人们似乎一下子到了另外一个世界。每个人的心里都忐忑不安，仿佛脚下的大地即将崩溃。

村庄是建筑在一块比较高的丘地上的，所以暂时还没有被水淹到。但已经像一个盛满了水的碟子，浑浊的泥水带着各家各户的垃圾和厕所、马厩、猪圈的粪尿，向外面哗哗地流溢。碟子里，是一片淹没到房基的混水，并且还在逐渐上涨。有的墙开始裂缝，有的房舍已经坍塌。幸好坍塌的不是人住的居室。大猪小猪满村庄乱窜，寻找避雨的地方，最后，一只只卧在宿舍屋檐下的一长溜湿地上，愁闷地望着天空。我把我放的二十多匹牲口，全赶到平时作为会场用的一间大仓库里。这时麦粒还没有脱下来，新稻还没有收割，仓库是空的。牲口们一匹挨一匹地挤在横幅标语下面，倒也像准备聆听"批宋江"的长篇报告。农工们养的鸡鸭名副其实地成了"落汤鸡"，缩在鸡埘里，连叫也不叫了。

暴雨刚下来的时候，我就从马厩抱来两根圆木，在我破烂的住房外面立好支柱，顶住了已经略有倾斜的山墙和后墙。这样，再下几天雨也不怕了。我浑身上下浇得透湿，跑进屋里，她十分殷勤地给我打水，给我拿肥皂毛巾，一件一件从我手中接过脱下的湿衣服。

"家里还是有个男人好！"她很满意地笑道。

"男人嘛，你可以随便找一个，"我说，"现在物资紧张，人口可是过剩，尤其是男人。"

"那不见得，"她一反常态跟我亲昵起来，在我背膀上拧了一把。"像你这样的男人还不多。"她说。

我背往后一拱，推开她，说："去吧去吧！对你来说，是个男人就行！"

我觉得她似乎在我背后愣了一下。后来，她一下午没说话，悄悄地绱鞋子，悄悄地做饭，晚上睡下以后，悄悄地出了一口长气。

晚上没有电。据说是怕大水把电线杆的根全泡软，倒了下来跑电，全部关了总闸。窗外黑漆漆的，屋里也黑漆漆的。我在被窝里想，既然先哲们那样教诲我，为什么我还要说伤害她的话？我也悄悄地出了一口长气。

第二天中午，在人们以为天还要下的时候，雨却突然停住了。停得也干净，仿佛天上也有一个管雨的总闸似的。空中连一滴水也没有，只有潮湿的风在已经成了沼泽的地面上吹起一层层锯齿形的波纹。头顶上还阴沉沉的，但天边露出了亮光，一团一团巨大的乌云在天空翻滚，到了明亮的天边就消失了。于是乌云越来越薄，天空也越来越亮。

然而，人们刚松下一口气，村庄里却四处响起了凌厉的哨音。哨音既响又长，好像是根金属的棍子捣着人们的耳鼓膜。

"快呀！快呀！大渠决口啦！"

"都上渠去！都上渠去！全体集合！"

"拿着锹，背着背篓……"

"赶快赶快！家里不许留人……"

各排排长、各班班长赤着脚在泥泞里连喊带跑。男农工、女农工都钻出来，站在还往下滴水的屋檐下互相探听消息。其实不用探听，年年都有这么一次：夏天一下大雨，干渠肯定涨水。但这一次看来非同往常，农工们踌躇着：

"咋办？他妈的都去，谁看家呀？"

"胡扯淡！连他妈命令也不会发！"

"看头头们去不去，头头们不去咱们也不去！"

"对！干渠真一决口，大水下来，连家里一个碗也剩不下！"

"还有娃娃咋办呢？"妇女们喊。

但是，头头们吹了哨子，都扛着铁锹跑到积满泥水的道路上来了。曹学义穿着部队发的胶布雨衣，扯着嗓子大叫：

"快！男的都去！妇女留下看家。水火无情，大水下来可不挑挑拣拣，哪家都逃不了！"

叫了一长串话，最后嗓子也变音了，大家才明白事态的确严重。于是男人们扛起了锹，背起了背篓，蹚着泥水，纷纷向村庄西边跑去。妇女们赶紧跑进屋去抱起娃娃，呆呆地坐在炕上。

畜牧班长带领放马的、放牛的、放羊的、喂猪的到库房去抱麻袋，准备装进沙土往决口里扔。还离得很远，就能听见大渠坝上一片嘈杂的喊叫，等我们连跌带爬地赶到大渠坝，那里已经挤满了人。公社的老乡也来了，比我们农场的工人还多，每个队只顾加固直对着自己村庄的一段渠坝，好像水从别的地段冲下来是不会淹着自己村庄似的。人们在大渠坝坡爬上爬下，就和阴天出洞的蚂蚁一样。

大渠并没有决口，但渠坝两面已经成了一片汪洋。从我站的渠坝到山脚下，见不到一块陆地，见不到一棵树。黄褐色的水面上浮着大片大片雪白的泡沫，像是南极洲里漂浮的一座座冰山。从山上冲下来的老鸹柴、朽树杂草和羊粪，被水冲聚成团，在水面上打转，仿佛在寻找从哪里冲出去最合适。只要有一阵微风吹来，水面上立即掀起巨大的波浪，啪啪地冲击着渠坝。这对从来没有见过大海的西北农民来说，真是惊心动魄的壮观。

水不是大渠里涨出的，而是从山上下来的山洪。大渠坝这时正好起了防洪堤的作用。此刻，山洪离坝顶只有不到一尺的高度了。倘若渠坝决开一个口，不论在哪一个地段，从这里直到山脚下几百平方里的洪水就会一泄而下，把渠坝东边的几十座村庄全部推光。

目前没有别的办法，灌溉渠上是没有泄洪涵洞的，并且也无处可泄汪洋大海般的洪水，只能不停地向坝顶上运土，把渠坝加高。人们忙乱地干了一阵，开始逐渐有了组织。坝上坝下，一行行地排开传运的行列：坝下的人铲土，中间的人一篓篓传上来，坝上的人负责加固。

“只要水再不往上涨就行了……”

“妈的！这么大的水，要冲下来跑都跑不及！”

“你会浮水么？”

“咱们都是旱鸭子，谁会浮水？！”

是的，在荒漠和山区长大的农牧民，会游泳的人极少。

“别怕，死了就浮上来了！”有人笑着安慰大家。

“淹死的人，男的肚皮朝下，女的肚皮朝天。”

“这还分男女吗？”

“可不！就跟在炕上一样……”

忽然，有人在坝顶喊叫起来：

“看，那是个啥？是不是死人？”

坝顶上的人们顺他的手指望去，果然是具尸体，穿着草绿色的上衣，悠悠然地在四面不着边际的水上浮荡。

“哎呀！肚皮朝下，准是个放羊的！”

“他妈的，羊呢？咋不见死羊？”

“没准是山上林管所的……”

出现了死人，人们更恐慌了：

“快呀，快呀！来土，来土！……”

“加油！这坝一倒，咱们都跟那家伙一样了！”

我在坝顶负责加固，一篓一篓土传到我手上，我挨顺序将土倒在坝的外侧，同时手脚并用地把土踩瓷实。一种莫名的兴奋增强了我的体力，在冷风中我干得满头大汗，却一点不觉得累。“快！”我不停地喊，“人往这边挪，人往这边挪……”谁干得积极，谁就取得了指挥别人的权力。这里没有什么队长书记农工的分别，大家都听那最会干活的人。这可是生死攸关，往常那套上下级关系全打乱了。

“好了，”我告诉大家，“水已经不往上涨了。”

“咋？咋？你咋知道？”

“我一上来就在坝上做了记号。这不，一个多小时过去了，水面还在原来的记号上。”

“嘿！还是咱们老章有心眼！咱们光知道瞎忙。”农工们欣慰地笑道。

“行了！”曹学义在中间传土，这时也笑起来，“可以稍微喘口气了，有烟的抽烟。”

“哪来的烟，全泡汤了！”

“抽书记的，书记是高级烟……”

“不能歇!”我居高临下地对曹学义瞪了一眼，“现在最危险的是渗水。坝上要是有一个指头大的眼，整个坝全要垮!”

“对!”曹学义急忙收起已经掏出的烟盒，“大家都散开检查一下……”

他的话还没有说完，离我们不到一百公尺的老乡的地段传来了惊恐的呼叫：

“穿水喽！穿水喽！……”

“哎呀！快堵住，快堵住！……”

“拿背篓来！……”

“人坐上去！……”

“队长，要不要敲锣？……”

那边，老乡们乱成一团，全拥在穿水的窟窿前面。我们连队的人也跑了过去。这个地段一决口，老乡的村庄和我们连队首先遭殃。

窟窿有水桶一般粗，一股洪水夹带着泥浆猛烈地向外喷射，同时响着令人心惊的哗哗的冲击声。水仿佛不是液体，而是一根圆形的坚硬的金属柱，已经把前面所有的杂草灌木掴倒了，还在正对着它的土丘上撞出一个大坑。老乡们扔去的土和盛满土的背篓，早化成泥被冲了出来。几十个洗刷得干干净净的空背篓在急流中沉浮；几个原来坐在窟窿上的老乡被冲出几丈远，连滚带跌地向土丘上爬。

“堵里面没有用!”我叫道，“堵外面，堵外面!”

上下级关系打乱了，公社与农场的界线也取消了。农工和农民混在一起，面对着这个吓人的窟窿。

窟窿上面的土不断地坍塌下来。窟窿每秒钟都在扩大。

可是，渠坝外面的水太深，水面上看不出一点漩涡的波纹。这个窟窿的外口在哪里？

有几个老乡趴在泥泞的坝顶上，用锹把、用抬筐的木棍伸到水底下去探寻。但水一直没到胳膊也探寻不到。

这渠坝眼看就要垮!

从渠坝上向东望去，能看到四五个湿漉漉的小村庄，在明朗了的天空下逐渐恢复了生气。有几处烟囱里，已经冒出烧湿柴的浓烟。

“我下去！”我说，“你们找根绳子来把我的腰系住。”

不会游泳的老乡们顿时七手八脚地抽下抬筐上的绳子拴住我。我向下一跃，扑到洪水里面。

渠坝外围的水足足有三人深，水底凹凸不平。我反正全身早已被汗水湿透，这时也感觉不到冷了。我一头潜入水底，摸着渠坝的外壁，刚摸了几公尺，一股强大的吸力就将我的腿吸了过去，一只脚还被吸进了窟窿里。

管过水稻田的人都知道，决口进水的一面都比出水的一面小，绝不会比出水的一面大。

我划开了杂草和泡沫钻出水面。

“没关系！”我喊道，“漏洞这会儿只比脸盆大一点。快捆一捆草来，再装上一麻袋土。快！”

上面立即给我扔来一捆捆得结结实实的干草和一个装得满满的麻袋。我把一麻袋土压在草捆上，潜入水底，将草和麻袋拽到决口旁边，还没有等我搡它，它就脱手而去，被湍急的水流猛地涌到窟窿上面，像一个盖子似地把决口盖住了。

等我再次钻出水面，听到渠坝那边一片高兴的叫声：

“堵住了！堵住了！……”

“狗日的！窟窿里还哓哓地叫唤哩！”

“这会儿快填土，快填土！”

“这同志是哪儿的？是解放军吧？”

“啥解放军！那是农场队上放马的。我老在滩上见他哩。”

“还放过羊哩……”

“应该给他写个表扬信！……”

有人把我拉了上来。我抬头一看，原来是曹学义！

第三章

我是最后一个回家的。

村庄上给抢险的老乡送来了饭菜，还有酒，老乡非要留下我吃一顿。还是农村比农场有人情味。农场的炊事员按时开了三顿饭就休息，管你抢险不抢险哩！

“饭不吃，你酒总要喝一杯吧，好压压寒气，”一个村干部模样的人劝我，“知道你们农场好生活，月月有工资，不像咱们农村，一个劳动日才五分钱……”

“闹不好还倒找哩！”旁边的人插嘴，“你要不喝，就是看不起咱们。”

“工农联盟嘛，”有的老乡不知说什么好，“你们工人是老大哥嘛……”

这样，我只好留下来扒了两口饭，抿了几口酒。

到了黄昏，日落处出现了晚霞，泥泞的土路反而比下午还要明亮，也干燥了许多。蚊子和“小咬”居然没有被雨水冲跑，这时不知从哪儿钻了出来，在空中聚合成群，拼命地飞舞。青蛙也开始叫了，四周响起欢快的咯咯声。看来，明天准是个好天气。

今天晚上通了电。天还没有完全黑，在路上就看见村庄里家家亮着灯光，好像今天要把昨天没有用电的损失找补回来，又像是每家都在庆贺躲过了这场水灾。

啊，我是个“废人”！我只不过是个“废人”！是头骟马！……一切努力都是白费劲，是无聊！可是人还剩下那么一点可笑的英雄主义。这点英雄主义不是用来救别人，而是用来救自己。也许我还有救？不至于绝望？只有这一点还可以欣慰。多么渺小的一点欣慰啊！我踉踉跄跄地走着。老乡的冷酒冷饭在我的肚子里凝结成块，沉甸甸地堵在我心口上。那种酒不是粮食酿的，大概是毛稗或是地瓜酿的吧，又苦又涩，这时不但没有驱散寒气，反使我浑身冰凉，冷得发抖。

我推开门，几乎瘫倒在地上。

“哎呀！你看你……”

她正在炉旁揉面。在我眼睛里，她像是一块烧红的烙铁。她撂下手里的活，向我扑来。我觉得她力大无比，一下子把我连抱带拖地弄进里屋，抱到炕上。灵巧的手很快将我全身的湿衣裳扒得精光，拉开那床绣着拖拉机的被子压在我身上。

“就数你能！”她一边干一边数落我，“你逞哪门子好汉?！那么多人，出身好、觉悟高，为啥不下水去？我在家就听说了。我心里就直骂：傻瓜！也只有你这傻瓜才干这种事！你应该操着手站在干岸上看着！看他们平时喊‘革命’喊得凶的人来干……”

她又跑到外屋去，端来一碗热气腾腾的姜汤。“快，趁热一口气喝了。早就给你熬好了，死等你你不回来！我还以为你是淹死在水里了哩……”

从她的惊呼声和一连串絮叨中我体会到了关切之情。女人真是奇怪，不可思议，不可捉摸！这是怜悯？是同情？还是所谓的爱情？抑或是什么都有一点又什么都没有？只是一种住在一起应该帮助的义务？……

喝完一大碗辛辣的姜汤，内脏暖和了许多，那团堵在我心头的冰块融化了，但皮肤仍旧冰凉，仿佛还泡在洪水里面。身上起了一片一片的鸡皮疙瘩，好像害了荨麻症；我连腮帮子都在打哆嗦。于是，她跪在炕上像揉面一样揉搓着我的胳膊和胸脯。

“活该！咋没淹死呢?！淹死了人家还要给你开追悼会，还要追认你是共产党员哩！……去挣那个功劳，看有谁说你一声好?！没准人家还说你想把那窟窿再往大里掏哩！过去的经验你还没受够！你就跟猪一样：记吃不记打的货！……”

胳膊上和胸脯上的皮肤舒展了，泛红了，我顿时有一种腾云驾雾的感觉，心灵似乎也松软了。她的脸在我眼前飘呀，飘呀，像一只美丽的风筝……家里还是有个女人好！她不是也说过吗？“家里还是有个男人好！”原来这就是她说的“两个单干户办了一个合作社”！我这样想着，不禁微笑了。

“你笑啥？我说得不对？”她拍打着我的脸颊，“哟！你看你，脸还冰凉……来，把脸贴在我胸口上！”

她两手捏着衬衣两片下襟，往两边一分，胸前一排按扣哔哔哔地全开了。那不是按扣迸绽的声音，而是一种撕裂开皮肤的声音；她拽开的也不是她的衬衣，而是她的胸脯。在我面前，两大团雪白的莲花似的乳房一下子裸露无遗，莲花中间是彤红的花蕊，花朵还在一池清水中荡漾。花朵和花蕊，都比我记忆中的更大，更鲜明，更具有神韵。

石破天惊！我遽然产生了一种我从未有过的冲动。这就是爱情？我一伸手搂住了她……

“你好了！”她的声音从很深很深的水底浮上来。

“是的……我也不知道……”我笑了。一种悲切的和狂喜的笑，一种痉挛的笑。笑声越来越大，笑得全身颤抖，笑得流出了眼泪。

“你还……能吗？”水底又浮上来模糊的声音。

“能！”我恶狠狠地说。

第五部

第一章

十月中旬，水稻已经全部收割完毕。嵌在荒滩中的空荡荡的晒谷场上，陡然出现了十几个高高的稻垛。远远地望去，那金黄色的庞然大物，宛如一座座古代的石砌建筑，矗立在一望无际的平坦的田野当中。中午，高大的稻垛会白得晃眼，放射出碑石的光芒。傍晚，它们又转换成柔和的橘红色，仿佛它们是一团团云霞，会渐渐融合进青色的暮霭里。

而田野上，荒草滩上，林带地的杂树林里，全是一片坦荡的、毫无保留的、透明的光辉。大自然成熟了，于是她愿意将自己纤毫毕露地呈献在人们眼前，从而也就把整个世界拥抱进她的怀里。收割了水稻、玉米、黄豆等秋作物的田地上，散放着牛、羊、马匹，连白的、黑的猪也到处用它们的长鼻子拱食撒下的粮食。蚱蜢随着季节的变换，老气横秋地也由绿变黄，喳喳地在禾茬上跳跃，那声音像火烧，像雨点。各家各户的鸡鸭，在天刚刚亮的时候就列着队争先恐后地跑来。到了中午，它们全吃饱了，卧在林带地的荫凉处梳理自己的羽毛。

黄土高原的台地，这片一边毗邻内蒙古沙漠，一边紧靠着黄河的河套地区，起起伏伏的原野展现了有节奏的青春的活力。那旋律既开阔，又富有弹性，马蹄敲击在上面，奏出了不可遏止的热情的鼓点。不，秋季不是个衰老的季节！那开始变白的针茅草、野茴香和芦蒲，与杨柳和沙枣树上尚未飘落下来的黄叶，宛如中年人发间的银丝，那是深思与智慧的标志。一阵秋风从西边的群山刮来，原野上所有的林草枝叶都飒飒地奋起抗争，保卫自己的生命，保卫自己生存的权利。

炎夏已经过去，严霜还未降临，黄土高原的田野美妙得像她丰满的胸脯。沼泽和洼坑里的水显得异常宁静，在蒲草和芦苇丛中，水面仿佛是凝固的晶体。我喜欢策马涉过沼泽，让四周溅起无数银色的水花。水花洒在明镜似的水面，把蔚蓝的天搅得支离破碎。有时，我纵开坐骑，任它在草滩上狂奔一阵，然后，猛地一勒马缰，使它扬起前蹄，指向高高的天空。此刻，弥尔顿《失乐园》中撒旦的呐喊就会在我耳边响起：

……对最高权力者，
他们发出了怒吼；并用手中枪，
在他们的盾牌上，敲出战斗的声响，
愤愤然径向头上的天穹挑战！

天空是透明的。云是透明的。太阳明亮而温暖。于是我也变得透明了。

“我亲爱的牧人，我感觉得到你的变化，”大青马在我胯下说，“你的鞭子是有力的；你的髋肌是有力的。你的血液里羼进了原始的野性，你更接近于动物，所以你进化了。”

“是的，”我说，“所以我想走了，我要走了！我渴望行动，我渴望摆脱强加在我身上的羁绊！费尔巴哈长期蛰居在乡间限制了他哲学思想的发展；我要到广阔的天地中去看看！”

“难道这里不广阔吗？”大青马一跃而跨过沟坎，“你看这天，这田野，这草原……”

“这就是你不懂的了！我要到人多的地方去！我要听到人民的声音，我要把我想的告诉别人。”

“那么，你的那位妻子怎么办呢？”大青马昂起了脑袋。

“我现在正考虑和她离婚哩！一则是我不能再连累她，二则是我和她生活在一起总摆脱不了心理上的阴影。好了，别说话了，让我们奔跑一阵！你听这风声。如果我闭起眼睛，我就会以为你是在空中飞翔，而你，就是一匹天马了！”

自我从“半个人”变成一个完整的人，不再是“废人”以后，一股火同时也在我胸中熊熊地燃烧起来。我感到我以前的一切行为，包括对她的谅解，都不是受过教育，有一定文化修养，遵循了先哲们的教诲所致，而是出于骟马的懦怯。可耻的懦怯！我进入了正常的家庭生活，她所布置安排的小家庭的舒适的气氛包围着我，企图使我溶解在里面。但我却想粉碎这一切。没有获得之前企盼着它，获得以后却要放弃；没有进去的时候渴望进去，进去之后又向往着一个更广阔的世界。我经常处在莫名的烦躁、妒嫉和悔恨之中，前面又有一个模糊的希望在引诱我。烦躁、妒嫉和悔恨只有在一次满足之中才能平复。她给了我满足。但满足了之后又更加烦躁、妒嫉、悔恨，备受希望的折磨。

她在我身下扭动、呻吟，用手指和声音抚摸我。她在别人下面也是这样的吧？别人也在她身上得到过满足吧？于是，我会突然亢奋起来，爱的行为变成了粗暴的报复……

“要是你觉着不公平，你也跟别的女人去睡几次好了……”一天晚上，她忽然怯生生地这样说。

“我不像你！”我打断她的话，“你是什么男人都可以的，我可不是什么女人都行。”

“那你叫我咋办呢？”她畏畏葸葸地想再钻到我的怀里。

“没办法，”我很冷静地说，“我们是不会长的，迟早要离开。”

我对她的爱情夹缠着许多杂质；吸引力和排斥力合在一起，内聚力和扩散力也合在一起；既想爱抚她又想折磨她，既心疼她又痛恨她……互相矛盾的情感扭合在一起难解难分。这是一条两头蛇，在啃噬着我的心。

“去去去！”有时，我把她推到被子外面，只紧紧地裹住自己，“我现在从你身上都闻着以前你那些男人的气味。”

她嘤嘤地哭了。这是从心底里哭出来的声音。屋子里黑暗得和坟墓一样。窗外那朦胧的深灰色的光，只是阴间的一片寒气。我们在人世与阴间的交界上。这里躺着两个已经死去的活人，或者是两个活着的死人。没有意识，没有理性，没有时间和空间，没有过去和将来。只有现在，只有搅成一团无法辨别的感觉。不是感情，而是纯而又纯的、由神经的本能所接受的感觉。这种感觉瞬息万变……

“好了，别哭了！你哭得人心烦。进来睡吧。”

“你刚刚说的是气话吧？”她谨慎地问。

“嗯。人嘛，总是有气的。没有气还是什么活人？”

神经在颤动，如一张微风中的蜘蛛网。她积蓄够了勇气，柔声地说：“咱们原先不是说过，过去的事情不提了吗？”

“过去的事情不提！”我兀地又暴躁起来。蜘蛛网破裂了。“以后呢？结婚以后呢？我现在真懊悔，为什么那时候我没闯进来把你们两个……”

“你别这样！你别这样！”她惊恐地一翻身跪在炕上，“我该死！我不好！我就那么一次。我跟你坦白。‘坦白从宽，抗拒从严’，还不行么？”

“哼哼！你除了审讯员和劳改犯说的语言，还会说什么话？”

可是，这句话却猝然勾起了多少往事，一幕一幕在眼前像电影的画面一样。原来我们都是来自同一个地方啊！蜘蛛丝在空中无力地飘荡。我凄然地拍拍枕头。“你睡下吧，”我说，“那时候……我……我只气你不该跟他……你想想他是什么人？跟我们是不同的……”

“嗯、嗯……”她抽泣着，“我该死！可是，你不知道，不管我跟过几个人……可只有跟你……感觉不一样。”

“你的感觉真是太敏锐了。”

“就是的！”她急于表白，“你听我说……”

“我不听你说！你那些臭事情我也不想知道！”我翻过身去，把背对着她，“我只听人说过，不要跟结过婚的女人结婚，因为她老是拿后一个跟前一个比较。”

“正是因为有了比较才……”她用小手指在我肩膀上轻轻地划圈，一个圈连着一个圈，“觉得你好。”

“那不一定。你还可以一个一个比较下去。”

“真的！不是现在，是九年前，”她热烘烘的鼻息吐在我光光的脊梁上，“在劳改队的芦苇荡里。那天，我就觉得你和别人不一样。”

“幸亏我跟别人不一样，不然我至少要加三年刑！”我冷冷地哼了一声，“你说的话你自己大概都忘了吧。”

“那时候我说的不是真话……”

“我知道你哪句话是真的？哪句话是假的？算了吧，不要做戏了，睡觉！”

然而，她还在抽抽搭搭地哭泣。女人的眼泪是小溪的流水，幽幽的，平和的，无力的，却能冲刷掉石头坚硬的棱角。卵石，就是被女人的眼泪磨光的，并且，卵石也只有泡在女人的眼泪里才变得晶莹美丽。

“来吧。”我翻过身去说。

……

而这时，黑暗中在策划着多少阴谋；多少诡计和逃避诡计的主意在静悄悄地形成；白炽的灯光下在紧张地翻阅多少份人事档案；铁栅栏里关押着多少待决犯；多少个广场在连夜刷大批判文章；有多少人的头发在这一刻变白……

雨来了！

在一望无际的坦荡的田野上，云来得特别快，雨来得特别快，因为中途没有什么能够阻挡它们。秋季，又是一个多雨的季节，天说变就变。

雨在薄薄的乌云还没有遮住太阳的时候，就迫不急待地倾注下来。豆大的雨点像弹丸似地射向地面，沙土上砸出一片一片麻点。荒草滩上和田野上，顿时腾起尘土和水珠混合成的白雾。而风还在刮着。原野上出现了这样的奇观：明亮而温暖的太阳从乌云中放射出光芒，像金色的流苏在空中飘拂；雨点，是穿透过阳光落下来的，于是每一颗雨点都带着阳光的绚丽色彩；已经衰败的蒲草、芦苇、猪耳菜和牛蒡，陡然变得异常生气勃勃，颜色黄得可爱。

但是，马群骚动起来。这是一场冷雨，冰凉的雨点砸在它们晒得发热的身上如同挨了鞭子的抽打。我和“哑巴”两面夹击，努力想把它们围到林带地去。而它们被雨打得蒙头转向，互相冲撞，互相挤压。前面的马蹄掀起的湿泥溅在后面的马眼上，后面马的前蹄又踏着前面的马，就在这一刹那间，一匹马驹惊了！

它脱离开队伍，茫然不知所措地四处乱撞。这是头烈性的马驹，脖子上还挂着绊木。但正是这根绊木使它更为惊慌。它前腿不停地磕在绊木上，梆梆地发出木头敲击骨头的清脆声。它一定很疼痛，于是狂乱地又叫又跳。我纵开大青马去堵截它，大声吆喝它，但它一点不听指挥，甩开我，一头向马棚方向闯去。

不能让它跑掉！它要跑到谷场上去，就会把谷场糟蹋得遍地狼藉。

“这就是没有骟它的缘故，”大青马忙中偷闲地告诉我，“要是骟掉它，它就老实了！”

“快跑吧！”我抽了它一鞭子，“别废话！”

"你忘了我和你曾经有过一场关于哲学的讨论啦?"大青马埋怨我，"啊，你跟原来不一样啦!"

儿马驹还死命往前飞奔。它毕竟没有被骟掉，它毕竟是匹年轻的马儿，它跑得比大青马快，已经快到谷场前面的那片杨树和沙枣树组成的防护林了。

"快!"我又抽了大青马一鞭子。

可是，在儿马驹刚要跑进防护林的当儿，从防护林陡地钻出一个白色的人影，在濛濛的烟雨中伸开两臂挡住它的去路。

"别那么拦它！小心!"我喊道，"抓住它的绊木!"

马驹仍是翻着四蹄往前跑，好像它前面没有这个障碍，直直向白色的人影撞去。而这个人却也矫健，等马驹跑到跟前，一闪身，接着扑了过去一把抓住了绊木。

儿马驹愣了愣，摆了一下细长的脖子，但还是倔犟地跑着，只不过改变了方向，斜斜地向草滩上扎去。这个人死死地拽着绊木，一屁股坐在地上让它拖着。那件当雨衣用的塑料薄膜从头顶上掀了下来，我才认出她是香久。

"快!"我一夹大青马，飞快地赶到马驹旁边，抓住了拴绊木的绳子，使它停止了下来。

"你怎么跑来啦?"我跳下马，一面"吁、吁"地用手掌安抚肌肉哆哆嗦嗦的马驹，一面问她。

她站了起来，浑身沾满泥水。她把那块塑料薄膜拣回来，气喘吁吁地说:"队里吹哨子，叫大家到场上去盖稻子。我一看要下雨，给你拿了件衣裳就跑来了……管他娘的哩！曹学义瞅着我跑了也没有叫我。这会儿大伙儿都在场上忙哩……"她又兴奋而自豪地盯着我的脸问:

"我行吧?啊，我行吧?……"

"你行你行！你是英雄!"

我忙着把马驹胸前挂的绊木解掉，牵着它的缰绳跨上了大青马。骤雨即将过去，雨点稀疏地成直线分布在四周。我们的衣裳已经淋湿了。

“上来吧。”我伸出另一只手接过她搂在怀里的小包，又一把将她拽到马背上来。

“到哪儿去？还不回家？”她在后面搂住我的腰问。

“雨快停了。‘哑巴’还在树林里，大伙儿在晒场上，我们这会儿回去不合适，”我拨转马头说，“咱们也到树林里去避避雨。”

骤雨并没有把林中的空地淋湿。半明半昧的清光里充溢着清新的潮润的气息，还有一缕缕落叶的幽香。头顶上，白杨、杨树、槐树和沙枣树的枝叶纵横交错，密如华盖。林地里，野蒿和马莲草长得还很旺盛，仿佛它们藏在这儿能永远躲过萧瑟的秋风秋雨。乌雀聚集在枝头，叽叽喳喳的叫声既惊恐不安，又十分兴奋。它们在枝叶中跳来跳去，摇落下来大滴大滴冰凉的水点，劈劈啪啪地打在蒿草和马莲的叶子上，使林中的杂草更显得葱郁苍翠。

“你快把衣裳换一换。”我在白杨树干上拴住两匹马，把她用一个装化肥的塑料袋带来的衣裳扔给她。

“那你呢？”她奓着两只胳膊站在草丛里，披散头发，一副傻样子。

“我没有滚一身泥巴。你看，我这儿、这儿还都是干干的。你快换吧，要不然会着凉的。”

“这儿有人吗？‘哑巴’呢？”

“只有鬼！”我说，“‘哑巴’在那片林子里。”

她从塑料袋里拿出我的衬衣，朝我嫣然一笑。随即，毫不避讳我地将全身的衣裳脱得精光。我坐在一棵马莲草上，点着一支烟欣赏着她。

“你还很漂亮。”我说。

一会儿，她穿了我的衬衣站到我面前来，两臂张开，轻盈地转了一圈。“那你还老说要跟我离开？”她娇嗔地说。

她很知道自己的优点。因为没有生过孩子，又长年进行体力劳动，所以还保持着少女般的体形。又肥又大的衣服罩在她身上，使她显得越发娇小，越发年轻。她把湿漉漉的头发拢在脑后，用小手帕束着。像刚沐浴过的一样，滑润的面孔上容光焕发，荡漾着诱惑的笑意。我没有回答她，站起来，扔掉烟卷，把她搂进怀里。一霎时，我似乎搂的是一团云，一团雾，一团空蒙的暖烘烘的热气。那件肥大的衣服造成了如此美妙的触觉！她顺从地、小心地躺到蒿草上。她的小腹温暖而结实。我把脸埋在她圆滚滚的脖颈和肩膀之间。她的头发、她的肌肤、马莲、落叶与泥土的气味，混合成一种令人沉醉的芬芳。

一只甲虫不知在什么地方嗡嗡地叫。树上又有几片黄叶飘落下来。马儿在轻轻地刨着蹄子，咻咻地喷着鼻息。所有嘁嘁喳喳的细微的声音都如遥远的波涛，一阵一阵地汹涌澎湃，好似拉威尔的《波莱罗舞曲》，在一个固定节奏的背景上，两支旋律交替出现，不断反复……啊，原谅我吧！你能原谅我、理解我吗？我永不安定的灵魂又剧然地骚动起来；我身边总隐隐约约地听到远方有谁在呼唤。这里是令人窒息的地方，这是个令人消沉的小村庄，就和你迷人的颈窝里一样。你赋予了我活力，你让我的青春再次焕发出来，但这股活力却促使我离开你！这次青春也不会是属于你的……

一会儿，我们疲乏而舒畅地躺在蒿草上。

“你在想啥？”她问我。

“没什么。”

“什么也没想？”

“嗯。”

“你想有个娃娃吗？”她翻过身，用肘子支撑着地面。

我想起何丽芳告诉我的话。“想。”我说。

“那咱们抱一个吧。”

“为什么要抱一个？你生一个好了。”

“咱们都多大岁数了！……”她说，“抱一个大一点的，省我们好几年的事……现在农村里穷得养活不起娃娃的有的是。咱们顶多花点钱。”

“哪来的钱？”

“我有！”她嘻嘻地笑了。

“算了吧！”我不想再为难她，“没有孩子更好。”

“为啥？”她扳着我的肩膀问。“你总是想着不跟我过下去！没有娃娃就没有牵挂是不是？”

我沉默着。她乌黑的眼珠紧张地在我眼睛里捕捉神情。但我不能闭上眼睛。林中，半明半昧的清光好似化开了一些，像一杯冲淡了的茶水。我听见鸟儿又鼓起了翅膀，我听见只有在寥廓的空中才是那样响亮的鸟叫声。大约是雨停了。

“我们生活在一个艰难的时代，”我说，“我不能负父亲的责任，不管是自己生的还是抱来的。一个好好的家庭，一夜之间突然妻离子散，连元帅的家也不能幸免，这样的事我看得太多了。”我握住她暖烘烘的小手。“香久，现在不是像蚂蚁一样经营自己小窝的时候。”

“为啥？”她手托着下巴，两脚朝天摇晃着。“你总是跟别人想的不一样！他艰难他的！我们是穿的不如人，是吃的不如人？连‘哑巴’还养活一大群娃娃哩！咱们连一个都养活不起？我就不信！”

“这不是养活得起养活不起的问题。这是我本身稳固不稳固的问题。谁知道什么时候再来个运动，又把我抓了进去。”

“把你抓进去咱们等你！”

我不禁笑了起来。“哎哟！你别忘了，你也是从那儿出来的！好了，咱们别争了，什么时候可以有个孩子，我会告诉你的。”

树枝摇摆起来。我从缝隙中看到一点灰色的天空，一瞬间又消失了。几串橘红色的沙枣尚挂在枝头，干瘪的果肉里却饱含着水份，我嘴里也觉得甜丝丝的。一些雨水从枝叶上滴落下来，在盖着我们的塑料薄膜上结成晶莹的水珠，像一个个有生命的物体，不住地滚动。我们的身体贴得这样紧。我的生命偎依着你的生命；你的生命偎依着我的生命。我的热情和你的热情在一起燃烧才使我们销魂。在一霎间我们甚至都忘记了自己，只有我们，我们！我们是一个整体；我们共有一个生命。这就是爱情的含义，爱情的内容，爱情的欢愉，爱情的唯物主义。但过了这一刹那我们之间却有了缝隙，有了诡计，有了规避，有了离异的念头。你要包围我，我要脱出去。意识要反抗物质。爱情是一张温暖的网，织成它需要你的耐性；而我的心就是那一只麻雀，你看它在那里惶惶不安地跳跃。在空中，乌云正在凶猛地翻滚，我们却在它下面接吻、做爱，难道我们是地狱里逃出的一对鬼魂？

“黑子回来了。”她呆呆地说。

“嗯。”

“我给你买了一样好东西！”她又活跃起来，扒在我胸脯上说，“可我现在不告诉你！”

我并不急于知道，却问：“那是什么呢？”

“你猜猜。你早就想要的。”

“我猜不出。”我不记得我说过我想要什么。

一只白胸脯喜鹊在我们上面喳喳地叫，漂亮的小脑袋不停地歪来歪去瞅着我们，仿佛它是个动物学家，在研究躺在它下面的两个动物。

“我们好像有喜事哩。”她落寞地说。沉默了片刻，她又问：

“你每天晚上写的是些啥？”

“没什么。”

“是日记吗？”

“是的。”

“我们这个日子有啥记头，每天都一样。可我每天都看见你写好几张。”

我推开她，坐起来。“我告诉你，香久，不能跟任何人说我写过什么东西，连一点口风都不准露出去。懂吗？”

她坐在草丛中，侧着上身，用一种娇媚的姿态拢着散开的头发。“我懂。我从来没有跟人说过，”她说，“可是，你少操那些闲心不好么？你管它什么‘资产阶级法权’不‘资产阶级法权’的！‘资产阶级法权’关我们啥相干？”

“你看过我写的东西了？”

“没看过，”她说，“我看也看不懂，光看到一句啥‘资产阶级法权’是高于封建啥啥啥的话。”

“看不懂以后就别看！”我站了起来，“好了，咱们穿衣服吧。天不下了。”

我们牵着马钻出树林。骤雨初歇，天清气朗，西边又透出一片金色的阳光，在铅色的云和黛青色的山巅之间。“哑巴”既懂事又傻，他早已把牲口赶到草滩上吃草去了。

“妈的!”我骑上大青马说，“牲口吃了刚淋过雨的草要肚子疼的。来，上来!”

“我要坐在你前面，”她撒娇地笑着。

“那像什么样子？还骑在后面。”

“那怕啥？两口子，谁能管得着！我就是要叫别人看看。”

“来吧来吧！别讨厌了！没工夫扯闲话。”我把她拉上来，仍骑在我的后面。

“黑子一进村，就跟何丽芳抱着亲嘴。她说，你们笑啥？北京街上的外国人就是这个样子!”她嗔怪地说，“就你怕这怕那的!”

“外国人是外国人。”

走过了麦地，她又并无烦恼地叹了口气：“唉，黑子说回去过国庆节就来，结果超了二十多天假，也没人敢扣他一分钱，连说都不敢说他。这件事要是搁在我们身上，哼！……”

“是呀，”我说，“你一定要记住：我们是什么人呢？我们不但是外国人能做而我们不能做、并且是连别的中国人能做的事我们也不能做的人。这就是我们的命运。驾!”我催动大青马跑起来。

第二章

马厩里有一个公社干部模样的陌生人，披着一件淋湿了的蓝布中式褂子，和曹学义一起靠在马棚的栏杆上。

“回来啦，淋着了吧?”曹学义笑眯眯地跟我打招呼。

我没有理他，把马群赶到潮湿的马棚里，帮着“哑巴”一头头地将它们拴在槽头上。

曹学义和那个公社干部走了过来。“都在这儿了，一共二十四头，”曹学义告诉他，“你看吧。”公社干部很内行地一一打量着牲口，老练地翻开它们的嘴唇看看牙口，边看边咂嘴摇头。“都不怎么样！”他说。

“你是干什么的？”我问，“是买牲口么？”

“嗯。”公社干部抬起眼睛看了看我。

“你算了吧！”我说，“你们农村有这样的牲口吗？农村的牲口都是‘三快牌’的——躺倒比站起来快，拉稀比干活快，脊梁骨比刀快。你瞧瞧这头牲口，”我拍拍大青马的脖子，“你要买我还不卖哩！”

“行啦，”曹学义说，“他看上哪头给他哪头，都看上都赶走！”

“怎么？”我诧异地问，“农场不要牲口了？”

“哼哼！”曹学义撇了撇嘴，“上头说一九八〇年全国实现农业机械化，下头更积极，定的目标是提前三年，现在八字还没有一撇，就开始处理牲口了。我看他狗日的五年里能不能实现机械化了！……不过，到时候咱们再向公社买牲口吧。反正折腾来折腾去都是国家的钱。”

“好吧。”我说。他这番话，似乎缩短了我和他的距离。

回到家，黑子夫妻俩和“哑巴”的大脚女人就接踵而至。

“老章，他妈的！我一回家就叫我写批判稿，”黑子说，“没辙！你给咱们两口子一人写一份吧。”

“还有我们两口子哩！”内蒙古的大脚女人说，“你们说这叫啥事儿！还要让‘哑巴’也批判宋江。宋江是谁呀？又犯了啥错误了？”

“宋江是党中央的副主席，”黑子拍拍大脚女人的肩膀，告诉她，“他的错误跟你们家‘哑巴’一样：一天到晚不说话！”

“咦！一天到晚不说话也是错误？”大脚女人手里拿着一叠白纸，这是畜牧班发给她写大批判稿用的。批判稿纸有统一的格式，限期交上去，和交公粮一样。

“那可不！”黑子正色说，“说得太多了跟不说话都是错误。幸亏你们‘哑巴’是个臭放马的，要是个官，咱们也要拿他来批判批判！”

大脚女人半信半疑，嘟哝道：“这世道，简直叫人没法儿活了！……”

何丽芳今天梳洗了一番，突然变得白洁而光滑。她笑着说：“行啦！黑子尽糊弄老实人，大嫂，把你的纸捐献出来，咱们一人一张。”说着，把大脚女人手里的白纸一把夺了过来。

“这够吗？这够吗？”大脚女人有点舍不得。

“你当他妈的要跟姚文元一样写长篇文章呀？”黑子说，“一人有他妈一张哄哄上头就行啦！”

“还有我哩，给我也留一张，”香久在忙着做饭，这时插话说，“班里也要叫我写。我都忘了跟我们老章说了。还是我们老章跟马老婆子好，有帽子的倒不用批判宋江了。”

我洗了脸走到桌子旁边，说：“嗯，你倒确实应该批判宋江，因为他把他偷野汉子的老婆给宰了。”

香久悄悄地在我背上拧了一把。

何丽芳抿着嘴向黑子瞥了一眼。

傻乎乎的黑子比去北京之前胖了一点。他趴在餐桌上低声对我说：“北京他妈的小道消息可多啦！说是什么‘批周公’‘批宋江’都是冲着周总理和邓小平来的。”

“哦？”我抬起眼睛。

“可不是！你瞧着吧，这‘文化大革命’还没完，要不搞个天下大乱，彻底完蛋才怪哩！”

我把白纸铺在桌子上，谨慎地说：“咱们写吧。在没完蛋的时候，你不是还得照他的意思批判吗？”

“哦，对了！”黑子从口袋里掏出两张纸，“给你，当作参考。你就照着上面抄得了。可别几份都抄成一样的，反正你有那个本事，前后句子颠倒着来……喏，你看这条语录：‘宋江投降，搞修正主义。’这叫啥话？连我都他妈知道宋江那时候连马克思主义都没有，哪来的修正主义？这还不是指鸡骂狗？……”

我笑着说：“你看得这样透，那我就照你说的话写，保证是篇好批判文章。”

“可别、可别……”黑子做出惊恐的模样，随即又笑嘻嘻地说，“北京人说，上头实行‘愚民政策’，咱们下头就实行‘愚君政策’；反正是‘丫亭’的哄我，我哄‘丫亭’的！谁跟谁也没实话！”

“唉！”我提起笔，边说边写，“‘文化大革命’，首先搞坏的倒不是国家，而是败坏了我们中华民族的道德。这可是要遗祸好儿百年的事！”

黑子把一只脚踏在板凳上，颇为自得地宣称：

“没有道德的日子好过！有道德的日子不好过！”

确实是这样！

我很快就把五张批判宋江的文章抄好了。黑子眉开眼笑地拿起他们夫妻的两张：“行！嘿，你们听这词儿：‘把批宋江同农业学大寨，坚定不移地向贫下中农学习结合起来。’真他妈有你的！老章。给，大嫂，这是你们两口子的。赶明儿，我得好好向你们‘哑巴’学习哩，他才是真正的贫下中农……”

客人们高高兴兴地走了。她把饭端到餐桌上，颇感自豪地说：“你写得真快！要叫别人写，起码要憋上两天。”

我摇摇头，苦笑着说：“我们生活得很艰难，但却很方便。一切都给我们准备好了，我们连脑子都不用动。”

原来，她托黑子去北京给我买了一台半导体收音机！

她缠着叫我猜了半天，但我怎么也猜不着。鬼才知道女人肚子里的花样！在我感到无聊而又无趣的时候，她才从箱子里面拿出来。

“你看，这是啥？”她笑着举起纸盒子，“黑子说要一百多块钱，你说值吗？别让他给咱们坑了。”

“值，值！”这是她做的唯一一件叫我喜出望外的事。我连忙拆开包装。“你看，这是三波段的，还有拉杆天线，带耳机……太好了！你怎么想起来的?!”

“你跟我说过。”她趴在我肩头上，不看收音机，却看着我。“你跟我说过的话你自己都忘了，可我一直放在心上……”

“好了好了!”我推开她，“去把窗帘拉上。”

不知是从什么时候开始，收音机就和“特务”与“反革命”联系在一起。这种意识渗入到每一个人的神经细胞，凡是拥有收音机的人家，都会引起别人特殊的警觉。一个小小的黑匣子，深不可测，里面藏着一个罪恶的世界；光明的、革命的世界只存在于一天播三次音的大喇叭里。除此之外都是谎言，都是魔鬼的咒语。但科学技术不断地突破森严的国界，突破不可逾越的意识形态的界线，用看不见的无线电波把世界牢牢地网罗在里面，把支离破碎的土块箍成一个整体。我激动地装好电池，拉出天线，戴上耳机。在这一瞬间，我自己都有一种犯罪的感觉，尽管我认为收听广播并不是犯罪——既然自信真理在握，为什么害怕人民听到谎言——可是我的手指仍然抑制不住地颤抖，在齿盘上寻找一个个波段。电波穿过太平洋、地中海、红海的上空，越过喜马拉雅山的最高峰，带着暴风雨的沙沙声传到我的耳鼓膜。这一天晚上，我一直听到所有的华语广播结束的时候。

结果，我非常失望。

西方那些不缺吃、不缺穿的洋人，在这三十年里似乎并没有什么长进，并没有成熟起来。这个庞然的机器人，和饱经忧患的我们相比，和在苦难中成长起来的巨人相比，他的政治智慧不过是幼儿园水平，对在东方玄学指导下的神秘主义的政治，对在这种政治环境中造成的人们的曲里拐弯的心理和曲里拐弯的表现方式，他们茫无所知，就像中国老百姓不能理解一个美国总统只因偷听了别人的谈话便被轰下台一样。他们评论中国的事态，只会从现存秩序出发作所谓客观的报道。而这种客观恰恰是最表面的现象，还不如黑子和曹学义认识得深刻。可是，北京的中央电台今天的广播却透露出了一个很重要的消息。在一篇署名“池恒”的文章——《结合评论水浒，深入学习理论》里说：“投降派，投降主义路线，历史上有，现代有，今后还会有。”这个“今后”，就决不是无的放矢……

“他妈的！”我摘下耳机，疲倦地把收音机扔在炕上。

“咋啦？”她在我身边翻了一个身，迷迷糊糊地问我。

“不值！”我说。

第三章

大青马终于被人买走了。不是那个我曾和他说过话的公社干部，而是另一个公社的人，据说是从南部山区来的。他们来了四个农民，把二十四匹牲口都买了去。

入冬以来的第一个阴天，但又不像要下雪的样子。风凛冽而又干燥；沙尘、黄叶、干草末子和马粪末子，在大路上、空场上、各个房屋的墙角踅来踅去，找不着归宿。阴霾的空中偶尔有几只乌鸦张皇地飞过。已经淌过冬水的田野开始冻结了、干缩了、皲裂了，大地一片苍白。所有的树枝都脱去了叶子，光秃秃地，突然衰老了许多。只有沙枣树的一些枝干上，还有几颗零星的沙枣在风中抖嗦。这样的阴天，这样的冬天，给人们一种什么东西都凝固了的感觉，连同回忆和期望，仿佛人们一生下来天地就是这副模样，而这样的天地也再不会有什么变化。

大青马就是在这样的天气中和它的伙伴们一起被赶走的。从马厩出来，走上那条熟悉的小道，然后岔到大路上。它还略停了一下，回头看了我一眼，似乎奇怪我为什么没有跟它们一起去。但一个农民随手抽了它一鞭子，它一激灵，摇了摇脑袋，终于顺着农民指点的方向去了。大路的那一端，隐没在灰色的天边。在它们身后，缓缓地腾起沉重的黄土。

别了！我的大青马。你知道我多少隐秘，我向你倾吐过多少心里话，你伴我度过了悒郁的时刻，你也看见了我怎么恢复成一个人。在你走后，我恐怕也将走了。我不能像你这样等着被人用鞭子再赶进监狱，而各种迹象表明，那样的时刻又快来到了；一个极为短暂的缓和时期已接近尾声。

送别了大青马，回连队的途中经过羊圈。在即将向山里开拔的羊群旁边，碰见了周瑞成。

“牲口卖了，你轻松啦！”

周瑞成笑着跟我打招呼。他的笑是种苦笑，带着乞丐向人乞讨时的神情。好久没有注意看他，今天一见，发觉他更加苍老了。他披着老羊皮大衣，背佝偻着，身躯仿佛向地下缩了半截。我不觉向他走去，和他一起蹲在羊圈背风的墙下。

“这还是我去年穿的大衣，”我翻开他的大衣看了看，“今年上山推迟了。去年这时候，我们已经在山上待了一个月了。”

“是呀。因为找不着人，没人愿意上山，”他说，“今年你脱过去了——有家呀。今年该看我和‘哑巴’上山了。”

“没什么，”我安慰他说，“山上就是寂寞一点，其实生活很好，羊肉随便吃……”

“嘿嘿！生活难道仅仅是吃羊肉吗？”他的尖嘴似笑非笑地说。

我一愣怔，这不像他平时的谈吐。我会意地在他膝盖上拍了一下。“你把二胡带上嘛，无聊的时候能自得其乐。冬天很快就会过去的。”

“是的，冬天很快就会过去的，可是春天再也不会来了。”

我更加惊异，斜睨了他一眼。真是“士别三日当刮目以待”！我忽然明白了他那种乞丐似的苦笑的含义：他要的是我来跟他说话。我掏出烟点上，喷了一口，问他：

“你的申诉有结果吗？”

“去他妈的吧！”他一反常态，突然骂出了粗话，“还申诉什么？我现在真懊悔！你还不知道吗？北京又展开什么‘反击右倾翻案风’了。先是从教育界开始的。你还没有这个经验？什么运动都是拿文化教育开刀，然后全面屠杀！”

“屠杀”！他居然也会用这个血淋淋的而又准确的动词！我不由得向

他靠拢一点，免得他大声疾呼出来。

“还是你好，”他接着说，“打到最底层，干脆去劳改，戴上帽子，什么都不想了，什么都不希望了，心里也会觉得好过一些。像我：高不高、低不低地悬着，用胡萝卜加大棒对付我，到了最后才使我明白是一场空！你说这难受不难受？！我现在才懂得了他们发明的这个政治术语——‘挂’是什么意思，那就是让人上吊！”

多糟糕的境遇都会有人羡慕，这就是我们当代生活的特色！但他既然还认为我“什么都不想，什么都不希望”，说明我一直在他面前伪装得很好，我也不必要现在突然跟他推心置腹。

“别这么想嘛，”我傻乎乎地说，“你还是立过功的呀！他们总会想得起你来的，会给你解决问题的。”

“呸！”他狠狠地朝地上啐了一口。这个人起了奇迹般的变化，与过去完全判若两人。他说：“什么立功，只有我这个傻瓜才会干这种事！他们把我知道的榨干了，让我把人得罪遍，就把我像豆饼一样扔到这儿不管了！”

羊群见牧人还不动身，一只只卧在地上，或是找个背风的角落在那里沉思。今天准备上山，早晨给它们喂了料，所以它们也不着急。有一只老羊用依恋的眼睛看着我，也许它还认得出我来？

周瑞成眉头打结，目光阴郁，尖嘴嘮动着，陷入了回忆。

“你当我的日子好过？”他说，“从五一年忠诚坦白运动开始，我就知无不言，言无不尽，一直到‘文化大革命’：检举呀，揭发呀！原先是交给领导，后来是交给‘造反派’……我告诉你，检举人的人比被检举的人日子难过……”

“这我不同意！……”我急忙辩驳。在这问题上我不能装傻。

“你听我说，”他把手放在我拿烟的手上，我感到他的手在颤抖，“被检举的人只有在检举材料摊在他面前的那一刻才难受，可检举人的人自从写了检举材料那一刻开始就不舒服。我一次一次地写检举，这一辈子写了多少份检举我都记不清了，反正领导上知道我听话，了解的情况又多，总是叫我写、写、写！拿一次政治运动少说写五十份来算吧，我总写了有五百份了。每写了一份检举我的心理就感受到一份压力。老章，我告诉你，我年轻的时候是什么样的人呢？我活泼得很啦，我好玩得很啦！什么二胡、手风琴、小提琴我全会拉，小号也能吹两下子，篮球场上总离不了我这个活跃分子，我还会跳交际舞哩！可是，每写一份检举就削去我一分活力。我为了救自己，使自己能过个平平安安的日子，却把人生最宝贵的东西丢掉了，最后成了这副人不人、鬼不鬼的样子。早知道，王八蛋才写那些材料！大不了还是落到这步田地……”

他的嘴角出现了一条斜向下巴的、如刀刻般的皱纹，坚决而残忍。他是在倾泻积愤，并不是要博取同情，但是我还是把手从他手下翻上来，握住他瘦削干燥的小手。“别这样想，那些都过去啦！”我说，“据我所知，有的人把别人诬陷了，送进监牢，甚至送到杀场，今天他还过得有滋有味得很哩！”

“你看错了！”他将手抽出来，激动地一挥，加重了他对我的否定，“难道那叫有滋有味？我敢说，这样的人和我一样，从来没有体会过什么是无忧无虑的、问心无愧的幸福。也许他们自我感觉良好，可是过的日子跟我一样，是耗子的生活。耗子在没有被猫逮住的时候，自我感觉也是十分良好的。”

这时，“哑巴”背着一个小包，穿着老羊皮大衣，踽踽地向坡上爬来，边走边迎着风咳嗽。今年一年，“哑巴”瘦多了，虽然他一直跟着我，没有让他干重活。鬼才知道他心里想些什么！如果他能像周瑞成今天这样一吐积郁，也许会好过一点，然而他没有受过教育，他只会死钻牛角。

周瑞成站起来，肩膀耸了耸，将大衣披好。这一动作颇有军人风度，我仿佛看到了二三十年前他的英俊潇洒。“这次上山，是我自己要求的，”他说，“我甘心情愿去。说不定下山以后，山下就成了另外一个世界了。唉，‘山中方一日，世上已千年’呀！”

“你估计会成什么世界呢？”我眯着眼睛问他。

“你知道他们这次的矛头对准的是谁吗？”他反问我。

“不知道。”我想让他先说出来。

“周跟邓！”他捂着嘴说了三个字，然后放下手，小眼睛里阴森森地发光。“这两位一倒，共产党的最后一点希望也就完了。那时候，就像《红楼梦》里说的：‘三春去后诸芳尽，各自需寻各自门’了。”

“那你准备怎么办呢？”我好奇地问。

“我没什么关系，他们暂时不会把我怎么样。”他直率地看着我。“因为我不像你：第一，没劳改过；第二，没帽子；第三，出身城市贫民，而你是资产阶级；第四，他们到现在还没有把我的干部身份撸掉，而你是个最下等的农工。我又是学军事的，说不定将来还有用武之地哩。而你，”他恢复了降贵纡尊的姿态，用手指戳了戳我的胸脯，“老弟，你还记得我们蹲监狱的时候，队长指着你鼻子骂的话吗？他说：‘章永璘，你别梦想翻天，外头只要有个风吹草动，首先拿你砍头示众！’当然，他那时的意思不过是吓唬吓唬你，叫你老老实实，可是他这话里有真理，你得提防点，他们弄死你就跟掐死一个臭虫一样，不需要向任何机关、任何人负责。”

“哑巴”慢腾腾地还没有爬上坡来，风不停地把过长的大衣绊住他的脚。周瑞成收回目光，看着我接下去说：

“你不见？胡世民和李义钧两人就是很好的例子。胡世民是师部的宣传科长，四九年参加工作，没有前科，他们把他弄死了，平反的时候赔礼道歉开追悼会不说，队长还丢了官，不然这个曹学义还来不了这里。我听说，这场官司到现在还没有打完。李义钧呢，不过是你们农场的农工，跟你一样：劳改过、有帽子，把他弄死了，现在有谁替他说过一句公道话？”

这个平时谨小慎微、沉默寡言的人，竟把一切都看在眼里，一切都记在心上！

“是的，”我把烟头拈成碎末，“其实李义钧比胡世民死得还冤。胡多少还可以说是自己病死的，而李才是活活让他们整死的。”

"对呀，这不都是我们在监狱里亲眼见的吗？"

"那你说我应该怎么办呢？"这个人肯定工于心计，我真的要向他讨教了。

"老弟，"他的嘴虽然尖得可笑，但语气却是诚恳的，"还是毛主席说的话对：'不要害怕打烂坛坛罐罐'。过去，我就是害怕打烂了家里的坛坛罐罐，保我过个平安日子，到头来……"他两手一摊，又重复了一句："还是成了这副样子！你是聪明人嘛，应该知道：'三十六计，走为上计'；'人挪活，树挪死'呀……"

"哑巴"走近了，他打住话头，迎着"哑巴"走去，和"哑巴"一道挥起放羊的短鞭，把羊一只只地轰起来。

我用马鞭帮他俩把羊赶到通向山里的路上。分手的时候，我笑着对他说："你和'哑巴'在一起很好，在这年月，这种人最保险。"

"不见得，"他回过头，意味深长地瞥了我一眼，"'哑巴'开口说话的日子也快到了！"

大青马向东，羊群向西，向乌云层层笼罩着的大山走去，沿途撒下许多羊粪。凛冽而干燥的风中飘散的一股羊膻气，终于也逐渐地淡薄了。从此，他们和羊群，永远在我的视野中消失。

第四章

我收工回家，把铁锹放到门背后，看见马鞭还挂在墙角，上面已经蒙上了薄薄的尘土。我连钉子一齐将它拽了下来，一撅两段，扔出了大门。

"回来啦？"她坐在小板凳上，面前放着一筐鸭蛋，笑着问我。

"回来了。"

"牲口卖了，你舍不得吧？"她把鸭蛋一个个拣到坛子里。坛子里盛着熬好的盐水。

“有什么舍不得的？我连人都舍得！”

屋里暖烘烘的，铁炉盖烧得通红。我把手在炉子上烤热，然后闭起眼睛，将手焐在脸颊上。我感到一阵舒适的晕眩。这就是家，这就是人人都需要的那么一点可怜巴巴的温暖。但人创造了什么，就会被他的创造束缚住。这冬天的炉火，这些坛坛罐罐，这两间小屋，是供我享受的，但我也付出了自由作代价。

“我在给你腌咸鸭蛋哩，你看！”她在我背后说。

“有什么看头！”我睁开眼睛，漠然地瞟了她一眼。

她并不觉得无趣，停了片刻，又笑着说：“时间过得真快，我们结婚时候买的小鸭子，这会儿都下了这么多蛋了。”

是的。猫也长大了，这时无忧无虑地卧在炉台上，眯着眼睛打呼噜。这只猫就是那天晚上从曹学义胯下钻出来的灰猫！它也和大青马一样，看到过许多事情。在这个世界上。人最怕的是人，而不是动物，即使是猛兽。

她低着头，继续往坛子里拣鸭蛋。鸭蛋并不沉下去，悠悠地浮在盐水上，雪白的一层。她用愉快的声调问我：“我听说，南方人都爱吃咸鸭蛋，是不是？”

我鼻子里哼了一声，说：“你听说的事情太多了！”

她抬起头瞥了我一眼，眼睛里的光芒暗淡下来。一会儿，她撇了撇嘴，谨慎地嗔怪我说：“我的话，你总忘不了！”

“话是会忘记了，但是事情是很难忘记的！”

说完，我一掀门帘进到里屋，在我的用门板做的书桌旁坐下，拿出一本印着“红卫兵日记”封面的笔记本，摊在面前。

写作的愉快不完全在于写出了什么，而多半在写作的过程当中。分析、综合、推理、判断，这些大脑的智能活动，就和体育运动一样，并不是非要争取到名次才使人高兴，在身体各部分的活动中就可以享受到发挥活力的快乐。将近二十年，除了“自我检查”“检讨”“每周思想汇报”、要求粮食补贴的“报告”和那份要求结婚的申请书，以及代替别人抄的“大批判”文章，我没有正正经经写过什么文字。也许，这就是改造我的手段和我改造的目的？像剥兽皮一样把文化从人身上剥离下来，这个过程对于被剥的人来说虽然很痛苦，但对猎人来说却是必须进行的。但在四个月前，在洪水的危险过去以后，在我又成为正常人以后，我开始拿起笔来。最初几天，笔下非常艰涩，几乎写一个字就要停顿一下，大约古代人刻竹简就是这副模样吧。大脑和手指间的传动器官出了严重的故障，生锈了，并且锈死了。脑子里能想出的，嘴上能说出的语言，怎么也不能流利地变成文字，必须两眼呆呆地一个一个地从空中去寻找。但不久，这条传动器官由于经常运动的结果，渐渐地灵活了，一个一个生疏的字也重新熟悉起来。在没有人能够畅所欲言地交谈的情况下，孤独地写作，成了最能帮助思想的手段。大脑里的一个概念落在笔下，变成了由点、撇、横、竖、捺等等构成的方块字，即刻成了独立于主体之外的客观存在，不由得使你要去探究它和别的概念的联系，然后把一个一个方块字搭配起来，串连起来。杂乱无章的思想，一霎间理性的灵感，从书中的某一句话产生的认识飞跃，即使是痴人说梦，梦中呓语，都能通过笔梳理得有条不紊、纲目并张。

在视、听、味、触觉的愉快之外，还有一种理智运行的愉快。这欢愉之情并不是因为得出了什么思想结果，而是从视觉所不能透过的地方，从被人生的重负覆盖的深处，看到了只有属于人的理性的闪光。并且，被摒斥于人群之外并不是坏事，而是获得了思想的自由，使理性得到了净化。这种净化了的理性开始时如荧荧磷火，继而不断地增强。它不能开辟道路，但它能照亮前方。

而前方的道路，是更加险恶了。

今天，我无心写什么。与其说是思想混乱，毋宁说是在把决心酝酿成熟。我把笔记本又合上，棉袄也不脱就朝炕上一躺。棉袄软和的领子擦着我的面颊。这是她一针一针给我缝制的。正如她颇为得意地说：“你大概二十年都没穿过这么暖和的棉袄了吧！”当然，马缨花曾给我用毯子缝过一条绒裤，但那仿佛是上一个世纪的事了，遥远得我都怀疑那是不是曾经有过。而现在，这确实是实实在在的。女人善于用一针一线把你缝在她身上，或是把她缝在你身上。穿着它，你自然会想起她在灯下埋着头，用拇指和食指捏着针，小手指挑着线的那种女性特有的姿势。因而那一针一线就缝上了她的温馨、她的柔情、她的性灵。那不是布和棉花包在你身上，而是她暖烘烘的小手在拥抱着你。

"生活难道仅仅是吃羊肉吗?"可是，吃，毕竟还是重要的，尤其对我们这些穷人来说。农场每人每月只配给一两食用油。每到月初，何丽芳就会骂道:"× 他妈！咱们打油光拿个眼药水瓶子就行了。每次炒菜的时候，往锅里按那么一滴……"而香久把她自己的一两油也省给我。她单另把油熬熟，撒上葱花，在每顿饭的面条里给我碗里调上一点。她从来不吃油，只在给我调油的匙子上舔一下。然而这种粗俗的动作表现了她对我的疼爱与关怀。她是必须把她的爱情表示出来，让你明白无误地知道她付出了多少，知道她爱情的重量与程度的女人。农场分的一点可怜巴巴的肉，她也从来不吃，总是啃骨头。我常常感到这样的爱情对我是个压力，是个负担，可是她却这样宽慰我:"我不吃肉，不吃油也长得挺壮，你不看，我现在还胖了吗?"她叫我捏她的胳膊。"听人说，男人比女人消耗大，你蹲过劳改队，还不知道?"

是的，六〇年在劳改队死的，多半是男人。

总之，我和她结婚以后，过去单身汉的习惯突然被掐断了，续接上家庭生活的习惯。确切地说，家庭生活的习惯就是她给我培养出来的习惯。再往深里说，就是我生活的一切都要仰仗她了；我被她宠坏了。这暖和的棉袄，洗得干干净净的内衣，这被子，这褥子、床单，这炕，这房里的一切，哪怕那洁白如玉的雪花膏瓶子，那用廉价的花布做的窗帘，都出自她的手，但又构成了我的生活内容。她按照她的家庭观念完全自主地创造了这个小家庭，把我置于其中，我也适应了它，成了它的一个部分。要摆脱它是不容易的，因为这首先要摆脱我自己。

我茫然地望着用报纸糊的顶棚。那上面是一片密密麻麻的文字，但是没有一行字是解释生活和指导人们应该怎样生活的。这十几年来，人们像煞有介事地、正正经经地说了多少废话和大话啊！这无数的废话和谎言构成了一个虚幻的而又是可怕的世界。我像是生活在两个世界里。一个是真实的世界，我现在的处境，一个是虚伪的世界，而那个世界却支配我的生活，决定我的生与死。我不但要冲出那一个世界，还要冲出这一个世界。在前途茫茫、风雨飘摇的时候，难道这一个世界就不值得留恋……

她突然一掀门帘冲进房来。

"我告诉你，"她一屁股坐在炕上，满脸怒容，"你别老抓住我过去的事不放。你也有可抓的！"

她还系着围裙，使她丰满的胸脯格外地高耸着。两只手抹了润肤油，反复地揉搓，好像是在痛苦地拧自己的手。

"什么？"我莫名其妙地坐起来。我已经把刚才伤害她的话忘记了。

"我告诉你，你要抓我过去的事，想跟我离，我就抓你现在的事，反正咱们谁也好不了！"她的眼睛是滚烫的、充满怨恨的，没有一点眼泪，但却是一副要哭的样子。

"我……我现在有什么事？"我应该早料到她会发火。她总是像水一样驯顺，一样默默地积聚够力量，然后突然来个冲击。她这番火，大概就是在她腌咸鸭蛋时候积聚起来的，咸鸭蛋腌了，火也积聚充足了。

"哼哼！你每天晚上都在写些啥？"她说，"我看这个家，非要败在你手里不可！"

"我晚上没事的时候写点东西，关你什么事？"我故作镇静地问。

"当然关我的事！当然关我的事！"她叫道，"你要知道，现在你不是一个人；你有了家，家里是两个人……"

我深深地吸了口气：是的，是两个人！这点我为什么一直没想到？把另一个人蒙在鼓里，却又要叫她承担责任。可是，她又这样说：

"哼！你当是我不知道：你晚上人在我身上，可心早不知飞到哪儿去了！”

我轻蔑地一笑，即刻打消了向她说明的念头。“笑话！”我说，“我早就说过了，你的感觉跟别人不一样！”

“你别打马虎！”她神色严肃地说，“我也早跟你说过，咱们不要惹事，不要生非，你偏不听，要去找死！有多少人就是为了写日记给送进劳改队的，你还不知道？那种罪你还没受够？”

“没受够！”我死皮赖脸地说。

“那也行，”她说，“只要你忘记我过去的事，要死，我也陪你去死！”

一瞬间，我觉得我动了感情。这是一出从久远一直到现代反复演出的故事。是不是干脆告诉她我想干什么，我在干什么？但她是那样的女人吗？我下意识地斜睨了她一眼：漂亮、肉感而又愚蠢。她随时都会引起曹学义这样的男人的兴趣，被人诱惑。我脑海中又浮上来一个人影，一个写过歌颂爱情的诗的小学教员。他跟我一起以“反革命言论”罪劳改过三年，而检举他的正是他妻子。我撇了撇嘴，说：

“算了吧，哪有那么严重？老实说，我只是怕把过去学的东西忘了，才写些乱七八糟的话……”

“你不是说过去的东西你是忘不了的吗？”她脸上掠过一丝尖刻的笑意，但倏忽之间又消失了，露出白白的牙齿，咄咄逼人地说，“乱七八糟的话！反正你写的东西你知道！你哪一个字不是跟批判资产阶级法权、批判宋江对着干的？！好歹我还上过中学哩！还有，我给你买个收音机，是让你听个戏解闷的，可你每天晚上戴上耳机，跟个特务一样，你这是干啥？……”

“好了好了！我不想跟你吵架！”我慌忙阻止她大声的嚷嚷，朝炕上一躺，表示休战。

“那你想干啥？那你想干啥？……”她拧过身子，盯着我追问。说着，她的眼睛濡湿了。但她噙着泪，没让它流出来。

我想离开你！不但离开你，并且要离开这个地方！但我没有说，两眼凝视着窗外。那很远很远的地方，那高高的灰色的天空中，有什么东西使我心动。窗外有一只麻雀啁啾地在寒风中飞过。这间屋子是温暖的，可是我情愿跟它易地两处。

“我还以为你跟别的男人不一样，你讲道理，你不狗肚鸡肠，”她坐在炕沿上絮聒，“我告诉你，多少次在你睡着的时候，我就在旁边看你、摸你、亲你……可结果你还是跟没知识的男人一样！你现在好了，你现在是人了，我就那么一次，你就老抓着我不放，老拿捏我。我告诉你，没那么容易！你干的这些事，只要我向上面透出一个字，你章永璘就不是章永璘了！哼，你当我是傻子？你当我不知道你这些日子在打啥鬼主意？你当我是那么容易甩掉的？……不信，你就试试！”

她的絮絮叨叨又使我动情，又使我气愤。我不愿意看她，但她非盯着我的脸不可。她温顺的时候是只小猫，躺在你怀里任你怎样摸她、揉她，而寻衅的时候又是只蟋蟀，一定要面对面、头对头地斗个你死我活。她的眼睛阴沉而坚决，可是腮上又蜿蜒而下软弱的泪水。对了，这就是她！啊，爱情，那些冗长的小说中重复过无数次的字眼，从来没有从她嘴里说出过。然而这就是她的爱情，爱得野蛮而专横。爱情，真是既让人眷恋又让人讨厌的东西。没有它不行，它太多了也受不了！

“哼！”我冷冷一笑，“‘就那么一次’！要杀人的话，就那么一刀就行了。你那一次就把我的心伤透了。怎么也转不过来。你还想去告发我，我看你敢！你只要向别人透出一个字，我们就不是夫妻了！”

“你看我敢不敢！”她说。

她的眼睛里有一丝游移，一丝慌乱，她不知道现在怎么挽回局面，但又不甘示弱。她在我眼睛里看到了冷峻，但没有看出冷峻的原因。她不理解我；她只把我看作她的一部分，因而她连她自己也不理解了。

“你只要再提我过去的事，你看我敢不敢？”她又重复说。

“真没水平！”我说，“我这件事跟你那件事根本是两码事！怎么？你还想拿这件事来拿捏我吗？”

“哎！我就是要拿捏你！”她忽然又理直气壮地耍开无赖，“你想咋样？你当我是那么容易甩掉的吗？”

“我本来不想甩掉你，可你竟然说出这种话，就是没有这样做，我也非甩掉你不可了！你心里明白：你要告发我的想法，是你心里早就有的！”我在炕上架起二郎腿，同时掏出一支烟。再没有比这更好的离开她的借口了，我想。

她的面孔突然气得发白，身子在炕沿上扭了几下，最后下了决心，猛地像猫似地跳起来。我以为她要过来扑我，而她却向那门板做的书桌扑去，一把抓起我的笔记本抱在胸前。

我欠起身，手指点着她：“你不用抱得那么紧，没人抢你的！”说完，我又躺下了，点着了烟，把火柴扔到门口，顺势指着门说：

“我看你往外迈一步，只要一步！”

我知道她不会那样做，但我却希望她那样做。我需要她反常的行为来安抚我的良心，坚定我的决心。在想离开一个人的时候，最好是先让那个人做出伤害你的事情。

她踌躇着，一时不知如何是好。我又指了指门口：

“你敢！我看你走出一步！”

“那你还提不提我过去的事了？”她问。

“为什么不提？我已经说了，我的事跟你的事完全是两回事！”

她的脸猝然变得难以辨认，变得陌生起来。这是一张失去理智的脸。她真的抱着日记本朝门口奔去，同时发出嘤嘤的哭声。我坐起来，扔掉烟，谛听她的动静。她跑到外屋便停下了，趴在餐桌上号啕大哭；那一只花瓶叮叮当当地作响。裂痕已经造成了，是弥合它，还是继续加深？我站在裂痕的边缘，向下一看，头晕目眩。但裂痕深处仿佛有一股强大的吸引力，我只有投身进去才能冲出两个世界，到一个新的天地里，或是再次投入我熟悉的地狱。于是我装作慌张的样子，从炕上跳下来，两步跨到外屋，做出要去抢那个日记本的架势。

她本来是到此为止的。我没有估计错：她见我冲出来，却即刻跳起来又抱着笔记本要去拉开外屋的门，似乎要拿着这个“罪证”跑去告发。

我一把拽住她，她更加使劲地在我怀里挣扎。那曾经激起我情欲的柔软的肉体，此刻陡然变得僵硬起来，蛮横起来，变得充满敌意，变得可厌而又可怕。我想夺下那个日记本；她两手死死地搂着不放。我们俩拉来扯去。戏演到这里，剧本突然中断了，演员不知应该怎样演下去，只好凭自己的本能进入角色，把假戏真做起来。

正在这时，门被推开了，黑子一闪身进到屋里。我们猝不及防，仍然僵持着。他一眼就看明白了我们争夺的是什么。他掰着她的手喝道：

“你放开！黄香久，有话好说嘛！……”

她把日记本往我怀里一塞，哭着跑进里屋。黑子朝我使了一个眼色。

我把笔记本揣进棉袄口袋，调整好呼吸，跟黑子走到外面。冬天的风在显示自己的威力，大声呼啸着，把荒滩上的枯草刮进小村庄，又把小村庄的垃圾刮到田野上。村庄外的土路，奔跑着浓密的黄尘，一阵一阵的，扑向光秃秃的树林。

我们两人找了一处背风的角落，并排蹲下，背着风把各自的烟点着。吸了几口，黑子眯着眼睛说：

“我可啥也没看见，啥也不知道；我也不问你这本子里写的是啥。”他思忖了一下，啐了一口唾沫。“可是，这样的事情我可经过，那他妈的还是我当红卫兵的时候，在北京街道上，× 他妈！有个臭娘儿们就把她男人的啥笔记本交到我手上。我他妈那时候也傻，向上头照转不误。到头来男的给判了刑，臭娘儿们弄到了离婚证……我说，老章，女人懒点、馋点都没关系，可千万别他妈当‘克格勃’！你想想，你每天晚上搂着个定时炸弹睡觉，那多恶心！我早就跟你说过了：这女人欠打！也跟你说了：这臭娘儿们跟那‘丫亭’有交情。那时候我看你窝囊，就觉着你准有把柄抓在她手上。原来是这个玩意儿！老章，这可是不得了的事！这臭娘儿们你还能要哇！不定啥时候就把你又送进去。你呀，得变着法儿甩掉她……”

村庄的路上空荡荡的，好像连人也被风刮跑了。我没有吸几口烟，但烟在风中燃烧了一半。有谁能理解我复杂的感情？神经不能像电线那样接通，感觉不能传导给别人，因此，当事人的事，在别的任何人看来都十分简单。

“谢谢你！”我说，“你可帮了我的忙。不然，我还不知道会闹出什么结果。至于她嘛……”

会有什么结果？我明明知道她胡闹一阵也就完了。女人的脾气是一条流到沙漠中的河，开始时汹涌澎湃，流到后来就会无影无踪。我气忿地扔了带煤焦油味的香烟，它在风中不能自主地滚得很远。

“啊！”黑子突然颤了一下，说，“妈的，让她一搅和，我差点忘了！我跑来是要告诉你，下午你出工的时候，大喇叭里广播的：周总理逝世了！”

“啊？”我看着他的脸，一时没有听清他说的是什么。

太快了！

我推开门，顺手拿起门背后的铁锹，把门牢牢地顶住。随后走到煤炉旁边，掀起炉盖。炉中的煤劈啪作响，火焰通红。这是一只独眼龙的眼睛。我从棉袄口袋里掏出日记本，扯掉塑料封面，一叠一叠地把内页撕下来，塞进这只毒眼里：你看吧！你检查吧！……

纸张吐出淡红的火焰，然后发黑，然后发白。灰烬落在燃烧的煤块上，还一闪一闪地放光，好像是它化成了能呼吸的精灵。它是有生命的东西，它是我的心血，它是我大脑中的化合物。现在，它躺在炉火中，还在不安宁地辗转反侧。烧掉就烧掉吧，你那上面的符号，已经永远记在我脑海中了。不管我是浪迹天涯，还是在铁窗之下，我都会记得你，就像人总能认出自己的孩子。而必将有一天，我要把你向人民公开出来。“冬天很快就会过去，而春天是不会再来了。”不！春天是会来的。

她还在里屋，听不见她的动静。但过了一会儿，也许她闻着了烧纸的烟味，她一掀白布门帘跨了出来。

“你这是干啥？”她浑身震颤了一下，扑过来抢我手中还剩下的一点残页。

我抬起手臂挡开她。“你要干什么？”我说，“还想拿去立功吗？”

她睁大着眼睛，仿佛很陌生地瞪了我一眼。随即颓然地跌在凳子上：“我跟你说，章永璘，你不得好死的！你亏了心了，你当我是真会那么干吗？我也是人哪！……”

她两手的手指痛苦地拧绞着，嘴唇悲愤地往两边撇，红红的眼睛呆呆地瞅着火苗，眼泪无声地流了出来。

我知道你不会那样做，但是我却非要这样做不可。正因为我爱你，所以我不能爱你。我必须伤害你，伤害到使你能完全忘记我的程度！

“完了！”我把最后一叠日记本塞进火炉，说，“我们两个也完了！”

第五章

从田里撒完肥料收工回来，在积满黄尘的土路上，农工们三三两两地走着。走得很快，很有精神，干活中间保留下来的力气这时才开始发挥出来。

何丽芳急匆匆地赶上我。

“老章，”她说，“听说你要跟黄香久离婚？”

“你怎么知道？”

“我怎么不知道？”她噗哧一笑，好像这是件很开心的事，“谁都知道了！黄香久那天跑到我们家来哭，让我跟黑子劝你。”

“黑子说什么？”

“黑子没理她。”

“那么你呢？”

“我瞧她怪可怜的。”

何丽芳把唯一的孩子放在北京，自己成天在队上游来逛去，有时早晨爬起来头不梳脸不洗就串门子。她对饮食男女的事最感兴趣。

"你为啥要跟她离婚?"她按部就班地问。

"我为什么非要告诉你不可，你又不是领导。"

她嘻嘻地笑道:"你不说我也知道!"

"知道了就不用问了嘛!"

"唉，女人嘛，"她向我做了个媚眼，"老章，你太不懂咱们女人了。不管她跟多少人睡过觉，她心眼里还是只爱一个人。你信不信?"

我没有理她，只顾走路。

"就说我吧，"她兴致勃勃地把话转到自己身上，"我不瞒你，我跟好几个男人睡过觉，可心眼里就爱黑子一个人。你信不信?"

"我信。"我说。

"那不就结了呗!"她认为问题已经解决了。

"可是我不懂，你只爱黑子一个人，为什么还要跟别人睡觉?"

她一点不感到语塞，痴痴地笑道:"那你就不懂咱们女人啦!"

"不懂。"我承认。

今天阳光特别好，像初春的天气。西边的山间没有一片云，没有一点雾霭。在很远很远的地方，都能看到那上面有一块一块裸露的石头。去年的现在，我还在那里放羊哩，而今天，却在这条路上讨论着离婚。过惯了十年如一日的刻板生活，这种变化叫人头晕。我又感觉到这一年像一场梦。凡是过去的事情都像场梦，而凡是没有来到的将来也像梦……

"不过，她那种女人你是不能要。"何丽芳却这样劝我。

"为什么?"

"第一条，她不能生孩子；第二条，你没听人说嘛:'女人越离越胆大，男人越离越害怕。'离了几次婚的女人心就不稳了，跟我不一样；第三……"

"去去去!"我停下来，皱起眉头，一挥手，"你走你的吧!你少来烦了!"

"你瞧你，"她仍然嬉皮笑脸的，"我要教给你嘛，这女人……"

"你走不走?"我把锹从肩上取下来，对着她，"关于女人，我比你懂得多!"

她毫不在意，朝我露齿一笑，哼着《送你一朵玫瑰花》走了。

我以为我走在最后，可是后面还有一个马老婆子。

她胳膊弯里照例夹着一捆干柴。从她的步态上，看出她是在追赶我。我站在路旁边等她。

"苦啊——"

还离得很远，她就像京剧老旦那样悠扬地长叹一声。但神情上却丝毫看不出她觉得苦。爬满皱纹的脸上带着微笑；她昂着头，挺着胸，脚下象母驴的后蹄那样有力地捣腾。我想起她自己常说的："俗话说，'抬头婆姨低头汉'，我苦就苦在这走路的姿势上。"其实，这句俗话说的是"婆姨"与"汉"的性格，和命运无关。但她要那样理解，也只得由她。她找到了自己苦的根源，所以才觉得苦中有乐。

"老章，你为啥要跟小黄离婚呢?"她赶上来，问我。

"这事你就别问了吧，刚刚就有好几个人问我，"我说，"奇怪!现在的人都喜欢管别人的闲事。"

"大家都关心你嘛!"她横了我一眼，"你虽然有帽子，可是大家哪把你当有帽子的看……"

"不错，大家对我都很好，"我淡淡地说，"可是运动一来脸就变。胳膊拧不过大腿；大家都要保全自己嘛。这么多年了你还不清楚?人的脸是'兔子拉车——说翻就翻'!"

"是不是又要来运动了?"她噘着嘴唇，鬼鬼祟祟地问我。

"你也太不灵了!"我笑道，"运动已经来了，叫'反击右倾翻案风'。喂，你写的申诉书怎么样了?有答复没有?"

"没有，幸亏没写!"她又高兴了，像中了彩票似的，"那时候，小黄写不好，叫你写你又不写；我想找周瑞成，可那老家伙支支吾吾的，今天推明天，明天推后天。我一生气：拉倒吧!命里摊上个啥就是啥!"

“你的命还算是好的！”我祝贺她，“不然，这次你正好是队上的一个‘翻案’典型。”

“你呢？”她伸长脖子问。

“我还用说？我不写申诉也要说我在‘翻案’。我是在社会上挂了号的。”

“唉！”她叹息道，“刚安定了一年……”

我笑出声来，告诉她：“这话你可别跟旁人说，最近一条语录就是针对你这句话来的：‘什么三项指示为纲，安定团结不是不要阶级斗争’。你可小心点！”

“咦！”她伸了伸舌头，“这话咋讲？又要安定，又要斗争……”

“那你自己琢磨去吧！”我说。

“哎，既然这样，我说老章呀，你就别跟小黄离了吧！”她竖起一根手指头为我谋划，“要万一有个三长两短，像七〇年那次一样给关了进去，还有人给你送个衣、送个饭啥的。”

“有个老婆就是为了有人送牢饭，这个日子也真难过哟！”

罗宗祺叫我娶老婆是为了写论文，马老婆子劝我别离婚是为了送牢饭，原来这就是现代的家庭观念！我不禁苦笑了。

“唉！有啥办法呢？”马老婆子也笑了，“这就是命嘛！我告诉你，小黄这女子就是命不好。”

“啊？你怎么知道？”

“你没注意她？”马老婆子神秘地说，“她的人中上，就是鼻子跟嘴唇中间，有一条细细的横纹……”

“哦，我倒没注意，”我嘻嘻地笑道，“来，让我看看你有没有？”

“你又没正经的了！”马老婆子笑着挡开我，“我哪有？就嫁过一个人。那得嫁过好几个丈夫的女子才有！”她的语气仿佛是羡慕一个女人能有那样的资格。

“唉！”马老婆子又叹道，“你也够没良心的了，小黄跟你也算是患难夫妻了吧。”

“我们算什么患难夫妻?”我强打起笑容,“我们结婚的时候,正是你说的比较‘安定’的时候。你不记得啦?”

“反正你也够昧心的了!小黄侍候你吃,侍候你穿,哪点不好?你忘了你过去那副孽障的模样:收工晚一点,就夹着个碗蹲在食堂门口,跟要饭似的;穿的呢,前一片儿后一片儿的,像头掉了毛的骆驼!现在,”马老婆子上下扫了我一眼,“你看你这整整齐齐的,真有个人模狗样了!”

大约马老婆子想起了她自己的命运,目光透出一丝悲哀。

“是的,我怎么能忘呢?”我嗒然若失地说,“不过,我告诉你:不是我没良心,也不是我昧心,而是我狠心。在这种时候,由不得我不狠心啊!”

她一个人坐在外屋。

这几天,她没有出工,不是躺在炕上睡觉,就是坐在凳子上发呆。两间房间所有的东西上,已经蒙上了灰尘,连雪白的雪花膏瓶子也失去了光泽,于是,一进屋,会发现屋里的光线暗淡了许多,尽管窗外的天气已经暖和起来,阳光开始散射出春天的色彩。

她见我进来,凄恻而又怨恨地瞪了我一眼,嘴唇翕动了几下,但没有说出什么话。她就这样坐着;她就坐在那里……这些天,她明显地憔悴了,如同这房里所有的东西一样暗然无光。我审慎地瞥了她一眼,并没有发现她鼻子和嘴唇之间有什么横纹,倒是看见她额头上新添了一条断断续续的皱折,像一条表示言而无尽的删节号。

我极力克制着要去抚慰她的冲动;既然已经准备献身,何必给她留下一个思念的苦果?我脱掉棉袄,洗了脸,绾起袖子,故作姿态地拿起案板上的空面盆,解开盛面的口袋,这时她才说:

“你还做什么饭呢?饭给你做好了,在炉台旁边热着哩。”停顿了一下,她又说:“你放心,我心眼再坏,也不会给你饭里下毒药的。”

在一锅雪白的米饭上,有一碟炒鸭蛋。冬天,没有什么菜蔬,自己家产的鸡蛋鸭蛋，就是农工最好的菜了。炒这一碟鸭蛋至少要用半两油吧，我想。在炒鸭蛋旁边，还有一碟炒过的酸菜，切得很细，深绿色的菜丝上又放了一小撮鲜艳的红辣椒。红、青、黄，这三原色合成了一种忧郁的色彩，令人心酸。马老婆子在我们结婚时就夸过她："巧手的媳妇能腌好酸菜！"而今天又说她"命苦"，可能"巧手的媳妇"和爱动脑筋的知识分子一样，都"命苦"吧？

我吃着，却难以下咽。筷子挑起一粒粒的米饭。我忽然明白了：这些日子她每顿都用配给的那一点点大米给我做饭，可能也是为了照顾我这个南方人吧？虽然我早已"改造"掉了南方人的习惯。我不由得抬起眼睛。她仍坐在餐桌旁边，背对着我，略微佝偻着，两手重叠地放在膝上，像一尊米开朗基罗的作品。初春的阳光从窗外射进来，在她周围勾划出一道如月晕似的柔和的光圈。这时我心里兀地响起一个声音：你要记住！你要记住！将来你会反复地想起这一幅场景，你会带着那么忧伤和痛苦的心情来回忆这一切。你记住吧！你把这一切牢牢地记在心里吧！……

晚上，我们无言地睡下，拉灭了灯以后，她蓦地叹了一口长气，说：

"这个家要败了，我知道的。今天，咱们的鸭子跟猫都不见了。你别看家里养的这种小牲灵，心可灵哩！人都不及它。家要败，人要遭事儿，它比人知道得都早，早早就先跑掉了！"

不知怎么，我感觉她的声音是穿过了很厚的黑暗才传到我耳朵里来的。这声音被黑暗滤去了一切感情色彩，显得平静、呆板，而又无力。如果说死人会说话的话，那声音一定就是这样的了。我浑身冰凉。原来这两间库房里已经钻进了一种超自然的神秘力量，暗暗地揭开时间的帷幕，向我们展示了可怕的前景。我在被窝里屏声息气地等待她的下文，但她却不再说了。

过了很长时间，我鼓起勇气问：

"猫和鸭子都不见了吗？"

她没有回答。

“就在今天？”

她还不回答。

“奇怪！”

她也没有吭声。

我有点害怕。但我还能听见她细如游丝的呼吸，在这即将“败”了的家中悄悄地萦绕。一会儿，这种一强一弱的、连续不断的、在空中飘浮着的如游丝般的呼吸，渐渐像蛇一样弯曲成一个蓝幽幽的、非常圆的光环，乍看起来像月全食，但定睛一看，却是一个其大无比的、铺天盖地的枪口。光环中间一片深不见底的黑暗，顶头就是一颗子弹，直直地瞄准着我。我大吃一惊，挣扎着逃命。而在挣扎间我却成了那只不见了的灰猫，在炉台上、案板上、餐桌上又蹦又跳。可是那枪口还是对着我。于是我倏地又变成了我们丢失的鸭子，缩在鸭窝里面，但那枪口正好堵着门，对着我躲藏的旮旯。还是变成老鼠吧！刚一动念，我就成了老鼠。但在往洞里钻的时候，洞里倒先跑出来无数如黄豆粒大的小人，打着小旗，举着小标语，一出洞就四处狂奔，像一颗颗射出的子弹。他们还大声地嚷嚷着，尽量张大可笑的小嘴，似乎非常愤怒。我听不懂他们嚷嚷的是什么，只是我心里告诉我说：他们是刚刚由老鼠变成的人，他们说的还是老鼠的语言。他们对我这只大老鼠视若无睹，一群群激愤地从我脸前跑过去，很快就跑光了，最后剩下一个摔倒在地上的小人，仰面朝天，四肢乱颤。

我把脸朝这个小人凑上去，才发现这不是什么小人，原来是一九六〇年我在走向新疆的路上见过的一个弃婴。这个弃婴满脸皱纹，像个老头，却又没有胡须，他号啕大哭地喊道：“我是寡妇！我是寡妇！……”

不知怎么，这个婴儿被他自己流出的眼泪腐蚀了。先被腐蚀的当然是他的眼睛，他的脸，于是他的脸变得非常狰狞可怖。最后，他终于化成了一摊水。我感到潮湿，我感到阴冷，感到有一片黏乎乎的液体陷住了我的脚。我低头一看：这哪里是什么水，而是一汪无边无涯的鲜血！象败坏了的沼泽一样散发出一股腥臭味。我想跑出这片血的沼泽，一抬头，却又看见那个蓝幽幽的枪口。它一直对着我，它始终对着我……我只好横下心向它走去，怀着悲哀，怀着壮烈的情愫。我向它越走越近，它却越来越小。蓝幽幽的钢制的枪口反而柔软了，耷拉下来，渐渐成了一个像一滴眼泪形状的绳套，一个光滑的可笑的绞索。与此同时，有个声音大声地告诉我：

“这就是你的归宿！这就是你的归宿！……”

我猛地惊醒过来，那喊声仿佛还余音未绝：“这就是你的归宿！这就是你的归宿！……”眼前，那一个绳套还凝然地悬在黑暗当中。被子的当头正好搭在我的脖子上，给我一种上吊的感觉。我把被头向下拽了拽，仍静静地躺着不动，让那个可怕的梦境逐渐消失。

这时，我又听见她细如游丝的呼吸，向暗夜中无止尽地蜿蜒。我陡地感到她的呼吸是那么亲切，那么动听，那么揪心。啊！我要把你呼出的气全部吸进我的肺里，让我把它带到天涯海角，让它潜入我的性灵，直到我投向我的那个命定的归宿，直到我化为灰烬……

第六章

罗宗祺把几张白纸从抽屉里拿出来，推到我面前。

“你真是异想天开！”他神情疲惫地往藤椅上一靠，看了我一眼，“我是一个共产党员，怎么能给你提供空白介绍信？”

白纸上，印章已经按规格盖好在纸的右下方了。信笺上部的标识和下面的印章都是他所领导的农场的。这几张白纸因为有了这些鲜红的戳子而异常贵重。我从写字桌上拿起它，仔细地叠好，揣进棉袄怀里的口袋，会意地说：

“你不给我也没关系。现在外调人员满天飞，这种空白介绍信多得路上都能拣到。”

他的家还跟一年前我来时一模一样。只是他那时盖的小厨房已经有些残旧了，墙皮被那场大雨淋得露出了黄色的麦秸。屋子里，虽然并没有减少什么陈设，而在我看来，却感到萧条了许多。北面墙上那幅由意大利记者照的周恩来总理的遗像，像框上挂了一条黑纱，两端垂落下来，搭在一盆没有生气的文竹上。他亲手绷的沙发早已失去了弹性，我坐在上面，像跌进了一个土坑。他本人也比一年前消瘦了，两鬓爬满了白发，再加上他坐在吱嘎作响的藤椅里更给我一股凉飕飕的感觉。

虽然是春天了，但到处都给人以凉飕飕的感觉。

上面的那一幕戏演完，他说：

“你给我的信，走了五天才到。只有四十里路，怎么会走这么长时间？我拿起信封左看右看，深怕是让人检查过了。”他苦着脸笑了笑。“你别看我现在是场长，可是还跟在监狱里一样，成天担惊害怕的……”

“我们从来就没有出过监狱。”我说。

“是呀，”他喟然长叹，“这些年，我的嘴也成了一张臭嘴了：往坏的方面预料的事，总是一料就准；往好的方面希望的，从来没有实现过！你还记得去年这时候我跟你说的话么？”

“怎么不记得？不过是来得太快了点。”

“你还觉得快？我倒以为慢了，”他懒懒地说，“这些年，我们国家就像石头往山坡下滚似的，越滚到后来越快。我看现在也差不多滚到底了。”

他抬起头，眼睛朝上，鼻翼翕动着，好像在嗅哪儿飘来的一股什么味道。他的眼光里有一种历经痛苦，备受希望的折磨，而最终惘然若失的神色。我理解这种心情。

“是快到底了，”我说，“不过，我总觉得会有一次运动，一次真正属于人民的运动……”

“能有什么属于人民的运动？”他在藤椅里烦躁地扭动，“这么多年来我们都是在运动群众，但又都说成是群众运动。‘真正属于人民的运动’，那就会给扣上个‘反革命事件’！你不信，我们就走着瞧。”

“不管会被扣上个什个‘事件’，可是真正属于人民的运动总会来的！”我说出这些日子一直在心里酝酿的话，“周总理逝世了，邓小平又下了台，随着‘反击右倾翻案风’的展开，一批一批像你这样的‘民主派’都会倒下来，人民前面的屏障坍塌了，这时中国人民假如自己再不站出来说话，不走到斗争的第一线上去，那么我们十亿中国人就再没有资格在这个地球上生存！我们就是世界上最窝囊、最软弱、最劣等的民族了！”说到这里，我眼睛里不能克制地蒙上了泪水。“我们被欺负了十几年，被愚弄了十几年，被当作试验品试验了十几年，难道我们在试验失败而置我们于死地的时候连一声‘疼’都喊不出来吗？麻木到连‘疼’都喊不出来的人，那就真正是该死的人了！……”

我的喉头被哽塞住了，呆呆地坐在自造沙发的坑里。他也在藤椅里凝然不动。屋子里一时异常静谧，但又汹涌着感情的波涛，隆隆作响。

半晌，他思忖着说：“那么，你准备怎么办呢？走？走到哪里去？”

“我还没有一定的计划，”我尽量使自己平静下来，冷冷一笑，“这是个混乱的年代，连国家都没有计划，别说个人了！我只知道，这里是再也待不下去了。‘右’跟‘翻案’两个概念都跟我有联系，运动一深入，我就会像七〇年那样头一个被拧进监狱。与其让生命的火花在监狱里慢慢熄掉，还不如在一次风暴中让暴风刮灭！另一方面，你知道，六八年我从劳改队出来，曾经傻头傻脑地找过什么‘刘邓司令部’，当然，那时候只能以失败告终。可是现在，我想，如果你们这些‘民主派’再不把眼睛转向人民群众身上，发动群众，组织群众，至少是支持人民群众，还是像过去一样等着挨打，等着人家把你们拧进监狱，而你们还要撅着屁股低头请罪，那么你们这些‘民主派’也是活该倒霉了……”

“哦，哦，”他抬起一只手，苦笑着说，“你别这样骂我们吧，我至少还给你提供了某种方便吧……”

“是的，”我下意识地摸了摸胸口，“正因为你给我提供了某种方便，我们就可以想象：就在我们两个坐在这里的同时，全国正在悄悄进行多少像我们两个在这里做的事，说的话！我们不会是孤立的、偶然的现象。一个共产党员，一个右派分子，在各自的道路上走了二十年，搞到后来居然会有差不多的遭遇和心情，在这里促膝谈心，如果不承认这是历史造成的，又怎样去解释？所以我觉得现在整个中国的空气在孕育着一场真正的人民的运动。我们的国家和中国共产党，只有经过这场运动才能开始新生。”

他深邃的眼睛突然警觉地盯着我问：

“你准备好了吗？有……什么联系没有？”

“没有，”我坦然地笑道，“能有什么联系？跟谁联系？这十几年来他们作的最大努力不是改善人和人的关系，而是切断人与人之间的横向交往。我甚至认为这是他们造成的最大祸患。他们把人与人之间的信任、善意、人道和侠义气概全部破坏掉了，把人变成了狼和狐狸。这样的道德状态，也只有在一次人民运动里才能净化，建立起新的人与人之间的联系……所以你不用紧张，不用担心我现在和什么人有联系。你革命几十年了，你和你的那些老战友有私人联系吗？能互相推心置腹吗？”

“没有，”他承认，“都是‘人一走，茶就凉’！”他长叹一声，感慨地说：“也别说没来往，来往是有的，可全是靠外调人员牵的线。我一些多年不知音讯的战友，倒是通过外调人员的嘴才知道他们在哪里，现在出了什么问题……”

蓦地，一股悲凉的而又无可奈何的情绪向我们袭来。我们竟然生活在这样一片沙漠，一片自身正在遭受摧残，而又摧残着我们，但我们却对其无能为力的沙漠之中。这时，他家小院的墙外，一个人孤寂地唱起来：“东风吹，战鼓擂，当今世界上究竟谁怕谁……”我们静静地听着，仿佛要从歌词里得到什么启示。但什么启示都没有。在这个时代，凡是能够大声唱出来或喊出来的声音，全是没有内容，没有意义的。

沉默片刻，他才接着说：“不过，我要告诉你，你想的那个什么……不会有什么好结果的。因为——”他向上竖起一个指头，“他还在。他老人家健在的时候，一切都别想改观。”

“我明白，”我仰在沙发上，叹道，“可是周总理说过，‘人生难得几回搏’，现在全部情势都决定我必须去‘搏’一下了。别人可以等待，我也愿意等待，但我连窝里都蹲不住了，棍子快要捣进窝里来了，还怎么能等呢？他们要搞你这样的‘民主派’，还要先糊几张大字报，发动一下群众，造成点声势；要搞我的话，这些表面文章都不用做，光拿一副手铐来就行了。这十年来，我这种人是一直给你这种人当陪衬，又是打头阵的。”

“哼哼！”他无可奈何地笑了笑，“这就叫‘先扫清外围’。”

我也笑道：“也可以说是先搞垮你们的‘社会基础’！这十年间我非常荣幸地给很多不同的人当过‘社会基础’。最早是‘刘邓司令部’的‘社会基础’，后来是‘五·一六’的‘社会基础’，再后来是林彪孔老二的‘社会基础’。现在又循环回来了，是‘右倾翻案风’，也就是说仍然是邓小平的‘社会基础’。幸亏我的背已经锻炼得和乌龟一样厚了，不然踩都被踩扁了。”

提到“乌龟”，我心中一动，情不自禁地脸涨得绯红。恰好这时朱蜀君端着托盘进来，招呼我们吃饭。她脸上有一种压抑的惶惶不安的神情，一片愁苦的阴影。一年前那种欢快的气氛不见了，她的一举一动仿佛都怕弄出声响，好像罗宗祺又要去坐牢似的。其实，并没有发生什么事，什么事情都还没有发生，但是报纸、广播，各种宣传工具，已经把毒气散布到每一个家庭里，使得男人郁郁不乐，女人提心吊胆。我食而不知其味地吃着饺子，默默地想：我的决心是对的。

吃完饭，朱蜀君收拾着桌子，忧心忡忡地问我：“你走就走，为什么非要离婚呢？是她？……”

“她很好！”我急忙打断她的话。我不能说她不好，并且也不愿意别人怀疑她有什么不好之处。我寻字斟句地说：

“有的夫妻离婚，是因为没有感情；有的夫妻离婚，却是因为感情太复杂了。也许，即使我不走，我俩也会离婚的。”我淡淡地一笑，接着说：“能够白首偕老的夫妻，大概就是能够掌握适度的感情的夫妻吧！”

门外，那个唱歌的男人又踅回来了，呜呜地唱着另一支什么“革命歌曲”。这真是一个快乐的人！我想。

朱蜀君以她女人特有的敏感，似乎理解了，没有再问下去。罗宗祺并不理解，但是也没问。于是，空气凝固住了。我觉得这正好是我告辞的时间。

“我走了。”我说。

罗宗祺当即从藤椅里挣扎着站起身。他大概还没有从他的什么想象中走出来，心不在焉，眼神恍惚。过了一会儿，他才仿佛很羞涩地伸出手，跟我握了一下。他的手心很潮热，可能他真的害了病吧。

“你走吧。”他说。

走到门口，我回过头来和朱蜀君点点头，算作告别。她站在屋当中，依然是那样忧心忡忡的，用目光送我出门。我在一瞥之间再次环顾了这间房子，这个曾经给予我友情的家庭，这个我能够畅所欲言而不怕被检举的地方，从此以后我可能再也回不来了。

罗宗祺把我送出小院。外面，在一条平整的通道前面，是一排高大的白杨树，像卫兵似的挺立着，银色的树皮隐隐地泛出了绿色。白杨树的那边，才是用碎石铺的公路。我将沿着这条公路走向旷野。

“老章，我把这个送给你吧，”罗宗祺看看四周没有什么人，突然想起来，解下腕上的手表，“这块表走得还很准，你在外面一定很需要它。”

我接过表。秒针急促地跑着，好像后面有什么东西在追捕它似的。这真是一个用得着的东西，逃亡者的命运往往决定于一秒钟之间。我没有推辞，把它揣进我的怀里，跟空白介绍信放在一起。

“谢谢！”我说。

他两手乱摇，咕哝着：“谢什么！……看来一切都要靠时间来解决了……要是有什么事，可以写信来。”

“好的，”我说，“如果我还能够写信的话。”

我在碎石公路上步行了十几里，没有碰见一辆汽车，只有几辆大车和我迎面错过去。赶车的把式晃着鞭子，弓着背，和海喜喜一样地沉郁。

他们是去城里装砖的，车箱板上落满红色的砖渣。从这里可以看到大路的尽头：在蓝色的天空下的一个小黑点。那就是喧嚣的城市，正在向人们猛烈开火的城市。先是用语言文字，紧接着就要用棍棒和枪弹。北边，大路的尽头消失在荒漠之中，像一条河似的，分散成为许多支流，于是也就无所谓哪是它的源头了。在大路两旁，还有一条条人踏出来的小道，向旷野里延伸。我走到一条干涸的大渠上，就开始岔向去我们连队的小路了。

草原已经被"学大寨"的人们破坏了。旷野上到处是一块块废弃的田地，上面覆盖着厚厚的硝碱，像肮脏的雪原，像披麻戴孝的孤儿。虽然经过多少次风吹雨淋，但仍能看到一条条如伤疤般的犁沟，横七竖八地划在旷野的肌肤上。自然和人同时受到鞭笞；"学大寨"的结果是造出了更多的不毛之地，硝碱地上连一株草都不长。欢快的春风从黄河岸边吹来，一下子跌落在这里呜咽，表示对草原的痛惜。啊，这就是我的田野！

走过硝碱地，穿过干竭了的沼泽，是一片沙化了的草滩。一丛丛芨芨草的宿根周围堆满细沙，并且风还不断地把沙子刮来，越积越厚，越积越高。于是，一个个绿色的生命就窒息了、湮没了、死亡了。绿色在无可奈何地退却，生命在软弱无力地消失。春天回到这里，但是她找不到落脚的地方。所以这片黄色的土地上便没有春天。

我走着。我走过硝碱地，走过沙化的旷野。我练就了一双惯于走流沙的脚。这双脚生下来是又白又嫩的，任何鞋袜对它来说都太粗糙了，它只能焐在母亲的手掌之中。但现在它已经习惯于赤裸裸地走过砾石，走过荆棘，走过发黑的沼泽，走过蜇人的硝碱地……

在硝碱地和旷野的那边，才是麦田。麦田的边缘，还可看到白色的硝碱，麦苗稀稀拉拉的。这是生命和死亡对峙的地带，谁胜谁负，还很难预料。再往里走，麦苗才显得旺盛起来。田埂上长着苦苦菜的嫩芽，还有茸茸的青草；春天的土地不用浇灌也是湿润的、柔软的。空气中有一股哀婉的绿色的气息。去年春天，也正是在这个季节，我回连队走的也是这条路。当时的景色和这时竟毫无二致，仿佛这一年间并没有发生什么事，一切都不过是我的幻觉，我的梦境。

过去，在我面临突如其来的、不可理解的灾祸时，我常常幻想，如果时光能倒流，如果能让我再从某年某月某日开始生活就好了。这样，我就可以做得更聪明一些，躲过这场完全可避免的灾祸，或是有充分的准备，来迎接这场不可避免的灾祸。那么，现在，是不是还让时光倒流回去，倒流到去年这个时候呢？

不！

即使魔法能使我再从那时开始生活一次，我从这里走回连队以后，还是会像去年一样向她求婚的。这一年，是我短暂的一生中最美好的时光。我的预感告诉我，这一切都不会再演一遍了。今后我不可能遭到这样的屈辱，经历这样的精神痛苦，但也从此不会再有这样的快乐和这样的幸福。

特定的感受在人生中只能有一次。

我走着，迈着沉重的步子。

我走回去。回去后就要离婚，这和我们必然会结婚一样。

啊！我的旷野，我的硝碱地，我的沙化了的田园，我的广阔的黄土高原，我即将和你告别了！你也和她一样，曾经被人摧残，被人蹂躏，但又曾经脱得精光，心甘情愿地躺在别人下面；你曾经对我不贞，曾经把我欺骗，把我折磨；你是一片干竭的沼泽，我把多少汗水洒在你上面都留不下痕迹。你是这样的丑陋、恶劣，但又美丽得近乎神奇；我诅咒你，但我又爱你，你这魔鬼般的土地和魔鬼般的女人，你吸干了我的汗水，我的泪水，也吸干了我的爱情，从而，你也就化作了我的精灵。自此以后，我将没有一点爱情能够给予别的土地和别的女人。

我走着，不觉地掉下了最后的一滴眼泪，浸润进我脚下春天的黄土地。

第七章

毛主席语录

认真搞好斗、批、改。

申请书

今有三队农工章永璘、黄香久，自去年结婚以来，一直感情不合，不能搞好家庭团结。长此下去，不利于农场的生产，也不利于个人的改造。经我们二人协商，一致同意离婚。离婚时的财产处理，由我们二人解决。今后，我们二人保证在社会主义建设和个人的改造中发挥出更大的力量。此申请望领导批准为荷！

敬礼

章永璘

黄香久

1976 年 3 月

我把这张申请书摊在曹学义面前。

曹学义的眼睛避开我的目光，盯在这张申请书上，嘬着嘴唇，微蹙着眉头，左看右看，一时拿不准应该怎样答复。

我没有等他示意，便拉过一张凳子坐在他办公桌对面，背靠着墙，点燃一支烟。我的眼睛一刻也没有离开他的脸。

他摘下绿军帽，搔了搔板刷似的头发，又戴上。他的一条腿抖动起来，致使他的肩膀也随之摇晃。他的另一只手一会儿摸摸墨水瓶，一会儿摆弄一下面前的纸张，一会儿拿起笔，但在我以为他要签下他的大名时，却又放下了。

“我听说了，我听说了……”他终于喃喃地说。

“听谁说的？”我有点咄咄逼人地问，“听黄香久吗？”

“哪、哪里……不是！”他赶紧声明，“大伙儿都这么传嘛。”

我不作声了，等着他。

我原来料想他可能要在我使用这条牛头不对马嘴的语录上找点岔子，但是他却不把注意力放在这上面。其实我早作好准备，如果他真的找岔子，我就要请教他，究竟有哪一条“毛主席语录”适合写在离婚申请书上。我要在离开之前发作一次政治性的歇斯底里，表示一点可怜而又可笑的愤怒。等他们来抓我时，我却戏剧性地跑掉了。但他没有给我这样一个重新做人的机会。

办公室外面阳光灿烂。窗前有一个人影走过去，他抬起头张望了一下。他现在盼着有个人进来打扰我们。而我偏偏选在这样一个时候，这时候连黄香久也在地里干活。

“是不是——可以调解一下？”他捏着纸，歪着脑袋，慢吞吞地问我。

“让谁来调解？”我问，“让场部来人吗？”

他听出了这句话的分量，尴尬地笑了笑：

“哪用场部来人嘛。咱们队上，有谁跟你们好的？黑子咋样？”

“我看，还是不要有外人掺和进来的好。”我冷冷地说。

“那也是，那也是……”他表示同意，“清官难断家务事嘛！”

我想操起桌上的墨水瓶砸在他四四方方的黑脸上。但这只是我一瞬间的冲动。我很惭愧，在“领导”面前能做出真正男子汉的举动，恐怕还需要一个过程，还需要把我逆向地“改造”过来。现在，我的话里面虽然有骨头，但坐的姿势不知在什么时候又变成了弓腰曲背的了。卑微感已经渗进了我的血液，成了我的第二天性。忍耐点、忍耐点！我自我解嘲地想。我要等他签名，这份离婚报告主要是为了她的安全。他巴不得我们离婚，但又必须做出这种姿态。这是一出很短的过场戏。

“黄香久同意了吗？”他沉吟了一番，又问。

“当然同意了。”我肯定地说。

“这好像不是她本人的签名。”他脸凑近纸看了看，仿佛在说，你看，我对你们多负责呀！

“怎么？要把她叫来你问问吗？”

“哦，那倒不用，”他无味地笑笑，两手使劲地搓起来，“我记得去年的结婚申请也是你代写的。”

“曹书记的记性挺好。”我说。

他找着了根据，于是拿起笔。

“要是你们俩都同意，领导就批啰？婚姻自由嘛，以后你们觉得还能凑合，再复婚也行。现在，离婚的多，复婚的也挺多。”

领导就是他，他就是领导。说完，他一笔一画地签了自己的名字。

我有一种丢掉了既宝贵又沉重的东西的失落感，本能地站起来，拿起那张纸。戳子、签名，决定我们命运的就是这些可笑的符号。我说：

“我想搬回周瑞成那间房里去，行不行？”

他脸上掠过一丝警觉的神情，但随即表示同情地说道：

“暂时不用忙嘛。那间屋子好久没人住了，一冬天没生火。天气暖一点再搬也可以。你们不是住两间房么？你们先一里一外住着咋样？”

“我想还是早点搬出来好。”

“那随你！”他摆了摆手。

他的眼睛最后总算被我捕攫住了。这时，我才理解她去年在羊圈告诉我的话。但他在离婚申请书上签了名，我还有什么资格与他计较？

“随你去吧！”我心里也这样说。

吃完晚饭，黑夜终于来临。这是一个阴郁的、令人失魂落魄的黑夜。白昼的光一点点地从没有涂漆的破旧白木窗框退出去，像生命一点点地离开肉体。而与此同时，料峭的春寒一点点地从破旧的窗框、从土墙的各处细小的缝隙中向里浸润，使屋里的空气渐渐凝缩起来，土房如坟墓般地阴森。田野中的那片树林，虽然还没有绽开绿叶，但树干已经灌满春天的浆汁，变得柔软了的枝条，在晚风中发出百无聊赖的飒飒声。这是一个既使人失望又给人希望的黑夜。我头枕着手掌，仰面躺在炕上。一只灰色的小蜘蛛，悄悄地在报纸糊的顶棚上爬行，仿佛像人一样，也在寻找一条适合自己生存和发展的“语录”。原来，今天是“惊蛰”，各种小虫虫都要在今天爬出来。

她在外屋洗完锅碗，掀开门帘走进来，随手拉亮电灯。屋顶上顿时投下惨白的、刺目的光芒。我眯缝着眼睛，但没有敢看她的脸。她一如往常，欠着身子半坐在炕沿上，不停地搓着两手。她刚擦了装在蛤蜊壳里面出售的润肤油。她爱修饰，并且注意保养，这和从小当农民的妇女迥然不同。如果不是失身而劳改，她恐怕有另一种命运吧。但是她竟劳改了，沦落风尘，这不也是她的命运么？

她专心致志地擦着自己的手。我在思忖着怎样开口。

女人的耐性极大，尤其有沉默的本领。我终于忍不住了，清了清嗓子，说：

“今天咱们的申请批了。”

我特别把重音放在“咱们”两字上。

她仍不说话，边擦油，边仔细地查看自己的手指，好像必须在每一个指甲缝里都抹上油似的。这是一片布雷区，但是我要越过去才能达到彼岸。我坐起来，从口袋里掏出那张纸展开，放在她面前的炕沿上。

她不动声色地向那张纸瞥了一眼，又擦了一会儿手，然后用两根手指刷地一下把纸拈起来，一折，撕成两半。

“咦！”

我惊诧地轻呼了一声，但又即刻停住。我不敢再往下说。这一片冷漠的冰层非常薄，稍一不慎我就会掉到里面，再也浮不出来。我提心吊胆地看着她的脸。

她没有抬起眼睛，还是看着自己的手指，镇静地说：

“要这玩意儿干啥？要结婚，谁也挡不住；要离，谁也捏咕不到一块儿去。既然没有感情了，就是不批，不照样分得开吗？”

“当然，当然！”我连忙表示赞同，“可是咱们不是还要拿着这玩意儿到场部去办手续么？”

“哧！”她鄙夷地斥了一声。“你这脑袋瓜子真好使！咱们结婚的时候到场部去办过手续么？”

啊！这时我才猛然想起来：去年，黑子把曹学义的批复给我们拿来以后，我怕夜长梦多，连队批了，场部的干部还可能从中作梗，征得她同意，就没有去场部办手续。反正山高皇帝远；谁家结婚的时候，来宾进门也不会先索取结婚证检查一番，这样，我们就“结婚”了。

我不禁发出一声神经质的怪笑。原来，我这个被“群众管制”的人竟和她过了一年非法的夫妻生活！承认我们是夫妻的不过是群众，是时间，是我们的感情和习惯。到后来，连我这个当事人也忘却了我们还没有履行法律手续。这样说，我这些日子所费的心机纯属多余，要走我满可以拍拍屁股就走。

我忘却了，她却记得。她向我投来十分憎恨的一眼，厉声说道：“哼！你当初跟我结婚就没诚心！”她轮廓丰满的嘴唇突然变薄了，露出雪白的门齿。“你满肚子鬼心眼！我今天才把你看透了！”

她的话像冰雹一样打在我的脸上，我沮丧地说：“你别误会。当初我是诚心的，决不是耍花样。我笑，是因为这事情很滑稽。黑子说过没有道德的日子好过，我看，没有法律的日子也很方便，”我叹息一声，“我们真像场戏，真像场梦！”

“我是做梦做醒了。”她说。

醒来的应该是我，而现在她也说自己醒了。我迟疑不决地停在薄冰上，不敢再迈出一步；我不知道她究竟是怎样想的，会说出什么话来。是不是夫妻两人决不能清醒，清醒了就会分道扬镳呢?

夫妻生活就是梦。不是美梦便是噩梦。千万不要清醒！

她像是想起了什么，兀地站起身，掀开箱盖，一件一件地把我的衣裳拿出来——这些衣裳没有一件不带有她的气味。她很冷静，至少在表面上看是这样。对于离婚，她好像已经熟于此道了。

“人穷也好，穷人离婚简单；你的、我的，一分就完了！”她居然还有这么一份幽默感。最后，她把半导体收音机也放在我的衣裳上，说：“这个也给你，当特务离不了这玩意儿。”

我无可奈何，撇了撇嘴。现实摧毁了她的生活，摧毁了她的一切，但她又把任何要反抗命运的、要在严酷的现实中去寻找一点供氧的罅隙的行动却都当成是“反革命”。必要的时候，她也会捏着小拳头喊叫：打倒这些反革命。我干巴巴地说：

“这个东西是你买的，我不能要。”

“有啥不能要的呢？”她故作惊诧地摊开两手，用冷冰冰的语气说，“这些东西，你拿去；屋里搬不走的，你给我留下。我不是傻子，不会让自己吃亏的。”她继续在敞开的箱子中掏着。这只神秘的箱子仿佛有掏不尽的东西。她从一块小手帕包中拿出一叠钞票，很熟练地点出二十张。“还有，这二百块钱，你也带上。”

“咦！”这时，我是真正惊诧起来，“你还给我钱干什么？我们……我们生活这一年又没存下钱，我心里有数的。”

忽然，她支持不住了，像一个孩子精心搭置起来的积木在一刹那间全部倒塌，她冷漠的、冰凉的、严厉的表情陡地垮下来。她用拳头堵着嘴，呜呜地哭道：

“我说，你章永璘，你生就了一副狼心狗肺！你走就走，跟我耍这些花样干啥？……其实你根本不用跟我耍这些花样！你说一声‘我要走’，你就走好啰！谁也不会拦你，谁也不会拉你……”

她的头无力地垂着，语句断断续续的，耷下来的肩膀一耸一耸的，一副被悲痛压倒的模样。她捂着脸，站在箱子旁边，宛如从箱子里钻出的向我索命的鬼魂。那姿势分明召唤着我去安慰她，去把这一笔孽债算清楚。我犹豫着，我知道我无法跟她解释明白，我不能把既是为了她，而又是为了解决我复杂的感情的这一举动——离婚，说成是单纯为了她的安全，或是说成单纯是我对她已失去了感情的结果。她的脑子只能理解黑的就是黑的，白的就是白的，灰色的事物、模糊的事物，对她来说是太费解了，对我来说又是太难表达了。理性不能代替感情，理性更不能分析感情。在心灵相互不能感应的关系中，任何语言都无能为力。而维系我们的，在根子上恰恰是情欲激起的需求，是肉与肉的接触；那份情爱，是由高度的快感所升华出来的。离开了肉与肉的接触，我们便失去了相互了解、互相关怀的依据。

但是，我还是走了过去，伸出胳膊搂住她的肩膀。“你怎么知道我要走的？”我问。

“我咋不知道？你肚子里有几根蛔虫我都知道！”她乖乖地偎在我的怀里，哽咽着说，“你当是我看不出来？你不走，能跟我离？你呀你，劳改了二十年还是个少爷胚子，要人侍候你吃，侍候你喝。老实说，我是放你一条生路，让你去寻你的主子，不然，我不吐口跟你离，你咋离得掉？你是去投靠美帝苏修也好，是去投刘少奇邓小平也好，你放心，你反革命成功了，荣华富贵了，我决不来沾你的光，你何必跟我耍这样的花样！”

她笨得可爱，又聪明得可笑。好像我劳改的二十年中她都一直侍候着我似的，并且，她又有她对人和世界的理解——拾到篮里的都是菜；凡是和当前“毛主席革命路线”对立的，不分青红皂白一揽子是“反革命”！

而她却爱着“反革命”。

我不禁哑然失笑，摇了摇头说：

“什么荣华富贵！很可能是凶多吉少，所以我才……”

“哼！”她鼻子一皱，用泪眼柔情地看着我的脸，却撇着嘴狠毒地说，“那是没准！你肯定不得好死！因为你亏了心了。”

“是呀，”我凄然地一笑，“是亏了心了。”

她似乎稍稍平静下来，头靠在我的肩上，叹了口气说：

“本来，我是想跟你大闹一场的，去检举揭发你，叫你再去蹲劳改。可后来一想，你也可怜，一肚子才学，窝在这儿受人欺侮；你有你的苦楚……还是好离好散吧，都给各人留下些可想的地方。我告诉你，不管你以后多荣华富贵，有多少漂亮的女子围着你转，像我这样心疼你的女人，你一个也找不到！我呢？我也想开了，马老婆子一个人也过了一辈子，还是乐呵呵的，我还不能像她一样过么？……”

“哪能……你还年轻，找一个比我合适的……”我违心地安慰她。

“算了吧，少跟我卖片儿汤了！”她擦干脸上的眼泪，红红的小鼻头翕动着，睫毛上还沾着扇子般的泪水，像湖塘上蒙着的一片湿雾，令人心醉。她说："我以后再不找了，真的不找了，狗跟你说谎！还找谁呢？我命里不该有好男人。找着一个好男人还笼不住，要跑。那个钱，你带上，路上好花。我前两次离婚，都拼命问人要钱、要东西、打官司；这次跟你离，我心甘情愿送给你。你拿着好了，我还有三百块哩！"

说完，她拧过身来，把富有弹性的乳房紧贴在我的胸口上，用一种仿佛准备决斗的火辣辣的语气说：

"上炕吧！今天晚上我要让你玩个够！玩得你一辈子也忘不掉我！"

月亮升到当空。房里的灯一灭，月光陡然像瀑布一样向小小的土屋中倾泻进来。她的细声碎语在月光中荡漾。

"……我告诉你，你将来是准不得好死的，因为你亏了心了……可是，不管有多少人给你送葬，送花圈，心眼里真正哭你的就我一个，你信不信？……以后，每到清明，我不管在哪儿，都给你烧纸，你就到我这儿来拿钱花好了……来吧，快脱了，还愣在那儿干啥？"

我感到有两条火烫的胳膊将我紧紧地搂住，把我拉下去，拉下去……沉到月光的湖底。耳边，又响起从水底深处浮上来的声音。

"……你别忘了，是我把你变成真正的男人的……"

啊！世界上最可爱的是女人！

但是还有比女人更重要的！

女人永远得不到她所创造的男人！

…………

有一个小虫子在墙角沙沙地爬。啊，春天来了！再有一个月便是清明。

我是不是要回到她身边来领受祭奠呢？

好大好圆的月亮啊！

…………

一九八五年七月二十二日

（原刊于《收获》1985年第5期）

壹亿陆

壹

本小说叙述的是中国未来一位伟大的杰出人物是怎样形成胚胎的。到本小说结尾，这位伟大的杰出人物还未诞生，只不过在母体里受孕了而已，所以，本小说可以看作是他的前传。

四十多年后，即到二〇五〇年左右，全世界每个人都会知道这位中国伟大的杰出人物。但是，目前他的父母亲戚与他们的朋友情人等等，绝大多数不仅健在，有的还很年轻。为了本小说中提到的所有人的生活在当前不受干扰，因而作者尽可能不写出他们的真实名字。为了叙述方便，有的地方必须要有人的姓名及机构名称作为符号，作者就随意起个姓名名称。如果今天现实中有人的姓名与机构名称与作者随意起的姓名名称雷同，纯属偶然，务请不要对号入座。

天机不可泄漏。作者在此只能略微透露两点：

一，这位在中国未来历史上将有重大贡献的杰出人物姓陆，子随父姓，他的父亲当然也姓陆。

二，他父亲是中国四川省人氏，母亲也是中国四川省人氏，他开始形成胚胎虽然是在中国宁夏，但制造这个胚胎的精子和卵子结合之前，男女双方各自的经历还是在四川省。为了贴近生活，贴近现实，作者在写人物对话时使用了四川方言方音。有的四川方音很难用文字表达，如作者采用的文字和四川方音不准确、不符合，还请读者谅解。中国很多地方的许多方音是文字难以表达的。在本书中，只是请读者都把普通话的“六”（liù）按四川方音念作“陆”（lù）即可。何况，“陆”本身又是大写的“六”。

■

一亿六姓陆，在“陆”前面陡然加了一个亿，起始于快收工的时候，他一不小心让手推车在一辆轿车门上刮了一下。轿车锃光雪亮，却像婴儿皮肤般经不起磕碰，马上出现一条惨白的刮痕。一亿六大吃一惊，当即蹲在地上，直抓脑袋。他以为自己惹了很大麻烦，车主不会轻易放过他，可是他又必须承担责任。这辆车要多少钱？弄不好，车主要他赔辆新的。他经常在外面惹事，长这么大了，用他姐姐的话说老是要她来为他“擦屁股”。想到这点他感到非常惭愧，既对不起车主又对不起他姐姐。他就这样在轿车旁蹲着，工地上的人喊他：“下班了回家！”他似乎也没听见。虽然“家”指的不过是工棚，可是那儿有一份大家挤在一起的集体性温暖。他特别喜欢住工棚。

等工人们都走光了，太阳快落坡的时候，车主才慢悠悠地走来。看到他的轿车旁有一个埋着头的壮汉，像是怀着一腔怨气似地等着他，也吃惊不小。四周杳无人迹，手推车上还有一把铁锹，这家伙要搞啥子名堂？现在医患关系紧张得要命，前天就有个淋病患者为算错了几块钱医药费，一脚踢破了性病专家的睾丸。病人的生殖器治好了，性病专家却失去了生殖能力。即使官司打赢了又能咋样？能把行凶者的卵蛋割下来移植到被害人的大腿根上吗？于是车主警惕地站得远远的，掏出手机想拨打110。而这时一亿六也看见车主了，立起身低着脑袋向他慢腾腾地走来。

车主下意识地把手护住前胸，把手机捏得紧紧的，连忙问：

“你做啥子？你做啥子？”

一亿六摸着短发嗫嚅地告诉他：“真对不起，先生，我在你车上刮了条印子。”

这下车主的胆子壮了，到车旁一看，气也来了。

“你这是搞啥子名堂嘛！推车不看路，眼睛瞎啦？……”

其实，车主决非粗鲁之辈，还是个知名的知识分子，骂一亿六“眼睛瞎了”只是出于刚才受了惊吓。看到车门上只不过稍稍擦了一下而已，不注意还看不出来。再说，车上了保险，自有保险公司承担他的修理费。如果把警察保安叫来追究，还是自己的过错：没把车停在停车线内，正好占了半边工作通道。他只好踢了踢手推车：

“拉远点，拉远点，啷个？啷个？你还不想让我开车呀！是不是撞坏了你的手推车还要我来赔？”

“不是的，不是的！哪敢嘛！我说，我说，不过，给你修这条印子要多少钱？我看我赔得起赔不起。”

车主觉得稀奇，诧异地上上下下打量一亿六。他活到这大把年纪还没碰到过这么个老实人。车主很快用医学专家的X光眼看出来：剥掉一亿六身上穿的那套农民工常穿的蓝色工作服，一亿六身高一米七八至一米八〇之间，五官端正，鼻梁高耸而挺直丰满，眉目俊朗，肩宽、胸围、腰围、上下身及四肢与躯干的比例，都完美地符合“人”的标准，就像美国人发射到外太空想与外星人取得联系的探测器上，装的那个刻有地球位置和呈“大”字形的人体图像中的男性标本一样。

车主一拍脑袋，刹那间产生了灵感。他踩了下脚，“嗨”了一声，心想：“真是踏破铁鞋无觅处，得来全不费功夫！原来远在天边近在眼前！”

于是车主立刻换成和颜悦色的态度问：

“你姓啥子哟？在哪里工作？我先修车哈，要多少钱等我修好再说哈。你说好不好？”

对一亿六来说当然再好不过。一亿六赶忙一边推开手推车：“你老人家走好！你老人家走好！”一边告诉车主他姓陆，工作单位嘛恰恰就在医院旁边的工地。一亿六在医院卖出的土地上盖商品房。

贰

车主就是这所医院的刘主任，不止兼着这所医院“不孕不育试验室”

的主任，还在好几个医院当主任医师和兼职顾问，国家计划生育委员会的专家名单上也挂了号的，在全国小有名气。如果在名片上把所有的头衔一一排列出来，就会如一首新诗一般。但这位刘主任为人相当低调，并不把那些头衔顶在头上，更不是一见车被划了一下就大发雷霆的那种人。刚才发脾气骂人事出有因，他最近工作很不顺利，心里正非常烦躁。但是，要介绍这位刘主任，说明他烦躁的原因，就不得不先介绍这家医院。要介绍这家医院，还得从医院的主人谈起。

■

医院真正的主人在C市提起来无人不知、无人不晓：本市的政协委员，企业界的“工商巨子”，从“先进个体户”、“先进个体工商户”直到“C市十大企业家”之一，历经市场经济建设至今的全过程，扶摇直上。现在是C市有名的“塑料大王”兼“钢铁大王”，好像跟台湾的王永庆有得一比。只不过出身卑微，二十多年前还在地里像鸡一样用爪子刨食吃。因为村长借口修路，承包的那点地被村里无偿收回，只得流落进C市，在城边边上用废旧塑料布盖了个窝棚，和老婆娃儿一起勉强栖身。为了糊口，先是在垃圾堆上拣拾可以回收利用的废品，由于人勤快，别人跑一趟垃圾堆他能跑三趟，废品比别人拣拾得多，小有积蓄后自己不刨垃圾堆了，也开了家“废品收购站”。

谁都看不上脏兮兮的“废品收购站”，垃圾总是垃圾，经过挑拣，分门别类后还是垃圾，除了它散发的臭气会引人注目，哪个都懒得搭理它。可是，这才是个真正藏污纳垢的场所。说它藏污纳垢并非单指垃圾废品而言，可以说，C市城里及城乡结合部所有偷来的赃物几乎都集中在这里。从小小的窨井盖、铁栏杆、铁轨、铜铝电线、家用电器直到崭新的轿车零配件和刚刚从国外进口的机械，除了飞机大炮原子弹他不敢收，其他任何东西，包括成套设备在内，只要你拉运到这里都统统变成“废品”，并且全部用“废品”称斤论两的价格收购，然后，在市场上以比实际价格稍低一点的价格出售。

这种“废品收购站”的主人想不发财，天都容不得他。

■

我不知道给昨天拾破烂今天的“工商巨子”起个什么名字作为符号为好，追根溯源，姑且叫他王草根吧。

王草根在他的“废品收购站”站稳脚跟，要起步发展的时候，目光就瞄准上土地。农民永远摆脱不了土地情结，梦里做的都是黄澄澄、毛茸茸的平整土地。他不存钱，有点钱就置地。先是为了扩大“废品”堆积场地而收购土地，却没想到城边边的土地这么便宜。那都是所谓“集体所有制”的土地，而这“集体”其实就是村长。只要给村长些外快，让村长占便宜，至于土地价格嘛，买主就看着给吧。王草根这才觉醒过来，他的承包地就是如此被村长卖掉的。今天他翻过身来，就用这种办法一块块蚕食“废品”堆积场周边的土地，其速度比“二战”时日本鬼子蚕食中国还要快。后来，所谓“废品收购站”倒成了副业，是个门面，他的主业就是“圈地”。如同狗跑到哪里就在哪里撒泡尿，把那地方当作自己的领地，他的领地竟星罗棋布，遍及C市郊区。而他也像“三言二拍”中那篇《转运汉巧遇洞庭红》一样，土地竟成了他的“洞庭红”，使他彻底“转运”。

随着城市建设的加速和扩张，城边边的土地价格没料到竟以超过几何级数的倍数飞涨，钱源源不断像潮水般向他涌来，叫他应接不暇。有段时间，王草根数钞票数得竟然得了一种他从未听过的怪病，医生说叫“甲沟炎”。右手拇指、食指、中指和左手拇指的指甲缝全裂开了花，露出红生生的肉，脓血直往外淌。特别是右手的拇指和食指，已被钞票磨掉了皮，疼得他吃饭连筷子也不能拿。后来他见了钱不仅手指头疼，脑袋瓜子、四川人叫“脑壳”的，也疼痛难忍了。

因为他不能见现钞，开始有钱时，对银行又丝毫没有认识，他总想不通：把自己红彤彤的、有伟大领袖毛主席像的钞票一捆捆送到那座门面豪华的大楼里去对他有什么好处？于是有钱就收购，本来嘛，他就是以收购发家的，有什么收什么。正好碰到国营企业改制，国营企业三钱不值两钱地向民间有钱人出售。他发现那些国营企业也不过跟“废品”差不多的价钱。和收购土地一样，只要你跟国营企业的厂长书记搞好关系，满足他们的要求，他们的上级和上级的上级，由他们出面就行了，把利益链上的每个环节都打点好，值两千万人民币的厂子顶多两三百万就能买到手，明的暗的统共花不到四百万。而这时，王草根对银行有了新的认识：他把花四百万收购来的厂子向银行抵押，居然能按实际价格抵押出两千万。当然，要拿到这两千万至少要给银行的头头脑脑二三百万。不过，回扣再苛刻，不都是国家出的钱吗？钱又不是从自己腰包里掏出来的。后来，银行就等于是他开的，他一个钱都不往银行里存，只要手头有土地和待售的国营企业作抵押，就可以向银行贷款。实际上，他等于拿国家的钱收购国家的企业，账面上一转，国营企业就成了他个人的了。

所以，王草根最不爱听人说中国的官喜欢贪污，他觉得那些官员都清廉得要命，给他一两万元，他能上百倍奉还，把值一两百万的东西送到你手上。

王草根特别钟情塑料厂，他在塑料棚子里住了一年多，喜欢闻那个味道。收购了第一个塑料厂，他就当上“先进个体户”。到王草根收购了三个塑料厂时，他已经荣任为C市“先进个体工商户”了。评他“先进”并非虚谈，因为不管什么国营企业，不管收购中的“手续费”要多少，不管银行管理人员要多少回扣，一转到他手上效益马上翻番，稳赚不赔。原来，比他水平不知高到哪里去的厂长书记不是知识不如他，而是不像他那样操心。他像耕耘过去他家的“自留地”和“承包地”一样经营企业，事事过问，亲力亲为，一天到晚脚不沾地。虽然他大字不识一个，可是确实做到了古人说的“虚怀若谷，不耻下问”。那还有什么事做不到的呢？

毛主席老人家不是说过嘛：“世界上怕就怕认真二字！”

■

这就要说到医院了。这年，医院也要改制，也要向外卖。现在王草根已经几乎蚕食到城里了，他土地旁边正好有家医院要卖。王草根又有钱又有名，还是市政协委员。医院主管们商量，他们自己出点钱，出不起的那多半部分，与其让千里之外的莆田人占便宜，弄个福建人来当董事长管他们，不如就近找王草根。

王草根从来没想过收购医院。可是找上门的便宜不要，雷公都要下来劈的。再说，王草根奋斗了二十多年后也感到体力有点不支，大老婆整天病病歪歪，女儿嫁了人，女婿和外孙女也是病病恹恹的。他的“二奶”不知怎么，不是今天不舒服就是明天不舒服。那个有本事的“三奶”，生的也是个女娃儿，他盼星星盼月亮想死了的男娃儿，总生不出来。生一个是女娃儿，再生一个还是女娃儿。轮流走三个家，家家都是娘子军营。三个女人给他生不出一个儿子，是他最恼火的心事。所以他对收购医院还是有点兴趣，揣摩着自己家有个医院，就像自己家有块菜地一样。在农村，自己家有块菜地，想吃什么下地就摘，又鲜又嫩，城里人再牛也办不到。

但他是个细心人，医院不是工厂。平时因他家不是这个病就是那个病，闹得他经常跑医院，见个个医生都是爱搭理人不搭理人的面孔，脸上能刮下二两霜来。别看他在工厂企业指东划西，和管理人员与工人们能打成一片，到了医院见了医生却有三分畏惧。现在叫他管医生，还没管心就发颤。能行么?

为了解决收购不收购医院的问题，他决心到庙里去一趟。王草根并不迷信，他只相信他自己，从来不信什么鬼神风水，他还没有到“迷信”那样高的知识层面。只是当了市政协委员之后，和高层人士及政府官员打交道多了，才从他们那里受到感染。他知道有些政府官员信迷信超过信马列，至少二者都信。台上讲马列，台下讲鬼神风水。他开会时从不发言，总是坐在一旁静静地听，一副大智若愚的样子。一次，他偶然听见几位政协委员议论城外有座庙子如何如何神，最神的是庙里的签。看来这几个政协委员都去求过签，各摆各的心得体会：问孩子考大学的、问女儿婚姻大事的、问炒股炒房的、问市政协换届后他还能不能当上委员的、替某个朋友问会不会被“双规”的……求签的结果没一个不应验。

王草根知道什么是“签”，小时候他妈就带他上庙子求过。那是一种最简单明了、立等可取的预测未来的方法，省了自己好多脑子。

■

这天，他叫司机把他送到那个庙子。司机连说“晓得晓得”，原来那也是司机常去的地方。车跑了一个多小时，过了两个收费站，七绕八弯，才跑到山上这个庙子。

庙宇虽小，但历史悠久，建于明朝万历年间，远近闻名，香火旺盛，只是到“大跃进”时开始衰败，彻底毁坏于“文革”时期。红卫兵把神像菩萨全搬到院子里焚毁，如果不是造反派看上庙宇的空壳子，连房子也会烧掉。这里一度是红卫兵“长征”的接待站，来自四面八方的红卫兵就在庙里吃饭睡觉。改革开放后实行宗教信仰自由政策，才逐渐来了和尚。先来的老和尚不善经营，只知敲木鱼念经，老和尚圆寂后，才换上现在的中年和尚住持。中年和尚不知来自哪里，云游到此就以此为家了。住持和尚倒也能干，修好了倾圮的围墙，换掉了漏雨的瓦片。他特别会化缘，用佛的知名度作卖点，用老庙的历史作品牌，主打产品就是“签”。一张薄薄的劣质纸少则上百，多则上千，炒股也没这行当赚钱，而且丝毫没有风险。几年下来，佛像重镀了金身，大雄宝殿描上了彩绘，香火的旺盛甚至超过五百年前的明朝。

这时，住持和尚刚好送一个大官跟大官的小姐出门。别看出家人不问世事，对小轿车认识得可清楚。走的大官坐的不过是辆奥迪，还是国产的，来的却是一辆奔驰 S600，也即老百姓称的“大奔”。大官的小姐跟和尚娇滴滴地喊“拜拜”，和尚也顾不得了，充分表现出“色即是空”的境界，连忙迎向“大奔”。

王草根刚跨下车就见和尚向他施礼，很过意不去，也抱拳向和尚作揖：“不敢不敢，劳动大师父了！劳动大师父了！”王草根可是个聪明人，不然也不会发财，常跟政协委员政府官员在一起，也渐渐浸润得会迎来送往，答谢应酬了。

住持和尚五十岁左右，矮胖身躯，圆头圆脑，方面大耳，既慈眉善目又油滑机巧，一副在红尘与世外之间游走的典型形象。王草根见了，有点自愧弗如：自己一天到晚忙忙碌碌，虽然有钱，却不如这个和尚逍遥自在，养得气色红润，身强体健。

进得庙里在殿上坐定之后，王草根也不喝和尚奉来的茶，直奔主题，说明来意。和尚一听要收购一家医院，吃了一惊。加上来客连名片也不递一张，更显得来头不一般。只有人人皆知的大人物才不递名片，逢人就递上名片的都是些小角色。和尚赶快把签筒取出，双手捧到王草根面前请他摇。本来，求签人是要先烧香拜菩萨的，不过有钱人可免了这套虚礼。人有钱，菩萨都会另眼相看的。可是王草根不敢怠慢，学他妈妈那样，手捧签筒恭恭敬敬站起来，面向菩萨，抱着签筒，弯腰躬身，口中默默地念念有词：

“收，还是不收？收，还是不收？……”

拾破烂的人手巧得很，两下就摇出一根签。和尚赶忙拾起交给王草根。王草根谦虚地说，还是劳动大师父给解一解吧。和尚按签号从旁边柜子的抽屉里抽出张小纸条。每张纸条即签单上，都是一首旨意隐晦、可这样解释也可那样解释的旧体七言绝句。和尚嘀里嘟噜摇头晃脑地念了一遍，王草根哪知道什么七言绝句，一句也没听明白。只听和尚说：

“好事好事，这是上中签，阿弥陀佛！喜上加喜，财上加财，此时不收，更待何时！”

王草根可不是傻瓜，正因为他听不懂七言绝句，一定要打破砂锅璺（问）到底。

“那么，大师父刚刚念的那些，究竟是啥子意思，还劳动大师父一句一句讲讲。”王草根现在最喜欢说“劳动”两个字，把所有应该加“请”字的场合，全用“劳动”代替。他靠劳动发家，至今不忘本。

这个中年和尚可说比王草根更聪明一筹，他跑了二十几年江湖，跑来跑去，发现无论做什么生意都要本钱，只有进庙当和尚是无本生意。信佛的人越来越多，钞票滚滚淌进“功德箱”。不像王草根，虽说赚钱多，但又花力气又费心思，而和尚只站在功德箱边上，眼看着钞票心甘情愿地、争先恐后地自己往里跑，你想那是什么滋味？王草根的问题一点也没难住和尚。他看出了这个坐“大奔”的大款不识几个字。别看大款一身光鲜，但皮肤粗糙，手指关节粗大，骨头缝里就透出从田里爬上来没几天的气味。跟他一句句地解释签单上的七言绝句，无异于对牛弹琴，于是展开他平时对市场经济知识的积累，启发王草根说：

“阿弥陀佛！施主，你想想我们中国啥子东西多？”

王草根脱口而出：“那当然是人多啰！”

“对了！”和尚一拍袈裟，“可是，阿弥陀佛！只要是人，吃五谷杂粮，有哪个不生病的？阿弥陀佛！生了病啷个办嘞？要进医院找医生。不管他当多大的官，发多大的财，他只要进了医院就矮三截！是病人求医生。施主见过医生求病人的没得？没得！所以，阿弥陀佛！这个救人、救命、救死扶伤的‘救’字，一边是个‘求’，另一边是个反的‘文’。”

和尚一边说，一边在手掌上给王草根写了一个“攵”字。王草根虽然不认字，但“文”字还是认得的，这个“文件”那个“文件”上常见它。和尚把“文”字写成“攵”，王草根就知道这个“攵”是“文”反过来的意思。

“就是这个意思嘛：不论啥子人，多高的地位，多大的大款，平时人求他，一生病，他就要‘反’过来求人。所以说，开家医院，就万事不求人了，人人都要求你了。求你干啥子？‘救’他嘛！所以说，开家医院比开家银行还来钱：是要命还是要钱？要命你就拿钱来，要钱你就莫进来！阿弥陀佛！要多少钱，还不是你施主说了算嘛！”

和尚一席话让王草根佩服得五体投地。他不再问一句句诗是什么意思了，一句“进了医院就矮三截”，准得不能再准，那正是他自己深有体会的。他的家人进了医院，哪怕是有点发热，就要做全身检查，又要抽血化验。医生不但面如冰霜，还振振有词：“不做全身检查，不拍片子，不抽血化验，哪个晓得她是啥子原因发热嘞？发热有好多种！晓得不晓得？这完全是为你们病人负责。你懂不懂？”病人家属连商量的余地也没有。正如和尚说的：“要命你就拿钱来，要钱你就莫进来！”娃儿或者她妈，上一次医院最少上千，多则上万。王草根每到一次医院看望家属回来就想："妈卖戻！幸亏我成了大款，要是我还在农村，屋里头人害一次病我就非上吊不可！"如果收购了一家医院，当真会像和尚说的：要多少钱，还不是你施主说了算嘛！施主是谁呢？施主就是王草根自己！想想就喜从中来！

"大师父真是名不虚传！名不虚传！"王草根恭恭敬敬称赞和尚。"名不虚传"四个字是别人常对他说的，现在用得恰到好处。

"大师父，那我就买定了！不过，还要劳动大师父给这医院起个名子。不会亏待大师父的！"

要卖的医院本名是"C市九道弯区第二人民医院"。卖给民间企业家，当然不能再用这个名字，因为那已经不是"人民"的了。起名字对和尚来说是唾手可得的事，但绝不能让施主看得太容易。和尚故意像思索了半天似的，才仿佛经过深思熟虑地说：

"这个嘛，我们佛家讲究'普渡众生'。阿弥陀佛！医院也是要'普救众生'的嘛。我看就起个'众生医院'为好。"

王草根不明白"众生"是哪两个字，又"劳动"和尚写出来。和尚拿出张白纸用圆珠笔写了。这两个字王草根倒认得。"众"是三个"人"字加在一起，正好应了他三个女人。"生"代表儿子。女人只能叫"女士"，叫"小姐"，只有称呼男人才叫"先生"的。"生"不代表男娃儿是啥子？

王草根心中窃喜，这是个好兆头！他心想："三个女人生不下一个男娃儿，我死都不相信！"老大虽然已绝经，连女娃儿也生不出了，而包养的老二、老三都还只有二十多不到三十岁。不仅菩萨对有钱人另眼相看，政府对有钱人也另眼相看。王草根不怕"超生"，那不就是交几个"社会抚养费"嘛！对他来说，真比九牛一毛还要轻。

他喜盈盈地叠好纸条装进名牌西服"杰尼亚"的上衣口袋，笑着对和尚说：

"有劳大师父了！有劳大师父了！这个嘛！我总要孝敬孝敬菩萨的。"

和尚没等他说完这话，已经把“布施簿”拿出来恭候在一旁了。然而，这就碰到了难题：一，王草根不会写字，虽然绝不吝啬，但叫他写“两万”两个字比他掏出两万块钱还难；二，王草根从不带现钞，不然，掏出两万现钞甩在桌上也不在话下。

可是，王草根又不愿让和尚看出他连“两万元”三字都写不出来，就转头问司机：

“喂！你带了两万块钱没得？”

一个开车的司机哪有随身携带两万元的？这不过是做样子给和尚看。司机心里明白，配合老板乱拍衣服口袋，所有口袋拍遍了才说：

“没得！老板，你不是带了卡的嘛！”

司机知道老板不是小气人，而且最喜欢刷卡。王草根喜欢刷卡在C市银行界是出了名的，哪怕几块、十几块钱也要刷一刷。他绝对是银行卡的忠实客户。

王草根之所以喜欢刷卡，秘密在于他喜欢签名。他认不得字也不会写字，因而签自己的名成了他最大的嗜好。他只要拿起笔来刷刷刷地大笔一挥，立即觉得自己才有了气派、有了气势、有了学问，和别的达官贵人才有同等地位。而他的签名确实龙飞凤舞，别人在旁边看着，不知道他底细的，无不以为他临过碑帖，饱读诗书。

■

他怎么会签得一手好名字呢？说来也是他有这个运气。还在王草根的“废品收购站”刚开张的时候，有一天他路过C市有名的农贸市场，看见好几个人围着一个摊子，不知在卖什么好东西。出于收购的本能，他也走拢过去。一看，原来是一个人坐在矮板凳上，膝盖上摊块木板，木板上放张白纸，前方地面上什么东西也没摆，只铺了张广告。王草根莫名其妙，问旁边的人：

“他是卖啥子的？”

“你自己看嘛！真笑死人！连个棚棚子都没得，还叫啥子‘签名设计工作室’！”

真的！仅一个地摊，连棚棚子都没有，就敢叫“工作室”，让王草根觉得此人不凡。这是王草根跟别人不同的地方，他从不小看人，因为他自己就是从草根里爬出来的。“签名设计工作室”的设计工作者戴副眼镜，模样斯文。他发明了一种专门教文盲签名的最便捷的方法。在市场经济建设初期，乡镇企业家、开矿的矿老板、采油的油老板、跑运输的车老板，连投机倒把的商贩，多半和王草根一样大字不识一个。可是在这个登记表、那个申请表上签名，却是这些人天天必须干的。但一提起笔就尴尬，每天尴尬好多遍，实在不是滋味，而签名又不能让人代替。“废品收购站”一开张，王草根也每天面临这个难题：必须在各种单据上签名。

签名设计工作者说，你不会写字，没关系，阿拉伯数字你该认得吧？那当然！不认得123456……阿拉伯数字，钱多钱少都不晓得，还做什么生意？好！认得阿拉伯数字就行。他把你的名字完全用阿拉伯数字拼连起来，比如，27859这五个阿拉伯数字，就能拼写出图案非常漂亮而且三个都没简化的繁体字。其实很简单，他全部采用的是中国传统书法的草体字。

设计一个签名只要十块钱，别人还在犹豫观望，王草根就毫不迟疑地掏出了钱。王草根是签名设计工作者今天开张的第一笔生意，所以设计工作者把他的名字设计得特别花俏、特别别致，特别好看，并且特别简单易写。王草根依样画葫芦，照着画就行了。画的次数多了，闭着眼睛都能签名。

这个签名不仅对王草根以后一系列的收购起了莫大作用，而且鼓舞了王草根的一系列收购行为，甚至可以说是王草根心理上的一大支柱。

王草根发大财以后，签名设计工作者还在农贸市场摆摊。一天，王草根让司机专程带他去了一趟。

“妈卖屄！你连个棚棚都没得！还叫啥子‘工作室’。走，跟我走！”

他把设计工作者带到C市新建的“文化城”，给签名设计工作者买了一间门面房。

“好！好生做你的生意，我有空就来看你哈。”

■

现在，王草根面对和尚的“布施簿”，只好尴尬地问：

“大师父，你有刷卡器没得？”

庙宇里怎会有刷卡器？和尚面露难色，连声念“阿弥陀佛”。看起来这个施主确实诚心，不会赖账，可是两万元善款恐怕会打水漂。怎么办？聪明的和尚一时也不知如何是好。

“没得关系，没得关系！”王草根对司机说，“把你手机号写给大师父。大师父，明天他就会把香火钱带来。你放心，我好你不是也好了嘛！明天他不来，大师父就打这个手机，看我收拾他这龟儿子！”

第二天一大早，庙里刚做完早课，司机果然又开着奔驰 S600 把两万元现钞送了来。而从此后，这座明朝的庙宇也与时俱进地安上了刷卡器，就摆在菩萨宝座的旁边。

叁

医院很顺利地收购成功。房产、地皮、设备、医疗器械包括医务人员一股脑儿办到新成立的“众生医院”名下。众生医院是股份制，王草根绝对控股，当仁不让地当上董事长。

众生医院开张那天，C 市主管文教卫生的副市长、九道弯区的书记区长和市、区两级不少人大代表政协委员都来捧场。到的人很多，因为王草根给每位来宾都准备了份厚礼——现在广告做得最响也最贵的保健品。副市长与众生医院董事长王草根共同剪彩时，周围掌声四起，不管住院的病人受得了受不了，鞭炮放得震天响。

开始时，王草根并不看好那些房产设备医疗器械，对医生还有点兴趣，至少，今天进了医院门，人人都对他点头哈腰，一口一声“王董事长”。大小老婆女儿女婿外孙女来看病，连号都不用挂，更不用排队，随来随看，还能把医生叫到家里去出诊。再有，就是医院附带十多亩地皮，一年后把地皮卖了，就够抵消收购医院的全部投入，其他的，全算白送给他，证明了和尚预言的准确性。

■

可是，医院的利润并不如预期的那样可观，能赚钱的大部分是卖药品，而卖药品的回扣多半被开药的医生拿跑了。原“九道弯区第二人民医院”相当于一家社区医院：内、外、儿、妇产、眼、耳鼻喉、口腔、皮肤、神经等科室一应俱全，看起来包治百病，可是大病治不了，小病治不好。真正有病的人跑到有名的大医院去了，只有附近居民有点小病痛才就近来诊治一下，所以，患者也不是很多。算下来，众生医院的利润是王草根集团中最差的一个。

王草根和很多民营企业家一样，已经在市场上养成了这样一种习惯意识：不超过百分之百的利润算不上利润，跟赔钱的区别不大。因为利润中的百分之三十到五十会转化为一些政府官员与银行高管的灰色收入，而那些开支是没有发票充账、可以计入成本的。剩下的百分之五十左右的利润，要扩大再生产、进一步发展企业远远不够。因而，要发展企业规模，必须要有百分之二百以上的利润才行。羊毛出在羊身上，不把一些政府官员与银行高管的灰色收入从消费者那里捞回来从哪里捞？这就是我们中国很多商品包括商品房的价格大大超出其合理价格的一个原因。同时，生产出售假发票居然也成为一门生意。企业买假发票干什么？除了偷税漏税，很大成分是为那些政府官员与银行高管的灰色收入充账，将企业的灰色支出转变为企业的生产成本。

所以，一段时期，王草根常想的就是如何提高众生医院的利润。

王草根不会看报，更不会上网，闲一点的时间偶尔搂着二十八岁的三奶看看电视剧，看得兴起就在三奶身上乱摸。他在电视剧间隙的广告上发现，好像当今中国男人不是害阳痿病就是有性病，治疗“阳痿早泄性病”药物的广告在电视屏幕上铺天盖地。他并没有“阳痿早泄”，还不知症状是啥子样子，后来弄懂了，他也开始疑神疑鬼，有时摸三奶的大腿根竟然觉得下面起不来了。

因而，有一阵子，他一头钻进了电视机，和其他电视观众不同，他不看正片，专注意广告，看来看去，主意来了。

■

他说干就干，马上召开董事会。董事们都是医院的主管人员和主任医师，本可以称为医院工作会议的，所以开起来很方便。董事会的决定，医院立即能实施，效率提高无数倍。他在会上提出，根据市场和广大患者的需求，决定调整医院的主攻方向，向男性科、性病科发展。也就是说不管“众生”的上半截，专管“众生”的下半截。用他的话来说：

“格老子！我们就专治鸡巴和屄！我就不信大家发不了财！”

不要以为王草根平时说话就这样粗俗，在正式场合他也人模人样的：要么不说话，要么说假话。他一说真话就原形毕露，今天他在会上说的就是真话。

其实，医生们早有这个想法。没改制时大家混日子，你提出改变经营方针也没用。方案要层层报批，报告多半像过去进了皇宫一般被“留中不发”，即使好不容易批了，黄花菜早都凉了，何况医院赚钱赔钱对医生们工资的影响也不大。这好，董事长亲自提出改变方针，虽然说得太露骨，太难听，但说到底也就是这么回事，正与众人不谋而合，并且也让大家领略到这个拾破烂的董事长劳动人民的真面目：没有架子，直爽好处。想不到这个拾破烂的还真有头脑。

于是，会场上顿时活跃起来，大家七嘴八舌抢着发言。技术问题、科室调整问题、住院门诊的房间调配布局问题、人员调动问题、医疗器械配备问题等等都很快解决。截多贴少，没有经济效益的部门，如耳鼻喉科以及后勤部门等，由整体收入弥补。有了利益均沾的保证，没有谈不下来的事，皆大欢喜。

中国人不能意见一致，很多人误以为团结产生力量，可是没想到意见一致、团结成一体后，众人就会齐心协力去冲撞政府划定的底线。大家越讨论越兴奋，不知不觉就提出了要开展人工授精、试管婴儿业务。那可是卫生部有严格规定的，他们这个民营医院根本没有做这种手术的资格，闯这条红线有很大的风险。医生们议论的时候，王草根还不知道什么是人工授精、试管婴儿，插不上嘴。等医生们向他提出经费投入，他才有机会问：

“啥子叫做人工授精试管婴儿嘛？要多少钱嘛？你们也让我明白明白好不好！不要花了钱打了水漂嘛！”

医生只好在会议室给他上一堂有关生殖科学的课。王草根从小在农村就曾看过兽医给母牛、母马、母猪的生殖器里打针，而且他还特别爱看。兽医说，把这种针打进母牛、母马、母猪的生殖器里，小牛牛、小马马、猪宝宝就生出来了。今天他才知道那针管里装的是种牛、种马、种猪的精液，而且是优良品种的牛马猪精液，能保证小牛牛、小马马、猪宝宝个个不得病，体壮膘肥。现在，居然能给女人也用这种方法，让她们怀孕，保证新生儿健康成长。

“那人的精液从哪里来嘛？你晓得种牛、种马、种猪健康不健康，啷个晓得那‘种人’健康不健康嘛？不要生个怪胎出来吓死人！”

医生又给他解释人的精液如何采集、如何化验、如何筛选，能选出最有活力、最具冲击力的精子，把它注入健康成熟女性体内，绝对能让患有“不孕不育症”的妇女受孕，成功产下健康胎儿。至于试管婴儿，那简直是要生男孩就生男孩，要生女孩就生女孩。神了！好了，王草根听到这里就“啪”的一声一拍桌子：

“说！要多少钱？”

医生们早就打听过，一个全部条件具备的人工授精和试管婴儿操作系统，有一百万到二百万人民币就足够了，其他的辅助设施设备，医院有现成的。

“我拿！”王草根果断地说。

“做，是你们的事，掏钱，是我的事！至于我们有没得这个资格嘛，你不做你哪有这个资格？你做了以后才有资格吵！你们说是不是？”

医生们一听，这话还真有些道理，不得不佩服王董事长的逆向思维。资格确实是做出来的，永远不做，永远没有这个资格。

在国家事业单位体制下，“C市九道弯区第二人民医院”从来没有开过这样热烈的会，变成了“众生医院”，这个会从上午九点半开到下午一点多，人们还意犹未尽，连吃饭都忘了。王草根今天特别高兴，叫秘书给红运楼打电话，选最好的雅座，订两桌最好的菜，鱼翅鲍鱼全要上席的。红运楼是王草根旗下的一个饭庄，旧社会时叫“鸿运楼”，是C市的老字号。解放后改成国营，“文化大革命”中“破四旧”时“革”为“红运楼”。后来生意越做越不行，退休的人比干活的人多，服务态度恶劣：客人进了门好像是服务员，服务员反倒像是客人。王草根收购下来后，重打锣另开张，一次性买断员工工龄，让老员工都下岗，“劳动”来香港厨师和香港餐馆的大堂经理培训员工，专门针对高端顾客，现在生意异常火爆。可是秘书一会儿进来说，红运楼的首席厨师刚下中班，恐怕鱼翅鲍鱼做不出来。王草根勃然大怒，骂道：

“狗日的！去拖也要给我拖得来！由得他了！啥子香港澳门的师傅！是他休息重要还是造人重要？今天是啥子日子？今天我们要造人！晓得不晓得？”

■

王草根从不关心科学，更不懂科学，什么要到月亮上去行走，到火星上去探测，真是没事干了！搞那些名堂做啥子嘛？月亮上走一趟又啷个了嘛？火星上去挖块泥巴又顶啥子用嘛？但今天得到的科学知识非同小可，与他个人命运、未来前途、企业发展、传宗接代，甚至他死后有没有人披麻戴孝、烧香扫墓都紧密相连。他才知道生个男娃娃比屙泡屎难不到哪里去：把他自己的精液用个器皿盛好，在电子显微镜下经过筛选，选出最精良、最优秀的那个，把它注入二奶或者三奶的体内，绝对百发百中，弹无虚发。这种方法还节省他宝贵的精子，一次射精能用好多次，精液保存在冰箱里，医生说能保存上好几十年呢。如果这次生个女娃儿，下次还有精液用，一直用到生下个男娃儿为止。

现在不是有没有男娃儿的问题了，而是考虑让二奶生还是让三奶生的问题了。要不，轮流着来，一人注射一次。

当今社会，只要有充足资金作后盾，办起事来，你想要多快就有多快。人工授精的部门很快成立了，为了不被有关部门抓辫子找麻烦，对外称为“不孕不育试验室”。这也说得通，因为“不孕不育”也是他们医院的一项正式业务，在卫生部门和工商部门都登了记的。

万事俱备，只欠东风。硬件都置办妥了，缺的是权威专家。这时，刘主任出场了。

肆

刘主任是个不折不扣的专家，虽没有留过洋，但是上世纪六十年代“文革”前的大学毕业生，从事计划生育研究三十多年，功底扎实，经验丰富。说他搞“计划生育”，实际是他在搞优生优育。因为优生优育这门科学在咱们中国最为尴尬，长期以来摆不上桌面，不躲在计划生育大旗下面就没法存活。提起“计划生育”呢，仿佛就是专逮妇女放环和结扎的，手拿剪刀在全村追着妇女乱跑，农民们都把这种医生视为屠夫。好不容易熬到改革开放，优生优育能放到桌面谈了，可是全国一下子到处都搞“优生优育”。“一管就死，一放就乱”，最后乱到用超声波探测腹中胎儿性别、见女就杀的地步，优生优育专家又好像成了打胎专家。总之，优生优育走向了反面，始终和杀人分不开，“优生”成了“优杀”。改革开放前是不管男女胎儿只要是超生的，一律格杀勿论。改革开放后，由于老百姓的旧民俗心理作祟，又专门对付女性胎儿，在腹中就叫她“安乐死”。

不管是搞计划生育的时候还是搞优生优育的时候，刘主任都一直尽可能地保持科学态度，既不拿着剪刀满村逮妇女，也拒绝给人打胎，一心循着大学里学到的本事想在优生优育方面研究出一点突破性的成果。然而，这种类型的学者走到哪里都吃不开。想吃得开就要随大流，别人搞结扎你也搞结扎，别人打胎你也打胎，这才行。到了人工授精、试管婴儿再不是计划生育的禁区，有条件的医院纷纷开展这项业务的时候，果然，刘主任很快成了这方面的权威。他的出名就在这一时期。可是好景不常，昙花一现，卫生部很快就下令全国只有极少数医院有资格实施这种手术，并且加了种种限制，绝大部分医院被排除在外。刘主任所在的医院就在被排除之列，刘主任风光不再，只好转到妇产科给人接娃儿。

众生医院妇科有一名姓皮的医生，因为产科也归他管，所以大家给他起了个绰号叫“肚皮”。肚皮是刘主任低两届的大学同学，知道刘主任正郁郁不得志，英雄无用武之地。众生医院悄悄成立“不孕不育试验室”又缺专家时，肚皮就把刘主任推荐给王草根。

■

肚皮先是捧了刘主任写的一大堆论文给王草根看。王草根看见那么一摞子纸张上密密麻麻地印了那么多文字表格，就不禁有点肃然起敬。王草根不识字，可是对识字的人并不嫉妒排斥，还暗有敬意。

“你叫他来嘛！捧来这一大堆文章，是要我看它？还是要它看我？”王草根对肚皮说，“明天派车，把我的‘大奔’派去接。谈得成谈不成，摆摆龙门阵也好嘛！”

刘主任第二天就到了王草根的办公室。这个董事长桌子上既无书也无报，连纸都没有一张，更别说电脑了，倒也干干净净。两人分宾主坐下，王草根叫端上茶，先摆摆手把肚皮打发出去。

“行了，你干你的去吧！让我跟刘主任好好摆摆。”

除了跟当官的人谈话，特别是跟他利益攸关的政府官员银行高层谈话，对其他人，王草根谈话向来不绕弯子，总是单刀直入的。

“刘主任，你跟我说实话，像我这样的人，还能不能让女人怀上个男娃娃。我有五个女娃儿，大老婆生下的两个已经嫁人，外孙女也有了三个了，另外两个是老二、老三给我生的。气死人！生一个是女的，再生一个还是女的！我们众生医院搞这个‘试验室’，说实话，和我想要个男娃娃有很大关系。要不，我冒这个风险做啥子？”

■

刘主任来之前就知道王草根，除了C市江湖上盛传的许多奇闻，报纸上登过他的正面，他的同学肚皮又给他提供了王草根的反面。不论从江湖奇闻还是从正反两方面看，王草根都不失为一个直截了当、说话算话的人，一个虽没知识但也没坏心眼的人，不过点子多，人极聪明狡黠。既然王草根这么直率，刘主任也没必要绕弯子，对聪明狡黠的人绕弯子肯定落得个自讨无趣。

刘主任先观察了他一下：五十多岁，但有点显老，不胖不瘦，腰不弯背不驼；身高一米七左右，中等个头，头发有点秃，但掉得不多；不像其他大款那样红光满面，王草根褐色脸膛，脸膛宽阔，两腮无肉而下巴宽大，一副刚强不屈的模样；眼睛四周密布皱纹，可是眉骨高，两个眼珠非常灵活并且炯炯有神，会让人联想到灵长类动物；嘴唇稍薄，牙齿还算整齐，因为不吸烟的缘故，还很洁白。他虽然穿着一身笔挺的西服，但整个看起来还是一个进城的农民工，然而是一个慓悍的农民工，不是那种任人摆布的农民工。

刘主任稍作沉吟，说："王先生，今天既然你这么直率，我也当然要跟你直说。我先问你，你现在还有没有性交能力？"

王草根不懂什么叫"性交"，两眼瞪着刘主任，一脸莫名其妙的表情。

刘主任马上意识到了。"啊，我问的是你还能不能跟女人发生关系，就是睡觉。"

"哦，你问的是还能不能日嘛！这个嘛，比过去是有点差了。我这人，一直就并不喜欢日女人。我不吸烟、不喝酒、不近女色，这是我的优点。我要日，纯粹是为了生娃儿，有个后代。"

刘主任笑了起来，他倒有点喜欢这个王草根了。

"那么，你一星期要睡几次女人呢？"

"唉！那不好说，"王草根停顿了一下，"有空的时候一星期两三次，没得空一两个月也难得日一次。"家里放着两个不满三十岁的女人，王草根这话有点不可信。

“一次的时间长不长？大概有多少时间？”

“这个就要看女人是啥样了嘛！好了呢，时间短一点，差了呢，没日完我就叫她走了。”

“我问的是你跟你夫人，包括二夫人三夫人，不是跟小姐。”

“我说的也是吵！我从不跟别的女人日。大老婆现在是不能日了，二的、三的也是有变化的是不是？她好些的时候，开心的时候时间就短。她不高兴的时候或是我不高兴的时候，我还没日完就叫她赶紧走，睡到另外的床上去。”

原来是这样。刘主任感到王草根是个非常好的谈话对象，更是一个会和医生配合得很好的求助者。刘主任渐渐有了信心。解决这种问题（不是病症），来不得半点虚假。刘主任帮助过无数求助者，一些没有成功的病例多半是求助者吞吞吐吐不说出全部隐情，让医生误断。优生优育工作很大部分要心理辅助，做心理调整很重要。求助者不向医生全部倾诉，常常会让医生走向歧途，制订出错误的医疗方案。

“王先生，现在你让我回答你还能不能跟女人生出个男娃娃，我还很难回答。这需要先对你的身体包括精子做一番检查，最主要是你的精子。反正你们医院设备齐全，给你做次检查完全没得问题，结论很快就会出来。”

“身体嘛，众生医院刚一成立我就做了个全面检查，就是血糖有点高，血压有点高，肝有点啥毛病，脂肪有点高。我搞不懂，我又不胖，啷个会脂肪高嘞？这些材料，医院里都有。至于精子，这啷个检查法？”

“检查精子很容易，你射了精后，拿到化验室化验就行了。”

“那我明天给你带点来。”

刘主任笑了。“这不能用隔夜的。最好你明天到医院当场射出来。”

“那啷个射得出来嘛！开玩笑！医生护士旁边站着看我，老实说，鸡巴都起不来，还射啥子精啰！”

“那不是、那不是！”刘主任赶快解释，“你可以把你夫人带来，哪个夫人由你挑。你叫医院里给你准备一间干净的房间，你和你夫人单独待在房间里，旁边根本不需要其他人。让你夫人帮你。医院会给你夫人一个容器，你射出的精液装在这个容器里，让你夫人交给医生就行了。”

“那好办！你就指挥他们去做，”王草根手指着刘主任，“刘主任，好像我们还有点缘分嘞！我现在就决定聘请你了。听肚皮说，你在那个医院就挣那么一点钱，到我这里来，我给你加一半的薪水，你就当这个什么‘试验室’主任。好不好？”

“这我一时还不好决定，”刘主任坦率地说，“我在那个医院还担负了一定工作，我还有些病人要治疗，至少治得能让她们出院。我很感谢王先生的厚待，可是我不能接受多出一半的薪水。这不是我故意拿捏，因为：一，名声不好听，传出去人们会以为我是奔你高薪来的；二，坦白说，我愿意到王先生你这里来，主要还是看上你们这里设备新，又齐全，研究优生优育有好条件。再说，我也不能保证你王先生一定会生出男娃娃，万一没生出男娃娃，你我面子上都不好看。你让我还在那个医院，我到众生医院来挂个职。挂职期间，我保证全心全意工作，这点你大可放心，因为我的兴趣就在于研究。这样，让我进退有据，你方便，我也方便。”

刘主任的话有道理，王草根更信服他了。“要是自己没有男娃娃的命，哪个医生也弄不出来！”王草根心想。

“那好！一切由你！”王草根说，“薪水就照你在那个医院的给你。你两边挂职，也能拿两份工资。这样吧，昨天听肚皮说你住得很远，我给你买辆小车，叫你来回方便些。”

王草根当即派司机到汽车市场上去给刘主任买了一辆“别克”，就是后来被一亿六划了一下的那辆。

伍

明天要检查王草根的精子了，王草根非常好奇。上次在会议室他听医生们讲生殖科学课时，才知道精子是眼睛看不见的，一点点小，要用显微镜看，样子跟蝌蚪差不多，还会游，在一种液体中游来游去，那种液体叫精液。在精液里游得最厉害的那个，就是最能叫女人生娃娃的功臣。王草根从未想到自己生殖器里还藏着那么多小蝌蚪，还会游泳，可是自己却不觉得痒。有东西在里面游来游去自己怎么没感觉呢？怪了！回家的时候，他坐在“大奔”里一直在试图感觉痒或者疼，一直感觉不到。

刘主任叫他明天带哪个“夫人”去帮他把精子“劳动”出来，由他挑。这可要叫他费一番脑筋。

这里必须介绍一下王草根的“情史”，不然读者会奇怪这个自称“一直不喜欢日女人”“不吸烟、不喝酒、不近女色”“从不跟别的女人日”的暴发户，怎么会有三个老婆？包个二奶还不够，还要包第三个。

■

王草根的正式夫人也即大老婆，是他在当农民时明媒正娶的。

王草根是他们家的独子，这也让我们能理解为什么王草根现在这么急迫地想要个男娃娃。如果没有男娃娃，传宗接代就成了大问题，姓王的一家人算是绝种了。这在农村是最最羞耻的事，会被别人议论他们祖宗缺了德，只有“缺德”的人家才会“断子绝孙”；“断子绝孙”是农村中最恶毒的咒骂人的话。“不孝有三，无后为大”，这种观念，即使经过文化大革命激烈的涤荡仍会“流毒万代”。

他老家是四川出了名的贫困县，山高地少。在解放后不久的农业合作社时期，老爹在农业社里劳动，老妈在那时给农民留下的一点“自留地”里劳动。后来农业合作社越办越不行，一年分配的粮食不够半年吃，王草根家和全国每家农户一样，几乎全靠几分田的“自留地”里生产的农作物勉强维持生活。上世纪五十年代大力推行的社会主义“公有化”和“集体化”运动，在物权上剥夺了人民群众的生产资料——“你的、我的，都是大家的！”——却强化了老百姓的私有意识，这是制订政策的领导人万万意想不到的。因为“公有化”和“集体化”之后，凡是

"公有"和"集体"的工农业生产单位，生产力都越来越萎缩，只有政府给各家分配的让农民自主生产经营的巴掌大的土地上，生产力节节上升。两相对照，"公"、"私"分明，在最实事求是的农民眼里，"公"的优越性丝毫看不出来，"私"的好处却日益彰显。"以副业养主业"，在中国改革开放前的农村，是非常普遍的经济现象。因而，"私有"就成为中国农民长期以来的向往和追求，后来才有安徽凤阳县的二十多户农民冒着坐牢杀头的危险分田单干，揭开了改革开放的序幕。

王草根从他老妈去世后，六岁开始就代替老妈担负起自留地上的全部劳动。他家住得又比较偏僻，上小学要跑十几里路，想上学也困难，所以一天学校门也没进过，除了后来拾破烂，手上从没捏过纸张，更别说书本了。可是，王草根自小就接受了"'公家'不可靠，只有'自留地'最可靠，在属于自己家的地里必须拿出全部精力劳动"的现实主义教育，"私有意识"从小就深入他的骨髓。这种教育比任何学校里学到的学问都扎实，不可动摇，能牢记一辈子。

这就是现在的C市政协委员、"十大企业家"之一的风云人物，为何大字不识一个而又十分精明能干的原因。

王草根是独子，房子是现成的，田也是现成的承包地，娶个老婆并不困难。老爹觉得自己快不久于人世的时候，心里也感到对不起儿子。儿子先是在"自留地"里，后是在自家的"承包地"里，跟自己干了十几年苦活，风里来雨里去，面朝黄土背朝天，从来没有过一句怨言。所以，老爹决心要给儿子找个好老婆，作为儿子跟自己这么多年苦干的奖赏。

有一天，老爹挑了一担地瓜到墟上去赶集。在蔬菜集散的街口把扁担放下，看见旁边一个二十岁左右的姑娘卖的也是地瓜。姑娘的地瓜比他的地瓜又饱满又干净，个头还大。他的地瓜就跟他人似的，又瘦又小，还全是皱褶。一会儿，姑娘的地瓜就卖掉一大半，他的地瓜挑子无人问津。没人来买的时候，姑娘稍闲了点，对老爹说：

"老爹，对不起！要不，我把担子挑开点哈，让你好卖。我不是故意抢你生意的哈。”

“哪个这么说嘛！你卖得好我也高兴吵！你先来，我后到，哪个能说是你抢了我生意嘛！正好我今天不缺钱，想到集上耍一耍！姑娘，你给我看下担子好不好？卖得了卖不了不管它哈，卖不了我挑回去喂猪娃儿。”老爹笑着说。

姑娘答应了。“老爹，你不要走远哈，我马上要回哩！”

老爹一面说“就来就来”，一面赶紧跑到百货铺去买了一个带花边的小镜子，一方花手帕，又急急忙忙赶回来。

“姑娘，这是我的一点心意哈，”老爹把镜子手帕塞到姑娘手上，“姑娘，我不会说话，就跟你老实说哈。我家有个男娃儿，跟你岁数一般大，人憨厚老实，肯下力气，长得也不错，身体也好，就是我们住得偏一点，所以一直找不上对象。我在旁边看你半天了，你是个好女娃儿。我的娃儿能有你这样的媳妇，我死了都会笑出声来！要不，你们先见个面，你要不中意，也就算我没得这个福气。好不好？”

老爹竹筒倒豆子，哗哗一番话使姑娘大为惊讶，愕然地望着老爹不知如何回答。

“这么办吧！你是哪个村的？我去跟你爹妈谈。要不，我把我娃儿也带上哈，让你看一看。”

姑娘家其实离王草根家不远，就在山坡下边。几天后，老爹买了些茶叶糕点，就带着王草根去姑娘家拜访了。

别看王草根不识字，没半点文化，他年轻的时候在村里就小有名气。村里人都说这娃儿鬼点子多，好打抱不平，肯帮人。哪家有点事忙不过来：上房铺茅草，下地收庄稼，要找人帮忙第一个想到的就是王草根。王草根不仅干活踏实，还会想办法，一些活儿让他干，常常会有事半功倍的效果。王草根跟着老爹去姑娘家那天，穿上从来没穿过的新衣，稍事打扮，也很像县城里的“工人阶级”。

姑娘家挺热闹，姑娘父母当然在场，姑娘的三姑六婆八大姨也都来了。王草根有这样的特点：陌生场合从不多话，就像他后来在各种会议上一样，所以谁也看不出他高低。有人还以为他高深莫测，城府深得很呢。姑娘一直到成了他老婆，才知道他大字不识一个。而王草根只要往板凳上一坐，仿佛就能坐上一天似的，姑娘父母和三姑六婆问他啥话他只是一笑，给他吃也不吃，给他喝也不喝，反倒有一副居高临下的神态，何况王草根五官端正，身体强健。乡下人看重这个：觉得这年轻人有力气，又不张扬，老实可靠。

两家经济条件差不多。那时，全国天南海北所有的农民家庭都大同小异，所以这门亲事当场拍板。这给以后的王草根影响很大，王草根干什么事都必须当机立断，要当场拍板。比如说，收购一个企业要拖过他那天谈婚姻大事的时间，他就会不耐烦。不错，还有什么事情比谈婚论嫁更重要的呢？

姑娘娶进门的第二年，老爹好像完成了终身任务，平静地躺在床上悄然去世了。在当年的农村，活了五十多岁也算长寿了。老爹死后的第二年，王草根得了第一个女娃儿。有了女娃儿的第二年，承包地就让村长收走了。

村长收走了他们家的承包地，也觉得过意不去，答应让他承包村里的鱼塘。当年，承包鱼塘是好差事，可是王草根老婆不干，说，今天他让我们承包鱼塘，我们弄好了，明天他就能又收走。我们这里待不住了，干脆进城找活干。因为王草根一字不识，老婆还有个小学文化，所以他在老婆面前总觉得低她一头，老婆说要进城就进城吧。这样，王草根一家就决定进城。

一家三口披星戴月，晓餐暮宿，老婆抱着刚满一岁的女儿，拉砖的破车坐过，运猪娃儿的臭烘烘的牲口车也坐过，没付一分钱车钱，转了好几次车，花了五天时间才到C市。

到市里，他们手里还有卖房子得的几百块钱，先找了个最便宜的招待所住下，王草根就四处找地方打工。打了一个多月工，工程完了，包工头也不见了，一个钱都没拿到。王草根说一定要找个自己拿钱的买卖，钱不捏在自己手上等于没钱，还不如摆个卖烟的小摊。老婆说，你在外打工的时候我抱着娃儿在街上转，我也想过，但摆小摊的常被人打得头破血流，那些人也不知道是些啥人，厉害得很！我发现，只有一样工作没人管，就是拾破烂卖钱，旧报纸旧书论斤卖，一个酒瓶子还卖八分钱呢。我跟着拾破烂的去看过，他们就在城边边上搭个窝棚，又没人管他们，又不花房钱。

王草根之所以成为今天的王草根，老婆功莫大焉！

唯一不足的是老婆只会生女娃儿，第二个生下来还是个女的。而且，日子富起来后，老婆身体反而一天不如一天，真是个耐贫不耐富的命。现在她就成天在家休养，但王草根最敬重的还是这个老婆，她说的话，王草根没有不听的。

■

王草根所谓的“二奶”，就因为他听老婆的话，可以说是“奉妻成婚”。

那已经到王草根的“废品收购站”生意最旺的时候了，“甲沟炎”就是那时得下的。“甲沟炎”痊愈以后，“废品收购站”成了圈地的门面，为了四处圈地，要和不同的人打交道，站长王草根就学会了打领带穿西服。因为老婆已经不能做饭，吃的是“废品收购站”旁边饭馆的包饭，每顿四菜一汤，还有四个小碟。站长当然不能住在废品堆旁边，那会把一家人熏死。站长在城里有了房子，而且是号称什么“至尊王府”住宅区里的楼房，老婆就在“至尊王府”里休养。王草根每天一大早坐着桑塔纳上班，晚上下班也是桑塔纳，俨然向“企业家”迈步前进了。

既然名义叫“废品收购站”，尽管收购的绝大部分是贼赃，是国营厂矿、机关单位、铁道公路丢失的东西，是公安机关正在四处查找的失物，但表面上还是要收购一些真正的废品。有一个也是四川贫困县流落到C市的老头，从王草根的“废品收购站”开张那天起，就每天到王草根这里来卖废品，风雨无阻。老头算得上是个真正的职业“废品收集工作者”、“环境保护人士”，卖的废品货真价实是废品，来历绝无可疑之处。

随着王草根业务范围的扩大，收入越来越多，越来越富有，王草根就把老头的废品款越加越高，有时简直把老头的废品以新货的价格收购。这反叫老头过意不去了。一次，老头气呼呼地把超额的钱拍在王草根面前的办公桌上，愤然地说：

“王老板，你要是这个样子，我下次就不到你这里来卖了！该多少是多少哈。你这不是笑话我嘛！好像我是靠你施舍吃饭的。我又不是要饭的，要饭我也不会到你这里要！”

王草根没想到碰了个钉子，好心被当成驴肝肺，只好说：

“由你，由你！只是你龟儿子不许到别的地方去卖。要卖，还到我这里来。以后照你说的，该多少是多少哈。行了吧！”

这样，老头以后还是天天来卖废品。王草根有时碰见他，也会停下来跟老头聊两句。老头老家跟王草根的老家离得不远，翻过山头就到那个县。聊起老家的风光，两人都不胜唏嘘。

因为王草根关照过下面的人照顾老头，一天，王草根下班时，下面的人向王草根反映，老头三天没来卖废品了，不知跑到哪家去卖了。这时正值C市最寒冷的冬天，听广播里的气象预报，今年C市冬天的低气温五十年一遇。王草根想想不对，就叫司机把他拉到老头曾偶然给他说过的城外的出租房区。王草根坐在开着空调的桑塔纳里等，打发司机一家一家找那个老头住在哪里。司机找了近半个小时，捂着冻僵的耳朵一边跑一边喊：

“找到了，找到了！龟儿子！躺在破床上起不来了，好像得了病！”

王草根随司机去一看，老头果然病倒在床，微微睁开眼睛看了看王草根，啥话没说，又闭上了。老头身边还有个姑娘，王草根问姑娘：

“哪个不上医院吵？看样子还很严重嘛！”

姑娘不说话，埋下头红着脸站在一旁扭手指头。不用问，没得钱到医院嘛。王草根叫司机把车开到出租房门口，又叫姑娘扶老头进车里坐下。

“你也进来吵！站在那里跟木头人一样！你不去医院，哪个侍候他嘛？”

到了医院一检查，医生说没治了，来晚了。

“这么严重的肺炎，还有多种并发症，这时候才送来，华佗再生也没得法子了！”

那时候银行卡还没出世，王草根把司机身上的钱全要了来，付了医院要的这个费那个费，又给姑娘留下一点钱。

“你留在医院里头。啊，我忘了问了，老头是你啥子人嘛？是爸爸？那更好了！你看能活就救活，救不活也不要难过。老头总算还好，临死的时候还有个女儿在旁边。你不要发愁，死了由我来埋他。给你一个电话，有事就打这个电话。”

司机把电话号码写给姑娘。第二天就接到电话，说老头死了。王草根到了医院，叫来殡仪馆的人收尸，送到火葬场。骨灰收拾了后，才发现姑娘抱着个骨灰坛子不知到哪里去好。原来她单身一人，无路可走，无亲可靠。

王草根无奈地说：“算了！算了！算我欠他的！看在老乡情分上，我就收留你到我家，侍候我那病病歪歪的老婆算了！”

这时姑娘才说话：

“我爹临死的时候就叫我到你家去嘛！”

王草根不由得笑了起来：

“你爹还真有主意！这也算是他的‘遗嘱’吧。”

这时的王草根已经参加过几次追悼会了，全是他所在城区死去的退休老干部，叫他去参加追悼会是看得起他，当然也要他出份人情。由此，他才知道“遗嘱”是什么意思。

■

拾破烂的姑娘到王草根家，见了大老婆，大老婆特别喜欢她，说好像跟她有缘分。拾破烂的姑娘侍候王草根老婆也非常尽心，成了大老婆的贴心人。本来，有病的人就不愿多管事，加上在老家生的娃儿进了城长大后染上富家小姐的怪脾气，在家常闹得天翻地覆；在塑料棚棚生的女娃儿也是个淘气包，让大老婆更添心烦。不久，大老婆就逐渐把家里的事和两个女娃儿都交她管了。为了捡破烂的姑娘好管娃儿，两人就以姐妹相称。捡破烂的姑娘虽然和王草根一样也不识字，但管教起两个娃儿毫不含糊，她不知道什么叫“家庭作业”，反正两个娃儿不做完“家庭作业”，就不让她们俩吃饭。

两年多后，捡破烂的姑娘年纪已到二十一二岁了，不叫她找个对象嫁人也说不过去了。有道是“女大十八变”，虽然她脸面一般，说不上好看也不难看，但已长得红是红，白是白，身材圆滚滚的很招人眼，用书面语言叫“很丰满很性感”。前面说了，大老婆有小学文化，所以待在家里经常读闲书看小报，了解当今社会上的一些事情。“有钱男人花心眼”，已成了颠扑不破的铁的定律；“包二奶”已经在全社会公开化，深圳甚至出现了“二奶村”。她自己既失去性生活的能力，更失去了性生活的兴趣，看见丈夫一天到晚忙来忙去，马不停蹄，很是心疼。心想，王草根总有一天也会“包二奶”，与其让他偷偷地在外面“包”，还不如自己大大方方给他找个“二奶”放在眼皮子底下，搞好关系，免得以后为了财产打架。

这个“二奶”非捡破烂的姑娘莫属，关系现成就好得很。

一天，大老婆把家里佣人和孩子都打发出去看电影，趁家里没人的时候，把捡破烂的姑娘叫到床前说：

“你到我们家已经两年多了。我们就跟一家人一样，所以当姐姐的才跟你说这番私房话哈。你愿意就愿意，不愿意也不要勉强哈。不愿意还是我们家人，我一点都不会把你当外人看待。我要说的话是：你也到嫁人成家的年龄了哈，我先问你，你要老实说，你对你的婚姻大事考虑过没有？是哪个考虑的？”

捡破烂的姑娘脸唰地红起来，低着脑袋不吭气。大老婆细声细语地问了半天，竟没有一点反应。大老婆心想：坏了！下面的话再不必说了。最后，大老婆只得说：

“行了，你去吧，我也累了。你晚上睡在被窝里好好想想哈。想好了我们再说哈。”

拾破烂的姑娘立起身，转身走的时候，背对着大老婆撂下一句话：

“我爸爸临死的时候叫我跟王老板。”

大老婆又惊又喜，赶忙叫：“啥子？啥子？你回来，你回来！我就是这个意思吵！你自己说出来了更好。你看你，叫我费那么大劲，你连屁都不放一个！姐姐身体不好，你侍候了好几年，你跟了王老板，再好不过了！他有人照顾，我也有人照顾，这叫两全其美嘛！你晓得不晓得？”

■

王草根和拾破烂的姑娘就这么同居了。正好“至尊王府”小区里还有套房子要卖，王草根就买了下来。两个家都在一个小区，来来往往也方便。

一开始，王草根为了生儿子，一度拚命地在拾破烂的姑娘身上工作。即使晚上加班再晚，看过了大老婆，还要跑到小区的另一套房里在拾破烂的姑娘身上加班。果然，拾破烂的姑娘肚子不久就大了。十个月后分娩，王草根那天兴冲冲地赶到妇产医院。一听，生的还是女娃儿！也好嘛，再继续努力工作。头一个还不到一岁，第二个就下来了。天不遂人愿，第二个又是女娃儿！

女娃儿也是要个名字的嘛。娃儿周岁的时候，家人们鼓动着要王草根给娃儿起个最可爱的名字。王草根想起拾破烂的姑娘在她爸爸死后抱着骨灰坛的模样：凄凉无助，孤苦伶仃，那情景最让王草根心疼，脱口就说：

“叫‘坛坛’最好！”

到了第二个女娃儿起名字，王草根有点心灰意懒了。

“唉！那就叫‘罐罐’好了！”

这样，王草根家“坛坛罐罐”都有了。遗憾的是都是敞口的，没得一个带把儿的。

■

第三个，即“三奶”，虽然不是大老婆撮合的，但也是大老婆准许的。

那已经到王草根近乎疯狂地收购国营企业的时候了。

王草根只买卖土地，收购国营企业，不搞房地产，也就是说他只要现成的，不盖房子。圈地—屯地—用土地向银行抵押贷款—收购国营企业—国营企业改制后就赚钱—再圈地—屯地，这是他的一套循环作业，财富就从这样的循环中源源不断地产生出来，流进王草根的腰包。

这时，他看到每个大款都搞房地产，四处大兴土木，料到钢材一定会涨价，为收购一家濒于破产的国营炼钢厂，要加大技术改造、打发员工下岗，需向银行贷款。因为他手头总有大量土地储备，所以，王草根的信用在银行界完全扎得住，无须他本人出面，下面的人就办了，何况私下交易已经谈成，给经办人的好处费也说定。这时的王草根在C市报纸上经常出没："希望工程""救灾捐款""资助贫困大学生"，等等，他都不落人后，不但是"商界巨子"，还是个"慈善人士"。银行信贷部主任知道王草根出手大方，有意跟王草根拉个关系，好给他将来退下来铺条路子，就跟炼钢厂的主管人员和王草根方面的人说，要请他吃饭，王老板一定要到场。

"不然，这顿饭有啥子意思嘛！我连借款人都不认得，面都见不到，唧个敢借给他钱嘛！"

王草根没法子，硬着头皮去了。

在C市著名的五星级酒店的餐厅酒足饭饱后，信贷部主任借着酒劲说：

"王老板架子唧个那么大嘛！一起耍耍都不行吗？今天你王老板不跟我们一起'与民同乐'，我坐在这里就不下桌子！明天你们到银行去也找不到我，看你们唧个办！"

王草根不得已，假笑道："好嘛好嘛！赵主任要唧个耍我就陪你唧个耍！我王草根尽管不爱耍，可是我爱你！我奉陪你到底！"

"你王老板啥子是爱我哟，你爱的是人民币！王老板真会说话。我没得别的爱好，就爱唱歌，高歌一曲，啥子烦恼都没得了！都丢到九霄云外去了！"

餐厅在这座星级酒店三楼，夜总会在七楼，本是香港人到C市来开的第一家娱乐场所，后来几经转手，现在是个广东人当老板，虽然设施已经有点陈旧，但依托这家星级酒店，地理位置好，所以生意还是不错。

一帮人坐电梯上楼来到夜总会。既到夜总会，当然要叫小姐。歌者之意不在唱，在乎小姐之间也！夜总会领班一听C市有名的大款请银行的人来消遣，莺莺燕燕招来一大帮子小姐，把整个包房挤得满满当当的，身子都转不过来。看来信贷部赵主任是这里的常客，主任点张三李四王五，个个都叫得出名字。炼钢厂的人、王草根的人，加上银行信贷部主任一方的两个人，他们八个男人点了十个小姐。这十八个男男女女就开始乱闹起来。音响放得震天响，震得王草根耳朵疼，包间里气都喘不过来，但王草根也没法子，舍命陪君子嘛！信贷部主任说得不错，就为了四千万人民币。

信贷部主任进了包房如鱼得水，把王草根和其他人撇在一边，真正像成语“旁若无人”形容的那样，只跟小姐打情骂俏。卡拉OK上的字王草根不认得，屏幕上的风光女人他也没兴趣，只好独自坐在沙发上看他们搂来抱去。可是小姐们不饶他，知道他才是真正的主人，一会儿端来饮料，一会儿端来水果，一会儿靠在他身边撒娇。他闻惯了垃圾的味道，香水味熏得他脑壳晕。坐了半天，他发现有一个小姐始终没到他身边来，也跟他一样坐在角落里。有人拉她跳舞就起来，其实拉她跳舞的人也就是要摸她而已，这点她看得开得很。她的面貌在小姐群中虽不算最姣好的，但还是最清秀端正的。她被人全身摸了个遍，又回座位上坐下，双臂搂着肩膀，好像挺冷的样子。王草根就喜欢这样的女人，拾破烂的姑娘就是这样：他想日了就让他日，他不想的时候从不勾引他。

闹到凌晨一点，夜总会快关门了，他手下人过来低声跟他说，信贷部赵主任想带个小姐开房。他也小声说：

“狗日的！那就在楼上订个套房让他耍，把小姐的钱也付了，可是明天别误了放贷款。误了，你看我啷个收拾这龟儿子！”

第二天，信贷部主任很痛快地给他放了四千万。

■

过了几天，他到他旗下一个企业去视察，商量完正事，饭馆送来盒饭，吃工作餐的时候，闲聊间，有个那天晚上他带去夜总会的下属说，那天晚上他差点把钱包丢了，钱包里有身份证、驾驶证，还有刚办理的银行卡。

“老板不是要我带钱付小费的嘛，现款也有两三千呢！身份证丢了要上公安局，银行卡丢了更糟糕，还要到银行挂失，手续麻烦得很呢！”

“那你啷个找回来的嘛？”

“嗨！老板别小看小姐，是小姐捡到了交给领班。第二天我正急得要命的时候，领班给我打电话过来叫我去拿。”

“他哪知道你电话嘛！瞎扯！”

“那不是有身份证还有名片嘛，一对，就知道了嘛！”

王草根来了兴趣。“是哪个小姐你晓得不晓得？”

“那倒没问，我给了领班两百块钱。老板，这两百块钱给报不报销？这也算是工作嘛！”

“报销你妈卖屄！你狗日的自己摸小姐摸昏了头，还要我付钱！”王草根用筷子像剑似的指着这个下属，“交给你一个任务，你去打问一下是哪个小姐捡到的，啥子名字，那天晚上她穿啥子衣服，长得啥子样子。将功折罪！要不，我炒了你龟儿子鱿鱼！”

下属哪敢怠慢，一会儿就向他报告得清清楚楚。他一听，果然如他所料，就是那个没来跟他纠缠的小姐。他马上命令下属：

“去！打个电话跟那家夜总会的领班说，今天晚上十点钟给我留间好包房，把那个小姐也留下来。只要她一个，不要再多的小姐来跟我胡闹，闹得我脑壳疼！”

晚上十点整，王草根准时到达夜总会。领班看见，心领神会，多一句话都不说，侧身走在他旁边，把他领进包房。

“王老板，不好意思！不好意思！稍等，稍等，马上就来！”

领班出去，不到五分钟，她就进来了。穿的还是那晚上穿的露肩露背露胸的吊带裙子。脸上看不出什么表情，似笑非笑。王草根跟官员干部善于周旋，跟小姐反倒不知说什么开场白好，只是不自觉地站起来：

“坐嘛坐嘛，要不要点饮料？”

“饮料他们会送过来的。”小姐冷冷地说。

既然有人送饮料，那就等着人送吧。两人坐在沙发上，还隔有一点距离。王草根找不出话来说。小姐偷偷瞥了他一眼，奇怪他没有一点动手动脚的意思。

饮料送来了。领班想大大敲王草根一笔，十几个高的矮的杯子、十几罐罐装饮料，加上水果盘，满满摆了一茶儿。男服务员摆完，知趣地很快离开，轻轻把门关上。王草根一面手忙脚乱地把茶儿上的各种饮料像下棋似地挪来挪去，一面语无伦次地说：

“喝嘛喝嘛！你要喝哪种饮料？哪种饮料好喝你就喝哪种嘛！”

小姐从中端起一杯，递给王草根。

“还是这种好，你们男人喝了酒喝这种比较合适。”

“我从不喝酒，我从不喝酒！”王草根赶紧声明，“那我就喝这个。你呢？”

“领班在敲你竹杠，你晓得不晓得？”小姐突然以气愤的口吻质问他。王草根一时不得要领，愣愣地望着她。

“你看不见嘛！两个人要这么多饮料干啥子？”小姐忿忿地说，“这不是明摆的嘛！最后算账要好几千块呢！”

王草根才明白，更加高兴，暗想：“要得！要得！就是要这样的女人！”

“没关系、没关系！你不要跟他们计较。只怕赚不来钱，不怕多花钱。你见过有几个人是因为节约发财的？没得！是不是？有人说我不吸烟不喝酒是为了省钱，屁话！我是小时候家里穷，没得这个习惯。要不，我比哪个都喝得凶！”

公开承认小时候家里穷，小姐对他有点另眼相看了。现在很多大款恨不得说自己和荣毅仁家有亲戚关系，要么，就是旧社会的川蜀世家，祖辈跟刘鸿生、卢作孚等人平起平坐的。

“我不是说那个，我是说人心坏了，”小姐说，“那个领班在我进来之前就跟我说，不要说你的马仔给了他两百块钱，就说给了我了。钱包是我捡的，捡了东西还给人是应该的，就是你们给点意思也要给我嘛！他拿了钱，还要我承担。你说气人不气人！”

原来是这样！王草根暗暗想：

“狗日的！我非把这夜总会收购了不行。收购了先开除这个领班！”

不过现在不是说这话的时候，王草根只是说：

“没关系，没关系！我给你补两百块钱。你不要生气。啊！我忘了给你说了，你知不知道我是哪个？先要自我介绍嘛！”

“哪个要你补嘛！”小姐瞪了王草根一眼。心想：要调节一下气氛才对，不要让客人一进来就不高兴。她笑着说：

“至于你嘛，哪个不晓得你嘛！你是个拾破烂的！”

小姐说完哈哈大笑起来。

“我当然认得你，前几天晚上你领着一帮人来，是你手下的马仔买的单嘛！”

王草根吃了一惊，“你嘟个知道我是个拾破烂的？”

“开玩笑，开玩笑！不存在，不存在！不开开玩笑你这大老板怎么高兴得起来嘛！”

“不是开玩笑，我还真是个拾破烂的，”王草根认真地说，“你是在报上看的还是听人说的？”

小姐诧异地看着他。“我真是开玩笑的。你千万不要介意啊！大人不计小人过嘛！你嘟个会是拾破烂的？那天晚上我换了衣服回家，看见你钻进一辆‘大奔’里头，嗖一声就跑了！”

“唉！”说到这里，王草根就好说话了，“这样吧，你怎么称呼？我先问了你名字再说。”

“出来当小姐的，哪会把真名字告诉客人。你就叫我珊珊好了，珊瑚的珊。”

正好，王草根想，我要的就是“三”。

“好吧！珊珊。”他嘴里喊“珊珊”，心里却是“三三”，一种亲切感暗然而生。

“我先问你，你爱不爱过你现在的生活？”

珊珊觉得这个老板还是个老实人，对自己没有恶意。好长时间没有和人正经交谈过，她也愿意趁此机会跟人聊聊，不管是谁，只要这人想听又不笑话自己就行。珊珊喝了口饮料说：

“没得一个小姐爱当小姐的！被人抱、被人摸，说句难听的话，有时还要陪人睡觉。要跟自己看得上的人，也无所谓。可是由不得你，丑的你也要接，脏的你也要接，喝醉酒的你也要接，嘴臭得要命！性变态的你也要接，弄得你人不是人鬼不是鬼！就说那天你们那帮人吧，里头就有个人特别讨厌！摸了人上面还要抠人下身，幸好那天他没叫我陪他开房间。我们进包房或者酒店的客房之前，心里就犯嘀咕：不知道今天碰到个啥子样的客人。一边被人弄，一边还要担心客人付钱不付钱，能给多少小费。可是，当今，只有干这行挣钱多。旧社会周璇唱的一首歌真好……”

珊珊说着说着就学“金嗓子”周璇婉转地唱起来：

“‘只见她——笑脸迎——谁知她内心苦闷——夜生活——都为了——衣——食——住——行。’”

“就这话：‘夜生活都为了衣食住行’！我也跟崔永元一样给你‘实话实说’吧：就是天生的大骚货也不愿意当小姐，为啥子？天生的骚货还想跟个像样的人做爱是不是？”

珊珊边聊边喝饮料，看王草根在注意听，没有一点嫌她多嘴，更没有迫不及待动手动脚的意思，于是继续说：

“不过，在眼下的时尚社会，衣食住行都有个讲究了，是不是？看见那些面貌身材都不如自己的，当了小姐，一晚上挣的钱比自己一个月辛辛苦苦打工挣的工资还多；人家穿名牌、用名牌，哪怕是仿冒的，总归是名牌嘛！又跟着客人进出高级娱乐场所。这就有了个攀比是不是？别人能干的，自己为啥子不能干？自己又何必守身如玉？为哪个男人守身如玉啊？有哪个男人值得我为他守身如玉啊？”珊珊说到“守身如玉”

四个字时竟有些激忿，“这样，就闭起眼睛当小姐了。慢慢地，也就吃惯了，花惯了，用惯了，想不当，再回到过去的平常日子，都不习惯了。再加上，我们小姐看的人多了，有时候，和那些表面上看是正人君子的人比起来，晓得他们暗底下比我们还下流下贱得多！这一比，想着当小姐就小姐吧！我们又不贪污盗窃，更没得挥霍公款的条件，靠的就是自己的身体挣钱，比那些花国家钱来玩我们的人还高尚哩！”

说到这里，珊珊似乎觉得分寸没把握好，说过了头，连忙补充说：

“真不好意思，不好意思！我是看见你那天又不唱歌，又不跳舞，又不乱摸，今天你好像对这方面也不感兴趣，才跟你讲这些。说错了的话，请你多多包涵哈！老板花的是自己的钱，不是国家的钱，我可不是指你老板说的啊！”

珊珊说的时候，王草根一直瞪着眼睛看着她。珊珊说完了，王草根捂着脸半天不作声。王草根虽然没有书本知识，但有足够的精明，听出来珊珊能冷静客观地分析当小姐的心理，表明了她并没有完全沉迷在小姐生活里，头脑还很清醒。王草根虽然不太懂得什么“如玉”，但“守身”两个字在农村还是普遍用的，珊珊一连三个“守身如玉”，王草根听出这里有点怨气，表现出她恰恰有过“守身如玉”的向往，有过这种追求，不知是谁伤了她的心，才如此强调这四个字。他想：就这样了！龟儿子！她不就是要啥子“名牌”，“进出高级娱乐场所”嘛！至于吃惯了花惯了，他的大女儿就是这样的城市姑娘，是大城市追求时尚的风气，把她们惯出来的毛病。这个珊珊小姐不一般，要是满足了她的要求，她说不定还真能“守身如玉”哩！

王草根捂着脸时，珊珊不知他怎么了，心里七上八下地看着他。害怕自己说错了什么话，弄得客人拂袖而去，小费也给不了多少。

王草根沉默了一会儿，好似下定了决心，抬起头说：

“我是个忙人，没得时间跟你多说话。我给你说实话，早先，我就是个拾破烂的，我是从拾破烂发家的……”

王家的种大概就决定了姓王的祖祖辈辈像他老爹那样说话竹筒倒豆

子。他把他从小到大，直到现在变成“成功人士”的经过一泄无余、毫无保留地全部倒了出来。

“我没别的想法，就是想要个男娃儿。格老子！现在时兴‘包二奶’，我看上你了，想包你！你开个条件，我先包养着你，只要你生了个男娃儿，亿万家产就是你们母子俩的了。”

王草根的独白不但一扫她在小费上的担忧，更让珊珊惊心动魄。她没想到不起眼的“废品收购站”里藏着那么巨大的商机，特别是王草根从随机应变到能随心所欲的过程，有如天助一般。说到拾破烂的姑娘，珊珊眼眶也有点湿润，觉得王草根还是个善良的人。王草根说真话时满嘴脏话：“妈卖屄”“龟儿子”“格老子”“狗日的”“日你妈”“雷劈的”……像旷野上强劲而又清新的风刮进这闷热的包房，珊珊从来没有接待过这种有泥土气的男人，他让珊珊极为兴奋。再说，王草根前面两个老婆都没文化，不会是她的劲敌。她想，如果王草根有个有文化的老婆，就像她这样，虽不是大学生也是高中毕业的，真是如虎添翼，不知还会干出什么大事来。

“老王，你真痛快！我也不跟你兜圈子了，”珊珊已经开始改口叫王草根老王了，“我是能生娃儿的，因为我打过胎。你也晓得，干我们这一行的特别讲究卫生，经常体检，我一点病都没得！我们四川那个有名的算命先生还给我算过命，算到我命里有个男娃儿。不过，你包了我，我不能像你前面两个老婆一样在家里闲待着，我要做事，我就不信当过小姐的一辈子不得翻身！”

“要得！”王草根不由得大声喝彩。

珊珊没提一个具体条件，什么房子、车子、一年给多少钱等等，仅仅一个“要做事”的要求，充分说明珊珊的聪明和对王草根的信任。像王草根这样有亿万家产的人，跟他讨价还价完全没有必要。有了王草根就有了一切，确切地说是有个男娃儿就有了一切。

“珊珊，你龟儿子真是个龟儿子！”王草根激动得不知如何表示，两掌叠在一起直搓手，“你说，你要做啥子？我们现在就定下来。”

“我要做这家夜总会的总经理!”珊珊决然地说。

王草根大笑，“我们两个唧个就想到一起了嘞！不过，这里你熟，你得想想唧个把它弄到手。你有了法子我来办!”

珊珊说，容易得很，只要有人告夜总会特密包房里有人吸毒，来几个公安一抓一个准。封了夜总会的门，再开张，夜总会就非换法人代表不可。

这一对情侣刹那间变成了阴谋家，在夜总会的包间里商议怎样颠覆这家夜总会，名副其实叫“窝里反”；广东老板没想到他和所有的政治人物一样：“身边埋了颗定时炸弹”。方案很快就制订出来。王草根坐不住了，站起来就要跑去实施。珊珊要抱着他接个吻，王草根都等不及。

“以后再说，以后再说，日子长得很!”他又从皮夹里抽出一张银行卡，告诉珊珊六位数的密码。

“赶紧去把单买了，你马上换了衣服离开!”

夜总会老板万万没想到，怎么上上下下早都打点好了的，这天凌晨零点刚过，一大帮缉毒警察一下子冲了进来。别处都不查，直冲几个特密包房。

第二天C市的日报晚报都在头版以“我市缉毒新战果——××夜总会毒窝大扫荡!”为标题，连正文带照片，登了一整版。

夜总会查封了，夜总会的广东老板自然焦头烂额，坐卧不宁，差点跑回广东去。虽然有人为他顶罪，他本人不至于坐牢，但投资完全打了水漂，不但损失巨大而且债台高筑。正在这时，珊珊主动跑到广东老板那里去献计献策。老板一听引进王草根的资金将夜总会改头换面，另起炉灶，让王草根来当法人代表，王草根是个出了名的地头蛇，有了王草根等于有了把保护伞，对他这样的外地人来讲，无异于天上掉了块馅饼，对珊珊是言听计从。

王草根也不含糊，入的不是干股，掏出三百万真金白银重新装修了夜总会。××夜总会摇身一变成了“珊珊夜总会”，内部焕然一新，金碧辉煌，很快成了C市最高档的娱乐消费场所。

王草根第一个就要开除那个领班，珊珊却不同意。

"这家伙业务熟悉，会敲客人竹杠！他的把柄又捏在我们手上，他那些鬼点子别想在我们面前耍！留着他，就等于留条狗！"

陆

王草根这个人从不对老婆隐瞒什么，他向两个官场上的朋友打好招呼，要他们叫公安局去查夜总会吸毒的违法犯罪活动以后，王草根回家就告诉了老大老二两个老婆。两个农村出身的老婆也不能有啥子意见，只怪自己肚子不争气，养不出个男娃儿来。但听说珊珊是城里的高中毕业生，两个老婆都不愿见珊珊。王草根知道她们要保持点自尊心，也就由她们去了。

王草根和珊珊第一次正式"做爱"的那天，珊珊就向他提出：

"你不要看你家财万贯，别人一看你还是个农民工！老实说，你第一次进夜总会包房那天，不是那些小姐围着你转，我还以为你是那帮人的司机呢！西装不是西装，领带不是领带，皮鞋不是皮鞋！都是西门服装市场买来的打折的便宜货！手上还戴块电子表！你们这些暴发户只晓得坐奔驰开宝马，不晓得穿戴！今后，不许你再穿那些，统统打包送到贫困山区扶贫去！你的衣服鞋袜我来给你配备，保险让你看上去就是大款！"

从此，王草根才知道什么是"名牌"："阿玛尼""普拉达""杰尼亚""雅格狮丹""铁狮东尼""波士"……虽然他骨头里还是个农民工，但穿上"名牌"，人确实马上精神抖擞，有了趾高气扬的感觉。现在他腕上戴的是"劳力士"，签名用的笔是"万宝龙"。

"格老子！就是好用，圆珠笔跟它没得比！"

于是他越发每天签名不止，几块钱、十几块钱也要刷卡的习惯就是这样养成的。

王草根自包了珊珊后，市政协委员当上了，又被列为"C市十大企业家”之一，还到北京去出席过某次高级别会议，大红花戴过，红披带挎过，所到之处都有人列队鼓掌欢迎。所以，在王草根看来，珊珊是他的第二颗福星，什么事情都与她商量，等于有了个军师。

■

“珊珊夜总会”开张后，总经理珊珊开着辆白色的奔驰S350，每天到夜总会上班。在两人不断地努力下，珊珊的肚子也大了起来。珊珊每天坚持挺着个大肚子到夜总会“办公”，俨然已经是个高级“白领”。现在她再不会给客人赔笑脸了，只有客人给她赔笑脸的份。客人要看她的眼色：晚上是不是能订上好的包房，招待外地来的重要客户？见到自己过去的客人，因为知道这人的偏爱，就显出好像很暧昧的表情告诉他，这里来了个什么样的小姐，正投其所好，弄得客人心痒难熬，非要见识见识不可。

珊珊毫不在乎有人在背后指点说她本来就是这里的小姐。由于她在这夜总会“工作”了两年多，好像早就准备要当总经理似的，了解上上下下存在的漏洞、财物流失情况和服务上的不足。她“堵流塞漏”，在开展“多种经营”的同时加强服务态度。珊珊吸取经验教训，绝对不沾毒品，把个夜总会打理得滴水不漏，服务一流，名气大增，成了王草根集团中投入产出比最高的企业。

怎么样？咸鱼也有翻身的一天吧！

珊珊被他包了后，两人每天都要用珊珊的话说“做爱”。王草根一面“做爱”一面想：是不是“日屄”日不出男娃儿，只有“做爱”才能做出男娃儿呢？所以，换了珊珊后，一切都“服从命令听指挥”。珊珊“做爱”的花样多，常常让王草根达到“做爱”的最高境界，其他两个老婆与珊珊相比望尘莫及。那两个只会仰面朝天躺在床上，随便王草根活动，跟个死人差不了多少。

王草根心想，跟珊珊如此“做爱”，再“做”不出个男娃儿，那真是我们王家命中注定要绝种了。

到分娩的时候，两人都好像出庭听宣判一样紧张。结果判决的还是个女娃儿！王草根想，这是老天判给我的吧？珊珊不这么想，说，你看，我能生不能生？只要能生就有希望！算命算到的那个男娃儿还没有出世哩！前途是光明的，道路是曲折的！革命尚未成功，同志仍需努力！我还年轻，继续奋斗！

■

要帮王草根把精子“劳动”出来，当然是珊珊最合适。跟拾破烂的姑娘说，说半天她也不会明白，还会奇怪为什么把那么宝贵的东西射在外面浪费掉，多可惜！

果然，跟珊珊一说，珊珊不仅马上理解并且举双手赞成。她的生殖科学知识甚至超过王草根。她说王草根早就该做这方面的检查了。

“很多人以为生不出娃儿是女人的事，其实大部分责任在男方。男方的精子就好比种子，种子不好，再好的地也长不出好禾苗。你说是不是？你尽让女人生女娃儿，肯定跟你的精子有关系！你查了以后，生得出生不出男娃儿也就晓得了。那不是你的命决定的，那是你的精子决定的！我告诉你，现在做试管婴儿，让你想要男娃儿就是男娃儿，想要女娃儿就是女娃儿，容易得很！要不，我们干脆就去做试管婴儿好了。不过，那样也要先检查检查你的精子才行。”

第二天，两人双双来到众生医院。刘主任早就安排好一切，在“不孕不育试验室”腾出一间房间，里面只放了一张医院病房常用的铁床，床单枕头都是崭新的，雪白耀眼。珊珊先向刘主任询问如何操作，注意事项，还更进一步问了试管婴儿的情况。两人很谈得来。刘主任感到珊珊既有礼貌，通情达理，比跟王草根更容易沟通，又容易接受科学常识，即使做试管婴儿，也肯定会是个和医生配合默契的好“患者”。

两人进了专门为他们准备的房间，王草根却有点不习惯、很别扭，他从来没在一个陌生的地方跟珊珊或者另外两个老婆“做爱”过。珊珊是个行家，反而催他“快点”。王草根说：

“这哪能快得起来嘛！我觉得我鸡巴硬都硬不起来。”

“有我，哪有硬不起来的事！”

珊珊手脚麻利地扒下王草根的裤子，张嘴就吮。王草根心疼得厉害，说，还是我自己弄出来好了，不要累着你。珊珊朝上摆了摆手，一个劲地加紧“工作”。王草根忍不住很快射了出来。珊珊赶快用护士给她的无菌小瓶接住，唾了口口水，转身就跑出去交给等在门口的护士。

■

看了王草根精子的化验报告，刘主任很为难。放下报告思索了半天，最后，决定先跟珊珊谈一谈。刘主任通过114查到夜总会总经理办公室的电话，打到那里，真还是珊珊本人接的。

珊珊听刘主任要和她先谈话，就知道有些不妙，马上开着奔驰S350赶到众生医院。

“唧个？刘主任，跟我没啥子不可说的。”珊珊又不安又急切地在刘主任面前的椅子上坐下，“有些不好跟老王说的都跟我说好了！我知道唧个跟老王解释。”

珊珊果然是个聪明女子。刘主任也打开天窗说亮话了：

“从化验报告上来看，王先生的精子全部是死精，没有一个是存活的。我之所以觉得难办，是因为这样做试管婴儿也是不可能的。不过，你也不要看得很严重，这对他的身体并无大碍。其他方面，如心脏、肝脏、血压、血糖、血脂等等虽然都有些问题，但对他这个年纪的人来说还算是可以的，问题不大，注意营养、注意休息就可以逐渐恢复正常的。”

什么心脏肝脏血压血糖血脂等等，珊珊哪管得了那么多。不过珊珊也奇怪：

“那……唧个老王的性生活是完全正常的啦？是不是取精那天我们是在一个不正常的情况下取出来的，影响了精子的质量呢？”

刘主任说：“那没有关系！就像这杯水，你一点一点喝它是水，不正常地一不小心把杯子碰倒了，一下子都倒了出来还是水，”刘主任也有点疑惑了，“你说王先生的性生活完全正常，那么我要问一下，你们每周要过几次性生活呢？”

珊珊有点不好意思起来。她不是为自己难为情而是为老王难为情，因为老王就像艺人“走穴”一样，应付了她，第二天还要转场去应付拾破烂的姑娘，几乎天天过性生活。即使王草根说他不喜欢也要“日”，也许正因为他“日”得频繁，所以才不“喜欢”。可是王草根决非出于享乐，而是当作生产活动，属于制造业的一种，因而每天勤奋不懈。王草根说“有空的时候一星期两三次，没得空一两个月也难得日一次”，只是他的理想，他把理想当成了现实，所以也不能说他完全是撒谎。

珊珊是个爽快人，知道对医生不能隐瞒什么，坦率地对刘主任说：

“老实说，老王可能天天有性生活。”

“那么，你觉得他的性生活是不是跟正常男人一样？能不能勃起？困难不困难？能不能让你达到高潮？请你别介意，我是完全从性科学的角度问的。”

珊珊完全有做这种比较的资格，她不知和多少男人“做爱”过。

“可以！”珊珊肯定地回答，“我奇怪就奇怪在这点嘛！在刘主任面前没得啥子不可说的：他有时候能让我达到高潮，有时候还差一点，但是那是每个男人都会出现的情况吵！而且，我没有达到高潮的时候也不能全怪他：我不想要的时候，心情不太好的时候，身体不太舒服的时候，这些都是我没达到高潮的缘故吵！他还不像有些男人那样，他绝对不用吃啥子药，连我给他买的维生素片都不吃。是不是就因为他性生活过得多了，精子才死完了？”

“一般来说，男人性生活频繁了，男性有个自我调节的潜在功能，那就不能勃起了或者是勃起困难，好像对这个男人发出警告一样，叫他必须节制自己。到这个男性的健康慢慢恢复以后，才会有勃起的能力。我想王先生还不完全是这样。”

其实，刘主任这个专家立刻发现：王草根是个生命力很差很差而意志力极强极强的男人，是他从事这方面研究以来，经手的近万名男性中遇到的一个极特殊的个案：精子全部死掉了却不妨碍性生活。想到这点刘主任心头一喜。可是这又不好对珊珊说，说了也白说，他知道她并不关心性科学上的事。目前唯一重要的是让珊珊生男娃儿，可是，现在的王草根不仅不能让她生男娃儿，连女娃儿也不可能让她生了。这才是个大问题。

“这啷个办嘛？刘主任，是不是让他少做爱，或者停那么一段时期。要不，给他吃些能让精子活起来的药？”

刘主任是性科学的专家，心理学上当然也很有造诣。还有个情况他没跟珊珊说，王草根的精子不但是死的，数量也极少，用乡下人的话说是“一瓢里面没得几个”，更别说以毫升来计量了。刘主任知道到了王草根这把年纪，精子已经完全没有希望恢复到所需的有活力的数量，如果是三十岁左右的男人还可以试试。但是，告诫一个年轻少妇，要她丈夫或者情人节制和她过性生活，无异于与虎谋皮，遭她白眼，以后的事别谈，再好的话她也听不进去了，反而阻碍了进一步沟通；更有可能产生意外，如果弄出“红杏出墙”的事情，那就太对不起王草根了。但看着珊珊急迫的神态，又涌出一种医生对患者的同情，于是说：

“我不晓得这样说对不对，不对的话请你多担待哈：一，按目前王先生的家庭情况，叫他少过性生活恐怕也是很难做到的，何况，就像你刚刚介绍的那样，他的身体并没有坏到需要他身体内部的节制阀出来干预的程度。二，使精子逐渐恢复活力的药物有是有，但这种药物全部含有刺激性欲的成分。再给王先生服这种药，一来，作用很慢，二来，反倒刺激王先生性欲更强，性生活的次数更多。精子还没有恢复活力，最后倒弄得入不敷出，等于雪上加霜。今天我请你先过来，主要想跟你沟通一下怎样对王先生解释。我担心他搞不明白他自我感觉一切正常，精子怎么会是死的！他肯定会非要让我把他的精子医活不可，而这又不在我的专业之内。即使是专业医生，也不会很快见效。我想请教你的是：怎样跟他解释又怎样使他安心，至于恢复精子的活力，中医倒有既不刺激性欲又能让亚健康状态的人逐渐达到健康水平的方法。我国的中医中药其实是很管用的，现在也逐渐引起国际上的注意。不过，这话啷个跟他说呢？”

珊珊是何等人也！当了两年多小姐，等于上过高尔基式的“大学”，况且珊珊可以说已达到“博士后”水平。刘主任低估了她。她听出来刘主任的话外有话：也就是说王草根的精子数量和质量都无法恢复到再让女人生娃儿的程度，更别说生男娃儿了。对王草根的死精，刘主任已经束手无策，想推到中医头上了。但她也看出刘主任的真诚和善意。只有真诚坦率才能取得人信任，珊珊完全信任刘主任。并且，刘主任没直接告诉王草根而是先找她谈，既表明刘主任看得起她，又表明刘主任不但诚心而且细心。她觉得，对刘主任可以无话不谈。珊珊脑筋急转弯，很快想出了个绝妙的主意：

“这样吧，我来跟他说，刘主任你不用管，也不用跟他打电话。反正他大字不识一个，不会来找你看化验报告的。我回去就跟他说他一切正常，没得啥子问题，不过想生男娃儿的话，还要找中医开些中药来吃些日子，这样他会信的，心也安了。但是，刘主任，你也知道要个男娃儿是老王的心病。老王是个不错的人，在当今民间企业家中间，他算是善良的、正派的、对社会还是有贡献的。他对你刘主任也很敬重。我想请你这样办：你选质量好的精子，筛选个能生下男娃儿的，用人工授精的方法给我注射进去。当然不能让老王晓得，等我生下来他会高兴得不得了！这对他是最大的安慰，让他觉得他奋斗了这辈子没有白奋斗。这也不算欺骗他，嘟个说法呀？就是现在人常说的‘善意的谎言’吧！”

■

刘主任早就注意到人类面临的最大问题不止是战争、不止是贫困、不止是恐怖主义、不止是粮食短缺、不止是地球沙漠化、不止是金融风暴等等现代人吵闹不休的问题，而是人类即将绝灭！因为大气污染、因为臭氧层的破坏、因为化学物质污染了人居环境及每天都必须吃的食物和水、因为电磁波热辐射的影响，因为人们承受的种种压力增大和吸烟、吸毒、酗酒等等多种因素，人类男性的精子数量在急剧下降。不止数量减少，精子质量也在衰退：精子的冲击力、突破力都在弱化。虽然各国学者早已发现了人类面临的严重危险，但并没有引起人们普遍关注。人们关注的只是金融危机：股票、房价、油料、食品的涨跌，关注的只是眼前生活上的琐事，越关注越浮躁紧张，越浮躁紧张，精子越少越差。搞到最后，物质生活丰富了，睾丸里的精子却贫乏了，二者成反比；物质生活达到历史最高水平时，精子却减到零的程度，以致生不出后代，真正成了“后继无人”。

丹麦学者在二十一个国家里调查了一万五千名男性的精液，其精子数量只有五十年前的一半。一九四〇年，成年男性每一毫升精液平均含有一亿三千万精子，到了一九九〇年，平均每人只剩下六千六百万个了，而且每年还以百分之二点一的速度递减。按生理要求，每一毫升精液里要含有四千万到一亿个精子才算正常，如果少于两千万个精子，就难以生儿育女。目前，全世界的男性精液中含精子数量能达到四千万个已经算很健康了。这使得很多夫妇怀孕不再是件轻而易举的事情，西方发达国家有百分之二十的家庭苦于没有孩子，中国每八对夫妇中就有一对不孕不育。

国际著名学者是从实验室中研究出来的，而刘主任却是在实践中了解到的。他有个很知名的同行曾背地跟他说，前一阵子闹得很红红火火的所谓“名人精子库”后来悄悄关门的主要原因，并不是什么上级部门的干预，而是根本采集不到合格的精子。有的虽然有活力，却经不起冷冻库存。中国二十一世纪初所谓的“精英”没有“精子”，未来的历史学家会当成历史性的笑话大书特书，如果未来地球上还有人类的话。

让他更忧心忡忡的是，他经手的不孕不育的求助者，每五对夫妇就有一对无计可施。他上大学的上世纪五十年代末六十年代初，是中国物质供应最匮乏，人民生活水平最差的时候，老百姓连新鲜的白菜萝卜都吃不上，天天啃咸菜喝稀粥，还有许多人因营养不良而浮肿，但那时中国男性的精子量每毫升还在六千万个左右。近年来，他化验了数千例男性精液，一般来说，中国男性的精液中每毫升含精子量平均也就在三千万个左右，并且逐年下降，更有劣质化的趋势，即将濒临中国人人种绝灭的警戒线。今天，三十多岁的男人活的精子就既少又缺乏活力，即使增加营养、加强锻炼、注意休养，也极难恢复到五十年前的水平。他研究的一个课题就是想搞清楚：这究竟是生态环境破坏的结果还是基因的变异。如果是基因变异，那就是天要绝灭人类了。

他是个足球爱好者，他猜想，我们中国足球的“阴盛阳衰”，根本原因大概就在于中国男足队员的精子数量极少、质量极差。中国男足老冲不出亚洲，对中国人种来说，是个不祥的预兆。

■

珊珊提出的这种要求刘主任毫不惊讶。近年来，来医院不孕不育科室求助的夫妇，在男方无法可医时很多都有这种要求。尽管这是卫生部门严格禁止的，但我们现在连立竿见影会危害人们健康的食品质量、婴儿奶粉都管不过来，哪能顾及到一时对社会并无大碍的借种生子问题？

可是，种子从哪里来？特别是优良品种，现在在“人种”市场上奇缺。经上级有关部门批准正式成立的“精子库”都没有稳定来源。中原地带有个公开的“精子库”开张了几个月，从一百位应征的男性中只采集到三十人的“合格”精子，其“合格”还是在大大降低了标准的情况下通过的，如严格要求的话，其实全部不过关；倘若再经过冷冻，最后可能全部要当废品处理。而这种“废品”王草根又绝不会收购。至于要优良品种，对不起，“无货供应”！精子库如此，更别说处于法律边缘、可以说是在从事“地下工作”的众生医院“不孕不育试验室”了。

刘主任把这个情况告诉珊珊，倒让珊珊大开眼界，十分惊奇。过去她把那么多安全套中的精液扔进垃圾筒，现在想想真十分可惜。她想，小姐们可以说是最好的“精子采集工作者”。

刘主任跟珊珊详细介绍了当前“人种”市场的情况，等于同意了珊珊的要求，让珊珊颇为欣慰。

“那没得关系，没得关系！刘主任，好在老王现在还不十分着急，他才五十多岁不到六十岁，离完全丧失性功能的年龄还有一段时间，跟我生的女娃儿才一岁多嘛！等个一年半载，他中药也吃得差不多了，我们再实施人工授精。这样，他啥子怀疑都不会有了吵！就是请刘主任多留心点，找最好的精子，筛选出最好的男娃儿的种子。到男娃儿生下来，第一个就要重谢刘主任！刘主任可以说是老王的救星了！”

刘主任并不在意“重谢”，但同意珊珊说的王草根“算是善良的、正派的、对社会还是有贡献的”民间企业家，同时也为了回报王草根的知遇之情，他觉得为王草根做这件事还是值得的，反正众生医院的“不孕不育试验室”做的就是这种生意。王草根不愧是个“成功人士”，他一点生殖科学的常识都没有，但为众生医院想出的这个主意确实提升了医院的业务量，增加了医院的利润，医生员工的收入自改制后提高了很多。

叫男人“硬”起来的商机巨大，和微软有得一比！

正如刘主任所说，现在中国每八对夫妇就有一对不孕不育，也就是说中国城乡的每八对夫妇中就有一对是医院不孕不育科室的顾客，还有更多的是没有正式结婚手续，但想要孩子的中年男女，以及需要孩子安慰晚年的空巢家庭，这些都是隐形顾客，超过正式结婚夫妇不孕不育者的数量。但是，问题还是优良精子从哪里来？

来医院“不孕不育试验室”的求助者，治疗成功的人里面，有些是男方没有大毛病，调养调养就可以实行人工授精的，有的是给女方输卵管疏通疏通，或是治好妇女常患的各种炎症即可自然受孕的。可是，求助者中男方经调养精子合格以后，当然只能给他的妻子注射，绝不能偷偷地留点下来，挪用在别的女人身上。这不仅违背法规，更是违反医生职业道德的事。刘主任到众生医院“不孕不育试验室”，本身就有违规之嫌，但违反医生职业道德的事他是绝对不会做的。

男方彻底不行的夫妻，要借种生子的男男女女排成了队，人数不少于春节火车站售票窗口前的长队。

■

为了医院老板的传宗接代，要选出最好的精子给珊珊做人工授精，众生医院的“不孕不育试验室”急需合格精子。而这项采集真正的目的连“不孕不育试验室”的医生护士都不能告诉，只能含糊其词地说为了科学研究，“做试验”。对外，更不能公开“招标”，既不能打广告又不能上网宣传，只能暗地里进行。

先是动员他们科室人员的集体智慧，却也小有收获：依靠本院的医生职员，不论他们是否“不孕不育试验室”的，只要是众生医院的医生职员，哪家搞装修就与装修工们慢慢聊天，套近乎，逐渐引到医院需要精子的话题。当然要说好听些，不说“买”而是“采集”，“采集”完了付一定的“辛苦费”。有的装修工听到“辛苦费”比一星期的工资还高，笑着答应“试一试”。这就等于鱼儿上钩了，马上请到“不孕不育试验室”，给他一个无菌小瓶，请他进一间叫“采精室”的小房间，让他用自慰的方式把精子“劳动”出来。这样诱导来了十几个。让刘主任非常吃惊的是，来的十几个装修工，大多数年龄在三十岁左右，还有更年轻一点的，但精子不是死的就是畸形精子占了一半。这个数据让刘主任更知道化学物质对精子的杀伤力，因为装修工们几乎天天在充满甲酸或其他化学涂料的环境中工作。

不再在装修工队伍中寻找了，但可以通过装修工联系到其他底层群众。可是来的这些应征者刘主任没一个看上眼，外形不是有这样就是有那样的缺陷，如北方话说的“歪瓜裂枣”，即使精子合格，这种人的后代，不管是男是女，都不会是个可爱的儿女。如果让急切想受孕的当事人亲眼看见提供精子的人，大概也不会同意的。想要男娃儿，总要个像样的男娃儿是不是？

后来，发现了还有“自投罗网”的，那就是自己上网宣称自愿捐献精子的男性。

“不孕不育试验室”成立后，肚皮就调来当刘主任的副手，一般应征者都由肚皮接待。肚皮通过上网与这种好心人一一联系，在本市住的就很方便，一天可来好几个。但不能叫他们像报考什么学习班一样一齐来是不是？只能分开时间，让他们一个一个分别来众生医院。这也让刘主任吃惊，因为上网自告奋勇提供精子的人，不是上网成瘾的患有“网瘾病”的人，就是城市小混混，总之，没有一个看上去很精神、很正派，有上进心、有爱心，是出于高尚目的提供精子的自愿者。进了“不孕不育试验室”，在肚皮依照规矩向他交代有关事项、讲解签订捐献合同的条款之前，就先要求把报酬说清楚。合格不合格都先要报酬。

“要不然，哪个疯子把这么宝贵的精子弄出来给你嘛！”

这倒也是！他来提供精子，并不表示他事先知道自己的精子是否合格。他提供出来了，合格不合格，只有你医院化验的结果才知道。所以，他完全没有必要也不可能事先给你一份精子合格的证明，因而只好由他。他进了那房间，不到一分钟就出来了，一边系裤带，一边把瓶子往护士手中一塞，揣了钞票就走。

可是，道理归道理，这总有点叫刘主任不甘心。因为，他又发现这些城市男青年似乎都女性化了或者说中性化了。要么，有的男青年已不像男人，毫无阳刚之气，蔫萎萎的没一点精神。不说他们的穿戴打扮，一举一动都有女性化或中性化倾向，好像是同性恋者。要么，就是流里流气吊儿郎当，坐没个坐样，站没个站样，在禁烟区叼着香烟跟肚皮聊天。说话也说不到点子上，东拉西扯，天上地下，还十分傲慢，自以为是，肚皮的话听不进去，仿佛只有他是万事通。听了，也不按要求做，稀薄的精液仍然把无菌瓶糊得到处都是。给护士的时候嬉皮笑脸，说些下流话，把护士羞得满面通红，抬不起头来。一些护士已经有调换科室的打算。更有人往往是听了一些性知识后哄笑一番，扬长而去。原来他们这类人不过是闲得无聊，想在网上找个新鲜花样乐一乐而已

优良的精子没采集到，连“辛苦费”和人工成本、试剂费用等等，反而白白投入了好几万。

碰到这种情况，用四川话说：“唧个办嘛！唧个办嘛！”

正在众生医院“不孕不育试验室”对精子供应一筹莫展的时候，一亿六出现了。

柒

刘主任的车第三天就由修理厂描上点漆，看上去比原来还要光亮。刘主任取出来，这次注意把车停在停车线内，不再占用工作通道了。他

刚从车上下来，就看见那个剐蹭了他车门的小伙子站在车旁边。

“咦！亮亮的嘛！修得真好！我打问了一下，你就是这医院的刘主任嘛！不过，刘主任，修了多少钱？”

“啊！不多不多，没得关系，不用你赔了，”刘主任笑嘻嘻地说，“小伙子，但是有件事要麻烦麻烦你，这对你也是有好处的。你啥子时候下班？下了班到我办公室来一趟行不行？”

“行！现在就行。排我今天休息，工棚里空空的。不过，我一个人在工棚里坐不住，到工地走走，看有啥子要帮忙的。看到你开车过来了，我想正好，就过来问问。”

真是求之不得！刘主任笑容可掬地挽着小伙子的胳膊：

“来！那就到我办公室来，我们好好摆摆龙门阵。”

■

进了刘主任的办公室，刘主任又是倒茶又是拿烟。小伙子说：“不用，不用！我不抽烟。唧个敢这么麻烦刘主任嘛。不过，刘主任说嘛，有啥子事叫我帮忙？我不麻烦，不麻烦！”

刘主任不会像王草根那样说话单刀直入，要先跟小伙子聊聊家常。

“小伙子，你是啥子地方人，老家在哪里？听你口音像是靠重庆一带的，是不是？老家里还有些啥子人？父母是做啥子的？”

“是的，是的！刘主任你唧个听出来了吵？”小伙子好像他乡遇故知似的高兴，“我们县原来也属于四川。不过，重庆成了直辖市，就划归重庆管了。屋里头就有老爹和我继母，他们在家种地。不过最近都当移民了，不是要修三峡大坝嘛。政府给盖的新房，漂亮得很！搬到新房他们也不用种地了，就在屋头养老，安逸得很！”

“那你唧个不上学吵？上了多少年学？家庭条件不错，在家多好，为啥子出来打工嘛？”

小伙子唰地一下脸红了。“刘主任，给你说实话，我怕上学，一考试我就晕。再说，老师教的还不如我自己看的，我情愿打工。打工多好，跟大家在一起，工地又热闹，又好耍，站在高处还能看好些风景。”

“那你啷个到这里来的嘛？这城里还有你认得的人没得？”

“有有有！”小伙子好像提到这城里的人就很兴奋，“我姐在城里头开公司。我有时间就去耍，只有我姐对我好！”

刘主任有点奇怪。“既然你姐开公司，为啥子你不进她的公司做事，跑到工地吃苦打工嘛？”

“我姐的公司只用女的，不用男的。”

“那是啥子公司嘛？没得一家公司不用男人的。随便给你找个工作都比在工地打工好嘛。你说是不是？”

“啥子公司我不管，不过生意很好，进进出出都是女员工，我没看见一个男人。反正我姐给我安排的都是对的，都是对我好！再说，工地又不苦，我喜欢在工地上干活，还不愿意跟那些女的待在一起哩！不过，刘主任，你就不要客气，你要我帮啥子忙？你不要看我只读了初中，没得啥子文化，不过，我有的是力气，笨重活都能干，棒棒军都扛不过我！”

这点刘主任完全相信，恐怕没有一个棒棒军有他这样的身体，充满阳刚之气，充满活力，而且体形近乎完美。刘主任越看越喜欢，像欣赏一幅画一样，眼中洋溢着赞叹甚至是羡慕。

“嗯……”刘主任难于启齿，又不想把肚皮叫来。他很喜欢和小伙子交谈。肚皮一来，就把气氛破坏了，公事公办，小伙子马上就成了一个提供精子的工具。这样，一点人情味也没有了。以后再和小伙子交往，就不是朋友之间的关系，至少不是人与人之间的关系，而变成了工具使用者与工具的关系了。

“这也没得啥子！”刘主任决定直率地告诉他，“小伙子，你晓得我们医院这个‘不孕不育试验室’是医啥子病的不晓得？我们医院有一项业务，需要人的一些精液拿来做研究，如果研究出来，是对人类有好处的。我希望你能提供一点精液给医院，当然医院要付给你费用的，不会让你白提供的。”

“晓得晓得！听工地上人说，你们试验室是专门治不生娃儿的。他们说起来都笑，”小伙子又困惑地问，“不过，啥子是精液嘛？我好像没得这种东西。要不，我去问问工地上其他人有没得。”

刘主任意识到小伙子不懂“精液”这个比较文明的词，和王草根一样，必须用老百姓的说法给他解释。

“精液嘛……”刘主任一时还真没想起来老百姓怎么说法，“普通人大概把它叫‘sóng’的，差不多就是这个音吧！是男人身上流出来的一种液体。每个成年男人都有的，有了这个东西才能叫女人生娃儿的。”

“啊！我晓得了！”小伙子笑起来，“我们工地一天到晚都‘sóng’啊‘sóng’的，特别是那些北方人。那是骂人话嘛，发起脾气也喊‘sóng’！不过，我从没看见过是啥子样子。奇怪！我身上就没有流出来过，只会流汗。好像我没得啥子‘sóng’！”

小伙子已二十岁左右了，完全成熟，怎么会没有精液？刘主任以为小伙子不愿提供又不好意思明说。

“没得就算了！你也不用推辞，不想提供也没得关系。本来这就是完全尊重提供者意愿的事情，不能引诱更不能强迫的。可是你不要在意，你就是不愿提供我们还可以交个朋友的。以后，你万一要有个啥子病痛，头疼脑热的，尽管来找我。不要到别的医院去，乱花钱，还不一定治好病。”

“不不不！”小伙子着急了，“刘主任，我不是不想提供，不过，我确实没得啥子精液！我真的没见过。要有，提供一点出来怕啥子的嘛？我还献过血呢！”

刘主任又碰到新鲜事：从小伙子表情来看，一脸坦诚，绝对是老实话。但是，一个生理上完全成熟、身材近乎完美又体强力壮的小伙子竟没有精液！这不是又一个特殊病例是什么？

“我问你，请你不要在意，我完全是从人的生理科学出发的，你要实话回答我。如果你真要是没得精液，那在你这个年纪来说，就是一种病态。我还要给你治一治的。不然，对你一生来说都是很痛苦的，而且，你将来也不会有子女。”刘主任认真地问道：“我问你，你不要不好意思回答。你既然知道我是刘主任，又知道‘不孕不育试验室’是治啥子病的，就知道我是医啥子病的医生，对医生，没得啥子话不可以说的。这问题就是：有时候你的生殖器，也就是你们老乡常说的‘鸡巴’，会不会有发胀的感觉，能不能硬得起来？”

刘主任吸收了对王草根的经验，想把话说得让农民工明白，所以用了“鸡巴”这个词。

小伙子脸红了，埋下头，不敢看刘主任。吞吞吐吐语焉不详地回答：

“那那那……有时候，是会硬起来的……”

“那在啥子时候呢？是见了你喜欢的女人？还是早上晚上？”

“我也没得啥子喜欢的女人。不过，就是有个女朋友，那也是在一起耍耍的，跟硬得起来硬不起来没得关系，”小伙子低着头说，“不过，有时候早上、半夜里，睡倒、睡倒，倒是会流出些东西把裤子和床单弄得硬邦邦的，第二天还要洗。不过，我不晓得流出来的是啥子，那不应该是精液嘛！既然叫精液，就应该跟尿一样是液体对不对？”经刘主任一番开导，小伙子明白这是医生和他的对话，所以回答坦白流畅了很多，尽管用了不少“不过”。“不过”好像是他的口头语。

“嗨！”刘主任一下子释然了，放松地靠到椅背上，“那就是精液吵！你不知不觉让它流出来的时候它是呈液体状的，跟水差不多，就是比较稠一点，跟米汤一样。第二天早上，它就干了，干了以后，它就跟浆糊似的，就会像你说的那样，变得‘硬邦邦’的。小伙子，你没得病，你是健康的。不用担心！”

“要是那样，我完全愿意提供给你做科学研究。我晓得历史上还有好多人为了科学研究献身的嘛！”小伙子抬起头来，高兴地说，“不过，啷个能把脏裤衩提来嘛！那真不好意思！”

刘主任笑道：“你如果愿意提供，当然不能用隔夜的，也就是你说的变得‘硬邦邦’的那种。我们需要的是新鲜的，是刚流出来的那种。”

“那啷个等嘛！”小伙子很惊讶，“它有的晚上流有的晚上不流，不过，我又不晓得它啥子时候会流。它是不知不觉自己流出来的，不像尿尿一样，我想尿了就尿出来了。它可不是我想叫它流它就流的。”

“如果你愿意，小伙子，我们专门有间房间，让你一个人在里头，你可以用手把精液弄出来。弄出来的时候，你把它射到我们给你的一个小瓶里。这样你的任务就完成了。”

“用手弄？”小伙子大惑不解，“用手唧个弄得出来嘛！它是我不知不觉的时候自己流出来的嘛。不过，用手恐怕弄不出来。真不好意思！”

刘主任才知道这个纯朴的小伙子从来没有自慰过。当今，一个二十岁的年轻人从未自慰过，真是凤毛麟角！刘主任越发喜欢他了。出于喜欢，所以他觉得由他来教小伙子自慰是个罪过。可是，他又一时想不出其他方法，即使是慢慢诱导，他觉得也有犯罪之嫌。因为他是上世纪六十年代初的大学生，毕业于“文革”之前，那时，师长的教诲和各种青年读物上，都把“自慰”称做“手淫”和“自渎”，是一种自己亵渎自己、自我伤害的恶劣行为，对青年人的身体绝对有害无益。而他通过医疗实践，也确实发现许多不孕不育的病例，是由于男方在年轻时自慰过度而导致的。他想，如果他来教这样一个纯洁的小伙子自慰，从而使小伙子染上自慰的恶习，真是罪莫大焉！

■

两人只好尴尬地坐着，教小伙子自慰的话刘主任无论如何说不出口。他又不想把肚皮叫来。肚皮一来，不知道还会教小伙子什么不应该知道的事。小伙子也不懂怎样才能满足刘主任的要求。没有满足别人、特别是这样一个刮坏了他的车都不叫赔的人的要求，小伙子觉得非常歉疚。

“啊！”僵坐了片刻，小伙子猛地跳起来，一拍巴掌，“我有了法子了！我跟我姐问一下，她有法子，啥子法子她都有！我跟她问一问就晓得了。”

刘主任觉得这小伙子好像心智还没有完全成熟，有个监护人在旁边看着取精、签订所谓的“捐献合同”比较稳妥，如果监护人同意，由监护人来教小伙子怎样用手让精子射出来，那就是监护人的事了。

“好好好！那你就回去跟你姐先商量一下。我等你们商量的结果。”

“不用不用，我这就给我姐打个电话。”小伙子说着就掏出手机按了一下，似乎他的手机上只有这个号码。刚嘟嘟两声，电话就有人接了。

“好了好了！你骂啥子嘛！”小伙子一下子变得很调皮，“你要再骂我回都不回来了。我喝啥子汤啊！我就是不爱喝你那广东学来的汤才不回去的。不过，你留给陶警官喝去！你不要乱吵，我耳朵都麻了！不过，你听我跟你说哕，众生医院的刘主任是个很好的人，我把他车刮坏了他也不叫我赔。他要我捐献一点啥子精液做科学研究，不过，这精液哪个能弄得出来嘛？我问你的就是这个问题。你啥子法子都有，教教我嘛！”

电话那边说了几句话。小伙子挂了手机说：

“好了好了！不过要等一等！我姐马上过来。我啥子都是她教的，她就跟我妈一样！”

刘主任这天早上正好没有其他求助者，即使有，他也不会接待了，决定专攻这个小伙子。这个小伙子不是一个特优的精子供应者，就是一个非常特殊的病例，拿出全部工作时间加业余时间都是值得的。

在等待他姐姐期间，刘主任就给小伙子讲生理、特别是性科学知识，从书架上取下生理卫生和性科学的书，一面让他看图一面给他讲解。小伙子非常惊奇，也非常感兴趣。

“啊！娃儿是这样生出来的哦！这你说啥子精液精液的，我才明白了。不过，我的精液哪个会晚上自己流出来哕？不用女人它也会流出来，你说有没得啥子问题啊？”

刘主任给他解释，对年轻人来说，这是完全正常的。这叫做“梦遗”，像他这个年纪，一个月中有两到三次梦遗，只要梦遗的第二天仍然有精神，有力气干活，根本不必担心，还表明他身体是健康的。

“不过，刘主任，我没做啥子梦嘛！我从不做梦，它哪个自己就流了哕？”

“那你觉得不觉得它往外流的时候，你有种舒服的感觉？”

小伙子笑了，“那倒有！那倒有！是有种说不出来的舒坦。不过，那对我身子有啥子妨碍没得嘛？”

正说到这里，刘主任看见窗外开来了一辆蓝色的“VOLVO”，在“不孕不育试验室”平房门口缓缓停下，一会儿就响起敲门声。刘主任去开门，门外亭亭玉立地站着一位美丽的少妇。

捌

少妇向里张望了一下，看见她弟弟果然在里面，先有礼貌地问了问刘主任：“我可以进来吗？”这时，小伙子已经站起来“姐姐、姐姐”地叫开了。刘主任知道了她就是小伙子的姐姐，连忙说：“请进，请进！”

少妇比珊珊漂亮得多，比珊珊更文雅恬静，既妩媚又端庄。虽然不像珊珊那样全身名牌，但衣着剪裁得体，颜色搭配合适，显得既华贵又很大方，比起珊珊更像个“白领”。珊珊是张瓜子脸，少妇脸是鹅蛋形的，丰满而又有点福态，非常符合中国“古代美人”的那种脸形。少妇没等刘主任让座，迫不及待地挨着小伙子坐下。一面给小伙子整理衣领，一面唠叨：

“你看你，领子这样翻起子？像个啥子样子？在工地打工也要注意外表吵！早饭吃了没得？你说你今天排休，我一早上煲了一锅汤等你，就不见你来。刚想给你打手机，就接到你的电话了。啥子‘弄出精液’来嘛，笑死人！”少妇这时才转脸问刘主任：

“到底是啷个回事？我弟弟说不清楚，弄得我莫名其妙，我才赶了过来。我听说过你们‘不孕不育试验室’，也晓得你们是医啥子病的。啷个用得到我弟弟嘛？要把我弟弟的精液弄出来究竟要做啥子嘛？”

少妇问题虽然很严厉，但语气和神态都没有兴师问罪的意思。刘主任知道，对这样一位城市“白领”，决不能有丝毫隐瞒，更不能绕着圈子说话，何况她早知道“不孕不育试验室”是做什么的。刘主任和王草根与珊珊谈过话后，不自觉地受到感觉，觉得只有直截了当是最好的谈话方式。行就行，不行的话也不会让对方感觉受到欺骗。

刘主任给她泡了杯茶。“小姐，请问贵姓，怎么称呼？如果你有时间，我一定把事情的来龙去脉给你摆清楚，绝不会对你弟弟有一点点伤害。”

少妇接茶杯时起立了一下，笑道：

“免贵，我姓陆。现在叫小姐难听，叫女士我还没有结婚。刘主任，我看你还是面善的人，你就叫我‘小陆’好了。时间嘛，我有的是，只怕误了刘主任你的事。”

实际上，“小陆”在整个C市，无论年纪大小的人都称她为“陆姐”。为了小说叙述方便，并且她又是一亿六的姐姐，我们也跟着以陆姐称呼好了。

刘主任回到他办公桌前坐下，也像王草根似的竹筒倒豆子，把“不孕不育试验室”目前的困境和采集精子的目的及过程，一五一十地全部告诉了陆姐。

“坦率地说，我到这里来，还有个个人目的，”说得兴起，刘主任索性把全人类面临的严重危机：男性精子数量每毫升原先是多少，生理学上应该是多少，想生娃儿必须是多少；后来从什么时候开始下降，因为什么原因下降，直到今天，男人每毫升精液中有三千万个精子就算健康等等值得忧虑的状况，详详细细地向她姐弟介绍，等于给他们讲授了一堂科普知识课。

刘主任特别强调，依据他本人亲自调查的中国男性目前精子数量的短缺及质量弱化的状况，真可以说“中华民族到了最危险的时候”！

“现在生的娃儿很多先天不足，天生就缺少对各种疾病、各种病菌的抵抗力和免疫力；弱智、残疾、畸形儿增多，这都和男性的精子和女性的卵子质量有一定关系，特别是男性精子。我是搞优生优育的，并不完全是来治不孕不育的。我到这里来，是因为王草根先生这里的设备比较好，比较新。所以，对你弟弟，我只觉得他这么个帅小伙子的精子可能优良一些，一点点恶意都没得！请你放心，你同意你弟弟捐献当然好，不同意的话，请你弟弟提供一点精液专门供研究用，我都对你感激万分！”

姐弟两人听得目瞪口呆。用旧小说的语句描写陆姐再合适不过，叫“花容失色”。陆姐决没想到这中间有那么大的学问，关乎到人类还能否继续在地球上生存下去那样天大的问题。

陆姐怔了好半天，才仿佛透过气来：

“哎呀！我说，怪不得！我们过去在农村，娃儿坐在地上耍，灰堆里刨出来的也吃，掉在屎屉屉上的东西也捡起来往嘴里塞，也不见得啥子病，还光着屁股到处跑。现在可好！冷了也病、热了也病；至于吃的，稍微不注意马上得病，奶粉豆浆里有一点点不对头就受不了！我的妈啊！真是吓死人！”

陆姐到她十分受惊的时候露出了真面目：原来也是个农村进城的暴发户。

然而，陆姐是个见过大场面、经常与素质较高的人应酬的女人，很快镇定下来，诚恳地对刘主任说：

“刘主任，今天我没有白来，听了刘主任的这番话，增加了好些知识。我才晓得男人的精子质量是男人健康的一个重要指标。这么说，我还有点事请教刘主任。不瞒刘主任说哈，你也许稀奇我弟弟这样帅、这样标致、这样年轻的小伙子唧个会在外打工，而他姐姐也不是没得钱供他上学。刘主任你坦率，我也老实：我一年的收入也有近百万，不是我不供他上学更不是不愿意供他上学，”说到这里，陆姐眼睛有点湿润，“我们原来也是农村的，我们妈去世得早。他是我十岁时候我妈难产生下来的，我妈生下他，就死在产床上，快得很！所以，我们爹爹就特别不喜欢他，不止不喜欢，简直可以说是恨！动不动就打，动不动就打！我为了护他，脊背和胳膊都不知挨了我们爹爹多少棍子。可是我们爹一面打他一面哭，喊我妈的小名，你说又唧个办嘛！我们能恨自己的亲爹吗？当然不能！他从生下来那天就是我带的。一口水一口米汤地喂，晚上要爬起来换几遍尿布，我还要上学，那时候功课又重。十岁的女娃儿一边上学一边当妈，全中国恐怕就我一个。你说艰难不艰难？我们学校好，老师也好，晓得我家的情况，准许我背个娃儿到学校来。后来，我就给我们老家捐了个希望小学。所以，刘主任，请你理解：为啥子他都二十岁了我还不让他自己做主，啥子‘捐献精子’，我非来过问一下不可。”

陆姐见刘主任同情地点点头，再往下说：

“我一把屎一把尿地把他带大，带到他八岁，我也十八了。那时候，农村这个费那个税，多得你数都数不清！他要上学，又要这个钱那个钱，交了课本费还要交作业本费。哪像现在，全免了！我实在没得法子，才到城里打工，主要就是为了供他上学。可是，他一上学就跑，一上学就跑！他逃学逃得在全村都出了名了。他又不淘气，不乱来，逃学就是在野地里四处逛，跟鸟说话，跟鱼说话，跟花花草草说话。学校的老师找我爹，我爹就是一顿棍子，劈头盖脸，不管哪里一顿乱打。你说叫我啷个办嘛！我只有在城里头吃苦，啥子挣钱干啥子！好不容易到他十六岁，我也二十六了。我不管啷个也要把他接出来！回到老家请校长、请老师，勉强给了他一个初中毕业的学历。到了市里，给我公司干活吧，老实说，也不方便，女的多，我怕环境对他影响不是很好。他先是死活要到深圳去，我就托朋友照顾他到深圳。刘主任，你说这娃儿哈（傻）不哈嘛？打了一年多时间的工，不晓得跟包工头要工钱。工程完了，包工头不付工钱，其他农民工要拚命、要爆炸、要跳楼的时候，他还在给包工头干活！搞得一帮农民工恼火了，要打他。众怒难犯嘛！亏得我托的朋友跟我打招呼，我又把他从深圳接回来。回到城里，叫他待在家里啥子地方也不要去了，他不管吃啥、穿啥、玩啥我都养得起他。可是一会儿他就不见了，又跑到工地打工了。我找到这个工地把他拽回来，他又跑到那个工地，我再去拽回来，他再跑，搞得我只好由他出去打工了。”

陆姐说到这里凄怆流涕，爱怜地看着弟弟，紧紧地握住弟弟的手，好像怕他又跑了似的。

小伙子却好像无所谓的样子，笑嘻嘻地抚摸着姐姐的头。

“好了好了！又来了！又来了！不存在！不存在！不过，我喝你的汤就是了！”

陆姐顺势钻进小伙子怀里，埋住脸哭了一场。

刘主任心头很是酸楚，他完全想象得到一个十岁的女娃儿抚养刚出生的婴儿的艰难。他见过不少父女母子有这样深的感情，姐弟之间如此情深还从未见过。

陆姐用面巾纸仔细地擦干眼泪，稍稍整理了一下妆容，抬起头来正色地对刘主任说：

“刘主任，我刚刚把我们前前后后的真实情况告诉你，是想弄明白我左思右想一直想不通的问题，如同病人找医生看病一样，啥子都不能隐瞒。你看！他这个样子，非干活、非体力劳动不可！不能、也不愿脑力劳动，见了考试就害怕；在家待不住、坐不住、闲不住。我想，是不是他身体里有啥子毛病？是不是让我们爹爹打坏了？他一进城，我就带他到医院做全身检查，比现在给干部做的体检还要细。只要他在我身边，每年都要给他体检一次。CT 也做过了，全身扫描，连脑子都扫描了。结论都是没得病，脑子也好好的，啥子病都没得！刘主任你刚才说，男人的精子也能化验，这我过去还真不晓得，也没给他化验过。所以，今天就请你为他化验化验精子。他刮了你的车，该赔多少赔多少，化验精子要多少费用，我一个不少地交费。可是，我们话要说在前头：他精子的数量质量不管好不好，都绝对不能用作其他用场。我知道现在外面有好多借种生子的事。我不能把自己弟弟的精子让别人家拿去生娃儿！这生下来的算啥子嘛？是我们姓陆的骨肉还是别人家的儿女？我弟弟的精子要是跟女人生下娃儿，不管是男是女，是啥子弱智、残疾、畸形儿，我都要！如果用他的精子给别的女人人工授精，即使没生出娃儿，我也一定要把官司打到底！你说行不行？刘主任能不能保证这些？能保证的话，我一定支持你的科学研究！”

“小陆，说到这里，我觉得我们已经是朋友了，”刘主任实心实意地说，“其实，啥子车的问题根本不在话下，不要说只有那么一点点刮痕，就是整个碰坏了还有保险公司呢。啥子化验费你更不要提，我不是说了嘛，我感谢还感谢不过来呢！至于他的精液，我们当场化验，把化验结果告诉你，剩下的精液你看着处理掉它。我要的只是数据，其他啥子都不要！如果有人偷偷地把他的精子冷冻起来，给别的女人人工授精或者是做试管婴儿，不但你不答应，要打官司，我还坚决要斗到底呢！因为那绝对是违背医生职业道德的事！”

■

小伙子听说他姐同意他提供精液给刘主任做科学研究，十分兴奋又十分好奇，跟着刘主任和他姐到了所谓的“采精室”。两个护士已经在门口等着。

刘主任在办公室就向陆姐说了，她弟弟根本不知道什么是“自慰”，不会用手使精液射出来。陆姐虽然也感到有些不可思议，但她说她会教他的，解决了刘主任面临的最大难题。陆姐拿着护士给她的瓶 子 ，和她弟弟一齐进了房间。

“采精室”就是王草根和珊珊进过的那间，但自他们用完后，耀眼的白被单白枕头都换下去了，尤其经过几十个人在上面自慰，弄得比小招待所的床铺还要脏，更有一股难闻的味道。

进了“采精室”，陆姐叫弟弟脱裤子。弟弟倒很听话，他从小就听惯了姐姐的话。从他有记忆开始，就是他姐姐帮他洗澡的，一直洗到他自己会洗澡为止，所以，姐姐叫他脱裤子就脱裤子。

“把小鸡鸡拿出来嘛！”

拿出来就拿出来。他在姐姐面前一点不害羞，毫无保留地把“小鸡鸡”掏了出来。陆姐看见好久不见的“小鸡鸡”竟然长得这么大了，不禁觉得很自豪，也很感慨。日子过得真快呀！她想起她给弟弟洗澡时的样子，想起她一口一口给弟弟喂饭喂水的情景，想起她背着弟弟在上学的路上他牙牙学语，弟弟学会了一句话时她那种喜悦的心情，想起她搂着弟弟坐在江岸边一面摇晃、一面观望船来船往的快乐，想起他们姐弟俩的相互依偎相依为命，她的泪水几乎流出眼眶，但还是强忍住了。

她非要搞清楚弟弟究竟有什么毛病，不爱学习专爱劳动，还专跑到包工头不爱付工钱的工地上劳动。想当初，她就是为了能让弟弟上学而背井离乡到城市打工，独自在街头凄凉彷徨，好不容易奋斗到荣华富贵了，这个弟弟却偏偏不爱上学，完全背离了她来城市的初衷。她真正搞不懂、搞不懂！万分搞不懂！

“你看，”她先用自己的三根手指轻轻地捏着弟弟的“小鸡鸡”，活动了几下作为示范，然后拿起弟弟的手，叫他照样做。

“就这样，你慢慢地这样动，动动动动，就会慢慢硬起来。硬了一会儿，精液就会自然而然地射出来，就和尿尿一样，你要朝这小瓶瓶里尿，不要尿到外面了。尿完了，就叫我一声，我会进来拿的。”

出门时，陆姐在弟弟身边放了一叠面巾纸。“尿完了，你自己擦干净。”

陆姐出来，把门轻轻带上。

“好了，让他一个人慢慢来。第一次可能很快也可能时间比较长，我们等一会儿吧。”

刘主任觉得这个“没有结婚”的陆姐比他还了解男人。

可是，等了足足有十分钟，还听不见弟弟叫她。陆姐有点不安了，对刘主任说：“是不是有啥子问题呀？哪个这么长时间还不出来？”

是的。一般来说，精液提供者进门后最慢的也不过五分钟，有的甚至一分钟就出来了。

“我还是进去看一看。”陆姐不放心地推开门。刘主任也趁机在门外向里张望。只见她弟弟还是坐在小床上，一脸无奈的表情看着自己的“小鸡鸡”。它并没有勃起，软软的，不注意的话根本看不见，只看见一叠雪白的面巾纸。

“它哪个不像你说的那样，它不硬起来嘛！不过，我也不舒服嘛！”弟弟向姐姐埋怨，“我弄了半天，越弄越小。我看，还是晚上等它自己流出来的好。”

刘主任也进了房间。“这样，我先检查检查他生殖器的外部形状，看有没得啥子问题。对一般求助者，我们都是要首先检查生殖器外部形状的。”

刘主任在陆姐弟弟面前蹲下，弟弟任凭刘主任拿起他的生殖器翻来覆去，又是观察又是捏弄。他低着头一脸沮丧。检查完了，刘主任站起来，向陆姐说：

“你弟弟一点问题都没得！完全正常，甚至可以说非常标准。这是值得祝贺你们姐弟的！在你来之前，我跟他谈了很多。他有的晚上也会遗精，这证明他会勃起，也有精液。我这又检查了，内外都非常正常。他就因为从来没有自慰过，可能越弄越紧张，紧张了就往里缩。这也是正常的。”

不用刘主任解释，陆姐已经从弟弟“小鸡鸡”的圆面直径看出来，弟弟的“小鸡鸡”是个庞然大物。她知道北方有句丑话：“搐球不出门，出门日死人。”弟弟就具有这样的“搐球”。紧张、寒冷或是没有欲望时，缩得很小，一旦发威，立即怒发冲冠，如巨蟒出洞。

“那还是请你们出去一下，我来启发启发他，”陆姐有把握地说，“反正我今天一定要给他检查检查精子。万一他真有啥子病是别的检查手段看不出来的，不治好，那不是害了他一辈子！”

刘主任和护士退出后，陆姐在弟弟旁边坐下，细声款语地说：

“弟弟，你要放轻松些，一面弄的时候一面要想哪个你看起来漂亮的、你喜欢的女子。这样，你的心情才会高兴吵、欢喜吵！你好好想想，哪个女的漂亮，你又喜欢？”

弟弟想都没想就说：“我看就你漂亮，就喜欢你吵！”

陆姐心头虽然一阵甜喜，但还是故作生气的样子拍打了一下弟弟：

“胡扯！我要你想其他的女人，能跟你结婚的女人。啥子巩俐呀、章子怡呀！还有赵薇、莫文蔚呀这些和周星驰配过戏的。啊！你不是喜欢看周星驰的《大话西游》嘛，想想那里面的紫霞仙子呀。还有！你说做洗面奶广告的那个女子和做家具广告的那个女子好看，那一个叫李嘉欣，一个叫关之琳，两个女子都是香港的。你就一面弄一面想她们那样的女子，一会儿那东西就自动流出来了。”

“姐姐，你真可笑！那些是平面的嘛，没得一点立体感。她们能跟我结婚啊？我看你才是痴心妄想！哪个想她们嘛！不过看看就是了嘛！”

“那你就想你平时在大街上、在姐姐公司里头，你看上哪个也行嘛！反正你觉得你喜欢的、好看的就行！”

弟弟想了一会儿，有点不好意思地说：“我觉得二百伍还可以！”

陆姐忍不住扑哧一声笑出声来。

“那你就想二百伍吧！你就一面想二百伍一面弄。我在外头等你。”

知弟莫若姐，弟弟是姐姐一手抚养大的，还是姐姐有办法。这次，只有七八分钟，弟弟在里面就叫“姐姐姐姐”。陆姐进去，像得到胜利成果似的，高举着满满一瓶像粥一般的稠稠的精液出来。

■

陆姐非要等到弟弟的化验报告出来才会放心地走。于是刘主任就陪她们姐弟两人坐在化验室外面聊天。化验室的隔墙是整面玻璃，陆姐隔着玻璃就能看到里面的一切活动。一般献精者的精液化验报告，要等两三天才会有结果，但特殊人物特殊精液特殊处理，享受首长级待遇。刘主任把“不孕不育试验室”全体医生护士都动员起来，全力以赴，“下定决心排除万难去争取胜利”！肚皮在化验室里坐阵指挥。

三人在玻璃墙外面东拉西扯地刚聊了几句，就听见化验室里的化验员惊呼：

“刘主任、刘主任，你快来看哕！你快来看哕！”

刘主任急忙走进化验室，只见电脑的屏幕上呈现出密密麻麻的精子图像，一个个小蝌蚪活蹦乱跳，好像会蹦出屏幕，蹦到观众怀里，看得人不仅眼花缭乱并且想随时用手去接。刘主任一拍脑袋，暗自高兴：

“中华民族还是有救的！”

但他外表仍然显得很镇静，对肚皮和医生化验员们说：

“再继续做，再继续做，赶紧把真实数据做出来。”

刘主任走出化验室，不露声色，还是在陆姐旁边坐下。陆姐忐忑不安地问：

“啷个？啷个？是不是有啥子毛病？”

“你尽管放心，不会有啥子毛病的。他们有点不懂，叫我去调整一下仪器。稍等一会儿，结果就会出来的。”

弟弟并不关心结果，饶有趣味地看墙上的医学挂图。男性生殖器他还看得明白，女性生殖器他越看越糊涂。

“啷个那个样子的嘛！没个遮拦，不过，洗起澡来水都灌进去了嘛！”

众生医院“不孕不育试验室”的设备就是新，就是好！化验报告不一会儿就交到刘主任手上。刘主任让陆姐穿上白大褂进入化验室，亲眼看着把小瓶瓶里剩下的精液倒进废品筐，又把小瓶子里外洗得干干净净，才把姐弟两人又请回他的办公室。

“恭喜恭喜！你弟弟非但啥子毛病都没得，可以说还是个‘国宝’呢！”刘主任关上办公室门，才笑逐颜开，他向陆姐翻开化验报告，“不说别的，他的精子数量就惊人！”刘主任指着其中一栏，叫陆姐看，陆姐只看见一行像中学数学课本上的数学方程式。“你看，你弟弟的精子量每毫升超过一亿六千万个，现在全人类里有这样高的精子量的，可以说极少极少！活动力和存活率也非常高，都超过应有的正常水平；精子形态正常的有一大半，几乎没得啥异常形态的！因为你急着要，精子在培养基内存活的时间、耐冻的复苏率和穿卵率还做不出来。但是，有了上面这些就足够说明你弟弟是个超强的、不平凡的小伙子，是老天爷赐给我们中国人的！说句难听的话：他是个最理想，最优良的‘人种’！说笑话、说笑话！你别在意。我实在高兴得不得了，才开开玩笑。平时我根本不说笑的。”

陆姐哪顾得上“在意”，笑得像弟弟的精子一样，在刘主任的办公室里活蹦乱跳，又搂着弟弟的脸亲吻：

“啊！你这个一亿六哦！一亿六哦！我说嘛，你又漂亮又聪明，哪个会有病吵！姐姐更疼你了，疼死我了！”

“一亿六”就这样成了一亿六。

一亿六却毫不在乎，侧过脸避开姐姐的嘴唇。“你看你，这像啥子嘛！在刘主任面前，你得尊重人家吵！这，不过，我就不回去喝你的汤了，行不行？”

“行行行！你想啷个样就啷个样！姐姐晓得了你完全没得啥子病，啥子都由你！”

等姐弟俩稍安静下来，刘主任很严肃地说：

“小陆，你别再说你弟弟有病了。我听了你说的你弟弟的行为，我觉得，不是他有病，而是我们这个世界、我们自己出了啥子毛病！”

玖

陆姐拿着一亿六的化验报告复印件，兴高采烈地开车回家。一亿六说不喝她的汤，要跟刘主任去吃饭。为了化验一亿六的精液，“不孕不育试验室”全体工作人员加班到下午一点多也没吃饭。陆姐就从绝非仿制的正牌 LV 女用手提包中拿出一叠钞票，数也没数，给了一亿六叫他去请客。

陆姐住的小区叫“西城王邸”。现在的房地产开发商以为把他们盖的楼盘名称叫得越响亮越好卖。“白宫”、“白金汉宫”、“凡尔赛宫”、“克里姆林宫”这些名称不好随便用，但什么“王邸”“王府”“帝居”“皇苑”等等名称老百姓还是可以享受的，因为不管什么“王”什么“帝”，都死得只剩骨头了，没人来指责他们冒名顶替或是找他们要知识产权费。

“西城王邸”也算 C 市的豪宅，陆姐拥有一套二百二十多平方米的住房，在“王邸”中属于中户型。即使这中户型陆姐一个人也住不过来，一亿六又不愿跟姐姐住在一起，爱跟打工仔住工棚，那多热闹。然而，陆姐也不会寂寞，陶警官常来陪她，陪她的时间超过他在家和正式太太一起的时间。陆姐和陶警官两人的关系已有十年，比正式夫妻的感情还要好，虽不常同床但始终魂牵梦萦。其实，不是夫妻的男女情人，比握有“结婚证”的夫妻更加如胶似漆，因为他们没有“证”，只有真情实爱才是最好的“证”。真情实爱完结了，同床异梦，各想各的，什么“证”

都维系不住。古人真是说得对：

“两情若是久长时，又岂在朝朝暮暮！”

一亿六不喝她煲的汤，陆姐在开车路上就给陶警官用手机打电话，叫他来喝。陆姐到了“王邸”，进了家门就见穿便服的陶警官坐在沙发上等她。陶警官有房门钥匙，随到随开门，和自己的家一样。陶警官今年也有四十岁了，虽然穿便服没有穿警服精神，但仍可用“英俊”二字形容：腰板挺拔，高鼻梁，细眼睛，不穿警服也让人有三分敬畏，尤其在他眯起细眼看人的时候，好像会把人看透一样。

“啥子了不起的喜事嘛？看你满面春风的？”陶警官一面翻杂志一面说，“正好我在等一个线人的报告，有点空闲，不然，我还来不了呢！”

陆姐撂下LV就扑进陶警官怀里，要搂着他亲吻。陶警官侧身避开了点。“不忙不忙。你先说说你的喜事，我听听嘛。”

两人已经像老夫老妻了，什么亲吻已不在话下。

陆姐拿出一亿六的精液化验报告，高高举起左右摇晃，像举起《足球报》刚发行的“号外”：中国男足冲进了世界杯！

“你猜这是啥子？”

陶警官一把拿过来，一页一页地翻看，颠来倒去看不明白。

“这是啥子？我只晓得是小弟的身体检查报告。还是你说嘛，究竟啷个了？不要跟我打哑谜吵！”

“亏你还是警察！连化验报告都看不懂，你还能破啥子案子嘛！”陆姐笑话他说，“你看不懂上面写的呀？”

陶警官也笑了。“老实说，我只看得懂尸检报告。我看得懂死人的，看不懂活人的！小弟活蹦乱跳的，我老跟你说：他没得啥子毛病、没得啥子毛病！你老不听！”

“这我才相信了吵！”于是，陆姐把刘主任的话原原本本，一字不落地全部告诉了陶警官。陶警官听了非常惊讶，沉默了一会，嗖地站起来，若有所思地在房中踱来踱去。

“我说嘛，我说嘛！不是啥子社会问题，不是啥子制度问题，听你说刘主任的话，我总是想不明白的事，今天才恍然大悟：是人种坏了嘛！是我们人种坏了！你晓得不晓得？”

陶警官站在客厅当中，像给陆姐做报告似地大发牢骚：

“你说，一个七岁的娃儿，就因为老师批评了两句，就跳楼自杀。现在的娃儿唧个那么脆弱！娃儿自杀了，家长不依不饶，又把老师逼死了。老师也脆弱不堪！才十二岁的儿子，老子不让打‘电玩’，硬是拿刀把老子砍了十几刀！七八岁的娃娃勾结同学回家偷东西，外婆发现了，几个娃儿竟然把他外婆用枕头捂死，外孙还站在旁边看！前几天，一个女大学生，就为了两千块钱，被人骗去用阴道偷运海洛因。还是个处女呀！唧个那么傻？我想，她还不如当小姐去呢！傻成这样！这关社会啥子事了？关制度啥子事了？说贪污和制度有关系，我当然百分之百地同意！可是贪污来的钱一分不花，几千万人民币一大捆一大捆装在纸箱里头，藏在卫生间里让水沤烂。古人还知道挖个窖埋起来哩！你去看看那些贪官，把贪污来的钱是唧个处理的，你看了都会笑死！几百万上千万一捆捆地就塞在床底下、衣柜里、抽屉里，既不挥霍，也不洗钱，动也不动，难道就是图了每天看着舒服？你说，这又和制度有啥子关系？你说，这不是人种坏了是啥子？你刚才笑话我破不了啥子案子，老实说，现在的案子你查都不用查，低级得很！我是英雄无用武之地。我想破个高级复杂的案子，像福尔摩斯那样、像波洛那样、像李昌钰那样，破得过瘾的案子都没得地方去找！案发了，跑到现场一看，啥子都是明明白白地摆起子！还用侦查？只要想法把犯罪嫌疑人抓住就行了。所以社会上的人看起我们警察来，好像尽在抓人，没得别的干。唉！人种坏了！人的种子坏了，咋整都不行！”

“你生啥子闲气嘛！我不认为你说得对。这不是还有弟弟的一亿六嘛！”陆姐骄傲地说。

“是呀！你还有个‘国宝’！可是，我先提醒你，信不信由你：这个一亿六的‘国宝’，马上就会有人来抢！这点，我们可要当心！”

陆姐不以为然。“一个大活人，哪个能抢起走！抢也好嘛，那不就是像《抢新郎》那出戏里面的？就结婚了吵！一亿六、一亿六，你叫得真好听，以后，我们就叫他‘一亿六’！”

“喝汤喝汤！我本来在局里头吃了中饭的，你的一亿六把我肚子又搞饿了。”

现在，凡是能称为“宝”的，都会有人打坏主意，这是警察的本能反应也是警察的直觉。但陶警官觉得跟她说为时尚早。看她并不在意，也不愿她惊慌：过去成天提心吊胆弟弟的脑子有什么毛病，以后，成天提心吊胆弟弟的安全，何必多此一举，让她老是紧张，只好笑着说：

“一亿六，一亿六！我想，我年轻的时候也有一亿六，这么多年，大概被你整得只剩下三千万了，刚及格！”

■

正如陆姐自己所说，一亿六八岁时，她中学毕业，而弟弟也到了非上学不可的年龄了。“他要上学，又要这个钱那个钱，交了课本费还要交作业本费。”使爹爹本来就够沉重的负担上更加重了负担。

爹爹板起面孔、皱着眉头对陆姐说：

“上啥子学？就叫他跟着我种田！把你供到中学毕业，已经对得起你妈了。那是我早就答应过你妈的，要不然，我供你这么个女娃儿上学做啥子？我给别人家培养个有文化的老婆啊！我疯了啊！他要上学，反正我是一个钱都不会出！再说，你又不是不晓得，我一年到头还挣不到一千块，我还吃不吃？我还喝不喝？我喝西北风去？上学！到地里学种田去！”

陆姐对她爹说，她进城打工，保证一个月寄一百块钱。

“这么多钱，一，算我在家跟你一起劳动的收入；二，爹爹一定要让弟弟上学，弟弟上学的钱就从这一百块钱里头出，保证不要爹爹掏一个钱！”

爹爹算了一下，一个月一百块，一年就是一千二，比他一个人在田里下苦力的收入多得多，同时家里还减少一个人吃饭。

“那好！可是你要是不寄钱回来，我就叫他下地种田。一个月不寄都不行！哪个月我没收到钱，我就叫他回家来帮我种田！”

陆姐没有办法，只好与弟弟挥泪告别。一亿六还傻傻地不知她要到哪里去。陆姐牵着一亿六的手走到村头，一亿六还笑着说：

“我不要糖，你给我带根有好些眼眼的竹子来，就是吹得响的那种，吹起来像鸟叫的那种。”

陆姐弯下腰，告诉一亿六要听爹爹的话，不要到处乱跑。一亿六仰面向她笑道：

“他打我就跑！他不打我就不跑！”

陆姐随着同村的两个女娃儿一直走到再也看不见家乡，看不见一亿六，还留恋不舍，流泪不止。一路上坐了汽车坐火车，风尘仆仆地到了C市。进了城，另外两个女娃儿在城里还有亲戚投靠。但她们亲戚也在工地打工，住在低矮狭小的出租房里。陆姐不好意思麻烦别人，推说城里也有认得的人，只得一人到大街上四处寻找工作。

这时已到傍晚。她举目无亲，在大街上的车水马龙中间不知到哪里去好。人海茫茫，可是都非常陌生，没一个人搭理她。也有人盯着她看，还有人来和她搭讪，故意向她问路，或问她找谁，而她却直觉到那些人的目光中不怀好意，心中恓惶害怕得要命，慌张得像只兔子在人群中乱窜。她非常羡慕身边像有什么紧急的事走得飞快的人们，这说明他们都有事可干。

可是，城市毕竟是城市，灯红酒绿的餐馆玻璃窗上几乎家家都贴着“招聘启事”：招服务员的，招配菜工的，招清洁工的，招厨师的。陆姐想，她一个高中毕业生，怎样也比其他的女娃儿好找工作，就壮起胆进到一家看上去比较像样的餐馆。果然，女老板来到柜台一看，当即决定录用她做服务员，端盘子洗碗，管吃管住，工资一百五十元。陆姐觉得很不错，有吃有住，寄回家一百元还能剩下五十元，可以买些日用必需品。可是，女老板要押金：

“没得押金，万一你拿了啥子或是你得罪了客人跑了啷个办啦？到啥子地方找你嘞！”

陆姐一路省吃俭用，但买车票总要花钱的，身上只剩下十几块钱。女老板说至少要三百。陆姐左保证右保证，还拿出高中毕业证书，说得口干舌燥，老板也不听，只认人民币不认毕业证。她只好退出来，又在大街上四处找，想找个不收员工押金的店铺。可是进了七八家，没有一家不要保证金的。天已经完全黑了，走得腿酸脚胀，饥肠辘辘，手上拎的一个装洗漱用品和两件内衣的小包好像越来越重，可是还不敢去吃饭，因为要省下钱准备住宿。她下火车时看见火车站附近有很多小旅社，招牌上写着："淋浴电视，一夜五元"。

陆姐转来转去，专往热闹的地方走。最后，她发现有一条街上一排都是"发廊"。发廊里灯火通明，隔着玻璃窗向里看，好多女娃儿坐在沙发上一边看电视一边说笑。发廊的玻璃窗上差不多都贴有"招聘启事"，招"洗理工""按摩师""剪发师""美容师"。"启事"上写得更诱人："包吃包住工资面议"。

陆姐想，在这种发廊还能学到手艺，比端盘子洗碗强，将来能做个美容师多好！只要勤奋，她相信她很快就会掌握一门技术。发廊让她充满希望，她想将来学了一门手艺，回家去也开一家发廊，生意一定很好，因为她乡上还没有一家发廊呢。

她仍然是选了一家门面比较像样的发廊，走进门，女老板非常热情地迎了上来。

"啷个？是不是来找生意做嘛？我们这里正缺人手。"

陆姐并不奇怪闲闲地坐了一屋子女娃儿还"缺人手"，心想这里生意一定非常好，又没想到老板如此热情。何况已到了九点多钟，必须先找个地方睡觉。

"就是的就是的！"她高兴地说，"不知道我合适不合适。我还不会洗理美容，也不会按摩，我刚从乡下进城。不过我上过中学，保证会学得很快！"

"不会做没得关系，没得关系！哪个是生下来就会的嘛！"女老板拉起她的手仔细端详，"你呀！我保证你很快就会成为这里的红人！这里的小姐跟你没得比！”

“那……工钱啷个说呀？”她有点不好意思，可是这是最关键的问题，又非问清楚不可。

“没得问题、没得问题！外面的启事上不是说得清清楚楚嘛：包吃包住。工资嘛，我们实行计件工资制，你做了一个，你提三成，我们提七成。你做生意的地方是我们给你提供的吵！住在我们这里，吃还要吃我们的吵！出了麻烦我们还要替你解决吵！所以我要多提点。”女老板又凑到她耳边低声说：“你这样的，我保证你一个月能拿到三千块。”

一月能拿三千块！想都不敢想。但怎么会“出麻烦”呢？她有点迟疑了。“那……有没得保底工资嘛？”毕竟她上过中学，知道厂矿企业有“保底工资”这种形式。

“保底？哪个给你保底哟！你就是你自己的‘底’嘛！”女老板看出她不是个来当小姐“做生意”的了，但是这么一个漂亮女娃儿决不能放走。这个女娃儿有当小姐必须要的全部最优条件，可以说在整个C市都是拔尖的，简直可以去当电影演员。让她跑到别的发廊去，最终她还会走上这条路，倒过来抢了自己发廊的生意。女娃儿暂时不明白，可以慢慢让她明白。

“这样吧：你先住下。我安顿你住好吃好。看样子你还没吃晚饭。你不是说你还不会洗理，不会按摩吗？你在这里先学。你又上过中学，保险你很快就学出来！这要比啥子修理电器、修理钟表简单得多，特别适合女娃儿干！你学习的时候，需要钱用就找我拿，你要多少我给你多少！”

“要多少就给多少”，并且还在学习期间，城里人真是慷慨！女老板压根儿没提保证金押金的事，这点最让她安心。女老板见她有留下来的意思，马上叫旁边的一个女娃儿去对面饭馆买了一份盒饭。陆姐也顾不上旁边的女娃儿好奇地不住打量她，看她狼吞虎咽地吃饭，片刻之间风卷残云般把一份盒饭吃得精光。

她从小到大没吃过这么香的饭，城里人做什么都好吃。

■

发廊楼上有间小阁楼，挤了七八个女娃儿睡。她丝毫没觉得女娃儿一会上来一会下去的吵闹。女老板还给她抱来铺盖被褥，虽然有股又像黄豆又像鱼腥的难闻气味，但比自己家的被褥还新一些。她一夜睡得很安稳。第二天一大早，陆姐第一件事就是给爹爹打电话。发廊这点好，有个座机。那时老家只有村里的小卖店有公用电话。好在小卖店离她家不远，站在门口朝坡下吼几声陆姐家就能听到。电话通了，陆姐请小卖店老板叫她爹爹。小卖店老板说："你要等一会儿哈。这可是长途电话，这头没得关系，那头你付得起付不起啊？"陆姐在村里人缘好，人又好看又乖巧，哪个都喜欢她，小卖店老板还关心她这边付得起付不起长途电话费。

陆姐捏了捏口袋里的十几块钱，说："付得起付得起，就请你老人家快一点哈！"

爹爹来了。第一句话就问找到工作没得，找到了就要寄钱回来。陆姐说：

"找到了找到了！不过我还要工作一个月嘛！一个月以后才发工资嘛！爹爹先给他在学校报上名嘛。我保证一个月完了就寄钱回来！先报名要紧哈！"

"我就听你这一次，"爹爹口气不善地说，"一个月不见钱我就叫他退学。"

"行行行！但是爹爹还要把钱在路上走的时间算上啊！我把我这里的电话号码告诉你，爹爹你记下哈。我不寄钱爹爹就打这个电话找我，我保证给你寄钱去哈！"

打完电话，她问女老板要多少电话费。女老板说：

"要啥子电话费嘛！你这不是太见外了嘛！电话你尽管打，我看你也没得多少电话好打。有电话来，要是你接的，那边问有没得小姐，你就说有有有，问他要啥子样子的，要白胖的还是要窈窕点的，要外地的还是要本地的，要年龄大点的还是要年纪小的。你就照客人的要求告诉我。

这就行了！”

发廊的女娃儿虽多，但好像并没有几个来洗头理发的客人，摆在店堂中的四套理发座椅形同虚设。客人来了，刚在理发椅上坐下，女娃儿过来接待，也不拿梳子剪刀，跟客人低声聊了几句，两人就牵着手到店堂后面的小房间去了。顶多半小时，短的十几分钟，客人就出来了，发也没理，头也没洗，钱也不付，扬长而去。这样的客人在发廊中川流不息，尤其到晚上生意更好，可是就看不见柜台上收钱。

陆姐是个勤快的女孩子，放下电话不等老板吩咐，见哪里乱就收拾哪里，地上一脏就赶快扫，谁需要帮忙就马上过去搭手。来的第一天，店堂就仿佛一下子亮堂了许多，连玻璃窗都增加了光洁度。还没到中午饭时候，后面的小厨房里就飘出了饭菜的香味，一帮女娃儿高兴地喊叫：“口水都流下来了！”吃中饭时，女娃儿和女老板都夸奖陆姐做得好。

“比对门饭馆的盒饭好吃多了！”

陆姐还抱歉地说：“我就是用厨房现成的东西做的。不好吃大家多担待哈！”

女老板想，买对门饭馆的盒饭喂养这帮小姐，比起发廊自己开伙要贵得多。她知道厨房里没有什么东西，陆姐就做出这样的饭菜，可以说“巧妇能做无米之炊”了。以后，干脆就让陆姐做饭好了。

“妹儿，我给你点钱，下午你就到市场买些米买些菜回来，以后，你先给我们做饭。手艺嘛，有生意来了你就慢慢学。”

下午，陆姐不仅买来了米和菜，还把女娃儿和女老板积压下的脏衣服全在洗衣机里洗得干干净净，一件件晾在后院的小天井中间。一帮女娃儿没一个不感激她的，很快就和她亲热起来。最让女老板刮目相看的是：几天后是星期六，她娃娃从家里来发廊看妈妈，带来了学校布置的家庭作业。在楼上女老板住的房间里，陆姐居然能给娃儿辅导小学四年级的算术课和语文课，娃娃能听得进去，懂得也快：

“比学校的老师讲得还明白！”

从此，女老板就不叫陆姐“做生意”了。不少客人看见陆姐这么漂亮，指点要她，女老板就说："真不好意思！真不好意思！对不起、对不起！她是我家的亲戚来城里帮忙的。你等下、你等下，我给你找个最好的，比她好看得多。"又装出是跟客人说实话的表情，凑到客人耳边悄悄说："她是个中看不中用的！和'石女'一样，跟她要，一点意思都没得！"

这样很快到了一个月，女老板主动给了陆姐二百元。

"不要嫌少啊。其实你在别的地方做，还拿不到这些钱。我也是看你人好。不瞒你说，我暗暗地盯你过，这些日子你买米买菜，给你的钱回来报账，一个不多一个不少，像你这样的女娃儿现在真正不多了！所以我想帮帮你，你以后要是有啥子特殊困难，就跟我开口，我还会帮你的。"

陆姐打听过在饭馆当服务员包吃包住月工资只有一百五十元，二百元确实算多的，连忙说"谢谢谢谢"。拿着钱就往邮局跑，寄了钱立即用邮局的公用电话打给村里的小卖店，叫爹爹来听。

"我刚给你寄了一百块钱哈，爹爹你给他报了名没得？千万不能耽误他上学啊！以后我保证每月都会寄钱来的！爹爹放心哈。"

听出来爹爹在电话那头有点高兴的语气。"正好正好！学校昨天还来催学费哩。头一年学杂费就要二十多块呢！你保证，我也保证，只要你每月寄钱来，我肯定叫他上学哈。"

走出邮局，陆姐感到C市的天高了许多，也蓝了许多，从她身边走来走去的人都很亲切，她和他们一样，已经成了城里人的一分子了。她觉得自己非常幸运，从心底里涌出的一股快乐令她飘飘然。

拾

陆姐虽然是在农村长大的，没有城里女孩子成熟得早，但毕竟十八岁了。尽管农村女娃儿不像城里女孩子这样"开化"、"早熟"，对性事没有足够常识，也谈不上什么“情窦初开”。她从未有过“男朋友”，也没看上过哪个小伙子，觉得哪个小伙子“可爱”，一心一意都在弟弟身上。可是在发廊工作时间长了，多少也知道所谓的发廊是做什么生意的了。发廊和她一起住的女娃儿有七八个，在外租房或者家里住的更多，来来往往有二十多个小姐。发廊不仅内部可以“做生意”，还兼“外卖”，“送货上门”，业内的行话叫“出台”。女老板在电话里和对方谈妥，再电话通知小姐到什么什么地方去，成了个“中介”或者叫“介绍所”，生意形式灵活多样。

她每天要做十个人的饭，洗十个人的衣，还有天天换下的床单被套，倒垃圾篓扫地，虽然她不嫌工作累和忙，可以说是“辛苦着并快乐着”，但有时确实很不习惯。

发廊前堂后面，有用五合板隔出的四间小房，每间只能摆下一张单人床，名义上叫做“按摩室”，女娃儿都笑称为“公共厕所”。“公共厕所”的床单上每天都像用浆糊画了世界地图，既脏且臭，垃圾篓里的卫生纸和一种塑料套里的黏液，让她看起来都觉得恶心想吐。而和她一起住的女娃儿有时说说笑笑又难以入耳。她在农村从未听过这么公开地谈论这种不堪入耳的事。女娃儿有时还三三两两地聚在小阁楼里看电视，电视机里放的是录像带，播的是一男一女光着身子在床上翻来覆去活动的图像。女娃儿笑着说是学技术。虽然由于对她还算尊重，见她进来就关掉，但在不觉间她也会扫几眼。第一次闯进去看见时，她惊恐慌张，浑身的血液都涌到脸部，后来看多了也不当回事了。再说，即使不是录像带，电视机播出的正式节目和广告也好看不到哪里去，男女主角打打闹闹，不过是穿着衣服罢了。周围的氛围形成一个独特的世界，让她认为城市的世界就是如此。她从另一个角度理解了黑格尔哲学：“存在的即合理的”。

在发廊工作了四个月，有很多人来调戏她，都被女老板一一化解了。女老板姓方，大家都叫她方姐，三十多岁，擦了厚厚的面霜，抹了口红，烫了头发，看上去很时髦却不漂亮。方姐见客人来捏她摸她抱她的时候，就急忙过来打发她去后面的厨房干活。即便如此，她仍成了这家发廊的招牌。有人不为玩小姐也会跑进发廊转一转。

■

但她还是想离开这里。她认为这样大的城市总会找到适合她的工作。有的月份，方姐在二百元上还给她加二三十块“奖金”，存到三百块钱时，她趁买菜的机会用邮局的公用电话给爹爹打了个电话。说是单位要派她出差，要出去一段时间，叫爹爹有什么事等她回单位再打电话，这段时间别打电话来。回到发廊她又跟方姐说要请几天假回家看看。方姐通情达理，只是抱怨她走后她们又要吃盒饭了，叫她看家里都好就赶快回来，还帮她算了算往返花在路上的时间，准了她一星期的假。

这一带都是“发廊”，大同小异，做的都是那种“生意”，她就乘公共汽车跑到城市的另一头，找个热闹的商业区下车。看见满街也贴着“招聘启事”，心中暗喜：天地真大呀！

她一家一家地进去应聘：服装店、饰物店、化妆品商店、通讯器材商店、房屋中介、妇女儿童用品商店、床上用品商店都跑过了。老板一见她就决定录用，但一说到“保证金”或者“押金”，至少要三百元甚至一千元，比她到的第一家餐馆要的还高出几倍，有一家甚至要先交三千元。还有的，除“保证金”“押金”外，更要本地户口。

这天晚上她找了个深巷里的小旅社住下，单人间，一天房费二十元，也很干净，她带的钱还能住上几天。晚上躺在床上翻来覆去睡不着，总结一天的经验：这一天她跑了有三十多家，除国营商业网点、国家企事业单位和银行，这些只能凭关系或是学校毕业分配才能进去工作的单位，几乎跑遍了街面上各行各业的民营店铺以及大大小小的“超市”，可是都异口同声地要“保证金”或“押金”，而所有商店店员的月工资也只在三四百元的水平。工资较低的管吃住，工资较高的不管吃住。在城市的四个月中，她知道方姐发廊里的小姐每月几乎都能收入两千元左右，这还是经方姐“提成”过的。发廊的生意多种多样，花样百出而又价格分明，不同的服务有不同的价格。虽然店堂墙上只有明星照片和各种发式的图像，没有张贴“价目表”，但个个客人好像都心知肚明，不讲价钱，不打折扣。接待客人最少的女娃儿一天也能有三四十元进账，据说“出台”的小姐“小费”更多。她感到这个世界太不公平。在商店工作的高中毕业的女娃儿，一天到晚站在店门口，向过往行人不停地又拍巴掌又喊叫：“进来看啊！进来瞧！”嗓子都喊哑了，一天才拿十块钱。而发廊的小姐文化程度最高的也只上过初中，有的连小学都没毕业。

她开始怀疑“存在的”是否“合理的”了。但她仍不死心，决心一定要凭自己的能力找到一份正经工作。

第二天、第三天又在热闹的大街上挨家挨户地找，虽然仍然是每家都要录取她，但没有一家不要“保证金”“押金”的；没有“保证金”“押金”也行，那就要拿出本地户口，不但要本地户口，还要本地的“担保人”。她背着弟弟勤奋努力读到高中毕业得到的毕业证书，起不到一点“保证”作用，既辛苦了爹爹又辜负了妈妈。早知如此，还上什么学呢？

第四天，居然看见有家“实业公司”贴出的“招聘文秘启事”，并且注明专招聘女性，未婚，年龄在十八岁到二十五岁之间，文化程度要高中毕业以上。她正好符合这些条件。她在公司外徘徊了好几圈，最后鼓足勇气挺起胸走进实业公司。公司在一座大厦的三楼，办公室很气派，很正规，几个职员都在办公桌上用电脑操作。她非常礼貌地低声问一个正埋头工作的职员，来应聘应该找谁，那职员向“经理室”一指。

她敲敲门，里面喊“进来”。她轻轻推门进去，经理的眼睛就一亮。

■

经理已到中年，穿西服打领带，面前是一张硕大的称为“老板桌”的桌子。经理本来靠在椅背上，一见她就坐起来，肘子支在桌面上，和她用很和蔼的语气交谈：哪里人？什么文化程度？曾经做过什么工作？想在公司做什么工作等等。别的她都老实说了，高中毕业文凭这次起了作用。可是想到说在发廊工作过，肯定会给经理不好的印象，因为她自己就明白发廊其实是什么性质的营业场所。她灵机一动，就说她是小学教师，教的是四年级。给方姐的孩子辅导还是有好处，说到小学四年级的教材她滚瓜烂熟，经理一点没有怀疑，连声说好好好，现在就决定录用你，你当个文秘很合适！

她半吞半吐地问报酬怎样。经理说，月薪六百元，如果公司业务好，还加一百到二百元奖金。

对她来说，这不仅工作理想，工资高得也出乎意料。她想还是要老老实实地先告诉经理她交纳不起保证金和押金，户口也不在本地，免得上班后自己失望，也让经理失望。经理却毫不在乎，说，啥子保证金、押金哟！这种方式让人难以就业，常使优秀人才丧失就业机会，他们公司就是要广泛吸纳人才。

"尊重知识，尊重人才是我们公司成功的秘诀嘛！"

"明天你就来报到，没得问题！"经理又说，"今天嘛，晚上我们一起吃顿饭，互相了解了解，我跟你介介绍绍公司的情况，你好开展工作。"

出了公司大门，她分不清东西南北，"心花怒放"都不足以形容她的心情。因为经理跟她约在公司对面的餐厅，时间是下午七点，她哪里都不去了，暗暗守在公司门口。又怕公司的人出来看见她，弄得她不好意思，就进了餐厅旁边的一家茶室。茶室里五块钱泡壶茶，能坐上一天，这是 C 市人的习惯。

中午饭她也没吃，一直坐在茶室里等。喝茶喝得肚子"咣咣咣咣"响，也不觉得饿了。七点钟整，她看见经理从公司那幢大楼出来，直接过街进了那家经理约定的餐厅，就马上起身跟着进去。经理一见她来，很热情地一把挽起她的胳膊走到一个卡座上，两人相对坐下。经理把菜单递给她，叫她喜欢吃什么就点什么，她就看着最便宜的点。经理笑着说：

"你唧个那么节约啊！我们吃饭都能报销的。来来来！还是我来点。"

经理点了一桌菜，有的菜她不但没见过，听都没听说过。经理还要了瓶酒，服务员给他们把杯子倒满。经理端起杯说第一次见面要干掉，她喝了一口，差点都呛了出来，但又不能让经理看出她"土气"，只好勉强喝了一点，笑着应酬周旋。

陆姐急切盼望那份“文秘”工作，不得不尽力适应环境，逢迎经理。加上饿了一天，肚子咕咕叫，只顾埋头吃饭。一会儿，她就比较自如了，一边吃一边静静地听经理说话。而经理并没有向她介绍什么公司的业务，喝了几杯酒后，却向她抱怨他自己家庭的不幸：老婆不理解他，天天回家看冷脸，回到家感觉不到丝毫家庭温暖，家庭对他来说只是个负担而不是“温情的港湾”。特别是在他们公司艰苦创业的时候，他常常回家得晚甚至有时不能回家，一回家老婆就摔碟子摔碗，令他烦上加烦，看电视的时候老婆喜欢看什么节目就是什么节目，老婆连拿遥控器的权利也不给他，等等等等诸如此类的话。接着夸她长得好看。“既有农村女娃儿的纯朴又有城市女娃儿的妩媚。”脸面好，眼睛好，身材好，姿态好，一双手长得好，简直是浑身上下无处不好，如果她参加“选美”，一定会得大奖，等等等等诸如此类的赞美让她既高兴又困惑，不知经理究竟要她做什么工作。她想探听一下她的“文秘”岗位做什么事情，每天必须完成哪些任务，经理就连说不忙不忙，上了班自然会知道。一顿饭吃完，经理把一瓶酒全喝了。出了餐厅经理已经半醉，还要送她回旅社。她婉言谢绝都谢绝不了。

经理的态度非常坚决。“请女娃儿吃饭哪有不送回家的道理！这叫‘间得曼’，君子风度，晓得不晓得？”陆姐哪懂什么“间得曼”，以为说不定这就是城里人的规矩，是“君子风度”，也只好让经理跟她一起回到那小旅社。

进了房间，也许因为房间小，只有一张单人床可坐，经理就拉起她的手一屁股在床上坐下。先抬起一只胳膊在她肩上抚摸，不住地盯着她的脸：

“妙呀妙！你是我想了好久的人！我们俩真是有缘分，今天你一进门，我就像上辈子见过你一样！你是上帝赐给我的宝贝！也是上帝给我的机会，我一定会好好珍惜的，决不放过你的！”说着说着就来搂她的头，伸过嘴要亲她的脸。

陆姐吓得赶紧站起来。“经理经理，你有点醉了！我先倒杯水你喝点哈。”

小旅社的暖瓶向来是不保温的，她从暖瓶倒了杯水双手捧给经理。经理也口渴了，一口气喝下杯冷水，清醒了点，又向她伸出双手。

“来嘛来嘛，过来嘛！在床上我们才能进一步熟悉吵！”经理一下一下大幅度地拍他旁边的床位，“过来过来！坐这里，坐这里！我很文明的，不会伤害你的！让我搂着你说话嘛！”

陆姐一下就看出常来发廊那种客人的神态：色迷迷的眼光，把女人当作玩物的表情。她非但没有过去，还向墙角退缩了两步。

两人僵持了片刻，经理点燃支烟，吸了几口，叹口气说：

“唉！小陆，你真不懂事！‘文秘文秘’说穿了就是‘小蜜’吵！现在社会上说的‘小蜜’你听过没得？就是陪老板玩的，给老板当情人的。其实，你啥子都不用做。啥子‘工作’哟！工作就是让老板高兴嘛！老板高兴了，啥子六百块钱工资，你要多少给多少！你看你，连个手提包都没得！还像个城里人啊？还像个城里的女娃儿啊？当了‘小蜜’，这一套城里女娃儿的装备，我马上给你配起子！你可能想，这要跟老板上床哈，说白了，上床当然是免不了的。但是我还是讲文明的是不是？我们感情到了那一步，你就会自觉自愿地跟我上床的。我等得起！因为我喜欢你，不会强迫你的。”

“小蜜”这个词陆姐早就听发廊的小姐说过，发廊有个小姐还真给一个老板当“小蜜”去了，从此没再到发廊来做生意。但陆姐对眼前这个经理没有一点感觉，还越来越反感。嘴里讲得很文明，行为却和发廊的客人一样甚至还不如。因为那些客人一到发廊就目的明确，不跟小姐讲什么“家庭不幸老婆不好”的废话。再加上，经理的一张橘子皮脸，看出已经未老先衰，头发是小姐说的“地方支持中央”那种样式，塌在头顶上油腻得发亮；嘴唇外翻，一嘴黄牙，不喝酒时也有股口臭；别看他一身西服革履，包着的就是一副骨头架子。陆姐喜欢干净，他脏；陆姐喜欢挺拔，他已有点弯腰驼背；陆姐喜欢精神，他萎靡不振；陆姐喜欢坦坦荡荡，他却绕圈子说话……陆姐虽然已十八九岁，但她的特殊情况使这个农村姑娘对未来的爱情并无明确的憧憬，如果这个经理正常地做她上司，不论他长得什么模样，她一定会对他尊敬听话，努力完成交她经办的工作。可是要这经理做她的“情人”，她真觉得决不会和他“感情到了那一步”。

总而言之，说到底，陆姐不是断然拒绝“小蜜”的角色。到城里已经近半年了，尤其天天和小姐们生活在一起，受了她们的熏陶，知道现在城市里的风气就是如此，当“小蜜”也不是丢人的事。有的“小蜜”跟着老板出去还很风光，小车来小车去，进出高级场所，到了公司也比其他职员高出一等。但眼前的这个橘子皮脸经理让她一点也看不上，真给他当了文秘或“小蜜”，两人肯定会纠缠不清，扯皮不断，麻烦事接踵而至，落到更难堪的下场。聪明的陆姐这点还是能预料到的。

经理见她默不作声，并且有拒绝的神情，干脆直言不讳地告诉陆姐：

“小陆，我告诉你，你一个农村来的女娃儿，尽管你上过高中，教过小学，想在城里找工作，就只有进餐馆和商店，当个服务员售货员啥子的。想到公司做事，你只有当‘文秘’，也就是给老板当‘小蜜’。还是因为你长得好看才有这个机会，别的农村女娃儿想当还当不上呢！你不想想嘛！现在的大学毕业生都找不到工作，人才市场挤满了大学毕业生，城里头又有那么多下岗的，哪有好的工作岗位等个农村女娃儿来！说实话，像你这样的农村女娃儿，连城市户口都没得，想在城里挣钱，不是去夜总会、娱乐城就是去发廊。可是那多不体面嘛！‘小蜜’总要比‘小姐’好听得多吧！搞好了，我把老婆都离了跟你正式结婚！你好好想想，今晚上我不逼你。晚上你睡觉想一遍，明天我会在办公室里等你来的！”

■

第二天一大早，陆姐起来退了旅社的房间。令橘子皮脸经理没料到的是，陆姐没到公司那里去，却朝相反方向走向不远的公园。那是 C 市著名的历史名胜，纪念一位历史名人，她在课本上读过的。在公园前的早点摊上匆匆吃了早点，就找了个公用电话。

照常是村里小卖店老板接的，陆姐请他叫她弟弟听电话。小卖店老板说：

“他龟儿子一天到处乱跑，我看能不能找见他哈。找不见唧个办嘞？”

陆姐听到可能找不见弟弟万分着急。“那就还是叫我爹来。真麻烦你老人家了！反正我在这头等，请你老人家仔细找找。我不放心的就是我弟弟！如果找不到，我把这头的电话告诉你老人家，就请你打个电话回来。电话费我回屋头的时候一定还你老人家，还会给你老人家带旱烟回去哈！”

“好好好！那你等着哈。”陆姐在村里和她弟弟的关系谁都知道，无人不夸奖她的。陆姐拿着听筒，焦急不安地站着左右交替地捣脚。所幸不一会儿那头就传来弟弟的声音。

“姐姐姐姐！是你呀？你给我找到那带眼眼的竹子没得？就是吹得响的那种！”

陆姐听见弟弟的声音觉得腿都软了。“你今天唧个不上学啊？一天跑啥子嘛跑？”虽然心里高兴得不得了，但她还是用责备的口气对未来的一亿六说话。

“上学上学，我唧个不上学吵！不过学校的老师厉害得很，每天都要考试！今天你忘哪？今天是星期六吵！我刚吃了块饼子。姐姐，你吃了饭没得？”

听到弟弟还关心她吃饭没有，陆姐的泪水一下子涌出眼眶。

“你把你自己招呼好就行了！爹爹还打你不打呀？”

“他就是打我我也不怕了！姐姐，我找到个洞洞子，钻进去哪个都找不到我！”

“你读书读得咋样嘛？学校好不好？你要耍就在学校里耍，千万不要到处乱跑。听到没得？”

“我又没有到处乱跑，就在田里跑！昨天我到江边边去了，就是你老带我去那个岸边边上吵！我看见一条船翻了，我还帮着去救人哈。”

陆姐又急了。“你唧个一个人跑到江边边去吵！你去救个啥子人嘛！

你还要别个来救你，懂不懂？以后你再跑江边边去，我回来就不理你了哈！”

“我想你哕！我一想你就到江边边上去，那里是你老带我去的哕！”

陆姐心酸得疼了起来，但看见旁边要用公用电话的人已经等急了，只得又安顿未来的一亿六儿句话，茹泣吞悲地放下电话。

付了电话费，她就坐在这所名胜古迹门边等着开门。开门放人后，她直接走向那座著名古人的塑像前，买了一把香，恭恭敬敬地点燃，插进香炉。

她不由自主地一下子跪倒在那古代名人面前，趴在蒲团上放声大哭。

拾壹

痛痛快快哭了一场，陆姐觉得心头舒展了一些。这时，来参观的游客逐渐多了。陆姐站起来，立在这位众所周知的古代名人前面，注目看着这个木雕。木雕面部神秘莫测，好像至今还深有智慧，高高在上地注视着她。但陆姐从他面部表情上得不到一点暗示，仍然不知道自己应该向何处去，怎么办？陆姐想起书上说的，他原来也是躲在乡下种田的，后来才成了在中国历史进程中起过重大作用的杰出人物，从而流芳百世，今天人们还在纪念他，可见在乡下种田并没有什么不好。大不了，再回乡下种田就是了。

陆姐到这座景点的公共厕所去洗了洗脸，梳整齐头发，走出景点大门就上公共汽车，像她来时那样，转了两趟车又回到发廊。

她一进门，女娃儿们也就是小姐们都惊喜得叫起来：

“方姐方姐，你输了，你输了！快掏钱请客！快掏钱请客！”

方姐从后面出来，惊喜万状，“我说她不回来了不回来了，其实心里是想她回来嘛！你们不了解我呀，啥子事情都要做最坏打算是不是哕！妹儿快休息，快休息！你是昨天晚上就上车的吧？刚下车一定累得很！

今天我打赌输了钱，要请客吃饭。你今天一天都不用做饭。”

原来，陆姐请假走后，小姐们跟方姐打赌，小姐们说她会回来，方姐说她不会回来了。谁输了谁请客吃饭。方姐虽然打赌输了，但输得特别高兴。

出去四处找了一趟工作，为找个正经的地方工作，陆姐还忍痛花了八十几块钱买了一套城里女娃儿穿的衣服，不是时尚的那种，而是“职业装”式的，以免面试时主考人看出她一身乡巴佬的模样。加上旅社的房费、吃喝的花销，汽车费、上香的香烛费等等，四天一共花了两百多块钱。好不容易存下的三百块只剩下不到三十块钱了。她觉得这是她一生中最大的浪费，足可以供弟弟上两年学了。她见大家这样热情，人人都盼望她回来，不觉暗自惭愧。

“方姐，不要在外头吃嘛！我去买菜，买些鱼肉，还是我来做了大家在这里吃多好！”她其实并不累，放下小包就挽起袖子准备到厨房去看炉火。小包里装的就是令她觉得浪费的“职业装”。

“好好好！”方姐马上拿出钱，“你不要再去菜市场了，你先躺下休息一会儿，叫小红去买。你做的比饭馆里好吃得多！今天我们打一天‘牙祭’！”

这天晚上，方姐就让她换到二楼自己的小房间，在方姐床对面支了张小床，从此她搬离了那间挤着七八个女娃儿的小阁楼。

发廊是一天二十四小时营业的，尤其到晚上电话不断，方姐跑上跑下听电话接待客人。在稍有空闲的时候，方姐坐在她床前说：你在的时候也不觉得啥，你走了还真想你。你一走，这发廊好像变了个样子，连气味都不对了。虽然我们这个发廊做的是这种生意，可是你在的时候，大家都还活泼些。你不在，大家好像除了做生意就是做生意。你家里都好，这你也放心了，就安心待在这里。人嘛，就是靠运气，靠机缘。我看你将来说不定会碰上个好机缘，好好嫁个人，在城里安个家，安安生生过日子。

她想，这次出去也有好处，就是看到了这个大城市并没有她什么机缘，在城市里到处乱找，运气也找不来。让她知道了在这个大城市里，只有这个藏在城市一角的肮脏的发廊才有她的立足之地，除此之外，没有一个能让她安身立命的地方。在这个发廊，她至少能感到一点温情，也很热闹，小姐们都靠自己的身体挣钱，互不干扰，互不争吵，没有社会上那些勾心斗角的事，可以说真是一个“大家庭”！

■

这样，又安安稳稳、与大家和睦相处地过了两个月，在陆姐又存了两百块钱时，家里突然打来个电话。

是小卖店老板的声音：“妹儿哪！你听了先不要着急，也不要害怕哈！我先告诉你，你弟弟那龟儿子没得啥子事，啥事都没得！这我才往下讲哈。”

她听来就不妙。“好好好，我不着急也不害怕，家里到底有啥子事，你讲嘛！”

小卖店老板这才往下说：“前天落大雨，不晓得你们城里落了没得！电视你看了没得？电视上叫‘暴雨成灾’。这里的山体滑坡，你们家不是就在离江边边不远吗？在我小卖店旁边的一溜土滑下来，把你们家房子扫了个拐角。你老爹正好在屋里头，房子塌了下来，把你爹压伤了哈。不过没得啥子大妨碍，就是肋条压断了几根。现在乡政府已经把他送到医院里头住起子了哈。”

“那唧个我弟弟没得事吵！老爹你不是安慰我才这样说的吧？”

“不是不是！那龟儿子灵得很！有了点小雨就拉着你爹往外跑，说要跑到个啥子洞洞子里去。你爹你晓得的吵！偏不跟他跑！结果就压在屋里头了。”

“那现在唧个办嘛？我回屋里头看一趟吧！我这就回来。”

“你回来也是这样嘛！你爹叫我给你打电话，就是不叫你回来，要的是你想法子寄三四千块钱回来：房子要重新盖，他受了伤，要养伤，伤好了一时又不能下地。你回来不也是啥子都帮不上嘛！现在你弟弟那龟儿子在侍候你爹，端饭、端水、端屎、端尿他还会干的吵。就是要你寄钱！我看，要盖房子，没得四千块也要三千多，还不算压坏了的那些东西要添，再还有你爹养伤的钱。”

“好嘛好嘛！”陆姐只能应承下来，“我这里想想法子看。请你老人家跟我爹爹说，叫他不要着急，好好安心养伤，不要再打我弟弟了。我这里一定想一切法子尽快给他老人家寄去。”

小卖店老板来电话正在中午，小姐们刚起床，也还没有客人上门，小卖店老板好像没打过长途电话，怕对方听不见，所以高喉咙大嗓门地喊得所有人都听见了，方姐也在。放下电话陆姐就发呆，大家也想不出什么办法安慰她，全发廊的人都默默无语。

她照常做了中饭，小姐们吃了，这中间有个没有生意的间隙，方姐把陆姐叫到她们的小卧室，拉着陆姐的手说：

“妹儿，我晓得你遇到了困难，可是叫我啷个帮你吵？你爹爹一伤，又要盖房，没得三四千块钱下不来。我倒是可以借给你，你啷个还嘞？你也晓得我家的情况：我们两口子下了岗，老公就从此消沉了，成天耍麻将，啥子事都不做！我才开了这家发廊。明明晓得做的就是见不得人的生意，但是只有这种生意还能来钱，其他做啥子？开家小卖店？一天挣不了十几块钱！我又要养娃儿，又要养老公的爹和我的两个老人，还要给老公还赌债。最近，原先的工厂要出卖我们住的家属楼给职工，说是啥子‘房改’，每家都要交一万多块钱，这才算现在住的房子归自己的，让住下去。不然，就要叫我们卷起铺盖滚蛋！所以说，三四千块钱对我来说真是个大数目。借给你了，一百一百的，你要三四年才还得清，我又不能等到那个时候。”

说到这里，方姐有些难以张口似的，眼圈也红了。

“我说话你不要在意哈：有个大老板，早就看上你了。还是你请假之前就派人来问了好几趟。他要的是‘开处’。我不晓得他本人啥时候来偷偷亲眼看过你。他派来的人说，大老板‘开处’了你就付四千块，后来还打了好几次电话来。我一直没答应，一直推说你是我亲戚，我不能让你做这种生意。妹儿，你考虑考虑哈，女人的一辈子当然只有这一次，可是你给哪个也是给。有的女子倒是让她自己的丈夫开了处女，可是以后不是又打又闹，就是离婚拉倒！又有啥子用嘛？何况，现在的社会，只要是爱你的小伙子，也不在乎啥子处女不处女的了！说句难听的话，女人迟早都要让男人把那东西弄破了。要让人弄，就要值得！要是这次你被大老板开了处，一下子解决了你面临的全部难题，我看还是值得的。你要答应，啥子三七开啊，我一个都不提，全归你！解决你的困难。我实在是想不出别的法子，才出此下策！你好好想想，不想让人'开处'的话，也不要嫌我多嘴哈，就当我没说，我们照样还是姐妹。我先下去，大概有客人来了，你就在这屋头，好生考虑考虑哈！"

方姐说了这番话，像逃似地跑出房间。

陆姐其实已经打好主意：这个世界就是这个样子，"存在的即合理的"她见过，"存在的并不合理"她也领教了。姐妹们都不在乎，我还有啥子豁不出去的？如果给那橘子皮脸经理当"小蜜"，早晚也会有这一天。假如橘子皮脸经理真能一次性给她四千块，但从此以后经理就有权不断骚扰她，她再也无法拒绝，并且她的命运就始终和那个橘子皮脸经理连在一起了。还不如让不认识的人"开处"了，一次性地付她四千元，解决面临的大难题，以后再不见面。

晚饭时，发廊又有个短暂的空闲，小姐们吃饭的时候，一反常态地不拿电视剧说笑了，都各自说起过去她们被"开处"的遭遇。有的说是在小学时被老师糊里糊涂用手抠破的，有的说跟男同学闹得好玩弄破的，有的说上山砍柴时被一个老头弄破的，有的说在老家爱一个小伙子爱得不得了，就跟他弄，还没几天那个小伙子就把她甩掉了，更有一个说是骑自行车就骑破了……种种原因不一而足，总之，都好似在安慰她。

饭桌上这番话，可以看作是"战前动员大会"吧，鼓动陆姐积极上阵的勇气。

■

方姐看陆姐愿意让大老板"开处"，晚上就照留下的电话号码试着给大老板手下的人通话。那边叫等一等，先问问他们老板再说。过了没十分钟，这边电话就响了，叫陆姐明天晚上八点钟到一家五星级酒店的几号几号房间。

这天，城里和陆姐的老家一样也下着淅沥小雨，路上泥泞，没有什么客人来发廊取乐。方姐就在她们的小房间给陆姐传授经验，可以说是“业内人士注意事项”吧。

方姐说，第一，千万不要相信男人只相信钞票，不要听客人说得天花乱坠，啥子你多可爱多美丽，我下次还叫你来等等甜言蜜语。男人都喜欢找新鲜的，到了早上他就会把你丢到九霄云外去了；第二，千万不能跟客人动真感情。你没有交过男朋友，刚踏上这一行，碰上个对你好一点的男人，你会以为他多么多么温柔可爱。其实，他不过是图个高兴，耍耍你罢了。你要真跟他结了婚配了对，他有的是苦头让你吃哩！动了真感情，以后你天天想他，他又早把你丢在脑壳后头跟别的女娃儿耍去了，你心里会比啥子都难受！要找老公不要在嫖客里找，嫖惯了小姐的人跟你结了婚，还会去嫖别的女人，嫖客中间，没一个对老婆是忠实的；第三，不要跟客人亲嘴，亲嘴是最容易发生感情的。他弄了你，你就当作也弄了他。他把你弄了，第二天就把你忘了，你也弄了他，也要把他忘得光光的算了！千万不要把他放在心上！第四，最重要的是不能让客人伤害到你。要戴安全套，不说客人有没有性病，就是把你肚子弄大了，客人也是一点责任都不负的，给你的钱还不够做流产手术呢！还有，不要让客人弄啥子花样，要你耍啥子花样，只要是对你没得啥子伤害的，也可以，但要加钱，不加钱就不做！另外就是，你第一次肯定有点痛，会流出一点血，那是正常的，忍一忍就过去了，不要害怕。

方姐可说是语重心长，谆谆教导。还有一些细节和经验，陆姐已经听小姐们在闲聊时说过，所以，陆姐对她这第一次还是有心理准备的，并不觉得有多可怕。横下一条心，敢把皇帝拉下马！还有啥子不敢做的？爹爹把我养这么大，始终听妈妈的话，省吃俭用把我培养到中学毕业，弟弟是我一手带大的，亲得更像心头肉。为了这两个人，一片薄薄的处女膜有啥子可惜的！

■

第二天，C 市仍下蒙蒙小雨，吃了晚饭，陆姐换了她忍痛买来的“职业装”，在方姐和小姐们的眼中，形象突然焕然一新。小姐们无不啧啧称奇，都说“马要鞍装人要衣装”，这话说得一点不错！陆姐在这一带无人可比，在整个 C 市也少见，走在大街上，哪个敢说是“小姐”！

方姐叫了辆“的”亲自送她到约定的五星级酒店。方姐也没进过这种高级酒店，下了车，见看门的人穿着只有外国电影里才见过的那种红色制服，威风凛凛的样子，两人只好在门口逡巡不前。正这时，一个打着伞的人走了过来，招呼方姐：

“你就是那个老板娘哈？来嘛！还等我请你们啊！”

方姐认出这人到她发廊来过，就是打问“开处”的事，如同见了救星一般，赶快跟来人进去。

两人跟着来人进了电梯。来人一按，电梯不知不觉就朝上升，一直到了二十几楼。她们跟着那人到间房门口，那人还敲了敲门，等里面的人打开房门才能进去。陆姐才知道并不是这个人要“开处”，而是另有其人。来开门的人把她们让进去，只见一人坐在沙发上，哈哈一笑说：

“我怕你们上不来，才派人去接。啷个？老板也跟来了，怕我不给钱咋的嘛？”

原来也不是开门的人，“开处”的是坐着的那个人。

“嗨嗨！”方姐赔笑道，“老板说哪里去了！我这不是怕误了你先生高兴，又怕她找不到地方才送来的吗？”

大老板朝那两人挥挥手。“你们走吧！把老板娘也送出去，给她找辆出租车，先付了钱。下雨天，不要让老板娘淋着了。”

人都离去后，陆姐才有机会看这个大老板是什么模样。大老板一直坐着，人走后才站起来。

“坐嘛坐嘛！不要紧张，放松点，高兴点！想吃啥喝啥，冰箱里拿。”

大老板有五十多岁，中等偏矮个子，戴着副金丝边眼镜，圆滚身材，圆胖脸；脸庞红润，面貌和善。穿着一件白色毛巾做的袍子在地毯上走来走去。走到冰箱前，大老板开开冰箱，让陆姐看，意思是她想要什么拿什么。

陆姐听小姐们说过，客人房间冰箱里的东西千万不要随便动，那是酒店要算在客人账上的。客人虽然叫你吃喝，你真吃喝了客人也心疼，所以陆姐推说不必了，她刚吃完饭。大老板关上冰箱，仔细端详起陆姐来。

“你架子好大哟！请了你好几个月今天才请到。好好好，有缘不在来得早！你要不要先洗个澡？想洗的话到卫生间去。”说着向一间房门一指。

陆姐知道这不是征求她意见而是命令。于是她推开门进去。一看，卫生间比她和方姐睡的那间房还宽大。她小心翼翼地打开水龙头，原来一个龙头是热水，一个龙头是凉水，还需要调节，聪明的陆姐很快就掌握了适当的温度。站在莲蓬头下洗了个澡。不管怎样，先享受一下再说。

她不知道怎样锁门，但在她脱得精光时大老板并没有开门进来骚扰她，这让她有点放松下来。洗了澡，她看见关着的卫生间门背后挂着和大老板穿的一样的用白毛巾做的袍子，也就只穿着裤衩光着身子穿上。后来她才知道这叫“浴袍”，只有星级酒店才有。这给了她经验，客人叫到哪个酒店，她从房间里有没有浴袍上，就能知道客人的社会等级和经济实力。

出了卫生间，大老板在看电视，向她招手。

“过来嘛，先坐下聊一会儿。你真不错！可惜可惜！唉！佳人落风尘，这也是没得法子的事！”

她心不在焉地听大老板一人说话，不知应该怎样回答。大老板不像经理似的猴急，当然因为他已胜券在握。大老板看她无话对答，也有点倦意，就说到里面去吧，在床上谈。

原来里面还有间房间，叫做卧室，同样宽大豪华，一张床睡四个人还绰绰有余。大老板摘了金丝边眼镜后，目光有点呆滞。他脱掉浴袍，露出雪白肥胖滚圆的身子，像日本相扑运动员似的两手交替地“啪啪”拍胸脯，笑着说：

“你别笑我哈！我知道你是第一次，大家放松些，这样好玩嘛！”

她真的笑了起来，她觉得这个大老板既和善还有点可亲。她笑了，大老板好像更加高兴了，说：

“来！就睡在我旁边。先要跟运动员一样热热身吵！”

她慢慢地上了床，在大老板身边躺下。大老板还不动她，点了根又粗又大的褐色卷烟。

“这叫雪茄，你晓得不晓得？你闻闻看，香不香？”

她是觉得这烟味和平常的香烟不同，但她无心去闻，只想快点结束这个什么“开处”，悄悄地从浴袍的口袋里拿出她在卫生间里就藏好的安全套，塞在枕头底下。这是方姐在出租车里给她的。而大老板却不经意地看见了。

“妹儿，这你就不对了吵！开处就不能用安全套嘛！这是规矩，懂不懂？不是跟你那个‘鸡婆’早就说好的嘛，要‘一针见血’，晓得不晓得？说实话，我没得病，也相信你没得病。再说，我也没得生殖能力了，精子不行了，你要真给我生个娃儿出来，我还求之不得呢！会养你一辈子！”

过了一会儿，大老板就灭了那什么“雪茄”，一手先搂起她，慢慢趴在她身上。她只想，明天或者过一会，是不是真能拿到四千块钱，如果没有，那是不是方姐说的“麻烦”呢？是不是像方姐说的，这种“麻烦”她会解决呢？她只好闭起眼睛，由大老板上上下下地抚摸她。大老板的嘴在她脸上亲来亲去，她只把嘴唇闭得紧紧的，不作任何反应。幸好大老板的手很细很轻，嘴里除了有点烟味再没有什么怪味，也没有强行叫她把嘴张开的意思。大老板没有一点姐妹们常抱怨的粗暴动作，所以她也听之任之，虽然感觉不到一点快乐和兴奋，但也感觉不到有什么不适。

最后，她只感觉到下面有一点疼痛，有个什么东西进入，还没有感觉到姐妹们说的那种“舒服”的时候，就觉得一股热乎乎的液体流进体内。同时，大老板颤抖了一下，趴在她身上一动不动了。

过了一会儿，大老板好像醒了似的，侧身一滚从她身上下来。她听姐妹们说，这时就要赶快去洗，要把里面的东西冲出来，于是她立即爬起床到卫生间。卧室里还有间卫生间，比外面那间还大，卫生用品一应俱全。她又痛快地洗了次澡，里里外外都冲得干干净净。见大腿内侧确实有一点血迹，但她并不感到委屈，反而有种壮烈感。报纸电视上不是经常说嘛：为了什么什么重大成果，都是要付出“血的代价”的。为了两个亲人，流这么一点点血完全值得！

出了卫生间，她见大老板很安逸的样子半躺在床上吸他的雪茄。她走到床边，温顺地靠在大老板身边躺下，不知是现在就离开还是等一会儿离开合适。当然，最好是现在就拿到钱。

大老板满足地说：“妹儿，你还真是个处女呢！现在，人家都说只有在幼儿园才能找到处女了，你真正不容易！我还碰见过下面擦了红药水来骗我的，还有修复处女膜的。格老子！制假、造假、贩假！连处女膜都能做出假的来。中国人真有天才！啥子假处女我都见过。来来来！我们聊聊天，你是啷个到城里来的嘛？为啥子过去一直叫你做你都不做，现在做了嘛？”

提到原因，陆姐掉过脸去，不想说话。她只想如果大老板真正给了她四千块钱，什么问题都解决了。

大老板见她沉默无语，自己倒先说了：

“你妹儿可能觉得我有点毛病，为啥子喜欢‘开处’，是不是？”

大老板问她话，她不能不回应，不然显得很不礼貌。她翻过身，看着大老板。

“听发廊的姐妹们说，你们大款为了赌钱的时候能赢钱，就找个处女来，叫‘见红’。‘开处’了就能赢钱。是不是这样嘛？”

大老板撇撇嘴一笑。

“鬼话！是有好多人信这个。我就不信！‘开处’是狗日的缺德的事！缺了德了，还能赢钱呀？现在社会上把迷信跟科学都搅到一起去了。你不想想嘛！这个‘见红’跟牌桌上赢钱有啥子关系嘛？二者有啥子联系嘛？”

陆姐心想，你既然知道“开处”是缺德的事，为什么还要缺德呢？

更不知道“见红”和赢钱有什么联系，又转过脸呆呆地盯着房顶的天花板。

大老板吸了口雪茄，叹了口气，问她：

“妹儿，我先问你，你晓得不晓得啥子叫‘知青’？你听说过没得？”

陆姐侧过脸看着大老板，想了想说：

“我听见村里人说过，好像是从城里自愿下农村来劳动的学生娃儿。是不是？我们村里曾经就有过你说的‘知青’。那是过去好多年前的事了，现在乡下一个城里下来的学生娃儿都没得了。”

“是的，也可以这样说吧。不过不是自愿的，是响应所谓‘上山下乡向贫下中农学习’的号召，动员下去的。哪个城里的学生娃娃愿意到乡下种田嘛？”

大老板一边吸着雪茄一边说。那雪茄烟也怪，不吸的时候不亮，一吸，烟头上就放出红光。

“我们市里的学生娃娃大部分到另外一个省，好几万人，都一批批地分到不同的公社生产队。我待的那个生产队，生产队长就是土皇帝！我们女知青几乎都被他搞遍了。他还专门喜欢搞处女！妹儿，我的老婆，就是现在跟我生了两个娃儿的老婆，她今年都六十了，她比我大两岁，那时候照顾我无微不至，我们非常相爱，也被他搞了！不让他搞，我们就结不成婚。你说气人不气人！他缺德不缺德！我老婆都不是处女！我现在翻了身，就想搞处女！我很清楚这是一种心理变态。但是，我花钱搞，不是利用手上的权力搞。至少，我要文明些，给的钱也比一般人多，缺德也不缺大德！我搞了个处女，心里好像就好受些，好像出了口气一样。真是！心理变态变成这个样子！可见得，过去年轻时候的遭遇，能影响人以后的一辈子！我看你不是做小姐的女娃儿，你不要让做小姐这段经历影响了你以后一辈子啊！最好，不要再做小姐了。”

陆姐听大老板说了他的秘密，似乎拉近了和她的距离，不由得也坐起来靠在床头上，把自己的事原原本本告诉了大老板。

“哪个要当小姐？但是在城里，不做小姐我做啥子嘛？我刚跟你说过，这个大城市里就没得我容身的地方。我还啷个支持我爹爹和弟弟嘞？爹爹又伤了，以后能不能劳动都成了问题；弟弟还要上学，从小学、中学一直到大学，你想要多少钱？老板，我晓得你的好心，可是，你管不到我这么大的负担。我是下定决心了，既然开了头，又只有当小姐才能挣到钱，我一定要扛到底！”

大老板听了又叹了口气：

“唉！农村真苦！农民真苦！比我当知青那时候好不到哪里去。妹儿，我们原先说好的是四千块，我今天给你一万。给你家里寄了钱，再去买个手机，我把我下面马仔的手机号码写给你，你买了手机就给他打电话，他就晓得你手机的号码了。以后，我有好多客人来，就招呼你来陪他们，这些人素质高，不会欺负你的，钱也给得比别的客人多。到了一定时候，你存下些钱，就脱离这个苦海。”

■

陆姐第一次出征就马到成功，旗开得胜。

大老板跟她聊了一会天，就叫她穿好衣服，用一个酒店的信封装了一万块现钞给她，又让下面马仔叫辆出租车送她回去。

方姐见她面带喜色地回来，急着跟她上楼问情况。陆姐一头扑到方姐肩膀上，一面流泪一面报告喜讯。方姐说，没得啥子没得啥子！老天爷保佑！第一次过了关，以后就不怕了。这是你的运气，你以后肯定会好起来的！陆姐拿出信封，掏出一万块钱。她从未见过这么多钞票，拿在手里都沉甸甸的。她要给方姐两千块，方姐死活不肯收，两人推来搡去，方姐最后答应只拿一千块。然后拉着她坐在小床上说：

“妹儿，你刚刚说把剩下的都寄回去。我劝你千万不要这样做！你不晓得，家乡的人见你一下子寄这么多钱回去，就会有人说闲话。老家的人都晓得你不过读个中学，又不是美国回来的啥子‘海龟派’，啥子归国华侨，你寄的钱多了，有人就会怀疑：你啷个那么有本事嘞？说来说去，就会猜到你当了小姐。老家的人说起来就难听得很，啥子话都说得出口！那家发廊就有个女娃儿，为了家里急用，一下子寄了三千块。一个小学都没毕业的女娃儿进城来工作，哪个一寄就是三千嘞！让老家邻居跟她家骂架的时候就喊，'你们家那个女娃儿在城里卖屄！'弄得家里人都抬不起头。现在大家都有了教训，每次给家寄钱，就照做售货员服务员这样的收入水平寄，回家的时候还要哭穷。不是家里碰到啥子祸事，钱就不拿出来。唉！妹儿，当小姐的，有的家里爹妈心里清清楚楚他们女儿在城里头干的啥，女儿不明说，爹妈也就装糊涂。女儿说是打工就打工，说是当售货员就是售货员，其实爹妈心里都明白，两边都不挑破就算了。这次你可以寄四千块钱回去。就跟你爹爹说是到处借的，以后还要还。以后你还是一百一百地寄，免得村里人起疑心。剩下的，真的买个手机是必要的。大老板肯定会给你找高素质的客人，有了稳定的客源，你就稳坐泰山，出台也是到高级酒店去。"

陆姐听了方姐的话，第二天早晨给爹爹寄了钱后，就去买了个手机。那时一个手机最便宜的也要两千多块钱，不像现在几百块钱就能买到一个。中国移动和联通的高管大概不会想到，中国的小姐们才是移动通讯最早的大客户；在移动通讯市场中，小姐们占了相当大的购买份额，是移动通讯主要的顾客群体之一。

手机和安全套，是小姐们必备的两样劳动工具。

拾贰

果然，大老板手下的马仔后来就多次给陆姐通过手机打来电话，订好时间，到什么酒店，什么宾馆，几号房间。每次陆姐都准时赶到。客人们见了她无不欢喜，而且个个客人正如大老板说的那样"素质高"，陆姐没有碰到过一个粗鲁不堪的客人。有的客人由自己付钱，有的客人由大老板付钱。由大老板付钱的，马仔一定会先向陆姐打好招呼。陆姐就会知道这是大老板的重要客人，侍候得更加小心，更加温顺，表现得更加柔情绰态。

不久，陆姐的芳名就在C市的高级商圈中盛传。活动不仅仅在卧室的床上，还渐渐走上台面。结交的老板也越来越多，有的老板大白天也叫她出台陪客。陪客人逛街，参观旅游景点，同桌聚餐，在咖啡座聊天等等。陆姐学会了怎样吃西餐，左手拿叉，右手用刀；喝咖啡时搅拌咖啡的勺子一定要放在碟子上，然后才能端起杯子一小口一小口抿着喝，不能用勺子舀着咖啡喝。在中餐桌上也学会了怎样给客人布菜，怎样敬酒，场面上应该给主要客人说什么样的奉承话，怎样给叫她来的客人撑面子，让客人的朋友觉得客人带来的女伴不但姿色出众还文雅高贵，从而在场面上使叫她的客人脸面风光，朋友们对客人更加尊重。

很快，陆姐的存款就接近六位数，将近十万元了。虽然她完全有条件在外租房住，但还是舍不得发廊这个"家"。她能想象得到：租的房子不管多舒适，回来只有她一个人，那时心中的凄凉孤独都会一拥而上，让她彻夜难眠。她很明白：客人叫她去应酬或陪睡，弄得好的，也仅仅是双方都在玩弄对方；即使男人表现得温柔多情、缠绵悱恻，也只是客人自己在表演一场觅爱寻欢的游戏，她只不过是客人意淫中的一个角色。有的客人在床上的时候叫她"妈妈"，有的客人叫她"乖女儿"，有的客人非要让她叫他做"儿子"或"爹爹"。到了天亮，"妈妈""儿子""爹爹""女儿"都各自劳燕分飞，走到大街上谁也不认识谁了。这就是"高素质"客人的把戏，再准确不过地说明了古人用词真对：就是"寻欢作乐"四个字而已。哪能当真看待！

而在这肮脏拥挤的发廊，不论她回来有多累，感到多么无聊，都有伴儿说话，都有人互相安慰，有不如意的事能互相倾诉，一起发牢骚，拿着丑陋的、丑态的或者变态的客人肆意辱骂，私底下把他们贬得一文不值，图个让心里痛快痛快、舒畅舒畅。似乎这时她们才把自己的身心从客人的身体下面解放出来。陆姐虽然从不像她们那样在后面"按摩室"做生意，没遇到过所谓"低素质"的客人，也没有那么多牢骚可发，但听着她们的玩笑也颇感热闹，能暂时忘却爹爹和弟弟。只要身在一个群体中，就会有群体的温暖和快乐。而方姐更不想让她搬走。通过大老板

"开处"这件事，方姐完全取得了陆姐的信任，陆姐知道方姐真的是一直在护着自己，两人更形同姐妹。自方姐接受了陆姐十分之一的一千块"提成"，无形中这就好像成了惯例，陆姐每次回来都交给方姐客人付的小费的十分之一。

提成了几次过后，方姐连这十分之一也说死说活拒绝接受了。一天上午，方姐在陆姐床旁边坐下，捂着眼睛哭道：

"我原先有个哥哥和一个妹儿，都在一次车祸里头死了。现在没得一个兄弟姐妹。我们俩处到今天，我从心里头真是把你当亲妹儿看的！你再给我提成，好像我还要在我亲妹儿身上捞钱。叫我心里头真难受得不得了！我成了啥子人了嘛？"

于是，陆姐就花钱雇了一个老保姆，给发廊做饭洗衣，打扫卫生，代替过去她干的事情。

然而，坏就坏在陆姐还住在发廊，也可以说好就好在她还住在发廊。

■

一天，陆姐正来月事，没有应召出台，晚上发廊生意在高峰期时，突然涌进一大帮警察。不止她们发廊，这一条"发廊街"都被封锁了，好像"戒严"的架势。原来，C市和全国一样，浩浩荡荡地开展了"打击卖淫嫖娼"的扫黄行动。警车堵住了街两头，警车上的红灯不停闪烁，警察们奔来跑去，如临大敌，好像美国警匪片中的场景，看得人心惊胆战。

警察挨铺挨店搜捕，一进发廊就厉声喊叫"出来出来"！不管男女，统统从"按摩房"里出来抱着头蹲在前堂地上。方姐的发廊里正好有四个客人在"按摩"，当场逮个正着。穿着暴露的小姐和只围着毛巾被单在"按摩"的男男女女蹲了一地，蔚为奇观。警察一个一个地询问登记。陆姐当然也在里面，但因她并不在做生意，穿着还比较整齐。蹲在地上的方姐看见一个警察很注意地打量陆姐，马上抬起头仰面向那警察说：

"警官，她是我妹儿，是个小学老师，刚从学校来城里看病的，绝对不是做这种生意的！我保证，就请你高抬贵手，不要让她回学校去影响不好。现在找个正经工作好艰难！我这就跪下来求你了，请你积德，菩萨都会保佑你的！”

说着，方姐真的跪下了，还两手合十地向警察作揖。警察低声音对方姐说：

“蹲起子！蹲起子！叫人看见像啥子样子！叫她进屋头去。你不用管了，交给我。”

方姐向陆姐使了个眼色，陆姐赶紧趁乱偷偷起来躲进后面一个“按摩房”，只听外面还在叫：“还有没得还有没得？”那个警察在外掀了掀“按摩房”的门帘，和陆姐对视了一眼，朝外面喊：

“没得了没得了！这家搜查完了，到下家去！”

第二天中午，方姐才蓬头垢面地回来。说是客人每个罚款三千元，按治安条例拘留十五天，发廊每家要罚款一万元，从此封门，再不许开张营业。小姐们每人也罚三千，拘留十五天，然后各自遣返回老家。陆姐急得要命，连声说：“啷个办嘞啷个办嘞？”方姐却胸有成竹地说没关系没关系，这样的阵仗她见得多了！啥子“扫黄”不“扫黄”，一阵风就过去了。

“好！不让当小姐，我看政府啷个安排这些女娃儿就业！上头有更好的就业岗位，哪个女娃儿愿意当小姐？我都不愿意做这种生意！不急不急！顶多过一两个月就会恢复正常。我们也好休息休息，就当作放个假吧！”

陆姐才知道，这就是方姐早先给她说过的“麻烦”。

■

陆姐月事刚完，就接到一个早就订下的老客户的电话，叫她晚上到一家四星级酒店。方姐说星级酒店没事，警察不会到星级酒店抓“卖淫嫖娼”的。陆姐和客人做完生意后，客人说累了，给了她小费就打发她回去，客人要一个人睡觉。时间还不到十一点，应该是很安全的。陆姐洗了澡，穿好衣裳，梳理整齐后下了楼。走出电梯，却被酒店的两个保安员挡住了，把她押到“治安室”，问她是哪个房间的客人。陆姐知道小姐的职业道德首先是保护客人，就说是来找熟人没找到，现在正准备回家。

“格老子！啥子找人啊，我们早就盯上你了！你八点多钟就来了，还说找人，要找这么长时间呀！你就是个婊子！不信，你把你提包里的东西掏出来叫我们检查检查。要是我们错了，我们给你赔礼道歉！”

陆姐只好把提包里的东西倒出来。只有客人刚刚给她的三张百元大钞和一点零钱，可是，一堆零七八碎的化妆品里面赫然有一个安全套。

“这是啥子？这是啥子？”保安员胜利地叫喊起来，“这是干啥子用的？走，到分局去说清楚！”

陆姐从来没遇到过这种事，差点吓得哭了。但她知道城市不相信眼泪，哭也没有用，只好强忍住泪水低着头跟酒店保安去分局。

分局不远，拐个弯走十几分钟就到。在这十几分钟里，陆姐思来想去，因为她生意好，除了月事来时几乎天天出台，她对这种生活已感到厌倦。她已觉得今天让这个男人耍，明天被那个男人玩，每天都有不同的男人抱她搂她，似乎天天都有男人在身边陪伴，心里却没有个依托，一颗心就像在汪洋大海中飘荡的没有目的地的小船，飘来荡去，看不到哪里是岸。天天都身有所依而心无所靠，这种生活比过穷日子好不了多少！她自己都觉得她就像公园里的那种公共健身器，来公园“晨练”的人谁都可以爬上去摇摇晃晃，所不同的只是她是人们“晚练”用的公共健身器而已。既然这次被人抓住了，大不了罚款三千元，拘留十五天，然后遣返回家。反正她手头已有近十万元的存款，正好趁此机会摆脱这种日子，回乡去开家小铺，维持三个人的生活也够了。

主意拿定，横下一条心，什么都不怕了！

所以，她就乖乖地一直跟着酒店保安走。进了分局的一个房间，陆姐就像电视剧里被抓获的“地下工作者”似的，毫无畏惧地面向墙角一站。酒店保安拿着安全套，如同拿着辉煌战果似地向坐在办公桌前的警察报告：

“抓到了抓到了！抓到一个婊子。别忘了给我们在‘扫黄行动’上记个功哈！”

陆姐只听见那警察冷冷地问保安：

“你啷个晓得她是小姐嘞？你们跑进客人的房间抓到的？”

保安说：“这婊子八点多就进酒店了，现在才出来。问她住哪个房间死也不说，还说是找人。找人要找两个多钟头啊？怕把我们酒店二十多层楼都跑遍了！警官，你看这是啥子？安全套都带起子的！人证物证都齐全，不是婊子是啥子？”

又听那警察问保安：“我只问你们是不是在客人房间当场抓到的，捉奸还要捉个双哈。是不是？”

“那倒不是，”保安说，“不过，有安全套为证吵！你们公安局不是到酒店来宣传过吗？安全套也可以作为证据的哈！”

那警察忽然提高嗓门，声严厉色地说：

“啥子安全套能当作证据！我正在搜捕强奸犯，你们两个都有鸡巴，有鸡巴就有强奸女人的可能！那我把你们两个现在就抓起来行不行？胡扯淡！要你们抓卖淫嫖娼的，是要你们看到一男一女正在做交易的。晓得不晓得？要是安全套能当证据，那满大街的人，除了娃儿，我看好多人包包里都有安全套。要省事的话，我们警察不会在药房门口蹲起子，看见哪个来买安全套就把哪个抓起来。行不行？嗯！我问你们话哪！为啥子不回答？说！行不行？”

两个保安被警察震住了，嘴巴拌蒜似的，咕噜咕噜不知说些什么。

又听那警察朝保安高声吼道：

“给我滚！还要啥子功劳！不给你们记个过就算你们运气！这是碰到我哈，碰到别的警察跟你们酒店反映，炒了你们龟儿子鱿鱼！看你们还到哪里找饭吃！”

两个保安没捞上功劳，反而自讨无趣，只得灰溜溜地走了。这时，陆姐听警察改用平和的语气问她：

“啷个是你嘛！你不是个小学教员吗？你啷个让这两个龟儿子抓到了嘛？”

陆姐一怔，这时才敢转过身，稍稍抬起头看那个警察。原来就是前天到发廊来进行“扫黄行动”而有意把她放掉的那个警察。陆姐这时才不由得哭泣起来。

“莫哭莫哭！”警察反倒劝慰她，“要当小姐也放机灵点吵！酒店那些龟儿子是没捞上你给的好处。何况，酒店里现成有的是小姐，你从外面进去，就抢了里面小姐的生意，所以他们特别注意外来的小姐。要是你出来，给保安百儿八十的，啥子屁事都没得了！那些龟儿子还可能替你拉皮条呢。唉！现在就是这样：‘扫黄’只扫低级的，不扫高级的。叫我们当警察的也无能为力。你先坐一会儿，说不定那两个龟儿子又要告到别的警察那里去。因为市公安局确实给全市的酒店宾馆都宣传过，在这次‘扫黄行动’中，安全套可以当作卖淫的证据。有可疑的女娃儿在酒店宾馆出入，如果搜出了安全套，就可视为卖淫女抓起来。要是又来了警察，你就说你是我的线人，是我派你去酒店的。懂了不？”

陆姐听了，等于上了一课。她慢慢在一把椅子上坐下，愣愣地看着那个警察，感到像那个橘子皮脸经理说的那样，似乎上辈子就见过这个警察。

“你不要发愣，以为我说的不是事实。事实就是这样，”那个警察笑着说，“带安全套的就是小姐，那长鸡巴的都成了嫖客了。打击‘卖淫嫖娼’能把全中国成年人都抓起来！真可笑！我这个警察都不同意这种看法。可是，不同意又有啥子法子？上级规定的嘛！我看这个上级肯定是个没得鸡巴的！”

陆姐虽还流着眼泪，却扑哧一下笑出声来。警察见她笑了好像十分高兴。

“对了对了！不要愁眉苦脸的吵，都是为了讨生活嘛！我见过的小姐多了，足够成立一个兵团！可是你真不像个当小姐的样子。对不起！反正我们还要等一会儿，如果你愿意摆，就跟我摆摆，你为啥子非当小姐不可嘛？如果不愿摆也没得啥子！哪个都有哪个的难处，有的话是说不出口的。”

陆姐突然对这个警察由衷地产生好感；这个警察好像就是她朦胧中憧憬的那种男人，陆姐非常愿意向他倾吐苦水，无所不谈。稍作镇定后，陆姐就把她家里的情况和来城后的经历告诉了这个警察。警察听后一言不发，呆呆地坐在椅子上。两人都沉默了好久，警察突然嗖地站起来，在房里踱来踱去，就像他后来听了陆姐说刘主任那番话后一模一样。

“我呢，还帮不了你啥子忙。但是我会尽可能地帮帮你，”警察终于开口说，“叫你现在不当小姐是不现实的，确实，现在像你这样的情况，在城里不当小姐你就一点解决不了家里的困难。这样吧，你以后碰到啥子为难的事，就像刚刚那种，你就给我打电话，说是我的线人。不管啥子事，都说是我派你去的。你那个方姐说得也不错，这阵啥子‘扫黄’，过不了多久就会烟消云散的。以后你只做宾馆酒店的生意，挣钱多，认识的人也会多，做到一定程度，你就在城里做个正经生意。我只有这点能力，也算是‘扶贫’吧。你看行不行？我把名片给你，上面名字电话都有。你没得名片吧？”

问到她是不是有名片，警察好像是调侃似地笑了笑：

“那你就把你的手机号码告诉我。”

陆姐就把自己的名字和手机号写给警察。警察一看，“嗬！一笔字还写得相当好嘛！”陆姐又站起来接过警察的名片看了看，知道了这位警官姓陶。正在陶警官准备放陆姐回去的时候，分局果然又进来了一个警官。

“啥子事嘛？酒店那个龟儿子说抓住个卖淫的，人证物证都有，让你放跑了。告到我这里来，我又不能不来。龟儿子！明天我非收拾他们酒店不可，拿根鸡毛当令箭！他们倒积极得很，大概是没得到好处吧！”

陶警官朝来的警官向陆姐一指。

“这不是！这就是那些龟儿子说的卖淫的。你看像不像嘛！她是小学校的陆老师，我好不容易请她来帮我办个案子，全让那些龟儿子给搅了！你说气人不气人！”

来的警官很客气地向陆姐抬抬手，又像敬礼又像是打招呼。

“啊，你好！陆老师，谢谢了啊！不存在、不存在！误会误会！你不要跟那些龟儿子一般见识，继续替我们工作哈！陶警官这人很好，不会亏待你的。你在办案上出了力，我们局里头还有奖励的啊！”

陶警官看看表，说：“啊，都到一点了，我也要下班了。你就送她一下。这么晚，出租车也打不到了。”

这位警官热情地把陆姐请上他开来的警车。陆姐不敢说住在发廊那条街上，就说住在她常寄钱的那所邮局楼上。警官把她送到邮局，说了声，再见啊陆老师，才又开车回警局。

■

被保安恶狠狠地抓到公安分局，却被警车恭恭敬敬地送回家，陆小姐变成了“陆老师”。陆姐见了方姐又哭又笑，笑着哭着把事情经过一一向方姐叙述，弄得方姐也哭笑不得。

陆姐惦记被抓到看守所的姐妹，说她们在里面待了十几天后就要被遣返回家，回到家见不得人，可能家里饭都没得吃，这啷个办嘛！她想给陶警官打个电话求求情，看是不是可以放出来后不被遣返，放出去就算了，不管她们到哪里去，行不行？方姐说，千万不要打这个电话，陶警官再好，也帮不了这个忙。拿这种事情求他，等于给他为难，以后他再也不会帮你了。女娃儿遣返回家后，保险不到一个星期都会自己跑回来的。

但是陆姐总有一种感觉，这位陶警官一定会帮她的忙。第二天早晨起床后，她第一次有这种奇特的现象：脑袋昏昏沉沉，行动坐卧不宁，在发廊中转来转去，做起事来丢魂失魄，放下这个忘了那个。实际上，这就是女人想撒娇的冲动。女人都想对自己爱慕或者爱慕自己的男人撒娇，这是女人的本能，或者说是女人的天性。男人们，你们可要注意：只要有个女人要求你做难做或根本做不到的事，你就交桃花运了！你不要当真，以为她不讲理，跟你为难；你千万不要掉以轻心，更不能有丝毫厌烦。你做不做、做得到做不到她并不在乎，女人就是要享受撒娇的过程。不管她叫你干什么事，哪怕是上天摘星星你都满口答应，就让她享受撒娇的过程好了。

到中午，陆姐实在忍无可忍，拿起手机想，顶多碰个钉子罢了，没啥子了不起的。不拨这个电话，她心里决不会平静。“是可忍，孰不可忍！”与其说她想为姐妹们求情，不如说她非要撒娇一下不可。

她拨通了陶警官的手机，心里七上八下地等着。嘟嘟几声后，陶警官接了，第一句话就问她是不是出了什么情况。陆姐心情稍安，这表明陶警官还是关心她的。她连忙说不是不是，她只想求他一点“小事”。她说，从这个发廊抓走的女娃儿都很可怜，家里不是有病人就是要靠上头救济，她们又不能回去，在城里做了见不得人的事，回去了要挨邻居耻笑辱骂，最后还要往城里跑。现在她们突然和家里失去联系，家里人都急得不得了，这里的长途电话不绝于耳，纷纷哭诉叫她想法子，她不知道如何回答，问陶警官怎么办。

那边传来陶警官的笑声，说：“你倒管得宽得很！我也晓得，她们回去了还会往城里跑，政府尽花冤枉钱。我这里想想法子，看能不能让她们提前出来。反正款也罚了，她们在看守所蹲着，看守所还要管饭。你不要着急，就告诉她们家里，叫等个几天，不会有啥子事的。你以后把你自己照顾好就行了哈！”

陆姐听得心都化了，连声说：“我会照顾好自己的哈，你放心哈！”她不知不觉地说出“你放心”这句话，说了后，两人都回味无穷。

还不到十五天期满，方姐发廊的小姐们一个又一个或早或晚都归队了。虽然十五天后这条“发廊街”的小姐大多数都又回到原岗位上“工作”，但毕竟是方姐发廊的小姐回来得早，于是，这条街上渐渐传遍了这家发廊“上头有人”。老百姓说的“上头”就是政府或政府部门。也正如方姐和陶警官的预料，声势浩大的“打击卖淫嫖娼扫黄行动”，不久就无形中偃旗息鼓，发廊街又热闹起来。当然，“上头有人”的方姐的发廊生意更好了。

陆姐仍然几乎每天出台，周游遍了C市每家星级酒店宾馆。有时白天也和客人觥筹交错，推杯换盏，煞是忙碌热闹。但没过两个月，政府的“扫黄”虽然暂停，民间的“扫黄”却势头更猛。报纸广播上经常发表“性工作者”或“卖淫女”被人杀害的消息，几天就发生十几起，有的尸体被剥得光光的，大卸八块，塞在下水道里，惨不忍睹。公安局连一个犯罪嫌疑人都侦察不出来。凶手像十九世纪伦敦著名的“开膛手杰克”一样，专门针对妓女下手，神出鬼没，十分恐怖，搞得小姐们都不敢出台。要出台就死缠活缠地要求跟客人过夜，第二天早上才敢离开房间。可是，小姐的“公共厕所”功能完成后，客人要睡觉了，何必花过夜费？小姐的“物价”虽然不是政府物价局制订的，但还是有个约定俗成的价格标准：过夜和不过夜，是两种价格。真正怜香惜玉、怕小姐半夜回家遇到不测而留下她们过夜的客人少之又少，所以，出台小姐的生意就清淡了许多。这时，陆姐接到陶警官的电话，叫她多加小心，如果和客人不过夜，她要半夜离开酒店的话，最好给他打个电话，他会派人在路上暗中保护她。

陆姐居然成为C市乃至全国唯一有警方暗中保护的“性工作者”，足有资格载入将来会出版的《中国性工作者发展史》。但陆姐的客人都是不在乎钱的老板群体，她要求过夜就过夜。尽管她不存在这种危险，但心底里还是对陶警官感激万分。怎样才能报答他呢？

■

有一天，陆姐第一次怀着从来没有过的甜美心情，给陶警官打了个电话，请他哪天有空闲就给她打个电话来，约个时间见见面。几天后，陶警官跟她说，明天下午他有个空闲，问她有什么事情。她就找了家三星级酒店，约他明天到那里“谈一谈”。第二天，陶警官如约而至，这天陶警官穿着便服，但仍挺拔英俊，陆姐差点一下子扑进他的怀抱，但不知怎么，这个从不知害羞的小姐竟然害羞起来，只好表现得落落大方地请他入座，给他倒水端茶，两人坐下后，善于应酬周旋的陆姐却一时找不出话说。陶警官问她有啥子事她也说不出口，一副扭扭捏捏、吞吞吐吐，欲说还休的模样。想不到，还是陶警官先开了口：

“妹儿，你真要是没得啥子紧急的事，我就晓得你约我来干啥子。你不要不好意思，你就直说，你是不是以为我图你的身子？想把你身子给我，是不是?”

既然陶警官已经挑开了，她就挪到他身边，靠在陶警官肩膀上低声细语地把她早就想好的话倾心而出：

“就是嘛！只要你不嫌弃我就行。其实，不要看我跟那么多男人睡过，我心里还始终保持清白的。我想不但要把身子给你，还想把心也给了你。不管你接受不接受。我见的男人多了，可以说没得一个男人得到过我的心。你不接受，我再也不会给别人了。反正我觉得我就是你的人了。我也有自知之明，我干过啥子事我晓得、你也晓得，你放一百二十个心，我决不会像有些女人那样，给你闹死闹活要跟你结婚的。如果你不嫌弃，我给你做个情人也心甘情愿的！我晓得，我这辈子要找个真正的、像你这样的男人是妄想！不如就跟了你。你有时间，我们就在一起，没时间，我也决不会来打搅你的。”

陶警官听了十分感动，伸过胳膊搂着陆姐说：

“其实，我也很喜欢你，说真话，你的影子一天到晚老在我脑子里头转来转去。但是，我们做警察的，哪有经济能力像大款那样包二奶？我包不起你，也就不想了，只能帮到你哪点算哪点，也算我尽了自己的心了！不过，我要先跟你说在前头：一个警察，决不能跟小姐有性关系。社会上说的那些，啥子公安干警日了小姐白日的话，我承认是有，可是我不干那种事。何况，我喜欢你，就更不能像他们那样做了。那样，我们之间的关系就成了性交易，你让我弄，我保护你。你说，那还有啥子意思？这样也不得长久，我们两个在一起耍，想想都觉得既无聊又无趣，不过是个交换而已嘛！时间长了，搞得感情越来越淡，最后分手拉倒！要想我们能长久在一起，你就不能再当小姐，正正经经做个生意或者找个工作。我们就能像现在说的情人那样来往。但是，这又碰到问题，你做正经生意我也帮不到你。一个警察，就算警官，哪有钱来给你开店开铺面？除非我贪污受贿，可是我决不干这种事的！”

两人虽然搂抱着，却不像是谈情说爱，陆姐仰面看着陶警官条分缕析地摆道理。陶警官又说：

"啊！妹儿，你还不了解我吧？今天我们不干那种事，好好聊聊，摆摆龙门阵也好嘛！"

陆姐连说好好好，你躺在床上说，也舒服点。你说的时候我听，然后我再说我的想法，你再听。陆姐就侍候陶警官在床上躺好，把枕头给他垫得正合适，将头发替他捋顺，免得头发被枕头压得翘起来，又拉直他的裤腿和上衣，让陶警官展展地躺舒服。还把茶和烟灰缸拿到床旁的床头柜上摆好。

陆姐服侍男人是一级高手，陶警官从来没感到这么舒服过，也就由她摆布。在床上躺好，陶警官点燃了烟，悠然地继续往下说：

"说实话，我从前也是个热血青年，还是个文学爱好者呢！想当警察，就是看了好些小说，外国的中国的都看，看了后就想为民除害，除暴安良，主持正义。可是从警校毕业以后，真当了警察，上面尽叫我们干我不愿干的事：啥子拆除市民的房子，维持搬迁秩序！啥子到工厂驱赶下岗工人！啥子驱散在政府门口静坐的群众！啥子给老板的地皮上驱赶围拢来闹事的农民！这是些啥子工作嘛？就是打人抓人嘛！我亲眼看到哭的闹的尽是些平头老百姓，提的要求也还是合理的占大部分。警群关系搞得紧紧张张，两边见了跟仇人一样！我想，这哪是在为人民服务嘛？我私下里是有看法，有看法又有啥子用？没得！只好随大流，尽量洁身自好。老实说，我唯一干的坏事就是保护了你这个小姐，没把你抓走，如果这也算'坏事'的话。至于说到你要跟我结婚，那是决不可能的！为啥？并不是我看不起小姐，决不是！不然我也不会保护你。我想这个你心里明白。只是因为我老婆虽然我并不满意，当初是我父母在老家订下的，一开始就没得啥子感情基础；要说面貌身材，她差你十万八千里！也没得啥子风趣，我回家也没得啥子话跟她说。但是，我当警察的，一天到晚不得闲，在外面的时候多，在家里的时候少，有时候一出差就是十天半月。我们的娃儿七岁了，都是她一手带大的，我一点都没插手。家里的柴米油盐酱醋茶，全是她一手经办。我就那么一点工资，她在园林局工作的工资比我还少得多，两个人一个月的工资加起来，还不如你一个人两晚上挣得多。可是她不让我操一点心，到家要吃有吃，娃儿要穿有穿，娃儿的学习她都管得很好。最可贵的是她一点怨言都没得！可以当得起‘任劳任怨’四个字。要说贤惠，她没得比！你说，我能跟她离婚跟你结婚吗？跟她离了婚，恐怕你都看不起我！你也会想，这样的老婆我都甩了，以后会不会甩了你呀？”

说到这里，陶警官在烟缸里灭了烟，长长地叹了口气。

“唉！人嘛，可以没得感情，不能没得良心！你说是不是？”

陶警官说得陆姐泪流满面。陆姐一下抱着他不顾一切地像拚命似地亲吻，方姐多次警告她不要跟客人“亲嘴”，陆姐第一次尝试到“亲嘴”的滋味。她觉得把舌头伸进这个男人嘴里，就好像把心也投放了进去。她从未有过这样强烈地要和男人做爱的激情。她感到体内暗潮涌动，不一会儿，两人的衣裳都没有脱，陆姐居然体验到她从未体验过的高潮，她像受到惊吓似地大叫了一声，全身抽搐不已。

陆姐的高潮平息后，她翻身坐起来。她今天才体会到什么是女人应该享受和可以享受到的快乐。虽然女人在这个时代、在这种社会“人尽可夫”，而一个女人在身心两方面都需要一个固定的依托，这是女人的天性所决定的。然而，要有一个固定的依托，她就必须要下定决心摆脱“人尽可夫”的状态，“正正经经做个生意”。

陆姐将头发捋整齐后，如同发誓地说：

“我的想法也不给你说了！你不用管，我有法子！不出一个月，顶多两个月，我的店就会开张。你看着吧！到时候，你可要要我，不许你不要我哟！”

拾叁

陆姐的老顾客中，除了那个“开处”的大老板，还有一个非常奇特而陆姐却很喜欢的小老头。大老板“开”了她“处”以后，仅仅是通过他下面的马仔给她经常介绍新客户，再没有和她同床共枕。但有时在叫她陪他的朋友时见到陆姐，仍很关心，询问她的近况，也叫她找个正经事情做。而这个小老头不但经常劝她“从良”，还说过只要她“从良”，他能帮她一把。

这个小老头不知是谁介绍的。她只是接听了一个电话，叫她哪天晚上八点钟到C市顶级的五星级酒店，房间号码很大。陆姐知道酒店楼层越高，房间的级别也越高。酒店是全市顶级的，房号也明确无误，虽然陌生，也没有什么可顾虑，陆姐就没有回绝地按时去了。

到了门口，陆姐按了一下门铃，房门打开，在她眼前出现一个白发白胡须的小老头，穿着那时还没有流行开的白色纺绸中式裤褂，显得特别精神干净，而年龄足足有七十岁。

“请进，请进！久闻芳名，朝思暮想，今日才得一见，果然名不虚传，花容月貌，妙人儿也！”小老头做出一副戏剧姿势，向她弯腰并一挥手，作了个礼让的手势请她进门。

“小生这厢有礼——了！

陆姐和所有的小姐一样，进了门，并不在乎客人是胖是瘦，是高是矮，是老是少，相貌如何。因为不论客人长什么模样，也不是你准备恋爱结婚的对象。你别无选择，只能把身体让他玩，何必花那个心思去“相亲”？主要观察的是房间的设施等级，因为这是客人能不能多付小费的主要标志。如果只是间普通的标准间，尽管住五星级酒店，客人的消费水平也不会很高，给的小费只在约定俗成的标准上下而已。而这间房却叫陆姐暗暗吃惊，这是间比大老板“开处”那种房间更大的套房。有大热带鱼缸，热带鱼在里面悠哉游哉地漫游；有古董花瓶，有多宝格架子，每格里都摆放着各种石刻玉刻和瓷器的小摆件；有吧台，吧台上陈列着各式各样的洋酒，每个酒杯都璨然发亮；墙壁上挂着色彩浓艳的油画；茶几上放着硕大的水晶果盘，堆满各色时令水果；写字桌上还有电脑及传真机打印机；边门旁还有个小厨房，厨房里面都是当时C市还少见的不锈钢灶具炊具。

陆姐知道这个客人不一般，但不知一个七十多岁的老头子会怎样玩她，是不是有点变态？一时有点手足不知所措。没料想小老头却很好伺候。小老头叫她先去洗澡。她洗澡的时候，老头在另一间卫生间洗。两人洗罢出来，小老头才叫她脱掉浴袍，光着身子转过来、转过去，小老头背着两手在一旁欣赏，并不碰她。小老头自己也光着身子，只围块浴巾。陆姐转了几圈后，两人就坐下聊天。

小老头这时完全变成年轻人似的，一会儿拿出根笛子吹奏，叫陆姐坐在他身边听。笛声低沉而悠扬。陆姐听着听着竟流出眼泪，原来弟弟叫她找“有眼眼的、吹得响的竹子”就是这种东西！

小老头看见陆姐流泪，以为她受到感动，面露喜色，用干瘦而细长的手抚摸陆姐的头发，感慨地叹了口气：

“啊！知音呀，知音！现在还有几个人听出高山流水，知我清音？惟独美人知我也！幸哉！幸哉！”

然后，小老头站起来，在大客厅当中舞之蹈之。舞的时候围的浴巾掉在地上，小老头就赤身裸体地一手拿笛子当马鞭，像在舞台上那样挥动，一手用食指和无名指捋着垂到喉头的白胡须，口中吟哦道：

“‘今古山河无定据。画角声中，牧马频来去。满目荒凉谁可语？西风吹老丹枫树。从前幽怨应无数。铁马金戈，青冢黄昏路。一往情深深几许？深山夕照深秋雨。’”

舞罢，小老头坐下说：“你知道吗？这是清朝纳兰性德的词。我最喜欢了！是他吊唁王昭君的。王昭君，古代四大美人之一也，最后只落得远走他乡，下嫁匈奴。我知道你也是流落风尘。但我一向敬重风尘女子，我晓得你并不懂这些，但你能听我笛音受到感动，就是非常有天分的了！”

随后，小老头把白发苍苍的头枕在陆姐大腿上。仰面朝天，长长地叹了口气，又自顾自地吟唱道：

“唉！‘落魄江湖载酒行，楚腰纤细掌中轻。十年一觉扬州梦，赢得青楼薄幸名’。唉！青楼多薄幸，红尘少温暖——呀——何处是好！何处是好——”小老头的“好”声高高扬起，然后突然拐个弯，像掉在地上似的，猛地落下来，“——呀！”

陆姐读中学时也读过古诗词，读的时候和读白话文没有区别，不像小老头吟唱得这么抑扬顿挫，一板一眼，婉转好听，把诗词内容的情感情绪都表达了出来。她不禁用手去捋小老头的几根白发，小老头闭了眼，似乎在享受她的温柔。这时，陆姐竟看到小老头眼缝中有点湿润，她想叫小老头高兴起来，就给他剥橘子，一瓣瓣地喂到他嘴里。小老头果然开心了，吃了几瓣橘子后，又睁开眼坐起来。

“今夕何夕，共此良人？如果不嫌老朽丑陋，沾污美人与我共枕同衾如何？真是‘满目山河空念远，落花风雨更伤春，不如怜取眼前人’！”

两人虽然光着身子睡在一个被子里，小老头却没有一般客人那样的动作，只是叫陆姐搂着他干瘦的身躯，让他蜷曲在陆姐的怀里，嘴巴放在陆姐乳房旁边，像个婴儿一样，偶尔吮一下陆姐的乳头，叫陆姐轻轻地拍他入睡。

竟然如旧小说写的那样：“一夜无话。”

第二天早晨，两人梳理完毕，小老头叫陆姐跟他一起到楼下的西餐厅吃早餐。陆姐知道一般客人在早上是不会留她一起吃饭的，那样如碰到客人的熟人，客人会很尴尬，让人知道客人晚上叫了小姐。但是小老头毫不在乎，挽着她的胳膊大大方方步入餐厅。服务员好似都认识这个小老头，毕恭毕敬地引到好像是小老头的专座，替陆姐拉开椅子。吃完饭，陆姐以为小老头要付小费了，而小老头却叫他的司机开车送她回去。陆姐坐在后座有点失落：原来白白来了一趟，小老头没玩她，是不是就不付费？

可是，下车时，司机双手给陆姐送上个信封。回到发廊，陆姐打开一看，比约定俗成的小费多三倍。

■

从此，小老头每星期召她一次，每次都是那间大套房。只要陆姐不来月事，风雨无阻。陆姐看见大水晶果盘中贴着外国商标的水果他们俩只吃了几个，其余的，都便宜了酒店的服务员拿去享受，真可惜！有时想问问小老头，是不是能让她带回去让姐妹们分享，可是又不好意思。由此也好奇小老头究竟是干什么的：官不像官民不像民，老板不像老板教授不像教授，但出手大方，在陆姐看来可以说挥金如土，令她十分费解。一次陆姐偶尔试探了一下，小老头哈哈一笑，从她腿上翻身坐起来：

"你别以为我是贩毒的啊！我实话告诉你这个美人，叫你放心。这就是因为我的远见嘛！现在，美国的两大金融机构在支持我嫖你这个娼！"说着，老头笑着在她脸上拧了一把，"莫生气莫生气！开开玩笑！还在邓小平刚刚上台提出'科教兴国'的时候，国门也打开了，我的两个娃儿，一个女娃儿一个男娃儿，都考上了美国的大学。那时候他们都要去学科技，我叫他们不要去学科技，要学就学金融管理和经济贸易。那时候这两个是冷门，没得几个人学。因为他们妈死得早，两个娃儿都是跟我长大的，所以很听话。后来，两个娃儿都成了这两门学问的博士。现在，美国想进军中国的金融市场，男娃儿是梅林主持亚洲区的主管，女娃儿是摩石主持亚洲区的主管。你说，是不是我拿了美国人的钱在和你耍？"

陆姐虽然不知道"梅林""摩石"是什么机构，但知道这小老头既有钱又来路正当。知道客人有钱，小姐就安心了。

一回生二回熟，后来陆姐一进门，小老头建议他们俩都脱光衣裳，说这是返璞归真、崇尚自然的"天体运动"，对养生有好处。小老头见了她就真"返璞归真"了，和小娃儿一样，还要陆姐跟他在房间里捉迷藏。大套房有大小六个房间，由他们两个赤裸裸地跑来跑去。小老头捉到她就在她脸上亲一下，陆姐捉到小老头也同样如此。玩得高兴了，小老头还要背她，陆姐比小老头高半个头，陆姐只好趴在他背上用脚尖点地跟着他走来走去。陆姐背小老头的时候很轻易地就背了起来，在房间里小跑，小老头在她背上乐不可支。

有时，从小老头的吟咏中陆姐也听出一丝悲凉，一次，小老头躺在她大腿上闭着眼睛吟咏：

"'寒蝉凄切，对长亭晚，骤雨初歇。都门帐饮无绪，留恋处，兰舟催发。执手相看泪眼，竟无语凝噎。念去去千里烟波，暮霭沉沉楚天阔。多情自古伤离别，更那堪冷落清秋节。今宵酒醒何处？杨柳岸晓风残月。此去经年，应是良辰好景虚设。便纵有千种风情，更与何人说。’唉！多好啊！‘今宵酒醒何处，杨柳岸晓风残月’！此种绝妙好词，今日有谁能作？后继无人，风流不再！‘便纵有千种风情，更与何人说’？我不乘风归去，更待何时？”

可是，小老头一会儿又高兴起来。吟唱道：

“‘如今非是秦时世，更隐桃花亦笑人’；‘到老居然逢盛世，男儿何处寄头颅？’啊！所以，我也只好随波逐流，得乐且乐。学古人那样：秉烛夜游，倚红偎翠，傍柳随花。真是‘舞低杨柳楼心月，歌尽桃花扇底风’啊！以使吾‘不知老之将至’也！”

经过几次，陆姐觉得小老头每次付给她那么多小费，却不弄她，自己也有点过意不去。这是小姐的职业习惯，也是小姐的职业道德，并且，陆姐从心眼里也有点喜欢这个小老头。有一晚，陆姐就在被窝里主动挑逗小老头。小老头像被胳肢了一样“咯咯咯咯”地笑起来。

“亵渎、亵渎！不敢亵渎美人红唇。”小老头轻轻推开她，在床上坐起来，笑着对陆姐说，“你不要以为是我的东西起不来才不弄你，要你‘吹箫’才能起得来，不是那样的！就是不能起来，外国人现在发明了一种药，叫‘伟哥’的，让八九十岁的老头也能过性生活，但是我不愿那样做。”

小老头正色地问陆姐：“你知道我为啥子不出国吗？”

陆姐当然不知道，摇摇头，询问地看着小老头。

小老头说：“我的儿子女儿孙子外孙一大群，都在美国，今年孙子都在硅谷工作了，挣的钱比他老子还多。他们总是叫我去，说是叫我去‘安享晚年’。我说，要‘安享’，就在我们中国‘安享’！你们把钱给我寄够就行了，其他不用你们管！我喜欢我们中国的东西，特别是文化，传统文化。可惜，一个‘文革’，毁了我们一大半珍贵的东西！幸好还留下一点点。就因为那只有一点点，所以特别可爱！那叫‘余绪’‘余韵’。懂得不懂得？我们中国文化重视精神心理上的享受，西方文化偏重物质肉体上的享受，这就是东西方两种文化的根本区别。我跟你耍，精神上得到快乐就行了。你又这么美，你想想，我这样一个丑陋的糟老头子趴在你身上哼哧哼哧地搞你，像啥子样子？可笑不可笑？自己想想都觉得降低了品格，把美好的东西都破坏了，更破坏了我的心情！你是我‘安享’的一个最好的陪伴，让我‘安享’了；你能让我真正‘放浪形骸’，能真正‘忘形’！这点，我还要感谢你呢。你知道我为啥子不亲手给钱给你？就因为我不想把钱混到我们里头去。可是不给你钱，你就是靠它生活的嘛！没得法子，只好让司机给你。不过，要是你以后做个正经事，从良了，你就找我，那时候我就会亲手把钱给你了。你很有天分，从良了你就是个不平凡的女人。你要晓得，你现在是‘神女生涯原是梦’，你还‘小姑居处本无郎’呀！好好做个正经生意，寻个‘贫贱不能移、威武不能屈、富贵不能淫’的大丈夫，做个良家妇女。”

小老头又叹口气说：“唉！现在啷个整成这个样子：神州大地，男无君子，女无淑女！小姐不像小姐，良家妇女不像良家妇女！走在大街上，你都分不清哪个是小姐，哪个是良家妇女；又好像满大街都是小姐，又好像满大街都是良家妇女！唉！可是你不同，你这个小姐走到哪里，看起来都像淑女。你有这个天分吵！”

有时，赤身裸体地闹累了，陆姐和小老头两人一起躺在宽大的沙发上闲聊时，也想问问小老头过去的事，现在干啥。小老头长叹一口气说：

“这些你就莫问了。我给你吟一首我的诗，你就明白了。”

于是小老头就清了清嗓子，两手凌空缓缓地挥舞着节拍，像唱戏般悠扬婉转地吟哦起来：

“临风——不——受——始——皇封，只作——荒——山——一——古松。莫问——当——年——霜——雪事，今宵——闲——话——尽——从容。”

小老头吟唱完了，陆姐还是不明白，但更觉得小老头可爱了。

小老头还给她说过，中国文人自古就有呼优召妓的传统。说了一大串古代文人的名字和古代“小姐”的名字，陆姐只听出什么苏东坡、白居易，还有本省的薛涛。说到一个叫梁红玉的古代“小姐”，说她是有名的战将，巾帼英雄，“擂鼓战金山”。小老头兴奋得赤身裸体地翻身起来，站在大客厅当中，白胡子撅得高高的，两根细小的胳膊像拿着鼓槌般急速上下挥动，口里发出“咚！咚！咚！咚！咚……”的鼓声，让陆姐仿佛看到梁红玉“小姐”面对着敌人的千军万马在指挥激烈的战斗。

“没得妓女，哪有千古流传的《琵琶行》嘞？没得妓女，杜牧、柳永都没得灵感！没得妓女，夏衍唧个能写出《赛金花》嘞？他后来还当过文化部部长！”

小老头越说越来劲，说得她云山雾罩，觉得她们从事的还不是低级工作，在历史上也曾有过贡献。

■

和陶警官分手后，陆姐就回到发廊与方姐商量怎样做正经生意。陆姐除了在餐馆酒店宾馆进进出出过，完全不懂其他什么店铺超市怎样做生意的。方姐还舍不得放弃做小姐的生意，因为自外面传言她的发廊“上面有人”后，她的生意越做越红火。方姐说，现在做什么生意都不如做小姐生意赚钱。

方姐郑重其事地告诉陆姐：“现在，全中国只有两大行业最赚钱：一个是当官，一个是当小姐！”

但是，发廊太显眼了，一来“扫黄行动”，发廊就首当其冲。要开个外表看来是正当的营业场所，暗中兼做出台小姐的“中介”。小姐不在营业场所里做，只让她们“外卖”，于是就建议开个“茶室”。茶室陆姐倒略知一二，因为她曾在茶室里等橘子皮脸经理等了八九个小时，闲着无聊时看了一些茶室的买卖。那里面不止饮茶品茗，还有点心、棋牌和足浴。C市人爱打麻将全国闻名，茶室的棋牌部分生意特别好，当时就决定了开家茶室。

■

为了找地点铺面，陆姐就把“开”了她“处”的大老板约到一家咖啡店面谈。大老板嘴上叼着雪茄说，这有何难？一手把玩着一块玉佩，一手拿出手机打了几个电话，然后叫陆姐到什么什么地方找谁谁谁。陆姐去了一看，地点果然不错，正在一家四星级酒店旁边，是一座办公楼大厦的一层，有一千多平方米面积，租金也很合算。又刚好到了小老头约陆姐的时候，陆姐去了跟小老头一说，小老头连声说好好好，中国的茶文化应该发扬。两人也不捉迷藏了，一老一小就在大套间里赤身露体、在“天体运动”的纯原始自然状态下研究当代商业，商量如何开办茶室。

小老头不愧是中国文化的通家，提到茶文化兴趣盎然，光着身子拿出张纸就把一千多平方米的大厅分隔出几个部分，各个部分有各个部分的功能，有琴棋书画茶艺插花麻将牌九和养生休闲，把“茶室”做成个“多功能厅”。并对陆姐特别强调要有中国传统文化品位，一律采用中国的古典家具和装饰。但陆姐只有十几万元存款，无能为力，连装修费都不够，何谈预付房租？

小老头说，有方向，就不怕没办法。

“你有十几万，拿出十万就行了。我出十万，你叫你那个大老板也出十万。我们三家正好组建成一个股份有限公司。有了个公司，我们才能向银行贷款吵！你这个呆美人，你晓得不晓得，银行就是帮我们挣钱的吵？银行方面你们不用管，我来和他们打交道！”

大老板慷慨答应入股。三人三一三十一，登记了一个“股份有限公司”，注册资本三十万元。区区三十万人民币，要开家拥有一千多平方米面积的“多功能厅”当然是杯水车薪。而小老头果真有办法，在民间企业很难向银行贷出款来的时候，小老头居然叫银行上午放钱，银行就不敢下午放。原来，小老头的背景C市政府高层和C市银行界高管都知道。小老头跟陆姐说得不错，“美国的两大金融机构在支持我嫖你这个娼！”有些官员是用中国人的钱“公款消费”，小老头是拿美国金融机构的钱“公款消费”。小老头住的总统套房、坐的小汽车等等，都是美国的金融机构埋单。那间“总统套”，名义上是美国金融机构在C市的临时联络处，其实是希图长期进驻C市的尖兵哨。

王草根手中有土地，小老头背后有美国金融机构这座大山，要银行放多少款银行就放多少款，而小老头贷款根本不需要像王草根那样请客送礼给回扣，张口就行，手到擒来，一分不少。陆姐有了钱，就预付了租金，雇装修公司来装修。小老头还是个“完美主义”者，经常到工地视察，亲自挑选古典家具饰物，精益求精，花银行的钱不心疼，把个茶室装修得古色古香，高贵典雅，成了C市最高档的茶文化展示场所。

茶室的名字当然是小老头起的。小老头说，他小时候在江津见过陈独秀，江津人对陈独秀都很敬仰，蒋介石还经常派大官从重庆来看他，好像对陈独秀也很尊重。陈独秀在北京时也很喜欢嫖妓，是八大胡同的常客，跟小老头虽不是“同志”却是同好。小老头就把茶室起名为“独秀居”，并且手书了牌匾。

牌匾一挂到门口不得了！陆姐才知道小老头是C市的大名士，“文革”前就出版了好几本研究古文的专著，是中国古诗词研究界的一名权威人士，书法作品一字难求，更是从不给人题牌匾的。人们不为喝茶，也要跑来看一看“独秀居”三个字。

■

两年后，中国大陆突然掀起了“国学热”，冷门变成热门，小老头也一下子成了全国著名的“国学家”，在全国各地跑来跑去讲学，东奔西走，席不暇暖，在C市别想找到他影子。有一天，陆姐突然接到个电话，说是小老头在南方的一个大城市讲学时，晚上没人照顾，在卫生间摔倒了，现在半身已经瘫痪，要她去南方那所医院一趟。陆姐急忙当晚就乘夜班飞机赶到那座城市，第二天一早就去医院。

小老头病房内外有一群年纪大小不等的看似“海龟派”的人物，都尊敬地让她走到小老头床前。

小老头躺在病床上，看起来，躯体陡然缩小了许多，像个小娃娃睡在被窝里。见她来，咧了咧嘴，算是一笑。挥挥他还能动的一只手，意思是叫别人都离开。人们离开后，小老头向她招了招手，意思是叫她来床前。陆姐一下子扑到床前，趴在小老头身边哭泣。小老头把那只能动的手放在陆姐头上，却还能勉强说话，他的话也只有陆姐能听得懂。只听小老头吐字不清地断断续续地说：

“我还没死，你不要伤心。啊！‘碧云天，黄花地，西风紧，北雁南飞。晓来谁染霜林醉？总是离人泪’哦——嗨！你再脱了让我看看，只脱上衣，就行了！”

陆姐马上去把病房门锁好，转身过来把上衣连裙子裤衩全部脱光，赤条条地坐在小老头床边，拿起小老头那只有知觉的冰凉的手，把它放在她温暖的乳房上，俯身用慈母般的目光看着小老头。

小老头眼睛一亮，咧开的嘴更大了些，喜悦之情溢于半边没有麻木的脸上。

“啊！你让我知道了什么是‘美之所在，虽污辱，世不能贱；恶之所在，虽高隆，世不能贵。’好！好！好！老夫此生有此艳福，不枉来人间走了一遭也！”

在陆姐乳房上暖了一会儿，小老头的手微微抽动了一下，意思是可以了，叫陆姐穿上衣裳。陆姐穿着整齐后，小老头示意叫他的儿孙进来。小老头跟他的儿子媳妇孙子一句话都不说，只用手势表示。他用手势叫一个美国式潇洒打扮的少妇把她手上捧的一个包交给陆姐。然后朝陆姐微微挥手，意思是她可以走了。

陆姐走出病房，小老头的儿子对陆姐说，他们已包租了一架飞机，明天就把小老头送到美国洛杉矶去。陆姐直抹眼泪往外走，没跟老头儿子说一句话。老头儿子很客气地向陆姐谢了又谢，一直送到医院门外。

陆姐回到酒店打开包一看，原来是一个非常精美的女式手提包。陆姐记得，她曾跟小老头说过那橘子皮脸经理嘲笑她连个手提包也没有的话。陆姐捧着手提包贴在脸上，涕泗横流。

不久，世界名牌大举进入中国市场，陆姐才知道小老头送给她的手提包的牌子是LV，她的提包式样还是全球限量版，属于顶级的奢侈品。

小老头去美国后，没有与陆姐再联系。几个月后，老头儿子来他们城市开什么学术研讨会。老头儿子专程来独秀居茶室拜访陆姐，告诉她，小老头到美国不久就在医院安详去世，弥留之际，只见他父亲用一只能动的手向空中指着，喊了三声“他、他、他”。可是汉语不像英语，搞不清这个“他”是女性还是男性。

陶姐心里明白这个“他”是谁，也明白老头儿子其实心里也明白这个“他”是谁，不然，老头儿子何必不远万里跑来告诉她小老头最后说的三个字。

老头儿子走后，陆姐放声恸哭，肝肠寸断，如果没有陶警官在一旁不停地安慰，陆姐肯定会大病一场。

拾肆

独秀居茶室在小老头和大老板的参与策划下，集中了中国传统的茶文化、棋牌文化和养生休闲文化，方姐又主持着地下性文化部门。外表琴棋书画一应俱全，华丽典雅，每间雅间都极具中华传统文化品位，既古典华贵又舒适怡人。每周都有茶艺和插花表演，经常邀请高手来举办象棋和围棋比赛，是C市有文化的富人们养尊处优、颐神养性或是进行商业谈判的好地方。而骨子里头，就是C市高级商圈的富人们吆五喝六、寻花问柳的场所，说白了，就是赌博和性交易。所以，陆姐才不让一亿六到她公司工作。陆姐对刘主任说公司女的多，怕对一亿六影响不是很好，刘主任要仔细一想就绝无道理。果真如此的话，中华妇女联合会就不能有男干部进去工作了。陆姐怕的其实是这两项业务不利于一亿六的成长。但说是“公司”还是真的，因为独秀居在工商注册登记上就称为“独秀居文化休闲股份有限公司”。

这个暗中有赌博及性交易的“独秀居文化休闲股份有限公司”的靠山，就是陶警官。陶警官自公司开张那天就正式成为陆姐的情人，或者反过来说陆姐就正式成为陶警官的情人。一方面，陶警官为了暗地里替公司“保驾护航”，在其他方面再不能发生任何差错，另一方面，更因为“抱得美人归”，有了极大的满足感与幸福感，此生再无他求，从而真正达到了“无欲则刚”的境界。陶警官有了青年时追求“为民除害，除暴安良，主持正义”的现实条件，所以在工作上能正直不阿，铁面无私，廉洁奉公，敢于主持公道，并且特别踏实肯干，一丝不苟，钻研业务，认真办案，为人又大方慷慨，乐于助人，因而在全市公安系统有很高威望。陶警官真的成了既符合人民警察的标准，又符合小老头说的“贫贱不能移、威武不能屈、富贵不能淫”的大丈夫标准。对内，是陆姐的理想伴侣；在外，陶警官立功数次，多次被表彰奖励，获得了“先进工作者”“先进标兵”“公安模范”“优秀人民警察”等等荣誉称号，从一个初级警官一步步很快提升为高级警官，攀蟾折桂，平步青云。

■

因为陆姐常觉得自己没有名分，陶警官作为公职人员，又不能和她生孩子，不然，陶警官就会引起轩然大波，公职和党籍都会一撸到底，所以陆姐总有种不稳定感和不安全感，担心陶警官的官当得更大后，哪天想起她曾当过小姐而甩掉她，经常缠着陶警官起誓，要他海誓山盟。农村出身的女娃儿，长得再美也摆脱不了指天画地赌咒发誓的习气。

陶警官理智得很，把社会看得很透。一天，陶警官和陆姐完事后，在床上搂着她，一边抽烟一边闲聊：

“你真天真，老要我赌咒发誓。我跟你说哈，啥子赌咒发誓都没得用！唐明皇和杨贵妃发誓：‘在天愿做比翼鸟，在地愿做连理枝’，结果哪个了嘞？还不是下圣旨把杨贵妃在马嵬坡处死了。那些被抓的贪官，不能说个个都跟他老婆发过誓，但肯定个个都在党旗前面宣过誓，宣誓的时候还庄严得很。可是，后来一心一意搞钱、一心一意搞女人！情人不止一个两个。所以，要看一个人忠心不忠心，诚恳不诚恳，不要听他说得多好听，发过誓没有，要分析他的实际情况和实际能力，看他做得到做不到。我跟你说哈，现在社会上，有钱的富人，男的包二奶三奶甚至四奶五奶，富婆包二少三少甚至四少五少，都可以！喜欢哪个就包下来，独自享受。因为啥？有钱！因为他们有这个能力，有这个条件。中产阶层也有钱，但钱不是太多，包不起二奶，就要小姐，今天要一个明天再换一个，花钱又少，还新鲜；女的就找‘鸭子’，为啥？因为想包包不起！一般公务员，工薪阶层，还有啥子小知识分子一类的，腰包不那么鼓的男人，犯了‘七年之痒’，跟自己的老婆有了‘审美疲劳’以后，又唧个办嘞？包么包不起，嫖么嫖不起，就随意随缘到处找‘一夜情’。最理想的，就是找个有独立经济能力的、丈夫不在身边、或者离了婚的寂寞少妇。跟这种寂寞少妇谈情说爱，又有情调，又不担责任，又不花钱，甚至有时候还是女的花钱。也能在公开场合抛头露面，因为这种寂寞少妇大多有正当职业，可以跟朋友伙一起吃喝玩乐，不像小姐那样带出去叫人发现了会笑话。而且，这种寂寞少妇还随叫随到，比起找小姐既合算又方便，可说是达到了‘共赢’，男女双方都各自找到乐趣。为啥？就因为他们的能力更差一点，他们只能这样做：男的不是不喜欢这个女人，是包不起这个女人；寂寞少妇也包不起一个小白脸。男男女女只能像无头苍蝇一样乱撞，撞到哪个算哪个！每个人都是量力而为、按自身条件办事的哕！其实，这种现象，比啥子包二奶找小姐的多得多！在社会上非常普遍，只是一般人还没有觉察到这点罢了！”

陆姐听着笑了起来。陶警官很得意自己独到的发现，也笑着亲了她一下，弹了弹烟灰又说：

“好！说到我，老实说，我有了你就满足得很。第一，没得几个女的有你漂亮，你比我还年轻十多岁；第二，我不花一个钱，你不需要我‘包’，说句丢人现眼的话，有时还要你‘倒贴’；第三，我的官越当得大，地位越高，越要谨慎小心。为啥？盯住我的人多了哕！那些人恨不得我出问题，比你盯我厉害得多！你看，你有多少免费的义务密探上上下下围着我，你还不放心！我就是有那个外心，也没得那个条件哕！第四，我们早就有‘君子协定’，你又不缠住我要正式结婚。好，退一万步说，万一又有一个啥子都不图的，甘愿献身，比你还要年轻漂亮，也说不跟我结婚的女人追求我，我要接受了，她肯定要我给她解决这个问题那个问题。说白了，就是权色交易。这你早就晓得我是不干的。不要你的钱，就要你的命！你记住，这可是个经典总结！这点我心里有数得很。

你也晓得我不会跟女人轻易上床，要不，那天我们在你订的宾馆房间早就发生关系了。何况，我又不是傻子，我也四十岁的人了，哪个女的是啥子都不图，只看我的长相好才甘愿献身的？我是刘德华呀？我是梁朝伟呀？我是金城武呀？你看我像不像嘛？”

陶警官侧脸询问地看着陆姐，两人对视了一会儿，都笑起来。

“再说，我们早就有感情基础，不晓得你唧个感觉，反正我是觉得我跟你的感情越来越深。说实话，我觉得你不是我的啥子情人，我是把你当亲人看的！我又不是不晓得你当过小姐。你忘啦？正是在你当小姐的时候我喜欢上你的。你要不当小姐，我们还没得见面的机会嘞！你只要防止我不要害精神病，不要发疯就行了哈！我要哪天害了精神病，突然发起疯来，我才会不要你去找别的女人。”

陶警官没有害精神病，陆姐却忽然害了精神病，非要和陶警官再来一次。在陶警官身上近乎疯狂，最后大叫一声，瘫在床上昏死过去。幸亏陶警官懂得急救方法，又是按压胸部，又是嘴对嘴地做人工呼吸，陆姐才渐渐苏醒过来。

■

陆姐发誓似地向陶警官说要做正经生意，陶警官本以为陆姐会开家小小的服装店、化妆品商店等一类店铺，雇上一两个售货员，陆姐当个小老板，在柜台后面一坐。陶警官还会替她寻找店面，洽谈租金，招聘员工，介绍货源，暗中保护，不让街头小混混跑来捣乱什么的。没想到她一下子搞得这么大，而且不仅没有脱离小姐生意更加上了赌博，很不以为然。可是“独秀居文化休闲股份有限公司”一开张就面临还债的巨大压力。不兼营这两种生意就赚不到钱，赚不了钱就无法还贷。而陆姐也没料想到，小老头居然不但同意方姐的做法，还大力支持公司暗中做这两种买卖。

小老头能贷款，但也力主不仅要照合同按时连本带利地还贷，还急着要早早地还清，越提前还清贷款越好。

小老头说：“一个企业决不能负债经营，负债经营的话你总是在给银行打工。摆脱负债经营的局面了，哪怕你一天只赚一分钱，那一分钱也是你的。老是负债经营，哪怕你一天赚一百万，你也只能干瞪眼看着那堆钞票，因为那全是银行的。你有多少钱，是要把你欠别人的钱扣除去，剩下的那部分才真正算是你的。懂得啵？”

听陆姐说陶警官对公司兼营这两种生意很反感，小老头就叫陆姐哪天把“你的警察哥哥”约来一谈。

陆姐不再当小姐了，但和小老头还是一周一次在那“总统套”中进行“天体运动”。这是陶警官允许的。陶警官想得开，他说那已经不是小姐和嫖客的关系而是朋友之间的关系了。所以，陶警官听说小老头要跟他见面，很坦然地穿着便服跟陆姐去了酒店。

■

陆姐和陶警官进了“总统套”，只见小老头一反常态，和陆姐眼中那惯常赤身裸体、打打闹闹、四处捉迷藏的小老头全然不同。

小老头一派儒雅风度，白发白须，白褂白裤，举手抬足不疾不徐，步履轻盈，在厚厚的地毯上走动如在水面上漂浮，雍容闲雅，仿佛一身仙风道骨，虽然身居豪华的“总统套”，却似一尘不染，和四周毫无关系，倒像是在深山峡谷修行的神仙中人。陶警官原以为小老头会跟他嬉皮笑脸，现在一见小老头，不由得下意识地有种高山仰止的感觉。

小老头请他们二位入座，立即有服务员端来咖啡和茶及水果点心，一一摆放整齐，替各人的杯子倒满后悄然退出。

服务员走后，小老头拈着胡须对陶警官说：

“陶警官，多次听小陆说起你：正直清廉，主持公道，扶弱济贫，关怀和保护下层群众。我觉得你还是当今不多见的衙役捕快，才愿一识尊容，想与你促膝而谈。又听说你对公司的经营有不同意见，更想与你交换看法。你的不同意见很自然，如囿于当今俗见，我也会像你一样认为是寡廉鲜耻、伤风败俗的行为，也会羞于为伍，嗤之以鼻，更不用说允许下面的人染指了。所以，我完全理解你并尊重你。如果你不嫌老朽唐突，是否可以听听老朽的看法？啥子事情都可以商量，你说对不对？”

陶警官在小老头面前只有洗耳恭听的份，连忙起立了一下：

“请讲请讲！愿听老前辈指教。”

在陆姐身上，小老头还真算是个老前辈。于是小老头靠在沙发背上，坐得更松散舒适一些，像诸葛亮未出茅庐已知三分天下似的，侃侃而谈：

“现在人们说今天中国面临百年来未有的大变局，这真是目光短浅！其实，中国现在面临的是五千年来未有的大变局！五千年来形成和积淀下来的东西，不论是精神文化方面的，还是外在物质生活方面的，都在短短的二十年间猛地一下子翻转过来！”

小老头拿起茶几上放的一瓶玻璃瓶装的开心果，猛地一倒过来，让瓶底朝上，向茶几上“砰”地一蹾。

“请看，这里面的开心果一下子都调换了原先的位置。有的原来在上面的跑到下面去了，有的原来在下面的跑在上面来了，即使在中间的好像还是在中间，但也挪动了位置，不可能没有一颗开心果丝毫未动。每颗开心果都有移动。二十多年，在我们看来似乎很长，而在历史长河中只是毛泽东说的‘弹指一挥间’。这一‘弹指’间，就是我刚刚把瓶子往下一翻过来的一刹那，我们每个中国人都猛然改变了位置。请问，这样是不是每个中国人都会被搞得晕头转向，一时摸不清东南西北？这是当然的。因为没有哪个人能未卜先知，早早就想好了他会变动到哪里去，变了以后该啷个办。不过，有人动了位置，但仍然照原来位置上那样做，那样思考，意识不变。这是习惯嘛！有人变了位置，马上变了做法，变了思考方式，变了意识观念，完全照他现在变了的位置想办法，去做、去思考。”

小老头说到这里，向陶警官一倾身：

“请问，陶警官，毛泽东说的‘数风流人物还看今朝’的‘风流’是啥子意思？小陆说你爱好文学，我倒想向你请教请教。”

陶警官这时哪敢班门弄斧，虚心地说：“是呀，我们常说‘风流’这两个字，但是在这里究竟应该怎么讲，还是要请教老前辈。”

小老头又靠在沙发背上，微微一笑说：

“其实非常简单。用通俗好懂的话来讲：‘风流’就是‘心眼儿活’的意思！按马克思主义原理，无产阶级革命首先是从城市工人起义开始，依靠工人阶级推翻资产阶级统治，可是毛泽东‘风流’，‘心眼儿活’，来了个‘农村包围城市’，靠农民打天下，结果大获全胜；在国共两党内战时候，斯大林叫毛泽东见好就收，不同意解放军过江。毛泽东‘风流’，‘心眼儿活’，不按当时拥有最高权威的‘共产国际’的指示，来了个‘宜将剩勇追穷寇’，非过江不行！结果把国民党打到了台湾去，得了天下。所以，毛泽东当得起‘风流’两个字，他的心眼最活，真正是个了不起的‘风流人物’！可是，晚年他老人家太‘风流’、心眼儿太活了，活得随心所欲，完全不按照科学规律办事，才把中国弄得一塌糊涂！然而，我不认为他不好。毛泽东的历史功绩之一就是他犯了错误！他搞的那一套，就像我刚刚拿起这瓶开心果底朝上地翻过来一样。毛泽东拿的瓶子里装的是啥子呢？瓶子里装的就是五千年的中国和我们中国人。这就是毛泽东的伟大之处，五千年的中国和八亿中国人，让他轻轻一提，就提起来了！这一翻，让中国人知道了‘造反有理’，下面人可以反对上面人，老实说，这就是民主的第一步！在‘文革’时候，除了毛泽东之外再没有别的权威；昨天对的，今天都错！昨天错的，今天都对！把中国五千年的东西翻了个底朝天。传统的那一套、旧的那些东西都不行了！从此，把中国的人心搞乱了，可是，也把怀疑的种子撒在中国人的心里头了！”

小老头笑着喝了口茶。他用拇指、食指和中指捏茶杯柄，小指和无名指微微翘起，像京剧演员做的“兰花指”那样优雅。

“好！那么邓小平的历史功绩是啥子嘞？邓小平接过毛泽东翻过来的瓶子，不仅往下一蹾！还干脆把瓶盖打开，让瓶子里面的开心果撒了一地。瓶子原来是密封的。密封是啥子意思？密封实际上就是不透气嘛！和外边的空气完全隔绝嘛！如果邓小平不是拧开瓶盖，而是接过毛泽东翻过来的开心果瓶子，再慢慢小心地翻转回去，仍然好好地再放回桌上摆好，那就糟糕了！那就没有中国的今天了！那样，今天我们还是处于计划经济社会：大家吃大锅饭，各人凭证凭票买东西；虽然没有贫富差别，可是大家都一样穷！人分三六九等：什么工人、农民、革命干部、地、富、反、坏、右；身份等级森严！农民在农村，工人在城市，城乡两重天，小陆现在就跟她爸爸在乡下种田！中国还是个贫穷落后的国家！所以，我说邓小平比毛泽东还伟大，就在这点上！”

小老头看陶警官和陆姐都在仔细聆听，一副津津有味的神情，就又往下说道：

“好！我们再往下说：毛泽东把中国五千年翻了过来，邓小平又打开了瓶盖，让开心果撒在地上乱蹦跶。而且从此中国透气了，不再处于密封状态了，开心果可以直接看到外面的世界，外面的人也能直接和开心果接触了。这样，五千年的中国就遭到非常猛烈的一次冲击，我们每个人也都受到冲击，在地上乱蹦跶！在我们蹦跶的时候，每个中国人都遇到前所未有的问题，因为我们已经不在瓶子里待着了，面对新环境新世界，我们在五千年历史经验中找不到指导我们应该唧个办的办法，所以邓小平才说‘摸着石头过河’！其实，我们每一个中国人都在摸石头！毛泽东在‘文革’时候说，‘天下大乱达到天下大治’，他的大错特错就在这一点！为啥子？因为那种‘乱’是他老人家一手造出来的，由他老人家在上面鼓动的。现在，陶警官，你说乱不乱？我想你们当警察的比我清楚，现在是乱得不得了！对！可是今天的乱，是老百姓人人都像刚倒出来的开心果那样，在地上蹦跶蹦跶跳的乱！是历史巨变中的乱！这种乱是必然的，不乱反倒不正常。你们说对不对？”

陶警官不得不服，“就是的、就是的！我们现在社会真正是乱得很！我原先不理解，今天听老前辈一说，我才有点开窍。”

“是呀！”小老头说，“因为我们中国人都在蹦跶蹦跶地跳嘛！不安然嘛！现在搞市场经济，大家都在这市场经济社会里找钱，东找、西找、南找、北找、瞎找！乱蹦跶！前些日子报纸上在讨论现在民营企业家的‘原罪’，就是说几乎每个民营企业家在他们开始做生意的时候都有过不法行为。啥子‘不法行为’啊！国家连个法都没得嘛！国家都在‘摸石头’，不叫老百姓‘摸石头’行吗？中国人又在‘文革’中被搞乱了人心，个人崇拜又没得了，没得一个权威管得住老百姓了，那所谓的‘不法行为’，不过就是民营企业家在乱‘摸石头’、瞎‘摸石头’罢了！摸到了的，成功了的，就是‘心眼儿活’的‘风流人物’！摸不到的就掉进河里，不是进了监狱就是倾家荡产，‘成则为王败则为寇’。这种乱，要等一个个法律法规制定出来后，才会慢慢上轨道，渐渐平息，达到‘大治’。到那时的‘大治’，才是真正的‘大治’！钱要赚，但要赚得合理，纳了税以后，有正当的利润率。”

小老头停顿了一下，又笑起来，面对着陆姐说：

“小陆那个老鸨儿说，‘现在中国只有两大行业最赚钱：一个是当官，一个是当小姐’。这话不无道理！因为其他行业逐渐制定出法律法规，有了规矩，在市场经济的竞争里头，逐渐形成合理的正常的利润率，这就稍微消停下来了，不太乱了。而恰恰这两种行业没有制定出规矩来：对当官的，没有制定出家庭财产定期申报制度；对小姐，没有把它当作一门行业，纳入征税范围。当官的一起贪念，想贪污多少就贪污多少，反正他的上下级都不晓得他家原来有多少钱，当了官以后有多少钱，每年收入有多少钱，多出来的钱是从哪里来的，一笔糊涂账！当小姐的，政府只管打击抓捕，小姐就跟政府打起了游击战：‘敌进我退，敌退我进’，当然更谈不上啥子营业税和所得税了，客人给的钱都属于自己！官员的灰色收入和小姐的桃色收入，是我们法治建设上的两个盲点，也是税收上的两个盲区，所以说，这两种人最赚钱了！”

小老头抿了口茶，又请他们俩喝茶吃点心，然后悠然地继续说：

“好，这我们就要说到公司的事了。公司表面上是茶文化、棋牌文化、休闲文化，可是暗中在搞赌博和女娃儿的生意。请问，赌博是哪个在赌？是老板们在赌，公司只是提供了一个良好的场所罢了；女娃儿是哪个要的？还是那些大老板要的，公司不过给他们介绍了一下罢了。小陆的公司既谈不上组织小姐，更不是逼良为娼，另一方面，又不去引诱正经人进入青楼。那些人本来就是小姐和不正经的老板嘛！好！公司不提供赌博场所，不给大老板介绍女娃儿，那些大老板是不是就不赌不嫖、从此循规蹈矩了？小姐就不当小姐，另谋职业了？当然不可能！他们还会找别的地方，而别的地方还多不胜数。赌博和嫖妓历史悠久，可以说从原始社会后期就有苗头，有雏形。为啥？因为这出自人类的本性。世界历史上各国的领导人或者说是统治者，都曾多次想肃清赌和嫖，可是都是‘野火烧不尽，春风吹又生’。有需要就有市场，这是市场经济的根本道理！有的国家和地区就钻了空子，搞个‘特区’，像拉斯维加斯、蒙特卡罗、澳门等等，更多的国家还专设了‘红灯区’，从税收上大发其财。美国有的州从嫖和赌上收的税，可以支付全州的教育经费哩！我们国家是社会主义国家，要禁止，但是多次‘打击黄赌毒’，效果咋样呢？也是你这个警官比我还清楚。”

小老头看了看陶警官，见他没有异议，才往下说：

“黄和赌，跟毒不一样。黄和赌出自人的本性，我刚才说过，从原始社会后期就开始出现了。最近，科学家观察，在灵长类动物譬如猴子中间，就有雌性猴子要雄性猴子拿食物来交换交配权的现象，猴子也会‘卖淫嫖娼’！你说怪不怪？赵忠祥的《动物世界》这个节目陶警官看过吧？反正我爱看！你看那里面，几乎所有雄性动物和雌性动物交配的时候，都要和它的对手搏斗一番。这就是赌博的原始形态。赌的是啥？是身体和气力，哪个打赢了哪个占有雌性动物。所以，赌博赌博，里面就有个‘博’字。可是，毒不同！毒不出于人的天性，还是反人的天性的！毒只是在近代社会才出现的。它是人类发展到文明社会以后的一种反文明行为；人类文明到一定时候会出现一种自我残害行为，这就是毒！陶警官清楚，世界各国都有缉毒警察队伍，有没得专门成立缉赌警察和缉黄警察队伍的？至少我没听说过！扫黄和查赌，都是在警察的一般治安任务之内，是属于治安范围。那也就是说，黄和赌，只要不妨害到社会治安就是睁一只眼闭一只眼的事情。”

小老头说到这里，才仿佛认真起来，又从沙发靠背上向前倾身，很严肃地对陶警官说：

"好！这样，在我们蹦跶的时候，并不是没有空子可钻。我们为了还清银行的贷款，就非得像《后汉书》里讲的'物穷则变生，事急则计易'。小陆家穷到这个地步，我们又不让她再当小姐，就给她开了家公司。公司不'变生'不行，就要'易'个'计'，就要擦个边球！就是要'心眼儿活'，要'风流'一下！有一本古书叫《列子》的，上面说：'天下理无常是，事无常非。先日所用，今或弃之；今之所弃，后或用之'。也就是说，说不定现在禁止的、反对的，很有可能明天会'用'。'今之所弃，后或用之'就是这个意思！这样，谁做在前面，要么是枪打出头鸟，出头的椽子先烂，要么就是先拔头筹，抢占了先机。我们也不要啥子'先机'，至少不能'先烂'吧！是不是会'先烂'，就在你陶警官手上！"

小老头用食指向陶警官一指，仿佛这个任务就在一指间交给了陶警官。

"你也知道啥子三家股东啊，实际上只有小陆一家！成立个公司至少要三家，我们三家才搞起个公司，就是为了能向银行贷款，支持一下小陆罢了！我和那个大老板是光出钱，一分钱利润也不要的。我们不分利润，当然也不管还贷，还贷还要靠小陆来还。小陆还清了贷款，整个公司就成了她一个人的了！茶文化、棋牌文化、休闲文化那都是门面，赚不了钱的，保个本就不错了。你不同意兼做那两种赚钱的生意，你叫小陆拿啥子来还贷？我想你是真爱小陆的，你只要在风头快来的时候给小陆打个招呼，公司马上停止这部分营业，就不会'先烂'。等风头过了后，再跟小陆打个招呼，让这两种生意死灰复燃，这就够了！这就像过去你给小陆个人打招呼一样，没得啥子区别！而且，这其实也在你警察的职责范围之内，就是不要叫小陆公司的生意妨害治安。在警察工作上你也算尽职尽责了。"

小老头又对陆姐正色地说："小陆这方面呢，在做这种生意的时候也要做得规范，做得文明，做得高档。这样，来的客人自然而然也会文明起来。何况，来独秀居的客人都是有钱的老板，他们也顾及自己的身份名誉脸面，不会惹是生非，不会妨害治安的。他们那种人的心理是多一事不如少一事。不像那些去低级场所的人，为了点小事就骂街吵架，打打杀杀，天天拨打110叫警察。其实，在外国，赌博嫖妓都有一套规范，不像我们现在这样乱来的。我们还可以培养出文明的客人呢！你说是不是？”

小老头说得陶警官无话可说。告别的时候，陶警官主动叫陆姐留下来。

“好好陪陪老前辈，老前辈今天累了。我先告辞了，不好意思！不好意思！以后一定要多多向老前辈请教，还要多请老前辈指点哩！”

陶警官告辞后，陆姐连忙给小老头倒茶敲背。

“你累了！喝口茶，赶快躺下！”

而这个好似神仙中人的老前辈马上一变，变得比孙悟空还要快，像娃儿似的躺在沙发上又蹬腿又喊叫：

“哎呀呀——！为了说服你的警察哥哥，把我说得口干舌燥，赶快把你的奶头子给我咂咂呀！”

拾伍

陆姐公司开张以后，第一件大事就是把一亿六接出来。陆姐接一亿六当然要连爹爹一起带来C市。那时陆姐的公司还刚刚起步，经济能力有限，就在独秀居附近租了一套四十多平方米的房子给父子两人住。又在附近找了个小学校，把一亿六送进去插班二年级。可是一亿六上学的第一天，只看见他背着书包出门，晚上却不见他回来，把陆姐急死，向陶警官报失，要陶警官派人去找。一直到半夜，一个警察才把一亿六送回家。问他到哪里去了，一亿六很坦然地说玩去了。到哪儿玩去了？到一个空旷的地方，有树还有水。警察说是在公园里找到他的。公园关门了，人都走光了，才发现一个娃儿，就送到派出所。陆姐也不忍心过分责备他，怕他不愿和姐姐在一起，要回乡下，赶快安顿一亿六吃饭睡觉。

第二天，仍然如此，一天跑得不见影子，不过晚上还知道回家吃饭睡觉。陆姐怀疑一亿六的脑子被爹爹打坏了，就带他到医院做全身检查。检查结果良好，什么病都没有。一亿六还很聪明，只要他认识了一个字马上能记住，不用再教第二遍，所以也不用复习，省得做“家庭作业”；那根“带眼眼的能吹响的竹子”即笛子，居然无师自通地也能吹得有腔有调，虽然谁也听不出来他吹的是什么曲子，但至少可以充分证明一亿六的脑子没被爹爹打坏，还完好无损。可是就是早上出门晚上回来，不去学校。陆姐又怀疑他沉迷上电子游戏，叫陶警官派个便衣警察暗暗盯着他，看他究竟是到哪里干什么去了。陶警官遵命派了个人暗中跟一亿六跟了一天。便衣警察晚上回来报告的，就是陆姐向刘主任说的话：

“在野地里四处逛，跟鸟说话，跟鱼说话，跟花花草草说话。”

陆姐怎么也想不通一亿六为什么不爱上学。小老头那时还没有成为“国学家”，还没有开始在全国跑来跑去讲他的“国学”。一天，她把小老头请到独秀居，正儿八经地向小老头请教。小老头一边喝功夫茶一边等一亿六，等到很晚，一亿六才玩回来。

小老头一看一亿六，把茶杯往桌上“砰”地一蹾，对陆姐说：

“此子有异禀，非笼中物！我只给你三个字：由他去！”

■

爹爹在城里住了两个月，非要回乡不可。说在城里住不惯：出门太闹，在家太闷。又正值老家要修三峡大坝，在高坡上给乡民们盖了新房，要把人们都移到那里去住。爹爹不回去就分不到新房。爹爹要回乡下，当然要把一亿六一起带回去。这样，一亿六在陆姐身边只待了两个多月就和爹爹回去了。

一亿六回去后，陆姐每隔一两个月就要回家看一次一亿六。看一亿六只在学校里挂个名，仍然天天到处逛，不学习也不捣乱。想到小老头说的“由他去”，也只好“由他去”了。两年多后，陆姐不仅全部还清贷款还更为发达，拥有了整个“独秀居文化休闲股份有限公司”，生意越做越红火。陆姐有了陶警官，又有了钱，一亿六就成了她唯一放不下的心思。但每一两个月就要跑去跑回，疲于奔命。移民们自搬到山顶上住后，多半不需种田，只弄个果园什么的，要么开家小卖店。爹爹也不下地种田了，每天坐在山上看风景，怡然自得。爹爹似乎也明白放走了一亿六，陆姐回来的次数就不会这么多。一亿六成了爹爹手中的人质。这件事让陆姐忧虑不安。

还是陶警官明白，跟陆姐说："你不想想嘛：你妈去世了十几年，你爹身边一个人都没得，只有小弟。他即使不喜欢小弟也要把他带在身边，这是人之常情嘛！你爹现在才五十几岁，还能够过夫妻生活吵！你自己都老想跟我过性生活，就不想你爹要不要性生活，真没得一点人道主义精神！现在除非我们给你爹找个老伴，你爹才会放了小弟。不然，小弟总也出不来，只有等你爹死了以后。我们也不愿意你爹早点死，对不对？你不要急，急也没有用，赶快给你爹找个老伴，也就是给你自己找个后妈。"

陆姐听了茅塞顿开，回到老家就四处打听哪里有适合跟爹爹过日子的单身女子。可是爹爹的对象还真不好找，岁数不能太老也不能太小，必须在四十到五十之间，又不能有娃儿，因为女的带了个娃儿来，爹爹就会想还不如跟一亿六住在一起。更大的问题是：移民们都想进城，没有娃儿的单身寡妇更想进城，哪有不嫁到城里反嫁到山顶上的傻寡妇？即使进县城当个保姆，也比嫁到山顶上给孤寡老人做老婆强。所以陆姐找了几次都无功而返。

陶警官见陆姐一回来就愁云满面，听了陆姐说找后妈的困难，就说：

"我想想法子，到劳改队快释放的女犯人当中看有没有合适的。我想肯定会有，给她一点优待就是了。不过，找到以后，你不能跟你爹说是劳改过的，我怕他一时不能接受。"

开始，陆姐还有点犹豫，找个犯过法蹲过牢的女人来当她后妈，有说不出的别扭。陶警官说你不要看不起曾犯过法的女人，正如你也当过小姐一样，她们都有这样那样的原因，决不是天生下来就坏的。你别忘了本，虽然你不一样。即使我爱你，我也要批评你："不要好了疮疤忘了疼！"

陆姐不听别的，听陶警官说"我爱你"这就够了，虚心接受了陶警官的批评。

■

其实，这个想法陶警官早就有了，也已有准备，只等陆姐同意。两天后，陶警官就叫陆姐和他一起开车去郊外的女子监狱。人熟好办事。监狱长见陶警官他们两人来了，马上迎他们进去。进了监狱长办公室，客套了一番坐下后，监狱长从抽屉里拿出一个档案袋，向陶警官和陆姐说：

"我先给你们介绍介绍我替你们找的人的情况哈，你们听听合适不合适。如果不合适，那我再另外替你们找哈。这个女犯呢，叫黄小梅，今年四十三岁。原先跟老汉生了两个娃儿，大娃儿七岁的时候，二娃儿两岁。大娃儿得了病，要用钱治病。他们是普通农民，都是种地的，哪来钱给大娃儿治病嘞？当时宣传计划生育，说有娃儿的妇女结扎了能得二百块钱，黄小梅就为了这二百块钱去结扎了。可是，有了二百块钱也没治好大娃儿的病，死了。祸不单行，正在两口子伤心的时候，一不注意，二娃儿又被人贩子拐跑了，据说卖到山西河北一带，这哪能找得到嘛！好了，黄小梅也结扎了，再生不出娃儿了，老汉天天闹，想要娃儿，闹得跟黄小梅离了婚。黄小梅离了婚没去处，在乡下住，没得房子住，种地，也没得地种，只好进县城找事做。县城哪来的事给她做嘛？下面嘛——就看你们的意见了。"

说到这里，监狱长咳嗽了几声。"她呢，就让骗子胁迫去当了一阵子'站街女'。"

监狱长还以为陆姐不懂什么叫"站街女"，向陆姐解释道："'站街女'就是租间出租房，在马路边上拉客人的那种卖淫女。这点你们不要嫌弃就行了哈。当了几天就被城管抓住了，蹲了十五天看守所。看守所有个看守看上了她。她放出来以后，看守就把她领回去同居了。看守有个十岁的碎娃子，脾气犟得很，既不叫她妈还把她当下人使唤，有时候还踢她打她。有一天，她和碎娃儿一起到县城外挖野菜，下起了暴雨，路滑难走，她和碎娃儿都跌到河里头去了。好！下面的事就难说了：她一个人跑了回来，碎娃儿淹死了。她说是她不会水，但也尽力救过碎娃儿。可是因为平时和那碎娃儿的关系不好，看守就告她有意谋害了他儿子。法院唧个判嘞？说是她推碎娃儿下水故意谋杀，没得人证；说她不小心跟碎娃儿一起落水了，她还尽力救过，也没得人证。法院又迫于原告看守那方的压力，就判了个'过失杀人'罪，判处有期徒刑十年。我实事求是地说哈，她在监狱确实表现得好！上次大暴雨发山洪，监狱犯人整体转移的时候，她救起人来可以说是舍生忘死，表现特别突出，领导给记了个功，还上过报纸。现在，她已经在监狱里改造六年多了，劳动踏实肯干，遵守纪律是模范，考虑放出去对社会也不会有啥子危害，已经报了减刑，提前释放。这已经向她个别谈过话了，征求她的意见。可是她不愿再到社会上去，回到社会也无依无靠，要求留在监狱。陶警官晓得现在没得这种政策吵！你们看着合适，就给她找个地方安身，不合适的话我们再说。"

陶警官和陆姐对视了一眼，见陆姐没有不满意的表情，就向监狱长说："那还是先看看人再说嘛。"

监狱长点点头。"那就好，就请你们二位跟我到那边提审室去。陶警官跟我进去，陆女士在隔壁看。陶警官，咋样？"

陶警官对陆姐说："应该这样。监狱长想得周到。你就在隔壁房间看。不要一开始就直接和这个女人见面。如果你不满意的话，也不会让那女犯尴尬。"

监狱长把陶警官和陆姐领到提审室。安排陆姐在隔壁房间：

"你就坐在这里哈。透过这扇玻璃窗你能看到那间房，也能听见那间房说的话。我们那边看不见你，也听不到你这边的声音。其实我们也没得啥子要问那个黄小梅的，你不满意，就敲一下玻璃窗哈。可以的话，你就敲两下玻璃窗。我们知道你认为可以，再跟黄小梅说些话。不行的话，啥话也不问了，叫她走了拉倒。你说行不行？”

陆姐连连感谢监狱长。“多谢了！给你添了麻烦，真不好意思。”

“不要客气！麻烦啥子嘛？”监狱长说，“陶警官托我的事，我一定尽力而为。再说，这也是办一件好事嘛！有好些女犯其实是苦命人。我不晓得陆女士信不信命，反正我信！有人命好，有人命苦，就这么回事！”

房间空荡荡的，没什么摆设，只有一张桌子两把椅子，一面墙上有一扇大玻璃窗，在另一边看来是面镜子。陆姐既紧张又好奇地坐下。透过玻璃窗当真能将隔壁房间一览无余。先是见陶警官和监狱长两人坐在一张审讯桌前谈笑风生，一会儿就有个狱警带了一个穿着犯人服装的女人进来。陆姐仔细端详，第一印象就非常好。中等个头，细眉细目，面孔红润，身体强健，看来比实际年龄年轻得多；也看得出她年轻时很有姿色，不然那个后来告她的看守也不会看上她带回家同居。她如跟爹爹过日子，还是爹爹的福气呢！想到她自己进城那天的凄凉和凄苦，在街头彷徨无主时的情景，正像监狱长说的，有人命好，有人命苦，她如不幸进城那天碰到个骗子，在骗子的胁迫下，是不是也会成为“站街女”也难说。想到这里，同情之心油然而生，不由自主地敲了两下玻璃窗。

那边听到陆姐敲了两下，就让黄小梅坐下。这边陆姐听黄小梅说了声“谢谢”，规规矩矩地在一把凳子上坐下。监狱长装模作样地翻看黄小梅的档案，陶警官趁机过到这边房间里来。

“啷个决定得这样快嘛？你看仔细一点，不要后来反悔，弄得我们跟她都下不了台。”

陶警官看见陆姐眼睛里噙着泪花，也不再问了。

“那我过去就跟她透个信啊？”说完又走到另一间房去。

监狱长见陶警官进来向他微微点了点头，知道陆姐同意了，就问黄小梅：

“咋样？最近你们队长反映你有点情绪不安。为啥子嘛？提前释放是好事哕！别人盼还盼不来哩。你倒好！提前释放你还发愁，有啥子发愁的事嘛?”

黄小梅低着头，沉默不语。监狱长“嗯?”了一下，她才低声说：

“监狱长，我感谢领导的好心，更感谢这么多年来党和政府的教育。不过我跟别人不一样。别人释放了都能高高兴兴地回家，跟家人团聚，我一个人无家可归，在这里也习惯了，我已经觉得这里就是我的家了。所以还是请领导把我留在场里。我啥子活都能干，保证让领导放心。”

“哪个不放心你啊?就是放心你才提前释放你哕!”监狱长说，“至于你出去没得地方走，领导也替你考虑了哈。给你找个合适的地方安家，好生生地过日子。你还年轻嘛，只有四十来岁。说不定我还要吃你的喜酒去呢!”

说完，监狱长笑起来，黄小梅也不好意思地低下头腼腆地一笑。陆姐发现黄小梅有了笑容显得更善良可亲。她恨不能马上跑过去亲自跟黄小梅说话，又着急陶警官稳稳地坐着不开口，不自觉地又敲了两下玻璃窗。

陶警官那边马上领会了陆姐的指示，知道现在面前的这个女犯非同小可，将来不叫她“伯母”也得叫“婶娘”，同时他自己看黄小梅也觉得很不错，先恭敬地立了立再坐下，向黄小梅温和地介绍了自己：

“你好!我姓陶，现在你就叫我陶警官好了。请问你，你出去以后，是想进城里嘛还是在农村也可以?”

黄小梅从来没有见过一个中年的英俊警官对她这么尊敬有礼，也站起来向陶警官鞠了一躬，有点忸怩地说：

“我是真心想留在场里的。要是领导不准许，我还有啥子挑挑拣拣的嘞!我完全服从领导安排。”

陶警官说：“你看，监狱长为你将来出去以后的安置很操心哈。今天监狱长和我叫你来，就没有把你当个犯人，和平常人一样，想跟你聊个家常哈。要是把你安置在农村一个很好的地方安家，不晓得你是啷个想法。所以才问你是想进城嘛还是到农村也可以。你不要有啥子顾虑，直说就好。”

这话等于暗示了要把她安置在农村。黄小梅立即说：

“要说真心话，我还是觉得农村好些。我是农村长大的，城里头的事啥都不懂得！我就是进了城才遇到这种事，不进城，啥子事也没得！”

“好！”陶警官说，“那就等你哪天释放我哪天来接你哈。听监狱长说，等着办手续，你大概还有一个月就可以出狱了。在这期间你安心劳动，也要注意身体，多多保重哈！”

■

陆姐回去后脸上的愁云一扫，兴奋得满面红光。比在监狱里快到释放期的犯人还迫不及待地盼着黄小梅释放，要跟黄小梅当面谈心。

陶警官说：“你不要急。我要想个法子叫你爹自觉自愿地把弟弟送到我们这里来。我们主动给他去介绍黄小梅，说不定你爹会起疑心：啊，弄了半天你们不是为我好，还是想把弟弟带起走啊！还说不定你爹同意跟黄小梅结了婚还是不放小弟。好了，这以后啥子法子都没得了！你那位国学家老头子跟我说过一句话，给我印象很深。他说韩非子有句话叫‘事以密成，语以泄败’，做啥子事情保密很重要。你千万不要去跟黄小梅当面鼓对面锣地说开！你前些日子还不同意，这一下子又跑到另一个极端，做啥子事都要慎重嘛！你不要操之过急。这事情你万万不要插手！你一插手，感情一冲动，还不晓得你会跟黄小梅说些啥子，搞得黄小梅不知所措。你想嘛，黄小梅在监狱里待了那么多年，只习惯监狱里那套说话方式，不习惯你的说话方式。你跟她稀里哗啦一下子说那么多真实情况，提出你的要求，吓都把她吓坏了！以为你在利用她做啥子见不得人的事。她已经上过一次当，不敢再做啥子秘密的事了。她听领导的话听成了习惯，我要先跟她用监狱那套语言说话，等于是指示她啷个啷个做。她只相信政府领导。这才能把他们两个撮合在一起，还要你爹恨不得小弟走得越远越好！”

陆姐搂着陶警官的脖子，连连亲吻，说：“你真行！你真好！你太有才了！今天晚上我要好好为你服务哈！”

陶警官赶快避开她。“好了好了！你哪次为我服务以后都把我弄得筋疲力尽。等我先把这事办好，再找一天空闲时间来享受你的服务哈！”

■

陶警官第二天就开车到陆姐的老家，两天后回来对陆姐说：

“好了，你就等你爹的电话叫你去接小弟吧！”

黄小梅出狱那天，陶警官开车去把她直接送到陆姐老家的县城。趁路上行车的四个多小时，陶警官用警官的语言略给黄小梅透露一点信息，让她怎样怎样做，并且趁机也与黄小梅熟悉，联络感情，让黄小梅觉得这家人对人很好，既让黄小梅安心，又让黄小梅很好地配合。不到一个星期，陆姐就接到爹爹电话，说是他找到个“对象”，准备结婚，要陆姐把“娃儿”接走。陆姐故意说，爹爹结婚是大喜事吵！我要来喝喜酒。弟弟跟你们两个人一起不是很热闹吗？弟弟有个后妈照顾了，我也放心了吵！

爹爹在电话里吼道：“啥子热闹啊！他龟儿子一天到晚乱跑，尽叫我费心！不在我眼前我还舒服些！赶紧来赶紧来！你要放心放到你身边你更放心！赶快来接走了让我眼前清净。”

原来，陶警官先到陆姐老家的公安局，把朋友同学找来布置了一个圈套。警官警察们听了无不哈哈大笑，都要踊跃参与，促成这件好事。

一时，陆姐爹爹很奇怪，家里天天有派出所的警察登门问寒问暖，县上公安局的领导也跑来慰问，好像他是个退休的革命老功臣。来的警官警察都异口同声地说，老人家年岁大了，身边无人照顾，真可怜！出门没人看家，进门没人说话；夏天没人扇扇子，冬天没人盖被子；晚上连个焐脚的女人都没有，夜里一个人睡冷被窝，真不是滋味等等话语。陆姐爹爹受宠若惊，弄得他自己也顾影自怜起来。想想这么多年来独守空房，确实难受，老婆虽好，也死了十几年了，老婆让女儿读书的遗愿也实现了，没有什么对不起老婆的事了。陆姐每月给爹爹一千块钱，别说吃穿用，就是换成钢镚儿一天到晚朝长江里撒都撒不完。有个贴心的老伴在身边，钱也足够花了。

“格老子！自己啷个那么‘哈’嘞！啷个没想起来嘞？白白受了这么

多年罪！派出所墙上的标语硬是对头：‘人民警察为人民’，还是人民警察想得周到！”

县公安局领导还当他的面指示派出所，给老人家找个老伴势在必行！要下级坚决完成这个任务。独身了十几年的鳏夫寡妇不动念头便罢，一动念头就像堤坝决口，洪水汹涌，势不可挡。警察们挑动起陆姐爹爹续弦的念头，弄得陆姐爹爹成天坐立不安，急不可待。但是，这时陆姐爹爹也同样遇到陆姐遇到过的困难：哪里有合适的寡妇嫁给他？警察也表示难以完成上级交下的任务，一来就是一副苦恼无奈的表情。但过了些日子，警察又跑来高兴地说，有了！有了！好不容易替你老人家找到了！江边边有个寡妇人家，单身一人，是个移民的“钉子户”，叫她搬她不搬，就赖在江边边不走，妨碍了修建三峡大坝。哪天把她领到你这里看看，她看到你老人家经济条件好，人又精神，家里人也少，大概会愿意的，这样她就会搬上来了。

“你老人家可要好好配合修建三峡大坝啊！”

到了那天，陆姐爹爹换了身新衣，头脸洗得干干净净，能生出陆姐和一亿六的人虽然长期务农，在田间辛苦劳作，但稍加收拾，便比县城里退休的老干部还精神。

上午，陆姐爹爹见警察果然领了个中年女子袅袅娜娜地走来，赶紧迎上前去。谁知他见了黄小梅就像见了仙女下凡，一见钟情，很久没有知觉的下面竟然蠢蠢欲动起来。陆姐爹爹慌张得不知怎么招待为好，手颤抖得连碗和茶杯都拿不住，叮叮当当一连摔破好几个。警察看在眼里，心中暗笑，知道有门，故意领着黄小梅在陆姐爹爹家里四处看，说：

“你看！彩电、冰箱、洗衣机、微波炉啥子都有！这都是城里头用的高档家用电器。你来了，洗衣做饭都方便得很。”

陆姐爹爹赶紧说：“不用不用！哪能让她做！我都会做。这就是我城里的女娃儿怕我生活不方便给我买的。用这些，做起来又快又省力，根本不需要她动手！”

只见那位仙女低眉顺眼地跟着警察走了一圈，不发表任何意见。陆姐爹爹像发情的公狗一样跟在仙女后面馋涎欲滴。警察带了仙女来晃了晃，又带走了。晚上，陆姐爹爹爬起来又睡下、睡下又爬起来，一夜未曾合眼。

第二天，警察又表现出很为难的样子跑来说，那女子也同意了，但你家里还有个娃儿，不晓得她从哪里打听到的，你那娃儿不爱上学到处乱跑是出了名的，她怕跟了你以后难管教娃儿。她一个人生活惯了，就想跟你两个人一起生活，多一个娃儿反添了一份心事。你老人家要是有个地方能把娃儿送去就好事成双了。

陆姐爹爹急忙说："有有有！他姐姐在城里头，正好想接走他。我这就打电话叫他姐姐来接他走！"

陆姐回去接一亿六那天，也是爹爹和黄小梅成亲的那天。家里房子里里外外打扫得干干净净，张灯结彩，四处都贴满红色的"喜"字。一亿六仍然是跑得不见影子。黄小梅略施了一点淡妆，更显得年轻了许多，在农村中年妇女中可以说是姿色出众的。陆姐一见黄小梅就趴在她肩头流泪。大家都以为是陆姐高兴得哭了，就让她们俩亲热地说话，也没人过来劝慰。黄小梅见"女儿"这么漂亮，又对她这样亲热，既高兴又激动，心头充满从未有过的喜悦，两人抱头又哭又笑了一番。

拾陆

一亿六进了城，和陆姐住在一起了。但分开这几年，一亿六在陆姐眼中好像并没有长大，仍然跟娃儿一样喜欢到处跑，成了个不安于室的小伙子。陆姐给他在一所那时很难上的所谓"重点中学"报了名，插班读高一。也和过去一样，班级的花名册上有这个名字，老师却找不到学生的人影，对不上号。陆姐没法子，只好按小老头说的"由他去"，采取"自由主义政策"，问他想到什么地方去玩，索性让他自己去玩就是了。一亿六说他除了老家只到过 C 市，听说深圳好，想到深圳去打工。

"我们老家好多人都去深圳打工了，我也要去！"

陆姐说不用你打工，你刚刚十六岁，哪家工地都不会接收你，你打什么工呢？尽管去玩就是了。一亿六不干，说是要"自食其力"，非去打工不可。陆姐只好征询陶警官的意见。陶警官说，既然他不愿上学，强迫他去学校也无济于事，让年轻人早早见识见识社会也好，在社会上锻炼锻炼没有坏处。陶警官就把一亿六送到深圳，托深圳的警官朋友照顾一亿六，找个工地让他做点轻松的工作。

一亿六已经一米七的个子了，看起来是个大小伙子，包工头就让他和普通的农民工一起干活，吃住都跟农民工在一起。虽然姐姐在C市，弟弟在深圳，但陆姐"打飞的"从C市到深圳看一亿六，一天之间就能来回，比往返老家方便多了。一亿六也是如此，逢年过节"打飞的"往返C市与深圳之间，姐弟两人经常见面。这样相安无事的过了近两年，就出了陆姐向刘主任说的那事情：一亿六惹火了一帮农民工，说"这龟儿子是个哈儿（傻瓜）！要给他一点教训！"准备群起而攻之。幸好深圳有陶警官的朋友，到工地去解了围。深圳的警官怕担责任，给陶警官打电话。陆姐就急忙去深圳把一亿六带回了C市。

■

一亿六回C市后，安分了一阵子。因为他迷上了《猫和老鼠》、《唐老鸭》、《米老鼠》、《狮子王》这类动画片，天天租一摞碟片抱回家看。看得茶饭不思，废寝忘食，看到可笑处笑得前仰后合，在屋里打滚。后来觉得动画片没意思了，尽是画的图画，不是真人在演，就问出租碟片的老板有什么真人演的可笑的故事片。出租碟片的老板就给他挑了些美国片和港台片。他喜欢上了金凯瑞的《变相怪杰》，把金凯瑞演的喜剧片都看完后，再看其他美国喜剧片要看字幕才看得懂。顾了看字幕顾不上看画面，顾了看画面顾不上看字幕，有时两头都顾不上。后来选中了港台片，而港台片中他特别喜欢看周星驰演的香港叫"无厘头"的闹剧，成了一个"星迷"。把周星驰演的片子反复看了无数遍，有的台词能背得朗朗上口。陆姐很高兴他终于在家能待住了，但又有进一步要求，人总是得寸进尺的。那时，中国有一些风靡一时的电视连续剧，陆姐说很有“教育意义”，叫一亿六跟她一起看。陆姐看时感动得眼泪直流，一亿六却说：

“你说有‘教育意义’的东西，看得你流眼泪，看得我打瞌睡！不过，我看，这样的‘教育’肯定不对头！这种‘教育’里头一定有啥子毛病！”

一亿六见陆姐在电视机前一流眼泪就拽她的头发，拧她的耳朵，跟她打闹。陆姐也跟他厮打。两人在屋子里追来追去，搂着在沙发地毯上打滚。刹那间时光倒流，仿佛又回到儿时在乡下的情景。陆姐感到和一亿六在一起，有种和陶警官在一起全然不同的幸福感。陶警官不来的时候，一亿六睡着了，陆姐就悄悄地走进一亿六的房间，躺在一亿六身旁，轻轻地抚摸着一亿六的头靠着他睡，心里感到无比的充实、喜悦和自豪。

可是，待一亿六把周星驰的“无厘头”闹剧看腻了，又要出去打工。说还是工地热闹，在工棚里睡得香，好像他天生爱“和劳动人民打成一片”似的。陆姐也只好由他，但是立了个规定：不许到外地打工，要打工就在C市。C市也在热火朝天地建设，四处都是工地。

“你从生下来那天就要我擦屁股，一直到这么大了，出去惹了麻烦还要我去擦屁股！在本地，我跑去擦屁股也近些吵！休假的日子你还得回来休息，不许你在外头休息！”

一亿六说好吧，哪里打工都一样，似乎只要“和劳动人民打成一片”就行。

可是，在C市打工也惹了个麻烦！

■

一天，周星驰的一部最新影片上映，这部影片事先就炒作得火热，报纸杂志上沸沸扬扬，有意要吊观众胃口，让“星迷”们翘首以待，望眼欲穿。电影海报四处张贴，一直贴到一亿六工地那条街的电线杆上。一亿六收了工兴冲冲地乘公交车到电影院门口排队买票。买票的队伍排得好长，人人都着急是否能买到宝贵的一票：今天不看誓不罢休！一亿六排在中间位置，前瞻后望，估计还行！这时，忽然来了个女娃儿挨到一亿六身边，悄声问他：

“大哥，就你一个人来看电影呀？”

“是呀。啷个？”

“我陪你看嘛，要得不要得？”

“啷个？你怕买不到票呀？你们几个人？我帮你们买。”

女娃儿说：“就我一个人吵。陪你看电影还要几个人哟！我一个人陪你还不够呀？”

一亿六说行行行，伸出手表示要女娃儿给钱，好替她买票。女娃儿笑着说：

“我就是没得钱吵，有钱哪个要陪你看电影哟！”

一亿六好不容易排到售票窗口，买了两张票，挤了出来，跟女娃儿说，电影快放映了，赶快进去。女娃儿很大方地挽起一亿六的胳膊，头靠在他肩头上就跟一亿六挤进电影院。刚坐下电影就开映了。一亿六全神贯注在银幕上。看了一会儿，那女娃儿却伸过手来，在一亿六身上乱摸。一亿六笑着拂开女娃儿的手说：“莫闹莫闹！看电影看电影！”而女娃儿似乎对电影不怎么感兴趣，反而颇有兴味地在暗中打量一亿六。

电影放完了，一亿六兴犹未尽：有的段落不错，有的段落让他失望。和女娃儿并肩出来，一路上说他对电影的失望和欣赏之处，发表自己的“观后感”。女娃儿不说电影，却问一亿六：

“大哥，你肚子饿不饿啊？要不要吃点宵夜？”

一亿六掏出手机一看。“哟！都十点多了！就是肚子饿了，你不提醒我还不晓得。到啥子地方吃嘞？”

女娃儿说：“啥子地方都有！最好买了吃的到我家去吃。”

一亿六说好好好。女娃儿知道小吃摊点在哪里。到了那里，摊点已扩大成夜市。两人就到夜市上买了许多鸡腿、鸡翅膀、鸭爪、酱肘子、卤肉和饮料等等，一亿六抱了一大抱。女娃儿又问：“大哥喝不喝酒？要不要买瓶酒回去？”一亿六说：“我不喝酒。我最不喜欢喝酒了。一喝酒头就晕。”女娃儿连说好好好。“喝了酒亲起嘴来臭得很！”一亿六并不觉得女娃儿提“亲嘴”的话有什么奇怪，只顾四处找座位。但整个热闹的夜市摩肩接踵，人头攒动，蒸气腾腾，数百个摊位看不见一张空板凳。

女娃儿说：“不是说好到我家去吵？你找啥子啊找！”

一亿六说行嘛，你家住哪里？女娃儿说不远，打辆出租车几分钟就到。一亿六就跟女娃儿打了辆出租车，跑了半个多钟头，七弯八拐地好像到了郊区，女娃儿才叫司机停下。打出租车就花了三十多块钱。

下了车，又跟女娃儿七弯八拐地穿过几个小巷，到了一溜平房中的一间，女娃儿说到了，掏出钥匙开开房门，拉开电灯。一亿六进去一看，只见有一张旧的双人木床，一张旧桌子和两把椅子，四壁萧条，再没其他东西，不像是个‘家’。一亿六就把买的宵夜统统放在桌子上。

“吃吧！跑都跑饿了。你啷个住得这么远？”

“啷个远啊？我看你是着急的！”

一亿六这才看清楚女娃儿长得什么模样。女娃儿个头偏矮，略胖，皮肤白皙，脸庞圆圆的，眉清目秀，一副憨态可掬、天真烂漫的样子。一亿六的第一印象就是，这女娃儿不知哪点和他自己有些相似，有种“见面熟”的感觉。

女娃儿把椅子给一亿六拉开，叫他坐下。两人对面坐着，有滋有味地大吃特吃，大啃特啃。吃的时候，女娃儿问一亿六叫什么名字。一亿六告诉了她。一亿六问她，女娃儿边吃边说，就叫我“二百伍”好了！一亿六正喝着可口可乐，一下子笑得喷了出来：

“啷个叫这么一个怪名字啊！啥子‘二百五’，你姓‘二’叫‘百五’呀？”

二百伍拿着鸡腿隔着桌子敲了敲一亿六的脑袋。

“我姓伍。啷个姓二嘞！你才姓二！你才姓二！伍！晓得不晓得？一二三四五的五，旁边加个人字吵！”

“你姓伍，我姓陆！我还比你大点啊！”

“啷个你比我大？我还排在你前边！对不对？人人数数的时候都是先

数五才数到六的！”二百伍一根一根掰着手指头喊：“一、二、三、四、五、六，对不对？我比你大！我比你大！”

“当然是我比你大！六就是比五大嘛！我排在你前头嘛！”

“我排在你前头！”二百伍回嘴喊叫。

“我排在你前头！”一亿六不依不饶。

两人吵吵闹闹，争谁的姓大、谁应该排在前面。一亿六啃一嘴肘子说一句：“我排你前头！”二百伍吃一口鸡翅膀回一句嘴：“我排在你前头！”

“我排在你前头！”

“我排在你前头！”

……

一亿六除了和姐姐两人对吵，从来没有和另一个女娃儿对吵有这样开心。最后两人就像幼儿园的娃娃一样，把舌头在口腔里上下拍打，“卟噜卟噜”地脸对脸做怪相。

正在两人争吵不休时，房门突然咚的一声被撞得大开。三个男人猛地闯起来，凶神恶煞般地在他们面前一字儿排开。

两人对着他们三人发愣，三个恶狠狠的汉子似乎也很愕然。本来，他们三人撞进屋应该看到是两人赤条条地在床上干事，一人就举起一个只闪光没胶卷的照相机给两人迅速地拍一张“照”。男人干得正来劲的时候，突然有人闯入，眼前还闪一下强光，哪个男人都会大吃一惊。闪光起个先声夺人的作用。接着一人拿出一把刀架在男人的脖子上，一个年纪大些的人就喊男人在强奸他的女儿或是妹子。然后谈判解决问题的办法：给多少钱吧！不然的话，跟这倒霉的男人没完没了。这是一套诈骗的惯常程序，是烂得不能再烂的骗局。旧社会各地有各地的叫法，一般叫做“仙人跳”，在高科技时代，只是加了个假照相机而已。可是这三个凶汉闯进门，看到的却是两人坐在桌子两边，衣服一件没脱，规规矩矩地面对面吃东西。年纪大点那个就厉声问：

“二百伍！唧个搞起的嘛?！”

"我……"二百伍支支吾吾地刚说了个"我"，就被鸡翅膀噎住了，呛得"咳咳咳"不停地咳嗽，弯着腰，好像还要呕吐，口水直流。

"啊！你们认得的啊！是朋友啊！"一亿六这才知道三人不是港台电影里经常出现的那种破门而入的强盗，是二百伍认识的熟人，便热情地邀请他们。

"来来来！一起吃。不过，不好意思！剩得不多了。来嘛！坐下来。就坐在床上也行吵！"

三人看见一亿六站起来是个大个子，又壮实，休想凭力气制服这家伙。何况没有"照片"为证，这家伙是"不做亏心事，不怕鬼敲门"的。三个人都像吸毒者那样瘦骨伶仃，如果真打斗纠缠起来，还可能被这家伙痛打一顿，闹个底朝天，把附近的人招来围观更露了馅。

年纪大点的人虽不算老江湖，但在江湖上也跑过一阵子，看出一亿六是个"哈儿"（傻瓜），虽然穿着普通的工作服，从面相气质上看却像个富家子弟。对一个既傻且富又没干那种事的强壮小伙，只能利用他的"哈"，于是马上改变策略，表现得十分懊丧地说：

"啧啧啧！你叫我唧个说嘛？一个大小伙子，半夜三更跟我女娃儿待在一间屋里头，叫我女娃儿跳到黄河也洗不清啰！以后我女娃儿还唧个活人嘛！还嫁人不嫁人嘛？小伙子，你说唧个办？这个名誉损失你要包赔！"

一亿六摸不着头脑地说："啊！这有啥子关系啊？我们一起看了电影，我送她回来，又在一起吃宵夜。这有啥子说不清的吵？就这么回事，不信的话，我们把周围邻居叫来大家看，我们是不是在吃宵夜嘛！"

"大家大家！大家哪个给我女娃儿出证明啊！除非是派出所出个证明还差不多。走，到派出所去找警察说清楚！"

年纪大的以为拿警察能把他吓唬住。因为谁都知道，到了派出所，不分青红皂白，警察要盘问这盘问那，即使当事人无辜，至少要啰嗦一晚上，第二天才能放出来，谁也不愿招惹那种麻烦。没想到一亿六不怕警察。

“嗨！这是个好法子。有警察开个证明，二百伍就清白了！那就到派出所去。”

年纪轻点的赶快出来打圆场。“大哥，你哪个这么‘哈’嘞？到派出所二百伍也要跟去哕。一个清清白白的女娃儿进派出所，不管哪个说都是丢脸的事哕！叫我说，小伙子，派出所也不用去了，你就赔些名誉损失费算了，当场解决！你有多少钱，拿出来吧！然后各走各的，两不相干。又省事又快！”

一亿六觉得这话不错，也不愿意把二百伍弄到派出所去丢人现眼，就说：“这个法子好。不过，真对不起，我身上没得多少钱了。”一边说一边掏上衣裤子的口袋。把所有口袋都掏遍，只掏出五块六毛钱放在桌上，有的还是钢镚儿。

这时，二百伍把呛在嗓子里的东西咳出来了，插了句嘴：

“你们要给他留点钱坐公共汽车哕！要不，他哪个回去嘛？”

年纪大的转过头厉声斥责二百伍：“要你说要你说！狗日的，就是你搞砸的！”

一亿六见二百伍受到责备，又说：“真不好意思！不过，我还有个手机，也搭上，行不行？”

年纪大的更看出一亿六的“哈”，拿起手机看了看：很一般的那种，当二手货卖不了几个钱，就问一亿六：

“你有手表没得？把手表拿出来我看看！”

一亿六捋起袖子露出手腕说没有手表。

“手表戴在手上箍得很，不自由。有个手机就能看时间了哕！”

“那哪个能行！”年纪大的假装发开脾气，“一起加起来连一百块钱都没得！一个清清白白的、这么好看的女娃儿的名誉，就值这点钱啊？你想想合理不合理！”

一亿六也觉得不合理。“那哪个办嘞？不过，我姐姐有钱。我明天一定送钱来给你们，赔偿二百伍的名誉损失。”

“明天？哪个鬼才相信你明天会送钱来！”三人一起嚷嚷，“开玩笑！不行！我们说好的：当场解决！”一个年纪轻点的还凑近一亿六说：“要不解决，我大哥会把二百伍打死！哪个叫她深更半夜的跟个男的在屋里头！丢人死了！”

“行行行！”一亿六怕二百伍挨打，连忙说，“那我打个电话叫我姐姐现在就送钱来行不行？不过，你们说要多少钱才能赔偿二百伍的名誉嘛？”

年纪大的试探了一下。“我说，没得一万块钱下不来！你看多好看的一个女娃儿！让你糟蹋了名誉。以后她唧个办嘛？还嫁不嫁人嘛！”

“行！”一亿六爽快地答应，“我这就给我姐姐打电话，叫她送一万块钱来。”

三人喜出望外，本来只想要两三千块钱就满足了，没想到这小伙子连折扣都不打。其中一人有点怀疑，问道：

“慢着慢着！你姐姐姐夫是干啥子的？”

一亿六说他姐姐开公司，还没结婚，没得姐夫。三人略放心了，但告诉一亿六，只许他姐姐一人来。这间出租房不好找，叫他姐姐把钱送到前面不远的一座标志性建筑，就是C市一个著名的牌坊那里，他们中有一人在那里等着拿钱就行了。年纪大的还说，不要说是赔偿名誉损失费，就说一个朋友要急用钱，问他借钱，找他姐姐想办法。

一亿六满口答应，就给姐姐拨了手机。陆姐那边接了手机，只听一亿六说有个朋友急用钱，问他借一万元，他没有这么多钱，叫姐姐现在就送一万块钱到一个牌坊那里，有人等她拿钱。听得陆姐莫名其妙，又非常担心，不知道要借钱的人为什么搞得这样神秘兮兮的，更不知道一亿六深夜跑到那座郊外的牌坊去干什么。这晚上陶警官恰好睡在陆姐身边，一听就有问题。暗示陆姐什么都不要问，就说陆姐现在就刚好在这牌坊附近的度假村，叫等她的人马上到牌坊那里等她就行了。

三人也在一旁听了，暗自庆幸。这一万元可说是唾手而得。就是有可疑之处也利令智昏了。年纪大的就叫一人马上去牌坊等。

那人走后还不到二十分钟，就被两个警察铐了回来。进了屋，警察拿出铐子还要铐另外两人。警察说：

“狗日的！你们不要以为上了你们当的人自认倒霉，不敢报案。我们早就盯上你们这些龟儿子了！没想到今天你们自己送上门！”

另两人以为一亿六原来是个便衣警察，这个便衣警察可以说表演得天衣无缝，只好乖乖就范。警察铐起两人后，就拉起二百伍的手腕要上铐子。一亿六惊愕地说：

“你们搞错了！你们搞错了！是我不对，我损害了二百伍的名誉，叫她不得嫁人！你们啷个把她也抓起来嘛？”

警察不听他的解释。一亿六赶忙又给陆姐打电话。

“姐姐姐姐，你赶快找陶警官。这里的警察搞错了，把二百伍也抓起了！她又没做错事，是我损害了她的名誉吵！啷个抓她嘛？要抓，抓我才对嘛！”

这时，陆姐和陶警官开车已经快到那座牌坊了。陶警官怕一亿六当着警察面还说出些什么傻话，就把手机接过来。

“小弟，你啥子都不要管！把你的手机给警察，叫他们听电话。”

警察接过手机连说：“是、是、是！”就没给二百伍上铐，把五个人都带到停在牌坊前的巡逻车那里。片刻间，陶警官和陆姐的车就到了。陆姐仍坐在车上，陶警官下了车就向两个警察道辛苦。两个警察忙说多谢陶警官，这伙敲诈勒索嫌疑人早就被他们盯上了，但苦于没人报案，今天多亏了陶警官提供线索抓了个正着。在车灯的光照下，陶警官看一亿六说的“二百伍”只是个小女娃儿，就指示警察把那三个犯罪嫌疑人带走，把女娃儿和一亿六留下交给他处理。

巡逻的警车开走后，陆姐才下车，嗔怪一亿六：

“你啷个搞起的嘛？啥子你‘损害了她的名誉了’嘛？你做了些啥子嘛？又要我来擦屁股！”

一亿六低着头，难为情地摸着脑袋，支支吾吾地笑着：

“这个这个……不过不过……”

二百伍却在一旁理直气壮地为一亿六辩解：

“他啥子都没做！是那伙人教我骗他来的。我把他骗了来，就在一起吃宵夜，我们聊得高高兴兴的，他们就闯进来了。本来是我应该跟他在床上干事的，他又没跟我干事，那伙人没法子，才说他损害了我的名誉啥子的！啥子‘擦屁股’，难听死了！”

陆姐诧异地看着二百伍，“你叫啥子名字？哪里的人嘛？”

二百伍说：“我叫二百伍！”说起老家，离陆姐老家不远。陆姐听她叫“二百伍”，也笑了，问：

“那你现在啷个办嘞？家里还有人没得？有钱回家没得？”

二百伍说家里没人了，也不愿回去。陆姐问陶警官：那啷个办嘞？陶警官说就先在独秀居找个工作给她做，看她能干点啥就干点啥，要不，学个简单的茶艺也好。审问那三个犯罪嫌疑人时，司法机关还要找她作为证人讯问，她暂时还不能离开 C 市。

这样，二百伍就成了独秀居的一名员工。

拾柒

六十多年后，二百伍去世时虽然备享尊荣，国家领导人和许多国际知名人士都纷纷以未来的传感方式向她的儿子表示慰问，请她儿子“节哀顺变”。但是，这位中国未来伟大的杰出人物垂暮之年在人脑互联网上推出的二百万言的回忆录中，写他童年少年青年时期对他有深刻影响的女性只有他姑母陆姐一人。他是由他姑母抚养成人的，没有他母亲的任何资料。这位伟大的杰出人物母亲的出身情况，比如：籍贯何处、生于何地、出生年月日、家庭状况、父母姓名等等一概阙如。所以，作者必须在这里专辟一章介绍一下二百伍。

二百伍的大名叫伍小巷，但决非取自陆游的诗：“小楼一夜听春雨，深巷明朝卖杏花”中的“小巷”，绝对与那种高雅不沾一点边。她不知是被父亲还是母亲、或是其他什么人偷了来丢在一条小巷里的弃婴。那条小巷深藏于离陆姐和一亿六老家不远的一个贫困县的小镇。小镇不像城市，每条街巷都有名字，小镇的小巷是没有名字的，不然，二百伍很可能就以这条小巷的名字为名字了。

大清早，有人在那条小巷中发现了她，报告给派出所。派出所的治安员跑来一看是个女婴，只包了块薄薄的烂花布，光着小身子一丝不挂。那时，在“只生一个好”的号召下，遗弃女婴已成为“多发性的社会现象”，有时上公共厕所都会捡个回来，人们都见怪不怪了。而这个女婴看起来却很健康，外表没有一点毛病，圆滚滚白生生的很可爱。治安员抱回派出所。当时，这个穷县还没有儿童福利院，要送进儿童福利院还需翻山越岭抱到它上级的市里去。派出所所长说，当下眼前她就要吃、要喝、要穿、要尿、要拉屎，谁来给她换尿片喂汤喂水？还不如看镇上哪家想要娃儿的，就叫哪家养起算了，哪怕每月由镇上贴点钱，也比隔山过水地送到城里的儿童福利院省事。

恰好，这镇上有家姓伍的纸扎匠老夫妇俩没儿没女，听说派出所捡了个女娃儿就跑来想认领。纸扎匠夫妇俩都六十多岁了，平时靠给有丧事的人家扎纸人纸马过活。老头还是个残疾人，一条断腿自膝盖以下安了一条假腿。老妇人想要个女娃儿比较好，大了还能帮着干些家务活。于是派出所就与这老两口商定，每月由镇政府给他们五块钱补贴。老两口就抱了回去养着。

■

在纸扎匠家，二百伍养到四五岁，女娃儿就能干点简单的家务活了。纸扎匠老头特别满意，每天晚上老头脱下假肢，被摩擦了一天的膝盖和假肢的接触部位，让女娃儿用小手按摩舒服得很。女娃儿每天晚上就用一双小手在光光的截肢面来来回回转着圈给老头按摩，那个光光的截肢面就是她小时候的玩具。除此之外，女娃儿整天就在纸人纸马间穿梭，没有一个玩伴。很快长到十二岁，镇上给老两口的补贴也由五块钱涨到八块，而老两口也过了七十岁了，对女娃儿越来越依赖，做饭洗衣买东西打扫房屋都由她干。女娃儿还很乖，从无一句顶撞老人的话，可以说是逆来顺受。原先镇上来催过多次，叫老两口让女娃儿上学。老两口都推三阻四地挡了回去，今年推明年，明年推后年。后来镇政府为了贯彻国家的教育方针，对儿童教育越抓越紧，就跟老两口说，如果再不让女娃儿上学，不但要停止给女娃儿的补贴，还要罚他们老两口的款。老两口被逼无奈，这才让女娃儿上学。

上学要有个名字，老两口去学校给女娃儿报名的时候，小学校教务室职员问起来，老两口这才想起，从小到大都喊她“女娃儿”，高兴时亲热一点叫她“女女”。要上学，叫个什么学名好呢？老头忽然想到，镇上人人都知道她是被人丢在一条小巷子里的，干脆就叫“小巷”吧。

于是，女娃儿到十二岁时才有了个正式的姓名，跟老头姓伍，叫“伍小巷”。

十二岁的伍小巷才上小学一年级，当然跟六七岁的同班同学玩不到一起去，跟高年级的同学玩，人家不理睬她。伍小巷在学校，仍然像在纸人纸马中间一样，何况她每天回家还要做饭洗衣，也没有多少玩的时间。伍小巷孤独寂寞地上了四年学，居然连续跳级，把小学六年读完了。十六岁时小学毕业。而姓伍的老两口就在她小学毕业那年先后去世。镇政府就把伍小巷安排进了镇上的中学住校，开始读初中一年级。

■

伍小巷自养父母去世后，在学校住校，开始了一种全新的生活。不用洗衣做饭了，玩的时间多了。可是同学们都知道她无父无母无家，是个弃婴，看不起她，不愿跟她一块儿玩耍。伍小巷看着同学们玩耍非常羡慕，可是自己一参加进去，人家就喊“去去去”！就是讨好地替同学们拾起飞出的毽子或是皮球送还到同学手上，也遭人白眼相向。

可想而知，伍小巷自小就有强烈的自卑感，盼望着有人接近她，有人看得起她，有人愿意跟她一起玩耍，一起聊天，甚至想别人能接受她的关心，也心满意足。而这时，镇上的一个著名的小混混就乘虚而入。

这个小镇虽然偏远，但随着市场经济的发展，也逐渐繁荣起来。小镇上出现了从未有过的桌球室、电子游戏厅、打麻将的茶馆和卡拉 OK

厅等等游乐场所。这个小混混外号叫“皮猴”，十四岁时就被学校开除，直到二十岁再也没进过学校，一天到晚就在这些娱乐场所穿梭进出。他爹是个不争气的赌鬼，妈也不工作，成天东家进西家出，传播张家长李家短的信息，一家三口靠大儿子大女儿在武汉打工挣的钱生活。

一个星期六，皮猴在路上偶然遇见伍小巷，发现这女娃儿又白又嫩，穿着镇上中学的校服，身材圆滚滚的，性感诱人，可是脸上却是一副愁眉苦脸的表情，就上去搭讪：

“嗨！要不要到哪里耍一耍呀？啷个了嘛？是你妈打了你呀？”

伍小巷星期六没地方去，一个人跑到街上散心，正好碰上一个热情的小伙子主动跟她说话，马上高兴起来。

“哪个妈打我哟！我倒盼个妈来打我，就是没得妈来打！”

“嗨！那是为啥子吵？哪有盼着挨打的？你真生得贱！”

两人一对话，皮猴才知道她是那个镇上人人皆知的弃婴，靠镇政府补贴养活大的，去年养父母也死了，没人管。这天，皮猴就带她去喝了啤酒，又打了会儿游戏机。伍小巷玩得心旷神怡，喜不自胜，第一次尝到了人间的快乐。分手时，两人约好了第二天星期日下午在镇边上的树林里见面。

皮猴说：“那里有条小河，还有大树，树下面长好多花，叫你摘都摘不完！”

第二天下午，伍小巷兴致勃勃地来到树林想跟皮猴一起摘花。下面的事就不用说了，皮猴哄着就在那棵大树下搞了她，反而摘了她的花。一方面，我们的学校只管教书不管育人，教师的职责只是照本宣科，在课堂上能管住课堂秩序就很不错了，整个教育理念中严重缺乏道德教育、公民教育和伦理教育；政治课尽是些离人们现实生活非常遥远的空洞教条，仅供背下来考试用；另方面，伍小巷从小就没有受过收养她的老两口的家庭教育，在学校又没和女同学接触，从来没人教她知道什么是女性应有的羞耻感，只知道男女厕所是应该分开的；用纯粹中性的语言说，伍小巷“不知羞耻二字”，更不懂得什么是“贞操”。皮猴搞了她，她对这种事既不认为不对，也不觉得有什么害臊。只是那天皮猴喝了点酒，动作粗鲁，弄得她很疼，所以她对此也没有任何兴趣。但为了保持与皮猴的“友谊”，不失去一个难得的“朋友”，皮猴要搞她的时候，她就出来让皮猴搞一下。她丝毫没感到有什么快感和兴奋，只是能享受到还有一个人需要她的快乐。她完全是出于一种“友情联络”。

皮猴在镇上不止搞了伍小巷一个女娃儿，还有好几个。皮猴还特别喜欢吹嘘自己在女娃儿身上的“魅力”，搞了一个就到处宣扬。镇上公路边有个私人老板开的招待所，楼下有电子游戏机，皮猴经常在那里打电子游戏，欠了老板二十多块钱，拖了好久还不起。这家招待所的常客是过路的卡车司机，来往熟了，司机就问老板有小姐没有。

“没得小姐，哪个鬼才来住你这个破招待所啊！”

这个小镇哪来的小姐，要当小姐也不会在这个小镇上做生意。老板心思一动，就想到皮猴。跟皮猴说，你说你搞了那么多女娃儿，我看是吹牛。不是吹牛的话，你找个女娃儿来给司机玩，不但不再问你要那二十多块钱，你每找来一个，一次还给你十块钱。

皮猴想这真是从天而降的大好事，可是找别的女娃儿都有家长，弄不好会惹出一身麻烦，只有伍小巷是最佳人选。于是又哄伍小巷，说是他欠了招待所老板的钱，还不起的话，老板要把他送到派出所拘留，央求伍小巷救救他，如果招待所来了要小姐的司机，她就跟司机做和他做过的那种事情。皮猴把那种事叫做“干事”，“干事”了几次，就把欠老板的钱还清了，他就不会被拘留了。伍小巷长这么大，从来没有人求过她，觉得帮助一个朋友是她的责任，义不容辞。何况那又不是自己做不到的什么大事，不过就是“干事”嘛！

■

伍小巷第一次被皮猴领进招待所，就能大胆面对，一副慷慨就义的样子。皮猴把她交给招待所老板，自己在楼下打他的电子游戏，伍小巷就跟老板上楼进到司机房间。司机并没有皮猴那么多连篇的废话，见她进来就叫她脱衣裳。还挺快，有时，她“干事”完了，下楼来皮猴还没打完一局电子游戏。乡镇学校普遍管得松，寄宿的学生晚上回来睡觉就行，没人管学生晚上到什么地方去、做了什么事。即使熄灯后，学生还能翻墙进出，尤其是没有家长的伍小巷，更没人管束她了。这样“干事”了十几次，好像皮猴的债老还不清，还要她继续“干事”，而一年时间过去了，她已长到了十八岁。

有个跟她“干事”了两次的司机，在一个大雨天和她待的时间比较长，知道了她的出身情况。看她既蒙昧无知、又温顺可欺，有时调皮多话，有时沉默寡语，有时轻佻，有时庄重，有时冷静，有时冲动，一会儿冷冰冰，一会儿热乎乎，好像是个多重性格的集合体。然而，她有眼色，会侍候人，要茶端茶，要烟拿烟，就那么下雨的一会工夫，伍小巷就把司机存下的脏衣服都洗得干干净净。司机眼下正缺一个“陪跑”的。“陪跑”，就是坐在长途汽车司机旁边陪司机说话、防止司机夜间跑长途时打瞌睡出事故的人。市场经济是个“广阔天地”，“陪跑”也算一门职业。

司机就想把伍小巷骗出来跟他“陪跑”。这个“陪跑”，到任务跑完后还能和她“干事”，还能享受她的侍候，真是万分理想。司机就跟她说，你没去过大城市，一天到晚在这么个破镇子待着有啥意思，那大城市才好玩！你要出去看看世界，“外面的世界很精彩”！不如跟我跑车去，有吃有喝有住还四处旅游。伍小巷根本不需要司机反复动员，马上说：

“好！”

第二天正是个星期天，伍小巷回学校宿舍收拾了一点零碎东西就跟司机跑了。

司机刚把她拉到C市，就接到他嫂子的电话，说是他家发生了矿难，两个哥哥都埋在矿井下不知死活。这司机的一家人都在矿上，他就是给矿上拉运煤炭的。煤矿一出事故，就会停产整顿好长时间，卡车也跑不成了。司机急着回家，就把伍小巷交给前面出场过的那个年纪大些的流氓，说是暂寄在老流氓那里，等他处理好家里的事再来接她，跟他一起跑车。老流氓原来就是在煤矿上给“土鸡”拉皮条的皮条客，所以他们早就认得。

老流氓说好嘛，要寄在我这里你要交钱，每天她都要吃喝，谁管她饭？司机说这女娃儿能自食其力，她会“干事”给你挣钱，交给了你，你还要付给我钱才对！

老流氓侧过脸用看货物的眼光打量伍小巷：雪白滚圆，身材有线条，该突出的地方突出，该凹进去的地方凹进去。老流氓咂着嘴说：嗯！还不错！能做生意，不过你要给她说清楚，江湖有江湖的规矩，你要先跟她说好，免得出了事她说是我强迫她的，或是你回来接她的时候找我后账。司机就跟伍小巷说，我走了你就听这个老头的，他叫你跟哪个“干事”，你就跟哪个“干事”，等我把家里的事办完就回来接你。

司机临走时，还跟老流氓争吵不休，差点打起来，主要是为了老流氓应该付给司机多少钱。两人争来吵去，拉拉扯扯，老流氓不是年轻力壮的司机对手，只好把身上的钱都掏出来，总共只有二百五十块。司机看看老流氓的出租房里再没有什么值钱的东西可拿，气鼓鼓地一把抄起桌上的二百五十块钱，急匆匆地走了。

老流氓好像很委屈的样子，摊开空空的两手，对伍小巷说：

“你看你看，狗日的！还讲理不讲理！龟儿子拿起我的钱就跑了！这二百五十块，你得给我挣回来！我今天真倒霉！遇到你这个二百五，赔了我的二百五！”

在屋里坐着的那两个也在前面出场过的小流氓大笑起来。因为他们看见司机和老流氓争吵撕扯时，伍小巷静静地在旁边观看，一言不发，好像他们之间吵架跟自己一点关系也没有，非常生动地表现了那句形容傻瓜的俗话：“别人把你卖了你还在帮着别人数钱。”

两个小流氓连声笑道：

“二百五！真是个二百五！这话硬是对头！她就是个二百五！”

“二百五”的大名就是这样来的。

伍小巷还没有看见大城市是什么样子，没有领略到“外面的世界很精彩”，就落到流氓团伙手上。

■

伍小巷也愿意自称“二百伍”，是因为到城里后，老流氓带来人跟她“干事”时，偶尔也有“干事”的人问她叫什么名字。她告诉人家她叫伍小巷，“干事”的人常常分不清她的“巷”是什么“巷”，她用手指在人手掌上写出来。本地人和众人相同，念作似银行的“行”音，可是外地人念作似方向的“向”音，常常纠缠不清。所以，她干脆随着那三个流氓对她的称呼，自我介绍就叫“二百伍”。而她自称“二百伍”时却会使人发笑，有人还会笑得前仰后合，譬如，一亿六就会笑得喷出口中的可口可乐，这又何乐而不为呢？人家一听“二百伍”就笑，总比听到“伍小巷”要皱起眉头思索半天，还要她费事地解释好吧！

三个流氓管她吃住，还给她买了身廉价的时尚衣服把校服换下来。他们并不骚扰她，不和她“干事”，他们的兴趣焦点只在白粉上，有点钱就找些白粉吸，没白粉就喝酒。但限制她的自由，白天不让她出门，晚上，流氓找到了生意就把男人领来出租房和她“干事”，或者把她送到某个地方去，一人在门口等。她“干事”完了，流氓就向和她“干事”的男人要钱，然后带她去吃宵夜，流氓们喝酒。这三个流氓除了她之外，还掌控着四个女娃儿，分散住在这一片出租房区。所以，二百伍并非天天要和男人“干事”，经常无“事”可“干”。出租房里又没有电视机，一个人待在出租房里很闷，然而流氓们又不许她去玩，要她“坚守岗位，随时待命”。所以她到C市两个多月了，司机既没来接她，她也没看到这大城市是怎样的壮观宏伟、繁华精彩。

■

一天晚上，一个流氓跑来很高兴地说，有人要包她过夜，过夜的钱多些。流氓告诉她，要先跟她“干事”的那个男人说好，明天一大早，他们有人在宾馆门口等这个男人收钱，然后把她送到一家小宾馆。

她进了房间，只看见几个人在打麻将，地上横七竖八地摊了一堆酒瓶子。其中一人摆了摆脑袋，意思是叫她到里面房间等。她第一次到一个有套间的客房，里面房间还有个电视机。她一面等客人，一面打开电视看。换了好几个台，不是在播广告就是播反映当代现实生活的电视剧。她对反映当代现实生活的电视剧没丝毫兴趣。她觉得电视剧里的“现实生活”都离她非常非常遥远，对她来说，一点不“现实”。她喜欢看古装的电视剧，演皇帝妃子大侠仙女等等。与其看不反映现实的所谓“反映现实生活的电视剧”，还不如看与现实毫无关系的古装片。脱离现实的古装片令人产生遐想和梦想，反映现实生活的电视剧不但不能使人产生梦想，还让人看出它与真实的现实有很大差距，漏洞百出。反映现实的电视剧不反映现实，古装电视剧却贴近观众，这大概是古装的电视连续剧风行的一个原因吧。

外面的人打麻将打得热火朝天，有时还吵得不可开交。二百伍估计要跟她“干事”的男人一时进不来，就拿着遥控器不断换台。捏了好多下，终于找到了一个古装片。有猪八戒和牛魔王，但是没有孙悟空，却有个穿着华丽的帅小伙子和一个非常漂亮的姑娘。牛魔王要和漂亮姑娘结婚，一大群妖怪在四周起哄。一会儿，那个帅小伙子怎么又和漂亮姑娘在一个叫“后花园”的地方偷偷见面。漂亮姑娘拔出剑来，挺生气的样子把剑锋对着帅小伙子的喉咙，要小伙子发誓。小伙子说了一番话，漂亮姑娘听了，“啊”的一声，手上的剑掉在地上，马上晕了过去。别的话她没在意，但这番话令她十分感动，差不多和漂亮姑娘一样要晕过去。这几句她记住了，就是：

“曾经有一份真挚的爱情摆在我面前，我没有珍惜，等到失去的时候，我才后悔莫及。人世间最痛苦的事莫过于此！如果上天能给我再来一次的机会，我会对那个女孩子说三个字——我爱你。如果非要在这份爱上加一个期限，我希望是——一万年！”

一段周星驰演的“无厘头”的荒诞戏，一段很夸张的台词，却让二百伍触景伤情，怅然若失。在这古装片节目间隙要插播广告，她知道了这部片子叫《大话西游》。

播广告时，她向后一仰，躺倒在床，闭起眼睛，想想那么多跟她“干事”的男人，从来没有一个男人跟她说过“我爱你”三个字，哪怕是“我喜欢你”四个字，她也没听人向她说过。她自小到大在纸人纸马中生活，纸人纸马是纸人纸马，活人也跟纸人纸马差不多，没有人给过她温暖和亲情。跟她“干事”的男人在她身上拚命，要么闷声不响，要么喊“我干你”“我操你”“我日你”“我拷你”等等，有的还在“干”“操”“日”“拷”等动词后面加个“死”字，好像和她有深仇大恨似的，弄得她身体不舒服，心里更不舒服。今天听到“我爱你”三个字，尽管不是对她说的，她也感到又温馨又甜蜜。一个“爱”字，相当一座煤山，它的热量能够熔化铁石，而她的心又并非铁石心肠，既自卑又柔软，这时更被熔化了，化得全身无力地瘫在床上。

她幻想着有个男人对她说“我爱你”，哪怕是“我喜欢你”，想着想着，在她眼眶溢出泪水的同时，她感到下面忽然有点湿润。这是她身上从来没有出现过的现象。跟她“干事”的男人都责怪她下面干干的，就像一根橡皮管子，“没一点意思！”而今天晚上非常奇特，竟然有种液体涓涓地向外分泌。

她想，今天晚上这个男人进来，如果对她说了“我爱你”三个字，不要说“一万年”，哪怕是仅仅说这三个字的一瞬间也好，她愿一辈子跟定他，不但不要一个钱，还要挣钱来养活他，这个男人不论叫她做什么事，她都会赴汤蹈火在所不惜。正想得甜美的时候，那个叫她进屋里来等的男人忽然风风火火闯了进来。男人见她躺在床上好似有点惊讶。原来这人已把她忘得干干净净了。

“我说我今天啷个输了钱！原来屋里头有个婊子！赶快给我滚滚滚！”男人满嘴酒气，大发雷霆，一把把她拉下床。“滚蛋！害得老子输了钱！你还想做啥子？”

二百伍惊醒春梦，被那个男人从床上拉倒在地，就像从云端一下子掉进冰窟窿，猛地感到世界是如此的寒冷。这个世界不允许她浪漫，她没有资格浪漫。她打了个寒战，颤抖了一下，回到现实，才想起门口还有个向她讨钱的流氓，不得不说：

“我走就是。不过是你叫的哕！你多少要给几个嘛，不然我不好交账！”

幸亏这个男人还没完全喝醉，从口袋里找出一张十块钱旧票子扔给她：

“滚！”

■

三个吸毒的皮条客拉不到多少生意，别人一看他们鬼鬼祟祟又黄皮寡瘦，就认为他们拿不出什么好货色，不愿跟他们走。穷则生变，他们就另辟蹊径：让女娃儿自己上街拉客，跟在街上蹓跶的好色之徒直接见面。在客人面前演“真人秀”，比皮条客跟人一路说破了嘴有效得多。但是，他们的出租房在郊区，附近没有什么闲逛的游人，要拉客人必须到城里，可是女娃儿进城去拉客人，搭上公共汽车票钱和在城里的吃喝，一晚上就得那么一点钱也不合算，于是，才想出上一章描述过的那种非常低级的骗术。

三人一商量，项目说上马就上马，他们还投资了二十块钱，从小偷那里买了个只闪光没镜头的坏照相机。刀是现成切西瓜用的刀，节约了成本。

这三人觉得，被他们掌控的五个女娃儿中，只有二百伍“可靠”，不会放出去就跑掉，因为她还要等那个司机来接她哩。他们就叫二百伍先实验，等摸索出经验，有了效益后再全面推广。那四个女娃儿看见收入高，提成也高，就不会跑了。

二百伍第一次放出去很高兴。老流氓教她下午先在街上转，到七点多钟电影快放映的时候，就在电影院门口看哪个是独自一人来看电影的，看准了就靠上去说陪他看电影。如果那人没拒绝，给她买了票，看电影时那人就会在她身上动手动脚。

“你就让他摸你。狗日的！这就上了圈套了。散了电影你就想法子叫他跟你‘回家’，跟你‘干事’。等我们闯进来治他龟儿子！得了手，我多给你点钱叫你在城里耍哈。要是他不跟你‘回家’，散了电影你还要问这龟儿子要钱。要摸你的钱哈，至少把饭钱捞回来吵！”

二百伍下午在电影院附近转。这一带正是大城市的热闹市区，浓缩了大城市的精华：人多、车多、店铺多、东西多、马路宽、房子又高又挤，霓虹灯光怪陆离，而她觉得这一切都不过是小镇上那个小市场的无限放大。不同的是，所有的东西都明码标价。商品下面有块小牌牌，小牌牌上都用“¥”字打头，后面注明这个东西的价钱。看来看去，到处是“¥”、“¥”、“¥”、“¥”……手上没有“¥”，不管你多喜欢这个东西都与你无关。二百伍只揣着老流氓给的十块钱，这点“¥”，在这个大市场中根本不值一提。二百伍完全不自觉地体会到马克思说的：市场经济就是一个商品的大堆积。大城市不过是个大商品堆。腰包里没有“¥”，再大的城市也不会“精彩”。大城市的精彩，只在腰包里有“¥”的人面前像孔雀开屏似地绚丽。

不知怎么，大城市给二百伍最深刻的印象仅仅是这个“¥”。

担担面分大、中、小碗三类“¥”。二百伍花了“¥5元”在小吃摊上吃了碗大碗的担担面，到七点多钟就守在电影院门口。她甚至没有张口，就有人主动上来问她等谁，不等人的话，就叫她陪他看电影。二百伍当然乐于成行，跟着进了电影院。灯熄后放电影，那人真的就动手动脚乱摸她，一张臭烘烘的嘴在她脸上像鸡啄食似地东一下西一下乱啄，啄得二百伍满脸口水。电影散场后，她不知道怎样把这人哄到出租房去，只是不停地说“大哥跟我走”、“大哥跟我走”。那人老于此道，给她穿的低胸T恤里塞了十块钱：

“小婊子，各人走各人的啵！”

把她全身摸遍，脸上亲够，只给了十块钱。她的全身和面孔就是“¥10元”。

第二天仍是如此，刚站在电影院门口就有人过来搭讪。但是和前一天一样，摸完了亲完了，出了电影院给了她十块钱，还没等她开口说话，那人就扬长而去。

这个“¥10”，好像成了她的固定价格。而“¥10”刚好够来回公共汽车票钱和一瓶矿泉水与一大碗担担面钱。

以往，跟她“干事”的人一般都不直接付钱给她，有个别直接付给她的她也只是转手而已，她不知道自己跟人“干事”后男人付多少钱给皮猴或老流氓小流氓。现在男人直接给了她，而这个“¥ 10”，从不合算这个角度上，开始启发她有了低贱的感觉，然而她又不知道怎样去追求“崇高”，什么是“崇高”，她究竟在“¥”上应该怎样定位？

只有一次，一个四十多岁的外地人主动跟她到了出租房。那人虽然年纪很大却没经验，好不容易抓到了个出差机会就想趁机在外浪荡浪荡。二百伍靠上去刚说想跟他看电影，那人的表情仿佛就喜出望外。在电影院摸她的时候就欲火中烧，恨不得在座位上就跟她“干事”。还是二百伍止住了他，说不急不急，电影完了跟我“回家”。那人根本不需要哄骗，散了电影就跟她打辆出租车跑，也不管有多远。进了出租房就脱衣服，还叫她快快快。两人刚上床，三个流氓就闯了进来。闪光灯强烈地一闪光，那人就吓得浑身发抖，光着身子抱着胳膊蹲在地上。老流氓说什么是什么，刀子也不用亮出来。那人只顾牙齿打战地说：

“同志，同志，我错了！我错了！……”

老流氓翻遍了那人的衣服口袋，搜光了他全身，得了一千七百多块钱现钞，一个手机，一只手表。老流氓看看他的名片，笑话他说：“嘀！还是个啥子科长嘞！”把空空的钱包扔给他时，油腔滑调地揶揄道：

“我没拿你的身份证哈，银行卡也留给你哈，让你好生回去当你的科长哈！拜拜！拜拜！”

老流氓给了二百伍一百块钱作为奖励。这是二百伍一生中得到的第一笔报酬。老流氓鼓励她再接再厉，继续去电影院，按既定方针办。

第二天就碰到了一亿六。二百伍往电影院门口一站，就有人向她凑过来叫她陪着看电影。二百伍拒绝了好几个人的“盛情邀请”，目不转睛地盯着一亿六。这个小伙子比什么《大话西游》里面的帅小伙还帅得多，高大俊朗，英气逼人，但也“哈”气逼人，排在买票的长队中如鹤立鸡群，向二百伍发射出强劲的吸引力。二百伍观察了一亿六好长时间，确定他只有一个人来。她想，流氓们昨天连现钞带东西差不多得手了两千多块钱，自己身上也有了一百块钱，今天哪怕就是跟这小伙子真正看一场电影也好。于是就发生了上一章叙述过的事。

在电影放映时，在一片黑暗中，一亿六却不像别的人那样摸她亲她。二百伍绝不是一个下贱的女娃儿，她只是怕这小伙子跟她规规矩矩地看完电影后各奔东西，就此分手。她又想不出别的办法，只好学那些下流胚子的动作，主动伸出手去摸一亿六。一亿六笑着不让她动手，她便暗中欣赏一亿六。从来没有一个男人爱过、急切地渴望有男人爱她的二百伍，却先有点爱上一个男人的意思。上天安排得就是这样奇怪。

电影散了后，二百伍也绝没有一点哄一亿六去上当受骗的动机，只是不想与他离别，所以才把一亿六带到出租房。而和一亿六在一起，她感到从未享受过的自在逍遥：想说什么就说什么，想拿鸡腿在一亿六头上敲就敲，想做怪相就做怪相，想喊就喊，想叫就叫。二百伍自小到大，从没有真正从心底里升腾出如此纯洁的喜悦。和一亿六玩耍得如此开心，大大超过上次和皮猴打游戏机的时候。皮猴与一亿六一比，简直不值一提，哪能望其项背！她开始体验到快乐是“¥”无法定价的，与“¥”完全是两回事，毫无关联，多少“¥”也换不来快乐。

真可谓“欢娱嫌夜短”，没料到三个流氓突然闯了进来。二百伍这时早把自己的“任务”和三个流氓忘得光光的了，一时还以为真来了强盗，所以冷不防呛咳个不停。然而形势急转直下，风云突变，一亿六来了个“英雄救美”，更使二百伍倾心相许。后来怎么又来了个女人责怪一亿六,二百伍此时不挺身而出更待何时？她不知道一亿六和这个女人是什么关系，于是对陆姐反唇相讥：“啥子‘擦屁股’，难听死了！”还故意把“死”字从牙缝里嗞出来，做出十分鄙薄这个女人的表情。

拾捌

给一亿六做精子化验的还有肚皮和“不孕不育试验室”的全体医生

护士，发现来试验室做化验的一二百个男人中竟有一个拥有一亿六千万个精子的顶尖人物，“物以稀为贵”，无不欢喜雀跃。几天后，肚皮来刘主任办公室道喜，说，老兄，你老是担心中华民族要绝灭，这不，证明了你的担心是杞人忧天嘛，人类的命运哪像你想象得那么严重。我们大概是坐井观天，以偏概全。世界之大，全人类人口数量之多，全中国人口数量之多，像一亿六这样的人恐怕大有人在，根本不需要你操心，我们只要把自己的业务抓好就行了。随后，肚皮兴奋地说：

“啥子叫‘业务’？业务就是商机嘛！我看这个小伙子就给我们提供了一个大好商机！老刘，我们要把他动员起来，给我们提供优良的‘人种’。我们要把一亿六千万个精子，变成一亿六千万元人民币！这是轻而易举的事情。他是我们发现的，我们还拥有垄断权，独家经营，不说是在全国，至少是在全四川，全C市，只此一家，别无分号！想在这个市场经济社会当中发财，我看是指日可待的事情！”

这里面有什么商机刘主任毫没想到。他和中国很多科技人员一样，不会把科技发明、发现转化为市场产品、商品，瞪着眼睛看着肚皮，一时还弄不明白肚皮说的“商机”在哪里。

“他有啥子‘商机’嘞？他只是我们的一个求助者，或者是一个研究对象，来我们这里化验精子的数量质量。我们化验出来了，把化验报告交给他们，让他们姐弟俩安心这就对了啾！至于他们没交化验费，那我来出就行了嘛，除了化验费，还有啥子‘商机’嘞？”

肚皮早就听说这个高班的老同学是个“迂夫子”，没想到这么“迂”。

“嗨！老刘，问题很简单，我们只要他再来一次，给我们捐献一瓶精子冷冻保存下来就行了吵！这是你内行的，一瓶二十毫升优良的精子，能做多少次人工授精和试管婴儿，你最清楚不过了。哪对夫妇男的彻底不行了，要给妻子做人工授精或是试管婴儿，还有像前几天来的那个单身女子要娃儿的，她的问题不是好解决得很嘛！要精子，我们有现成的，而且特别优良，中国哪个‘精子库’都没得我们这样好的品质！我们有精子的化验报告为证吵！要做，每成功一次当然要付费，除了手术费还要付精子提供费，主要是精子提供费！付多少费，我们可以商量个标准，物价局也管不到。”

说到这里肚皮笑了起来，“狗日的物价局还没得这个商品品种嘞！”

刘主任还以为肚皮开玩笑，笑道：“你想得好！如果真实施了，你还有发明权呢！你还拥有‘知识产权’呢！那么提供精子的小伙子应该得多少呢？人家可有……按你的说法叫啥子‘精子提供费’吧！”

肚皮见刘主任笑了，以为他同意了。

“啥子发明权、‘知识产权’，这不都是国外早就实施的嘛！又不是我发明的，我不敢掠人之美。人家还有‘精子银行’呢！我们国家真落后得很！再说，我们国家成立精子库，最终目的不也是给不孕不育的夫妇提供生娃儿的可能嘛！你了解的，我们中国每八对夫妇里头就有一对不孕不育。我看，现在早就不止一对了，恐怕是十对里头达到两对了；不是八分之一，是五分之一了！你没看见，我们科室成立以后，每天来多少求助者？比哪个科室都多！生意啷个会这么好吵，不就是因为生不出娃儿的夫妇多嘛！要不，国家批准成立精子库做啥子？”

刘主任不满地看着肚皮。“你不是当真的吧？你想到没得，这可是违规的哟！不但违规，如果没有严格控制和管理，还会引起伦理道德上的大麻烦，所以需要国家干预吵！你不是真想这么干吧？”

肚皮认真地说：“我决不是跟你开玩笑，但是也不是我这就决定了，这不是来跟你商量嘛！我的建议，其实也是我们‘不孕不育试验室’全体医生护士的意见。他们化验了这小伙子的精子以后都高兴得不得了。为啥？就因为从中看到了商机吵！现在不只是我们一家，整个C市医院有和我们类似的科室，都晓得我们发现了个宝贝，眼睛都瞪得圆圆地看着嘞！”

刘主任一下子皱眉蹙眼起来，问：“啊！全市医院都晓得了啊？他们啷个晓得的吵？”

“唉！你老兄真是两耳不闻窗外事，一眼只看显微镜！我们医院的医务人员哪个人跟其他医院的人没得联系，互不来往？坏事传千里，好事也传千里吵！你以为只有你一个人晓得我们发现了个一亿六啊！老兄，现在是信息时代！你老兄还活在啥子时候嘛！所以说，我们不挖掘这个商机，别人就会抢占这个商机。宜早不宜迟！我今天就是来跟你商量这个问题吵！只要你老兄一点头，我们下面就去实施了。”

刘主任更是吃惊。“啊！是你们都商量好的啊？你们唧个想得那么天真、那么容易吵？首先，违规不违规先不说它，我也晓得现在医务人员违规的事情多得很。最重要的是：那个小伙子愿意不愿意提供他的精子出来，还是个大问题哩！”

“唧个不愿意？”肚皮问道，“现在，没得啥子事是钱办不到的！跟小伙子谈好，哪怕多给他些钱就是了嘛！”

刘主任笑了笑，才把陆姐事先给他提出的严格要求告诉肚皮。

“你不要以为钱是万能的。他姐姐我一看就不是一般人物。钱是买不到的。他姐姐说了，她自己的年收入就有近百万，他姐姐又把他看作是掌上珍宝。你想，他姐姐会允许她弟弟出卖精子呀！况且，她在她弟弟做精子化验之前，就先跟我说好了的，绝对不允许利用她弟弟的精子做人工授精和试管婴儿。要不，那天她为啥子一直要守着看我们把精液都处理得干干净净才走嘞？她很懂得：人工授精生下的娃儿，算是她家的骨血还是别人家的子女呢？所以，我看你还是不要在这个一亿六身上打主意好。”

“那他姐姐也是个封建脑袋瓜子！”肚皮不快地说，“这是做好事嘛。我们四处采集精子不也是为了做好事？他姐姐唧个会那么想嘞！”

“做好事就不收钱！”刘主任断然说，“又要用钱收购精子，然后再把它高价卖出去，这唧个是在做好事！这不是做买卖是啥子？说是‘做好事’我都想不通，别说提供者的姐姐了！如果需要的一方实在想娃儿想得不行，有精子的一方自觉自愿地提供；想娃儿的一方不付钱，提供精子的一方不收钱，那么我们给他们做了人工授精或者试管婴儿，只收个手术费，这还算个好事差不多。可是这里面有多少你说的‘商机’嘞？顶多你把手术费、医药费提高一点而已嘛！但是，你又不是不晓得，现在全国各地都有和我们‘不孕不育试验室’搞相同业务的医疗单位，手术费、医药费大致有个标准，你能抬高到哪里去？我实在看不出这里头有多少‘商机’。”

肚皮想，原来刘主任压根没有搞清楚众生医院成立“不孕不育试验室”的目的。

“那么，老刘，我们成立这个试验室又是搞啥子的嘛？我们采集精子的目的又是为啥嘛？成立了三个多月，在精子采集的支出上，我们都一直处于亏损状态，你晓得不晓得？”

“你不要跟我说啥子‘处于亏损状态’，”刘主任有点生气地说，“我们不是做成功十几例手术嘛。做一个手术，手术费虽然没收多少，但是又是啥子全身检查，又是化验这个化验那个，我们的试验室带动了多少体检收入？你晓得不晓得？这个你不要跟我说，我清楚得很！”

刘主任指的，就是王草根每进一次医院都要抱怨的：“妈卖屄！幸亏我成了大款，不然家里有人生病我就要上吊！”有点轻微的发热都要做各种检查化验，何况做人工授精与试管婴儿了，并且一做就是一对男女两人。开出去的药品，在公立医院售价一块钱的在私营医院能卖到五块甚至十块，所以全国的民营医院才会像雨后春笋般破土而出、茁壮成长。肚皮还不如那个和尚有远见。

■

实际上，肚皮才压根儿不了解王草根成立“不孕不育试验室”的真正目的，反倒是刘主任清楚得很。这个“试验室”是上次董事会上临时增加的项目，之所以能得到董事长王草根的同意，追加了投资，完全是为医院老板一人所设。王草根为了有个男娃儿，一二百万元投资根本不在话下，更不用说什么亏损不亏损了。“不孕不育试验室”对王草根老板来说，就像世界各大国的航天事业一样，是不惜代价，不计经济效益的头等大事。王草根把它看作是“造人工程”，确切说是“造儿子工程”。这个“工程”在王草根眼里远远超过国家的航天事业。因为那关乎到王家能否“流芳百世”，王家的血脉能不能一代代地流传下去，如同“秦始皇”“秦二世”“秦三世”……似的一直传到“秦万世”。王草根在刘主任来的第一天就没有给刘主任布置什么“商机”，没有把创收列为“不孕不育试验室”的任务。王草根和刘主任说心腹话时，已把肚皮打发走了。肚皮哪知道其中秘密，所以和刘主任话不投机，两人之间产生分歧。

可是，成立了“不孕不育试验室”，第一大“试验成果”，却是发现医院的主人完全丧失了生育能力！王草根即使再成立十个“试验室”，也无药可医了。这是刘主任面临的一大难题。

“不孕不育试验室”发现了特优精子，并且，肚皮说这消息又传遍了全市医院的有关科室，那么珊珊很快也会知道。怎样向珊珊交待呢？这又是刘主任面临的第二大难题。

在肚皮来和刘主任谈话之前，刘主任已经在考虑这个问题。可是刘主任这个科学脑袋搞不清复杂的人际关系，也就陷于苦恼之中。他想把一亿六的化验报告通知珊珊，说“不孕不育试验室”经过多方努力，终于发现了一个非常适合她需求的精子提供者，但医生的职业道德又不允许他向无关的人透露患者或被体检人的病情和检查结果。因为，一亿六和其他来“不孕不育试验室”自愿提供精子的人完全不同，他没有与试验室签订自愿提供精子的合同，是作为一名体检人的身份来的，还可以说是被刘主任盛情邀请来的。这点，他和陆姐已经有言在先。

如果珊珊叫他联系那个理想的“人种”，但小伙子的姐姐已明确表态，不准她弟弟的精子作别的用场，陆姐已表明坚决反对“借种生子”这件事。如果由他出面找陆姐商量，陆姐就会责怪刘主任：啊！你说是什么做科学研究，原来是披着羊皮的狼，你给我们讲解了好多科学知识，什么人类即将绝灭了呀等等话，把我们吓得魂飞魄散，弄来弄去你们还是为了找“人种”，才哄着我弟弟做精子化验的啊！通过和陆姐姐弟俩的接触，刘主任既很敬重陆姐，又很喜欢一亿六，他不愿意在他们姐弟面前留下如此恶劣的印象。如果让珊珊直接去找那个小伙子，珊珊找到了的话，小伙子一定会告诉他姐姐。结果仍然是这样，陆姐就会问珊珊，你怎么知道我弟弟精子优良的？绕来绕去又绕到刘主任他这里来。陆姐仍然会责怪他缺乏职业道德。

然而，不告诉珊珊也不对，“不孕不育试验室”花了好几万块钱，劳心费力地采集精子，不就是为了满足珊珊的要求吗？不就是在为医院老板能延续香火、传宗接代而努力的吗？而珊珊的要求只有刘主任一人知道，其他人都不知道他们两人幕后有这样的“君子协定”，而且这个“协定”又必须完全保密，所以“不孕不育试验室”的同仁一直以为不惜工本地四处采集精子，就是为了做“精子买卖”。肚皮所代表的同仁们发现了一亿六大喜过望，把一亿六看成个财神爷，也是顺理成章的，不能责怪他们利欲熏心。

所以，刘主任两头为难，左也不是，右也不是。

刘主任这个迂夫子在没有办法两全其美地解决人际问题时，只好暂时放下不管。王草根的精子情况虽然全“不孕不育试验室”的同仁们都知道，但也都以为刘主任已经向王草根说了，王老板已经知道了自己的精子危机。而王草根的化验报告和一亿六的化验报告，都在刘主任抽屉里锁着，至少目前还不会出现什么问题。

刘主任在无可奈何的情况下，只能要求全体同仁继续加强采集精子的工作。肚皮也许说得对，“中国之大，人口数量之多，像一亿六这样的人恐怕大有人在。”

然而，此后，刘主任发觉全体“不孕不育试验室”的医生和护士都对他翻白眼，他说话再没有过去那样管用了，他的指挥棒失灵了。

一方是从市场经济层面上考虑的，同时又对刘主任与珊珊之间的“君子协定”毫无所知，另一方是从道德层面考虑的，又完全了解他们采集精子的目的，并且既不能公开与珊珊的“协定”，还必须遵守他对陆姐的承诺。上级跟下级想到两岔去了，各想其事，各行其是。肚皮代表的下级认为自己一方很正确，觉得“不孕不育试验室”用人不当，根本就不能让刘主任来领导他们科室，肚皮非常后悔推荐了个创富道路上的绊脚石来；而刘主任一方又要坚守道德底线，认为可以违规、但不可以违背医生的职业道德的底线。

“不孕不育试验室”就处于这样的僵局。

■

肚皮虽然跟刘主任没有谈通，但还是不虚此行，获得了一些信息。一是肯定了刘主任是个谈不通的死脑筋，他脑袋里根本没有什么经济效益的概念，跟刘主任一点商量的余地都没有；二是知道了一亿六的姐姐坚决反对让一亿六提供精子出来“做好事”，那是个“封建脑袋瓜子”；三是一亿六的姐姐也相当有钱，不是一个见钱眼开的小市民，“封建脑袋瓜子”是多少钱都攻不破的。要用钱来引诱她，小数目无济于事，人家根本看不上眼。即使好不容易把“封建脑袋瓜子”攻坚下来，索取的报酬很可能要狮子大开口，数额会大到“不孕不育试验室”承受不起或是没有什么赚头的程度，反而倒给一亿六的姐姐开了条财路。

肚皮把和刘主任商量的情况向众人传达后，众人百思不得其解，奇怪为什么放着一亿六这座金矿不挖，还要四处找捐献精子的“自愿者”，花费那么多无效劳动、投入那么多资金干什么。几个护士听到又要继续采集精子，都皱起眉头，跟“自愿提供精子”的人打交道实在恶心，有时还被那些人嘲笑调戏。大家想把刘主任排挤掉，但又没有合适的借口，刘主任不仅没做错事，还正如刘主任说的，他们科室确实成功地为十几对夫妇实施了试管婴儿或人工授精的手术，并且大大带动了体检各部门的收入。

更难办的是，刘主任不但是肚皮推荐的，还是王草根董事长亲自聘任的，众生医院的院长也无权免去刘主任职务，把刘主任赶跑。所以，大家一致决定干脆不听刘主任的，消极怠工。既不再像过去那样积极地搜寻精子提供者，也不颠覆刘主任的领导权，就这么待着，有求助者来就接待一下，没求助者的话大家坐着闲聊天。

■

过了些日子，“不孕不育试验室”一伙人坐着闲聊时，一个医生偶然说起他在附近工地经常看见一亿六，众人才想起一亿六就在他们医院旁边的工地上干活。一亿六和“不孕不育试验室”全体同仁吃过一次饭。

在吃饭时，大家都觉得他既可爱又单纯并且很“哈”，好像还处于天真幼稚的状态。有人就说，那还不如直接找一亿六。放着身边的金矿不挖，干瞪眼看着别人来挖，“何其‘哈’也！”

大家都笑起来。有人说，自化验了一亿六的精子后，我们就像接触了“非典”病人似的，每个医生护士都被一亿六的精子传染了，传染上一亿六的“哈”病了！

肚皮首先赞成，什么办法都不如干脆直接找一亿六。但要得到一亿六的宝贵精子，又不能在众生医院的“不孕不育试验室”里取。因为刘主任天天来上班，如果被刘主任看见了，他至少会问一下又要取一亿六的精子干什么。怎么向刘主任解释也是个问题，弄不好，刘主任又会把一亿六的姐姐叫来。这样，要么，是遭到一亿六姐姐的坚决反对；要么，是出现肚皮想象的那样，对方狮子大开口，最后弄得不欢而散。于是他们共同商定先找个和他们有同样设备的医院，联系好了后，到那家医院去“取精”。当然，这又不能让那家医院的高层领导知道，必须和那家医院同类科室的医生护士个别达成内幕交易，私底下暗箱操作。

这个“取精”过程，弄得和唐僧“取经”一样曲折。

■

“不孕不育试验室”里的医生护士和其他医院有联系的大有人在。几天后，就和另一家与他们有相同设备、也是治疗不孕不育的科室人员联系好了。那家科室的人怎样分成、怎样秘密进行、搞“地下工作”的步骤等等，都谈妥了。

这边，“不孕不育试验室”的人也把旁边建筑工地工人的上下班时间、吃饭时间、一亿六的排休时间、住的是哪座工棚、在哪里能找到一亿六等等情况打听好了。

关键还在于把一亿六说通，而又不能让一亿六告诉他姐姐。这个艰巨任务当然只有肚皮承担最合适，因为接待精子自愿提供者、向精子自愿提供者解释种种注意事项、说明采集精子在科学上的必要性、签订“自愿提供精子合同”等等，本来就在他的职责范围之内。

一切都安排好后，肚皮选在一亿六排休那天，一清早就在众生医院旁边的工地附近转悠。工人们早已上工了，都在各自岗位上干活，那几座商品住宅楼的地基都打好了。肚皮装着“晨练”后无事随便蹓跶的样子，在一亿六住的工棚周围扩胸蹬腿甩胳膊。装模作样等了十几分钟，就看见一亿六换了一身干净衣服，手拿着一根笛子从工棚出来，向公共汽车站方向走去。肚皮赶忙急走几步，跟在一亿六后面，向一亿六打招呼：

“嗨！真巧，碰见你了！你到啥子地方去？”

一亿六回头一看，是为他化验过精液的大夫，还一起吃过饭，知道“不孕不育试验室”里，除了刘主任就是他的官大。笑着答应：

“啊，是皮主任啊！我回我姐姐那里去。今天我排休，姐姐叫回去。不过，皮主任有啥事没得？要不要我帮忙？”

肚皮原来想要说通一亿六一定很困难，都不知道如何跟这个“哈儿”（傻瓜）张口，没想到一亿六主动问他需不需要帮忙，就一面跟一亿六向汽车站方向慢慢散步，一面表现得很为难似地说：

“啧！也没得啥子了不起的事。就是最近我们碰到点困难。你晓得的吵，我们科室就是专门治疗不孕不育的夫妇，让他们能生出娃儿来的。可是，有好几对夫妇根本没有治好的希望。男的不行了吵！啧！”

“男的啷个不行了？”一亿六不解地问，“男的哪里不行了嘛？”

“男的哪有你那么好的精子哟！都有你这样好的精子，还会发愁生不出娃儿呀！我们科室都会关门。为啥？因为再也没得生不出娃儿来的夫妇了吵！”肚皮像是十分惋惜地说，“你想想，结婚五六年了，就是没得娃儿，两口子痛苦不痛苦？弄不好，都有打离婚的可能。”

“那啷个办呢？”一亿六有点为生不出娃儿而要离婚的夫妇担忧了。

“嗨！”肚皮好像刚想起来的样子说，“要是你能捐献一点点你的精子给他们，他们啥子烦恼都没得了！但是，我们都晓得你姐姐不同意你捐献精子，困难就在这里吵！我们都不晓得啷个跟你张口。其实这是做好事：‘捐献一滴精子，挽救一对夫妇’，这是我们治疗不孕不育的医务人员的宗旨。我觉得这个口号硬是对头！就像献血一样，‘献出一滴血，救人一条命’，那是多光荣的事吵！”

“那没得关系！”一亿六慷慨地答应。他听了刘主任给他讲生殖常识后，知道了娃儿的胚胎是怎样形成的：要一个男性精子突破进女性的卵子里面去，所以，男性的精子是否强壮，是非常关键、非常重要的。既然他拥有强壮优良的精子，何不贡献出来“挽救一对夫妇”？他认为这是他天经地义的责任。

“我在深圳献过两次血，在这里也献过一次，不过，我都没告诉我姐姐，我晓得一告诉她她就要叫。再说，捐献精子比献血还要容易。本来我以为把精液弄出来很困难，可是我姐姐教了我以后，我感到并不困难，比献血的时间还短，就一会儿的事。‘捐献一滴精子，挽救一对夫妇’，这话硬是对头！捐献精子跟献血一样重要！要不，我们现在就去，捐献了后我再到姐姐那里去也不晚嘛。”

肚皮没想到这么容易就攻克了本以为最不容易攻克的难关。

“那好嘛！你真是个热血青年！真是青年人的楷模！”肚皮由衷地赞扬一亿六。可是赞扬归赞扬，请君入瓮的计划还必须照样实施。

“我的车在那边，如果你同意的话，那现在就坐车到那里去。”

“同意，同意！不过，要坐啥子车吵？”一亿六问，“几步路就到了嘛。”

“啊，我忘了跟你说了：最近我们科室的仪器有点毛病，正在检修。我们现在暂时借用另一家医院的设备，”肚皮说，“你要是愿意，我们就一起坐车到那家医院去取精。不远，开车有十来分钟就到。取了后，我再用车把你送到你姐姐那里去。你说好不好？”

“好好好！”一亿六爽快得很，就跟肚皮折返“不孕不育试验室”。

肚皮又说：“你姐姐不同意你捐献精子，我怕你正在捐献的时候，你姐来电话。你就不要给她说捐献精子啊！不然，她又会像上次那样跑来阻挡你做好事。”

“那容易得很，”一亿六笑着说，“我把手机关了就行了嘛。我献血的时候就没有告诉她。我姐见我流了点血就大惊小怪！叫得我心里发麻！”

两人高高兴兴回到肚皮的车旁边。肚皮给一亿六拉开车门。一亿六连说：不客气不客气！坐了进去。

■

肚皮没想到，他在工棚附近甩胳膊蹬腿的时候，刘主任已来上班。肚皮和一亿六谈话的这个时间，就是一亿六磕碰了刘主任车的第三天、刘主任开着修好的车来上班，碰到一亿六排休无事时在工地四处找帮忙机会的时间。这两个时间刚好吻合。而且，肚皮的车今天正停在陆姐来时把她的“VOLVO”停的停车线内。所以，刘主任透过他办公室的大玻璃窗，看见肚皮和一亿六两人边说边笑地从车道向停车场走来。刘主任先还不觉得有什么可疑，但看见一亿六拿着笛子坐进肚皮的车，就感到有什么不对头的地方了。结合最近整个“不孕不育试验室”的同仁们对他那阴阳怪气的表情：大家说得热热闹闹的，只要他一出现，人们就啥话不说了，一致用冷眼瞪他。刘主任直觉到这里面有什么不可告人的名堂。

刘主任觉得有必要让陆姐了解一下一亿六跟肚皮到什么地方去，去干什么。尽管刘主任“迂”，但猜也能猜到肚皮可能会把一亿六带到别的医院寻找“商机”。刘主任急忙从抽屉里翻出陆姐填写的精子化验登记表，从联系方式一栏里找到陆姐的手机号。

“喂！是刘主任吗？你好！你好！”陆姐接到刘主任的电话，用欢喜的语气向刘主任问好。因为刘主任给了她很大宽慰。陆姐的手机里也存有刘主任的手机号码。

“啊，我是、我是，”刘主任说，“小陆，给你电话不为别的事，就是我刚看见我们医院有个医生，把你弟弟用车不晓得要带到啥子地方去。我想你最好给你弟弟打个电话问一下。”

陆姐说：“他今天排休，说好是回到我这里来的。是不是他搭了个便车？或许是跟医生到啥子地方耍去了嘛！他们可能是在给我弟弟做化验时候认识的。谢谢刘主任的关心哈！你啥子时候有空，我想请你来我公司坐一坐，吃个便饭。你看，你啥时间有空，我们约个时间好不好？”

刘主任才想起来，陆姐一点都不知道肚皮和“不孕不育试验室”同仁们的“商机”。不得不说：

“是这样一回事哈，你听了也不要奇怪。也许是我多虑了哈。自发现了你弟弟的精子非常优良以后，我们科室有个别人就想动员你弟弟捐献一点精子，给一些男方有问题的夫妇做人工授精或者是试管婴儿。其实他们的想法也很自然哈，这也是很多医院采取的办法。不过我知道你的态度，所以告诉你一声哈，如果不是这样当然更好……”

刘主任的话还没说完，陆姐就急忙说：“喂、喂、喂！刘主任，对不起！对不起！请让我先把电话挂了，我给我弟弟现在就打个电话好不好？”

刘主任这边的手机立即断了，只听见“嘟嘟嘟”的声音。

一会儿，刘主任的手机响了，刘主任一按通话键，那边传来了个男人的声音。

“喂，你是刘主任吧？我姓陶，是一名警官。刚刚接到小陆的电话，说是现在她跟她弟弟联系不上，她弟弟的手机关机了。一般不会出现这种情况，她弟弟的手机总是开起子的。我请问你，她弟弟是跟你们科室的哪位医生走的？他的车是啥子牌子，车号是多少？谢谢你哈！”

刘主任在时尚知识方面还不如庙里的那位和尚，根本不认识小轿车的牌子，只知道王草根给他买的车是“别克”牌的，肚皮的车号是多少更没有注意过。只好回答道：

“车是啥牌子我说不清，也不知道他的车牌号。我只知道那位医生的车是灰颜色的。”

“那么，那位医生，就是车主的姓名你知道吧？有车主姓名也好查到。谢谢你了啊！”

“啊，那个医生姓皮……”于是刘主任把肚皮的姓名告诉了陶警官。

“好好好！谢谢你了哈！有车主姓名就行了。再见，再见！”

陶警官马上通过交警部门，查到了肚皮的小轿车牌子和车牌号。在肚皮开车经过两个红绿灯路口时，从路口红绿灯的监视器上，肚皮的车已被交警部门的监控室发现了。交警向陶警官回话。陶警官从行车路线及其走向上，就断定他们是向一家著名的民营医院开去。这家民营医院成立得比众生医院早得多，规模也大，老板是福建莆田人，早先也想收购“九道弯区第二人民医院”的。那医院内部设有“生殖科学研究中心”，同样治疗不孕不育症，据说年接待患者上万人，可见中国的不孕不育患者众多。这家医院天天在市电视台生活频道做广告，连公交车站上都有他们的灯箱广告，全市尽人皆知。

陶警官立即向在医院附近巡逻的警车布置了一番。

肚皮在那家医院的停车场把车停好，和一亿六两人笑嘻嘻地刚进医院的大厅，就迎面碰见两个警察。

警察不管肚皮，只问一亿六的姓名。得知找对了人，就跟一亿六说：

“你是不是几个月前被一伙流氓敲诈过？现在请你跟我们走一趟，需要你配合一下，做个笔录证明。”

一亿六茫然地问：“那事情不是过都过去了么？其实也说不上是啥子敲诈嘛！不过，这样吧，等我和皮主任办完了事，我再跟你们去也来得及嘛。”

两个警官不由分说，架起一亿六的胳膊就往医院外走。

肚皮懊恼欲绝，眼看着煮熟的鸭子飞上了天。

拾玖

警察并没有把一亿六带到公安局，却用巡逻的警车送到了独秀居。

上午十点前，独秀居还没有开始营业，男女员工都在打扫卫生，抹桌子擦椅子，一片忙碌。二百伍一眼就看见一亿六被警察带进来，连忙迎了上去。

“你唧个这么早跑来了嘛？”二百伍愕然地问，“又出了啥子事情？

警察还把你押起子，你又去耍流氓了呀？”

警察见有人来接应一亿六，看样子他们还是熟人，就对二百伍说：

“那就交给你了哈。不要再让他出去了，就在你们这里待着哈。”

二百伍连说谢谢谢谢，不用你们管了，交给我就行了。

一亿六自陆姐启发他一面用手弄“小鸡鸡”一面想二百伍之后，好像二百伍和他的“小鸡鸡”就有什么关系，他见了二百伍既有种奇妙的感觉，又有点内疚。一亿六红着脸说：

“你胡说！我啷个会去耍流氓嘞？不过，我也奇怪，我去做好事，就碰到警察，糊里糊涂的，他们就把我带到这里来了。”

二百伍当了独秀居的员工后，他们一起去看过几次电影。在电影院里规规矩矩地坐着，二百伍早就忘了在电影院里要动手动脚。一面看电影，一面吃爆米花喝饮料，和心爱的人坐在一起，好快活！她坐在椅子上晃着两腿，东张西望，嘴里不停地吃喝。她对银幕上正放映的电影兴趣不大，她认为再没有比那“爱你一万年”的电影好看的电影了。一亿六爱看动画片和科幻片，她完全是顺从一亿六的爱好。她和一亿六看电影，只是在享受“外面的世界真精彩”。看完了电影再到夜市去吃宵夜，大大方方的，心中毫无挂碍，无忧无虑。和一亿六在一起，什么“¥”都抛到九霄云外去了，全世界所有的“¥”堆起来，都换不来这种快活。

看见别人快活，觉得自己比别人更快活，比别人快活好多倍！别人的快活增加了自我感觉的快活，这不是天堂是什么？

吃完了宵夜各回各的住处。

“拜拜！拜拜！”

有时，她真想在公交车站像有的情侣那样抱着一亿六亲一下，但她发觉一亿六压根儿不知道怎样亲女娃儿，对旁边搂着抱着“啃”的青年男女视而不见，无动于衷。一次，他们在公交车站等车，旁边一男一女亲嘴亲得达到忘我的境界，男的伸手从女的文化衫下面掏上去摸，女的哼个不停。二百伍就撞撞一亿六叫他看，意思要一亿六观摩学习，付诸实践。谁知一亿六却说：“莫看莫看，看得人家不好意思。”二百伍对一亿六直翻白眼：人家都好意思，你看看就不好意思了？真是个“哈儿”加“哈儿”！

双料的“哈儿”！

一亿六不主动，二百伍就有点不好意思亲他。二百伍懂得了不好意思，就是一个飞跃式的成熟，一个莫大的进步。她像一块白色的塑料布，染上什么颜色就是什么颜色，然而由于塑料的特性，褪色也褪得很快。到独秀居来工作，陆姐只叫她上白天班，接待正经体面的生意，环境一变，二百伍就把原来的颜色全部褪掉了。不仅如此，二百伍学习茶艺学得还很快，已经成为独秀居的一名熟练的茶艺师了。好多客人点名要她煎茶，说她煎茶的步骤严格，时间温度掌握得恰到好处，姿势娴熟还非常优美，人又长得好看，有眼色还不多话，正适合客人们谈商业机密。她来伺候喝茶，客人们谈判的气氛都融洽一些。

■

二百伍把一亿六领到一间雅座包间。疑惑地望着他问：

“你去做啥子好事嘛？警察为啥子不让你做好事嘛？”又笑着奚落一亿六，“莫非你又损害了哪个女娃儿的名誉了吧？”

一亿六笑着捶了她一下，居然把要给他姐姐隐瞒的话，全部告诉了二百伍。

“你说这不是做好事是做啥子？‘捐献一滴精子，挽救一对夫妇’。皮主任说，中国有好多不生娃儿的夫妇要打离婚哩！捐献了一点精子就能挽救好多人家不离婚。你说是不是好事嘛！捐献精子就和献血一样。不过，你没有献过血啊？你身体这样好，应该去献血才是。”

二百伍不解地问：“啷个非要你去捐献精子嘞？献血的我见过，我们独秀居门口一到节假日经常停的有献血车，好多大学生都到车上去献血。躺在椅子上，一根皮管在手臂上插起子，血就流到一个小袋袋里头去了。可是，我啷个没听说过啥子捐献精子的嘞？”

一亿六有点卖弄地说：“这只能说明你懂得少吵！众生医院的刘主任和皮主任都给我和我姐姐讲过生殖科学。有的夫妻男人一方不行了，不过，可以找个别的男人精子好的，借他的精子给女方做人工授精或者是试管婴儿。他们都说我的精子好，能让不孕不育的夫妇生下娃儿。他们有了娃儿就不打离婚了吵。不过，现在科学发达了嘛！这方面你真无知得很！”

二百伍虽然没有听过刘主任皮主任的“科学讲座”，但实践经验丰富。有个跟她“干事”的人曾说“一滴精十滴血”，男人的精液宝贵得很！确实，男人在她身上射了精后就显得十分疲乏，有的还会瘫在床上半天起不来，好像身体被掏空了似的。

二百伍听明白了，一把抢来一亿六手上的笛子，猛敲一亿六的脑袋：

“你真不晓得害臊！丢脸死了！丢脸死了！你的精子唧个就好嘞？还说自己的精子好！你把那么宝贵的东西捐献了，把你弄得人不像人、鬼不像鬼！把你掏空了你晓得不晓得？还说是做好事！丢人不丢人！丢人不丢人！”骂到这里，二百伍的“积怨”也爆发出来，“你去做好事，为啥子不给我做做好事嘞？为啥子不把你的啥子好精子射到我里头嘞？你去死去吧！你去死去吧！‘不过’、‘不过’、‘不过’……”

两人嬉笑着前跑后追地围茶桌转圈，陆姐在外面敲了敲门推门进来。二百伍见陆姐来了，向陆姐喊道：

“陆姐，你说他哈不哈嘛！他要去捐献啥子精子，还说只有他的精子好，他要去做好事，要帮人生娃儿！还说啥子‘捐献一滴精子，挽救一对夫妇’。他要做好事，去挽救人家夫妇不叫打离婚哩！你说可笑不可笑？真是可笑死了！可笑死了！”

陆姐已从刘主任和陶警官那里大致了解了肚皮他们的“商业计谋”，知道了肚皮要把一亿六领到什么地方去取精。但看到一亿六那种天真无邪的神情，知道现在跟一亿六说，他跑去捐献精子是上了人家当，非但无济于事，反而会使他对姐姐产生不满，认为姐姐不让他去“做好事”。不让弟弟去“做好事”的姐姐就不是好姐姐，陆姐非常了解她的弟弟。中国人炮制各种口号的本领已臻于化境，超过世界一流水平。肚皮杜撰的“捐献一滴精子，挽救一对夫妇”的口号，对有精子而又热心的年轻人确实很有感召力，更不用说对一亿六这样的“哈儿”了。陆姐就是有一百张嘴，也破解不了这个口号的欺骗性，让一亿六明白别人是在哄他。

陆姐瞪了一亿六一眼，见一亿六毫无羞愧的神色，笑嘻嘻的，对捐献精子“做好事”仍然有跃跃欲试的样子，哭笑不得。现在又不能把弟弟关在家里，今天他休息，不让他到外面玩也不对。只好展开笑脸说，给二百伍今天安排的工作就是跟一亿六一块儿出去耍。这一天二百伍算作上班，有工资。两人出去看电影、逛公园、划划船、泡茶馆、吃些小吃什么的。但告诉二百伍，绝对不能让一亿六离开她的视线，不要被其他人哄到什么地方去了。

这个任务，二百伍完全胜任，她过去就在骗局当中，掌握那一套，没人能骗得了她。

他们俩拿着笛子高高兴兴地跑出去耍了。

■

肚皮懊丧地回到众生医院“不孕不育试验室”，又是叹气又是跺脚，把前后经过向众人报告，真可说是“功败垂成”。大家听了也只能叹气，但认为仍存在一线希望，因为一亿六还是愿意捐献精子的，这次不行还有下次。只要一亿六不反悔，总有一天会达到目的。优良精子在握，就等于有了个 ATM 取款机。有人说，古人说得对：“好事多磨”，哪有轻而易举就把最宝贵的精子取来的？唐僧“取经”不是还要经过九九八十一难么？向一亿六“取精”，至少要有九难吧！说这些话，也是为了给肚皮宽心打气，如果肚皮精神一垮，气馁退缩，“试验室”里还真没别人可以取代他和一亿六打交道的了。

可是，没料到，第二天就有人来找肚皮的麻烦。

五年前，还是在原名为“九道弯区第二人民医院”的时候，肚皮把一个患者的良性子宫肌瘤诊断为恶性肿瘤，切除了患者的子宫。患者家属和“第二人民医院”打开官司，因患者已有两个小孩，也不想再生育了，经法院调解，医院赔偿了三万元算是庭外和解，结了案。可是这天患者突然又告到法院，要追加索赔“精神损失费”，说是两个娃儿体质都不太好，还想生养，被肚皮误诊切了子宫，失去再生育的能力，这个精神损失太大太大了！三万元远远不够，一定要追加到三十万方才罢休。

院长接到法院人员电话，明知是无理取闹，有意找茬，又来了一个胡搅蛮缠的患者，但法院人员在电话中告诉院长，一定要妥善处理好这事。这个患者家属在他家住的那条街上是有名的“钉子户”，为了搬迁一事，跟房地产开发商正打得不可开交。如果他们纠集些人跑到医院，扯起横幅，在医院门前或是静坐或是吵闹，医院就别想安生，哪个患者还敢进来看病？

“九道弯区第二人民医院”已经改制，成了众生医院，国营变成民营，性质已经不同，而且今天的院长已不是当年的院长，当年的院长已经退休回了老家，谁再来管五年前的闲事？院长就把肚皮叫来，告知他碰到了麻烦，而这个麻烦只能由他个人承担，院方不负责任。

肚皮懊恼之外又加懊丧，心烦意乱地回到“不孕不育试验室”。同仁们一听，议论纷纷，都感到这事来得既突然又凑巧。明明是五年前早已解决的事，那个患者今年都四十多岁了，有了两个娃儿已经算作“超生”，还想生什么娃儿？为什么昨天碰到警察，今天又掺和进法院？现在的中国人绝顶聪明，正如小老头说的，一瓶子开心果倒了出来，人人都在蹦跶，都见了世面；人解放了，思想也解放了，联想力丰富而又广泛。陶警官背后的动作，哪能经得住“不孕不育试验室”全体同仁集体智慧的分析。但是，他们也只能猜测到刘主任那里为止，进一步的深层原因还不得其详。议论的结果，得出了一致决定：把怎样发现了一亿六的、刘主任是怎样阻挡他们的、他们不得已、怎样想办法把一亿六带到另一家医院取精的前前后后，干脆统统告诉院长。让院长了解全部情况，既洗刷了肚皮的不白之冤，又告了刘主任一状：刘主任不但漠视经济效益，还报了警有意陷害肚皮，人格品性极坏！一粒老鼠屎坏一锅汤，不辞退掉刘主任对整个医院的创收有害无益！

院长室忽然拥进一群医生护士，好像是群体上访的架势。你一言我一语地乱哄哄说了半天，院长总算听清楚了前因后果。院长微微一笑，对众人说，你们的想法太简单了，啥子是刘主任的事，我看这事比你们想象的要复杂得多。你们先回去好好工作，那个患者要来找后账就让她找，不是还有法院么？还是等法院怎么判好了。

这个院长是行政人员，二十多年来在政府各部门间调来调去，最后从市政府秘书处落脚到九道弯区政府卫生局当副局长。九道弯区政府批准"九道弯区第二人民医院"改制为"众生医院"，有个附加条件就是让这位即将退休的行政干部来当院长。当然，他本来就是力主改制并参与改制的主谋之一。民营医院院长的工资比区政府副局长工资高好几倍，还配有专车，所以一些官员愿意"傍大款"。但很多人只知道官员"傍大款"有官员个人的经济效益，却不了解其中还有隐形的社会效益，那就是以行政经验配合技术经验，相辅相成，相得益彰。

什么坏事都有它好的一面不是？

院长听明白后，凭他的行政经验就知道那帮医务人员乱哄哄地错怪了人。什么刘主任！他哪有这么大的本事，又叫警察又动法院！屁！当今，只要是有点蹊跷的事发生，肯定是背后有人捣鬼！和讲"阶级斗争为纲"那时候一样，不管什么事情出了意外的差错，先找"阶级敌人"！要找，就要"稳、准、狠"。那帮医生护士就没抓"稳"，更没抓"准"。院长心里明白，肚皮这帮傻瓜医生把那拥有优良精子的小伙子背地里弄去取精，不知触犯了何方神圣。这位尊神牌位很高，不但能调动本市公检法，还把五年前的患者也鼓动起来。动作快如闪电，不到二十四小时，事情就办得妥妥帖帖，滴水不漏，自己不露一点庐山真面目，让那帮傻瓜医生摸不着头脑。看来这位尊神手头还有其他资源没用出来哩，众生医院绝对招架不住这位尊神。

这就充分体现出行政人员与技术人员互补的优势，既厘清了刘主任的干系，又挖掘出肚皮招祸的根源。

院长决定要把这事汇报给董事长，也就是王草根。

■

下午，王草根刚好巡视到众生医院。院长就到董事长室把“不孕不育试验室”发现了特优精子，以及科室人员如何偷偷地把这小伙子弄到另一家医院去取精，又如何被人发现，既招来警察又得罪了法院，一五一十详详细细向董事长做了汇报。

王草根听了只当作笑话，指示院长，那就不取那个精就算了啵！有啥子稀奇？不要弄得几方面都下不了台。警察法院千万不能得罪，那是得罪不起的。不取那个精，警察法院也不会来找麻烦了，大事化小，小事化无，息事宁人拉球倒啵！

王草根正在遵照珊珊的安排吃中药，以为吃了些日子中药他就能和珊珊生出个男娃儿，所以对取精一事不以为意，认为和自己毫无关系。他还有别的企业要巡视，给院长下了指示后站起来就走。在走廊上碰见一些医生护士，都向他问好。他也一一向医生护士们点头。医生护士们向他点头哈腰，是他最大的享受，这也是他当初收购医院的目的之一。现在见到医生护士，哪像过去那样“矮三截”！和尚说得真对，手里有了家医院，可说是万事不求人了；和尚说的那个“救”字旁边的反“文”，对王草根来说就正过来了。如今人人都要“求”他，“救”应该写成一边是“求”一边是个正“文”了，“救”字边“攵”这个偏旁，在王草根面前永远消失了。

王老板来了，“不孕不育试验室”的医生护士自然很关心他们告状的结果，早就有两个人在董事长室外探头探脑地打听。听见王老板对刘主任毫不在意，没有一点责怪，都大失所望。

“不孕不育试验室”的医生们甚感诧异：王老板明明白白被检查出精子全部是死的，并且死精子的数量也极少，再不可能恢复健康；他的精子不只是处于危机状态，可说是全面崩溃，彻底灭绝了，而他的神态竟如此安详。要么，他被蒙在鼓里，要么，这老板真不愧是胸怀宽广、了不起的大人物。

也怪王草根在医生面前腰板挺得太直，知识分子也有“仇富”心理。

心想：你他妈的原来不过是个拾破烂的而已！今天到医院来却像市领导下来视察似地人模狗样，沐猴而冠；你屁都不懂！大字不识一个，有何德何能来管一所“知识分子成堆”的医院？不刺这家伙几句，真如骨鲠在喉，不吐不快。有个年轻医生就走上前去，脸上挂着关怀的笑容问候王草根：

“王董事长，你好！你老人家的病治得咋样啦？找没找到好的药？要不，我们大家替你想想法子。”

王草根爱搭不理地说：“我有啥子病啊！瞎扯！要你跑来想法子！”但这个精明人稍一动脑子，就觉得其中有文章，马上停住脚步问：

“你说，我有啥子病嘛？”

这个年轻医生鉴貌辨色，就看出王草根并不知道他的精子检查结果。

“咦？王董事长不晓得你老人家上次检查的结果啊？”

“上次检查的结果唧个了嘛？”王草根脸上立即露出笑容，变得十分和蔼可亲。王草根是何许人也，他有意要套这年轻人的话。

但是，现在的年轻人滑头起来，中老年人只能望洋兴叹，根本没法跟年轻人过招。过去说“姜是老的辣”，如今应该说“辣椒是嫩的香”。年轻人的花招会把老年人玩得晕头转向，叫你出门都不知道天在上面地在下面。

这年轻医生就一捂嘴，故意装做失言的表情。

“啊啊……董事长老人家还不晓得哈……那没啥没啥，那是刘主任管的哈。对不起，对不起……我说错了哈。”

年轻医生一溜烟地跑了。

王草根并不表现出着急的样子。他知道，不能听了这年轻医生的话，就火烧火燎地跑到“不孕不育试验室”找刘主任问个明白，那样有失身份。他仍然不失常态地坐进他的“大奔”，走了一段路，他才拿出手机给刘主任拨电话。

王草根的手机里却传来“对方不在服务区内”的电子音答复。

“狗日的！跑到啥子地方去啰！”

王草根即使有十二万分的精明，也绝不会想到刘主任正跟他的珊珊在一起。

贰拾

“不孕不育试验室”里还是有一两个倾向刘主任、觉得刘主任为人正派的医生护士。现在，没有一个单位机关团体是铁桶一个，不漏缝隙的。在众人拥到院长那里告状时，就有个护士偷偷来告诉刘主任她所了解的全部事态，让刘主任提防着点。

刘主任听了大吃一惊。他即使再“迂”，也能料到是与他通过电话的陶警官派去的警察。原来他就认为陆姐“不是一般人物”，没想到她真能手眼通天。但警察挡住一亿六去“捐献精子”就算了嘛，何必又搬出什么法院，翻开陈年旧账整肚皮呢？这个动作搞得有点过分了。那边过分不要紧，刘主任这边就招架不住、很难保密了。“试验室”的同仁们到院长那里一告状，肯定兜个底朝天。王草根的精子全军覆灭、彻底消亡的结果会泄漏，珊珊借种生子的密谋也有曝光的危险。刘主任感到自己陷入危机四伏的状态。

刘主任并不担心自己的处境，大不了把“别克”车退还给王老板，再回原来的医院上班。况且，现在外面有好几家医院治疗不孕不育的科室要用高薪聘请他去哩。但是，怎样向珊珊交待呢？王草根精子全军覆灭的化验结果没有及时报告，又怎样向患者本人解释呢？隐瞒化验结果也好，四处采集精子也好，发现了一亿六也好，肚皮把一亿六带到别的医院取精，从而被法院找旧账也好，不都是因珊珊的要求而起的吗？因为他和珊珊有借种生子的密谋，无形中就把他和珊珊捆绑在一起了。一根线上拴了两个蚂蚱，他只好给另一个蚂蚱珊珊打电话，请她找个安静的、不受干扰的地方，他有话与她商量。

■

珊珊听出刘主任惊慌不安的语气，就料到出了问题。要安静保密的地方，莫过于“珊珊夜总会”的特密包房，就是原来被缉毒警察搜查出毒品的那类包间。现在，包间已重新装修，为了保证音响效果，墙壁安装了隔音板材并且没有电波覆盖，手机在里面都不能通话。房间既通风舒适又豪华富丽。这种包间还有专用电梯和专用通道，供C市本地或到C市来的大腕明星和公众人物避开狗仔队的视线夜间到此聚会聊天，豪饮高歌。珊珊就请刘主任下午到此密谈。

刘主任到珊珊夜总会包间的时间，正是院长向王草根汇报的时候。

珊珊听刘主任介绍了全部情况，也深感棘手。但珊珊是个敢于担当的女子，沉吟了一会儿，说：

“刘主任，这事一点都不能怪你！你不用这样愁眉苦脸、唉声叹气的。都是我的事！是我引起的。其实，这也是为了王老板好。哪个跟王老板解释，还得我来。我就是怕王老板听了会受不了，那真是对他的一个重大打击哩！”

刘主任听珊珊这样说，心放宽了许多，自己总算可以从一团乱麻中抽身出来。珊珊的胆识令他赞赏，她不是社会上常见的那种一听到坏消息就手脚慌乱、把责任推给别人的小家子气女人。于是，刘主任反过来为珊珊和王草根考虑了。他和珊珊一样担心王草根听到这个“重大打击”后，精神上一落千丈，甚至会一病不起。刘主任不是早就发觉王草根是个生命力很差而意志力极强的人吗？王草根就是靠这点意志力在社会上活跃的。如果王草根的意志力一蹶不振，他的生命力就会很快衰退，也就是通常人们说的“老得很快”。不管怎么说，王草根还是本市的“十大企业家”之一，手头大大小小掌管着几十家企业，如果他有个三长两短，上万名工人就会面临失业下岗，对社会也是个巨大的损失。

刘主任喝了几口咖啡，从心理学的角度给珊珊出主意说：

“你的想法当然是为王先生好。在这种情况下，你要说服王先生，不让他承受不住，还有个说法，就是：一个老年人，如果在五十多岁以后，又得了个儿子，是会增加免疫力、延长寿命的。这是有心理学的科学根据的。我通过十几个老年求助者的例子，就发现这种现象不但有心理学的科学道理，还有现实根据哩！前些日子，有个六十多岁的求助者到我这里来表示感谢，那是经我的手给他找的二房人工授精生下了个娃儿。我一看，他现在红光满面，比当初他来求助的时候好像年轻了十岁！人有一大悲，也有一大喜。人的大悲是老年丧子，人的大喜是老年得子。你跟王先生说，实际上，在我们中国，五十岁以上像王先生这样的男人，有百分之五十失去生育能力，他精子不管用是很正常的，根本不需要看得多么严重！可是，我就是看他太想要男娃儿，才没有告诉他。然而，他的精子没有了没关系，你的借种生子的计划照样实行。不管是不是他的精子，他在老年得了个儿子，对他保持生命力的旺盛和生命的延长，绝对有好处！你还可以跟他说，我作为一名医生，发现他的意志力非常强，我就怕他听到他的精子再没有恢复的可能以后，他的意志力会衰退。他的意志力衰退了倒没得啥子关系，可是他掌管的企业就一个一个地垮下去了，企业里头那么多工人生活又唧个办嘞？所以我没有及时把检查结果告诉他，才找你来商量的。我们商量的最终目的，就是要想法保持他坚强的意志力和加强他的生命力。借种生子，是保持他坚强的意志力和加强他的生命力的一个方案，没得其他啥子意思！总之，你把事情的来龙去脉都告诉他算了！”

珊珊听了精神为之一振。

“那就是说，干脆把借种生子这事给他摊开？”

“不摊开也不行了嘛！他晓得了他的精子已经没得再生的可能，联系到我们科室不惜成本地四处采集精子，发现了一个特优精子后又劳师动众，又是啥子警察、又是啥子法院，你想他是多精明的人，他要不怀疑才怪！而且，你又向他扯谎，扯谎又不能自圆其说，搞得他不是更伤心了么？”

“对对对！”珊珊一听就明白了，“我回去就跟他老实说，我要借种生子完全是为了他能保持坚强的意志力，保持他旺盛的生命力，延长他的寿命！刘主任，你这个想法太好了！”

珊珊心里的疙瘩解开了，才想起咖啡凉了，又按电铃叫服务员换热的上来。

两人情绪稳定后，进入闲聊天的状态。珊珊好奇地问：

“是个啥子样的精子啊？这个小伙子是个啥子样的人嘛？我听起来，这里头像是一边在打一场‘精子争夺战’，另一边在打一场‘精子保卫战’，把警察法院都动员了出来。真热闹！笑死人了！”

刘主任也笑了起来，说到小伙子赞不绝口。

“这个小伙子确实非常天真可爱！我活到这么大岁数，真还少见这么个朴实憨厚又漂亮聪明的年轻人。你知道哈，我们‘试验室’曾经来过上百个年轻人捐献精子的。那是些啥子样子的人啰！有的虽然精子合格，但是你一看人就叫你讨厌！我想，你和王先生要男娃儿总要个聪明好看的吵，所以我都懒得跟你说！可是，我一看这个小伙子就喜欢得不得了！我们化验了他的精子以后，人人都高兴得很！他有这么多健康的精子，可说是个‘国宝’级人物嘞！我还跟他姐姐开过这样的玩笑。你想嘛，我听说肚皮跟他瞎编了个口号，啥子‘捐献一滴精子，挽救一对夫妇’，他就热心得不得了，主动跟着肚皮去捐献精子‘挽救夫妇’去了，还把手机也关了，不让他姐姐晓得。真的！真的！现在这样的小伙子真的少见了！”

珊珊认识肚皮，她有时有点妇科的小毛病找过肚皮，听肚皮编的“捐献一滴精子，挽救一对夫妇”，她不禁笑得花枝乱颤。

刘主任喝了口热咖啡，又感叹道：

“唉！他姐姐为啥要化验他的精子嘞，就因为怀疑他有病。我听他姐姐说了他的行为举止，加上我的观察哈，我就跟他姐姐说，不是他有病，倒是我们才有病！真的，是我们有病！病得还不轻！”

珊珊兴趣盎然，“那……如果王老板同意了，我们就用他的精子不好吗？这个小伙子还真要抓住不放嘞！原来是个‘国宝’，跟大熊猫一样！怪不得两边搞得这样紧紧张张的！”

“那恐怕不可能！”刘主任说，“我发现了之后，所以没有告诉你，就因为他不是来我们这里捐献精子的。他是他姐姐带来专门做精子化验的。他姐姐当场就明明白白说了，绝对不同意把他的精子捐献出来用作人工授精啥子的。”

珊珊说：“那多花点钱不行吗？我们给的报酬丰富些嘛！你这么一说，我还真有了兴趣嘞！算命的给我算过我有个男娃儿。王老板这边精子不行了，我要是说通了王老板，就用这小伙子的精子，那就太好了！我的男娃儿就落在这个小伙子的精子上！”

刘主任笑道：“哪有这么简单啊！他姐姐也相当有钱，而且正派。她说不卖他弟弟的精子，多少钱都不会卖的！决不会！要不，她又动用警察又动用法院干啥子？”

珊珊迷惑地问：“那是哪个哟？我们市里的富婆我差不多都认得，不认得起码也听说过的吵！他姐姐叫啥子名字嘛？”

刘主任以为是聊闲天，就把陆姐的姓名说了出来。

“哎呀！”珊珊一拍巴掌，惊呼道，“陆姐嘛！鼎鼎大名！哪个不知哪个不晓！我还跟她一起吃过饭嘞！”

■

王草根给刘主任打了两次电话，都“不在服务区内”。下班后回到珊珊家，一进门，珊珊一边给他脱外衣拿拖鞋，一边十分气愤地唠叨：

“你说这个肚皮是不是个人！狗日的真不是个好东西！我和刘主任好不容易为你找到个优良的种子，结果让他给抢跑了！我们为你好的计划，都让这狗日的给搅了！”

王草根本来就满腹狐疑，现在更加不解。

“啷个了嘛？啷个了嘛？我还一肚子不明白嘞！”

“你不明白，你当然不明白！”珊珊满脸怒容地说，“是这么回事：检查了你的精子以后，发现你的精子不管用了。刘主任就把我找去说，本来，像你这么大岁数的人，中国有一大半都是精子没用的，但是他看你想要个儿子的心理又非常迫切，就给我介绍说可以借种生子。找一个优良的精子让我给你生个男娃儿。找来找去找到了，倒给肚皮这个龟儿子抢跑了！你说气人不气人嘛！”

“我的精子哪个不管用了嘞？”王草根也生气了。

“我不是跟你说了嘛，你都是五十多快奔六十的人了，中国人像你这么大岁数的人，多半精子都不管用了，那没得啥子稀奇！很正常！你不想想，你现在这个岁数，正是你老爹死的那时候的岁数，你老爹那时候还能不能给你生个弟弟出来嘛？可是，刘主任说，如果你老来得子，在心理科学和现实证据上，都能够加强你的生命力，延续你的寿命。所以，我和刘主任就计划为你借种生子，主要还是为你好！你可不要以为我是打你啥子财产的主意哈！老实跟你说，我有个夜总会就满足得很了，我才懒得跟你那两个老婆和一帮女娃儿闹心事！你不想想，二三十年以后，中国又成了啥子样子，哪个能说清楚？说不定又收归国有了哩！难道我连这点头脑都没得呀！目前，最、最、最重要的，就是今天能让你活好！活得心里头痛快！人有一大悲，也有一大喜，大悲就是老来丧子，大喜就是老来得子。我们想的就是让你大喜一下子吵！哪晓得半路里杀出个程咬金，让狗日的肚皮给搅了！”

珊珊提到财产继承问题，很能使王草根信服，因为现在的民营企业家确实都有这样的顾虑：二三十年后，自己的企业还属不属于自己真是个问号。但他仍既生气又怀疑地说：

“我觉得不像你说得这么简单！我一下午都没找到狗日的刘主任，给他打电话都不在服务区，哪个晓得他龟儿子跑到啥子地方去躲了起来！”

“他躲啥子躲？他有啥子必要躲的？你是让那帮龟儿子医生弄昏了头！”珊珊用手指捅了捅王草根脑袋，“他下午就跟我在夜总会的包间里商量哪个为你这狗日的好，你手机当然打不通了。你还不领情！还骂人家，我看你连我都要骂了！是不是？你敢！你敢！”

王草根真如他自己说的“不喜欢女人”，他除了跟大老婆与拾破烂的姑娘两个女人，就是珊珊，再没有接触过其他女人。他并不懂得女人，更不知道如何应付女人。珊珊一开始给他来了个下马威，接着一连串指责，结合下午那个年轻医生神头鬼脑的模样，他也觉得是那帮医生在给他捣鬼，而不是刘主任，更不是珊珊。

“我老来得子就啷个是为我好嘛？”王草根依然有疑问，“啥子能加强我的生命力，延续我的寿命？这话我听都听不懂！”

“你不懂！你不懂！你不懂的东西还多得很！”珊珊朝他吼道，“刘主任说，你为啥子会这么成功嘞？你想想，社会上有多少比你学问大的人，还是啥子‘海龟派’！有的比你出身高贵，有的比你有能耐，都一个个地倒下了，或是混口饭吃而已。你一个从农村爬到城市的拾破烂的，啷个这么‘伟大’嘞？哪个这么‘英明’嘞？刘主任说得对，你就靠你有惊人的意志力！你的意志力真了不起！那些哪方面都比你强的人为啥子不成功？就因为他们的意志力比你差十万八千里！你一个一个地收购国有企业，国有企业到你手上马上起死回生，难道是那些原来的厂长书记不如你呀？见鬼去吧！照你的知识，你给人家提鞋都不配！可是你的意志力坚强无比！你就凭这点打下了江山，跟毛主席他老人家一样！可是如果你的意志力一垮，啥子都垮了！你企业里头上万人到哪里找饭吃嘞？这要给社会增加多少负担嘞？老实跟你说，我和刘主任不但是为你，也是在为上万人着想！你的意志力千万不能垮！所以，我们想，让我给你生个男娃儿，就能保持你的意志力，让你继续奋斗，继续努力，你的寿命还能延长好久好久哩！”

珊珊倏尔把他贬得一钱不值，倏尔又把他捧到与伟大领袖毛主席并驾齐驱，把借种生子的计划提高到维护社会生产力，出于社会责任感的高度。虽然弄得王草根有点晕头转向，但这个精明的人仔细想想，珊珊说得还是有一定道理：“老来得子”的确是一大喜，能让人精神振奋。但是他仍然疑惑：

“好。就照你这么说，我有了个男娃儿，老来得子，会加强我的啥子意志力。可是，妈卖屄的！那龟儿子又不是我的骨血！不是我的种！不是我亲生的！啷个会让我心里头痛快嘞？啷个会延续我的生命嘞？我只会心里懊糟，啷个会高兴得起来吵？我看只有让我死得快些！”

王草根坐在沙发上，珊珊弯下腰，脸对着王草根的脸，板起面孔义正词严地质问他：

“王草根同志，今天我问你，你手下的哪家企业是你王草根同志亲手创办的？嗯？哪个是你亲生下的？嗯？原先不都是国家创办的吗？原先不都是国家生的吗？你亲手创办的只有一个，就是那个啥子‘废品收购站’，前八百年你就盘给人家了！那倒是你的亲骨血，亲生的，你哪个舍得嘞？可是，国有企业到了你手上，哪个你不是当亲儿子看的，为它操心，为它吃苦！我看，你对待那些后来转到你手上的国有企业，比你对自己的亲生儿子还心疼！你不想想，一点头脑都不动！就晓得啥子亲骨血！你现在是现代企业家了！你懂不懂？还跟个老地主一样封建！真笑死人了！”

珊珊这番话真正说到点子上，打中了王草根的要害。精明的王草根一想：真的！国家生的，国家养的，原来姓“国”，现在姓了“王”，他的确和他自己亲手创办的一样疼它，当作自己亲生儿子一样爱它。而且，每收购了一个国营企业，就像得了一个亲儿子那样喜欢。

王草根笑了，又像前三年在包间里那样，两掌叠在一起直搓手：

“你龟儿子真是个龟儿子！过来过来！生那么大气干啥子嘛！来来来！听你的！啥子都听你的！让我亲个小嘴嘴！精子不管用了，你说的那个‘爱’还是能‘做’的嘛！”

贰拾壹

第二天王草根一早上班后，珊珊就给刘主任打电话，报告取得了进展，说服了王草根要借种生子。可是，刘主任说，他在“不孕不育试验室”很难开展工作，要辞职了。把别克车退给王先生，要到另外一家医院去当类似科室的主任去。

珊珊请刘主任现在千万忍一忍，下午她就和王草根到众生医院去。

王草根昨晚和珊珊又成功地“做”了一次“爱”，让他觉得精子虽然不行了，但并不妨碍他“老来得子”，还是很合算的买卖。而且，珊珊昨晚又给他变换了花样，使他更加高兴地认为应该跟珊珊有个男娃儿。在他的五个女娃儿里面，包括“坛坛罐罐”在内，只有珊珊生的女娃儿漂亮可爱；比较起来，王草根真正喜欢的还是珊珊生的这个。王草根感到不跟珊珊再有个男娃儿，真是个终生遗憾。管他是不是自己的亲骨血，就像收购国营企业一样，收购到自己名下就不姓“国”而姓“王”了；儿子也同样，是我收购的精子，这个精子生下的娃儿当然是我姓王的，精子都被我姓王的“一次性买断”了！哪个敢说不姓“王”？娃儿就在于管教，从小由他王草根管教，娃儿不把他认作亲爸爸认谁？

珊珊把王草根怂恿得借种生子的积极性高涨，不亚于珊珊本人。

王草根在另一家企业里听珊珊来电话说，刘主任要辞职不干了，当即和珊珊约定在下午三点同时到众生医院“不孕不育试验室”里和刘主任谈话。

■

下午，一黑一白两辆“梅赛德斯—奔驰”开到“不孕不育试验室”平房前面停下。王草根和珊珊进到刘主任办公室。还没等刘主任说话，王草根就高喉咙大嗓门地喊：

“刘主任，你太不够意思了嘛！你为啥子要辞职嘛？我把这里都交给你管，哪个不听你的就叫哪个滚蛋！去，”他向跟在后面的司机命令，“把狗日的肚皮喊来！”

肚皮早就在刘主任的办公室外听消息，一转身就进到屋里。

“我跟你说哈，肚皮，”王草根对肚皮说，“刘主任是你推荐来的，你要好好配合刘主任才对！你以后要对他百依百顺，我才会救你这一次，不让法院来找你麻烦。刘主任要是干不下去了，我首先找你龟儿子！你要是再跟刘主任捣蛋，让刘主任辞了职，法院就会给你发传票，把你叫到法院去跟那个剖了肚子的病人对质。狗日的！不叫你赔三十万也要二十万！看你唧个办？听到没得？”

肚皮并不知道众生医院院长向王草根详细报告和分析了法院来找他茬子的前因后果，王草根已经知道，只要不再取一亿六的精子，什么事都烟消云散，所以，肚皮还吃不准他究竟得罪了谁，是那个一亿六的姐姐还是这个王草根。听王草根这么一说，好像得罪的就是王草根老板了。叫不叫法院来找他麻烦，似乎就在王草根抬手之间。

肚皮连忙表态，“王董事长，误会，误会！我一直是维护刘主任的威信的嘛！刘主任为人正派，医疗技术在全国都没得比！我哪敢跟刘主任为难嘛？刘主任，你千万不要辞啥子职哈！你听见没得，你一辞职，我的麻烦就来了。看在老同学的分上，你就委屈也要在众生医院委屈一下。王董事长不是小气人，你提啥子要求他老人家都会答应的。”

“委屈？为啥子要刘主任委屈？”王草根吼道，“你要是让刘主任委屈了，我就不饶你狗日的！至于刘主任有啥子要求，那是你说的呀？你还没得那个资格！只有刘主任跟我提。你去吧！反正刘主任要是辞了职，你的日子就好过不了！我今天跟你说！”

刘主任在一旁站着，几次想说话都插不上嘴。肚皮灰溜溜地退出办公室，刘主任摊着两手，不知如何说好。他如果再提出辞职，他的同学就要遭殃。这不能不说王草根真有一手，假发一顿脾气、吼几句就把事情解决了。

■

肚皮走后，王草根笑嘻嘻地对刘主任说：

“好了！没得哪个敢跟你捣蛋了！打蛇要打七寸，这个肚皮就是七寸。刘主任你放宽心，我又不要求你们科室的经济效益，你说这里的研究条件好，你就研究你的去！你还有啥子要求尽管跟我说。你到其他医院，哪个不要求你的经济效益啊？那你就研究不成了唦！你说是不是？”

刘主任哭笑不得，什么话也说不出来了。只好请医院的两个主人入座，给他们倒茶。

“不忙不忙！”王草根对刘主任很客气，“你也请坐。昨天珊珊把你们的计划都跟我说了，我真心感谢刘主任的好意。龟儿子！我还错怪了你嘞！真正对不起！啥子精子死了我也不在乎了。珊珊说得对，我已经到了我老爹死的那个年龄了哈，听刘主任说这在中国人里头还是正常的。

今天来，就是想听刘主任再说详细点。另外嘛，也想问问那个种子究竟应该啷个办才好。”

别小看这个大字不识一个拾破烂出身的王草根，说话倒是句句在理。刘主任到其他任何医院去，经济效益总是放在第一位的，不如王草根的众生医院研究条件好，还不问他要经济效益。

刘主任只好把辞职的话放到一边，他也并没有什么其他要求。于是就给王草根解释为什么“老来得子”会激发起老人的生命力。他一一举出他经手的病例来证明。最后说：

“因为医生不能暴露患者的姓名，所以我也不跟王先生说他们是谁了。总之，这不但有科学的统计，还有现实的实例。王先生，我跟你说个最基本的常识：王先生你想，你到五十多岁快六十岁的时候，有了个小小的婴儿，他的一切都要你来照顾，没有了你，他就惨了！你是不是会感到有一份责任，要为这个小小的婴儿负责？即使为了他的成长，他以后不受人欺负，你也要努力地活下去，还要活好，活得健康。这既是你的心理负担，又是你的心理压力，同时更是一个激发你生命力的动力，强化了你一定要坚强地活着的意志！”

“对对对！”王草根说，“这我就明白了，对头！硬是这样的！眼看一个哇哇哭的小娃儿抱在怀里头，你不活下去照顾他啷个办嘞？这我就明白了，明白了！”

“至于说到是不是你的种子，老实说，那并不重要，”刘主任接着往下说，“不要说当代社会，古人就有‘螟蛉义子’的说法。现在借种生子的，不都是借别人优秀的精子生下自己的娃儿的吗？多得很！特别在西方国家，几乎成了风气。有的人自己的精子还可以生娃儿，仍然想找个特别优秀的精子生下的娃儿作为自己的娃儿哩！那就看你王先生啷个想了。但是，要借种生子，那就必须是个优秀的精子才行。”

“是呀！是呀！”王草根说道，“就是嘛！就是我的精子行，我想这么大岁数生下的娃儿也不啷个健康哈。可是，这个优秀的精子从哪里找嘛？要找个好样的，我看得上的，是不是嘛？总不能找个比我差的。龟儿子！那我劳心费力地要这个娃儿干啥子嘛！”

这时，珊珊插话了。“那，刘主任，你不是说那个小伙子就在医院旁边工地上打工嘛，你找来让老王看看，行不行？哪怕就在窗户外头看一眼也行嘛！”

王草根问：“是不是肚皮抢的那个？又动警察又动法院的那个？”

珊珊说：“就是的！说是‘国宝’，跟大熊猫一样的！”

王草根笑了起来。“那就让我们开开眼嘛！我还想看看嘞！院长跟我汇报的时候我就想：是啥子样的人啊？值得那么大惊小怪的！”

刘主任有点为难地说：“那恐怕办不到。即使你们二位看上了，人家也不会把种子借给你们的，看了也白看。我们还得另外去找。”

“哎呀！”王草根不满地说，“就当我们看看大熊猫不行吗？我就不信还有人跟熊猫一样是个‘国宝’！”

刘主任也是一时冲动，像收藏家有展示自己收藏品的冲动一样，笑着说：

“那就这样子，我打个电话，看他今天在不在工地上。要在，我就说帮我洗车把他叫来。我的车正好就停在这扇窗子外头，你们在里面可以看得清清楚楚。”

■

刘主任就掏出手机找到一亿六的号拨打电话。嘟嘟响了几声，那边就接了。刘主任还没说话，那边传来的声音特别响亮，屋里三个人都能听见：

“是刘主任哈，你说你说，有啥子要我帮忙的？”

刘主任就说也没啥事，如果你现在有空的话，帮我把车洗一下，行不行？

“行行行！刘主任你稍等等哈。我跟班长说一下，马上过来！”

刘主任就对王草根他们两人说，你们就在这里看吧，我这就出去等他。

王草根和珊珊在办公室里找个最佳角度向外看。一会儿，就有个小伙子急急忙忙跑来了。上身只穿件背心，露出坚实的双头肌和光滑丰润的肩膀，下面是一条蓝色的牛仔裤。正如刘主任说的，是个标准的男人的人体模型。

王草根一看，心里就突如其来地联想到他永不忘怀的那片黄澄澄、毛茸茸的土地。王草根见过数不清的年轻人，在他手下就有几千，但没有一个像他今天看见的这个既让他看到一股阳刚之气，又给他一种土地般的贴近自然的厚实感和稳重感。王草根绝非一生下来就这样老奸巨猾的。他小时候，如有电影队来农村放电影，他也会跑十几里山路到乡政府所在地去看。电影里有许多年轻小伙子，特别是南斯拉夫和阿尔巴尼亚电影，什么《桥》《瓦尔特保卫萨拉热窝》《第八个是铜像》等等里的英勇战士。他和所有的年轻人一样，也曾羡慕过、也曾想象过他要是长得像电影中某个小伙子多好！四川人个头偏矮，他们最理想的男人形象，就是电影里那种洋人高大魁伟的身躯上头，安个中国脑袋，有副中国面孔。

王草根也有过年轻的梦想，有过年轻的向往，和其他青年人一样有过对自身形象的想象。这个小伙子就是他年轻时的梦想：高大魁伟的洋人身躯上头安了个中国脑袋，有副中国面孔！

王草根当即说："狗日的！不用再看了！就是他了！我跟你说哈，珊珊，要不是他，我就不做啥子借种生子！我要的，就是这龟儿子！他姐姐要多少钱我给多少钱！其他的，我都不要！"

可是那小伙子洗起车来非常认真，手里一块抹布翻来覆去地把刘主任的车使劲地擦个遍。王草根想打电话叫刘主任进来，告诉刘主任他看一眼就决定了，可是刘主任的手机偏偏放在办公桌上。他们俩只好在办公室里一直等着。他们看见刘主任向小伙子连连摆手，意思是说不用擦了，小伙子却不听，一定要全部擦干净方才罢休。这个人体模型一活动，更显出活力：小伙子的皮肤让王草根想到稻谷皮的颜色，并且也是毛茸茸的。皮肤下，仿佛是深不见底的能让万物生长的厚土层。在活动时，肌肉的板块与肌理的交错变化，如同田野上的风吹拂过成熟的稻田，金黄的稻穗摇曳起伏，显现出自然的波浪似的律动。这时，对男人颇有研究的珊珊也突发异想，她一辈子没有和这样的男人“做爱”过，如果不是借种生子，而是直接和他“做爱”，那可说是她一生中最美好的“艳遇”。

在刘主任的一再坚持下，小伙子终于停下来，还不无遗憾地离开，好像觉得车还没有完全擦干净。

刘主任进到办公室，像是松了口气，不必要的洗车，把他折腾得满头大汗。

“刘主任，我跟你说哈，”刘主任一进门，王草根就说，“我就要这个小伙子的精子！不管哪个，老实说，只有这个小伙子的精子给我生下的娃儿，不管是男是女，我都喜欢！你们不要再到外头去找了。找到哪个我都不喜欢，就要他！我跟他有缘！有他这样的娃儿抱在怀里，我拚了老命也要活下去！”

“拚了老命也要活下去！”这话可说是经典。

刘主任一进门就挨了王草根的当头棒，不知如何是好。珊珊马上替刘主任解围：

“刘主任，你不用为难。你管也管不来。我去跟他姐姐说！”

贰拾贰

化验了一亿六的精子后，陆姐只开心了不久，又有一件让她发愁的事摆在她面前。

一亿六已经过了二十岁，还不会自慰，在陆姐看来很不正常。

陆姐当小姐的时候，和客人事情做完了后，客人身心舒畅松弛了，就会和她躺在床上聊天。如大老板说他为什么要“开处”那样，很多客人喜欢回忆他个人的性经历和爱情经历：他是在多大岁数开始有性意识的；他多大岁数自慰和有体验的；他在性生活中曾有过什么样的恐惧及如何克服恐惧的；他的初恋对象是什么样的女孩；他的梦中情人是谁；他的性经历中曾发生过什么可笑的或者可悲的事情；他的感情生活曾有过什么样的波澜曲折，甚至他个人的性幻想与意淫，等等等等。客人们全都向她说的是不可告人的、连对他妻子也不会告诉的私密话，并且绝对真实，因为任何人都有倾吐个人秘密的心理需求。有则寓言说，有个人实在找不到倾诉的对象，只好把头伸进一棵大树的树洞里，将他的秘密倾吐完才感到轻松。这则寓言的“主题思想”表现的就是人的这种心理需求。

客人们没有必要对一个小姐撒谎。小姐又不是他追求的对象或恋爱的对象，没有必要编个故事来骗取小姐的感情，这种话也没有什么骗取感情可言。客人们认为跟小姐倾吐个人秘密绝对保险，小姐的耳朵如同那棵大树的树洞，因为小姐不知道他姓甚名谁。小姐编的是假姓名，客人告诉小姐的也是假姓名。不论两人今晚如何“恩恩爱爱”，第二天一早就“拜拜”了，各走各的路，到其他场合碰见，只当不认识的路人。所以，陆姐在这方面积累的知识，不比美国的著名女学者莎丽·海特（Shere Hite）差多少，也足以写出一本非常畅销的有关男性性生活与性心理的专著。

陆姐知道一个正常男性的青春期是在什么年龄，难道弟弟长到了二十岁还没到青春期吗？陆姐长期以来觉得她弟弟不正常似乎已经成了习惯，这个正常了，那个又不正常了，总有解决不完的问题，就像哲学书上说的：“旧的矛盾解决了，又产生新的矛盾。”

到二十岁还对性毫无知觉或感觉的男人，肯定有什么问题！她怕她弟弟有什么心理毛病。生理毛病的顾虑打消了，现在又弄了个心理毛病出来担忧。

在“不孕不育试验室”一亿六说“二百伍还可以”以后，一次，陆姐趁二百伍只有一人在雅间里收拾茶具时，旁敲侧击地问二百伍关于一亿六的性意识状态。二百伍根本不需要什么旁敲侧击，稍一碰她便十分响亮、大声地直白告诉陆姐：

“嗨！陆哥呀！”二百伍跟一亿六出去玩的时候，就叫一亿六为“陆哥”，“陆哥对女娃儿啥子感觉都没得！我在他旁边，就跟个男娃儿在他旁边一样！他动也不动我。我长得啷个样嘛？啊？陆姐，你说我长得啷个样嘛？你说！陆姐！”

二百伍追问陆姐她长得好看不好看，陆姐当然要说二百伍长得很好看。

“对头啰！我长得也不赖嘛！陆哥玩是喜欢跟我玩，可是都是正儿八经地玩，就跟两个男娃儿一起玩一样！看电影，吃宵夜，逛大街，到公园划船啥子的。我有时候拉起他的手，他都要甩开！在我们旁边有人亲嘴亲得个起劲，我叫他看，他都不看！陆姐，今天我跟你老实、又老实、再老实地说哈，我怕陆哥连‘干事’都不会！他还不晓得啥子‘干事’嘞！我们玩到今天，出去的时候也多了哈，我连他身子长得啥子样子都没见过！更别说我跟他‘干事’了！恨死人！他不动手，我一个女娃儿能下贱地跟他动手呀！可是，话又说回来，陆哥又不是‘哈儿’，他还聪明得很！啥子电影里的精彩对白，他看一遍就能背得出来；《泰坦尼克号》的那首歌，他听一遍，就能用笛子吹出个差不多的调子来！好听得很！你说他怪不怪？”

■

确实很“怪”！陆姐把她的担心告诉陶警官。陶警官听了发笑，说：

“你真是没得事找事！他到了一定时候自然就会懂的。难道要你去教他不成？”

陆姐把二百伍说的话转述给陶警官。陶警官听了默然不语。他回忆，他在十四五岁的时候已经开始有自慰行为了。那时，他胆战心惊，不懂得自己的“小鸡鸡”怎么会出现勃起现象，用手去弄它又有一种快感。他怕爹妈或者老师同学发现，可是又忍不住，虽然不是经常性的，但三五天总有一次。到十八岁上警校的时候，他也曾犯过“文学爱好者”最爱犯的毛病，就是和女生谈情说爱。他曾和一个女同学爱得死去活来，两人多次在警校外面发生过性关系。那时，他二十岁过一点，就是一亿六现在这个年龄，在性生活上已经很娴熟了。和女同学的关系一直维持到警校毕业，还准备结婚。但双方家长都激烈反对，说，男人当警察还不够，女的也当警察，井浅河深，绝对不合适！警察是一种高危性职业，夫妻两个都从事高危性职业，那不是自找倒霉是啥子？如果两人中的一个有个三长两短，娃儿怎么办？这话也有道理，终于棒打鸳鸯两分离。两人爱得死去活来，也哭得死去活来。后来，这个女同学和一个个体工商户结了婚，离开了警界。陶警官向陆姐说他和他老婆没感情基础，其原由就在这里。他的妻子就是父母为了安慰他，在家乡给他这个警察"配备"的一个女人，如此而已。

陶警官把自己和一亿六对比，也感觉一亿六有点不太正常，至少和一般年轻人很不一样。他知道，如今青少年犯罪率越来越高，很大部分与性有关，城市里有些十岁的碎娃子的性知识，已达到了成年人水平。一亿六在外面打工，整天与工人厮混，怎么会毫无所知？

陆姐见陶警官默不作声，推了他一把。

"哎！你拿几盘黄碟给他看，教教他嘛。"她总忘不了发廊那些女娃儿看这样的录像带说"学技术"。

陶警官嗤之以鼻，"哧！你真想得起来的！你叫我拿这样的碟片给他看，你想他会对我啥子看法！我在他面前马上威信扫地！就是他懂了，他以后都对我有看法！"

陶警官虽然不愿去教一亿六，但也觉得真是个问题！陶警官忽然想到他看过的一部美国电影，笑着对陆姐说：

"我跟你说哈，有一次我出差，晚上在宾馆房间里看了一部美国片。有个老头子，在他儿子十八岁生日那天，你猜他送儿子啥子礼物？他给儿子送了个妓女！我们同房住的警察都笑起来。可是想想，还是送这个对头！我看，你我都不能出面，你就让二百伍去教他，保险一教就会！"

■

一天上午十点前，独秀居还没有开始营业，陆姐正在独秀居对员工讲话：有受表扬的，有被批评的，总结近日来工作上的失误和教训。二百伍当然要着重表扬的。这时进来一个穿着酒店的藏青色西服制服、长得很精神的小伙子，捧上一束鲜花的同时，向陆姐双手恭恭敬敬地送上一封信。然后又一鞠躬，后退了两步才转身离去。

陆姐虽然感到奇怪，但还是等讲完话才拿着信到她办公室。拆开一看，是一张用钢笔书写的信笺，而不是一般用电脑打出来的，可见写信人对她十分尊重。信是这样写的：

尊敬的陆姐：

您好！自去年在宴请胡教授的宴会上有幸认识您后，一直非常想念。您的风度神采令人叹服。在那次宴会上只有您一人光彩照人，我们这些小女子在您面前甘拜下风。我真的非常想向您学习。全市的女企业家都知道您对员工宽厚仁爱，经营有方，您的独秀居能在休闲娱乐业中一枝独秀，是与您的能力和爱心分不开的。本想给您电话相约，订个您空闲的时间我登门请教，但觉得这样不礼貌，也怕您不愿接见我这个小学生，故用手书呈上我的心意。如您愿意接见我的话，请给我电话，我的手机号为：××××××××888。

敬祝

大安！

陆姐一看下面的署名，是C市著名的夜总会总经理，人人皆知的珊珊。一笔字写得很秀丽。

“宴请胡教授的宴会”，指的是去年C市工商联和社会科学院联合举办的一次邀请中国著名的经济学家来C市讲演后所设的宴会。陆姐是新成立的“C市女企业家协会”的理事，珊珊也是理事之一。陆姐记得胡教授那天讲演的题目是《中国民营企业的现状及前景》。

陆姐看完信很高兴，虽然有些奉承话，但看出来写信人想见她还是诚心诚意的。陆姐周围有身份的女朋友不多，“女企业家协会”是个形式，一年只开一次会，姐妹们难得一见。“珊珊夜总会”的名气在C市和独秀居旗鼓相当。两人既是休闲娱乐业的同行，又同为“女企业家协会”的理事，陆姐觉得和珊珊交朋友很有必要，当即用手机打了过去。

对方接了电话，用商业接待的语气说："喂！你好！珊珊夜总会。"

陆姐说："珊珊，真不好意思！我是独秀居的小陆，你的信我接到了。我同样想来拜访你，想我们进一步认识哩。你倒先来信了，真不好意思！我们姐妹之间，你这样客气做啥子嘛！你想啥时候来我都欢迎，怕请还请不到你哩！"

"啊！陆姐！陆姐！"那边珊珊似乎在欢呼雀跃，可是马上撒娇起来，"我是怕你架子大吵！你在我眼里高贵得不得了！我都要仰起头看你。你收不收我这个学生嘛？反正你不收我也要赖在你门口不走！你啥时候放我进去我才敢进去！"

陆姐笑着说："欢迎！欢迎！你大驾啥子时候光临嘛？我只怕招待不周，把你委屈了。你说是我到你那里去，还是你到我这里来嘛？"

"哪敢劳你的大驾嘛！你啥子时候有空？当然是我来登门拜师学艺吵！"

她们两人约定，就在明天下午三点钟，珊珊到独秀居来。"我要来想望风采。"陆姐回了珊珊一句："那就蓬荜生辉了哦！"

贰拾叁

好！C市两位著名的大姐大要见面了。这件事要载入将来出版的《C市地方志》。

珊珊给陆姐送来一尊纯金打造的观世音菩萨，玲珑精巧，做工细致，紫檀木底座，用玻璃罩罩着，光灿夺目。纯金的重量足有一百克，价值不菲。

陆姐惊笑道："珊珊，你啷个这样客气嘛！这么贵重的礼，你叫我啷个能承受嘛！我拿啥子来回敬你呢？真不好意思！恭敬不如从命，我这次就收下，友情后补啰！"

珊珊笑着说："到你这里来拜见你，想来想去，送个啥子好嘞？只有观世音菩萨吵！又保佑你，又保佑我。观世音菩萨就是保佑我们妇女的吵！啥子友情后补啊！你能见我我就高兴得不得了！我想想，那也是观世音菩萨送给我的福气吧！”

两人寒暄了一阵，才开始互相打量。两个女人见面，必然要互相观察、相互比较的，即使美俄两大国的第一夫人见面也不例外。两人今天都是淡妆，衣着朴素。手上的戒指、脖子上的项链、耳朵上的耳环、衣服上的佩饰全部卸去。两个大姐大知道，她们之间勿须互相争奇斗艳，淡妆素衣，才表现出对对方的敬意。相互打量了一番，两人都会心地一笑。

二百伍送来香茶点心。陆姐说你不用再进来了，就让我们姐妹俩说话。陆姐给珊珊将茶倒上，两人坐定。珊珊这才注意到这间雅间的装潢布置，她由衷地赞叹：

“你这里好好啊！陆姐，《红楼梦》大观园里头的这个‘园’那个‘斋’的，跟你这里都没得比！陆姐，你好有福气，你成天就等于在皇宫里头生活嘛！”

说到这间雅间，陆姐有点黯然。“唉！”陆姐告诉珊珊，这是那位著名的国学家小老头亲自设计的，她要一直原样保留下去，一瓶、一花、一杯、一盘都不挪动位置。

珊珊见说起那位著名的国学家老头，陆姐脸上有哀伤的表情，也陪着叹了口气：

“唉！就是的，我们现在啥子都有了，缺的是啥？缺的就是一份真感情。不瞒陆姐说，看起来，我们成天热热闹闹，那是啥子嘛？陪人装起个笑脸而已嘛！所以说，我一定要见你，我觉得只有我们两个人才谈得来真心话。其他人，哪个能理解我们啰！”

陆姐深有同感。“就是吵！啥样的人我们都见过了。我们可以说把人都看透了，有时候想想，把人看透了也没啥意思，还是心里头保留一些真情实意的好！人嘛，要是心里头连个真情都没得，这一辈子活得还有啥子意思嘞？”

两人都彼此了解对方的出身。怎样打拼到今天这个地步虽然不太清楚，但互相都知道两人出身是一样的。两个“小姐”一跃成为两个大姐大，成为C市的公众人物，“C市女企业家协会”理事，是C市小市民茶余饭后的江湖传奇。尤其是珊珊，因为她毫不隐讳她过去的事情，当然，想隐讳也隐讳不了。陆姐还隐蔽点，因为陆姐过去只在高级商圈的小范围“做生意”，知道她背后有小老头、大老板、陶警官的人不多。

陆姐说：“过去穷的时候，只盼富起来。现在富是富了点，可是想起来，还是自己奋斗的那个过程最值得留恋，特别是那些在自己奋斗过程里给自己帮助的人。现在，再想结交那样的人，就结交不到了！只有巴结的人，没得真心帮助的人。虽然说现在不需要啥子人帮助了，可是还是渴望友情的哕！所以说，我一想到过去那些帮助过自己的朋友，心里就特别特别地感动。我一进这间雅间，心里头就特别温馨，所以才请你到这里来聊天。”

“陆姐，你真算是幸运的，”珊珊说，“我呢，就没得啥子帮助过自己的人，我活得可怜！陆姐，你要不嫌我啰嗦的话，我跟你摆摆我是啷个挣扎过来的，你听不听？”

陆姐说：“啷个不听嘛！珊珊，我们姐妹都是同样出身，这点，你我两个都瞒不住。我们的区别，好像就是你是城市的，我是农村来的，不过就是这样嘛！”

“唉！”珊珊未语先叹，“我虽然是城市的，其实，年轻的时候也纯洁得很，跟个农村丫头差不多。我爱看港台的言情小说，看得着了迷，卿卿我我的，想着爱情多美好，就是那话：‘值得生死相许’！想着有个白马王子来追求我，我就跟他美满地过一生。高中毕业那年，我就跟个小伙子恋爱了不长时间结了婚。他家很有钱，他一天到晚不务正业，他家叫他早点结婚，就是想有个家拴住他。开头，我们关系很好，家里头要啥子有啥子，也不缺钱花。我就沉醉了，以为这就是人们追求的幸福吧！哪个晓得，我肚子里怀上了娃儿，他就跟别的女人好上了，几天几天不回家，还染上吸毒的毛病。我的梦一下子就破灭了，好像天塌了下来一样。就是因为过去追求得太高了哕！想得太美了哕！年轻时候不懂事，为了闹气，我把娃儿也打掉了，是个女娃儿。好了！他们家不依不饶，说我不好，没得到他们的允许做了流产，逼着、逼着跟我闹离婚。离了婚唧个办嘞？因为都说我私下打了胎不对哕！我啥子都没分上，只带了几件衣裳，等于扫地出门！回娘家住，父母整天唠叨，日子也过得紧巴巴的，也嫌烦！因为原先跟那个老公在一起的时候，用惯了，花惯了，好像没得钱过不了日子了。有天，在街上碰到一个我们原先常去玩的酒吧的调酒师，他晓得我当前的处境以后，就跟我说，当陪酒的赚钱。没法子，我就去当陪酒的。”

珊珊说到此处，泪水夺眶而出。“陆姐，你不要笑话我哈，我一提起这件事就懊悔……”

陆姐见珊珊流泪，就拉起珊珊的手抚摸。陆姐还没听出当陪酒有什么不对，但也陪珊珊流下眼泪。

“我刚当了不到一个月，就有个老教授看上了我，要包我，出的钱还很高。那个老教授有十几个发明专利，很有钱，给我租了大房子。这样，住得好，吃得好，花钱也痛快。老教授一个月来不了两三次。老教授一来，总是叫我学习，叫我读书，复习好了去考大学，还给我买了电脑。你晓得那时候家里有电脑还算稀奇的哕！可是，陆姐，我在热闹的娱乐场所待惯了，耐不住寂寞了。我千不该万不该，跟那个调酒师发生了关系！有一次，我喝醉了酒，说了一句最最不应该说的话。我跟调酒师笑话老教授说，‘这个老家伙老叫我学习学习，他日的又不是我的脑壳，我学习啥子嘛’。你说，我还是人不是人嘛！”

珊珊一下子趴在陆姐肩头放声哭起来。陆姐也哭了起来，两人搂抱着哭了一场。

■

两人哭罢，无形中感情加深了许多。平静了后，两人补了妆，理了衣裳，相互对视的目光很是亲切，和亲姐妹差不多了。

珊珊继续说道："后来，这个调酒师又跟别的女娃儿好了，大明大白的，一点都不避我。我就跟他疏远了。可是，陆姐，你说现在的男人可怕不可怕嘛！现在有好多男人，我们女人做不出来的卑鄙事情，他们都能做出来！这个调酒师就给老教授打匿名电话，说我这个人要不得，跟他有关系。老教授起先还不信。这个家伙就把我跟他说老教授在做爱时的小动作，喜欢说的话告诉老教授。你说这人多下流！这样一来，不由得老教授不信了吵！老教授跟我分手的时候说，我这么大岁数了，确实真心喜欢你，不是玩玩你就算了的，还准备培养你将来做个科研工作者，可是你把我的心伤了，我看你也不是一个好的培养对象，希望你今后好好吸取教训。陆姐，这是我一辈子最最伤心的事！比跟那个吸毒的老公离婚还伤心。虽然我现在富了，不求人了，可是一想起这老教授总是愧疚得要命！我一万个对不起他！我这个人决断得很，过去我一顿喝两瓶'人头马'不在话下，从此以后，滴酒不沾！离开了老教授，又唧个办嘞？只好又下海当小姐。陆姐，我跟你说哈，当今这个社会的风气害死人，把人弄得想平平淡淡过普通日子都过不下去了！而且，我把男人也看透了，也不想再嫁人了。真是老百姓说的那话对头：'男人靠得住，公猪能上树'。我有个夜总会，还有个女娃儿，这就够了！"

"真的！珊珊，"陆姐握着珊珊的手说，"我也是单身一个。老实跟你说哈，我有个男朋友，他还有一个家庭，我们有十年关系了，好得很！我从不要求他跟我结婚。为啥子？我有时候想起来，要是我和他老婆调换一个位置：他老婆是我，我是他老婆，那么究竟是哪方面活得好呢？是他老婆还是我？一比较，还是我好！我有独立生活空间，有自己的事业，还有感情寄托。给人当老婆呢？既要侍候丈夫孩子，操持家务，不能独立生活，丈夫的心还不在自己身上，在别的女人身上。你说，这样当人家的老婆有啥子意思？所以，我也就准备单身一辈子了。"

珊珊听了陆姐的话，好像想起了什么，笑道："对头！我告诉你哈，我们女企业家协会的好些富婆的男人，好多都是我夜总会的常客。我就晓得他们包我夜总会的小姐在外头，有的还包了不止一个。老婆在社会上打拼，你我都晓得的哈，打理个企业辛苦得很！可是她男人倒在外头花天酒地。我想，我要是嫁个人，有个所谓‘正式家庭’，弄不好，不也是跟她们差不多嘛！我也老实跟你说哈，陆姐，我也有个男人，算下来，我还是人家的老三，可是这个男人爱我，这就够了哕！管他老二老三老四，一份真情最重要，陆姐你说是不是？”

“就是嘛！”陆姐与珊珊惺惺相惜，“你管他啥子老三老四！像我，我就不管他啥子‘老二’！哪个女人有了男人的真感情，哪个女人就是老大！可是，珊珊，我跟你说哈，我们女的也要有独立性！我们不是男人的啥子老二老三老四，应该说是我们女的占有了个男人才对！上次胡教授讲演，有个新名词，我听了很受启发，就是‘不确定性’。他指的是企业的权属问题和经济形势的发展。这个‘不确定性’，硬是对头！我们把它推而广之，想一想，在这个世界上，有啥子是‘确定’的啊！你看那些你说的富婆和她的先生，哪一对夫妻手里头没得正式的结婚证？结婚证就能把他们两个‘确定’了呀？还不是同床异梦。法律都把他们‘确定’不下来！两口子总是在‘不确定性’状态，还不如跟男的十天八天见一次面，做一次爱‘确定’哩！就说我们的企业吧，今天这个独秀居是我的，能保证永远‘确定’是我的吗？你要那么想，心里就好过多了。啥子吸毒的老公，啥子卑鄙的调酒师，啥子老教授，你想都不要再想！过去你都给过他们感情，但是这个世界上所有的东西都是‘不确定’的哕！都在‘不确定’当中嘛！由不得你嘛！你真正爱的那个人，你就‘确定’你能一辈子爱他？或者说，‘确定’他能一辈子爱你？你伤心啥子嘛？你说对不对？”

“对头！硬是对头！”陆姐的话对珊珊如振聋发聩一般，“要不，为啥子我非要来拜见你陆姐嘞！你的见识就是比我高得多！今天说到这里，陆姐，我就要跟你老老实实地说哈，今天我来，也是别有所图。”

陆姐对珊珊的劝慰，打动了珊珊。她感到在这样一个好姐姐面前不把真话说出来，对不起陆姐，有种在陆姐面前“演戏”来进行欺骗的心虚的感觉。王草根能否保持意志力，延长生命力，那是王草根命中注定的；天定的寿命是多少就是多少，再有十个可爱的娃儿抱在怀里头也延长不了天定的寿命，没有可爱的娃儿，也缩短不了他天定的寿命；孤寡老人还有活到九十多岁的哩。同时，珊珊向王草根说并不想继承他的“亿万家产”，至少有七八分真实性。因为胡教授上次演讲里就曾提过，民营企业的权属在未来的“不确定性”：民营企业在当代社会具有私有性与社会性两重性质，生产力发达到一定高度，私有性就会逐渐削弱，社会性就会逐渐强化，到最后，私有企业便自然而然转化为全社会的财富了。“共产主义始终是我们奋斗的目标！”

于是，珊珊把刘主任、王草根和她所有的计划和盘托出，只留下一点点，那就是她曾经亲眼见过一亿六，要见，也只有王草根见过。

“陆姐，真正对不起！你不要以为我们打的啥子坏主意哈！开始，我们确实不晓得他是你弟弟。特别是刘主任，表示过要你弟弟来借种生子是万万不可能的。你千万不能怪刘主任哈！我那个老家伙呢？他见过你弟弟。他跟我说，他喜欢得不得了！要借种生子，非要你弟弟的不可，要不，就不做！我呢，也觉得老王实在对我好。我从一个小姐成了企业家，就是他拉了我一把。只有他一个人帮助过我，给了我今天这个社会地位。接受老教授的教训，我也想报答他，让他心里头痛快。为了报答，我才认为值得试一试。可是，我并不是为了啥子继承家产，我早就跟老王说过胡教授上次讲演里的话，就是私有经济的‘不确定性’。二三十年以后，哪个晓得是个啥子样子嘛！还有没有私有企业嘛！我现在去图未来那个‘不确定性’的东西做啥子嘛？我今天听陆姐你一说，我也明白了，我和老王难道就那么‘确定’吗？我何必伙同他来欺骗你！他有多大的寿命，由天去定吧！好姐姐，我跟你说了实话，你可不要看我不起啊！要不，我这辈子都会难过死了！”

珊珊说出了实情，陆姐才恍然大悟。

陆姐长叹一口气。“唉！珊珊，你来之前我就想，你啷个会这么客气地来看我嘞？又送我这么贵重的礼。现在的人，‘无利不起早’，我就猜想到你有啥子地方用得着我。你我既然谈到这里，我觉得你珊珊真是个可交的朋友，是我的好妹妹，我也把我们的家事跟你摆一摆，你就晓得我为啥子这么心疼我弟弟了，为啥子不让他去捐献精子了。”

陆姐就把她自小到大的遭遇，像讲故事一样从头到尾、声情并茂地告诉珊珊。

“我回想起来，我还算是幸运的。我做了这一行以后，总是遇见好人。总算还是有真心爱我的人，我也有真心爱的男人，这就应该满足得很了！我今年也过三十了，你还有个女娃儿，我跟我这个男人又不能要娃儿，人家有人家的老婆娃儿吵！而且他当的官不小，跟我生了个娃儿马上满城风雨，害得他非身败名裂不行！我就等我弟弟生个娃儿出来由我抚养。我一定要把这娃儿抚养好。这娃儿就是我的精神寄托，一直到老！”

这就说到一亿六了，陆姐说：“至于我弟弟嘞，你晓得我是把他当心头肉看的。可是，我今天坦白跟你说哈，他关于这方面的事，啥子都不懂！你想嘛，这么大了，他不碰女的，跟女的在一起一点感觉都没得。说句难听的话，那天为了给他检查精子，连自慰都要我教他。可是，他绝对不是‘哈儿’，也不是同性恋，他还聪明得很！啥子事情他一看就会，教都不用教他，就是不会做爱！要不，我的那位国学家老朋友哪个会说他有啥子‘异禀’嘞？他确实跟我们见过的所有成年男人都不一样。国学家老朋友还说他不是啥子‘笼中物’，叫我‘由他去’。话是这样说，你说我哪个能‘由他去’嘛？我真的不晓得他哪里有毛病！他要连做爱都不会，啥时候能给我生个娃儿出来嘛？你说我急不急？我三十过头了，正是带娃儿的好时候，我还要等到四十岁、五十岁啊？那时候，带娃儿精力也跟不上了吵！我要个他的娃儿都要不上，你想，我能把他借给别人，让别人先生下个娃儿出来呀？人嘛！这点自私总是有的吵！他要会跟女人生娃儿，第一个就要生给我！所以说，珊珊，我要请理解我这点自私。特别是，借种生子是要我弟弟自己把精液弄出来，我还心疼哩！你我都晓得，那不正常、更不自然嘛！将心比心，要是你的弟弟，你愿不愿意？”

陆姐说的时候，珊珊不停地用面巾纸擦眼泪。陆姐经历的难处，她从未经历过。她没有陆姐当年那么沉重的家庭负担，没有过十岁时就要一口水一口米汤、一把屎一把尿地抚养婴儿，把一个嗷嗷待哺、哇哇哭闹的婴儿一直抚养到能四处乱跑的少年，这是珊珊连想象都不敢想象的事；珊珊更没有在街头彷徨过，没有七八个挤在一间肮脏的小房间里睡过，没有被保安抓进过公安局……总之，她下海当小姐，与陆姐“殊途同归”，完全是两种“途”。她仅仅是不能过清贫的日子，习惯了热闹的娱乐场所；不是为生活所迫，而是为了物质享受。

■

两人肝胆相照，吐露了肺腑之言，就成了真正朋友。两人都是在C市“相识满天下，知心能几人”的高处不胜寒的人物，平时虽然也有些女友，但一起聊的不是美容、化妆品就是时装，从没有这样深入到经历和情感范围。两个大姐大这时可说是相见恨晚。

珊珊完全理解了陆姐反对用她弟弟借种生子的缘由，非但没有扫兴，反而很同情陆姐，两人就开始说起闲话。主题自然是这个“怪”的一亿六。

陆姐把那天在“不孕不育试验室”教弟弟怎样自慰的经过告诉珊珊，两人都大笑不止。笑罢，珊珊说，有一个广东做进出口生意的大老板告诉她，他在四岁的时候就喜欢“玩小鸡鸡”，到八岁时就和小女生两个搂抱着互相摩擦着玩了。

“啷个他到二十岁还没得感觉吵？真是急死人！陆姐，你的担忧我完全体会得到。就说是同性恋吧，到这岁数也应该有同性恋的表现了吵！现在社会上一般的小青年，不要说跟女朋友做爱，连真正的做爱都懒得做了，还要到网上去搞啥子‘虚拟做爱’，疯得不得了！我跟男人打交道多了，确实从来没见过你弟弟这样的男人！要放在我身上，我也会着急的。啷个办嘛？”

陆姐又把叫陶警官拿黄碟给一亿六看的事情说给珊珊听，珊珊也认同陶警官的说法。

“老实说哈，要是我不懂做爱的话，我家里不管哪个，拿这样的碟片给我看，就是我懂了，晓得啷个跟人做爱了，对拿碟片给我的这个人，哪怕是自己的父母亲，也会有看法。那里面的做爱都是表演的嘛，有的镜头看起来确实恶心！我就会想：这样恶心的动作你都不觉得啥子，还拿这样的东西教我，让我照里面的人学那种动作，可见得你也是个下流坯子！”

“是嘛！所以说他不愿教，我也不好再叫他教。他又说，他看过一部美国电影，一个老头子在他儿子十八岁生日那天，送个妓女给儿子，让妓女来教他儿子性生活。想想这也有道理。找这样的女娃儿倒是容易，不过，啷个跟女娃儿说嘞？”

珊珊说：“你不是说有个啥子二百伍吗？就叫这个二百伍来教他嘛。”

“唉！”陆姐叹道，“这个二百伍就是给我们送茶那个女娃儿。人长得好看，也很善良，心直口快。可是，她原来是被一帮流氓团伙骗出来，做那种跟‘站街女’差不多的下等生意的。你想嘛，做那种生意，她就朝床上一躺就行了。有时候，大概连床都没得一张，她晓得啥子叫做爱嘛？那套动作，你我都明白，女的完全是被动的嘛。”

“啊！是这样。这我明白，”珊珊说，“我的那个老家伙就说过他的老大老二就是这样的：仰面朝天往床上一躺，一点不配合。我们聊起来还笑哩！”

两人都笑起来。陆姐说：

“是嘛！你说啷个让她来教嘛？她又年轻，和我弟弟一样天真得很。他们两个出去玩都玩了好多次了，就是不懂得啷个让我弟弟对她感兴趣。这你晓得的哈，这里面有好些小动作，小表情，教都教不来的！难道还要我先来教二百伍，就像武侠小说里讲的那种‘再传弟子’一样，教会了二百伍再叫她教我弟弟不成？”

姐妹两人又咯咯大笑，在笑的中间，陆姐突然冒出一句话：

“珊珊，我看你来教我弟弟最合适了！”

珊珊忽然觉得身上全部的血往脸上涌，心别别地跳个不止。从来不知害羞的珊珊竟然马上害羞地忸怩起来。

陆姐见了，连忙道歉。“对不起！对不起！不存在！不存在！我是开玩笑的，你不要在意哈！我们姐妹俩啥子玩笑开不得嘛！”

珊珊低着头说：“不是的！陆姐，你理会错了。我也确实觉得我来教他合适，只是说不出口。你现在既然说开了，只要你同意，我‘包教包会’，就像啥子电脑学习班的广告上说的那样。我还真好奇得很！我觉得他肯定有啥子心理障碍。就是没有教会他做爱，至少，我要查明原因，让你根据他的心理障碍请心理医生给他做心理辅导。但是，我在他面前还得有脸面吵！这啷个跟他说嘛？总不能说我是个妓女吧！”

陆姐见珊珊不仅没有生气，还同意帮助她，心里放宽了许多。而且，珊珊也提醒了她：给一亿六找个小姐教他如何做爱，成功了当然很好，如果不成功，陆姐仍然不知道为什么不成功，不知道一亿六的心理障碍究竟在哪里，所以，珊珊是最合适的人选。即使没有教会他，毕竟知道了是什么原因，好对症下药。这是别的女人不可替代的，只有珊珊有这种学问。可是，珊珊的话有道理，珊珊愿意教一亿六，怎么向她弟弟说呢？还真是个问题。

“哎！”陆姐思忖着说道，“要是你来教，我一百二十个放心，还感谢不尽！真的！他就是还不会，根据你的经验，我也晓得他究竟是啥子原因了。不管啷个，我都要谢谢你一辈子！对了……就是跟他不好说。”

“你陆姐啷个说那么客气话！陆姐，你是过来人，要你‘感谢’啥子？我还要感谢你跟你弟弟哩！”珊珊说的很真诚，“你又不是不晓得，这等于我‘开’了个‘处’，这是我一辈子的福气！现在，你我两个，哪个都不要客气了，就把这事当个正经事来做。让陆姐你很快有个娃儿带在身边，你有个心爱的男人，又有一个可爱的娃儿，还是你陆家的血脉，跟你自己生的一个样一个样！你这辈子就幸福得很了！我们现在商量啷个做妥善就对了，其他啥子话都不说。你感谢我、我感谢你的，那都是不必要的话！”

“那只有说借种生子的话，”陆姐最懂得弟弟，“他最喜欢帮助人，就说这种借种生子不需要用人工授精的法子，要他亲自和你做爱，他肯定会高高兴兴地去，还以为是帮助你哩！同时，你也可以跟他聊天，了解了解他。”

“这当然是最好的，”这正中珊珊下怀，“可是，他是第一次。你我都晓得的哈，有的男人不习惯戴套子，一戴套子就软了。第一次就叫他戴套子，我不晓得行不行，没得十分把握。要是非叫他戴不可，他第一次就不行，以后就更难办了。要是不戴呢，如果成功了，说不定真会弄个娃儿出来。所以说，这必须跟老王说清楚，不然，我啷个跟老王交待嘛？”

“是呀，”陆姐说，“不管咋样，即使是别的女人，不是你，我也不愿意让我弟弟第一次就跟人偷情。要教他也好，要真正借种生子也好，都要做得光明正大的！”

“但是，陆姐，要真有个娃儿啷个办嘞？是你抱回来吗？还是算老王的呢？要跟老王说了，如果他同意了，是个女娃儿你还可能抱回来，要是个男娃儿，他肯定不会给你！要是不跟他说吧，做爱那么一会儿工夫，我能瞒得住他，在外头找个酒店就行，可是十月怀胎是瞒不住人的吵！我说实话，我也不愿再做流产了，身体受伤害不说，心里头真难受得要命！等于死了半条命，要好长好长时间才能恢复得过来！”

陆姐连忙说：“要是有了娃儿，啷个能再让你做流产！我都心疼得不得了！生下的哪怕是残疾、是弱智、是畸形儿我都要养起子！”

珊珊笑着拍了下陆姐。“陆姐，我还没有生啦！你就说这种不吉利的话！你啷个晓得我会生个啥子畸形儿出来嘛？吓死人！”

陆姐也笑道：“我这不是给你安心嘛！你要真跟我弟弟生个娃儿出来，不管男女，保险是个万人迷！啥子刘德华、梁朝伟、巩俐、章子怡，跟我们的娃儿都没得比！”

“啥子大明星啰！”珊珊笑道，“好些来我们城市的大明星、大歌星、有名的模特儿，都是全国响当当的！哪个没到过我夜总会的特密包间去要过？我都见过真人！在台下看，那些万人迷的女明星，我看比我们两个都差得远！和银幕上照片上完全是两个人！”

两人又大笑起来。想象一亿六和珊珊两人将来生下的娃儿会多么靓丽、多么帅气，真令人心驰神往。

笑罢，珊珊又说：“这啷个跟老王说嘞？这边啷个说，那边啷个说。我们这真跟办外交的差不多，弄得好复杂！”

虽然“复杂”，但陆姐也好，珊珊也好，和其他女人聊天时，从来没有这么开心过。男人与男人之间，女人与女人之间，能谈到这种地步，交情就完全达到亲密无间的程度了。尤其是珊珊，她想，无论她生下的孩子是属于陆姐或是王草根，她和陆姐都有了血缘关系，因而在心理上就更倾向于陆姐了。

说到对王草根怎样说，还是陆姐年纪大些，有主意。陆姐说：

“这话，你当然不能跟你的老王说。说了，老王还以为你有外心，让老王对你有看法。我跟你老王说也不方便，因为我估计，你们老王这样农村出身的，对一个女的说的话不会重视。在我们农村人眼里，女人总是‘头发长，见识短’的，这个我晓得。要跟你老王谈，一定要很正式的：要让他明白一方面对他有利，一方面对教育我弟弟也有利。这要两个男人去谈。我认为，让我的男朋友和你老王去谈最合适。你认为啷个样？”

珊珊说：“这样最好！两个男人谈。要是老王不同意，老王也会放心我不会背着他和你弟弟发生关系，因为男人总是要讲信用的噻！要是同意了，老王肯定会有啥子条件。我把他掌握得很！他是个精明人，他要同意他的女人跟别人发生关系，一定会有这个条件那个条件！两个男人谈，老王才能认真。这样，我回去就跟他说，陆姐你同意向你弟弟借种生子，可是你有条件。啥子条件我不晓得，你要他当面和你的男人谈。老王愿意就做，他不愿意就拉倒！你说行不行？”

陆姐说：“行！就这么办。我就去跟我的男人说。”

贰拾肆

陆姐把和珊珊商量的前前后后和最终决定全部告诉陶警官。陶警官首先赞成办这种事要光明正大，开诚布公，这样才不留后患。

上次，陶警官跟法院的朋友商量怎样整一下偷取精子的医生，法院的朋友给他提供了材料，陶警官本想借肚皮多年前的一名患者来个敲山震虎，吓唬一下企图以精子牟利的医院和医生，想让这些人知道，只要动一下一亿六，就会招来祸患，叫这些人知难而退。谁知反而弄巧成拙，医生们不是傻瓜，更不是好欺负的，并且唯利是图的大有人在。现在又是信息时代，拇指一摁，传遍全城，有名有姓。结果搞得风声越闹越大，C 市所有医院治疗不孕不育的科室，都知道了本市有这么个人拥有精子市场上奇缺的优良精子。这个有优良精子的人还非常年轻，"开采期"很长，是座"富矿"，取之不竭，用之不尽。马克思在《资本论》中说："一旦有适当的利润，资本就胆大起来。如果有百分之十的利润，它就活跃起来，有百分之五十的利润，它就会铤而走险，为了百分之百的利润，它就敢践踏人间一切法律，有百分之三百的利润，它就敢犯任何罪行，甚至冒绞首的危险。"精子不是以毫升计量的，一个个精子眼睛都看不见，要在显微镜下数其个数，而一毫升精液中竟有一亿六千万个优良精子！肚皮说"把一亿六千万个精子变成一亿六千万元人民币"，还是极其保守的估计，应该说精子买卖中的利润大得无法计量。所以，一些人非但不"知难而退"更"知难而进"，打一亿六主意的人越来越多。"铤而走险"、"践踏人间一切法律"、"敢犯任何罪行"都可能发生。陶警官现在最害怕有人在互联网上启动"人肉搜索"引擎，一搜索，一亿六就彻底曝光，无法遁逃，在 C 市就随时随地有被哄骗甚至被绑架的危险，让陶警官防不胜防。陶警官还不敢跟陆姐说，说了怕陆姐更加担心，只好尽量小心，还趁一亿六不在家的时候，翻遍一亿六房间里的所有抽屉，把一亿六的全部照片收集起来，藏在一个只有他知道的地方。

陶警官吃一堑长一智，再不敢在背后用他的人脉资源搞小动作了。

陶警官也非常同意陆姐和珊珊说的，只有珊珊去教一亿六做爱最合适。因为，即使没有教会一亿六做爱，也会查明一亿六的心理障碍，这是任何一个心理医生和熟练的妓女都做不到的。连陆姐都研究不出来，他陶警官更研究不出来了。

有陆姐的命令，陶警官当然愿意出面替陆姐去与王草根谈判。

陶警官一时想不起来，他好像在个什么场合见过王草根。为了谈判顺利，对谈判对象事先有大致的了解，陶警官还跑到书店里买了本《中国农民企业家传奇》。他看到，在这本书里收集的二十几篇“报告文学”中，有一部分“农民企业家”已经倒下了，有的还被判刑，进了监狱；有一部分失败了，亲手创办的企业不顺应现代市场的要求、不会实施现代化管理，最后垮了台或是被兼并了；有一部分已默默无闻，在市场上销声匿迹了。而王草根却是极少数不但一直到今天还很活跃，并且仍在不断地扩大企业规模的“农民企业家”之一。一个目不识丁的农民，能在复杂的市场经济社会打拚，而且在波澜诡谲的市场上总立于不败之地，绝对不能小觑他！

陶警官与陆姐先商量怎样谈判：目的是明确的，要王草根同意珊珊与一亿六做爱，两人意见没有分歧。第二步，制订自己方面谈判的底线时，两人有不同意见：如果珊珊第一次教一亿六做爱没有成功，是否可以再试？陶警官的意思是可以再试一试，但陆姐不同意。陆姐深知女人的需求，如果珊珊“感觉美好”，即使成功了她也说没成功，想不断地“试”下去。那还行？要“试”到什么时候为止？用文言文的说法是：“伊于胡底”？搞不好珊珊抓住一亿六不放，占为已有，让一亿六娶个比他大八九岁的妻子，一方面使陆姐难以收养一亿六的孩子（珊珊和一亿六成了夫妻，孩子有亲生母亲照顾，陆姐还有什么理由收养弟弟的孩子?）另方面也对不起王草根。这点，陆姐说服了陶警官。陶警官想，如果真搞到这步田地，王草根也非等闲之辈，王草根的反击，陶警官也是招架不住的。陶警官也曾风闻，三年以前，突击搜查后来成为“珊珊夜总会”的那家夜总会聚众吸毒的违法犯罪行为，王草根好像在里面起过什么作用，可见王草根手头的人脉资源不比陶警官少。于是，陶警官就同意按陆姐的方针办：一定要“毕其功于一役”！

第三，如果珊珊教成功了，一亿六从此会做爱了，珊珊要生了个孩子，是给王草根还是归陆姐？这方面陶警官说服了陆姐，陶警官说“舍不得孩子打不了狼”，你连个孩子都不给王草根，人家凭什么把自己的女人让你作为教学材料使用？

两人一边商量一边笑。陆姐说，要是生个龙凤胎就好了，一方一个，男孩给王草根，女孩归陆姐。

读者看到这里，请别以为作者在胡编乱造。郑重其事地异想天开，这种现象就是我们时代的特征之一。顺便提一下，这本“前传”中的每个情节都“源于生活”。我们这个如小老头说的“处于五千年巨变”的风云际会的时代，我们这个处于巨变中的光怪陆离的社会，没有不可能发生的事！还有更多“前无古人，史无先例”的现象，但那不在作者叙述范围之内，且不去管它。

下一步，陶警官就考虑是穿正式警服与王草根谈判，还是穿便服？最后决定穿警服。因为：一，王草根肯定要提出条件的，穿上警服比较正规，能使对方信服，保证陆姐会遵守他提出的条件；二，王草根一定会以为所谓的谈判是钱多少的问题，穿了警服，让王草根第一印象就知道这不是钱的问题。

在什么地方和王草根见面呢？陶警官说，这不是我们求他，而是王草根求我们，还是在独秀居为好。他来就来，他不来便罢。

还有个重要问题：是陆姐及珊珊和他们两个男人一起说话好呢？还是两位女士回避好呢？最后，决定采取个折衷的方法，独秀居的雅间里有个呈拱门状的非常珍贵的明代金丝楠木雕花隔梁，两旁垂有帷帘，放了下来，就把一间雅间分成了里外两个空间了。四人先见面，客套一番后，女士们进里面去，由两位男士在外间谈话。这样，女士们也能听见他们说些什么，陆姐如不同意，也可随时插话，提出她的看法，相当于慈禧太后的“垂帘听政”。

好了！陆姐这边一切商量就绪，陆姐就给珊珊那边打电话，约定个时间请“王总”来独秀居“喝茶”。

■

王草根这天应该到珊珊这里来“值班”，珊珊边给王草根脱外衣拿拖鞋，边说报告你一个好消息。

“陆姐那边，好不容易说通了，她愿意让她弟弟提供精子，可是她说她有啥子条件，要她男人亲自跟你谈。我不晓得是啥子条件，大概也就是钱的问题吧！”

王草根听了很高兴。“龟儿子！我就晓得要钱！现在这个社会，拉泡屎都要钱，莫说要人家的精子了！我不在乎钱，他龟儿子要多少我给多少！她男人是干啥子的嘛？”

珊珊说：“好像是个警官……”

“那就对啰！那就对啰！警察要钱，天经地义！龟儿子！比起有审批权部门的一些官员，警察还算好的！那些有审批权的官，叮钱就跟苍蝇叮屎屉屉一样！赶掉一群又来一群！”不知王草根今天碰到哪个有审批权部门的人来找他麻烦，有感而发，没等珊珊说完，就打断她的话，“那在啥子地方谈嘛？啥子时候谈嘛？这事情越快越好，免得龟儿子变卦，又出啥子花样。”

珊珊说：“你要同意跟她男人见面，我就跟陆姐打电话，约个地方和时间。我跟你说哈，你也不要给钱给得太多，顶多十万八万的就了不起得很了！老实说，我还不着急呢！生个娃儿遭罪得很！我十个月都挺个大肚子，走路都不方便。”

王草根笑着安慰珊珊，“你不是要我啥子延长生命力嘛，加强意志力嘛！这主意是你出的，你龟儿子受点罪又哪个了嘛？我会酬劳你的！”

珊珊说：“还不是为了你这龟儿子！我要啥子酬劳啊！只盼你多活几年，这就是最好的酬劳了吵！”

王草根听了满心欢喜。“还是珊珊你对我好！今天晚上你要的‘爱’，是不是要‘做’那么一下？”

“哪个龟儿子才想‘做’那个啥子‘爱’！”珊珊捶了王草根一下，“你一听有借种生子的，这些天你魂都没得了！连‘爱’都懒得‘做’了，这就暴露出你哪有个啥子‘爱’啊！你龟儿子完全是为了生娃儿嘛！”

真的！王草根自打算借种生子后，有好多天逃避做爱了。可见他向刘主任说的是真话，他做爱纯粹是为了生娃儿，特别是为了生出个男娃儿。这种生产活动既然有借来的精子代劳，他何必非“辛苦”自己不行呢？

两人正说话的时候，陆姐那边给珊珊打来电话，问王总什么时候有时间，约来独秀居喝茶。王草根向珊珊用手势表示：星期六下午三点。

“这事情你不要叫他们以为我很急，吊他们两天！”

■

到约定时间，珊珊和王草根就来到独秀居。一切都按陆姐和陶警官布置的那样，先客套了一番，互相介绍认识了，然后陆姐拉着珊珊进到里面隔间。

“我们女的聊我们的私房话，我们有好多话说不完哩！懒得听他们的！让他们男的说他们的。”

陶警官和王草根分宾主坐下后，王草根笑着说：

“陶警官，我认得你。你还到我们市政协做过报告。”

“啊！我想起来了！”陶警官说，“你王总是赫赫有名的！我就记得我好像有幸在啥子地方见过你，一时没想起来。”

“你在台上讲嘛，我在台下听嘛！你啷个会记得我哕！”

“王总，那不敢当！啥子台上台下的，我到市政协礼堂是给你们政协委员汇报工作嘛！”陶警官说，“你们政协委员不是听众，是审查我们警务工作做的啷个样，你们是审查人。那天我还很紧张，战战兢兢的，生怕你们政协委员有啥子不满意的地方。”

“你们警察工作辛苦，我们城市的治安搞得好，真要感谢你们警察哦！”王草根说，“其实，我们政协委员都晓得，你们警察又辛苦，工资又低，应该给你们警察涨工资才对！我就在给警察涨工资的政协提案上签过名。”

实际上，在市政协开会时，不管哪个政协委员，只要把他的提案拿给王草根征求意见，王草根都大笔一挥签上名，作为提案人之一。常常见到两种针锋相对的提案上都有他的签名。好在“政协提案”提了也白提，不会有人来认真问他哪份提案才是他真正的想法。他主要是为满足他签名的嗜好，而不是表达他的建议。他更不会“反映社情民意，献计献策”了，民营企业发展中的阻碍，譬如什么有审批权的部门来找麻烦，花些钱就解决了，比正儿八经的“政协提案”既有效又便捷。农民企业家王草根早就得出经验：不管是什么公文在公权力各部门流转，都需要人民币这个轱辘，没有人民币公文就动不了。贪腐渎职既制约民营企业的发展，又是民营企业发展的条件。这个奇怪的社会现象在王草根眼里已见怪不怪了。

王草根一开始就替警察鸣不平，说警察工资低。陶警官听出来，王草根以为约他来谈借种生子的问题就是要钱。王草根事先做个铺垫，好让陶警官觉得，在王草根看来，因为警察的工资低，要些钱是理所应当的。种种细微之处都表现了王草根的精明。

“其实，我们警察是为人民服务的，并不在乎啥子工资低，只要市民满意，我们再辛苦也是值得的！”陶警官说，“世界上，有好多东西是钱买不来的。王总说是不是这样？”

“那倒是！”王草根说，“不过，值得不值得，最后还是要用钱多钱少来算计吵！有的事情，得的钱多了就值得，得的钱少了就不值得！陶警官说是不是这样？”

王草根不含糊，会说话，陶警官一开始就领教了王草根的厉害，果然不好对付。两人在对话中较量，陶警官恐怕还不是王草根的对手，倒让陶警官一时束手无策，只好干脆把话挑开来讲。

“王总的企业集团为我们市创造了近万名就业岗位，给社会做出了很大贡献。今天跟王总坦率说，我听说王总想要个娃儿，要用我们弟弟借种生子，我就跟我爱人说，为了满足王总的心愿，我们一个钱都不能要！就叫我弟弟把精子捐献给王总，就像献血那样。我们认为，这样于公、于私两方面来说，都是值得的！”

王草根哈哈一笑。“啥子借种生子啊！那都是我女人珊珊的主意！我已经有了五个娃儿，还要个啥子娃儿嘛？你们要捐献，这好意我领了。我王草根在社会上打拚了这么多年，从不占人便宜，不花钱的事我是不做的！既然你不说钱，今天我也老实跟你说哈，我谢谢你和陆姐，我也不再借种生子了。要借，就找个要钱的。今天，能认识你陶警官和陆姐，就是我没有白来一趟，也交了你们两位朋友。”

王草根说罢，喝了口茶，就摆出再不提借种生子问题的姿态，站起身来。

“哎呀！你们的独秀居我早就听说过。今天来一看，果然名不虚传！真是安逸得很！当初珊珊装修夜总会的时候，能有陆姐来参谋参谋就好了。”

里面两个女人急得要命，眼看事情要告吹，王草根对借种生子一点不感兴趣，要“拜拜”了。陆姐赶紧从里面出来。

“王总，那不能这样说！夜总会里是现代气氛，放的是现代音乐、流行歌曲，表演的是现代舞，夜总会的风格跟我们独秀居应该不一样吵！珊珊的主意是对头的！就是要豪华，要富丽堂皇，要现代化！王总要有时间，请在我们这里头转一转，看一看，给我们提点宝贵意见嘛！”

“好、好、好！”王草根欣然从命，“我还没光临过你们这里嘞！今天没事，我就参观参观，让我开开眼界也好嘛！”

虽然王草根用错了“光临”，但瑕不掩瑜，此人的精明真“名不虚传”。

■

陆姐和陶警官只好领着王草根与珊珊在独秀居参观。

今天是星期六，独秀居有插花表演，王草根颇有兴致，四人一同坐下边喝茶边欣赏。

王草根赞赏道："哎呀！真没想到这里头有这么大的学问！就这么几根干枝枝子，两三朵花，就插得这么好看！不简单不简单！"

看了插花表演，王草根又看茶艺表演。今天的茶艺表演者正好是二百伍。二百伍见陆姐领来一帮人，知道是陆姐的贵客，将刚煎好的台湾冻顶斟了一小杯双手捧给王草根，还两手放在腰间，蹲了蹲身，向王草根道了个"万福金安"。

王草根仰起脖子一口喝下。

"哎呀！真香！我从来没有喝过这么香的茶！啷个熬的嘛？珊珊，你也学着点。"又注意地看了看二百伍，指着二百伍说："这个女娃儿好！人又好看又乖巧，手艺也好！"陶警官发现，王草根欣赏带有农村气息的女孩子，心想，这大概也是他喜欢一亿六的原因之一吧。

陶警官就不失时机地低声对王草根说："她就是我弟弟的女朋友。"

"啥子时候办喜事嘞？"王草根问，"他们办喜事我要送份厚礼！"

陶警官笑着说："他们办喜事还说不上哩！你不要看我弟弟二十好几了，比十二岁的娃儿还不如，他还不晓得啷个跟女人发生关系嘞！"

"啊！"王草根只淡淡地"啊"了一下。

王草根和珊珊在独秀居参观喝茶，不知不觉过了一个多小时，王草根就要告辞了。

"多谢多谢！真不好意思！"王草根和陆姐握了手，又和陶警官握手，"下次我做东，劳动你们二位到红运楼来吃顿便饭。红运楼有几个菜还是做得不错的，那个香港厨师还是有点小本事。"

陆姐和珊珊走在前面，两人都大失所望，尤其是珊珊，挂着一脸失落感。陶警官陪王草根走在后面。到了门口，两个男人又要客气一番，再次握手。这时，王草根好像不经意地说：

"陶警官，真感谢你们的好意。不过，我还是想问一下，你说要啥子'捐献'，啷个'捐献'法？我还不太明白。"

陶警官说："那就算了嘛！不提了，不提了！我只能跟王总说，这丝毫不关钱的事。王总想嘛，你我都晓得，精子对一个男人来说是宝贵的。

特别是我们的弟弟，我们哪个能把他的精子卖钱嘛？我们真的是既为王总好，也要为我弟弟好，让他觉得为你王总捐献是值得的。就是这样，没得别的啥子意思！”

王草根站着不走了。“那我还是想听听哪个为我好又为他好嘛。”

陶警官抱歉地一笑。“这……要是王总想听我们的想法，我们站在门口说不方便嘛。要么，我们下次再说，要么，我们再进去谈。王总看咋样？”

王草根看看手上的“劳力士”，还不到五点，表现出既犹豫又好奇的神态。

“现在还有点时间。嗯……我这人，有点事总想弄个明白。要不，我们进去，听听你们的想法。我看，时间也不会长嘛，那不就是几句话的事情。”

■

去而复返。雅间里已经收拾了，陆姐叫人赶快再端茶点来。

陶警官说：“我看，最好你们女士到另外一间雅间去，就让我和王总两个男人说话。你们说咋样？”

“好！”王草根表示赞同，“有女人在旁边，男人说话不方便。对不起了啊！陆姐。”

陆姐和珊珊赶快退出去。“你们说你们的，你们说你们的！”

两人在红木太师椅上并排而坐，中间隔着一只茶几。中国古典式的厅堂大概就是为适合中国人的谈话方式而布置的：两人都目视前方，避免相互对视。并排坐既显得亲近，又有一种疏离感，如果谈话不投机，两人都正面向前，不看对方，双方都不会尴尬；要是谈话投机，侧过脸来，两张面孔又凑得很近，从亲近上升为亲密也很方便。中国古人研究人际关系的历史悠久，细微到家具的摆设都有一套讲究，使对话双方都能收放自如。

陶警官领教了王草根的狡黠。对付这样的人，比对付一个犯罪嫌疑人难得多。他学的那套犯罪心理学一点用不上，而怎样对付“农民企业家”王草根，他还没有学过，更没有经验。不如坦诚地把话说明白。

等人把茶点端来后，陶警官给王草根倒上茶。陶警官就直视着前面，好像在自言自语地说：

“王总，今天就我们两个男人，打开天窗说亮话。我们听说王总喜欢我们弟弟，很是欣慰。陆姐弟弟确实是个好青年，不但身体好，道德也高尚，他主动献血都献了三次了。别人有啥子困难，他热心得很！老是为别人着想。这样的小青年，在当今社会真的不多见！可是，我们也有发愁的事，就是我刚才跟王总说的，他到二十多岁了还对女人没得一点感觉。说他是同性恋吧，也不是！他跟王总刚刚看见的那个女娃儿就很好。好了很长时间了，连那女娃儿的手都不碰一下，规矩得很。我们呢，也跟王总一样，想早点让他有个娃儿。我就跟王总坦白说了吧！陆姐是我的情人，并不是我的老婆，她跟我好了十年，我们的感情比正式夫妻还深！可是我还有我的老婆娃儿，更难办的，我是个公职人员，不像你们老板，可以在外头再有个娃儿，她要跟我好，就不能跟我生娃儿。我真的觉得万分对不住她！其实，我心里头苦得很！我和她都想早点叫她弟弟生个娃儿出来，她带在身边，也有个精神寄托。我希望王总能理解我们的苦衷！王总要是想要陆姐弟弟那样的娃儿，要借种生子，我们就不想采取人工授精的方法。我们有个不情之请，就是让陆姐弟弟直接和王总的女人生娃儿。这个娃儿要是男的，王总领去，要是个女的，给我们。我们感谢不尽！要是一次没有成功，再用陆姐弟弟的精子让你们众生医院做人工授精，一直做到王总有个男娃儿为止。我晓得这个要求不近情理，可是，我们想来想去，我们实在不愿意让弟弟用手弄出精子来给人家。王总，我们都是过来人，小时候都有过用手弄的时候，那仅仅是生理需求嘛。如果我们弟弟经过了一次和女人真正做爱的经历，他就会和女人做爱了。这样，王总这边有了个男娃儿，我们这边哩，也解了心忧。因为不管是陆姐还是我，都不能教自己的弟弟啷个跟女人做爱是不是？只有他亲身体验了，他才会晓得。即使还不懂得，像珊珊女士这样聪明的女子，也能告诉我们问题究竟出在啥子地方。”

陶警官一口气把话说完，没听见王草根那边有什么动静，只听见王草根在“唏唏”地喝茶。陶警官这才用得上他的经验：王草根没有一听就暴跳如雷，表明并非绝对不可能。

王草根喝了好几口茶，仍然一声不响。足足过了五分钟，王草根才开腔：

“我想我年轻的时候，也不太懂得。快结婚了，是村里一帮大人跟我开玩笑，才晓得一点。不过，那不是还有我刚才看见的那个做茶艺的女娃儿吗？”

陶警官这时只好扯谎了。“唉！那个女娃儿跟陆姐弟弟一样，天真得很嘛！她还是个处女，她自己都不懂得，哪个教陆姐弟弟嘞？要不，他们两个恐怕娃儿都早生下来了。”

王草根又喝了口茶，陡地把茶杯“咣”的一声放下。

“格老子！你陶警官说了实话，这才叫我明白了！我还以为你们要钱。钱，多少我都不在乎！可是，要我的珊珊直接和陆姐弟弟日，这还真是要掂量！陶警官，你想，要是有个人要求跟你的陆姐日，你会哪个办？”

“所以说嘛！”陶警官说，“我们的要求就是不合理嘛！这点，我完全体会到王总的心情。将心比心，哪个愿意让自己的女人跟别的男人发生性关系嘛！可是，这也看值得不值得了。你王总觉得非要我弟弟这样的娃儿不行，这就值得！如果还是自己女人的贞操重要，那就不值得！王总要是不同意的话，王总能来我们这里，是赏了我们面子，就算我们交个朋友，我说的话，王总也不要放在心上，以后再不提这件事了。”

“嗨嗨！”王草根干笑了几声，“这还真把我难住了！龟儿子！我一辈子还没碰到过这种事！”王草根现在开始说真话了，什么“格老子”“龟儿子”都冒了出来，和刚才彬彬有礼的形象判若两人。陶警官见了，赶紧趁热打铁。

“我们知道我们的要求不近情理。所以，王总，我们这边保证：第一，我刚才说了，如果陆姐弟弟和珊珊直接有关系以后，没有生下娃儿，再用我们弟弟的精子人工授精，一直到你王总抱上个男娃儿为止；第二，要有了娃儿，我们保证让我们弟弟离开C市，不和你的女人再见面，直到你王总认为他啥子时候能回来再回来；第三，你也相信我们，不管生下的娃儿有多好，多漂亮，我们决不会像有的‘代孕’那样来找麻烦，或者到处散布流言蜚语。是你王总的就是你王总的，哪个都不敢说啥子闲话！”

在这个厉害的“农民企业家”面前，陶警官在他和陆姐商量的底线上又做了很大让步。但其中的第二条保证，是陶警官塞进去的。陶警官想趁此机会把一亿六弄到外地去避“精子争夺战”的风头，等风头过后再回来。

“好！”王草根忽然爽快起来，“陶警官，你这么坦白我也坦白。我跟你说哈，珊珊呢，今年还不到三十岁，我呢，五十多快奔六十的人了，比她大了二十多岁。要是我同意珊珊有这么一回，我要你和陆姐叫珊珊保证，只有这一回！以后再不许跟别的男人有啥子不干不净的事情。我倒不防你们弟弟，我防别的男人！你和陆姐都要当保证人！要是珊珊过几年打别的啥子歪主意，你和陆姐都还年轻吵，一定要给我主持公道！到时候，我就要收拾这个龟儿子！你陶警官要利用你手上的权给我打个掩护。”

这时，两人都不但侧过脸，还转过身来，隔着茶几面对面地交谈了。

“那完全办得到！”陶警官大喜，但又不能表现出来，“不过，等会儿珊珊女士进来，我请王总不要说得这么不好听。这话由我来说比较合适。你说咋样？王总。”

王草根哈哈一笑。“陶警官，我又不是‘哈儿’。我晓得我不能这样说，你和陆姐说当然最合适。狗日的！我那两个女人我放心得很！就是珊珊！你陶警官也晓得，她就是在歌舞厅夜总会里头混惯的吵！有人早就跟我打过小报告：她以前也被一个老汉包过，包的时候她又跟个酒吧的小混混好上了，一脚就把包她的老汉踢了，搞得老汉伤心得要命！所以我不得不防！”

“行！包在我身上！”陶警官好像向上级表决心似的，“你啥子时候要人暗中盯她，我啥子时候派人。不过，我想不至于这样。据我得知的信息，夜总会自珊珊女士接手以后，确实经营得好，遵纪守法。她从跟了你王总以后，作风正派，没得话讲！”

“那当然啰！”王草根说，“刚两年多不到三年嘛！人嘛，不得不防以后吵！龟儿子！我一老，会是啥样子就难说了。其实，陶警官，我还是真心喜欢珊珊的，才让你们出来保证，给她施加点压力。要不，我要她留在我身边做啥子？不喜欢的，我甩还甩不脱哩！她趁早走了好！你说是不是？”

“是的是的！”陶警官马上迎合王草根，“珊珊确实是王总的贴心人！王总也考虑得周到，有个外在的压力，能让她在王总身边更牢靠些。还是王总比我们年轻人想得长远。”

“陶警官，你今天这身警服，就给了我保证。我相信你的话，你们弟弟要跟珊珊直接日了一次以后，我相信你们也不会再让他们来往了。你好说话，我也好说话！你们弟弟也不必到啥子外地去了。到外地去，要是没有成功，找他回来做人工授精也麻烦。”

“这……”陶警官说，“王总，本来，这话我应该先跟你交代清楚的，我怕我先说了，王总以为我在炫耀我们弟弟的贵重。是这样的哈……”

陶警官就把现在“精子市场”上的情况，精子买卖的利润和有很多人在打一亿六主意的现状，一一告诉了王草根。

“我们弟弟跟珊珊女士直接接触了以后，成功不成功，不到一个月也就晓得了吵！不成功，当然再用人工授精的方法。要成功了，我想把我们弟弟和他的女朋友一起送到外地去避险。要是个女娃儿，那也要到十个月生下来以后才晓得吵！到那时候再让他们回来，危险性可能就有所缓和了。这还要王总帮忙，就说是王总的条件，不然，我怕陆姐不同意。你不要看我是警察，王总也晓得的哈，有些搞邪门歪道的坏人比我们警察厉害得多，啥子手段都用得出来！这个危险就在目前！”

王草根笑起来。他早听刘主任说这个娃儿是个“国宝”，现在都有人敢扒大熊猫的皮，还不敢对一个看起来很平常的年轻人动手？他也听说过目前“精子市场”上优良精子缺货，要不，肚皮何必费尽心机把一亿六骗到其他医院去取精？陶警官这番安排也是煞费苦心。同时，他更觉得把珊珊让这个“国宝”日一下，给他生个儿子出来是值得的。

“好！我懂得了，”王草根一点就透，“就说这个条件是我提出来的。这样，他姐姐也不能有啥子反对意见了，让你陶警官好给陆姐交代。”

“对头！王总，你觉得咋样？要是就这么决定了，是今天跟她们两个女士说吗？还是等几天？”

王草根是个当机立断的人，决定了的事就不愿拖延。

“那就叫她们进来嘛！当面锣对面鼓，一五一十说清楚！早一个月是一个月，我年纪也大了吵，还等到啥时候！”

■

陆姐和珊珊重回到雅间，看见两人都很轻松，知道结果如愿以偿。珊珊马上表现出一副木然的表情，不能让王草根看出她的高兴。

陶警官先请两位女士坐下，结果就由他来宣布了。

“珊珊女士，我跟你先生王总商量好了，就是有点为难你。真对你不起！”陶警官低声下气地对珊珊说，“我们两个男人开诚布公一谈，才晓得王总要个儿子的最终目的，还是王总在为你打算。王总说，他要比你大好多岁，你有了个男娃儿，将来在王家就是你为老大了。王总对你的一片真情，我听了确实很感动！可是，王总喜欢陆姐的弟弟，他为了你好，要借种生子，非要陆姐弟弟不行！而陆姐这方面呢，她心疼她弟弟，她不愿意让她弟弟用手弄出来给你借种生子，她要求你直接和她弟弟发生关系。但是，陆姐和我都保证，只是一次。如果一次你就怀上了，生个男娃儿就万事大吉！生下个女娃儿，第二次再用陆姐弟弟的精子给你做人工授精，直到你生下男娃儿为止。”

这时，王草根插话，“是女娃儿我也要！要下了，再用人工授精的法子生男娃儿！”

"是嘛！是嘛！"陶警官赶紧接过来说，"不管唧个说，都是你珊珊女士受累了，辛苦你一个人了！可是，王总心里明白，王总心疼你。他表示，虽然你们没得啥子名分，他决心跟你珊珊女士过一辈子！我跟王总说，不管生男生女，王总和你珊珊女士，都跟陆姐和我两家有亲戚关系了吵！我和陆姐就是你们的'证婚人'，要保证你们美美满满地白首偕老，过一辈子！你们哪边另有打算都不行！王总不能再找个老四，你呢，我们当然都相信你也不会再跟别的啥子男人来往。总之，有了男娃儿，你们两位就一辈子连在一起了，哪个都走不脱！"

珊珊就挤出了眼泪，低着头抹着眼泪大发牢骚：

"我就晓得！我就晓得！为了你老王心头痛快，延长你的生命力，你龟儿子把我卖了！我们大家现在都在这里哈，我老实说，我过去是有些做得不对的地方，可是自跟了老王以后，我决心要守身如玉！没想到自己的老公倒同意我再跟个男人发生关系！我也表个态：老王，就这么一回！以后你要再让我跟个啥子臭男人发生关系，你想都不要想！"

珊珊说完，扑在陆姐怀里埋头哭起来，呜呜地边哭边说：

"要不是陆姐的弟弟，又为了这龟儿子老王了却他的心愿，哪个男的我都不让碰！一个女的，本来就有了个心爱的男人，再跟别的男人做爱，哪有那种心思嘛？我说实话，老王对我好，我也对他够好的！我只要求，如果他龟儿子在我生下男娃儿以后，要再去弄个老四来，我就不饶他！陆姐，到时候你要给我做主！"

"不会的！不会的！王总不是那样的人！你放一百个心！"陆姐摩挲着珊珊的背说，"不是还有我跟陶警官嘛！我们就不许他再找啥子女人。他要再动啥子歪心思，我们就不答应！"

珊珊抬起头来，泪水满面。"你们看，这不是给我找罪受嘛！要是生了个女娃儿，还要我人工授精再生一次！一直到生下个男娃儿为止。这要生到啥子时候嘛？我不就成了个生产工具了嘛！你们说我可怜不可怜？对我公平不公平？说不定我要带三四个娃儿。你们说，现在有带三四个娃儿的妇女没得？"

珊珊使出“猪八戒倒打一耙”的招数：成了不是王草根要防她变心，而是她要防王草根变心，出乎王草根的意料，他哪有本事破解女人的伎俩。陶警官不是王草根的对手，王草根又不是珊珊的对手。王草根想想珊珊说得也对，一个个地生娃儿，珊珊不真像专门生猪宝宝的母猪一样了？王草根想到这里，突然说：

“珊珊，确实对你不住！这样，不管这一次是男是女，我都要了！不要你再做人工授精生第二次了！你不是说你命中注定有个男娃儿吗？我有种感觉，这次你生的就是个男娃儿！”

三个听的人都放下了心上的石头。王草根又向珊珊赔笑道：

“莫哭莫哭！格老子！都七点多钟了，我们还是到红运楼吃饭去。”

珊珊抹完了眼泪，补了妆，表现得好像很疲倦的神情说：

“老王，你陪陆姐和陶警官去吃吧，我就不去了，我要回家躺一会儿。”

陆姐说：“那还是王总送珊珊回去，吃饭以后再说吧！”

贰拾伍

到珊珊的最佳受孕期还有五六天时间，珊珊就在网上做功课。珊珊比陆姐时尚，陆姐至今不会上网。珊珊搜遍男性青年的性心理、性心理障碍、性教育等等资料，四天“恶补”，几乎和刘主任一样成了专家。

她和陆姐约定，不能在珊珊家里对一亿六“因材施教”，这样对王草根多少有些不尊重，也防止以后王草根回来觉得家里曾受过“污染”，从而联想到珊珊这次生下的孩子是别人的“骨血”。事先，她们两人找了家公寓式酒店，既设备齐全，干净舒适，又有居家气氛，使一亿六能够放松自如。

陆姐对一亿六说好，这是去帮助人家，这个女人叫“珊珊姐”，想要孩子，但通过人工授精的受孕成功概率很小，不如直接与借种人做爱的成功系数大，所以，珊珊姐要和一亿六直接做爱。一亿六毫不怀疑这是“做好事”，只是很谦虚地说自己还不会和女人“做爱”。陆姐安慰他说，没关系没关系，到时候珊珊姐会教你的，她叫你怎样做你就怎样做，这就行了，很简单。

陆姐在晚饭后把一亿六领到事先订好的公寓式酒店，珊珊已经在房间里等他们。陆姐把一亿六和珊珊两边都介绍了，临走时对一亿六说：

“珊珊姐是我的好朋友，你要好好帮助她哦！珊珊姐叫你唧个做，你就唧个做。要听话，完成你帮助人的任务哈！”

珊珊早就制订好计划和步骤。她知道决不能以色相去勾引一亿六，这会使从未进过风月场所的一亿六一开始就非常紧张。他是来“帮助”她的而不是来寻欢取乐的，必须要让一亿六认为这是一件很正当的事，就像他帮助刘主任洗车似的。首先要拉近距离，增进感情，成为朋友。以珊珊的魅力和本领，两人在一起有一夜时间，珊珊有充分自信可以和一亿六达到无话不谈的地步。一亿六放松了，活泼了，才能像陆姐说的那样：“她叫你唧个做，你就唧个做。”

珊珊在这方面比陆姐有心计，这就是当付陪酒的“坐台小姐”和“出台小姐”的区别。因为“坐台小姐”的目标不固定，要她自己在乱哄哄的一堆人中去寻找，要适应不同对象采用不同方式，工作对象和工作任务又各有不同；而“出台小姐”虽然在打游击状态，但通过移动通讯容易找到目标，打辆出租车就去报到了，到了后，工作任务又单纯。这种小姐不需要多少心计，因而脑筋就缺乏训练。

珊珊和陆姐一样，也穿着平时上班穿的衣裳，不露肩不露胸，更没有浓妆艳抹。一亿六今天穿着他平常穿的蓝色工作服，只不过干净些。珊珊想，第一招棋就走对了，不能让一亿六看出他们两人有很大差别，要让一亿六觉得两个都是普普通通的男女。

一亿六进屋，还不敢看珊珊，两眼无目的地漫扫房间里的家具摆设，好像他对这房间比对珊珊还感兴趣。珊珊就说，这屋里有点热，要帮一亿六脱下外衣。一亿六忙说自己来自己来，珊珊就不再坚持帮他脱，等在他后面，接过他的夹克，仔细抻展好，挂在衣架上。

然后，珊珊请一亿六坐在双人沙发上，她靠一亿六旁边坐下。一边给一亿六削苹果，一边温款地说：

“听你姐姐说，你就喜欢帮助人，又爱劳动。你真是个好青年！”

一亿六嘴里呜呜的，不知说些什么。珊珊试探了第一次，马上发觉跟一亿六说话不能太正式，像领导表扬员工、老师表扬学生的口气。讲话要活泼点、欢快点，特别是要“幼稚”些，要像陆姐给她说过的那个二百伍那样讲“傻话”。于是，珊珊立即变换了语气，说：

“我啷个就不喜欢劳动吵？我一劳动不是这里不舒服，就是那里不舒服。你教教我吵！啷个让人劳动起来舒服嘛？”

果然奏效。一亿六笑了，吃着苹果说：“其实，我也说不上是啥子‘好青年’。我就是一劳动就觉得高兴，不劳动，啥子都不做，闲待着就闷。我喜欢到处去耍！”

“哎呀！”珊珊故意拍了下一亿六的手背，先做个亲密接触的准备，“这我们还有点像嘞！我也喜欢到处去耍！你喜欢到哪里去耍嘛？以后我们一块儿去耍！”

一亿六又笑了。“大概我们两个耍不到一起。我喜欢在人多的地方，比如工地就好耍！”

“工地有啥子好耍的嘞？工地上不就是劳动嘛！”珊珊装着吃惊地问。

“对啰！劳动就好耍！”

“是呀！你还是没有回答我的问题嘛！我就是不懂嘛！劳动有啥子好耍嘛？”珊珊用娇滴滴的口气问，表现得比二百伍还要“幼稚”。

“好！我跟你说，”一亿六的兴致被调动起来了，“比如说，有人爱打麻将，一打麻将他就高兴，就是输了钱也要打，也高兴。为啥？因为他从打麻将里找到乐趣了吵！比如，有人爱钓鱼，他并不在乎鱼钓得上钓不上，他就是在享受钓鱼的过程；有人爱唱歌，他不管人爱听不爱听，受得了受不了，他也要唱。为啥？他自己自得其乐嘛！我跟你说哈，凡是能让自己高兴的事情，就是耍！人家看我爱劳动，以为我不得了，是个你说的啥子‘好青年’，其实就因为我劳动，就像那些打麻将的、钓鱼的、唱歌的人一样，我从劳动里头找到了自己的乐趣。其实是我在享受，我在耍！这你听明白了没得？”

“哎呀！”珊珊搂着一亿六的肩膀摇晃，“这我就懂了吵！你坏死了！你坏死了！别人看你是勤劳，你倒是在耍！你是把劳动当作耍嘛！你是在享受劳动嘛！你把劳动娱乐化了嘛！我说得对头不对头？”

一亿六真正高兴了，珊珊做的“劳动娱乐化”这个总结，从根本上道出了一亿六想说而说不出的话。一亿六觉得珊珊真是个知己。

“对头！对头！就是这样的！”

“那你平时上网不上网嘛？打不打电玩？那也好耍嘛！”

“我啷个没打过电玩？我在深圳打过好多次，可是玩来玩去，最后我发觉不是我在玩电玩，倒是电玩在玩我！我就觉得没意思了，不玩了！”

“那上网QQ聊天嘞？上QQ能交好多朋友，你喜欢不喜欢？那也好耍！”珊珊就喜欢QQ，在网上漫无目的地找朋友。

“珊珊姐，我告诉你哈，”一亿六放下苹果核，一本正经地说，“朋友不需要那么多。这个世界上你有两三个真正的朋友就够了！我何必又费时间又费精神去找一大堆见都没见过的啥子‘朋友’！我也懂得QQ，可是我不上！那都是在现实生活里没得知心朋友，在现实里找不到乐趣的人，才跑到虚拟世界去乱找朋友的！一个个戴上假面具说真话，更多的还是戴个假面具说假话！真真假假！跟躲猫猫一样！弄得人昏天黑地，不晓得哪个是真的，哪个是假的！上当的多，真正交上知心朋友的少。你以为你在跟个大学教授聊天，其实他连小学还没毕业；你以为是跟个二十岁的人交朋友，其实他都过了五十了。”

珊珊感到似乎反而被一亿六说服了。一亿六又说：

“我就喜欢生活的简单，心里不要装那么多事。我喜欢自自然然的！我不喜欢人造的，我喜欢自然的！”

珊珊对一亿六的爱意更深了一层，觉得已达到了一定火候，要把一亿六逐渐引入性的话题了。

“那我还有个不明白的。”一亿六在不知不觉间已被珊珊搂着了。而自珊珊总结出“劳动娱乐化”这五个字，一亿六对珊珊也感到很亲近，所以任凭她搂着。“听你姐姐说，你啷个对女人一点兴趣都没得嘞？那就不自然嘛！女人不好耍吗？你真坏！你晓得不晓得，你姐姐就等你跟个女子生个娃儿出来给她抱哩！你一点都不为你姐姐着想！”

提到姐姐，一亿六表情立刻沉重起来。他感到这个女人比二百伍明白他的话，是他的知己，懂的比二百伍多，又是姐姐的好朋友，所以不由得说出了心里话。一亿六叹道：

“唉！我啷个不为我姐姐着想嘞？我姐姐带我到八岁才离开我进城。我大了点以后，我一看见我们村里哪家生了个又哭又闹的娃儿，我就想，我生下来的时候就是这样子的嘛！要人喂米汤，要人喂饭，还要换尿布。再看到其他十岁的小姑娘，高高兴兴地背着书包去上学，我就想，我姐姐十岁的时候跟她们不一样，要背着我去上学。耍，也不能像别的小丫头那样耍，耍的时候还要背起我！我姐姐背着我一直到我能走路，可以说我是在姐姐背上长大的。想到这些，我心里就难受！我跟你说哈，我姐姐以为我不喜欢上学，你晓得为啥子？我大了点，我就晓得，姐姐要把我从小学供到大学毕业，再加上我爹又受了伤，肋骨断了，不能劳动了，家里两个人吃闲饭，我又要上学，那要花多少钱？我姐姐还要吃多少苦？我又不好跟她说的！所以，我一上学就到处跑。我情愿不去上学，给她一个我不爱上学的印象，好叫她干脆不让我上学算了，免得她有那么大的负担！”

一亿六停顿了一下，无奈地笑了笑。“啷个晓得，后来姐姐的经济条件好了，我倒养成了个不爱上学的习惯了！可是，我也发现教育方法不对头！老师讲的，不能吸引学生的学习兴趣。我觉得，只要认识些字就可以了，还不如自己看点书。”一亿六转过脸，面对着珊珊说：“我还跟你说哈，我在姐姐那里住的时候，姐姐有时候晚上就到我屋里来，搂着我睡。她以为我睡着了，其实没有，我心里那个难过，说都说不出来！

她走了，我才敢哭。所以我不愿意跟姐姐住在一起，情愿住在工棚里头。这世上，我就爱我姐姐一个！所以说，对别的女子我都不感兴趣了！”

一亿六转过脸来时，珊珊就把脸贴上去，真的流出了眼泪，不是挤出来的，脸贴脸地把一亿六搂得紧紧的。

“你今天说了实话，叫我好难过！”珊珊流着泪说，“我才晓得你为啥子对别的女子不感兴趣了。可是，你要晓得，人有好多种不同的感情，你们姐弟之间是亲情，还有一种是爱情。你再爱你姐姐，那是属于亲情范围。你总不能跟姐姐生娃儿吵！你不想想，你姐姐跟陶警官，他们是不能生娃儿的，因为陶警官那边还有个家是不是？他又是官面上的人，不是平头老百姓，要跟你姐姐生下个娃儿，让人晓得了不得了！你姐姐跟陶警官，那是爱情。但是那种爱情又不能结个果子出来！以后你姐姐老了啷个办嘞？孤独的一个老太婆，你想惨不惨！你姐姐就等着你给她生个娃儿，你和别的女子生下的娃儿就等于她亲生的吵！她也过了三十岁了，正好是带娃儿的时候。你倒好！偏偏让她失望！你说，你对得起她对不起？你已经这么大了，应该有自己的爱情生活嘛！那才是自然的吵！你不是喜欢自然吗？我听说，你喜欢一个叫二百伍的女娃儿，那个女娃儿我见过，长得真好看，又乖巧！可是，你碰都不碰她，这就是你的不对了，就是不自然的嘛！”

这个珊珊姐的话给一亿六很大触动。想到姐姐将来身边没有个娃儿，一个老太婆孤独地生活，不禁和珊珊一样泪湿眼眶。一亿六感伤地低下头，珊珊动情地搂着他，轻轻地抚摸他的脸表示安慰。过了一会儿，一亿六似乎明白了，终于从沉重中缓了过来，说：

“就是的！我还是喜欢二百伍！比如说，二百伍笑话我说话老说‘不过’‘不过’，我就改过来了。哎！珊珊姐，我今天说话再没说过‘不过’‘不过’吧？”

珊珊连忙说：“没得没得！今天你说话顺畅得很，我就没听到你说‘不过’‘不过’的。你真好！你真乖！改得快！可是，你喜欢二百伍，啷个又不碰她吵？”

“我觉得，我要喜欢一个女子，就要尊重她吵！哪个好随便碰她嘛！”

“你这个哈儿！人家二百伍就等着你碰她哩！青年男女在一起，要是互相喜欢，搂搂抱抱都是正常的、自然的，不搂不抱倒是不正常、不自然的！你看我，我就是喜欢你才搂你吵！我要是不喜欢你唧个会搂着你嘛！你不是说你喜欢自然嘛！你应该顺其自然才对！你想想对头不对头？这些话，陆姐都没跟你说啊？”

“今天跟你珊珊姐说哈，我今天说话顺畅，是因为你把我当个成年人。我姐姐有个最大的心理障碍，就是她直到今天还把我当个八岁的娃儿看待！这样，不晓得唧个搞起的，我在她面前，不由得也觉得自己还在八岁！”

一亿六也知道“心理障碍”！珊珊暗暗吃了一惊。她发觉陆姐根本不了解她弟弟。确实如一亿六说的，最大的原因就是陆姐至今还没有把弟弟当作成年人，以为他还是八岁；在陆姐脑海里，一亿六永远定格在她离开村子到城市去时向后回顾的那一瞬间，定格在一亿六向她要“带眼眼的、能吹得响的竹子”的那一刻。于是，一亿六在姐姐面前也只好停留在八岁。姐弟两人从来没有以成年人的方式沟通过。珊珊也发现，一亿六懂得的事情其实比陆姐多，他在各方面都很成熟并有自己的主见，完全不是陆姐认识的那样。珊珊后悔没有把手机的录音设置打开，要把一亿六的话录下来给陆姐听，对陆姐的帮助可说比对一亿六还大。

■

今夜当然不是讨论“心理障碍”的学术问题的时候，珊珊把话引入正题。

“今天你姐姐叫你来帮我，就是我同样有你姐姐的问题。我想要个娃儿，找过刘主任。刘主任说，我的生殖系统完全正常，做人工授精，不如直接和你做爱生下的娃儿健康。陆姐说你还不懂得做爱，叫我教你。你只要不紧张就行了。以后，你不是还要跟二百伍这样做吗？这好学得很，是人天生下来就会的。”

“我啷个就不会嘞?”一亿六迷惑地说,“我好像天生下来就不会。真不好意思!”

“你为啥子不会嘞?听我跟你说。”已经成了青年性心理专家的珊珊说道,“就因为你一直爱你姐姐,别的女子就没有可能进入你的感情世界。虽然你跟二百伍好,可是还是友情,你姐姐挡住了你和其他所有女子的爱情通道!所以你和别的女子产生不出爱情来。你不要光说你姐姐有心理障碍,你也有!你的心理障碍就是一个姐姐把其他的女子都盖住了!你晓得不能跟姐姐做爱,这样一来,你跟哪个女子都不会做爱了!这不是天生的,是你的心理障碍挡住了你!你只要分清哪种是亲情,哪种是爱情,就会了!我听你姐姐说,二百伍很爱你。你晓得,你这样辜负了二百伍,也是对不起她的。今天我先把你教会了,你以后就晓得啷个跟二百伍做爱了。‘做爱’你懂不懂?”

“这个我懂,电影里头常常说这个,还有镜头哩!刘主任也给我讲过。”珊珊让一亿六拨开云雾见天日,一亿六推心置腹地说:“珊珊姐,你说得对!我的心理障碍就是你说的:眼里就一个姐姐!今天你一说我就明白了!你说的有亲情和爱情的区别,在道理上我懂是懂,可是今天你跟我一说开,我就体会得更深刻了!这么说来,我发觉我还是爱二百伍的。不过,啊,对不起!我又说了‘不过’了!我晓得啥子叫做爱,就是不晓得啷个做爱法。你把我教会了,我一定要跟二百伍生个娃儿给我姐姐!”

“好!”珊珊告诉他,第一步,两人都要把衣裳脱光,身子贴身子搂抱着在床上睡下。珊珊已经把一亿六调教到和她脸贴脸地搂抱在一起了,以下的动作应该不困难了。但以下的情节,请读者谅解作者的省略,再加以仔细描写,这部中国未来伟大的杰出人物的“前传”,恐怕要等到二〇二〇年才有发表的可能。

但是,珊珊用尽了所有方法,一亿六仍然不能勃起,“搐球”总是不“出门”。一亿六涨红了脸连连抱歉地说:“对不起对不起!”珊珊见他已全身冒汗,知道不能再继续下去。珊珊早有准备,从手提包里拿出一片药片。

“没得关系没得关系！你不要紧张。我们先放松一下，我这里有种药，能让人放松。我吃一半，你吃一半，我们先睡一会儿，休息休息再做。好不好？”

一亿六连忙说好好好。珊珊只给了一亿六一半药片，她怕量多了给一亿六造成什么副作用。她自己并没有放进嘴里，假装喝了口水做了个吞咽的动作。一亿六毫不怀疑地一口咽下。这时，已到了九点多钟，正是一亿六平时该睡觉的时候，因为珊珊说这种药是帮助人放松入睡的，在这种心理诱导下，一亿六很快就睡着了。

珊珊当然没有睡，她躺在一亿六身边欣赏，也在等待。一亿六睡深沉后，下面果然如擎天柱般傲然崛起，用四川方言说是“雄起”。珊珊忍不住骑了上去。珊珊得到了从未有过的高潮。高潮过后，她突然扑在一亿六身上呜呜地抽泣起来。

她发觉，这辈子她和数不清的男人做过爱，其实并未“做”出什么“爱”来。她历经的“做爱”，大部分是为了“生意”，是逢迎男人，并不完全出于自主自愿，更极少从激情出发。不论是前夫也好，是调酒师、老教授、王草根也好，都没有顾及她的感受，只是图他们个人的享受，王草根更是把做爱当作生产作业，自顾自己耕田耘地。因而，她“做爱”多次，也从未通过“做”而把“爱”“做”出来。同时，在她这方面，与所有的男人做爱，都有在感情与生理之外的企图，没有过为“爱”而“做”的单纯性和纯洁性，每次都掺杂着种种其他非自然的社会因素。她喜欢在QQ聊天室中四处漫游，正因为她的感情得不到满足。而在这个虽然并无知觉的男人身上，由她驰骋、由她自主、由她奔放、由她肆无忌惮，才体会到“爱”确实是“做”出来的而不是“聊”出来。她又感到，他们所有人对一亿六的设计，与一亿六追求的“简单”“自然”的生活方式相比，他们都离天真纯朴的、原本应有的生活方式太远太远，才知道刘主任说一亿六并没有病而是他们有病是什么意思。他们已经根本体会不到原始的“劳动娱乐化”的乐趣，只想娱乐而不愿劳动。

她紧贴在一亿六身上，感到这才是自然的性爱，像亚当和夏娃那样，处于人类史前状态，是没有被现代社会污染的“做爱”。她深深叹息现在社会复杂生活的乏味和空洞，因为现代现实冲淡了人性原始的本能。

她吻遍了一亿六全身。但想到“任务”还没有完成，不管怎样，毕竟还要按原来的设计达到应有的“社会效益”。她又腾身上去，直到她感觉到有股热流进入她的体内，才翩然下马。

她遵照网上的嘱咐，身子底下垫着枕头，躺着一动不动，不让一滴“国宝”级的精液流出体外。

■

第二天一清早，一亿六猛地从床上翻身坐起来，在床单上四处搜寻。珊珊笑着问他找什么。一亿六涨红了脸说：

“昨天晚上，我发生了刘主任说的‘梦遗’，梦见和二百伍做爱。我怕流出的精液弄脏了酒店的床单，不好意思。”

“哈儿！你昨天晚上不是啥子梦遗，你跟我做爱成功了！你看，做爱是不是就这样简单！”珊珊抚摸着一亿六说，“你第一次就成功了，以后你就不紧张了，跟二百伍就能成功。不信，你再试一试！”

珊珊温柔地抱起一亿六，叫他俯身趴在她身上。珊珊使出她娴熟的技巧，在一亿六身下像蛇一般地扭动。两人真正地做成功了一次“爱”。

一亿六完满完成了“帮助他人”的任务。

分别时，珊珊深情地靠在一亿六胸前说：“今天早晨，我想了好多好多。我看过一个电视剧，里面有句话给我印象很深，那句话说‘真正的爱叫放手’。我这辈子就爱你了！可是，我爱你，我就必须‘放手’。真奇怪！真正的爱能让人高尚起来。要照我的性格，我哪个都不放你走！要跟你一辈子！要缠住你！可是，正因为我真爱你，我必须叫你去过正常的日子，过你想过的日子，不能跟我闹出好多麻烦来叫你苦恼！你说真正的朋友只要两三个就够了，以后，你就是我真正的朋友！”

珊珊吻了一亿六一下，“你走吧！”

一亿六跨过“历史性阶段”的一夜，似乎更成熟了，也温情地摸了一下珊珊的脸蛋笑着说：

“那句台词不是电视剧里的，是一部美国电影里头的，它的原话是：‘有一种爱叫放手’！珊珊姐，你放手，也放心。谢谢你！我走了。”

贰拾陆

十几天后，珊珊经检查已确定受孕。陆姐和陶警官这边，就要按王草根提出的条件打发一亿六和二百伍到外地去了。

陆姐早从珊珊那里得到详细的“心理研究报告”，陆姐在电话里一边听一边流泪。珊珊帮他们姐弟双方都解开了“心理障碍”。但是，陆姐非但没有从此把一亿六当成年人看待，还更为关心起弟弟来。因为，从珊珊的“心理研究报告”中，陆姐才知道她弟弟非常懂事，对她的理解超乎她的想象，并且对她如此充满感激之情，反而更加深了陆姐对弟弟的亲情。

陆姐虽然不愿意一亿六离开她到外地去，但也必须履行他们对王草根的承诺。陆姐对陶警官埋怨道：

“那我啷个晓得王草根啥子时候叫他们回来嘛！”

“我看要不了多久。”陶警官安慰陆姐。实际上，只要陶警官觉得“精子争夺战”的风声稍微平息就可叫他们回来，所以陶警官有十分把握。

“顶多等珊珊肚子大了就可以了吵！王草根的意思也不过想防止他们产生了感情而已嘛！过一段时间，珊珊肚子大了，心放在肚子里的娃儿身上了，弟弟跟二百伍也会做爱了，要是二百伍怀上个娃儿就更好了！即使珊珊有啥子感情，也会淡薄了吵！我觉得，王草根的考虑还是对头的。”

“那把他们送到啥子地方去嘛？王草根啷个说的嘛？难道越远越好？”

“我跟王草根说好了。”陶警官早已有了计划，“送到个知名度很低的地方，那里又好，又不被好多人晓得，叫人找都找不到他们！”

“为啥子不让人找到他们嘛？他们哪个见不得人嘛？”陆姐很不理解。

陶警官发觉自己说漏了嘴，马上解释：“至少不能让肚皮晓得吵！你我不在他们身边，要是肚皮晓得了，跑了去，又拿啥子‘捐献一滴精子，挽救一对夫妇’的话，一骗，又把弟弟骗起走了！”

“你这真是多余！”陆姐责怪陶警官，“珊珊跟我说了以后，我才晓得弟弟已经是成年人了。他哪个那么好骗嘞？”

“你忘啦！”陶警官故意表现出不耐烦的样子，“肚皮哄走他还刚刚是三个月前的事。那时候他还没有成年呀？还是个娃儿啦？仅仅过了三个月，弟弟就一下子成年啦？你头脑哪个那么糊涂嘞？”

陆姐想想也对。“那你说啥子地方又好，知名度又低嘛？”

“宁夏！你听说过没得？”

“宁夏？那不是靠近新疆了嘛！要不，也在东北啥子地方，冻都把人冻得死！你把他们搞到那么偏远的地方干啥子嘛？找个近点的地方！”

陶警官笑起来。“好好好！那你给我说个你认为合适的地方。比如，坐飞机，你规定要多长时间？我们就拿坐飞机的时间来算距离。好不好？”

“总不能远过深圳，也不能远到新疆！这就是我的意见！”

“这就对头了嘛！”陶警官笑道，“第一，你就不晓得宁夏在啥子地方，一会说是在新疆，一会又扯到东北去了！东北那个叫辽宁，不叫宁夏。我跟你说哈，中央台每天的天气预报你总看的吵？天气预报报的：‘西北地区东南部中部偏北地区’，报了这么一大堆废话，指的是啥子地方你听明白了没得？你没听明白是不是？其实那就是宁夏。连中央电视台都不报它名字，可见知名度低！第二，啥子深圳东北，宁夏比深圳和东北离我们四川近得多！坐飞机只要一个小时多一点，比北京离我们这里还近！哪个？你满意不满意？我跟你说哈，我到那里出过差，我发觉那里比我们这里还好哩！城市又干净，空气又好！”

“那我唧个没听说过嘞？”陆姐仍抱怀疑态度。

“好了好了！我只跟你说一句，你就明白了：那就是张艺谋和巩俐出道的地方！也是弟弟喜欢的周星驰拍《大话西游》的地方。那里我还去参观过，好耍得很！这你该晓得了吧！”

陆姐笑了。“那还差不多！”

■

陶警官找了个“办证”的违法分子给一亿六做了张假身份证。一个真警察，要办假证的违法分子办假证，可见“精子争夺战”的激烈，陶警官不得不处处设防。如一亿六拿着真的身份证上飞机，说不定有些胆大妄为的人通过“人肉搜索”会跟踪而至。

陶警官觉得二百伍比一亿六还机灵些，把该安顿他们的话都告诉二百伍，谨防从C市去的坏人把一亿六又骗到什么地方去取精。

二百伍表示保证完成任务：“安全第一”！看到一亿六假的身份证，她笑道：

“陶警官，你真会起名字！这个名字叫起来比他真名字还好听！以后我们要有了个娃儿，就用这个名字好！”

这就是中国未来伟大的杰出人物名字的由来。这个历史上伟大的名字，只不过是陶警官对办假证的违法分子随口取的一个。

■

一亿六和二百伍出了银川机场，两人眼睛一亮。一亿六说：

“我唧个觉得眼睛一下子干净了起来！”

二百伍也有同样的感觉。

“就是的！就是的！这里眼睛里没得啥子遮挡，看得好远好远！那边远远的山都看得清清楚楚！陶警官真给我们找了个好地方！”

机场外，一群出租车司机围了上来。“进城去？进城去？”

二百伍说，我们刚从城里来又进城，还不如直接到陶警官说的那个周星驰拍《大话西游》的地方。一亿六由她。两人坐上一辆出租车，问司机：“师傅，拍《大话西游》的地方在啥子地方？”

司机熟门熟路地说：“啊！镇北堡西部影城！”

“那就到你说的那个啥子影城。远不远啊？”

“高速公路！保证你们四十分钟到，路上没有红绿灯，比进城还快！”

果然，一路高速，这让他们俩没有想到。高速公路沿途立有“影视城”的路标，两边不是湖泊就是田园，在夕阳的光照中更显得碧绿葱茏，地势平坦，极目四眺，远山近水一览无余。他俩极为兴奋，觉得还没有看够，司机就说到了。原来，镇北堡西部影城就在高速公路旁边。

太阳已落山。司机告诉他们那座山叫“贺兰山”。贺兰山在没入山后的太阳的余晖中晶莹透明，不像是条山脉，却如同平铺在地面上起伏绵延的黛青色的云。

在他们眼前耸立着两座古城堡。古城堡巍然屹立的黄土墙，被紫红色霞光的余晖照耀，像巨大的闪烁着五色斑斓的黄色玉石。墙体上被岁月侵蚀的剥落瘢痕，竟如鬼斧神工刻出的雕花。更令他们惊喜的是，在两座古城堡之间，是一大片盛开的向日葵。每朵金色的向日葵花都朝向他们走来的方向，像有情感的生灵在晚风中摇曳。

可是，他们到古城堡大门口时，只见游人已纷纷走出。穿着保安制服的门卫说，景区已下班了，只出不进，请他们明天再来。二百伍问这里有没有宾馆。保安向前一指说，旁边就是“马樱花游客休闲中心”。

“好得很！保险你们住得舒服！”

“马樱花游客休闲中心”从外表看是座微缩的古城堡。两人进去，却别有洞天。翠竹森森，一弯流水，两个池塘，游鱼悠悠，奇石横陈，玻璃墙面里镶嵌着皮影、年画、剪纸、刺绣、书法和古代国画。二百伍惊喜道：

“这里唧个跟我们独秀居一个样吵！”

一个少妇在柜台后低着头用计算机算账。二百伍问她：

“老板，有房间没得？”

少妇抬起头，也用四川话对她笑着说：“有有有！啷个？你们也是从四川来的哈？”

“就是的！就是的！”二百伍没想到在这里遇见四川老乡，“老板，我们要一个房间。”

少妇说：“我不是老板，只是这里的经理。你们要啥子房间？是大床间还是标准间？”

二百伍要一个大床间，一亿六却红着脸说要两个标准间。经理好奇地看着他们俩争辩，最后还是经理给他们做了决定。

“莫要了吵！我给你们一间大床间，一间标准间，只算你们一间房钱。你们爱睡在一起就睡在一起，爱分开睡就分开睡。啷个？”

吃饭时，经理又给他们端来两杯饮料。

“这是我们老板亲手调制的酸梅汤。我们老板手巧得很！采用了好几个大酒店的配方，叫‘马樱花酸梅汤’。我请客，请我们四川老乡尝一尝！”

“好！”他们两人尝了，酸甜可口。“再来两杯，算在我们账上！”

“不用了吵！”经理笑道，“要多少管够！大老远的见了老乡！啷个好意思要你们钱嘛！”

二百伍觉得这里好像不讲“¥”，仿佛回到了过去，是个与现代城市完全不一样的地方。

■

饭后，经理告诉他们外面的灯亮了，叫他们出去看影视城的夜景。

两人欣然走出门外。在夜色中，两座古城堡突然改变了黄昏时的景象。黄土墙体被强烈的灯光由下而上地照耀，筋脉呈露，皱褶毕现。数百年雨雪冲刷的径流如同凝固了的黄河瀑布，亮点和阴影错落交织，既有静态的伟岸，又似浪花在奔腾翻卷。而向日葵依然绽放着勃勃生机，片片肥硕的花瓣在月光下灿烂如金。四周寂寥，只有昆虫唧唧，风声萧飒，两人仿佛进入一个如梦如幻的世界。这时，一亿六忽然跑进向日葵田里，趴在土地上，把脸贴着地面，像闻什么气味似地一口一口地吸气。

一亿六自踏上银川的土地一直少言寡言，忽然做出这种动作，二百伍吃了一惊。二百伍拨开向日葵秆，跑去蹲在一亿六身边忙问：

“唧个了嘛？唧个了嘛！你发啥子神经嘛？”

“莫闹！莫闹！”一亿六抬起头，“我闻到了地球的味道！我一到这里，就觉得有啥子感应，心里觉得怪怪的！这才发现，就是这种地球的气味嘛！”

“神经病！地球是啥子味道嘛？”

“你不懂！”一亿六翻身坐起来，“离开老家以后，我到过好多工地，还到过好多公园，就想闻这种味道！哪里都没得这种味道，跑到这里来才闻到了！这就是我们老家的味道！土地的味道！你也趴下来闻闻。好闻得很！”

实际上，这不过是自然的黄土味，黄土高原的黄土味更为纯正。身居城市的人已经久违了这种自然原始的味道。城市人天天闻的是汽油味、柏油味、水泥味、钢铁味、各种化学物质味，城市的风中都有密集的电磁波，反而把土地的气味称为“土腥气”。这种原始的“土腥气”，确实是城市人享受不到的。

二百伍说：“我才不闻！陆哥，你给我吹个笛子嘛！你看这月亮多好，《大话西游》里不是有一句‘看月亮’啥子的台词嘛？”

一亿六闻到“地球的味道”才高兴起来，就拿出笛子吹。一亿六的笛声不像小老头那样低沉而悠扬，不知他吹的是什么曲子，一发声就异常尖利轩昂，音调高亢而婉转，全部用的是 F 调和 G 调，如“银瓶乍破水浆迸”。一亿六随意而吹，意到哪里吹到哪里，将四周如梦如幻的景象化入他的笛声。唧唧的虫声停息了，萧飒的风声也平静了。一亿六如风摆柳地摇晃着吹了一会，古城堡里猛然发出一片响亮的狗吠。

二百伍笑道：“你听！你把狗惹毛了！唧个那么多狗啊！”

一亿六放下笛子有滋有味地听狗叫。

“哈！足足有一百只狗！它们不是给我惹毛了。它们不是惊慌地叫，也不是生气地叫，是听我的笛子听得高兴地叫！它们是在配合我唱歌嘞！”

二百伍捶了他一下。“瞎扯！你唧个听得懂它们在唱歌嘞？”

“我从小就听得懂狗的话、鸟的话，”一亿六得意地说，“你不信？我先停一停。等它们不叫了我再吹，第二次吹起来你就听明白了！”

一亿六停住不吹时，狗儿们也逐渐闭嘴不叫了。等了一会儿，一亿六又拿起笛子，笛声刚一响起，一百多只狗又此起彼伏地扬声高叫。二百伍也渐渐听出来狗儿们的叫声确实好像和一亿六的笛声相配合。

“咋样？听出来没得？”一亿六非常高兴。

“你唧个能听得懂狗的意思嘛？”二百伍靠在一亿六身上撒娇，“你听得懂狗的意思唧个听不懂我的意思嘛？”

“你是啥子意思嘛？”一亿六问。

“我的意思要你说‘我爱你’嘛！你这‘哈儿’！你说个‘我爱你’嘛！”

“平白无故的，唧个好意思说‘我爱你’嘛？”一亿六还有点害羞，“那要在一定场合说嘛！要有一定的气氛吵！”

“那我们来《大话西游》里的那一段，你就好意思了！”二百伍翻身站起来，“来，我把笛子当剑指着你喉咙，你来说那一段！”

二百伍总是忘不了那晚上在宾馆里被人拉下床，猛然间把她的梦摔碎了的那一刻。她早就想和一亿六在一个恰当的机会弥补回来。她要圆她的旧梦，她必须要浪漫一下。

“好！”一亿六也来了兴致，站起来，让二百伍用笛子放在他颈上。

“你准备好啰哟！”

“我准备好啥子？我要是倒下去了，你要扶着我哟！莫让我一下子摔倒在地上啰！”

一亿六真的像周星驰那样，歪伸着脖子，两脚脚后跟着地，脚尖跷起。

“我说了哈！”

“你说嘛！”

于是，一亿六就将周星驰那段台词用四川方音说：

“曾经有一份真挚的爱情摆在我面前，我没有珍惜，等到失去的时候，我才后悔莫及。人世间最痛苦的事莫过于此！如果上天能给我再来一次的机会，我会对那个女孩子说三个字——我爱你。如果非要在这份爱上加一个期限，我希望是——一万年！”

二百伍“啊”的一声，脱手把笛子扔在地上，假装倒下，一亿六一把将她抱在怀里。也许是真没站稳，也许是二百伍有意，两人都倒在一片向日葵中间。

向日葵花瓣被他们摇落，一瓣一瓣飘洒在他们身上。

月亮正在最圆的时候，将覆盖着他们的花瓣照得一片金黄。万朵向日葵一齐掉过头朝向月亮。古城堡的地灯光猛地光芒四射，凝固了数百年的黄河瀑布陡然间气势恢宏地奔流而下；而城堡里一百多只狗儿同声高歌，“马樱花休闲中心”水池里的锦鲤，一条一条欢快地跃出水面。

中国未来的伟大杰出人物的胚胎，这时开始形成！

附记：

在写这部小说的时候，惊悉我的良师挚友谢晋去世。一九八一年，谢晋老师将我的小说《灵与肉》改编成电影《牧马人》，对我这样一个刚刚获得平反、从劳改农场出来不久的作者，谢晋老师的《牧马人》获得的巨大成功，不仅提高了我的知名度，更鼓舞了我在文学创作上不断突破“禁区”的勇气，使我能与全体“新时期文学”的作家朋友们一起，为当年的“思想解放运动”作出一定的贡献。谢晋老师将我的两部作品搬上银幕（另一部是根据我的小说《邢老汉与狗的故事》改编、由谢添老师和斯琴高娃主演的《老人与狗》），我可以说是与谢晋老师最亲密熟悉的中国作家。而在上海为谢晋老师开追悼会时，我却因右眼做白内障手术未能参加，也不能应邀到央视录制纪念谢晋老师的节目，深感遗憾。所以，在这里，我必须告诉我的读者：谢晋老师永远活在我心里！我对谢晋老师的悼念是永久的！

（原刊于《收获》2009 年第 1 期）